Zeichnung: Guido Ploner

Perry Rhodan

Geburt einer Dunkelwolke

Pabel-Moewig Verlag GmbH, Rastatt

Die Welt von PERRY RHODAN

Informationen anfordern bei:

Pabel-Moewig Verlag GmbH
PERRY RHODAN-Kommunikation
Karlsruher Straße 31
76437 Rastatt

Bitte Rückporto beifügen
www.perry-rhodan.net

www. perry-rhodan.net
Bearbeitung: Hubert Haensel
Redaktion: Sabine Kropp
Titelillustration: Johnny Bruck
Vertrieb: Edel Germany GmbH, Hamburg
Druck und Bindung: GGP Media GmbH, Pößneck
Printed in Germany 2010
ISBN: 978-3-8118-4097-3

1.

Im Morgenlicht warfen die grotesken Gebäude lange Schatten. Sie bestanden aus riesigen Knochen und waren mit billigem Plastikmaterial ausgegossen. Zwischen diesen Bauten erhoben sich Vergnügungsstätten, Bars und kleine Läden aus armiertem Beton.

Eine Wolke schaler Gerüche hing in der Luft. Der Wind trug Staub, Sand und Knochenmehl aus dem nahen Cañon heran. Zwei Reinigungsroboter kämpften mit kräftigen Saugstrahlen und rotierenden Bürsten gegen den Dreck an. Von irgendwoher dröhnte schrille Musik.

Einst waren die fossilen Knochentäler nahe der Stadt touristische Sensationen gewesen, heute kümmerte sich kaum jemand darum. Während der Lareninvasion waren die Metropole Krockock und der Raumhafen zerstört worden. Eine Schwarzmarkt-Siedlung fristete nun ihr Dasein auf den Trümmern einstiger Größe – darüber hinaus war nichts geblieben. Selbst die Archäologen mieden den Planeten Chloreon; niemand interessierte sich mehr für die gigantischen Knochenlager in den Cañons.

Dröhnend jagte eine alte Space-Jet über die Siedlung hinweg. Der Diskus landete in dem einigermaßen wiederhergestellten Bereich des Raumhafens.

Scrugg Tomas tastete nach der schweren Energiewaffe unter seiner Jacke und betrat vor seiner Begleiterin die Bar.

Schwer definierbare Gerüche, lautes Stimmengewirr, Gläserklirren und Gelächter schlugen ihnen entgegen. Da waren Springer und Neu-Arkoniden, ein Ara reckte interessiert den kahlen Schädel, mehrere Terraner saßen da, Ertruser und ein humanoides Wesen, dessen Gesichtsmaske eher einen exotischen Roboter vermuten ließ. Sekundenlang herrschte jähe Stille. Jeder taxierte die Eintretenden.

Tomas tippte einem rotbärtigen Springer, der vor einem übergroßen Bierglas saß, auf die Schulter. »Vater des schnellen Handels, sei so zuvorkommend und überlasse meiner jungen Begleiterin deinen Hocker«, sagte er gemütlich.

»Mach schon!«, dröhnte die wuchtige Gestalt hinter der Theke. »Mach Platz für die junge Frau!«

Wortlos rückte der Springer mit seinem Glas zur Seite. Dalaniekay Tomas schwang sich lächelnd auf den Hocker.

Etwa fünfzig Personen füllten den Raum, in dessen Mitte die Theke stand. Musik hing in der Luft, die geeignet war, erregte Gemüter zu beruhigen.

»Champagner für meine Begleiterin!«, bestellte Tomas bei dem massigen Barkeeper. »Für mich einen ertrusischen Zharc mit Eis. Wenig Eis. Übrigens ... wir sind die Tomas-Leute, falls das jemanden interessiert.«

»Wusste ich längst«, sagte der Riese. Seine Stimme war tief und rau. »Ich bin Pinky, der Gnom. Auf Krockock leben viele von schnellen Gerüchten.«

»Aus dem Grund sind wir hier.«

Die meisten Gäste gaben sich unbeteiligt. Scrugg Tomas kannte das zur Genüge. Er registrierte genau, dass seine Begleiterin und er ausgiebig fixiert wurden. Die Getränke kamen, und er wandte sich wieder an Pinky.

»Mit wem spreche ich am besten?«

»Geht es um Rauschmittel oder Drogen?«

»Rund eine Tonne Munarquon. Das ist kein Scherz – ich bin neu hier und kann mir denken, dass ich nicht gleich betrügen darf.«

Pinky lachte donnernd. »He, der Junge ist gut!«, rief er. »Zumindest sagt er so schöne Sachen!«

»Ich liefere auch schöne Sachen!«, ergänzte Tomas. »Wer ist Interessent?«

Die tausend Kilogramm waren in kleinen Dosierungen abgepackt, waren hochwirksam und vermutlich ein Vermögen wert. Scrugg wollte den bestmöglichen Preis und das Munarquon vor allem an einen bestimmten Käufer abgeben – oder an dessen Beauftragten.

»Interessiert kann fast jeder hier sein«, sagte Pinky. »Oder niemand.«

»Ich will nicht monatelang warten – vor allem nicht darauf, dass Sicherheitskräfte der LFT mein Schiff aufspüren.«

»Dieser Einwand sollte bedacht werden. He, Corbeddu!«

Ein Ertruser schob sich durch die Menge. Er blieb zwischen Dalaniekay und Scrugg stehen und warf einen nachdenklichen Blick auf den riesigen Wirt. Ruckartig wandte er sich an Scrugg: »Du hast das Zeug von den Loowern?«

»Richtig. Munarquon ist ein besonderer Stoff und viel mehr als nur ein Mittel zur Beeinflussung. Verteile es an Abhängige, und du wirst zum mühelos agierenden Diktator.«

»Können wir einen Test durchführen?«

»Wenn du mir einen Freiwilligen bringst, sofort. Der Proband wird in völlige Willenlosigkeit abgleiten und jedem Befehl gehorchen. Während der Beeinflussung wird er zudem ein unbeschreiblich intensives Glücksgefühl verspüren.«

Der Ertruser blieb argwöhnisch. »Man hört im Moment so manches«, brummte er. »Von einem gekaperten Versorgungsflug der Loower und einem harmlosen Gewürz. Die LFT sucht die Hintermänner in der halben Galaxis. Nicht wegen der Ware, sondern wegen des Angriffs auf die Loower. Tifflor fürchtet wohl neue politische Spannungen. Wie kommt man überhaupt mit einem Loowerschiff zurecht?«

Scrugg hob die Hände. »Miserabel«, antwortete er. »Wir sind froh, wenn wir das Ding nicht mehr anfassen müssen. Aber zu dem angeblichen Gewürz: Für Terraner und viele andere ist es ein hochwirksames Rauschmittel. Es schaltet den individuellen Willen aus, macht Menschen zu Marionetten.«

»Wie viel hast du davon?«

»Genug, um mehrere Planeten für Jahrzehnte zu beeinflussen. So etwas hat natürlich seinen Preis. Ich bin sicher, dass eine Einzelperson ihn nicht bezahlen kann. – Wo ist dein Freiwilliger? Der erste Versuch ist gratis und wird jeden überzeugen.«

Der Ertruser hob die Schultern und brüllte nach hinten: »Taddas, komm zu mir!«

Aus dem dämmerigen Hintergrund schob sich ein kleiner, alter Terraner. Seine Miene verriet jedoch Zähigkeit.

Dalaniekay presste die Lippen zusammen. Sie tastete nach dem Strahler unter ihrer linken Achsel.

Pinky beugte sich über die Theke nach vorn. »Lassen Sie das Ding stecken!«, flüsterte er ihr ins Ohr. »Ich sorge selbst für Ruhe und Ordnung. Sie brauchen keine Waffe, klar?«

Scrugg zog ein mehrfach gefaltetes Stück Plastikgewebe aus seiner Hemdtasche und schlug es auseinander. Winzige Kristalle schimmerten in fast allen Farben.

Taddas kniff ein Auge zu. »Was soll das sein, Partner?«, fragte er den Ertruser.

»Eine Probe. Du wirst zum willenlosen Sklaven. Freiwillig, versteht sich. Ich bin der erste Interessent. Wie viel verlangst du?«

»Wie lange und welche gesundheitlichen Folgen?«, fragte Taddas geschäftsmäßig.

»Ich bin kein Schurke«, erklärte Tomas. »Wenn Sie die Hälfte dieser Menge nehmen, werden Sie für etwa zehn Minuten willenlos sein.«

»Ich befehle dir sicher nicht, jemanden umzubringen«, beschwichtigte Corbeddu.

»Das würde ich ohnehin verhindern!«, rief der Wirt. »Fangt endlich an. Oder wollt ihr mein Geschäft ewig aufhalten?«

Derjenige, der Scrugg Tomas und Dalaniekay in Terrania über das Munarquon aufgeklärt hatte, hatte Einschränkungen machen müssen. Die Wirkung auf den menschlichen Organismus war bekannt und getestet. Bei nichtmenschlichen Völkern waren gefährliche Entwicklungen jedoch möglich. Ebenso war Scrugg davor gewarnt worden, Munarquon bei Mutanten anzuwenden.

Die Gespräche in der Bar verstummten fast völlig. Um die vier Personen bildete sich ein freier Raum.

Tomas ließ sich ein Glas mit Mineralwasser geben. Er zog ein Messer aus dem Stiefelschaft und teilte das Kristallhäufchen in zwei gleich große Mengen. Eine Hälfte schüttete er in die Flüssigkeit, die andere wickelte er wieder ein. Er reichte Taddas das Glas.

»Ihr seid Zeugen«, wandte er sich an die Zuschauer. »Taddas hat sich freiwillig gemeldet. Er wird rund zehn Minuten lang alles tun, was der Ertruser ihm befiehlt. Ich mache nur diesen einen Versuch, also seht aufmerksam zu.«

Taddas trank das Glas in einem Zug leer.

Scrugg Tomas blickte auf die Uhr. »Dreißig Sekunden Vorlauf«, kommentierte er.

Er beobachtete die Umstehenden. Trotz ihres Misstrauens schienen die meisten sicher zu sein, dass sich eines der Geschäfte anbahnte, die nur alle paar Jahre einmal vorkamen. Derjenige, der hier vermittelte oder selbst kaufte, wurde mit einer einzigen Transaktion reich.

»Fertig?«, fragte der Ertruser.

Mit Taddas war eine deutliche Veränderung vorgegangen. Offensichtlich wurde er wirklich von einem starken Glücksgefühl geprägt. Er stand ruhig da und lächelte.

»Versuchen Sie's, Corbeddu!«, knurrte Tomas.

»Spring auf die Theke und tanz!«, befahl der Ertruser.

Taddas warf das Glas einem der Umstehenden zu, packte den nächsten Barhocker und schwang sich auf die Theke. Er tanzte mit komplizierten Verrenkungen, die auf jeder Bühne Beifallsstürme hervorgerufen hätten.

»Spring herunter, greif mich an, versuch, mich zu töten!«

Wieder gehorchte der kleine, sehnige Mann mit bedingungsloser

Schnelligkeit. Er sprang den Ertruser an, krallte seine Hände um den muskulösen Hals und stieß mit Knien und Füßen zu. Corbeddu geriet tatsächlich in Bedrängnis.

»Schluss damit, Taddas! Grabe dich durch den Boden!«

Der Kleine ließ sich fallen, noch immer mit verzücktem Ausdruck im faltenreichen Gesicht. Er zerrte an Bodenbrettern und Kunststoffplatten. Trotz der großen Anstrengung zeigte er keine Anzeichen von Ermüdung oder Anstrengung. Schon riss er die erste Platte heraus.

»Ist sein Wahrnehmungsvermögen beeinträchtigt?«, fragte der Ertruser. »Ich meine, sieht er beispielsweise Sand, wo sich Felsen befinden?«

»Keine Sinnesfunktion wird ausgeschaltet oder verwirrt«, antwortete Tomas. »Er handelt in den Grenzen seines Rauschs völlig vernünftig.«

»Hör auf damit!«, befahl Corbeddu. »Erwürge dich selbst!«

Der Mann fasste sich an den Hals und fing an, mit tödlicher Konsequenz zuzudrücken. Der Ertruser machte eine beschwichtigende Bewegung, denn das Entsetzen der Zuschauer wurde greifbar.

»Schluss damit! Singe uns ein Lied, bis du wieder normal bist!«

Taddas holte tief Luft. Mit schmeichelndem Bariton stimmte er ein unbekanntes Lied an. Doch die Wirkung der winzigen Menge Munarquon ließ bereits nach.

»Macht das Zeug süchtig?«, fragte Pinky, der Gnom, in die Stille zwischen zwei Strophen.

Scrugg Tomas zuckte die Achseln. »Nicht mehr als jedes Gewürz.« Er lachte.

Es gab einiges, was er über Munarquon niemals preisgegeben hätte. Weil diese Informationen ihn schnell in ernste Schwierigkeiten bringen konnten. Die Wirkung der von Boyt Margor eingesetzten Psychode sollte der des Rauschgifts gleichen – eine Erfahrung, die noch nachzuprüfen war.

Taddas verstummte mit einem hellen Akkord. Er lächelte begeistert in die Runde.

»Das war herrlich. So gut habe ich mich schon lange nicht mehr gefühlt«, stellte er fest.

»Überzeugt?« Tomas wandte sich an den Ertruser.

»Völlig«, bestätigte Corbeddu. »Aber ich kann höchstens einige Kilo von dem Zeug kaufen. Was verlangst du?«

Scrugg nannte einen exorbitant hohen Preis.

»Ich nehme zehn Kilo«, erklärte der Ertruser. »Hannar-Thrayn, der Springer dort rechts, will fünfzehn. Und ich bin sicher, dass in kurzer Zeit Interessenten auftauchen, die dir die Hauptmenge abnehmen.«

Vielleicht die Insassen jener Schiffe, die in die Provcon-Faust einfliegen, hoffte Tomas.

»Ich habe nur sehr wenig hier auf dem Planeten«, schränkte er ein.

»Wo sind die Pakete?«

»In der JUNKIE – dort, wo sie außer mir niemand findet. In Sicherheit nämlich.«

»Wann kannst du alles hier haben?«

»Überhaupt nicht. Die Übergabe erfolgt nur im Raum. Abgesehen von winzigen Mengen wie der eben ausgeteilten. Du würdest es an meiner Stelle nicht anders machen.«

»Kaum.«

Tomas hob beide Hände. »Morgen können wir über alle Modalitäten reden. Ich bin sehr daran interessiert, die tausend Kilo Munarquon möglichst schnell abzusetzen. Ihr kennt den Preis. Ich verkaufe am liebsten die gesamte Menge, aber auch eine Stückelung wäre möglich. Ein faires Angebot?«

»Ich denke, es ist fair«, bestätigte Corbeddu. »Du bist im Hotel zu erreichen?«

»Im Chorda dorsalis, bis morgen Vormittag. Nebenbei gesagt: Es wäre vergebliche Mühe, im Bordcomputer meines Beiboots nach dem Versteck der JUNKIE zu suchen. Ich bin nicht weniger Profi als ihr.«

»Du kannst sicher sein, von uns angesprochen zu werden«, murmelte Corbeddu.

Tomas zahlte seine Getränke. Der Wirt schlug eine beträchtliche Summe als Vermittlungshonorar auf.

Terra, Regierungssitz Imperium-Alpha

Der Erste Terraner Julian Tifflor versuchte, Beherrschtheit und Ruhe auszustrahlen. Allen Teilnehmern dieser Sitzung lagen die aktuellen Informationen vor.

»Wir wissen, dass Boyt Margor mit seiner neuen Waffe, den Psychoden, zur ernsthaften Bedrohung geworden ist«, sagte soeben der Geheimdienstchef. »Es liegen zuverlässige Informationen vor, dass Margor versucht, Krieger, Mitkämpfer oder auch willenlose Sklaven einzusammeln.«

»Das ist zutreffend« bestätigte Tifflor. »Wir haben ausreichend Beweise dafür.«

»Raumschiffsbesatzungen rekrutieren Helfer. Die Angeworbenen werden zu Margors willenlosen Sklaven. Wir sind ziemlich sicher, dass

Gäa und andere Welten in der Provcon-Faust als Margors Stützpunkte ausgebaut werden sollen.«

Tifflor schaute von seinen Unterlagen auf. Sein Blick überflog die Versammelten.

»Mittlerweile wurden Vorkehrungen getroffen, dieses Problem in den Griff zu bekommen. Ich will allerdings nicht verhehlen, dass wir mit Margor noch tödliche Probleme und Zwischenfälle erleben werden. Bei der Gelegenheit stellt sich die Frage, wie weit die Einschleusung unserer Staragenten gelungen ist.«

Der Geheimdienstchef gestattete sich ein blutleeres Lächeln. »Ich habe vor wenigen Minuten mit unserem Beobachter gesprochen. Die Mission zeigt den gewünschten Anfangserfolg.«

Gegen zehn Uhr morgens wurde Scrugg Tomas vom Interkom geweckt. Der weißhaarige Mann, einen Meter einundneunzig groß und rund zwei Zentner schwer, wickelte sich in den Bademantel und nahm das Gespräch an.

»Zwei Herren sind in der Halle«, meldete die Hotelsekretärin. »Sie haben ihre Namen nicht genannt, sind aber Interessenten für Ihre Ware.«

»Ich bin gleich unten. Besorgen Sie uns ein Frühstück? Dasselbe wie gestern.«

»Ich werde Ihnen die gleiche Auswahl an Speisen hinaufschicken. Reisen Sie mit den Herren ab?«

»Das weiß ich noch nicht. Aber meinetwegen können Sie die Rechnung bereits ausstellen.«

Tomas kleidete sich an, steckte sein Geld und die Waffe ein und ging hinunter in die feuerrot ausgestattete Halle aus Knochen, gespritztem Kunststoff und Stahlbeton. In der Nähe des Empfangs warteten zwei hochgewachsene Männer, die er nicht kannte. Über einer Bordkombi trugen sie bodenlange Mäntel aus gefüttertem Kunststoff. Sie kamen sofort auf ihn zu.

»Scrugg Tomas? Wir wollen Ihnen die gesamte Ware abkaufen.«

Er nickte knapp. »Eine Tonne, abzüglich fünfundzwanzig Kilogramm, die ich Geschäftsfreunden hier in Krockock fest zugesagt habe. Sie kennen den Preis?«

»Er wird sich bei dieser Menge deutlich reduzieren«, meinte der ältere Raumfahrer.

Scrugg schüttelte energisch den Kopf. »Barzahlungsrabatt drei Prozent, nicht mehr. Zahlung an einen Treuhänder.«

»Einverstanden. Nennen Sie Ihre Vertrauensperson.«

»Pinky, der Gnom.«

»Wann können wir das loowersche Gewürz auf unsere ZOORTEN übernehmen?«

Tomas lachte laut. Dabei beobachtete er die Männer. Sie waren zweifellos Herr ihrer Sinne, dennoch wirkten sie auf ihn beeinflusst. Nicht gerade marionettenhaft, aber extrem auf die Erledigung des Auftrags fixiert. Auf gewisse Weise waren sie dem kleinen Taddas ähnlich.

»Sie legen eine bemerkenswerte Eile an den Tag«, stellte er fest. »Zuerst werde ich frühstücken, dann gehen wir zu Pinky. Schließlich starten wir zum Versteck der Ware. Dort können Sie übernehmen. – Ach ja. Mit dem Loowerschiff können wir uns nirgendwo blicken lassen, und unsere Space-Jet wird nicht mehr lange durchhalten. Eine Passage an Bord Ihrer ZOORTEN für meine Gefährtin und mich gehört demnach zum Kaufpreis.«

»Auch damit sind wir einverstanden.«

Tomas deutete zur Tür. »Gehen Sie zu Pinky. Jeder sagt Ihnen, wo die Bar ist. Nötigenfalls erreicht er mich in meiner Unterkunft. Hinterlegen Sie bei ihm den Kaufpreis und sagen Sie bitte, dass die Interessenten der fünfundzwanzig Kilo sich in Pinkys Bar einfinden sollen.«

»Wann fliegen wir?«

»In etwa zwei Stunden. Wer ist eigentlich Ihr Chef? An wen verkaufe ich?«

»An den Herrscher der Provcon-Faust. Er benötigt das Medikament für bestimmte Versuche gesellschaftsprägender Art.«

Das ist die schamloseste Untertreibung für organisiertes Verbrechen, die ich je gehört habe, dachte Tomas. *Dagegen sind Dalaniekay und ich harmlose Taschendiebe!*

Er lachte wieder und reichte den Männern die Hand. Sein erster Eindruck hatte nicht getrogen. Ihr Händedruck war schlaff. Also waren sie doch wohlerzogene Sklaven, die der Unbekannte im Hintergrund unbesorgt ausschicken konnte.

Scrugg Tomas zahlte seine Rechnung und gab der Hotelsekretärin ein Trinkgeld, dessen Höhe sie sichtlich überraschte. Erst danach frühstückte er mit seiner Komplizin.

Etwa eine Stunde später stellte er seinen angemieteten Gleiter vor Pinkys Bar ab. Er betrat die Kneipe allein, Dalaniekay wartete im Fahrzeug.

Pinky empfing ihn mit großer Herzlichkeit. »Sagten Sie, ein halbes Prozent Vermittlungsprovision?«, fragte der Riese fröhlich.

»Bestimmt nicht«, erwiderte Tomas mit einem Seitenblick auf die beiden anderen Käufer. »Ein viertel Prozent ist mehr als genug. Dafür müssen Sie allerdings mitfliegen, Pinky. Ist das Geld gezählt und echt?«

Der Wirt goss seine teuersten Getränke in große Gläser.

»Wir haben alles nachgezählt«, bestätigte er. »Der Bankfachmann von gegenüber hat außerdem Stichproben gezogen. Er sagt, der Zaster sei echt wie Howalgonium.«

»Mein Vertrauen in die Ehrlichkeit der Krockock-Leute ist schrankenlos.« Tomas seufzte. »Trinken wir aus, der Gleiter wartet. Es wird kein langer Flug sein. Ich überlasse euch dreien meine Space-Jet, wenn alles nach meinen Vorstellungen abgewickelt ist.«

»Bislang war nicht die Rede davon, dass wir das halb wracke Boot übernehmen sollen«, protestierte der Ertruser.

Tomas winkte großzügig ab. »Ihr könnt damit einen Ausflugsservice aufziehen oder das Ding verschrotten. Taugt ohnehin nicht mehr viel. Seid ihr bereit?«

»Brauchen wir Raumanzüge?«

»Unnötig. Ich wundere mich allerdings, dass die beiden Großeinkäufer das Geld so bedenkenlos hiergelassen haben.«

Pinky, der Ertruser und der Springer lachten dröhnend. »Wir konnten sie von unserer Ehrlichkeit überzeugen«, brachte der Gnom schließlich stoßweise hervor.

Sie tranken aus.

»War ein guter Tag, Tomas, als Sie kamen!«, rief der Wirt. »Also dann: auf einen ebenso guten Abschluss!«

Der Gleiter brachte sie zur Space-Jet. Nur wenige Landefelder entfernt stand ein 500-Meter-Kugelraumer. Es war die ZOORTEN.

Ein Scherzbold musste dem dritten Planeten des Pianathara-Systems den Namen gegeben haben. Die trostlose braungraue Welt hieß *Morgenröte*. Abgeschliffene Berge, riesige Geröllwüsten, Sand und dünne Eisschichten prägten den Planeten.

Die Space-Jet wurde langsamer, als Scrugg Tomas mehrere Vulkane überflog. Er ging auf Nordkurs und schwebte entlang einer tiefen Geländefurche. Die ZOORTEN folgte dem Diskus.

»Ein gutes Versteck für ein Loowerschiff«, lobte der Springer.

Tomas lächelte nur. Minuten später wurde in einem Felseinschnitt die Spitzhelmform des fremden Schiffes erkennbar. Es war optisch nur schwer von der Umgebung zu unterscheiden. Knapp siebzig Meter hoch, durchmaß es am Heck nicht mehr als fünfundzwanzig Meter.

»Ich gehe im Raumanzug hinüber«, sagte Tomas, nachdem er die Space-Jet aufgesetzt hatte. »Die ZOORTEN soll einen Gleiter schicken. Ich selbst bringe die fünfundzwanzig Kilo zu euch, Freunde ... Der Kaufpreis geht inzwischen an meine Gefährtin. Einverstanden?«

»Ein Fahrzeug und Arbeitsroboter werden sofort ausgeschleust!«, kam es über Funk vom Kugelraumer.

Nicht einmal eine Viertelstunde später stapfte Scrugg Tomas durch die geringe Schwerkraft zurück zur Jet. Er trug zwei Taschen in Händen. Währenddessen verluden die Roboter der ZOORTEN das Munarquon.

Wieder an Bord des Diskusbeiboots, wandte Tomas sich an Pinky: »Ihr alle seid nicht schlecht gefahren bei dem Handel. Tust du mir einen persönlichen Gefallen?«

»Hat es mit dem Geld zu tun?«

»Genau das. Hier sind eine Kontonummer und ein Kode. Dieser Bankfachmann ist vertrauenswürdig?«

»Jeder in Krockock, der mit solchen Geschäften zu tun hat, ist eine Vertrauensperson«, antwortete der Wirt würdevoll. »Wer diesen Anspruch nicht erfüllt wäre längst tot oder günstigstenfalls davongejagt.«

Sie packten das Geld in einen Raumkoffer um.

»Zahle die Summe sofort ein. Per Hyperfunküberweisung an eine Kontenstelle auf Olymp. Dafür gehört dir die Jet.«

Tomas schrieb auf die Rückseite seiner Hotelrechnung einige Sätze. Er spielte hoch, denn eine derart astronomische Summe verlockte bestimmt auch den ehrlichsten Mann zu absonderlichen Überlegungen. Rätselhafterweise vertraute er Pinky. Er hatte keine Möglichkeit, die Einzahlung zu kontrollieren, aber er war sicher, dass von der Summe nicht einmal Spesen fehlen würden.

Ein Gleiter holte Dalaniekay und Scrugg Tomas zur ZOORTEN.

Das Ziel des Kugelraumers, Scrugg wusste es so gut wie sicher, war die Provcon-Faust.

2.

Der Mann, der sie im Gleiterhangar der ZOORTEN erwartete, hielt die Hand an der Waffe.

»Bevor Sie Ihre Kabinen aufsuchen, erwartet Sie Kommandant Haldor Trunck in der Zentrale«, sagte er verhalten. »Folgen Sie mir!«

Scrugg Tomas nickte knapp. Das Schiff, das sich schnell vom dritten Planeten des unbedeutenden Systems entfernte, präsentierte sich weitgehend leblos. Weder im peripheren Antigravschacht noch auf dem Korridor zur Zentrale befanden sich Besatzungsmitglieder.

Tomas war auf nahezu alles gefasst, als das Hauptschott aufglitt. Er sah das gewohnte Bild einer Raumschiffszentrale.

Ein mittelgroßer, sehniger Mann drehte sich nur kurz zu den Neuankömmlingen um. Er betrachtete etwas, das im Mittelpunkt der Zentrale auf einer kantigen Säule stand. Dieses Etwas schimmerte hellblau, seine Form blieb seltsam nebulös.

Schweigend ging Tomas weiter. Erst allmählich erfasste er, dass das eigenartige Objekt auf der Säule ein Psychod sein musste. Er wollte seine Gefährtin zurückziehen, doch es war schon zu spät.

Auf ihn hatte das Psychod nur eine schwach hypnotisierende Wirkung, der er mit leichter Konzentration mühelos widerstand. Er wusste nicht, warum das so war. Aber er erkannte in derselben Sekunde erschrocken, dass seine Gefährtin schon dem Bann des Psychods erlag.

Du musst so tun, als würdest du ebenfalls beeinflusst. Denk an das Munarquon! Sein Verstand flüsterte ihm die Warnung zu.

Er blieb stehen und schaute den blau strahlenden Kristall an. *Veränderliche Seelenkugel.* Genau den Namen hätte er dem Psychod gegeben. So sah es aus.

Dalaniekay atmete schwer. »Ich habe das Gewürz nicht gestohlen«, gestand sie tonlos ein. Das Sprechen fiel ihr schwer. »Und ich ...«

»Meine Gefährtin ist verwirrt, Kommandant«, sagte Tomas heftig. »Sie steht unter einer schweren Dosis Munarquon. Sie braucht geraume Zeit, um zu sich selbst zu finden.«

»Ich habe es wirklich nicht gestohlen ...!«, rief sie aus.

»Das ist richtig«, pflichtete Tomas bei. »Es war meine Aufgabe, das kleine Schiff der Loower zu kapern. Ich würde Dalaniekay jetzt gern ins Bett bringen. Sie ist momentan nicht fähig, die heilsame Wirkung des Psychods zu erkennen. Anschließend stehe ich zu Ihrer vollen Verfügung, Kommandant.«

Nach einer Weile sagte Haldor Trunck halblaut: »In Ordnung. Suchen Sie sich eine Kabine. Die meisten sind leer. Schlafen Sie beide aus, dann melden Sie sich wieder hier.«

Tomas schlug die Augen nieder. Er bemühte sich, wie die anderen Paratender zu wirken. Ab sofort musste er ein Sklave Boyt Margors sein, und das vierundzwanzig Stunden am Tag.

Es war der 22. April 3587. Die ZOORTEN konnte frühestens in zwei Tagen die Provcon-Faust erreichen.

Scrugg Tomas suchte sich eine Doppelkabine und ließ Dalaniekay auf die breite Liege sinken. Er zog sich und ihr die hinderlichen Raumanzüge aus. Sie ließ das alles schweigend und fast willenlos geschehen. Das Psychod hielt sie im Bann totalen Gehorsams.

Scrugg selbst war gegen die Wirkung des Psychods immun.

Aus einer Hemdtasche zog er ein halb fingergroßes Gerät und suchte damit die Kabine ab. Ihm war klar, dass er damit ein Risiko einging, denn kein Paratender würde sich so verhalten. Er beruhigte sich, als er feststellte, dass die Kabine nicht überwacht wurde.

Er ließ Trinkwasser in ein Glas, löste eine kleine Menge Munarquon darin auf und gab es Dalaniekay zu trinken. Das war für den Augenblick seine einzige Chance.

Er musterte die Frau schweigend.

»Hör zu!«, sagte er nach einer halben Minute eindringlich. »Du fühlst dich außerordentlich wohl. Du bist sicher, auf rosigen Wolken zu schweben. Ist es so?«

»Ronald, Liebster!«, flüsterte sie. »Was ist passiert?«

Er packte sie an den Schultern und war sicher, dass sein Griff ihr wehtat. »Du hast das Psychod angesehen und bist beeinflusst worden«, stellte er fest.

»Es ist herrlich. Ein Segen für uns alle.«

»Du bringst uns und unsere Mission in Gefahr. Du musst schweigen, Jennifer! Verstehst du?«

»Warum? Das Munarquon ist kein Rauschgift. Der Geheimdienst hat es uns gegeben. Eine Tonne und ein paar hundert Gramm.«

»Aber wir haben es als Rauschgift verkauft. Vergiss nicht, wir ... O verdammt! Du musst mir gehorchen. Also halte den Mund!«

Sie wusste zu viel. Auch dass die Loower eingewilligt hatten, eines ihrer ältesten und kleinsten Schiffe für diese Mission zu opfern. Weil der Einsatz Margor galt, dem Dieb des »Auges«.

»Du darfst mit niemandem über das Munarquon und über unsere Identität sprechen! Hast du verstanden?«

Ihr Gesichtsausdruck verriet, dass sie sich hervorragend fühlte. Doch das war eine falsche Zufriedenheit.

»Warum darf ich nicht sagen, dass wir Ronald Tekener und Jennifer Thyron sind?«

»Weil uns die Wahrheit umbringen würde.«

»Aber Munarquon ist doch ein Medikament, das vor Jahrhunderten auf Tahun entwickelt wurde. Was sollte daran schädlich oder verboten sein? Ich fühle mich so himmlisch wohl!«

Die Schwarzhändler von Krockock waren perfekt getäuscht worden; ihr Vorrat würde niemals genügen, Menschen für längere Zeit zu versklaven. Die Agenten aus der Provcon-Faust waren darauf hereingefallen. Da die Wirkung von Munarquon dem Einfluss der Psychode glich, hatte Boyt Margor sehr schnell reagiert.

»Du musst schlafen und alles vergessen, das Psychod und die Wahrheit über Munarquon und unsere Namen!«, drängte Tekener seine Frau. »Versprichst mir, dass du alles vergisst, Jenny!«

»Ich bin müde und werde schlafen.«

Eigentlich hätte er Jennifer ausschalten müssen. In seiner Kleidung waren Medikamente verborgen, die Krankheiten so perfekt simulierten, dass der beste Arzt den Betrug nicht erkennen würde. Aber noch scheute Tek davor zurück.

»Ich bin todmüde. Ich werde lange und glücklich schlafen – und wenn ich aufwache, wird Boyt Margor mir sagen lassen, was zu tun ist.«

»Vergiss alles!«, drängte Tekener grimmig.

Ronald Tekener hatte geduscht, sich umgezogen und blickte nachdenklich in das Spiegelfeld der Sanitärzelle.

Das schwarzblaue Haar war weiß gefärbt. Ein lang haftendes kosmetisches Präparat hatte die Narben der Lashat-Pocken fast unsichtbar werden lassen, und seine Iris war umgefärbt. Nur der Zellschwingungsaktivator bedeutete ein gewisses Risiko.

Da sie beide einen Zellaktivator trugen, schied das eiförmige Gerät als Ursache seiner Immunität allerdings aus. Tek war während seiner ersten Jahre in der United Stars Organisation mentalstabilisiert worden. Das konnte der Grund sein. Oder einer der Gründe.

Die Lashat-Pocken?

Ihm fiel ein, dass zumindest Julian Tifflor ebenfalls Aktivatorträger und mentalstabilisiert war. Und Tifflor war der Wirkung des Psychods erlegen.

Also doch diese verdammten Pocken?

Er hatte die Infektion überlebt und trug bis heute ihre Spuren. Sie waren wie ein Markenzeichen. Die Antikörper, die er gegen die tödliche Krankheit gebildet hatte, schienen der eigentliche Grund seiner Immunität zu sein.

Oder alle drei Faktoren wirkten zusammen.

Wie dem auch sei, als Schauspieler werde ich wohl meine nächste Bewährungsprobe haben.

Boyt Margors Erfolge hielten an. In Gedanken versunken spielte er mit seinem Amulett. Myrta, die Tempesterin, die er als Gotas Nachfolgerin erkoren hatte, war bei ihm. Ebenso mehrere Paratender, deren Blicke auf dem Amulett ruhten.

»Es sind Schiffe mit Freiwilligen gelandet. Die Neuen werden eingewiesen und zeigen sich kooperationsbereit«, meldete ein junger Mann eifrig. Er war für die Verteilung aller zuständig, die von außerhalb der Provcon-Faust kamen. Noch war die Bevölkerung auf Gäa und den anderen Planeten zahlenmäßig gering.

Für kurze Zeit dachte Margor darüber nach, wie es wohl gewesen wäre, hätte er die Rücksiedlung der Menschen aus der Dunkelwolke ins Solsystem unterbinden können. Aber damals war er noch nicht stark genug gewesen.

»Es muss schneller gehen«, sagte er heftig. »Wir brauchen vor allem Spezialisten auf vielen Fachgebieten. Erst wenn wir den anderen auch technisch in jeder Hinsicht ebenbürtig sind ...«

Über Interkom wurde ihm gemeldet, dass Roctin-Par eingetroffen war.

Wenige Minuten später betrat der Lare den Raum. Margor machte eine einladende Bewegung und deutete auf einen freien Sessel. Der Lare setzte sich. Er wartete, bis er angesprochen wurde.

»Deine Mission war erfolgreich?«

»Nicht in jeder Hinsicht«, antwortete Roctin-Par vorsichtig. »Etwas scheint fehlgeschlagen zu sein.«

Margors Blick durchbohrte den Laren geradezu.

»Ich bin mit der Delegation wie angeordnet auf Terra gelandet.« Roctin-Par wirkte schuldbewusst. »Wir trafen Julian Tifflor und andere

Führungskräfte in Imperium-Alpha. Der Erste Terraner informierte mich, dass auch Hotrenor-Taak unter deinen Einfluss geraten sei.«

»Du hast das Psychod übergeben?«

»Ich habe das Psychod als Geschenk aus der Provcon-Faust Tifflor persönlich übergeben. Als ich ihn verließ, war ich sicher, dass der Einfluss des herrlichen Psychods schon auf ihn wirkte.«

»Du konntest erkennen, dass Tifflor sich unterwirft?«

»Er hat sich nicht unterworfen, etwas muss ihn abgelenkt haben. Oder diese drei Mutanten, von denen du gelegentlich sprichst, haben ihn gewarnt.«

»Dich trifft keine Schuld«, bemerkte Margor in einem seltenen Anfall von Großmut. »Nicht jeder Versuch muss erfolgreich sein.«

»Du wirst Terra ohnehin besiegen!«, wandte Myrta ein.

Margor nickte zustimmend. »Ich habe den Weg zum Ziel betreten. Die ZOORTEN ist hierher unterwegs.«

»Eines der Schiffe, die Paratender auflesen sollen?«, erkundigte sich Roctin-Par.

»Meine Abgesandten haben Rauschgift an Bord genommen, dessen Wirkung den Psychoden gleichkommt. Es wird in Kürze nicht nur alle Vincraner und Tekheter zu meinen begeisterten Dienern machen, sondern vor allem Terraner. Allerdings wird die ZOORTEN nicht hier auf Gäa landen, sondern auf einem anderen Planeten der Dunkelwolke. Gäa ist ohnehin schon fest in meiner Hand.«

Boyt Margor erhob sich. »Ihr dürft gehen«, sagte er, und seine wedelnde Handbewegung scheuchte alle Paratender hinaus wie lästige Insekten. »Ich will allein sein, weil ich nachdenken muss.«

Er trat ans Panoramafenster und blickte über seine Stadt hinweg. Für wenige Sekunden schien es ihm, als sähe er vor sich alle Sonnen und Planeten der Milchstraße. Eines nicht mehr fernen Tages würde sein Wille überall Gesetz sein.

Mit wenig Hoffnung, brauchbare Informationen zu bekommen, hatte Tekener den Interkom eingeschaltet. Bislang schien kein Vakulotse an Bord gekommen zu sein; das Schiff befand sich demnach noch nicht im Einflug in die Dunkelwolke.

Endlich wachte seine Frau auf.

»Ronald, ich hatte eine Unmenge abstruser Träume«, raunte sie.

»Scrugg, ich bin Scrugg«, berichtigte er sofort. »Verstehst du, Dalaniekay? Ich denke, deine Träume waren die Wirklichkeit. – Erinnerst du dich, was ich dir gestern gesagt habe?«

Sie schaute ihn forschend und ein wenig verwirrt an. Nach einer Weile nickte sie zögernd. »Ich entsinne mich ... Du hast eindringlich mit mir gesprochen.« Mühsam formte sie jedes Wort. »Ich soll schweigen, das hast du gesagt.«

»Du sollst hierbleiben und schweigen. Weil du süchtig bist und unter Drogen stehst. Zu viel verlangt?«

Sie schüttelte den Kopf. »Nein, ich glaube nicht. Ich halte mich daran, so gut ich kann. Was ist ...?«

Tekener blickte an ihr vorbei auf den Monitor des Interkoms. »Der Vakulotse kommt an Bord«, antwortete er. »Demnach werden wir in Kürze auf Gäa landen. Ich gehe jetzt und versuche, den Kommandanten von unseren Problemen abzulenken.«

»Du bist immun gegen das Psychod, nicht wahr?«, flüsterte sie verwundert, fast erschreckt.

»So ist es.« Tekener hauchte ihr einen Kuss auf die Stirn. »Ich komme so schnell wie möglich zurück. – Hüte dich vor Unbesonnenheiten!«

Dalaniekay seufzte tief. »Ich pass auf«, versprach sie.

Tekener verließ die Kabine. Wahrscheinlich gab der Vakulotse bereits seine Kommandos, um die ZOORTEN ins Zentrum der Dunkelwolke zu bringen.

Ruhig ging er durch die Korridore zur Zentrale. Paratender verhielten sich völlig normal, sie verloren nichts von ihren Fähigkeiten, sie waren eben nur perfekte Befehlsempfänger. Genau das redete er sich immer wieder ein.

Er betrat die Zentrale und warf einen langen Blick auf das Psychod. Unbewegt registrierte er, dass er weder irisierende Linien, pulsierende Felder noch sonstige Vorgänge wahrnahm. Lediglich eine schwache Lichtaura umgab den Gegenstand, der eine eigenwillige Mischung aus Kugel, Blume und Dornenranke zu sein schien.

Der Kommandant wandte sich ihm zu.

»Ich habe mich im Schlaf erholt und bitte, mir eine Aufgabe zuzuweisen«, sagte Tekener alias Scrugg Tomas.

»Wo ist deine Gefährtin?«

»Dalaniekay musste in der Kabine bleiben. Sie ist munarquonsüchtig und leidet unter Entzugserscheinungen. Ich bin sicher, dass sie in diesem Zustand keine Hilfe sein kann.«

»Margor soll entscheiden, was mit ihr geschieht. Für dich habe ich noch keine Aufgabe. Erst nach der Landung. Du wirst uns helfen, die richtige Dosierung und die schnellste Anwendung des Mittels herauszufinden. Wir landen auf Tekheter, um dort Margors Herrschaft vorzubereiten.«

»Gewiss«, sagte Tekener.

Die ZOORTEN flog also nicht Gäa an. Das machte es schwerer, an den Mutanten heranzukommen. Tek schluckte seine Enttäuschung hinunter und warf einen langen Blick auf das Psychod. Er verließ die Zentrale, ohne sich noch einmal umzuschauen.

Tekheter war ein planetengroßer Mond, nicht mehr als zwei Lichtjahre von Gäa entfernt. Seine Sonne Arwalal und ihre Planeten galten aufgrund ihrer Position an der Innenschale der Provcon-Faust als exponiert und dementsprechend gefährdet, eines Tages von den unberechenbaren Kräften der Dunkelwolke vernichtet zu werden. Dass Arwalal von drei Planeten umlaufen wurde, war an sich schon die große Ausnahme.

Der Mond war die Heimat der lemurischen Nachfahren, der Tekheter. Natürlich erkannte Ronald Tekener es als logisch, dass Margor versuchte, die Bevölkerung in der Dunkelwolke zuerst in seine Gewalt zu bringen.

Als Ronald Tekener und Jennifer Thyron den Raumhafen betraten, brannte die Mittagssonne vom Himmel. Im Westen türmte sich eine schwarze Wolkenfront auf.

Hinter den beiden quoll ein langer Zug Menschen aus dem Schiff.

»Dabei hätte ich geschworen, dass die ZOORTEN so gut wie leer sei«, raunte Tek. »Sie ist also eines der Schiffe, die Untertanen für Margor einsammeln.«

»Bleibt in der Reihe! Keine Verzögerungen!«, rief jemand. Wortlos gehorchten alle. Tekener schätzte, dass es nicht weniger als tausend Männer und Frauen waren. Sie gingen auf einen Pulk großer Gleiter zu.

Die schwarze Wolkenfront kam rasend schnell näher. Der Tag auf Tekheter dauerte elf Stunden und knapp vierzehn Minuten. Also würde es ohnehin schon in drei Stunden dunkel werden.

An die hundert Personen schoben sich mit Tekener und seiner Frau in den ersten offenen Gleiterbus, der sofort abhob. Schon nach wenigen Augenblicken machte sich Unruhe breit. Die meisten Passagiere starrten zu einer Säule hinüber, die das Licht der gnadenlos aus dem Nachmittag herunterbrennenden Sonne reflektierte. Um die Säule flackerte ein vielfarbiger Strahlenkranz.

So unauffällig wie möglich drehte Tekener seine Frau in die entgegengesetzte Richtung.

»Heftige Temperaturschwankungen sind die Regel«, flüsterte er. »Hier wird gleich ein Blizzard toben.«

Nur Augenblicke später wurde ein schlankes, um seine senkrechte Achse tanzendes Psychod sichtbar. Es befand sich an einer Position, wo nahezu jeder auf dem Raumhafen es unweigerlich sehen musste. Flammen schienen um die Spindel zu tanzen, deren Form sich ständig veränderte.

Der Anblick ließ Tek völlig unberührt. Aber Jennifer versteifte sich wie unter einem Schock. Nur langsam löste sich ihre Verkrampfung danach wieder. Desinteresse, Müdigkeit, starke Unsicherheit, die Abwesenheit von Widerstandskraft und Kritikfähigkeit ... diese Eindrücke mischten sich in ihrem Gesicht.

Margor, ich kriege dich!, dachte Tekener, siedend vor Zorn. *Und falls ich versage, wird dich ein anderer zur Rechenschaft ziehen.*

Der Gleiterbus schwebte an dem Psychod vorbei, wurde schneller und glitt auf eine breite Piste hinaus.

In der schwarzen Sturmfront zuckten die ersten Blitze. Eine jähe Bö wirbelte Laub und Abfälle auf.

Als der Gleiter auf eine ausgedehnte Siedlung zuschwebte, verschwand die Sonne in der Schwärze. Die Berge, hinter denen das Hochlandmeer lag, verschmolzen mit dem Horizont. Schleier aus Eiskristallen hingen plötzlich in der Luft, ein kreischendes Heulen erklang.

Der Gleiterpilot kümmerte sich nicht darum. Er hielt unbeirrbar auf die im Kreis stehenden Gebäude zu. Als der Bus endlich aufsetzte, tobte der Blizzard zwischen den Berghängen heran.

»Alle verlassen das Fahrzeug!«, tönte eine Lautsprecherstimme. »In der Halle wird jedem ein Wohnraum zugewiesen.«

Die Paratender sprangen in den Sturm hinaus, der Eiskristalle heranpeitschte. Auch die nächsten Fahrzeuge stoppten und entließen ihre Passagiere.

Ein junger Mann sah sich um und entfernte sich langsam von der Menge. Tekener, der Jennifer an der Hand hielt, verharrte im Windschatten des Gleiters und betrachtete die Szene mit scheinbarer Gleichgültigkeit.

Der Junge schien kein vollkommener Paratender zu sein. Er verschwand beinahe im dichten Eishagel. Einerseits versuchte er zu fliehen, andererseits gab er sich den Anschein, als gehorche er der Anordnung. Als er hinter einer Baumgruppe verschwand, reagierten mehrere Dutzend Paratender synchron. Sie folgten dem Flüchtenden. Ihre Gleichzeitigkeit wirkte wie eine robotgesteuerte Aktion.

Tekener zog seine Frau mit sich. Außer Atem, frierend und schneebedeckt kämpften sie sich in die Halle vor.

Sie warteten schweigend.

Nach einer Weile wurden sie namentlich aufgerufen, registriert und eingewiesen.

Einen Tekheter-Tag, also knapp zwölf Stunden Terra-Norm später.

In dem Labor, das er soeben betreten hatte, wurde das Munarquon untersucht, analysiert, aufgeschwemmt, getestet und zur Anwendung vorbereitet. Ronald Tekener hatte ein verdammt ungutes Gefühl, als er sich umsah.

»Die Experimente werden auf breiter Basis durchgeführt«, erklärte der Laborleiter. Der Tekheter trug einen pastellblauen Arztkittel. »Die abtrünnigen Lotsen müssen schon in wenigen Tagen begeisterte Anhänger Boyt Margors sein.«

»Was in meiner Kraft steht, werde ich tun«, sagte Tekener.

Über seine Reaktion war er verblüffter als über alles andere. Er wusste, dass binnen kurzer Zeit auffallen musste, dass sein Munarquon nur wenig mehr als ein Kurzzeit-Sedativum war. In dem Augenblick würde es dem Rauschgifthändler Scrugg Tomas schlecht ergehen.

»Natürlich brauchen wir deine Fähigkeiten«, erwiderte der Wissenschaftler trocken. »Dank der ersten Testpersonen haben wir schon festgestellt, dass Munarquon mit der Zuverlässigkeit eines stark aufgeladenen Psychods wirkt.«

Er deutete auf die Sichtscheibe, die das Labor von einem größeren Raum abtrennte. Auf der anderen Seite befanden sich mindestens hundert Tekheter. Zweifellos war für sie das Glas nicht durchsichtig, denn keiner interessierte sich für das Labor. Die Männer und Frauen unterhielten sich und tranken aus Kunststoffbechern.

Tekener hatte sofort erkannt, dass ihnen Munarquon verabreicht wurde. Die ersten Opfer lagen schon mit dem Ausdruck höchster Glückseligkeit in den Sesseln.

Die Wahrheit war nur mehr eine Frage der Zeit. Sobald Margor davon erfuhr, würde er entweder selbst im Labor erscheinen, oder er beorderte Scrugg Tomas zu sich oder befahl, den Betrüger zu töten. Tekener wollte keinesfalls darauf warten.

»Ich erinnere mich, im Solsystem Aussagen über die Wirkung von Munarquon gehört zu haben«, sagte er nachdenklich. »Sie variiert möglicherweise sehr stark bei unterschiedlichen Metabolismen.«

»Klartext bitte!«, drängte der Versuchsleiter.

»Ich bin nicht sicher, ob das Rauschgift auf Tekheter genauso stark wirkt wie auf Terraner.«

Der Mann im hellblauen Kittel blickte sinnend in den Nebenraum. Nach einer Weile schüttelte er den Kopf. »Dein Munarquon wirkt offensichtlich besser als beabsichtigt. Du bist nicht länger ein umherschweifender, auf eigene Rechnung arbeitender Schwarzhändler.«

Tekener hob die Schultern. »Ich diene mit meinen Kenntnissen und meiner Kraft Boyt Margors Idee«, sagte er eifrig.

»Deine Befürchtung ist falsch, Tomas. Jede der momentan hundertneun Versuchspersonen trägt einen Sender. Hier in der Hologalerie sehen wir das aufbereitete Resultat.«

Gehirnwellenmuster, erkannte Tek sofort. *Sämtliche Anzeigen sind so gut wie identisch.*

Die Wirkung des Munarquon auf die Tekheter schien weitaus stärker zu sein als bei dem alten Terraner in Pinkys Bar.

Jennifer Thyron stand in einer Warteschlange und schob ihr Kunststofftablett an den Fächern vorbei. Der Hunger hatte sie aus der Kabine getrieben.

Die Kantine war nicht sonderlich groß; für jedes Gebäude gab es einen solchen Raum. Menschen und Tekheter standen dicht an dicht. Jennifer fühlte sich wohl; sie befand sich unter Gleichgesinnten. Alle hier liebten Boyt Margor.

Sie hob einen Becher mit einem dampfenden Getränk auf das Tablett. Vorsichtig bewegte sie sich durch die Menge zu einem freien Platz. Sie hatte ihr endgültiges Ziel gefunden: Dienerin Margors in der Gemeinschaft anderer Diener und Helfer zu sein.

Lächelnd setzte sie sich zwischen zwei Tekheter. Die Planetarier gaben das Lächeln schweigend zurück. Sie aß mit Genuss.

»Hast du dich auch schon zu den Versuchen gemeldet und Munarquon probiert?« Etwas tief in ihrer Überzeugung zwang sie, ihren Nebenmann anzusprechen.

»Noch nicht«, lautete die freundliche Antwort. »Wie steht es mit dir?«

Das Essen schmeckte vorzüglich. Mit vollem Mund erwiderte Dalaniekay: »Ich kenne das Munarquon. Es ist gar kein loowerisches Gewürz.«

»Das verstehe ich nicht«, erwiderte der Tekheter unvermindert freundlich. »Die Freunde Margors sagten uns allen, dass wir durch Munarquon ungeahnte Fähigkeiten erlangen werden. Dass wir uns wohler fühlen werden als je zuvor.«

»Das ist absolut richtig«, flüsterte Jennifer eindringlich. »Meine Gedanken schweben, meine Träume tanzen, ich kenne weder Hunger noch Schmerz. Das Leben ist mit einem Mal so leicht. Und ich bin in der Lage, die Wahrheit zu erkennen. Die Wahrheit ist wichtig. Margor sagt, dass wir ihn nicht belügen dürfen.«

»Jede Lüge ist widerlich!«, stellte der gut aussehende Mann in Raumfahrerkleidung fest, der ihnen gegenübersaß. Dalaniekay schenkte ihm ein zögerndes Lächeln. Sie fühlte, dass sie im Begriff stand, etwas zu tun, was Ronald nicht gutheißen konnte, aber die Erinnerung verschwamm – sie entsann sich nicht mehr, worum es sich handelte.

»Deshalb lüge ich nicht mehr«, schränkte sie unaufgefordert ein. »Ich bin nicht Dalaniekay Tomas, ich heiße Jennifer Thyron. Und das Munarquon haben wir gar nicht gestohlen.«

»Dann hat auch dein Freund einen anderen Namen?«, erkundigte sich ihr Nebenmann voller Freundlichkeit.

»Er heißt Ronald Tekener.« Sie trank den Becher leer und stutzte für einen Moment. Schimmerte der Rest eines Munarquonkristalls auf dem Boden?

»Du fantasierst im Munarquon-Rausch«, vermutete ihr Nachbar.

»Munarquon zwingt zur Wahrheit und macht schon deshalb glücklich. Er ist wirklich Ronald Tekener von der LFT!« Jennifer fühlte sich beschwingt und losgelöst.

Der Mann ihr gegenüber erhob sich. »Sprich ruhig weiter«, ermunterte er sie. »Es scheint, als brächte Munarquon Wahrheiten ans Licht, die von großem Interesse für Margor sind.«

Er nahm sein leeres Tablett und ging langsam davon.

Wut und Resignation hatten Tekener übermannt. Als er zu seiner und Jennifers Unterkunft zurückging, führte er unhörbare Selbstgespräche. Es war tiefe Nacht. Rund zwanzig Stunden lang hatte er sich verstellen müssen und die Wirkung des Munarquon auf die Tekheter untersucht. Sie reagierten darauf wie Verrückte.

Er atmete auf, als die Zimmertür hinter ihm zufiel.

Jennifer sah ihn strahlend an. Es war wie eine Erlösung für sie, als sie heraussprudelte: »Ich habe heute viele Freunde getroffen und mit ihnen geredet. Sie erklärten mir so viel. Und sie kennen die Wahrheit.«

Schweigend starrte er sie an. Seine Wut wurde von neuer Furcht verdrängt.

»Die Wahrheit. Welche Wahrheit, Dalaniekay?«, fragte er beunruhigt.

»Wir brauchen diese scheußlichen Namen nicht mehr. Ich habe ihnen gesagt, dass ich Jennifer Thyron bin. Und dass dein richtiger Name Ronald Tekener ist.

Er nahm den Schlag wie erstarrt hin. Jemand würde dieses Geständnis verstanden und richtig reagiert haben.

»Wie schön«, sagte er bebend. »Wir müssen hier fort! Nimm alles mit, was wir brauchen können!«

Tekener bezweifelte nicht, dass Margor mittlerweile die Wahrheit erfahren hatte. Die Folgen daraus waren noch gar nicht absehbar.

Jennifer gehorchte, das war ein winziger Vorteil der Beeinflussung durch das Psychod. Ausgleichende Gerechtigkeit sozusagen. Tek selbst warf alles, was ihm unter die Finger kam, in seine Packtasche. Die einzige Fluchtmöglichkeit, von der er sich eine Chance versprach, bot die Ruinenstadt Lakikrath.

»Ich bin sicher, dass Margor schon auf dem Weg hierher ist oder seine besten Paratender alarmiert hat.« Er kontrollierte die Ladeanzeige seines Strahlers und schob die Waffe wieder unter seine Achsel.

»Wir müssen fliehen, Jennifer. Es ist sinnlos, darüber zu debattieren. Komm jetzt!«

Er warf sich die Tasche über die Schulter und packte seine Frau an der Hand. Gemeinsam verließen sie den kleinen Wohnraum und liefen über den nächtlich leeren Korridor.

Tekener entdeckte keine Wachen. Er zog seine Frau in Richtung mehrerer kleiner Gleiter.

»Ich habe etwas getan, was falsch war?«, murmelte Jennifer.

»Vergiss es«, brummte er.

Sie erreichten den ersten Gleiter. Tekener registrierte, dass der Kodegeber steckte. Er zerrte Jennifer auf den Nebensitz und aktivierte den Magnetgurt. Sie lächelte.

Sekunden später ließ er den Gleiter auf dem Prallfeld abheben. Er kannte die örtlichen Gegebenheiten wenigstens aus den Schulungsprogrammen. Sie mochten in Details überholt sein, doch die hauptsächlichen Gegebenheiten stimmten.

Der Schwebegleiter jagte der Tempelstadt entgegen.

Jennifer hing apathisch im Sitz und starrte in die Nacht hinaus.

Irgendwann ging die Piste in einen unbefestigten Weg über. Ein zerfallenes Zaunsystem tauchte auf und fiel wieder in die Dunkelheit zurück. Noch gab es keine Anzeichen, dass jemand die Fliehenden verfolgte.

Tekener raste mit annähernd Höchstgeschwindigkeit über das Land. Nach einer gefühlten kleinen Ewigkeit wuchs der erste Ruinenkomplex aus der Düsternis auf. Am Horizont dämmerte schon der neue Morgen.

Sie waren in Lakikrath, den steinernen Zeugnissen einer uralten Kultur. Die Tempelbauten der Prä-Zwotter befanden sich teilweise noch in verblüffend gutem Zustand. Über mehr Informationen verfügte Tekener allerdings nicht.

Er drosselte die Geschwindigkeit und dirigierte das Fahrzeug zwischen dschungelartigem Pflanzendickicht und immer neuen Ruinen tiefer in die Verbotene Zone hinein.

Augenpaare tauchten riesengroß und phosphoreszierend auf und verschwanden wieder. Jennifer bekam davon nichts mit, sie schlief. Tekener war froh darüber. Er hoffte, dass der Zwang der Psychode bald abklingen würde.

Das Rauschen des nahen Wasserfalls übertönte bald alle Geräusche. Nässe hing in der Luft. Immer neue Ruinen tauchten auf. Tekener steuerte den Gleiter schließlich unter einen überwucherten Torbogen, schaltete alle Systeme aus und lehnte sich aufatmend zurück.

Er spürte die Erschütterung, als er wenig später mit Jennifer den Gleiter verließ. Der Boden sackte ein. Offenbar lag unter dem Tor eine uralte Kammer, die der Belastung nicht standhielt.

Die Maschine schien langsam im Untergrund zu versinken.

Ein unheilvolles Knacken und Krachen hallte unter dem Torbogen wider. Dreck und Pflanzenteile fielen aus der Höhe auf das Fahrzeug herab.

Der Boden sackte vollends weg. Für einen Moment hatte Tekener den Eindruck, dass sich Lianen und Pflanzenwurzeln zur Seite zogen, aber er war sich dessen nicht sicher. Der Gleiter sank in die Tiefe. Betäubender Modergeruch breitete sich aus. Eine moosbewachsene Steinmauer stürzte dröhnend um. Nachdem sich der aufgewirbelte Staub und abgerissene Pflanzenteile gesetzt hatten, bildeten die Mauerbrocken einen kleinen Hügel – genau dort, wo der Gleiter versunken war.

Der gewaltige Torbogen hatte sich ein Stück weit geneigt, hielt aber noch stand. Die üppige Vegetation würde alle Spuren schon in Kürze überwuchert haben.

3.

Lakikrath zählte zu den bedeutendsten ungelösten Rätseln der Provcon-Faust. Die uralte Tempelstadt lag nahe dem größten Wasserfall, den Menschen bislang in der Milchstraße gesehen hatten.

Für Tekheter waren die Relikte tabu. Ein Tekheter starb eher, als dass er es wagte, die Grenze der zerfallenen Zäune zu überschreiten.

Geborstene Türme aus mächtigen Quadern, verwitterte Torbögen und lange Säulenreihen, ausgedehnte Flächen, die einst prächtige Mosaikböden gewesen waren, grasüberwucherte Treppen und Rampen ... Überall mächtige Bäume, viele umgestürzt und vermodert, Dünger bildend für die Schösslinge. Tempel voller düsterer Höhlungen. Im Untergrund verlaufende Gänge und eingebrochene Stollen. Ab und zu kondensierender Wassernebel des Hochmeerfalls, der den Riesenbezirk durchnässte und in Schlamm verwandelte, triefend dann die gewaltigen Anlagen aus Stufentempeln, Mauern, Viadukten und Aquädukten.

Und über allem schwebten scheinbar die Geister der Ahnen. Niemand vermochte sich Lakikraths zwingender Ausstrahlung zu entziehen.

Auch Ronald Tekener und Jennifer Thyron nicht.

Im Zentrum der Tempelruinenstadt fanden sie eine Zuflucht, einen halb verwitterten, von Pflanzen überwucherten Turm.

Zwei Tage lang herrschte absolute Ruhe.

Boyt Margor hielt die Hände auf dem Rücken verschränkt. Schweigend, von Wut beherrscht stand er in der Zentrale des Raumschiffs. Seine kleine Flotte hatte Tekheter fast erreicht.

Nahezu ununterbrochen bestand Funkkontakt. Margor war informiert, wie intensiv Tekheter und Vincraner nach den flüchtigen terranischen Agenten suchten.

»In der Maske von Schwarzhändlern! Eine Tonne Rauschgift ... und wir haben sogar dafür gezahlt ...« Nervös spielte Margor mit seinem Amulett. Er musste schnell reagieren und zielsicher zuschlagen.

Sie sahen die Kugelraumer über den Himmel ziehen und dabei tiefer sinken. Ronald Tekener wusste sofort, dass Margor kam.

»Alle werden uns suchen, Tek«, sagte Jennifer. »Auf Dauer haben wir nicht die geringste Chance.«

»So schlecht sehe ich die Situation nicht«, widersprach er. »Wichtig ist, dass der Einfluss der Psychode schon weitgehend von dir abgefallen ist. Das Weitere wird sich finden.«

Die Frau lächelte bedrückt. »Wir können nicht mit Steinen werfen, sobald Zehntausende Tekheter nach uns suchen.«

»Aber wir können uns hier notfalls jahrelang verbergen!«

Sie verließen ihren Aussichtspunkt und stiegen die zerbröckelnden Stufen der Treppe hinunter. Schlingpflanzen sprengten die Steine. Trotzdem hatte es den Anschein, als wichen die Ranken vor den beiden Eindringlingen zurück. Jennifer blieb stehen und deutete auf dicke Äste, die sich zitternd zurückbogen. Auf dem hellen Untergrund der Treppe war der Effekt deutlich zu erkennen.

Die Pflanzen wichen den beiden Menschen aus. Tek hatte diesen Eindruck schon gewonnen, als er mit dem Gleiter in die Wildnis eingedrungen war.

»Hier ist vieles merkwürdig«, stellte er fest. »Zum Beispiel die Früchte, die ich gesammelt habe, während du schliefst. Manche hoben sich förmlich aus dem Dickicht hervor, andere schienen mir auszuweichen.«

»Kannst du zwischen genießbaren und ungenießbaren Früchten unterscheiden?«, fragte Jennifer zögernd. »Wohl kaum. Also hat jemand dir die Wahl abgenommen.«

Tekener lachte heiser. Er war Realist, an mystische Vorfälle glaubte er nicht. Es gab sicherlich eine bessere Erklärung.

Er verstummte. Lauschte angespannt. Dröhnende, pfeifende Geräusche überlagerten das allgegenwärtige Rauschen des Wasserfalls.

»Weg hier!«, stieß Tek hervor und sprang die letzten Stufen abwärts.

Bäume und Büsche schüttelten sich wie im Sturm – in der Vegetation öffnete sich ein Durchschlupf.

Spürte Lakikrath, dass eine Gefahr näher kam? Zu sehen war nichts. Aber das Summen mehrerer Gleitertriebwerke zog langsam über die beiden Flüchtigen hinweg. Gleiter kreisten über den Ruinen.

»Sie suchen uns wirklich!«, raunte Jennifer.

Vermutlich hatte der Zellaktivator ihre rasche Erholung bewirkt. Tekener nickte konzentriert. Die Gleiter entfernten sich nur unwesentlich. Zudem klangen andere Geräusche auf.

Ein greller Lichtreflex zuckte durch das üppige Grün. Ein kleines Kugelraumschiff schwebte in geringer Höhe über Lakikrath hinweg. Eine Sekunde lang sah Tekener die Korvette.

Die Zweige und Blätterbüschel schlossen sich enger zusammen. Sie schienen die beiden Menschen streicheln zu wollen.

Ächzende, knarrende Laute erklangen.

Tekener wandte sich um, seine Hand glitt zum Strahler. Ungläubig sah er, dass sich die Wurzeln eines Baumriesen aus dem weichen Boden hoben. Eine kleine Höhle entstand – und darunter schien es weiterzugehen.

»Was geschieht hier eigentlich?«, fragte er kaum hörbar.

Eine Steinplatte schob sich zur Seite und gab eine von moderndem Holz und Moosen bedeckte schmale Treppe frei. An den Rändern des Loches zuckten Wurzelteile wie lebende Organismen.

»Zufall oder nicht ... hinunter!«, drängte Jennifer. »Sie werden uns finden, wenn wir zögern.«

Tekener folgte ihr mit einem Sprung. Am unteren Ende der Treppe schaute er zurück.

Die Wurzeln bewegten sich, griffen ineinander, und fast geräuschlos schob sich die Steinplatte zurück. Es wurde finster.

Teks Augen gewöhnten sich schnell an die Dunkelheit. Ohnehin sorgten Leuchtmoose dafür, dass wenigstens schemenhafte Umrisse erkennbar blieben. Er schob Jennifer vor sich her, tiefer in den noch leicht abwärts führenden Stollen.

»Vielleicht erscheint demnächst ein Zwottergespenst und erläutert uns das alles«, raunte er. »Aber sicherlich finden wir bei einigem Überlegen eine Erklärung für diese verrückten Vorfälle. Das kann doch nur mit den Prä-Zwottern zu tun haben.«

Langsam schoben sie sich weiter. Stellenweise war der Stollen schon halb verschüttet. Sie stießen auf kleine Skelette.

»Das hier war schon in früheren Zeiten ein Fluchtweg«, vermutete Tek. »Ich bin gespannt, wohin ...«

Er brauchte die Frage nicht mehr zu stellen. Der Stollen mündete in eine größere Kammer. Fahler Lichtschein fiel aus fingerdicken Deckenrissen herab. Hier lag ihr Fluchtgleiter, zwar ein wenig schräg und sichtlich mitgenommen, aber wohl nach wie vor fahrtüchtig. Sehr schwach erklangen aus der Höhe Stimmen und das Geräusch splitternden Holzes. Die Suchtrupps bahnten sich ihren Weg.

»Wir warten hier, wenn es sein muss, tagelang.« Tekener ließ sich, wo er gerade stand, auf den Boden sinken. »Mittlerweile können wir wohl darauf vertrauen, dass uns die Prä-Zwotter-Ahnen von Lakikrath helfen. Sie scheinen einiges gegen Margor zu haben.« Er lachte leise. »Vielleicht ist ihnen sein Niveau zu billig.«

»Ich glaube, ich werde mich niemals an deine sarkastische Art gewöhnen«, erwiderte Jennifer.

Den gesamten Tag über durchkämmten Suchkommandos das Gebiet der Tempelruinen. Gleiter kamen und entließen immer neue Leute.

Bis zum Abend gab es keine Erfolgsmeldung.

Boyt Margor wartete in seinem Gleiter hoch über dem Ruinenfeld. Hin und wieder schweifte sein Blick zu dem gewaltigen Wasserfall hinüber, der sich in Dunst hüllte. Als wäre die Welt eine Scheibe und der Ozean ergösse sich über ihren Rand hinweg ins Nichts – so wirkte dieses gigantische Naturschauspiel. Mehr als dreihundert Meter stürzten die Wassermassen von dem Hochplateau in die Tiefe, auf einer Länge von gut vierzig Kilometern. Es gab kaum ein geeignetes Wort, das zu beschreiben.

Margors Macht würde bald ähnlich unbeschreiblich sein.

Er wandte sich wieder dem Dschungel zu, der sich ebenfalls von Horizont zu Horizont spannte.

Ein Aufblitzen in der Tiefe weckte seine Aufmerksamkeit.

Da war es wieder!

Zugleich sprach der Funkempfang an.

»... ein großer Mann – er muss es sein!«

Margor ließ seinen Gleiter absinken und beschleunigte zugleich. Wieder zuckten Strahlschüsse auf.

Er fluchte lautlos. Hunderttausende Tekheter hätten in Lakikrath suchen können, doch sie weigerten sich. Er hatte seine Wut an einigen von ihnen ausgelassen. Sie wollten die Ruinenlandschaft nicht betreten. Lieber starben sie.

Doch nun hatten Kommandos seiner von Gäa stammenden Paratender die Flüchtenden gestellt.

Tekener und Thyron hatten sich inmitten eines weitläufigen Ruinenfelds verborgen. Mittlerweile tobte da unten ein heftiges Feuergefecht.

Die Konsequenz, falls ihm die beiden LFT-Agenten entkamen, war für Margor mehr als erschreckend. Bislang war es Tekener und seiner Frau wohl unmöglich gewesen, aber sie würden Mittel und Wege finden, ihre Erkenntnisse weiterzugeben. Schlimm war zudem, dass sie den Psychoden trotzten.

Margor flog schon tief genug. Er sah, dass seine Tempester von allen Seiten aus dem Dschungel hervorbrachen und die Mauern stürmten.

Tekener und Thyron schienen sich mittlerweile getrennt zu haben, doch das half ihnen nicht mehr.

Margor umrundete einen von Schlingpflanzen überwucherten Torbogen in einigem Abstand. Als er zwischen herumliegenden Quadern zur Landung ansetzte, zuckten schon keine Strahlschüsse mehr.

Augenblicke später sah er, dass seine Tempester-Kommandos zwei Körper heranschleppten. Er schwang sich aus dem Gleiter.

»Bringt sie hierher!«, rief er.

Minuten später lagen die gut aussehende Frau und der weißhaarige Mann neben dem Gleiter. Ohne jede Regung betrachtete der Gäa-Mutant ihre Wunden und Verbrennungen.

Kein Zweifel, das waren die beiden, deren Konterfeis ihm von Chloreon und aus der ZOORTEN übermittelt worden waren. Ronald Tekener und Jennifer Thyron lebten nicht mehr, ihre Waffen lagen irgendwo zwischen den Ruinen.

Schweigend umstanden die Paratender die Leichen und den Gleiter. Immer mehr Tempester kamen heran.

»Ihr hattet Befehl, wenigstens den Mann lebend zu fangen!« Boyt Margor fuhr den ihm am nächsten stehenden Paratender an. »Ihr habt versagt!«

Schuldbewusst neigte der Angesprochene den Kopf. »Es war nicht möglich, sie zu betäuben. Beide wehrten sich verbissen und haben einige von uns verletzt.«

»Bringt sie zum Raumhafen! Wir fliegen zurück nach Gäa.«

Als der Mutant sich abwandte und wieder in den Gleiter steigen wollte, sagte ihm sein stets waches Misstrauen, dass etwas nicht stimmte. Er wandte sich ruckartig um. Die Toten wurden so nahe an ihm vorbeigetragen, dass er beide noch einmal ausgiebig betrachten konnte. Es waren die Gesuchten, zweifellos. Aber dennoch: Er sah die Wahrheit und konnte sie trotzdem nicht glauben.

Ich werde Tifflor und der Liga die Bilder der Toten zukommen lassen, sagte er sich. *Es wird ihnen hoffentlich eine deutliche Warnung sein!*

An einer Seitenwand führten Stufen hoch. Offenbar mündeten sie in einen Pfeiler des Torbogens. Durch Risse im Gestein sahen Tekener und seine Frau, dass in unmittelbarer Nähe gekämpft wurde.

Ein Gleiter landete.

Jennifers Finger krallten sich in Teks Arm. »Das bist du!«, keuchte sie entsetzt. »Und ...«

Er hielt ihr den Mund zu. Nicht weniger entgeistert als seine Frau sah er, dass Paratender zwei teilweise verbrannte Leichen vorbeischleppten. Die Körper trugen seine und Jennys Kleidung, er erkannte auch beide Gesichter.

»Duplikate? Das ist noch erschreckender als alles andere!«, sagte er in höchster Erregung. »Die Prä-Zwotter müssen dahinterstecken, eigentlich hinter allem, was hier geschieht ...«

Sie brauchten Zeit, um sich zu beruhigen. Den eigenen Leichnam zu sehen war für beide eine völlig neue Erfahrung.

4.

Im Krönungssaal herrschte atemlose Spannung. Das Gewölbe war gegen äußere Einflüsse abgesichert. Dennoch war nicht ausgeschlossen, dass wieder Störfaktoren auftraten, die das Experiment negativ beeinflussten. Die Probanden waren sich ihrer Verantwortung bewusst, sie waren konzentriert und gingen in ihrer Aufgabe auf. Viel hing vom Gelingen dieses Experiments ab, die Existenz des Volkes im buchstäblichen Sinn.

»Ein Missgeschick wie vor Kurzem darf nicht vorkommen.« Ahrzaba wandte sich den Probanden zu, denen die Abschirmung des Krönungssaals oblag. »Es liegt an euch, die störenden Elemente auf Distanz zu halten.«

Ahrzaba tat den für die Sicherheit verantwortlichen Probanden unrecht. Es war nicht ihre Schuld, dass beim ersten Versuch nur totes Paraplasma zustande gekommen war. Niemand hatte ahnen können, wie dominant die Ausstrahlung der Eindringlinge sein würde. Als sie die beiden vor ihren Verfolgern beschützten, hatten sie dies weniger aus Mitleid getan, sondern ganz im Sinn ihrer Sache. Die Probanden hatten im Glauben gehandelt, dass die Verfolger abziehen würden, wenn sie ihrer Opfer nicht habhaft werden konnten. Nur deshalb hatten sie sich der beiden Flüchtlinge angenommen. Nicht einmal Ahrzaba hätte geglaubt, dass ausgerechnet diese Individuen durch ihr Id das Experiment nachteilig beeinflussen könnten. Der Beweis, dass sie die Störfaktoren waren, war eindeutig erbracht, weil das tote Paraplasma ihre Form angenommen hatte.

Wenn man dem Fehlschlag eine gute Seite abgewinnen wollte, dann war es die Tatsache, dass die Verfolger sich nach Auffinden des toten Paraplasmas zurückgezogen hatten.

Inzwischen wussten die Probanden, woran sie waren, und konnten sich den Flüchtlingen in angebrachter Weise widmen. Jene, die sie erst beschützt hatten, mussten nun aus dem Experimentalbereich verjagt werden.

Ein leises Brummen hing in der Luft. Ronald Tekener versteifte sich jäh. Er lauschte angespannt.

»Margors Paratender kommen zurück!«, stellte er fest. »Zwei Wochen Ruhe waren leider nicht lang genug ... nun haben sie die Suche wieder aufgenommen.«

»Aber – Margor hält uns für tot.« Jennifer schaute suchend in die Richtung, aus der die Triebwerksgeräusche kamen. »Wir haben doch gesehen, dass sie unsere Leichen abtransportiert haben und ...«

»Die sind nicht hinter uns her, sondern hinter unseren Zellaktivatoren«, unterbrach Tekener. »Margor zweifelt nicht an der Identität der Leichen. Aber er weiß von unseren Zellaktivatoren und will die Unsterblichkeit.«

Ein dumpfes Knirschen erklang hinter ihnen.

Tekener fuhr herum. Suchend huschte sein Blick über die Ruinen, zwischen denen Jennifer und er im Kampf gegen Margors Paratender den Tod gefunden hatten. Unter dem massigen Torbogen wogte Staub auf. Das ganze wuchtige Bauwerk schien sich weiter zu verschieben.

Die Steinplatte, die das Gewölbe mit dem Gleiter abdeckte, war ins Rutschen geraten. Die ersten der oben liegenden Mauerbrocken polterten bereits die Schräge hinab. Und noch während Tek nach einer Ursache für die Veränderung suchte, kippte die ganze Platte in die Tiefe. Donnernd bohrte sie sich in den Gleiter und zermalmte ihn förmlich.

»Zum Glück waren wir jetzt nicht da unten«, sagte Tekener tonlos. »Mir ist unerklärlich, wie sich die Platte lösen konnte.«

»Vielleicht sind uns die Geister der Tempelruinen nicht mehr wohlgesinnt«, argwöhnte Jennifer.

Die Gleiter zogen in wenigen hundert Metern Höhe über die Ruinen hinweg. Aber ihr Summen verklang nicht im Rauschen des Wasserfalls, es kam zurück.

»Wir verschwinden besser!«, entschied Tekener. »Falls sie wirklich nach den Zellaktivatoren suchen, werden sie jeden Stein umdrehen.«

Der Dschungel war lauter als sonst. Dem Lärmen der Tiere hing etwas Bedrohliches an, das Tekener bislang nicht so wahrgenommen hatte. Instinktiv griff er nach der Waffe, als ein Raubtier in geringer Entfernung brüllte.

Kreischend flatterten Vögel aus den Bäumen auf. Dann war Stille, unheimlich geradezu.

Tekener sah sich um. Dass einiges nicht stimmte, glaubte er deutlich zu spüren.

Ringsum im Unterholz ragten Hunderte Steinsäulen auf. Manche konkurrierten mit den Bäumen, andere waren beinahe bis zur Unkenntlichkeit überwuchert.

»Weg da, Tek!«

Er warf sich einfach vorwärts, als er Jennifers Warnung vernahm. Aus dem Augenwinkel sah er noch eine der Säulen kippen, im nächsten Moment schlug das mehrfach mannshohe Steingebilde auf und platzte in einem wahren Splitterregen auseinander.

Die nächste Säule sackte wie bei einem Erdbeben in sich zusammen. Zugleich neigten sich zwei weitere. Dumpf dröhnend schlugen sie auf. Jennifer stand da bereits im trügerischen Schutz eines der mächtigen Urwaldriesen. Gehetzt blickte sie um sich.

Tek folgte ihr einen Augenblick später. Minutenlang war die Luft vom Krachen der in sich zusammenstürzenden Steinmonumente erfüllt, dann kam das Brüllen wilder Tiere schon wieder näher.

»Wir müssen zurück!«, drängte Jennifer.

»Sie sind überall.« Tekener machte eine ausschweifende Geste. »Falls sie angreifen, haben wir einen schweren Stand.«

Er deutete auf eine der umgestürzten Säulen. Die Trümmer hatten nicht nur das Unterholz zerfetzt, sondern große Mosaikplatten zertrümmert, deren Überreste schräg in die Höhe standen. Ein dunkles Nichts gähnte darunter.

»Ein System von Gängen und Höhlen unter der Oberfläche.« Tekener lächelte. »Worauf warten wir eigentlich noch? Du zuerst – ich halte uns den Rücken frei!«

Seine Frau ließ sich in das ungewisse Dunkel hinabgleiten. Sie fand mit den Beinen Halt und löste ihren Griff. Im nächsten Moment rutschte sie ab. Ihr halb erstickter Aufschrei wurde zur Verwünschung.

»Alles in Ordnung?«, rief Tek.

Unten leuchtete ein schwaches Licht auf. Jennifer orientierte sich mithilfe der kleinen Handlampe, die sie im Gleiter gefunden hatte. »Da führt ein Weg weiter«, stellte sie fest.

Tekener folgte ihr. »Es würde mich nicht wundern, wenn wir in diesem Labyrinth ein schönes Stück weiterkämen. Hier unten sind wir momentan jedenfalls sicherer als an der Oberfläche.«

»Warum musst du unbedingt mit dem Kopf durch die Wand? Wir könnten uns den Ärger ersparen, wenn wir uns aus dem Ruinenfeld zurückziehen. Merkst du denn nicht, dass wir mit einem Mal unwillkommen sind?«

Er lachte dumpf. »Die Geister, die uns halfen, wenden sich nun gegen uns. Ist es das, Jenny? Und wenn dem so wäre, fragst du nicht nach dem Warum? Wir können nur dann herausfinden, was hier vor sich geht, wenn wir uns der unbekannten Macht widersetzen.«

»Du glaubst also doch an Gespenster?«, fragte seine Frau anzüglich.

»Ich weiß selbst nicht. Aber wir werden es herausfinden.«

Boyt Margor saß zwischen sechs im Kreis aufgestellten Psychoden und lauschte ihren parusischen Impulsen. Es bedurfte intensiver Beschäftigung mit den paraplasmatischen Schöpfungen der Prä-Zwotter, um das Wesentliche ihrer Botschaften zu erfassen.

Margor stand mit ihnen in starker Wechselbeziehung. Es fiel ihm wesentlich leichter, seine Informationen auf die Psychode zu übertragen, als ihre Parusie zu verarbeiten. Je mehr er sich mit ihnen beschäftigte, desto faszinierender wurden sie für ihn. Sobald er glaubte, sie erforscht zu haben und ihre Bestimmung zu kennen, drang er in neue, ihm bislang unbekannte Bereiche vor.

Er wusste, dass er bald die Bestimmung der Psychode erfahren würde. An diesem Tag würde er zugleich die ultimate Macht erlangen.

Wehmütig dachte er an Harzel-Kolds Museum zurück, in dem Dutzende von Psychoden untergebracht gewesen waren. Es war ihm gelungen, das Vermächtnis seines Vaters wieder in seinen Besitz zu bringen. Aber die Übernahme der Provcon-Faust erforderte es, dass er seine Psychode auf die Reise schickte, damit sie für neue Einwanderer in die Dunkelwolke sorgten.

Dieser Prozess war bald abgeschlossen. Margor hielt die Zeit für gekommen, alle Psychode zurückzurufen und sie zu vereinen. Das musste ihn unüberwindlich machen.

Er wurde in seiner parusischen Meditation gestört, weil er die Psi-Affinität zweier Paratender spürte. Die Laren Hotrenor-Taak und Roctin-Par kamen zu ihm.

Der Gäa-Mutant verließ den Raum mit den Psychoden. Als das Panzerschott hinter ihm zuglitt, war ihm, als erwache er aus einem erhabenen Traum. Oder als gelange er aus der Realität in eine triste Scheinwelt.

»Macht«, sagte Boyt Margor kurz darauf zu den beiden Laren. »Wisst ihr, was Macht wirklich ist? Meine Feinde sehen in mir einen Tyrannen, für die Paratender bin ich der Souverän. Aber wieso habe ich überhaupt Feinde? Warum ist es nicht das Ziel aller Intelligenzen in der Milchstraße, sich mir zu unterstellen? Weil ich noch nicht die wahre Form der Macht angewendet habe. Ich bin auf dem Weg dahin.«

»Zweifellos«, stimmte Hotrenor-Taak zu. »Roctin-Par wird dir einen Überblick über die aktuelle Situation geben.«

»Muss ich mit solchen Lappalien belästigt werden?«

»Wir sind dein verlängerter Arm, Boyt«, erinnerte Roctin-Par. »Allein die Kraft für die Erneuerung der Ordnung muss von dir kommen. Auch wenn du es als Last ansiehst, du musst dich mit den Alltagsproblemen befassen. Für viele Zuwanderer bist du nur ein Schatten, ein Mythos bestenfalls.«

»Lasst die Psychode auf sie wirken, dann werden sie mich kennenlernen. Es ist die Pflicht jedes Paratenders, sich der Neuen anzunehmen. Die Psychode lassen die Psi-Affinität reifen und Früchte tragen.«

»In der Gesamtheit betrachtet, zweifellos«, wandte Hotrenor-Taak ein. »Aber die echten Paratender, die in bindender Abhängigkeit zu dir stehen, werden im Verhältnis zur Gesamtbevölkerung rasch weniger. Fünfzig Prozent aller kontrollierst du heute über die Psychode und das Munarquon. Aber weder die Tekheter noch die meisten Zuwanderer konnten eine echte Beziehung zu dir aufbauen. Weil du sie nie kontaktiert hast und auch nicht den Versuch unternommen hast, ihre Psi-Affinität zu prüfen.«

»Genug damit!«, fuhr Margor auf. »Du willst mir hoffentlich nicht vorschreiben, was ich zu tun habe, Taak. Oder siehst du meine Zurückhaltung als Schwäche an und wähnst dich selbst schon als Herrscher der Provcon-Faust?«

»Ich will nur dein Bestes, Boyt, das weißt du.«

Margor nickte zögernd. »Ja, ich weiß, dass unsere Affinität stärker ist als vieles andere. Trotzdem hast du keine Ahnung, was für mich das Beste ist. Und du, Par, willst mich mit den Nebensächlichkeiten des Alltags belasten. Wenn terranische Agenten eingedrungen sind, dann allein durch euer Versagen. Was war mit Tekener und Thyron? Es gehört zu eurem Aufgabenbereich, ihre verschwundenen Zellaktivatoren zu beschaffen. Ich benötige diese Geräte nicht, denn ich erlange Unsterblichkeit auf andere Art. Die Zellaktivatoren der LFT-Spitzel sind für euch beide bestimmt!«

Die Laren sahen einander verständnislos an.

»Ich stehe zu meinem Wort!«, sagte Margor nachdrücklich. »Um alle diese Dinge werdet ihr euch kümmern. Ich habe Pläne entwickelt, die über die Begrenzung der Provcon-Faust hinausgehen. Es wird Zeit, dass ich außerhalb der Dunkelwolke ein Lebenszeichen von mir gebe. Ich muss Präsenz zeigen und gegen einen großen Stützpunkt der LFT oder der GAVÖK einen Vernichtungsschlag führen. Von euch erwarte ich Unterlagen über ein geeignetes Zielobjekt!«

»Ist es für eine solche Aktion nicht zu früh?«, wagte Hotrenor-Taak einzuwenden.

»Das ist erst der Anfang! Wie viele Raumschiffe stehen uns zur Verfügung, Par?«

»Einhundertsiebenundsechzig Schiffe der verschiedensten Klassen.«

»Das reicht.« Margor fühlte sich wie ausgewechselt. Er war bei den Psychoden gewesen und hatte seinen Tatendrang zurückgewonnen. »Alle Vakulotsen sollen sich in die Dunkelwolke zurückziehen; kein Schiff darf mehr den Staubmantel passieren. Sollen ruhig alle rätseln, was in der Provcon-Faust vorgeht, sie werden es erfahren, sobald wir mit unserer Flotte den Feldzug beginnen. Was bedeutet dagegen schon der Kleinkram? Ich kann mich nicht darum kümmern.«

»Ihr habt es gleich geschafft!«, verkündete Ahrzaba den Probanden, die die Materialisation herbeiführen sollten. »Tezohr manifestiert sich.«

Eine Leuchterscheinung huschte durch den Krönungssaal, ein konturloser Nebel aus glitzernden Partikeln.

In dem Moment stürzte ein Morphling in das Gewölbe, verfolgt von drei anderen. Ihr Geschrei durchbrach die ehrfürchtige Stille und die Konzentration der Probanden.

Die Erscheinung erlosch.

»Macht weiter!«, drängte Ahrzaba. »Ihr seid nahe daran. Wie war der Kontakt zu Tezohr?«

»Es war erst ein flüchtiger Eindruck«, sagte Kehrila.

»Macht weiter!«

»Vorher müssen die Morphlinge verschwinden.«

Die für die Sicherheit verantwortlichen Probanden jagten die Morphlinge, fingen sie ein, verschlossen ihnen die Münder und schoben sie in einen Nebentrakt ab. Danach konzentrierten sie sich wieder auf die Eindringlinge von außerhalb.

»Neue Ruhe herrscht«, verkündete Ahrzaba. »Was machen unsere menschlichen Sorgenkinder?«

»Im Untergrund ist nur schwer an sie heranzukommen. Aber sie entfernen sich bereits wieder.«

»Haltet sie vom Krönungssaal fern!«

Durch das Gewölbe wirbelte ein rotierender Nebel aus Licht und Schatten. Im nächsten Moment war die Erscheinung wieder verschwunden.

»Hier gibt es weit und breit keine technischen Anlagen«, stellte Ronald Tekener enttäuscht fest.

Sie waren schnell vorangekommen. Ein Netz von Gängen verlief unter den Ruinen und dem Dschungel.

Mehrmals hatte Tek mit seinem Miniorter Messungen vorgenommen. Aber weder Masse- noch Strahlungswerte ließen auf technische Einrichtungen schließen.

»Zumindest die Anlage, in der unsere Doppelgänger produziert wurden, sollte zu erfassen sein.« Seiner Meinung nach waren Jennifer und er, ohne es zu merken, von einem Gerät abgetastet worden, das im Prinzip wie die Multi-Duplikatoren der Meister der Insel arbeitete.

»Du wirst umdenken müssen«, mahnte Jennifer. »Was in Lakikrath geschieht, lässt sich nicht mit logischem Menschenverstand erklären. Du solltest mehr auf Intuition geben.«

Tekener reagierte mit einem unwilligen Knurren.

Der Stollen endete vor einem Dickicht ineinander verflochtener Wurzeln. Tek hob den Strahler, um den Weg frei zu brennen, gleichzeitig bemerkte er aus dem Augenwinkel eine flüchtige Bewegung. Als er sich zur Seite wandte, war da aber schon nichts mehr.

»Du hast es also auch gesehen?«, fragte Jennifer. »Etwas wie ein leuchtender Wirbel, der nur für einen Sekundenbruchteil sichtbar wurde.«

»Eine Täuschung. Und wenn nicht? Machen wir, dass wir weiterkommen.«

Tek schoss auf die Wurzeln. Dichter Qualm breitete sich aus und zwang ihn und Jennifer ein Stück weit zurück. Ungeduldig wartete er, bis sich das beißende Aroma verflüchtigt hatte.

Im Licht der kleinen Handlampe gingen sie weiter.

Vor ihnen lag ein geradlinig verlaufender Gang. Der Boden war glitschig, dichtes Moos und Pilzgeflecht bedeckten die Wände. Von der Decke hingen Wurzeln herab. Tekener ging gebückt, die Waffe hielt er entsichert in der Hand.

Ein Schemen huschte durch den Stollen und verschwand ebenso schnell wieder. Diesmal war die Erscheinung deutlicher gewesen, fast schon eine schemenhafte Gestalt.

»Also doch keine optische Täuschung«, bemerkte Jennifer im Flüsterton.

Tekener schwieg.

Jeden Moment auf eine neue Begegnung gefasst, setzten sie den Weg fort.

Tatsächlich erschien das seltsame Etwas noch einige Male, und jedes

Mal wirkte es dichter als zuvor. Einzelheiten bleiben dennoch verborgen.

»Vielleicht wollen die Unbekannten Verbindung mit uns aufnehmen«, mutmaßte Jennifer.

»Geisterbeschwörung?«

Tekener zuckte zurück, als die Erscheinung nahe vor ihm entstand. Ihm war, als sehe er eine fast menschliche Physiognomie. Doch als er zupackte, griff er ins Leere.

»Du hast es verscheucht«, sagte seine Frau vorwurfsvoll. »Weil du zu aggressiv reagierst. Der oder die Unbekannten könnten deine Haltung als feindselig einstufen und die Kontaktversuche abbrechen.«

»Das verrät dir deine Intuition? Gut, ich werde mich zusammenreißen, Lockrufe von mir geben und den Irrwisch zu kraulen versuchen.«

»Du bist ein unverbesserlicher Zyniker. Ein Ignorant obendrein. Mittlerweile sollte dir klar geworden sein, warum alle Tekheter die Tempelruinen scheuen. Sie fürchten sich nicht vor der technischen Hinterlassenschaft der Prä-Zwotter, sondern vor übernatürlichen Vorgängen.«

Mehrere Meter vor ihnen entstand die seltsame Erscheinung wieder. Sie war jetzt ein dreidimensionales Gebilde mit fünf langen Auswüchsen, einem Seestern nicht unähnlich. Einer der Auswüchse krümmte sich, als winke er. Jennifer ging spontan darauf zu – aber da war schon nichts mehr.

»Du hättest ihm etwas Liebes sagen sollen, statt ihn zu verscheuchen«, spottete Tek.

Erst jetzt registrierte er, dass vor ihnen ein Lichtschimmer die Düsternis aufhellte. Das Rauschen des Wasserfalls war zu beachtlicher Stärke angeschwollen. Nässe hing in der Luft.

Es wurde rasch heller, als sie weitergingen. Der Stollen endete in freiem Gelände. Hinter einer letzten Tempelruine toste eine undurchdringliche Wand aus feinstem Wasserstaub. Das Donnern des fallenden Wassers war mit einem Mal ohrenbetäubend laut..

Jennifer schrie etwas, das Tekener nicht verstand. Er kauerte bereits hinter einem zerborstenen Steinsockel, als sie zu ihm aufschloss und ihm zeigte, was sie entdeckt hatte. Kaum mehr als zwanzig Meter entfernt standen zwei Gestalten.

Es waren Menschen, weder Vincraner noch Tekheter, sondern offenbar Terraner. Paratender.

Die Gesten des einen ließen erkennen, dass sie sich trennen wollten. Tatsächlich entfernten sie sich gleich darauf in unterschiedliche Richtungen.

Tekener grinste. Er zog Jennifer zu sich heran.

»Offenbar haben sie keine Möglichkeit, unsere Zellaktivatoren zu orten, sonst wären sie nicht so ahnungslos an uns vorbeigegangen«, sagte er ihr ins Ohr.

Der Mann war groß und schlank. Sein knochiges Gesicht ließ die eingefallenen Wangen deutlich erkennen. Er war ein Tekheter, und er hatte den unsteten Blick und das nervöse Zucken eines Süchtigen, der unter Entzugserscheinungen litt.

Tekener beobachtete ihn schon eine Weile und war sicher, dass er keinen von Margors Paratendern vor sich hatte. Der Mann wirkte unschlüssig. Er starrte hinüber zu den endlos anmutenden Wasserfällen.

Wie jemand, der mit dem Leben abgeschlossen hat, bedeutete ihm Jennifers Geste. Tek nickte verbissen. Falls der Mann mit einem Gleiter gekommen war, stand das Fahrzeug weiter entfernt, es war jedenfalls nirgendwo zu entdecken.

Tekener gab seiner Frau das Zeichen, in Deckung zu bleiben. Er selbst schlug einen kleinen Bogen zur Seite und trat erst gut dreißig Meter entfernt auf die Lichtung hinaus.

»Hallo«, sagte er laut, um das stete Tosen zu übertönen. »Ich bin Scrugg.«

Der Mann vor ihm reagierte nicht. Erst als Tekener fast schon auf Tuchfühlung nahe war, wandte er sich für einen Moment um.

Sein Blick war leer. Tek vermochte nicht einmal zu sagen, ob der Mann ihn überhaupt wahrnahm.

»Schön.« Er machte eine alles umfassende Handbewegung. »Die Lakikrath-Fälle sind ein grandioses Schauspiel.«

Der andere ging weiter. Er wirkte nicht nur müde, er war offensichtlich am Ende seiner Kräfte. Tekener hielt ihn am Arm zurück.

»Ich weiß nicht, was du vorhast – aber lass es sein. Auf die Weise wird nichts besser. Wie heißt du eigentlich?«

Schweigen.

Erst nach einigen Augenblicken brachte der Tekheter etwas hervor, was wie »Doomvar« klang.

»Es geht dir nicht gut, Doomvar?«

Ein überraschter Augenaufschlag war die einzige Reaktion. Der Mann zitterte leicht. Er war süchtig, kein Zweifel.

»Du brauchst Munarquon?«, fragte Tek, einer Eingebung folgend. »Mehr, als dir Margors Paratender zugestehen wollen?«

Zum ersten Mal schien sein Gegenüber ihn wirklich anzusehen. Erst bebten Doomvars Lippen, dann zitterte er am ganzen Leib. Er hatte

Mühe, dem Terraner einigermaßen ruhig seine Hände entgegenzustrecken – als wisse er plötzlich, dass der ihm helfen könne.

Tekener fischte in der Tat ein kleines Folienpäckchen aus einer Innentasche seiner Jacke hervor. Als er die Folien vorsichtig auf seiner linken Handfläche auffaltete und die winzigen kristallinen Körner sichtbar wurden, lebte Doomvar geradezu auf. Heftig riss er mehrere Blätter von einem Busch ab. In einem davon ließ er die Nässe zusammenlaufen, die wie ein trüber Film überall haftete.

»Für mich!«, stieß er heftig hervor und streckte Tekener die Hand mit dem Blatt entgegen.

»Nur wenn du mir einige Fragen beantwortest.«

Doomvar nickte hastig. Kaum hatte Tek die Kristalle in das bisschen Wasser geklopft, leckte der Tekheter das Blatt schon gierig ab.

Sein Gesicht entspannte sich merklich. Er lächelte und atmete befreit auf.

»Warum geht ihr Tekheter Lakikrath aus dem Weg?«, fragte Tekener.

»Tabu«, antwortete Doomvar. Er schob sich das Blatt in den Mund und kaute eine Weile darauf herum. »Wir machen um alle Kulturzeugnisse der Prä-Zwotter einen Bogen. Die Legenden sagen, dass die Prä-Zwotter noch gegenwärtig sind, obwohl sie vor Zehntausenden von Jahren verschwanden. Sie sind noch da, als eine andere, für uns nicht fassbare Lebensform.«

»Das Tabu wird bei den anderen Ruinenstätten nicht so streng eingehalten. Was hat Lakikrath Besonderes?«

Doomvar zog das Blatt wieder zwischen den Zähnen hervor und betrachtete es eindringlich. Offenbar suchte er nach anhaftenden Kristallen.

»Von Lakikrath kommen immer wieder Berichte über seltsame Erscheinungen und Vorgänge«, sagte er zwischendurch. »Es heißt, dass Zwotter in den Tempelruinen erscheinen. Weibliche Zwotter sogar. Dabei hat nie jemand Zwotterfrauen zu Gesicht bekommen, nicht einmal auf Zwottertracht selbst. Also kann es sich nur um Reinkarnationen von Prä-Zwottern handeln.«

»Das verstehe ich nicht«, sagte Tekener.

»Ist doch einfach.« Doomvar seufzte tief. »Ich weiß nicht, wie sich Zwotter vermehren, womöglich wachsen sie auf Stachelpflanzen. Die Zwotterfrauen sind jedenfalls vor hunderttausend Jahren oder so ausgestorben. Oder sie sind auf eine andere Daseinsebene abgewandert. Sie waren die Schöpfer der Psychode und der Kultstätten wie Lakikrath. Die Männer, heißt es, waren nie schöpferisch begabt, sie degenerierten.

Wenn also irgendwo eine Zwotterfrau erscheint, kann es sich nur um eine Prä-Zwotter handeln. Lakikrath muss für sie eine besondere Bedeutung haben, hier sind Reinkarnationen gesehen worden, nirgendwo sonst. Die Geister eines ausgestorbenen Volkes ...« Er schüttelte sich. »Deshalb macht man besser einen Bogen um Lakikrath.«

»Und warum habt ihr wirklich Angst vor den Prä-Zwottern, Doomvar?«

Tekener hatte nicht alle Munarquon-Körnchen auf das Blatt geschüttelt. Akribisch genau faltete er das Folienstück wieder zusammen. Das Material schloss den Inhalt hermetisch ein.

Der Tekheter kicherte. Blitzschnell versuchte er, das Munarquon an sich zu nehmen. Aber der Terraner war schneller und schloss die Finger um das kleine Päckchen.

»Das da besiegt jede Angst.« Doomvar zeigte auf Tekeners Faust. »Ich kann frei über das Tabu reden. Auch über die Psychode, die Kunstwerke der Prä-Zwotter. Sie üben einen verderblichen Einfluss aus. Ihre Ausstrahlung bringt den Wahnsinn. Sie zersetzen den Geist mit dem schleichenden Gift ihrer parusischen Sendungen. In den Psychoden leben die Geister der Prä-Zwotter. Es gibt in Lakikrath bestimmt viele Psychode.«

Tekener gab dem Mann das Päckchen und bekam dafür ein strahlendes Lachen geschenkt. Doomvar war glücklich darüber. Er widersprach auch nicht, als Tek ihn aufforderte, dorthin zurückzugehen, von wo er gekommen war.

»Ich habe von Doomvar nichts erfahren, was ich nicht schon von den Gäa-Mutanten gehört hätte«, sagte Tekener. Er verzichtete darauf, hinzuzufügen, dass die Informationen von Bran Howatzer, Dun Vapido und Eawy ter Gedan weitaus wertvoller gewesen waren, weil sie sich speziell auf Boyt Margor bezogen. Jennifer wusste das ohnehin.

Die Zusammenhänge zwischen Margor, seinen Eltern Virna Marloy und Harzel-Kold und den Psychoden waren weitgehend klar. Die Psychode hatten ihr Schicksal bestimmt und Boyt Margor geformt. Tek hielt es nicht einmal für ausgeschlossen, dass auch Howatzer, Vapido und Eawy ter Gedan nur durch den Einfluss von Psychoden zu Mutanten geworden waren. Sie waren eben Kinder der Provcon-Faust.

»Ein Zwerg!« Jennifer stieß einen Laut der Überraschung aus. Sie starrte an Tekener vorbei. Im Herumfahren nahm er gerade noch die schemenhafte Erscheinung wahr.

Jennifer rannte los ...

... und blieb nach wenigen Metern wie angewurzelt stehen. »Das ist ... das kann nur ein Zwotter sein!«, stieß sie zerknirschte hervor, als Tek zu ihr aufschloss. »Und er wird von Paratendern bedrängt.«

Inmitten der Dunstschleier, die wie Nebel von den Wasserfällen herüberwehten, zeichneten sich die Konturen dreier Gestalten ab.

Sie waren humanoid. Doch während zwei normale Proportionen hatten, wirkte die dritte zwergenhaft. Der Kopf des Gnomen war jedoch vergleichsweise riesig.

Tekener kniff die Augen zusammen. Die Paratender wollten ihren Gefangenen abführen. Als der Zwotter sich zur Wehr setzte, streckte einer von Margors Leuten ihn nieder.

»Der Gnom ist wertvoll für uns«, sagte Tekener heftig. »Bleib du hier, Jenny. Sobald ich in Reichweite der Paratender bin, lenke ihre Aufmerksamkeit ab.«

Er huschte geschmeidig weiter und folgte den Paratendern. Als er zurückschaute, hob seine Frau gerade den kleinen Strahler.

Ein Energieschuss zuckte auf. Wenige Meter vor Margors Abhängigen loderte ein Gebüsch auf. Wegen der Nässe griffen die Flammen aber nicht um sich.

Der Mann, der den Zwotter getragen hatte, ließ den Zwerg zu Boden sinken. Wie sein Gefährte zog er die Waffe. Jennifer winkte den beiden sogar, um sie zu provozieren.

Für einen Moment schienen die Paratender unschlüssig, was sie tun sollten. Tekener war da schon hinter ihnen. Mit blitzschnellen Dagorgriffen streckte er sie nieder. Lautlos sackten beide zu Boden.

Tek beugte sich über den Zwotter. Er musterte die zerlumpte Gestalt und sah deutlich ihre eingefallenen Brüste.

»Eine Zwotterfrau ...«, murmelte er verwirrt.

5.

»Tezohr ist schon sehr nahe«, redete Ahrzaba den Probanden zu. »Ich kann seine Anwesenheit spüren. Wie ist der Kontakt zu ihm?«

»Ausgezeichnet ... permanent ...«

Die halb verstofflichte Manifestation geisterte eine Weile durch den Krönungssaal. Mehrere Probanden stöhnten unter dem Druck ihrer starken Ausstrahlung. Schließlich diffundierte der Wirbel aus sich festigendem Paraplasma wieder.

»Tezohr ist nicht fort. Er kommt wieder.«

Den Morphlingen war es gelungen, sich ihrer Fesseln und der Knebel zu entledigen. Sie brachen mit lautem Sprechgesang in den Krönungssaal ein und konnten nur mit Mühe verjagt werden. Nachdem sich das Durcheinander gelegt hatte, widmete sich Ahrzaba wieder der Frauenrunde um das eiförmige Meditationsobjekt.

»Ruft Tezohr! Er wird euch erhören.«

Diesmal manifestierte sich das paraplasmatische Gebilde innerhalb des Kreises. Gliedmaßen bildeten sich, nur der Kopf blieb ein nebulöses Gebilde.

Eine der Extremitäten schien nach dem Meditationsobjekt zu greifen.

»Nimm es, Tezohr!«, rief Ahrzaba beschwörend. »Es gehört dir. Es ist das ›Auge des Königs‹. Aus ihm bist du gewachsen.«

Die paraplasmatische Gestalt erbebte und verschwand.

»Kehrila ist bei den Menschlingen!«, meldete Wevellyn. »Was sollen wir tun?«

»Abwarten!« Ahrzaba war zuversichtlich. »Ignoriert die Menschlinge. Lasst den Dingen ihren Lauf.«

»Und Kehrila?«

»Sie hat unseren Kreis verlassen, weil sie sich im Übergangsstadium zum Morphling befindet. Sie kann nicht mehr verändernd in die Geschehnisse eingreifen.«

Über den Krönungssaal senkte sich erneut Schweigen. Die Probanden versanken wieder in Meditation.

»Jenny, schnell, sie regt sich!«, rief Tekener verhalten.

Jennifer Thyron, die nach Margors Paratendern Ausschau hielt, eilte zu ihm. Tek hatte die Zwotterfrau auf einen moosüberwucherten Felsen gelegt. Das war schon vor einigen Stunden gewesen, aber erst jetzt klang ihre Paralyse langsam ab.

»Kümmere du dich um sie, Jenny«, bat er. »Von Frau zu Frau redet es sich leichter.«

Lächelnd zog er sich ein Stück weit zurück, in den Schutz eines größeren Felsblocks. Von da aus, schätzte Jennifer, hatte er einen einigermaßen guten Überblick.

Sie wartete geduldig, dass die kleine Frau aufwachte. In dem runzligen Gnomengesicht zuckte es schon.

Endlich öffnete die Zwotterfrau die Augen – und ein schriller Schrei löste sich aus ihrer Kehle. Jennifer unterdrückte den Impuls, der Unbekannten den Mund zuzuhalten.

»Du hast von uns nichts zu befürchten«, sagte sie beruhigend. »Wir sind Freunde und wollen dir helfen. Kannst du mich verstehen?«

Die Zwotterfrau verstummte.

»Na also, es ist halb so schlimm. Wir haben dich aus der Gewalt der Paratender gerettet. Erinnerst du dich?«

Die Zwotterfrau sprang auf, kauerte sich aber sofort wieder in hockender Stellung zusammen. Sie leckte über ihre spröden Lippen und sagte etwas, das sich anhörte wie »Arzauber«.

»Bist du durstig? Hast du Hunger?« Jennifer hielt ihr in der hohlen Hand einen Riegel Konzentratnahrung hin.

Die Zwotterfrau schüttelte den großen Kopf.

»Woharzaba?« Sie blickte an sich herunter und starrte lange auf ihre Brüste. Plötzlich, als sei sie sich nun erst ihrer Blöße bewusst geworden, zog sie die Fetzen ihres Gewandes zusammen und drückte die dünnen Arme an den Körper.

»Wir haben gesehen, wie die Paratender dich attackierten«, sagte Jennifer. Es war belanglos, ob die Zwotterfrau sie verstand oder nicht. Jennifer wollte ihr durch gutes Zureden die Scheu nehmen. Immerhin wusste sie, dass es den Zwottern nicht auf den Inhalt, sondern auf die Betonung der Worte ankam. Selbst jene, die Interkosmo beherrschten, standen mit der Sprache auf Kriegsfuß.

»Die Paratender haben dich paralysiert«, fuhr sie melodisch fort. »Aber Ronald, das ist der Mann mit dem Narbengesicht, hat dich befreit. Du hast nichts zu befürchten. Bei uns bist du in Sicherheit. Übrigens, ich heiße Jennifer Thyron. Ich bin Terranerin. Du darfst mich Jenny nennen. Und wie heißt du?«

Die Zwotterfrau öffnete den Mund. Aus ihrer Kehle löste sich ein anschwellender Schrei. Aber fast sofort verstummte sie wieder.

»Wo bin ich?«, brachte sie endlich hervor. »Wo sind Ahrzaba und die anderen?« Ihr tiefe kehlige Stimme betonte jedes einzelne Wort.

»Du beherrschst Interkosmo!«, rief Jennifer erfreut aus. »Dann hast du mich verstanden und weißt, dass du von uns nichts zu befürchten hast.«

»Unbefriedigend.« Die Zwotterfrau machte ein Schmollgesicht. »Schwer auszudrücken. Es ging schon besser ... der Schock.«

»Das wird schon noch. Du musst dich nicht zum Reden zwingen. Falls es dir leichter fällt, dann sing ruhig. Tek und ich werden dich schon verstehen.«

»Pah«, sagte die Zwotterfrau abfällig und warf dem Terraner einen unsicheren Blick zu. »Ich kann mich ausdrücken. Wenn der dort ein Morphling ist, dann soll er sich eben anstrengen, um mich zu verstehen. Ich mache keine Metamorphose durch ... Aber da fällt mir ein, Menschlinge kennen die Zwischengeschlechtlichkeit gar nicht.«

»Beruhige dich«, bat Jennifer. »Tek, ist schon in Ordnung. Und wie heißt du?«

Aber die Zwotterfrau schien die letzte Frage nicht gehört zu haben.

»Wirklich?« Sie blickte zu Tekener hinüber. »Ich habe noch keinen Mann gesehen, der gescheit war. Vielleicht ist das bei euch tatsächlich anders. Obwohl: Glauben kann ich das nicht.« Sie schaute Jennifer in die Augen. »Wir beobachten euch schon lange. Ihr wart aufdringlich und überaus störend und von ...« Sie brach betroffen ab, als ihre Stimme sich überschlug und in einen wirren Singsang abglitt.

»Entspanne dich!«, riet Jennifer. »Wenn du willst, erzähle ich dir mehr über uns.«

Die Zwotterfrau schüttelte den Kopf. »Ich bin Kehrila«, sagte sie, und ihre Stimme klang wieder tief und rauchig.

»Wir werden bestimmt Freunde, Kehrila. Lebst du in Lakikrath?«

»Schon lange.«

»Du stammst von Zwottertracht?«

»Das ist meine Heimat.«

»Bist du allein nach Tekheter gekommen?«

»Nein, wir sind ... wir waren viele. Aber der Zyklus hat uns in der Arbeit immer wieder zurückgeworfen. Das ist unser Fluch. Immer kamen welche von uns in den Wechsel, und Morphlinge und Probanden halten einander die Waage. Wir hätten das Ziel längst erreicht, wenn es nicht diese zyklusbedingten Rückfälle gäbe.«

»Welches Ziel?«

»Wir experimentieren schon lange.«

Jennifer wartete vergeblich auf weitere Erklärungen. Die Zwotterfrau ließ den Ausspruch im Raum stehen und schwieg.

In die beklemmend werdende Stille hinein fragte Tekener: »Hast du etwas gegen mich persönlich, Kehrila, oder hasst du alle männlichen Wesen?«

»Männer sind bessere Tiere«, antwortete die Zwotterfrau im Brustton der Überzeugung. Sie sang es geradezu. »Männer nachäffen alles, nur nicht selbst schaffen, kein Schöpferischsein ...«

»Ich glaube, du bist verwirrt, Kehrila«, sagte Jennifer Thyron. »Ruh dich aus. Sobald du dich erholt hast, reden wir weiter.«

»Nichts ausruhen!« Die Zwotterfrau sprang behände auf. »Jennifer-Tek selbst mitkommen und sehen?«

»Na, das ist ein Angebot.« Tekener lachte erfreut. »Selbstverständlich begleiten wir dich, Kehrila.«

Die Zwotterfrau stieß schrille Laute aus und eilte auf die vom Dschungel überwucherten Ruinen zu. Sie schaute sich nicht einmal um, ob die beiden Menschen ihr folgen konnten.

Obwohl sie schon tief zwischen die Tempelruinen vorgedrungen waren, blieben Attacken der Pflanzen- und Tierwelt aus. Es schien sogar, als sei die Flora den Eindringlingen wieder gnädiger gestimmt und öffne neue Pfade für sie.

»Was hältst du von ihr?«, erkundigte sich Jennifer bei ihrem Mann, während sie im Gefolge der Zwotterfrau die Überreste einer Tempelhalle durchquerten.

»Die Prä-Zwotter habe ich mir anders vorgestellt«, antwortete Tek. »Es will mir nicht in den Kopf, dass Kehrila jenem Volk angehört, das diese Kulturzeugnisse und die Psychode erschaffen hat. Aber ich würde sie auch nicht den degenerierten Zwottern von Zwottertracht zuordnen. Vielleicht gehört sie zu einer Emigrantengruppe, die Zwottertracht verlassen hat, um auf Tekheter die Prä-Zwotter zu erforschen und wieder aufleben zu lassen. Sie könnte auch in einem Stamm leben, der das fehlende Bindeglied zwischen Zwottern und Prä-Zwottern ist.«

»Mit deiner letzten Vermutung stimme ich überein. Trotzdem glaube ich, dass die Sache einfacher sein muss«, erwiderte Jennifer. »Das mit dem fehlenden Glied in der Evolutionskette der Zwotter wäre allerdings fantastischer.«

»Und der langen Rede kurzer Sinn?«, fragte Tekener.

Jennifer bat ihn mit einer Handbewegung um Geduld. »Wie lange bist du schon in Lakikrath, Kehrila?« Sie wandte sich wieder der Zwotterfrau zu, die mit trippelnden Schritten voranlief.

»Einige Zyklen«, lautete die Antwort. »Nur weiß ich nicht, wie viele. Keiner zählt die Zyklen. Im Wechsel zu sein und Morphling zu werden ist peinlich. Niemand spricht darüber, ebenso wenig wie über gewisse Krankheiten.«

»Danke, mehr wollte ich nicht hören.« Jennifer wartete, bis Tek erneut neben ihr war. »Kehrila hat wie von einer Geschlechtskrankheit gesprochen, aber etwas anderes gemeint«, raunte sie. »Erinnere dich, was Bran Howatzer uns über die Zwotter gesagt hat. Als ich ihn fragte, wieso nur männliche Zwotter in der Öffentlichkeit auftreten, äußerte er die Vermutung, dass die Zwotter androgyn sein könnten. Vielleicht machen sie wirklich Geschlechtsumwandlungen durch. Nur glaube ich, dass Bran irrt, wenn er meint, dass die Zwotter sich während der Frau-Phase verkriechen, weil sie sich ihres ›Zustands‹ schämen. Kehrila spricht so abfällig über den Wechsel und die Morphlinge, dass es geradezu umgekehrt sein muss. Sie schämen sich höchstens für ihre männliche Phase. Im Ernst, Tek: Eine ständige Geschlechtsumwandlung, der Wechsel von geistiger Verwirrtheit während der Mann-Phase zu normaler psychischer Kapazität, das Hin und Her zwischen Idiotie und Genialität würde den Niedergang der Zwotterzivilisation erklären. Kehrila hat von Rückschlägen wegen der Umwandlung in Morphlinge gesprochen. Dieser Vorgang lässt sich vermutlich bis in die Zeit der Prä-Zwotter zurückverfolgen. Die Zwotter konnten sich nicht weiterentwickeln, weil sie durch die Geschlechtsumwandlung alles erworbene Wissen wieder verloren.«

»Deine Theorie ist sehr einleuchtend«, sagte Tekener sarkastisch. »Sie hat nur einen Haken. Wie war es denn zur Zeit der Prä-Zwotter? Waren diese durchweg Frauen, die eine Anti-Mann-Pille nahmen? Oder kam die Männlichkeit wie eine Krankheit über sie?«

Kehrila verhielt den Schritt. Sie schien zu lauschen.

Auf einer Lichtung erschienen drei Paratender unter einem halb im Boden versunkenen Tor. Sie kletterten über mehrere Steinquader hinweg und verharrten in der Mitte der Lichtung.

»Wir laufen im Kreis.« Einer von ihnen bückte sich und hob mit Daumen und Zeigefinger eine metallisch schimmernde Kapsel auf. »Ich will verdammt sein, wenn das nicht die Batterie ist, die ich vor Stunden weggeworfen habe.«

»Der Dschungel ist gegen uns«, sagte der zweite Paratender erschöpft. »Es ist, als hätten sich die Geister der Vergangenheit gegen uns verschworen.«

»Hier gibt es nur Ruinen«, schnaubte der dritte. »Lasst euch nicht vom Aberglauben der Tekheter anstecken.«

»Wie sollen wir in dieser Wildnis zwei nicht einmal faustgroße Eier finden? Nur weil die terranischen Spione sie verloren haben ...«

Der Mann verstummte jäh. Er sah geradewegs zu den Sträuchern, hinter denen sich die beiden Terraner und die Zwotterfrau versteckten. Jennifer und Tekener zogen ihre Waffen, aber in dem Moment lief Kehrila mit lautem Geschrei in auf die Paratender zu.

Zwei der Männer versuchten, ihr den Weg abzuschneiden. Sie lief mit wilden Sprüngen auf das Tor zu.

»Ihm nach!«, brüllte der Anführer der Paratender. Er hatte noch nicht erkannt, dass es sich um einen weiblichen Zwotter handelte.

Kehrila schwang sich geschickt über die Steine. Kurz bevor sie das Tor erreichte, verschwand sie zwischen zwei schräg verkeilten Platten.

»Fangt ihn lebend!«, rief der Anführer der Paratender. »Möglicherweise haben Zwotter die gesuchten Gegenstände an sich gebracht. Sie sind ein diebisches Gesindel.«

Die Paratender verschwanden ebenfalls zwischen den Steinplatten. Nur Sekunden später durchlief eine starke Erschütterung den Boden. Das Tor stürzte krachend ein.

Nachdem die Trümmer zur Ruhe gekommen waren, war Kehrila wieder da. Von ihren Verfolgern fehlte allerdings jede Spur.

»Sie hat die Paratender bewusst in die Falle gelockt«, sagte Tekener. »Ich frage mich nur, wie sie das Steintor so schnell zum Einsturz bringen konnte.«

»Mit parapsychischen Fähigkeiten ...«, entgegnete Jennifer.

»Kommen in besonderer Eile!« Kehrila sang in höchstem Falsett. »Kommen in ganz der Nähe von Krönungssaal.«

Sie sprang aufgeregt am Platz, die Arme von sich gestreckt und die Hände zu Fäusten geballt. Sie schien etwas fest umklammert zu halten.

»Warum ist sie so aufgeregt?«, wollte Jennifer wissen. »Und was hat sie in den Händen?«

»Wir werden es gleich ...« Tekener griff sich an die Brust. »Unsere Zellaktivatoren! Dieses Biest hat mir den Aktivator abgenommen, ohne dass ich es bemerkt habe.«

Er lief los. Kehrila verschwand durch einen Spalt zwischen den Quadern. Der Spalt war für Tekener zu eng.

»Komm zurück!«, schrie er. Aus dem Spalt drang der wirre Sprechgesang der Zwotterfrau nach oben.

»Nicht schießen, Tek!«, sagte Jennifer, als er die Waffe hob. »Kehrila hat es sicherlich nicht in böser Absicht getan. Sie hat auch meinen Zellaktivator.«

»Ob Absicht oder nicht. Ohne die Aktivatoren haben wir nur noch zweiundsechzig Stunden zu leben.«

Tekener schoss. Er vergrößerte den Spalt und wartete nicht erst ab, bis die Schmelzränder abgekühlt waren, sondern sprang einfach in die Tiefe. Er landete auf etwas Weichem und stellte fest, dass es sich um einen der Paratender handelte. Der Mann lag halb unter einem Steinblock begraben.

Aus einem abzweigenden Stollen erklang Kehrilas Singsang. Tekener nahm ihre Verfolgung auf. Er drehte sich nicht nach Jennifer um, es genügte ihm, dass er ihre Schritte hinter sich hörte.

Der Gang verbreiterte sich. Eine Abzweigung. Tek orientierte sich an den Geräuschen und wandte sich nach links. Er kam dem Singsang näher und bildete sich sogar ein, einiges zu verstehen.

»Ahrzaba grüße Tezohr ... bin hier ... und kein Morphling ... Kehrila grüßt ...«

Der Stollen mündete in ein intaktes Gewölbe. Es war leer. Auf der gegenüberliegenden Seite gab es einen Durchlass. Die hölzerne, eisenbeschlagene Tür stand nur einen Spalt weit offen. Von dort kamen ein fahler Lichtschein und der Sprechgesang.

»... im Völligkeitsbesitz des Geistes und Geschlechts lobpreisend ich ...«

Tekener hastete weiter. Er riss die Tür auf und hätte die Zwotterfrau beinahe umgerannt. Sie kauerte gleich hinter dem Durchgang am Boden. Die Arme auf den Boden gestützt, blickte sie über die beiden vor ihr liegenden Zellaktivatoren hinweg auf ein Gebilde, das in der Mitte des Raumes eineinhalb Meter über dem Boden schwebte.

Es war ein bläulich schimmerndes Ei, geformt wie die Zellaktivatoren, aber sehr viel größer. Tekener spürte die typische Ausstrahlung eines Psychods.

»Jenny, Achtung!«, warnte er seine Frau, die hinter ihm in die Halle kam. »Das ist eine Falle Margors!«

Jennifer kam trotzdem auf ihn zu.

»Kein Grund zur Sorge«, beschwichtigte sie. »Dieses Psychod ist ungefährlich. Es wurde nicht von Margor aufgeladen und vermittelt eine andere Botschaft. Merkst du den Unterschied nicht?«

»Doch«, sagte Tekener gepresst. »Irgendwie ... zumindest ...«

Er bückte sich nach den Zellaktivatoren, die Kehrila wie Fetische vor sich liegen hatte, überreichte Jennifer ihren und hängte sich seinen um.

Die Zwotterfrau quittierte das mit einer Reihe unartikulierter Klagelaute. Aber sie rührte sich nicht vom Fleck.

»Ob dieses Psychod das Geheimnis von Lakikrath lösen hilft?«, fragte Jennifer Thyron.

»Mich interessiert mehr das Rätsel um den Untergang der Prä-Zwotter und ihrer Zivilisation«, erwidert Tekener.

Er blickte sich in der Halle um, die einen gepflegten und bewohnten Eindruck machte. In Wandnischen befanden sich Schlaflager.

»Es muss also noch mehr Zwotter geben«, stellte er fest. »Aber es sieht so aus, als wären sie vor uns geflohen.«

»Was musstest du auch wie ein Vandale hier eindringen«, schimpfte Jennifer, während sie sich dem in der Hallenmitte schwebenden Psychod näherte. Als ihr Mann sie zurückhalten wollte, wehrte sie ihn ab. »Für mich besteht keine Gefahr. Das Psychod versucht nicht, mich zu beherrschen.«

Sie erreichte das eiförmige Gebilde und wollte danach greifen.

»Nicht berühren!«, schrie Kehrila und stürzte heran. »Es ist das *Auge des Königs* – das paraplasmatische Vermächtnis des letzten Zwotterkönigs.«

»Sieh an, unsere Zwotterfrau hat ihre Krise überwunden«, bemerkte Tekener spitz. »Wie lange wird es dauern, bis der männliche Teil in dir wieder überwiegt und dich in geistige Verwirrung stürzt?«

»Ich habe keine Krise«, behauptete Kehrila kehlig. »Ich habe das Männliche in mir besiegt und werde noch lange kein Morphling.«

»Umso besser. Also kannst du uns erklären, was an diesem Psychod Besonderes ist«, sagte Tekener.

Sie schaute ihn auf eine undefinierbare Weise an.

»Es handelt sich um die geistige Hinterlassenschaft des letzten Zwotterherrschers der alten Dynastie«, erklärte sie hastig. »Es wird auch das Königspsychod genannt. Seine parusische Kraft ist stärker als die aller anderen Psychode. Tezohr, der letzte König, lebt in ihm weiter.«

»Könnte man sagen, dass dieser Tezohr das Psychod erschaffen hat und sich gleichzeitig darin verewigte?«

»Genau das ist der Sinn aller Psychode. Wir wissen längst, dass jeder unserer Urahnen ein Psychod erschaffen hat, bevor er Zwottertracht verließ. Sie bestehen aus Paraplasma, jener durch Geisteskraft erschaffenen Materie. In jedem Psychod wohnt der Geist eines Prä-Zwotters. Aber das Königspsychod ist das edelste von allen.«

»Welche besondere Bewandtnis messt ihr ihm bei?«, erkundigte sich

Jennifer. »Ich meine, es gibt viele andere Psychode, aber ihr habt für eure Experimente ausgerechnet dieses ausgewählt.«

»Wie kannst du von vielen Psychoden sprechen? Höchstens noch hundert existieren«, sagte Kehrila traurig. »Dabei muss es einst eine Million dieser erhabenen Kunstwerke gegeben haben. Fast alle wurden zerstört.«

»Was hat es speziell mit diesem Königspsychod auf sich?«

»Wir haben mit ihm experimentiert, weil wir König Tezohr anrufen und die Vergangenheit auferstehen lassen wollten.« Kehrilas Stimme glitt immer wieder in höhere Bereiche ab, was Jenny als Zeichen einer neuerlichen Veränderung ansah.

»Willst du damit sagen, dass dieses Königspsychod einen Zugang zur Geschichte der Prä-Zwotter öffnen könnte?«, fragte Tekener hoffnungsvoll. »Ist es möglich, dass das Psychod die Antworten auf viele ungeklärte Fragen enthält?«

»Alle Beantwortung in Inhalt von Vermächtnissen«, sang Kehrila mit sich überschlagender Stimme. Der Rest wurde unverständlich.

»Womit sie wieder für eine Weile unansprechbar sein dürfte.« Tekener schüttelte den Kopf. »Aber was sie sagte, gibt zu denken. So erhalten die Psychode plötzlich eine überaus sinnvolle Bedeutung. Die Kunstwerke als geistige Hinterlassenschaft der Prä-Zwotter an ihre Nachfahren – was für eine fantastische Möglichkeit. Die Psychode als Speicher des Wissens und aller Errungenschaften eines Volkes. Bleibt nur die Frage, wieso die Zwotter diese Botschaften nicht mehr empfangen können.«

»Du darfst nicht verallgemeinern, Tek«, mahnte Jennifer. »Die Zwotter des weiblichen Stadiums können den Sinn der Psychode sehr wohl begreifen.«

»Ein Morphling, verscheuche, verschwinde und ab mit dir!«, schrie die in Umwandlung befindliche Zwotterfrau und gestikulierte in Richtung des Eingangs.

Jennifer Thyron und Ronald Tekener sahen sich unerwartet mit einem zweiten Zwotter konfrontiert. Er war nackt. Sie konnten sofort erkennen, dass es sich um einen männlichen Zwotter handelte.

Er verharrte erst wenige Schritte vor den beiden Terranern.

»Wer bist du?«, fragte Jennifer zögernd.

»Ich bin Tezohr.«

Tekener stöhnte. Ein Morphling, der sich für die Inkarnation des letzten prä-zwotterischen Königs hielt, hatte ihnen gerade noch gefehlt.

»Ich hörte schon lange den Ruf, der an mich ging.« Tezohrs Stimme hatte das angenehme weibliche Timbre. »Aber es war mir lange nicht möglich, mich zu verwirklichen. Ein Teil der störenden Einflüsse kam von euch Menschlingen.«

Tekener war verwirrt. Er wusste, dass männliche Zwotter Sprachschwierigkeiten hatten und sich selbst nach langem Studium des Interkosmo hauptsächlich durch besondere Betonung ausdrückten und auf den Wortinhalt wenig Wert legten. Nun stand ihnen aber ein Zwotter gegenüber – eindeutig männlich –, dem es keine Probleme bereitete, sich richtig zu artikulieren. Dies hätte dafür sprechen können, dass er nicht degeneriert und wirklich die Inkarnation eines Prä-Zwotters war. Aber zur Zeit des Königs Tezohr hatte es kein Interkosmo gegeben.

»Behauptest du wirklich, der letzte König der untergegangenen Zwotterkultur zu sein?«, fragte Jennifer. »Wie kannst du uns dann in Fleisch und Blut gegenübertreten?«

»Ich bin tot, ja«, sagte der Zwotter in bestem Interkosmo. »Ich bin tot und nicht Fleisch und Blut, sondern bloß Verwirklichung. Aus Paraplasma geworden.«

Kehrila stürzte in dem Moment vor und riss das Psychod an sich. Sie floh damit unter lautem Geschrei aus der Halle.

»Helft mir ...« Tezohrs Stimme kippte, und Tekener hatte den Eindruck, als würde sich der mysteriöse Gnom für Sekundenbruchteile in Auflösung befinden. »Helft mir, mein Psychod zurückzuholen! Wenn es in falsche Hände gerät oder gar vernichtet wird, war alles vergebens. Ich hätte keine Aussicht mehr, meine Mission zu erfüllen.«

Tekener wollte fragen, was für eine Mission. Aber die Situation erlaubte das nicht. Zuerst galt es, Kehrila das Psychod wieder abzunehmen.

Das Experiment war geglückt. Endlich hatte sich der paraplasmatische Staub gefestigt und Gestalt angenommen.

»Du bist Tezohr?«, fragte Ahrzaba bang. Ein unheimliches Gefühl beschlich sie, weil ihr Gegenüber nicht antwortete. Ihre Ungewissheit schlug in Furcht um, die sich zu Entsetzen steigerte. War das Experiment nur scheinbar geglückt? Hatten sie ein paraplasmatisches Wesen ins Leben gerufen, das nur aussah wie die Inkarnation des legendären Tezohr, in Wahrheit aber ein hohler, nicht denk- und entscheidungsfähiger Paraplasmat war?

Schon einmal war nur totes Paraplasma erschaffen worden. Hatte sich die Nähe der Eindringlinge diesmal nicht minder destruktiv auf die Gedankenprojektionen der Probanden ausgewirkt?

»Bist du Tezohr?«

Ahrzaba befürchtete, dass die paraplasmatische Schöpfung wieder nicht antworten würde. Dann musste sie vernichtet und das Experiment neu in Angriff genommen werden.

Aber der Paraplasmat sagte in der Sprache, der sich auch sie und die Probanden bedienten: »Ich bin Tezohr. Dank eurer Unterstützung konnte ich meinen Wachtposten in dem Psychod, das ihr nach mir benannt habt, verlassen und auf diese Daseinsebene kommen. Es wäre mir lieber gewesen, dies nicht tun zu müssen. Aber da ihr den vorgegebenen Weg nicht gehen konntet, musste ich den umgekehrten wählen.«

Es war also wirklich geschafft. Ahrzaba spürte unsägliche Erleichterung. Die Gedankenprojektionen hatten das Psychod angeregt und König Tezohr zur paraplasmatischen Verwirklichung verholfen.

Wevellyn meldete: »Kehrila tendiert immer mehr zum Morphling. Sie hat Verbindung mit den Menschlingen aufgenommen und führt sie zu uns.«

»Lasst sie kommen!« Obwohl Tezohr vom Geschlecht her ein Morphling war, sprach er normal. »Während der Manifestation verschlug es mich mehrmals in die Nähe der Menschlinge. Von ihnen droht keine Gefahr. Es würde sich sogar lohnen, mit ihnen Kontakt aufzunehmen. Sie könnten uns sehr nützlich sein.«

Ahrzaba empfand ein erhebendes Gefühl, als Tezohr von sich als von einem der Ihren sprach.

»Ihr könnt euch zurückziehen«, sagte er. »Ich werde hier auf die Menschlinge warten und ihnen entgegentreten.«

»Es ist schlimm, dass mein Volk so tief gesunken ist«, klagte Tezohr, während er vor Tekener und Jennifer durch einen Gang eilte. Irgendwo voraus erscholl Kehrilas durchdringender Gesang. »Aber wer konnte erkennen, dass es so kommen würde?«

»Darüber werden wir uns später unterhalten, Majestät«, sagte der Terraner nicht ohne einen gewissen Spott. »Erst holen wir dein Psychod zurück.«

»Ja, gewiss. Das ist wichtig.«

Sie hatten beinahe Mühe, mit Tezohr Schritt zu halten. An einer Abzweigung lauschte er, aber von Kehrila war nichts mehr zu hören.

»Wir müssen uns trennen.« Der Gnom wandte sich nach links.

Tekener bedeutete seiner Frau, dass er bei dem Zwotter bleiben wolle. Deshalb lief Jennifer allein weiter.

Die Gänge waren noch gut erhalten. Öllampen brannten in regelmäßigen Abständen. Jenny fragte sich, wie lange dieser Abschnitt des Labyrinths den Mitgliedern der Zwotterkolonie schon als Unterschlupf dienen mochte. Doomvar hatte behauptet, dass die Geistererscheinungen in Lakikrath seit Jahrzehnten bekannt waren.

Kehrila wiederum hatte ausgesagt, dass sie von Zwottertracht stammte. Jennifer mutmaßte, dass diese Zwotter einst zu den Vertrauten von Boyt Margors Vater gehört hatten. Das war die einzige Antwort dafür, dass sie statt Vincranisch Interkosmo sprachen – oder sangen.

Sie konzentrierte sich wieder auf die Suche nach Kehrila. Ihr war, als hörte sie von fern den typischen Singsang. Sie drang in einen Quergang ein und näherte sich tatsächlich der Quelle des Gesangs.

Jennifer erreichte ein größeres Gewölbe. Hier brannten keine Öllampen. Noch bevor sie sich an das Dämmerlicht gewöhnte, spürte sie an ihrer Seite eine Bewegung. Der jämmerliche Sprechgesang setzte wieder ein. Er erklang auf einmal von allen Seiten und aus vielen Kehlen.

Hände zerrten an ihrer Kleidung. Etwas kletterte an ihrem Rücken hoch, und in der nächsten Sekunde landete eine kleine Gestalt auf ihrer Brust. Sie verlor den Halt und stürzte. Schon waren viele Leiber über ihr.

Es mussten acht oder zehn Zwotter sein, genau konnte Jenny das nicht erkennen, denn sie waren ständig in Bewegung. Zwotter ohne weibliche Attribute. Also Frauen im Wechsel zur Mann-Phase oder bereits zu Männern degeneriert. Ihr Geschrei tat Jennifer weh. Sie schrie sogar selbst, um das enervierende Kreischen zu übertönen.

Jäh wurde es still. Und hell. Die Zwotter ließen von ihr ab und verkrochen sich.

Andere Zwotter kamen mit Öllampen. Weibliche Zwotter. Sie führten eine Frau zwischen sich, die das Königspsychod trug. Nur daran erkannte Jennifer, dass sie Kehrila sah.

»Ich überbringe das Auge des letzten und einzigen Königs, der über unser Volk wacht.« Mit diesen Worten hielt Kehrila Jennifer das Psychod entgegen.

»Nimm es nur«, sagte eine andere Zwotterfrau, als Jennifer zögerte. »Es hat seine parusische Kraft verloren, weil Tezohr verwirklicht wurde.«

Als Jennifer Thyron das Psychod vorsichtig ergriff, zuckte sie zusammen. Sie spürte noch eine starke Ausstrahlung, obwohl die Zwotterfrau das Gegenteil behauptet hatte. Aber die auf sie einströmenden Impulse waren nicht mehr so bestimmt wie noch vor Kurzem, sondern eher allgemein. Jennifer vermutete, dass ein Teil davon in den Zwotter

Tezohr übergegangen war. War es sein Ich, die Ausstrahlung seiner Persönlichkeit, die dem Königspsychod nun fehlte?

»Ich bin Ahrzaba«, stellte sich die Frau vor, die sie ermuntert hatte, das Psychod an sich zu nehmen. »Zwischen uns ist nichts mehr, was zu Misstrauen und Feindseligkeit Anlass geben könnte.«

»Es freut mich, deine Bekanntschaft zu machen. Mein Name ist Jennifer Thyron. Mein Gefährte heißt Ronald Tekener.«

»Wir haben euch lange beobachtet«, gestand Ahrzaba ein. »Wir waren stets in eurer Nähe, aber ihr konntet uns nicht sehen.«

»Dafür haben wir euren Einfluss zu spüren bekommen – falls ihr es gewesen seid, die die Pflanzen und Tiere von Lakikrath erst zu unserem Vorteil und später gegen uns beeinflusst haben. Oder hattet ihr keinen Einfluss darauf?«

»Wir haben das bewirkt«, antwortete Ahrzaba. »Aber es geschah nur zu unserem Schutz und weil wir für das Gelingen des Experiments jede Störung fernhalten wollten.«

»Dennoch habt ihr uns ebenfalls vor den Verfolgern beschützt ...«

»Ein unbeabsichtigter Nebeneffekt. Wir mussten uns gegen das Heer der Eindringlinge wenden, um sie zu vertreiben.«

Jennifer nickte verstehend. »Und als es keinen anderen Ausweg mehr gab, da habt ihr Doppelgänger von uns erschaffen, um unsere Verfolger von einer weiteren Suche abzuhalten«, stellte sie fest.

»Wir wären nicht in der Lage gewesen, bewusst Doppelgänger von euch zu erschaffen, wie du es nennst«, widersprach die Zwotterfrau. »Es handelte sich lediglich um ein Fehlprodukt unseres Experiments. Ich könnte sagen, dass ihr selbst dafür verantwortlich seid. Aber ich will dir nicht unrecht tun, Jennifer Thyron. Bestimmt war der wirre und entartete Geist deines Gefährten, des Morphlings Ronald Tekener, an der Missbildung des Paraplasmas schuld.«

Jennifer schmunzelte, als sich die Zwotterfrau so abfällig über Tek äußerte.

»Bei uns Menschen ist Männlichkeit keine Krankheit, für die man sich schämen muss«, erwiderte sie. »Bei uns sind Männer vollwertige Partner.«

»Ich fürchte mich heute schon vor dem Augenblick des Geschlechtswechsels, obwohl ich hoffentlich noch eine Weile davon verschont bleibe«, sagte Ahrzaba dogmatisch.

»Und was ist mit Tezohr?«, fragte Jennifer provozierend.

»Er stammt aus einer Zeit, als das Männliche in uns noch nicht degeneriert war«, erwiderte Ahrzaba. »Tezohr ist nicht mit normalen Maßstäben zu messen.«

Wahrscheinlich wäre die Diskussion in abstrakte Bereiche abgeglitten, wenn nicht Tezohr und Tekener eingetroffen wären.

»Tek hat mir verraten, dass ihr die Geheimnisse von Lakikrath erforschen wollt«, sagte Tezohr. »Ahrzaba und ihre Probanden stehen euch für alle Fragen zur Verfügung.«

Zwotter konnten nur in der weiblichen Phase ihre volle geistige Kapazität einsetzen. Während der männlichen Periode waren sie wenig kreativ und kaum ambitioniert.

»Wahrscheinlich wurde in der Vergangenheit schon oft von Frauen der Versuch unternommen, das Geheimnis unserer Vorfahren zu lüften«, erklärte Ahrzaba dazu. »Doch der unweigerlich wiederkehrende geistige Rückfall muss alle Versuche zunichtegemacht haben. Dass meine Gruppe das gesteckte Ziel erreichte, ist weniger unser persönliches Verdienst, sondern eher dem Umstand zuzuschreiben, dass wir zur richtigen Zeit geboren wurden.«

Durch intensive Arbeit mit den Psychoden hatten die Zwotterfrauen herausgefunden, dass sich die Kunstwerke als Katalysatoren für Wunschdenken eigneten. Das bedeutete, dass sie die darin ruhenden Kräfte wecken und übernehmen konnten.

Aber nicht alle Psychode eigneten sich gleichermaßen für die Übertragung übersinnlicher Fähigkeiten. Es kam darauf an, wie stark der Geist gewesen war, der ein Psychod erschaffen hatte, und wie viel er von sich selbst darin gespeichert hatte.

Die Zwotterfrauen arbeiteten hauptsächlich mit Psychoden aus Harzel-Kolds Fundus, die Boyt Margor später übernahm. Sie ließen von den Männern Duplikate anfertigen, die den Originalen zwar optisch glichen, jedoch keinerlei parusische Ausstrahlung besaßen. Zumeist gingen diese Fälschungen in der Masse der Psychode unter.

Die Arbeit der Zwotterfrauen erfuhr einen gewaltigen Umschwung, als ihnen – noch zu Harzel-Kolds Lebzeiten und demnach vor etwa hundert Jahren, wie Jennifer Thyron kombinierte – das Königspsychod in die Hände fiel. Es hatte sich lange in Harzel-Kolds Besitz befunden und war im Kreis der Probanden, wie sich die Forscherinnen nannten, ohne ihr Zutun erschienen.

Um dieses Königspsychod rankten sich viele Legenden. Eine behauptete, dass es das parusische Vermächtnis König Tezohrs sei. Und dass Tezohr die Prä-Zwotter gelehrt habe, mit der Kraft des Geistes Paraplasma zu bilden. Nachdem eine Million Prä-Zwotter unter Zurücklassung ebenso vieler Psychode auf eine andere Daseinsebene abgewandert waren, verewigte sich Tezohr in dem schönsten aller Psychode, dem Königspsychod.

Er bestimmte, dass es in der Provcon-Faust zirkulieren und nie lange an einem Ort verweilen solle, damit er von der anderen Existenzebene durch sein »Auge« das Reich im Innern der Dunkelwolke beobachten könne.

Sosehr die Legenden die Wahrheit umschrieben und verzerrten, Ahrzaba und ihre Probanden fanden schnell heraus, dass dieses Psychod tatsächlich das psychotronische Instrument des Königs Tezohr war, durch das er in diesem Kontinuum gegenwärtig blieb.

Mit dem Königspsychod erreichte Ahrzaba ihre größten Erfolge. Es hatte die stärkste Ausstrahlung und eröffnete ungeahnte Möglichkeiten. Doch eines Tages verschwand das Königspsychod während eines Experiments mitsamt allen Probanden und rematerialisierte mit ihnen in den Ruinen von Lakikrath.

»Schon vorher verzeichneten wir das plötzliche Verschwinden von Psychoden, die nie wiedergefunden wurden«, erklärte Ahrzaba. »Wir mussten annehmen, dass sie auf anderen Welten der Dunkelwolke rematerialisierten – und das eine oder andere Psychod wohl auch außerhalb. Aber nie zuvor waren Probanden zusammen mit einem Psychod verschwunden.«

In den Jahrzehnten, in denen es durch den Geschlechtswechsel immer wieder Rückschläge gab, hatten die Probanden gelernt, mithilfe des Königspsychods Paraplasma zu erschaffen. Ihr Ziel war, auf diese Weise eine Manifestation Tezohrs zu erwirken, ihm sozusagen zu paraplasmatischem Leben zu verhelfen und von ihm das Geheimnis ihres Volkes zu erfahren: den Grund für den Untergang der Prä-Zwotter.

Das Experiment war in die Endphase eingetreten, als es zum Zwischenfall mit den Paratendern kam, die Jennifer Thyron und Ronald Tekener verfolgten.

Eine Probandengruppe war damit beschäftigt, ein Paraplasma zu erschaffen, in dem sich Tezohr manifestieren konnte. Doch stattdessen entstanden zwei Körper, die Jennifer Thyron und Ronald Tekener zum Verwechseln ähnlich sahen.

Beide paraplasmatischen Körper waren tot – und Ahrzaba sorgte für das kurze Feuergefecht und dafür, dass Margors Paratender die vermeintlichen sterblichen Überreste der Terraner auch erhielten.

»Das bedeutet, dass alles, was wir für eine Hilfsaktion guter Geister hielten, ein Produkt des Zufalls war.« Ein feines Lächeln umfloss Ronald Tekeners Mundwinkel. »Ich kann es auch das Abfallprodukt eines missglückten Experiments nennen. Verständlich, dass ihr uns daraufhin aus Lakikrath verjagen wolltet, um einen zweiten Fehlschlag zu verhindern. Wir danken euch trotzdem.«

»Ich hoffe, es ist entschuldbar, dass sich unser ganzer Zorn nach dem Fehlschlag gegen euch richtete«, sagte Ahrzaba. »Wir mussten sogar annehmen, dass ihr unser Experiment sabotieren wolltet. Nur eines wüsste ich gern: Wie konntet ihr dem Paraplasma euer Aussehen geben?«

»Das fragen wir uns selbst«, erwiderte Tekener.

»Vielleicht war die Ausstrahlung unserer Zellaktivatoren verantwortlich«, argwöhnte Jennifer Thyron. »Sie wurden als Einziges nicht kopiert.«

»Warum nicht«, sinnierte Tekener. »Es könnte so gewesen sein. Die Wahrheit werden wir wohl nicht so schnell erfahren.«

6.

Ronald Tekener

»Wenn ihr die Wahrheit erfahren wollt, konzentriert euch auf mein Psychod«, sagte Tezohr. »Tut es mit allen Sinnen und vergesst die übrige Welt.«

Tekener und seine Frau saßen mit den anderen Zwottern im Kreis. Andächtiges Schweigen herrschte. Selbst die Morphlinge schienen die Bedeutung des Augenblicks erkannt zu haben, denn auch sie gaben keinen Laut von sich.

Tek wurde noch einmal abgelenkt, als Jennifer ihn leicht berührte. Dann versank die Umgebung um ihn. Wie aus größer werdender Distanz hörte er Tezohrs Stimme.

»Geht weit zurück! Ihr werdet es wie einen Tod mit umgekehrten Vorzeichen empfinden, denn es ist ein Gang zurück zu eurer Geburt und an den Beginn eurer Existenz. Davor war – nichts. In dieses Nichts sollt ihr eintauchen ...«

Tekener fühlte sich schläfrig. Das eiförmige Königspsychod schwebte vor ihm, es schimmerte bläulich. Es drehte sich, bis seine Umrisse verschwammen und es zu einem Nebelgebilde wurde – zu einer Kugel, die wuchs und sich rasend schnell ausdehnte.

Ronald Tekener hatte das Gefühl, im All zu schweben und vor sich die Provcon-Faust zu sehen.

Er raste auf die Dunkelwolke zu. Der Staubmantel schluckte ihn. Er wurde mitgerissen von dem Mahlstrom der Elemente, wurde beinahe aufgerieben und in seine Atome aufgelöst. Und noch während seine Furcht davor wuchs, ging er in den Staubmantel ein – und explodierte mit ihm. Das war das Ende seiner körperlichen Existenz.

Schwärze umfing ihn. Das Nichts. Aber da waren Lichter: Sterne, Sonnen, Planeten und Monde. Zweiundzwanzig Sonnen mit ihren Trabanten. Sie bildeten die Provcon-Faust – Point Allegro –, jedoch ohne den Staubmantel.

Tekeners Geist wandte sich einer kleinen roten Sonne zu, die wie ein müdes Auge blinzelte. *Zwoaa, die Alte!*

Je mehr er sich dem Zwoaa-System näherte und dem zweiten der drei Planeten zustrebte, je näher er also Zwottertracht kam, desto mehr erschien es ihm, als erwache er aus einem Traum. Die Erinnerung an das

Leben als Ronald Tekener war nur eine langsam erlöschende Einbildung?

Die Dinge erhielten andere Namen. Gäa, Lakikrath, Zwotter, Zwottertracht, Zwotta, wurden durch andere ersetzt: Geevon, Thobuskan, Läander, Ailand, Ail.

Ronald Tekener ... Wer war das?

Er stürzte im freien Fall. Fiel tiefer und weiter zurück. In ihm entbrannte ein eigenartiger Zwiespalt. Animus und Anima gerieten in Widerstreit.

Anima – das Frauenbild des Mannes, zugleich die weibliche Komponente im Mann, die allen Vertretern dieses Geschlecht innewohnte.

Animus – das Männerbild der Frau, die männliche Komponente, die nicht nur im Mann vorherrschte, sondern auch in jedem Weib vorhanden war.

Der nicht enden wollende Sturz raubte ihm die Besinnung.

Und dann:

Ich, wer immer ich sein mag, bin am Ursprung angekommen.

Ich erwache.

Ich bin ...

Tezah – Tezohr

Ich war Tezah und ... Aber nicht für lange, denn ich war im Sternbild des Mannes geboren, und alles drängte in mir zum Wechsel. Ich führte ihn herbei und befand mich lange im Übergangsstadium als – ein Läander im Zwiespalt. Dann kam endlich der Wandel, und ich wurde zu Tezohr und ...

Nun fühle ich mich wie neugeboren.

Ich finde mich in den vertrauten Hallen von Thobuskan wieder, wohin ich mich stets zurückziehe, wenn ich meine Intimsphäre wahren möchte. Mein Animus ist stark und dominierend.

Als ich den Weg durch den Irrgarten ins Freie nehme, gesellt sich Khara zu mir. Schweigend gehen wir nebeneinander durch mein Lustschloss, durchqueren die Parks, die das Labyrinth auflockern, begegnen einigen Gästen. Verwundert sehen sie, dass Khara und ich das Geschlecht gewandelt haben.

Wir sind unzertrennliche Freunde. So aufeinander eingespielt, dass einer des anderen Wünsche und Absichten im Vorhinein kennt. Als ich Tezah war, war Khara Kharand. Ohne dass wir uns abgesprochen hätten, führte sie gleichzeitig mit mir den Wechsel herbei und hat nun ihrer Anima den Vorzug gegeben.

Wir erreichen die Peripherie des Schlosses und blicken von einer Plattform auf den gewaltigen Wasserfall hinaus, der bis zum Horizont reicht. Aber viel ist von ihm nicht zu sehen, denn der Dunst der stürzenden Wasser versperrt die Sicht.

»Die Natur ist doch der beste Architekt.« Khara lacht freudig.

»Wir Läander sind natürlich geblieben«, erwidere ich. »Wir haben schon lange erkannt, dass wir uns der Natur anpassen müssen, anstatt sie uns untertan zu machen.«

»Ja, früher hielten wir uns daran«, sagt Khara wehmütig. »Aber dann kamen die Petronier ...«

»Wir brauchen die Ingenieure.« Das ist meine ehrliche Meinung. »In dieser chaotischen Zeit, in der die wilden Horden die Galaxis überschwemmen, kommt niemand ohne Technik aus. Ohne die Hilfe der Petronier stünden wir den Barbaren wehrlos gegenüber.«

»Bislang haben wir ihre Technik nicht gebraucht«, erwidert Khara verbittert. »Die wilden Horden haben die Galaxis überschwemmt, aber in unsere Nähe sind sie noch nicht gekommen. Wer sagt, dass sie Arla Mandra überhaupt heimsuchen werden?«

»Das ist ein Wunschtraum der unverbesserlichen Optimisten, Khara.« Ich vertrete nach wie vor die Meinung, dass uns der Pakt mit den Petroniern mehr nützt als schadet. Wir müssen gegen die Gefahren vorbereitet sein. »Diese vorbeugenden Maßnahmen waren nötig. Wenn die wilden Horden erst in unser Reich einfallen, ist es für Gegenmaßnahmen zu spät.«

Wir stimmen in vielen Punkten überein, nur über die Petronier sind wir gegenteiliger Meinung. Khara ist überaus traditionsverbunden. Der Lehrsatz »Der Geist ist die Macht« ist für sie oberstes Gebot.

Am dunstigen Himmel ist das Halbrund von Thotond als Schemen zu sehen. Die Sonne Thoto wandert hoch über dem Rand ihres zweiten Planeten dahin und lässt ihn flimmern. Nachts wäre Thotond am Himmel ein einmaliger Anblick, aber es gibt nicht viele solcher Nächte. Ich bin sehr darauf bedacht, keine von ihnen zu versäumen, und komme vor allem wegen dieser unvergleichlichen Aussicht nach Tho-Thoum. Darum habe ich hier mein Lustschloss erbaut. Meiner Ansicht nach ist das einer der schönsten Flecken der Galaxis.

Tho-Thoum ist nur ein Trabant des zweiten Planeten Thotond, dennoch gibt es nur selten Sonnenfinsternisse. Das Klima kann zwar manchmal sehr rau sein, aber auch Stürme, Schnee und Hagelschauer haben ihren Reiz. Ich liebe diesen Platz.

»Arla Mandra, du Reich der zweiundzwanzig Sonnen, bist du doch nicht mehr als nur ein Traum?« Khara klingt wehmütig. Sie ergreift meinen Arm und drückt ihn. »Tezohr, warum sprichst du nicht mehr vom Fortgehen? Warum überlassen wir dieses Universum nicht den petronischen Ingenieuren und den Barbaren und gehen einfach auf die Ebene, von der du immer geschwärmt hast?«

»Arla Mandra ist die Realität. Das andere ist nur ein Traum. Ich hatte einmal eine Vorstellung vom Fortgehen, Khara, doch ich kann sie nicht mehr einfangen. Dieser Traum hat sich verflüchtigt wie ein Hauch. Aber du scheinst mehr an ihm zu hängen, als ich es je getan habe. Flucht ist keine Lösung, Khara. Noch gibt es andere Möglichkeiten.«

»Die Technik der Petronier, ich weiß.« Ihre Stimme klingt abfällig. Sie wendet sich um und geht.

Ich blicke ihr nach. Ein Geräusch veranlasst mich, dass ich mich umdrehe.

Einer der Ingenieure steht da. Ich bin sicher, dass er gewartet hat, bis ich allein bin. Er kommt auf seinen langen Beinen zu mir und bleibt dicht vor mir stehen. Er überragt mich um mehr als einen Kopf. Wohlwollend blickt er auf mich herab.

»Es freut mich, dass du wieder deinem Animus den Vorzug gegeben hast, Tezohr«, sagt er. »Erinnerst du dich an mich? Ich bin Gwester. Ich hatte mit dir als Tezah schon zu tun, doch da warst du recht unzugänglich.«

»Ich erinnere mich an alles, was ich als Tezah getan habe«, erwidere ich schroff. Manchmal habe ich den Eindruck, dass die Petronier sich uns Läandern nicht nur überlegen fühlen, sondern dass sie uns für minderwertig halten, weil wir keine Technik besitzen. Dass wir die technische Phase der Evolution längst hinter uns haben, halten sie für Degeneration.

»Können wir die unterbrochene Besprechung fortsetzen, Tezohr?« fragt Gwester. »Es geht um die Verteidigung eures Reiches gegen die Barbaren.«

»Nicht hier. Thobuskan ist ein Ort der Erbauung. Gehen wir nach Ailand.«

Gwester winkt lächelnd ab. »Gehen ...«, stößt er ablehnend hervor. »Wir fliegen. Bei einem Abstecher in den Weltraum lässt sich das Thema besser erörtern. Mein Raumschiff steht oberhalb des Wasserfalls.«

Schweigend erklimmen wir die Steilküste. Ich habe Muße, über die Ingenieure und ihre Absichten nachzudenken, und ich frage mich tatsächlich, ob es richtig ist, dass wir uns immer tiefer in ihre Abhängigkeit begeben.

Es ist noch nicht lange her, als die Petronier mit einem ihrer Raumschiffe nach Arla Mandra kamen.

Wir haben über das Reich der zweiundzwanzig Sonnen ein unsichtbares Netz immaterieller Brücken gespannt, die alle Welten der vier Sonnensysteme miteinander verbinden. Trotzdem sind uns Raumschiffe vertraut, denn wir pflegen zu einigen raumfahrenden Völkern Kontakt.

Zumindest war das so, bevor die wilden Horden in die Galaxis einfielen und das große Chaos ausbrach.

Wir hielten das Flugobjekt der Ingenieure für ein Kampfschiff dieser Barbaren. Aber die Wesen, die da zu uns kamen, zeigten keine feindlichen Absichten. Sie bezeichneten sich als Petronier und als Kosmische Ingenieure, die ihre Aufgabe darin sahen, unterentwickelte oder bedrohte Völker zu unterstützen.

Die Mehrheit unseres Volkes entschied sich dafür, die Hilfe anzunehmen. Ich wurde zum Sprecher der Pro-Petronisten und führte seit damals Streitgespräche mit Khara-Kharand über Nutzen oder Schaden dieser Abmachung.

Schon bald nach dem ersten Kontakt kamen die Petronier in gewaltigen Raumschiffen und entluden ihre Maschinen auf allen Planeten unseres Reichs. Sie bauten Industrieanlagen auf und förderten die Bodenschätze zutage. Ihren Fertigungsanlagen entströmten bizarre technische Gebilde, von denen die Ingenieure behaupteten, dass wir ohne sie bald nicht mehr würden leben können.

Die Maschinen sollen uns den Alltag verschönern, unser Leben angenehmer gestalten und uns alle Arbeit abnehmen.

Die Petronier behaupten zu wissen, was wir brauchen. Und nachdem sie einmal unsere Zustimmung erhalten haben, wenden sie sich kaum mehr mit Detailfragen an uns. Nur wenn Veränderungen in größerem Umfang erfolgen sollen, ziehen sie uns zurate.

Sie sind Meister der Überredungskunst. Kaum einer kann sich ihren Argumenten entziehen, und ich muss zugeben, dass diese stets stichhaltig sind. Mein Animus ist immer noch der Ansicht, dass wir von den Petroniern gut beraten werden.

Aber ich sehe sehr wohl die Nachteile. Die hässliche Technik verunstaltet die Landschaft unserer Welten. Die sprechenden Maschinen, deren Aussehen uns nachempfunden ist, versuchen, uns zu bevormunden. Sie wollen uns nichts tun lassen, was sie ebenso bewerkstelligen können. Sie versorgen uns mit Nahrung, geben Ratschläge und wollen bestimmen, was wir zu tun und zu lassen haben.

Es ist in der Tat überaus bequem, einen Handlanger für jede Arbeit zu haben. Nur sind wir Läander eben nicht bequem. Wenige von uns sind der Versuchung erlegen, sich von einer Maschine verwöhnen zu lassen.

Die Petronier nehmen das hin, sie sind geduldig. Am meisten schätze ich an ihnen ihre Selbstlosigkeit. Im Großen und Ganzen kommen wir gut mit ihnen aus, und falls sich gelegentlich Schwierigkeiten ergeben, sind es stets die Ingenieure, die nachgeben. Aber sie sind auch hartnäckig. Wenn sie eine Niederlage erlitten haben, setzen sie alles daran, doch noch einen Erfolg daraus zu machen.

Das ist lästig, ich weiß. Aber ganz sicher ist es nicht so, wie mir manchmal vorgeworfen wird, dass ich die daraus entstehenden Gefahren nicht erkennen würde. Nur haben wir derzeit keine andere Möglichkeit, als unser Schicksal den Petroniern zu überlassen. Nur sie können uns vor den Barbaren schützen.

Es ist ein wunderbares Erlebnis, mein Schloss im atmosphärischen Dunst verschwinden zu sehen. Die Landschaft stürzt zurück, die bunte Vielfalt verschmilzt zu großen Flecken, der Horizont wölbt sich, und dann erscheint Tho-Thoum als Globus. Jeder wird sich in dem Moment bewusst, dass die Welt, auf der er eben noch gestanden hat, ein Himmelskörper ist. Ein vergleichbar winziger Trabant des gewaltigen Thotond, des zweiten Planeten von Thoto.

Angesichts der Winzigkeit der Gestirne wird mir wieder die eigene Nichtigkeit bewusst.

»Wie fühlst du dich, Tezohr?« fragt Gwester.

»Unbeschreiblich.« Mehr gibt es dazu nicht zu sagen.

Er hat mich schon einmal auf einen Flug in den Weltraum mitgenommen. Aber zuvor bin ich nie im All gewesen.

»Für jedes Sternenreich ist der Weltraum das strategisch wichtigste Gebiet«, sagt er. »In Friedenszeiten mag es angehen, dass der Leerraum zwischen den Sternen ungenützt bleibt. Aber in der Galaxis herrscht Krieg, auch wenn ihr Läander das nicht wahrhaben wollt. Ihr müsst das Vakuum zwischen den zweiundzwanzig Sonnen befestigen. Dafür braucht ihr die Raumfahrt!«

»Ich könnte mir schon vorstellen, dass viele meiner Artgenossen Freude an Raumschiffen finden würden«, erwidere ich. »Der Flug ist ein anderes Gefühl, als durch einen Tunnel von Welt zu Welt zu gehen. Dies ist ein Vergnügen besonderer Art.«

»Es geht nicht ums Vergnügen, sondern ums Überleben«, mahnt Gwester eindringlich. »Ihr braucht Raumschiffe, um Arla Mandra gegen die wilden Horden zu verteidigen. Ihr müsst die Möglichkeit haben, eure Feinde abzufangen, bevor sie in euer Hoheitsgebiet eindringen.«

»Was für ein schrecklicher Gedanke!«, rufe ich entsetzt aus. »Wir sollen kämpfen?«

»Es gibt keine andere Möglichkeit, Tezohr. Wir können euch bewaffnete Raumschiffe liefern. Und wir lehren euch kämpfen.«

»Muss das sein, Gwester?« Mich schaudert. »Ich dachte, *ihr* wollt uns vor den Barbaren schützen?«

»Das können wir nur, wenn ihr euren Teil dazu beitragt. Unsere Technik ist jener der wilden Horden überlegen. Aber wir sind nur wenige Ingenieure, nicht genug, um das Heer der Barbaren aufhalten zu können.«

»Ihr baut Maschinen, von denen jede hundert und mehr Läander ersetzt«, sage ich.

»Natürlich wäre das möglich. Vollrobotische Weltraumbasen, die den Angreifern ferngesteuerte Kampfschiffe entgegenwerfen. Aber die Produktion derart komplizierter Mechanismen kostet zu viel Zeit. Und die Wirkung ist effektiver, wenn die Kampfmaschinen von organischen Gehirnen gesteuert werden. Akzeptiere eine bewaffnete Raumflotte, Tezohr. Ihr braucht sie, um überleben zu können.«

Gwester erwartet Undenkbares von uns. Wir Läander sind ein friedfertiges Volk, schon der Gedanke an Gewalt entsetzt mich.

»Tut mir leid, Gwester, aber wir sind keine Soldaten. Wir können nicht kämpfen. Auch nicht, wenn unser Überleben davon abhängt. Wir müssen einen anderen Weg finden.«

»Überlege es dir gut, Tezohr«, sagt er. »Die Art des Kampfes, die wir euch vorschlagen, ist sauber. Ein Läander braucht nur die Funktionen auszulösen, den Rest erledigen die Maschinen. Er ist außerhalb des Kampfgeschehens in Sicherheit.«

»Das Bewusstsein, durch meine Handlung eine tödliche Funktion ausgelöst zu haben, wäre schlimm genug«, widerspreche ich, und damit ist das Thema für mich abgeschlossen.

Gwester schweigt.

Er achtet wieder auf die Instrumente. Eine Phase des Raumflugs ähnelt dem Tunnelgehen. Um die riesigen Abgründe zu überbrücken, tauchen Raumschiffe in ein übergeordnetes Kontinuum ein, in dem andere Gesetze herrschen. Nach der Rückkehr ins eigene Raum-Zeit-Gefüge befindet man sich in der Nähe des Zielortes. Start und Landung sind jedoch etwas umständlich und im Vergleich zum Tunnelgehen zeitraubend. Aber als vergnügliche Alternative ist die Raumfahrt durchaus akzeptabel.

Gwester setzt mich wenig später am Hauptberg von Ailand ab, der praktisch völlig ausgehöhlt ist und die größte Bevölkerungsdichte aller ailändischen Wohngebirge aufweist.

»Es gibt noch einen Punkt, den wir erörtern müssen«, sagt der Ingenieur zu meiner Überraschung. »Wir haben den Plan für eine weitere Schutzmaßnahme ausgearbeitet. Es ist keine Alternative zur bewaffneten Raumfahrt, sondern als Ergänzung gedacht, um den wilden Horden das Eindringen in euer Reich zu erschweren. Bis wir uns über die Aufstellung einer Raumflotte geeinigt haben, könnten wir das Projekt als Sofortmaßnahme einleiten.«

»Um was handelt es sich?«, will ich wissen.

»Wir haben daran gedacht, das Reich der zweiundzwanzig Sonnen in einen Staubmantel aus feinsten kosmischen Partikeln zu hüllen. Arla Mandra wäre durch die Ballung der Mikromaterie geschützt und könnte nicht mehr ohne Weiteres von den Horden überschwemmt werden. Vielleicht lassen sie sich sogar durch die Anmutung einer Dunkelwolke täuschen und ziehen achtlos vorbei. Aber eine Raumflotte wäre trotzdem nötig – für alle Fälle. Ihr müsst gewappnet sein, Tezohr.«

Der Gedanke, uns hinter einem Mantel aus feinster Materie zu verstecken, gefällt mir schon besser. Ich bin sicher, dass diese Idee für jeden Läander die Initiative zu einem mörderischen Überlebenskampf darstellt.

»Welchen Preis müssten wir dafür zahlen, Gwester?«

»Den dritten Planeten der Sonne Thoto«, antwortet er. »Seine Masse wäre zusammen mit der zur Verfügung stehenden kosmischen Materie ausreichend, einen genügend dichten und dicken Staubmantel zu erschaffen.«

»Ich werde dich unsere Entscheidung bald wissen lassen, Gwester«, sage ich zum Abschied.

Ich habe das unbestimmte Gefühl, dass Gwester von Anfang an darauf abzielte, die Zustimmung für die Erschaffung dieses Staubmantels zu erwirken. Den Vorschlag einer Kriegsflotte brachte er vor, um uns die Chance zu geben, das kleinere Übel zu wählen.

Wir Läander haben eine lange Entwicklung hinter uns und sind auf der höchsten für uns erreichbaren Stufe der Evolution angelangt. Wir haben die Phasen der körperlichen und geistigen Entwicklung durchlaufen. Anderen Völkern können wir ehrlich sagen: »So waren wir auch einmal.«

Wir haben den Gipfel des körpergebundenen Lebens erreicht. Nun blicken wir ratlos hinab auf die bunte Palette von Existenzen, die alle noch nach oben streben können und die Hoffnung haben, irgendwann den Sinn ihres Lebens zu erfahren.

Aber wir sind ganz oben, und die Frage nach dem Sinn unseres Gipfelsturms ist unbeantwortet geblieben. Wir haben alles erreicht, nun sind wir zur Untätigkeit verdammt.

Die wilden Horden sind keine echte Prüfung für uns. Wir können uns nicht auf ihre Stufe stellen und kämpfen. Das ist undenkbar. Wir können auch nicht die Technik der Petronier als Geschenk annehmen. Das wäre unwürdig.

Nach der körperlichen Existenz kommt das körperlose Dasein. Nur das kann unser nächster Schritt sein. Ich weiß es längst, aber ich zweifelte noch daran.

Nun gibt eine innere Stimme mir recht und bedrängt mich. Lasse den Körper hinter dir und steige hinauf zur Daseinsebene des reinen Geistes! Das ist der einzige gangbare Weg, und wenn du nicht gehen kannst, dann schwebe. Nimm einen Scheinkörper als Krücke. Visiere einen Punkt als imaginäres Ziel an – etwa den Staubmantel, den die Ingenieure um Arla Mandra erschaffen werden. Fixiere den Punkt und strebe ihn an.

Das sind deine Hilfsmittel: der Scheinkörper, den du kraft deines Geistes erschaffen hast, und der Staubmantel, der deinen Lebensbereich begrenzt! Gehe auf im körperlosen Dasein und finde deine Bestimmung.

Erstrebe dieses Ziel mit deinen Artgenossen, dann werdet ihr eine neue Lebensform von schlichter Vollkommenheit bilden.

Ich fühle mich wie im Traum. Nur ist der Eindruck, der danach bleibt, sehr viel stärker und nachhaltiger.

Eine innere Stimme hat mir die Zukunft meines Volkes aufgezeigt.

»Tezah!« Die Stimme weckt starke Emotionen in mir. Ich spüre, dass mein Animus mitsamt seiner kalten Ratio in den Hintergrund meines Bewusstseins gedrängt wurde.

Mein Blick klärt sich. Ich befinde mich inmitten meines ausgedehnten Ateliers im größten Wohnberg von Ailand. Vor mir steht Khara – nein, sie ist Kharand geworden.

»Guter Kharand«, sage ich und stütze mich auf ihn. »Du bist wohl peinlich darauf bedacht, stets mein Antipode zu sein. Aber was ist passiert?«

Er wirkt verstört.

»Du warst ...« Er unterbricht sich sofort und lässt sich auf eine meiner Skulpturen sinken. Erst reibt er sich die Augen, danach massiert er seine Schläfen. »Ich muss das noch einmal überdenken, Tezah. Verrate mir zuvor deine Eindrücke, damit ich Vergleiche ziehen und mir ein Urteil bilden kann.«

»Ich habe möglicherweise eine Botschaft empfangen«, sage ich. »Es war auf jeden Fall mehr als nur ein Traum. Eine innere Stimme verriet mir, dass mein Weg der richtige ist. Wir müssen die Petronier den Staubmantel bauen lassen, damit er uns als eine Art Wegbereiter dient. – Aber was ist während meiner Abwesenheit passiert, dass du so beeindruckt bist?«

»Abwesenheit ist treffend«, sagt Kharand ernst. »Du warst für eine beachtliche Weile ... nicht richtig da. Körperlich, meine ich. Dein Leib war in Auflösung begriffen, er war fast durchscheinend. Währenddessen hat sich das da gebildet.«

Kharand weist auf einen beinahe läandergroßen Klumpen. Er ist formlos und eigentlich hässlich. Es handelt sich um keine meiner früher erschaffenen Skulpturen, denn diese sind ästhetisch.

»Ich hatte den Eindruck, dass du diese Plastik kraft deines Geistes erschaffen hast«, erklärt Kharand beeindruckt.

Ich gehe hin. Lasse meine Finger über die raue und bizarre Oberfläche gleiten.

»Paraplasma.« Ich fühle mich berauscht. Doch die Ernüchterung folgt sofort. »Es ist totes Paraplasma. Das ist noch lange kein Erfolg. Ich habe schon einige Male unbeseeltes Paraplasma hervorgebracht.«

»Aber nie eine so große Masse« erinnert Kharand. »Ich habe den Vorgang beobachtet, Tezah. Du hast dich dabei fast aufgezehrt und warst zeitweilig ein Teil des Paraplasmas. Das beweist, dass du dich auf dem richtigen Weg befindest.«

Wenn Kharand nur recht hätte! Eigentlich bin ich zuversichtlich.

»Glaubst du, dass es so etwas wie ein metapsychisches Artbewusstsein gibt?«, frage ich den Freund.

»Wie meinst du das?«

»Ich meine, dass jeder Läander, dessen Körper vergangen ist, etwas für die Lebenden zurückgelassen hat. Wenn sich die Seelen der Verstorbenen zusammengetan haben, könnte eine psychische Kraft entstanden sein, die sich uns bemerkbar machen kann. Vielleicht hat dieses kollektive Bewusstsein zu mir gesprochen.«

»Ich kann dir nicht folgen, Tezah. Aber wenn du die Stimme eines Kollektivbewusstseins gehört hast, dann müssten auch andere Läander sie vernommen haben.«

Ich bin enttäuscht, denn Kharand hat den wunden Punkt meiner Theorie aufgezeigt.

Gerade als meine Stimmung dem Tiefpunkt nahe ist, kommt Astha in mein Atelier.

»Ich hatte einen Traum ...«, sagt sie sofort. »Eigentlich war es mehr als ein Traum. Ich hatte das Gefühl, als spräche ein gutes Gewissen zu mir.«

»Das Gewissen unseres Volkes?«, frage ich hoffnungsvoll.

»So könnte es sein«, bestätigt sie. »Die Stimme riet mir ...«

Phorast platzt herein. »Wir müssen die Petronier den Staubmantel um Arla Mandra bauen lassen«, sagt er. »Davon verspreche ich mir eine Signalwirkung und eine Hilfe für unser Bestreben, die nächsthöhere Daseinsform zu erreichen.«

Ich bin erstaunt, denn Phorast ist ein Skeptiker. Als Phora hat er deutlich gegen die Ingenieure gewettert.

Immer mehr Läander kommen in mein Atelier. Alle hatten diesen Traum.

»Tezah, lehre uns deine Methode, Scheinkörper aus Paraplasma zu erschaffen. Wir wissen jetzt, dass wir uns nur auf diese Art zur nächsthöheren Entwicklungsstufe emporheben können. Uns ist klar, dass wir das körperlose Sein anstreben müssen.«

Ich bin wie berauscht, weil von überall aus Arla Mandra Berichte eintreffen, dass Läander die innere Stimme gehört haben. Dieser kollektive Antrieb kann nur von einer höheren Macht kommen. Wenn Hunderttausende diese Botschaft vernommen haben, kann das kein Zufall sein.

In meine Freude mischt sich aber auch ein Tropfen Traurigkeit. Warum haben nicht alle Läander die Botschaft gehört? Warum ist sie bei Millionen wirkungslos verhallt?

Ich stelle diese Frage Kharand. Ich bedränge ihn, seinen Geist zu öffnen und die körperlose Stimme zu suchen.

»Nicht alle sind auserwählt«, sagt er mit leichter Bitterkeit.

»Aber die Botschaft galt allen«, versichere ich. »Unser Volk war damit gemeint.«

Als der große Augenblick kommt, begebe ich mich nach Tho-Thoum. Ich hoffe, von meinem Schloss aus die Geburt der Dunkelwolke in allen Einzelheiten verfolgen zu können.

Kharand kommt nicht mit. Ich habe hart mit dem Freund gearbeitet, leider ohne Erfolg. Etwas scheint ihm zu fehlen, und es hat auch nicht geholfen, dass er seine Anima hervorkehrte und zu Khara wurde. Es ist nicht nur das Weibliche, das einen Läander zum Beherrscher des Paraplasmas macht. Zwar hatte Khara einen bescheidenen Erfolg und ein fingergroßes Stück Paraplasma erschaffen, aber sie war danach völlig ausgelaugt.

Ich bin schon viel weiter und mit mir viele meiner Schüler. Es kostet mich kaum Mühe, Paraplasma in jeder beliebigen Form zu erschaffen. Nur bin ich noch nicht so weit, mein ganzes Ich in diese Kunstwerke zu implizieren.

Wir alle können es kaum erwarten, dass die Ingenieure den Staubmantel verwirklichen. Von der Entstehung der Dunkelwolke hängt es ab, ob wir unser Ziel erreichen.

Als ich in Thobuskan eintreffe, erwartet mich Gwester mit seinem Raumschiff. Er versichert mir, dass ich aus dem Weltraum und mithilfe seiner technischen Instrumente die Geburt des Staubmantels viel besser erleben könnte.

Ich fliege mit ihm ins All.

Er hat recht. Seine Technik erlaubt es mir, die Vorgänge wie aus unmittelbarer Nähe zu beobachten.

Die Ingenieure bringen den dritten Planeten der Sonne Thoto aus seiner Bahn und bugsieren ihn in den Leerraum hinaus. Gwester versichert, dies sei ein komplizierter Vorgang.

»Wir dürfen das Gleichgewicht des Sonnensystems nicht stören«, erklärt er. »Jeder Fehler könnte zu einem Zusammenbruch der Gravitationskonstante führen, mit verheerenden Folgen für die anderen Planeten. Vor allem Thotond und der von euch bewohnte Mond Tho-Thoum wären davon betroffen. Aber – unsere Berechnungen stimmen.«

Trotz des Transports des dritten Planeten bleibt das Gleichgewicht des Sonnensystems stabil.

»Ihr müsst nun umdenken«, erklärt Gwester. »Thoto hat nur noch drei Planeten. Thotara rückt an die Stelle von Thoton, den wir beschleunigen und durch eine Transition in die Randzone eures Sternenreichs versetzen ...«

Thoton verschwindet urplötzlich, doch Gwesters Geräte erfassen ihn bald wieder. Nun zieht der Planet in der Peripherie von Arla Mandra eine neue, kurze Bahn.

»Jetzt kommt der schwierigste Moment«, sagt Gwester. »Wir müssen Thoton beschleunigen und in rasende Rotation versetzen, bis seine Eigengravitation verschwindet. Er wird auseinanderbrechen und sich in Staub auflösen, aber der Staub darf sich nicht verflüchtigen. Wir müssen in das Netz des Raum-Zeit-Gefüges eingreifen, um die Staubmasse in die gewünschte Form zu zwingen. Hoffentlich erwartest du keine physikalisch und hyperphysikalisch detaillierte Beschreibung ...«

Thoton wird schneller. Ich kann auf den Datenschirmen beobachten, wie er entlang der künstlich erschaffenen Gravitationsfelder von ungeheuren Kräften geschüttelt wird. Der Planet hat längst keine Kugelform mehr. Die Fliehkraft drückt ihn an den Polen zusammen und dehnt ihn im Äquatorialbereich aus.

Schließlich zerplatzt der Himmelskörper. Er öffnet sich wie eine Blume. Sein Feuer strebt auseinander, die gleißenden Blätter zerfallen in Fragmente, zerfallen weiter und erlöschen, während sie als kleine und kleinste Teilchen ihre vorbestimmte Bahn einschlagen.

Den langwierigen Vorgang erlebe ich mithilfe der Meditation in geraffter Form.

Um das Reich der zweiundzwanzig Sonnen schließt sich ein dichter Partikelring. Gwester sagt, dass dieser Staubgürtel, der breiter und breiter wird, kein Einseitendreher sei. Wo sich der Ring geschlossen hat, prallen die Partikel aus entgegengesetzten Richtungen aufeinander, und unkontrollierbare Turbulenzen entstehen. Gwester sagt auch, dass dieser Effekt unterdrückt werden könnte. Doch das liegt nicht in der Absicht der Ingenieure. Je unkontrollierter die Kräfte im Staubmantel toben, desto schwerer wird es für Eindringlinge, ihn zu überwinden. Und wenn sich der Staub erst an den Polen schließt und weitere gegeneinander wirkende Kräfte aufeinandertreffen, werden sie noch heftigere Turbulenzen bilden. Es wird leider nicht unmöglich sein, die Wolke mit moderner Navigation zu durchdringen, trotz der nur schwer kalkulierbaren Partikelströmungen. Darum benötigen wir trotz allem eine kampfstarke Flotte.

Ich antworte ihm nicht, denn ich will ihn nicht belügen. Ich kann ihm auch nicht sagen, dass der Staubmantel für uns eine völlig andere Bedeutung hat.

Als die Kugelschale Arla Mandra einschließt, versuche ich erstmals, die Staubwolke mit dem Geist zu erfassen. Das Erlebnis ist phänomenal. Ich spüre das Knistern der Materie, die sich in rasenden Wirbeln auf exzentrischen Bahnen bewegt. Ich erfasse die Turbulenzen in ihrer Gesamtheit – und mich schwindelt. Vorübergehend ist es, als würde ich von dem Mahlstrom mitgerissen.

Für einen Gedanken lang war ich wirklich Teil des Staubmantels.

»Tezohr!« Der Ingenieur schüttelt mich.

»Tezohr, was ist mit dir los?«, schreit er in panischem Entsetzen. »Und was ist das für ein Ding?«

Ich finde in die Gegenwart zurück. Zwischen Gwester und mir liegt eine bläulich schimmernde Kugel. Paraplasma, das ich in jenem Moment erschuf, als ich zum Teil des Staubmantels wurde.

»Das ist ein Fetisch«, sage ich und stecke die Kugel ein. Sie fühlt sich an wie ein Teil von mir. Aber sie ist unvollkommen, ich werde sie vernichten müssen.

»Alles in Ordnung?«, fragt der Ingenieur besorgt.

»Mir geht es gut.«

»Ich muss dir sagen, dass der Staubmantel nicht ganz das von uns erwartete Volumen erreicht hat. Die Masse war nicht ausreichend, um eine größere Wolke mit annehmbarer Dichte zu erschaffen. Euer Heimatsystem ist deshalb in die Randzone der Staubhülle geraten. Ailand ist zum Teil im Staub eingebettet. Aber ist das nicht ein geringer Preis für den Schutz, den die Wolke bietet?«

Ich frage ihn, ob Ailand deshalb dem Untergang geweiht sei.

»Davon kann keine Rede sein«, versichert Gwester. »Der Staub wird sich auf das Klima auswirken, aber ihr Läänder könnt weiterhin auf Ailand leben. Aus dem Weltraum gesehen wird Ailand wie ein goldenes Kleinod sein.«

Er übertreibt etwas. Denn als wir uns Ailand nähern, ist lange Zeit nur kosmischer Staub zu sehen, in dem das Licht der Sonne Ail verwirrende Effekte zaubert. Als wir eine Turbulenzzone durchbrechen, verfliegt der Zauber. Ailand bietet denselben Anblick wie früher. Nur steht die Heimat vor einem staubigen Hintergrund, den das rot glimmende Auge Ail kaum durchdringen kann.

Falls die lebensspendende Kraft von Ail noch weiter vermindert wird, wird das auf unserer Welt starke Veränderungen hervorrufen und die Lebensbedingungen erschweren.

Aber der Preis ist nicht zu hoch.

Erst jetzt wird mir bewusst, dass ich wieder Tezohr geworden bin. Ich brauche den kühlen Verstand des Animus, um mein Volk auf den letzten Schritt zur Vollkommenheit vorzubereiten.

Ich hatte wieder einen Traum und hörte die wesenlose Stimme. Und mit mir erging es einer Million Lääendern so. Einige jener, die beim ersten Mal die Botschaft nicht vernommen haben, konnten sie diesmal wahrnehmen. Aber die Mehrheit ist weiterhin taub und blind für die Stimme und die Bilder.

Es ist mir nicht möglich, den Wortlaut wiederzugeben oder gar Einzelheiten des Traums zu schildern. Aber an den Inhalt der Botschaft erinnere ich mich genau.

Nach der Erschaffung des Staubmantels müsst ihr in ihn aufgehen, damit ihr Vollkommenheit erlangt und die Wolke zu einer paraplasmatischen Sphäre wird, die alle Himmelskörper dieser Galaxis überstrahlt. Ihr sollt damit ein Zeichen setzen und ein Signal geben, das für Geschehnisse in ferner Zukunft von eminenter Bedeutung sein wird. Das ist eure Bestimmung, Läander!

Ich habe meine Schüler um mich versammelt, und wir diskutieren den Inhalt der Botschaft. Khara ist leider nicht unter uns, aber ich hoffe weiterhin, dass sie eines Tages die Stimme verstehen wird.

Wir sind uns nur einig, dass eine »höhere Macht« zu uns spricht. Zugleich fühle ich, dass wir dieses Geheimnis nicht lösen werden, bevor wir den Schritt zur Körperlosigkeit tun können.

Über unsere Bestimmung herrscht weitgehend Übereinstimmung. Es kann nur so sein, dass wir mit unserem Geist ein Leuchtfeuer erschaffen sollen, das den Kosmos durchdringt. Da die Signale der paraplasmatischen Sphäre die Zeit überdauern werden, kann unsere Bestimmung nur sein, auf eine zukünftige Entwicklung einzuwirken.

Es gehört viel Vorstellungskraft dazu, die ganze Tragweite dessen zu erfassen. Wir wissen, dass Superintelligenzen den Kosmos in Machtbereiche unterteilt haben, in denen sie herrschen. Angesichts dieser Überwesen müssen wir Läander uns schwach und winzig fühlen, obwohl wir uns auf der obersten Entwicklungsstufe des körperlichen Seins wähnen.

Ich denke, wir Läander haben Anschauungsunterricht über das Wirken einer Superintelligenz erhalten. Ist es vermessen zu glauben, dass wir von einer Superintelligenz auserwählt wurden, ein kosmisches Leuchtfeuer zu setzen?

Werden wir sogar dazu angehalten, den ersten Schritt hin zum Entstehen einer neuen Superintelligenz zu tun?

»Solche Spekulationen schlagt euch aus dem Kopf, denn sie entbehren jeder Grundlage«, beruhige ich die Gemüter.

»Aber selbst du musst zugeben, dass wir uns nicht mehr im Rahmen der natürlichen Evolution bewegen«, wendet Phora ein. »Unser Vorhaben sprengt alle Naturgesetze.«

»Zweifellos«, stimme ich zu. »Doch das Leuchtfeuer kann nicht die erwünschte Vollkommenheit erlangen, wenn nicht alle Läander darin aufgehen.«

»Willst du deshalb dem Ruf nicht folgen?«, fragt Phora herausfordernd. »Willst du, dass wir auf unsere Bestimmung verzichten, weil die Mehrzahl der Läander noch nicht reif dafür ist?«

»Das wird nicht notwendig sein«, versichere ich. »Wir können in dem Staubmantel aufgehen und die paraplasmatische Sphäre bilden. Aber wir dürfen die Zurückbleibenden nicht vergessen. Wir müssen ihnen ein Vermächtnis hinterlassen, das sie eines Tages ebenfalls zur körperlosen Daseinsform führen kann.«

»Wenn wir zur paraplasmatischen Sphäre werden, werden wir im Staubmantel gegenwärtig sein«, stellt Phora fest. »Genügt diese geistige Anwesenheit nicht, um uns den Zurückgebliebenen ständig ins Bewusstsein zu rufen?«

»Ich erinnere daran, dass wir nur Vollkommenheit erreichen können, wenn das gesamte Volk den Schritt in die Körperlosigkeit tut«, sage ich. »Abgesehen davon dürfen wir nicht erwarten, dass die Zurückgebliebenen uns wahrnehmen werden, nachdem sie nicht einmal die Botschaft vernommen haben. Wir müssen eine Hilfestellung zurücklassen. Am einfachsten, indem wir Paraplasma erschaffen und darin unsere Erfahrungen und unser Wissen speichern. Wenn jeder von uns ein solches Psychod hinterlässt, stellen wir damit ein Bindeglied zur nächsthöheren Daseinsform her, an dem sich alle anderen orientieren können. Unsere parusischen Sendungen werden stets präsent sein. Und mithilfe der Psychode werden uns alle, die heute noch nicht reif sind, später in die Sphäre folgen können. Erst dann werden die Voraussetzungen für ein alles überstrahlendes kosmisches Leuchtfeuer erfüllt.«

Diesem Argument entzieht sich nicht einmal Phora. Dennoch kann ich ihre Forderung nach dem sofortigen Abschluss unseres körperlichen Seins nicht erfüllen.

Kharas Eintreffen erspart mir die weitere Argumentation.

»Tezohr, Phora, ihr müsst uns beistehen!«, bittet sie. »Wenn ihr jetzt schon fortgeht, ist Ailand dem Untergang geweiht. Der Staubmantel wird alles Leben hier vernichten.«

Ich verspreche ihr, dass wir nicht fortgehen werden, bevor wir Maßnahmen getroffen haben, die den Fortbestand unseres Volkes garantieren. Dazu gehört auch, dass wir die Ingenieure samt ihrer für die geistige Entfaltung hinderlichen Technik aus Arla Mandra vertreiben.

»Ailand stirbt«, sagt Khara, nachdem sie mich ins Freie geführt hat.

Über den Wohnberg fegt ein Orkan, der Bäume entwurzelt und Felsen umstürzt. Überall liegen Tierkadaver. Die Läander ziehen sich in die Wohnberge zurück, nachdem schon viele dem Toben der Natur zum Opfer fielen.

Der Himmel ist trüb. Ail verbirgt sich hinter dichten Staubschleiern. Mittlerweile herrschen extreme Temperaturverhältnisse. Es ist bitterkalt, aber zeitweise bringen die Stürme kochend heiße Luft mit sich.

Es regnet Asche. Alles versinkt unter einer grauen Schicht, die sich zur Regenzeit in zähen Brei verwandelt.

Die Ingenieure erklären uns, woher der Ascheregen kommt. Sie sagen, dass die Staubpartikel beim Einfall in die Atmosphäre des Planeten verglühen und als Asche zu Boden sinken. Der Staub in der Atmosphäre ist auch für den Treibhauseffekt verantwortlich und dieser für die immer wütender tobenden Orkane.

»Wir können das nicht mehr ändern«, gesteht mir Gwester. »Aber es bedeutet noch lange nicht, dass Ailand eine sterbende Welt ist. Irgendwann muss sich alles stabilisieren. Ailand wird dann eine Wüstenwelt sein, auf der nur die widerstandsfähigsten Pflanzen- und Tierarten überleben können. Das gehört jedoch zu unserer Strategie. Sollten die wilden Horden hier einfallen, werden sie Ailand unbeachtet lassen. Erhalte ich nun eure Zustimmung für eine schlagkräftige Raumflotte, Tezohr?«

»Wir brauchen die Hilfe der Ingenieure nicht mehr«, antworte ich. »Es hat sich gezeigt, dass eure Maßnahmen mehr schaden als nützen. Wir werden versuchen, den Staubmantel aus eigener Kraft zu regulieren.«

»Die Petronier haben ihre Pflicht getan, nun können sie gehen.« Gwester klingt verbittert. »Aber so einfach ist das nicht, Tezohr. Wir ziehen uns aus Arla Mandra erst zurück, wenn das erarbeitete Hilfsprogramm abgeschlossen ist. Ihr braucht für eure Verteidigung Waffen und Raumschiffe. Wir werden euch alles geben und euch einem Spezialtraining unterziehen, bis ihr zu kämpfen versteht. Die Galaxis braucht Soldaten, um sich gegen die barbarischen Invasoren verteidigen zu können.«

»Ihr wollt uns dienen, aber ihr erweist uns einen schlechten Dienst, wenn ihr uns zur Waffengewalt nötigt«, erinnere ich den Ingenieur.

»Ihr habt uns gerufen. Wir gehen erst fort, wenn wir unsere Mission erfüllt haben.«

Khara gibt mir durch ein Zeichen zu verstehen, dass ich mich auf keine weitere Diskussion mit dem Petronier einlassen soll. Sie geht mit mir davon und führt mich zu einer großen Höhle.

Dort ist ein Raumschiffswrack versteckt. Es sieht anders aus als Gwesters Schiff. Aus dem Wrack kommt ein Wesen, das keine Ähnlichkeit mit einem Petronier hat.

»Das ist Chembees.« Khara stellt mir den Fremden vor. »Er hat uns gebeten, sein Schiff vor den Ingenieuren zu verbergen und ihnen seine Anwesenheit zu verschweigen.«

»Ich kenne die Petronier«, sagt Chembees in der galaktischen Umgangssprache. »Die Petronier haben auch mein Volk zwangsbeglückt. Bis zu ihrem Auftauchen waren wir friedfertige Geschöpfe, heute regiert auf unseren Welten die Gewalt. Aus uns ist ein Volk von Soldaten geworden. Seit das so ist, sind die Petronier wieder verschwunden.«

»Haben sie um euer Reich einen Staubmantel errichtet?«, will ich wissen.

»Sie haben es uns angeboten, doch zum Glück haben wir das nicht zugelassen«, antwortet Chembees. »Es ist aber durchaus möglich, dass sie wiederkommen und uns den Vorschlag neuerlich unterbreiten. Sie sind unglaublich hartnäckig. Es sieht so aus, als wollten sie alle Völker der Galaxis zu Soldaten umerziehen.«

»Trotzdem scheinen sie durchaus redliche Absichten zu haben«, gebe ich zu bedenken. »Sie bieten uns allen die Möglichkeit, uns gegen die wilden Horden zu verteidigen.«

»Das ist nur ein Vorwand«, behauptet Chembees. »Habt ihr euch schon gefragt, was die Petronier wirklich bezwecken? Ob sie vielleicht nicht nur aus uneigennützigen Motiven handeln?«

»Welchen Vorteil sollten sie haben?«, überlege ich laut. »Höchstens den, dass sie Befriedigung darin finden, anderen zu helfen.«

»Das siehst du so, weil ihr Läander ehrlich und friedfertig seid«, sagt der Fremde. »Entweder seid ihr noch so primitiv oder geistig schon so hochstehend, dass ihr die Absicht der Petronier nicht durchschauen könnt. Ihr versteht nichts von Strategie und Taktik, und die Gesetze der Marktwirtschaft sind euch fremd. Mein Volk war ähnlich unbelastet, aber inzwischen beherrschen wir die Regeln. Anfangs sah es so aus, als würden uns die Petronier ihre Ausrüstung ohne Gegenleistung zur Verfügung stellen. Als wir immer mehr Nachschub benötigten, präsentierten sie uns die Rechnung. Heute stehen wir tief in ihrer Schuld und müssen als Söldner in ihren Diensten arbeiten. Wir stellen die Kampftruppen der Petronier. Sie befehlen, und wir geben für sie unser Leben. So weit wollen sie euch ebenfalls bringen.«

»Das kann ich nicht glauben.«

»Ihr werdet die Wahrheit eines Tages erkennen. Leider wird es dann zu spät sein. Noch ist Arla Mandra ein Paradies, also lasst euch nicht von den Petroniern beschwatzen. Lehnt ihre Waffen ab, die sie für euch bereitstellen werden!«

»Was sollen wir tun, Tezohr?« fragt Khara verzweifelt, als wir wieder allein sind. »Noch haben wir die Möglichkeit, zu einer anderen Welt auszuwandern, etwa nach Geevon. Aber das Tunnelnetz bricht zusammen, immer mehr Brücken zu den anderen Planeten werden zerstört. Chembees meint, dass die Ingenieure auch dafür verantwortlich sind. Sie wollen uns auf diese Weise zwingen, ihre Raumfahrt zu nutzen.«

»Damit könnte der Fremde sogar recht haben«, sage ich. »Trotzdem wird es nicht notwendig sein, auszuwandern. Der Staubmantel, der unsere Heimat zu vernichten scheint, könnte sogar die Rettung bringen. Sobald wir in ihm aufgegangen sind, werden wir ihn mit unserem Geist regulieren können und dafür sorgen, dass Ailand wieder ein Paradies wird.«

»Und wenn das nicht gelingt?«

»Auch das wäre nicht schlimm. Ich bin sicher, dass ihr anderen uns bald folgen werdet.«

»Wir dürfen nicht alle Brücken zu unseren zurückbleibenden Artgenossen niederreißen«, sagt Phora warnend.

»Das tun wir nicht«, erwidere ich wie schon so oft. »Wir lassen ihnen die Psychode zurück.«

»Vielleicht ist das nicht genug. In den Psychoden wird zwar unser Erfahrungsschatz gespeichert sein und sogar unsere Parusie. Aber wir selbst werden nicht mehr ins körperliche Sein zurückkehren können. Ich fürchte das Endgültige, Tezohr. Wenigstens einer von uns sollte sich die Möglichkeit der Rückkehr offenhalten.«

»Warum denkst du dabei an mich?«, will ich wissen.

»Du bist unser Lehrmeister. Du hast die ausgeprägteste Persönlichkeit und den stärksten Geist. Du bist der ideale Mittler zwischen beiden Daseinsformen.«

Dieses Vertrauen ehrt mich. Habe ich eine andere Wahl? Ich übernehme die Verantwortung, und das ganze Volk steht hinter mir. Ich habe vorgeschlagen, dass sich alle Läander von den anderen Welten nach Ailand zurückziehen. Niemand soll nach dem Zusammenbruch des Tunnelnetzes in der Fremde isoliert sein. Jeder folgt meinem Ruf.

Ich bin zuversichtlich. Und meine Zuversicht überträgt sich auf die Zurückbleibenden. Ich kann nur hoffen, dass sich bald auch die Kraft der Psychode auf ihren Geist übertragen wird. Dann werden sie uns in die paraplasmatische Sphäre folgen können.

Auf einmal ist der Zeitpunkt des Abschieds da.

»Vergiss uns nicht, Tezohr«, bittet Khara.

»Ich gehe nicht wirklich fort«, versichere ich ihr. »In meinem Psychod werde ich stets für euch da sein. Ich werde über euch und Arla Mandra wachen, bis alle die Vollkommenheit des körperlosen Seins erreicht haben.«

Ailand wird immer heftiger von Orkanen geschüttelt. Unsere Welt versinkt im Aschestaub. Flora und Fauna sterben qualvoll. Die Kälte vereist das Land, die Hitze dörrt es aus.

Nur im großen Wohnberg ist davon nichts zu merken. Heilige Stille herrscht hier. Eine Million Auserwählte machen sich für den Exodus zur anderen Existenzebene bereit. Jeder wird seinen Körper zur Auflösung bringen und aus seiner Substanz ein Paraplasma erschaffen. Jeder wird eine andere Form wählen und sein Psychod individuell gestalten.

Ich will versuchen, in meinem Psychod Thoton festzuhalten, bevor der Planet explodierte und zu Staub zerfiel. Und ich will jede Phase seiner Metamorphose festhalten. Wenn ich das verwirklichen kann, wird es mir auch gelingen, im Staubmantel aufzugehen und in der Sphäre gegenwärtig zu bleiben – als Mittler zu den Zurückgebliebenen.

Mein Psychod wird mir die Augen ersetzen und alle Sinne, auf die ich im zukünftigen Sein sonst verzichten müsste.

Ich werde über die Läander wachen und dafür sorgen, dass sie ihre Bestimmung erhalten.

Mein Psychod wächst und nimmt die gewünschte Form an.

Im selben Maß entferne ich mich von dieser Welt und werde zur paraplasmatischen Sphäre, in der sich eine Million Geister vereinen.

Zugleich bleibe ich durch meine Parusie in dem Psychod gegenwärtig. Ich kann sehen, was sich auf Ailand zuträgt.

Ich werde Zeuge der beginnenden Katastrophe, die an Schrecken alles übertrifft, was die Petronier durch die Erschaffung des Staubmantels meinem Volk und meiner Heimat angetan haben.

7.

Jennifer Thyron

Die kurze Erholungspause war angebracht. Jennifer konnte die Fülle an Informationen, Fakten und Daten in ihren Gedanken sich setzen lassen. Sie hatte die Geburt der Dunkelwolke mit den Sinnen eines Beteiligten erlebt.

Arla Mandra, das Reich der zweiundzwanzig Sonnen, war in ihrer Zeit als Provcon-Faust oder Point Allegro bekannt. Aber nach der Erschaffung des Staubmantels allein war die Dunkelwolke noch weit von ihrer extremen Beschaffenheit entfernt, die sie im Jahr 3587 n. Chr. aufwies.

Tezohr gönnte ihr offenbar die Atempause, damit sie nicht überfordert wurde. Sie brauchte diese Pause, um sich neu mit ihrer Gegenwart zu identifizieren und um die Distanz zur Vergangenheit wiederherzustellen. Sie musste vergleichen und die Begriffe abwägen, wollte sie sich nicht in der Nomenklatur der Prä-Zwotter verlieren.

Die Läander waren jenes ausgestorbene Volk, das sie als Prä-Zwotter kannte.

Thoton, aus dessen Materie die Staubwolke zum Teil entstanden war, war einst die dritte Welt der Sonne Arwalal gewesen, die bei den Prä-Zwottern Thoto geheißen hatte.

Jenny versuchte, größeren Abstand zu den Geschehnissen in ferner Vergangenheit zu gewinnen, die vor ihr abgerollt waren, als hätte sie das alles selbst erlebt. *Ich lebe im Jahr 3587 n. Chr.,* sagte sie sich. *Und ich befinde mich in den Ruinen von Lakikrath auf Tekheter, einem Mond von Arwalal II.*

Die Ruinen von Lakikrath waren einst Tezohrs Lustschloss Thobuskan gewesen.

Nun wusste sie, wie es den Prä-Zwottern möglich gewesen war, die Entfernungen zwischen den Sonnensystemen ohne Raumfahrt zu überwinden. Sie hatten ein Netz von Dimensionstunneln erschaffen. Erst durch die Sabotage der Petronier waren diese Brücken zusammengebrochen.

Bisher war kaum angeklungen, ob die Prä-Zwotter parapsychisch begabt gewesen waren. Da sie sich ausschließlich ihrer geistigen Möglichkeiten bedient hatten, nahm Jennifer dies jedoch als gegeben an.

Wahrscheinlich hatten ihre Psi-Fähigkeiten wenig Ähnlichkeit mit den heutzutage bekannten Para-Phänomenen aufgewiesen. Die Anwendung ihrer Geisteskraft war für sie eine Alltäglichkeit gewesen, sodass Tezohr keine Notwendigkeit sah, darauf hinzuweisen.

Immerhin legten die Psychode ein Zeugnis davon ab, welche Fähigkeiten zumindest eine Million Prä-Zwotter besessen hatten. Und speziell Tezohrs Talent war so stark, dass es nach einem Zeitraum von Jahrhunderttausenden noch zum Tragen kam. Es lebte in seinem Psychod fort und hatte sich auf die Zwotterfrauen übertragen, die damit experimentierten. Den Blick in die Vergangenheit ermöglichte es ebenso ...

Jennifer war es, als setze dieser Prozess von Neuem ein.

Sie war gestärkt und bereit, weiteres Wissen aufzunehmen. Ihr Geist wanderte zurück und wurde zur Inkarnation.

Sie war ...

Khara – Kharand

Ich warte auf dem Gipfel des Wohnbergs. Tezohr und seine Schüler sind im Begriff, ihr Wissen und ihre Fähigkeiten in paraplasmatischen Kunstwerken zu verewigen und danach für immer in den Staubmantel einzugehen, der Arla Mandra umschließt.

Als es so weit ist, raubt mir ein schmerzhafter Impuls beinahe die Sinne. Ich weiß sofort, dass in diesem Moment eine Million Läander auf die andere Daseinsebene abwandern.

Ein heftiger Orkan setzt ein, der alle Stürme übertrifft, die Ailand bisher heimgesucht haben.

Das können Tezohr und seine Schüler nicht gewollt haben. Dennoch weiß ich, dass sie für die hereinbrechende Katastrophe verantwortlich sind.

Ich sehe, wie sich meinesgleichen unter dem Ansturm einer geistigen Macht krümmen. Sie brüllen vor Schmerz und zerren an ihren Körpern, als wollten sie sich zerfleischen, um doch den körperlosen Zustand zu erreichen und den Glücklichen zu folgen. In mir krampft sich alles zusammen, obwohl ich nicht dieselbe Qual empfinde.

Ich stemme mich gegen die psychische Macht und eile meinen Brüdern und Schwestern entgegen.

Da kniet ein Läander. Seine Finger verkrallen sich im Fels. Er schreit animalisch und schlägt den Kopf gegen den Stein. Ich greife nach ihm und versuche, ihn auf die Beine zu ziehen. Er erschauert unter meiner Berührung, aber wenigstens beruhigt er sich.

»Ich bringe dich in den Wohnberg, dort bist du in Sicherheit«, rede ich ihm zu.

Er ist nun ganz ruhig und geht wie in Trance neben mir her. Als ich ihn loslasse, setzt er seinen Weg allein fort.

Ich kümmere mich um andere, die sich auf dem Boden winden. Etliche führe ich zum Wohnberg.

An das Rauschen in meinem Kopf habe ich mich schnell gewöhnt. Auch andere Läander finden zu sich zurück. Sie unterstützen mich dabei, Hilfe zu leisten.

Als einige hundert im Schatten des Wohnbergs versammelt sind, gehe ich zu ihnen. Sie erscheinen mir apathisch, reagieren kaum. Erst als ich ihnen sage, dass ich sie zu den Schätzen führen werde, die Tezohr und seine Schüler uns hinterlassen haben, kehrt ein Hauch von Leben in sie zurück. Trotzdem folgen sie mir eher wie eine Herde willenloser Tiere.

Der Wohnberg liegt verlassen da. In den Hallen und Gängen stehen nur die Psychode, die Tezohr und seine Schüler hinterlassen haben. Es sind erhabene Kunstwerke, wunderschön geformte Kleinode und stattliche Monumente. Kein Psychod gleicht dem anderen, jedes hat seine eigene Form und Ausstrahlung. Ihre parusischen Sendungen überschwemmen meinen Geist.

Ein Schrei erklingt. Dann noch einer. Plötzlich hallt das Gewölbe wider von wirrem Kreischen. Das Entsetzen hat die Läander gepackt. Sie schlagen aufeinander ein und stürzen sich auf die Psychode. Einige wechseln das Geschlecht oder verharren im Zwischenstadium, von Animus und Anima verlassen. Die Panik weitet sich aus und nimmt groteske Formen an. Verstört laufen viele umher, bis sie einen Fluchtweg finden.

Als alles vorbei ist, bin ich nur noch von einer Handvoll Läandern umgeben.

»Ist *dies* das geistige Erbe unserer körperlosen Freunde?«, werde ich gefragt. »Haben Tezohr und seine Schüler uns den Wahnsinn hinterlassen?«

»Ihr seht, dass nur die Schwachen davon betroffen sind«, antworte ich. »Ihr, die Starken, verkraftet die parusischen Sendungen unbeschadet. Ich bin jedoch sicher, dass dies nur ein Übergangsstadium ist und sich der Aufruhr bald legen wird. Bis dahin müssen wir den Betroffenen beistehen.«

Mehr Männer und Frauen stoßen zu unserer Gruppe. Auch sie sind stark genug, die Psychode nicht als Qual zu empfinden. Einige berichten, dass sich die Lage allmählich beruhigt.

Das stärkt meine Zuversicht, dass wir wirklich nur ein Übergangsstadium erleben.

Doch bald darauf werden viele Läander apathisch und sind kaum ansprechbar. Es ist, als hätte der Sturm, der über Ailand hinweggefegt ist, ihre Sinne gelähmt. Die Betroffenen scheinen die Ausstrahlung der Psychode nicht mehr wahrzunehmen. Einige von ihnen reden wirr, die meisten haben ihren Animus hervorgekehrt. Ich vermute, dass ihr männliches Temperament unempfindlicher für die Parusie der Körperlosen ist.

»Alles wird sich regeln«, versichere ich. Dabei bin ich mir nicht einmal sicher, ob ich selbst das glaube.

Im Wohnberg herrscht wieder Stille. Ich wandere durch die Hallen mit den Psychoden, und ihre Ausstrahlung umfängt mich mit einer Aura des Friedens. Mein Geist hat sich weit gefestigt. Es ist mir möglich, die Parusie bestimmter Psychode herauszufiltern und in mich aufzunehmen.

Durch den Kontakt zu Tezohr bin ich schon weiter als die meisten meiner Artgenossen. Ich erreiche die Halle, in der sich Tezohr mit Phora und anderen Lieblingsschülern versammelt hatte, um den entscheidenden Schritt zu tun. Hier stehen über fünfzig Psychode, eines fantasievoller als das andere und alle von starker Ausdruckskraft.

Tezohrs Psychod erkenne ich sofort. Es ist schlicht und einfach, ein Ellipsoid geringer Größe. Ich könnte es zwischen meinen Händen verschwinden lassen. Aber gerade diese einfache Form hebt es von den fantastischen Gebilden ab und macht es zu etwas Besonderem. Ehrfürchtig lasse ich mich davor nieder.

»Wenn es wahr ist, Tezohr, dass du nicht wirklich fortgegangen bist, wenn du dein Versprechen gehalten hast und immer für uns, die wir nicht mit euch gehen konnten, da sein willst, dann musst du mich jetzt hören können.«

Ich mache eine kurze Pause – nicht weil ich auf eine Antwort oder ein Zeichen warte, sondern um meine nächsten Worte gut zu überlegen. Ich denke sie.

Was ist geschehen, Tezohr, dass die Läander so leiden müssen? Wieso wirken sich die Ausstrahlung der Sphäre und die Parusie eurer Kunstwerke so negativ aus?

Wenn Tezohr in seinem Psychod gegenwärtig ist, dann muss er antworten.

Er tut es wirklich. Eine Kraft strömt aus dem Psychod auf mich über, die meine Fragen beantwortet und mich stärkt. Tezohr lässt mich wissen, dass eine Million Geister nicht ausreichen, um eine paraplasmatische Sphäre zu schaffen, die Anspruch auf Vollkommenheit erheben kann. Das Gebilde weist Lücken auf, ist instabil und entgleitet der Kontrolle der Körperlosen. Sie sind nicht stark genug, um alles zu kontrollieren, deswegen kommt es zu unerwarteten Nebeneffekten. Zum Glück liegt Ailand nur in der Randzone der Sphäre, sodass die Läander die Auswirkungen nicht mit voller Wucht zu spüren bekommen. Aber mit zunehmender Dichte des Staubmantels nimmt auch das Chaos zu.

So schlimm die Zustände auf Ailand – und in ganz Arla Mandra – sein mögen, sie sind nur ein Abklatsch dessen, was in der paraplasmatischen Sphäre tobt.

Tezohr drängt mich, dass wir anderen ihm und seinen Schülern bald folgen sollen. Nur wenn wir geschlossen in die paraplasmatische Sphäre aufgehen, wird sie Homogenität erreichen und ihre Funktion erfüllen.

»Ich bin bereit!«, versichere ich, als Tezohr mir immer ferner wird. Ich spüre noch die parusische Sendung seines Psychods, aber den Kontakt zu ihm verliere ich.

Es gelingt mir nicht mehr, mit Tezohr in Verbindung zu treten. Ich bin nun auf mich selbst gestellt und kann nur hoffen, dass ich aus eigener Kraft mein Volk zur nächsthöheren Existenzebene führen werde.

Schritte nähern sich.

»Die Petronier kommen!«, berichten mehrere Läander aufgeregt. »Ihre Raumschiffe landen rund um den Wohnberg.«

»Die Ingenieure werden einsehen müssen, dass wir ihrer Technik nicht mehr bedürfen«, sage ich unbeeindruckt. »Sie werden unverrichteter Dinge abziehen. Ich verhandle mit Gwester. Sorgt ihr inzwischen dafür, dass sich Arbeitsgruppen mit den Psychoden befassen. Wir müssen Tezohr und seinen Schülern schnellstens nachfolgen.«

Mir wird bewusst, dass ich Tezohrs Stelle übernommen habe und seine Lehren an eine neue Generation von Schülern weitergebe. Nur mit dem Unterschied, dass ihre Zahl nicht an die Million geht – sie sind nur eine Handvoll.

Ich verlasse den Wohnberg durch einen der oberen Ausgänge. Von hier aus habe ich einen guten Blick über die Ebene. Die Luft ist staubgesättigt und brodelt vor Hitze. Schattenloses Dämmerlicht herrscht.

Die letzten Raumschiffe landen soeben. Ihre Luken bleiben geschlossen, und in mir wächst das Gefühl einer stummen Bedrohung.

Chembees fällt mir ein. Ich mache mich an den Abstieg zu seinem Versteck. Als ich die große Höhle erreiche und mich dem Raumschiffswrack nähere, ertönt ein scharfes Kommando.

»Keinen Schritt weiter, sonst schieße ich!«

Ich erkenne Chembees' Stimme.

»Ich bin es – Khara!«, rufe ich in die Höhle.

»Das sehe ich selbst.« Chembees taucht auf. Er hält eine Waffe, wie ich sie schon bei den Petroniern gesehen habe.

Er merkt meinen prüfenden Blick und richtet das Mordinstrument drohend auf mich. »Das ist kein Spielzeug! Und glaube nur nicht, dass ich spaße.«

»Was ist nur in dich gefahren, Chembees?«, frage ich verstört. Ich habe ihn stets für friedfertig gehalten.

»Das fragst du ausgerechnet mich?«, schreit er mich an. »Du solltest mir eigentlich sagen, was ihr getan habt!«

»Nichts ...« Ich verstumme, als mir die Psychode einfallen und ich wieder vor mir sehe, was mit den meisten meiner Artgenossen geschehen ist. »Nichts, was gegen dich gerichtet wäre, Chembees.«

»Mir machst du nichts vor. Ihr habt etwas angestellt, um die Petronier zu vertreiben. Ich sehe doch, dass es nur so von ihren Raumschiffen wimmelt. Dass ihr mit den Waffen des Geistes kämpft, weiß ich. Aber was ihr tut, ist Wahnsinn, Khara! Ihr trefft nicht nur die Petronier, ihr treibt euch selbst in den Untergang, wenn ihr so weitermacht. Stoppt diesen Vorgang!«

»Das können wir nicht mehr, Chembees«, erwidere ich. »Aber bald wird sich alles zum Guten wenden.«

»Ihr seid ein Volk von Irren«, sagt er überzeugt. »Bei der ersten Gelegenheit kapere ich ein Schiff der Petronier. So lange halte ich noch durch. Aber was wird aus euch?«

»Wir gehen fort – auf eine andere Existenzebene.«

»Massenflucht in den Irrsinn.« Er schüttelt verständnislos den Kopf. »Dabei hättet gerade ihr Läander beste Möglichkeiten gehabt, gegen die Petronier vorzugehen.«

»Ich bin gekommen, um deinen Rat einzuholen.« Hastig wechsle ich das Thema. »Du hast Erfahrung mit den Ingenieuren. Was bedeutet es, dass sie in so großer Zahl nach Ailand kommen?«

»Sie spüren die Aura des Wahnsinns, was denn sonst. Ihnen ist nicht entgangen, dass alle Läander von den anderen Planeten zurückgekehrt sind. Nun vermuten sie, dass sie hier die Quelle der Ausstrahlung finden. Sie sind gekommen, um den Sender zu eliminieren.«

»Es gibt keinen Sender«, sage ich.

»Das war nur bildlich gemeint. Wahrscheinlich kommt die Wahnsinnsstrahlung von den Gehirnen eurer Weisen oder von irgendwelchen Hohepriestern. Die Petronier werden jeden finden und töten. Dann hat der Spuk ein Ende, und ich würde das sogar begrüßen.«

»Es ist ganz anders, als du denkst, Chembees. Willst du die Wahrheit hören?«

»Was bringt mir das ein?«

Ich möchte die Wirkung der Psychode bei einem Fremden erproben. Aber das kann ich ihm nicht sagen. Falls Chembees positiv reagiert, besteht Hoffnung, dass auch die Petronier den parusischen Sendungen erliegen und auf diese Weise befriedet werden. Bisher haben sie nur die Ausstrahlung der paraplasmatischen Sphäre empfangen, in der Chaos herrscht. Aber die Psychode sind die ruhenden Gegenpole zu den aufgewühlten Geistern der Körperlosen.

»Wenn du die Wahrheit kennst, Chembees, wird dir die Ausstrahlung nichts mehr anhaben können«, beantworte ich seine Frage.

»Einverstanden. Aber versuche nicht, mich hereinzulegen.« Seine Geste mit der Waffe ist unmissverständlich.

Chembees folgt mir in einigem Abstand. Ich drehe mich nicht nach ihm um, denn ich spüre seine Nähe. Er ist vorsichtig und glaubt, ich könnte ihm Schaden zufügen. Er kennt uns Läander noch immer nicht gut genug. Ich will ihn lediglich zu Tezohrs Psychod führen, damit er von meinem Lehrmeister selbst erfährt, welchen Schritt mein Volk tut.

Aber wir erreichen das Ziel nicht.

Kaum haben wir den Wohnberg betreten, schreit Chembees gellend auf. Ich sehe gerade noch, wie er auf das erste Psychod feuert.

Ein furchtbarer Knall ertönt. Das Kunstwerk stürzt in sich zusammen und löst sich auf. Von einem unwiderstehlichen Sog erfasst, vergeht Chembees ebenfalls im Zentrum der Implosion.

Die Zerstörung des Psychods entsetzt mich. Ich wusste nicht, wie verletzlich die Hinterlassenschaft der Körperlosen ist.

Ich treffe Gwester am Fuß des Wohnbergs. Er kommt allein in einem Beiboot und hat nicht einmal eine seiner Maschinen dabei.

»Wieso verhandelt Tezohr nicht mit mir?«, herrscht er mich an. »Seit wann lässt der König sich von einer Konkubine vertreten?«

»Tezohr ist nicht mehr in Arla Mandra«, antwortete ich. »Ich habe seine Stelle eingenommen.«

»Wenn Tezohr verhindert ist, hält er bestimmt Kriegsrat mit den

Weisen.« Gwester ist nun ganz Soldat, für ihn ist alles Strategie, Alternativen kennt er nicht. »Richte ihm aus, dass wir uns nur mit eurer bedingungslosen Kapitulation zufriedengeben. Das ist meine Antwort auf eure Kriegserklärung.«

»Welche Kriegserklärung?«

»Die Attacke auf geistiger Ebene gegen uns kann nur als Kriegserklärung aufgefasst werden.« Er macht eine Geste, die den ganzen Wohnberg umfasst. »Unsere Ortungen haben erkennen lassen, dass der mentale Angriff von diesem Bunker ausgeht. Ihr versucht, uns hypnosuggestiv zu beeinflussen. Aber wir sind gewappnet. Der Helm, den ich trage, wehrt parapsychische Kräfte ab. Ihr hofft, dass eure Geisteswaffen unserer Technik überlegen sind. Wir werden euch das Gegenteil beweisen.«

»Wir wollen nicht kämpfen«, sage ich.

»Dann also Kapitulation?«

»Keines von beidem. Wir haben erkannt, dass die Petronier uns nicht bei der Bewältigung unserer Probleme helfen können. Ihr steht hier auf verlorenem Posten. Ohnehin wird der Tag kommen, an dem ihr uns eure Technik nicht mehr aufzwingen könnt. Wir gehen fort. Die Attacke auf geistiger Ebene, wie du es nennst, war nur eine unerwartete Nebenerscheinung, die durch den Abwanderungsprozess entstand. Das ist die Wahrheit. Geht aus Arla Mandra fort und überlasst uns unserer Bestimmung.«

»Schlimm genug!« Gwester deutet wieder auf den Wohnberg. »In diesem Bunker existiert eine starke Psi-Kraft. Welchem Zweck sie auch dienen mag, wir werden sie eliminieren. Selbst wenn du die Wahrheit sprichst, Khara, werde ich deinen Wünschen nicht nachgeben.«

Er macht eine Pause, dann fährt er fort: »Wir dulden keine Rebellen und Deserteure. Die Zeit ist noch nicht reif für ätherische Wesen wie euch, die von ewigem Frieden in höherdimensionalen Gefilden träumen. Unsere Galaxis ist in Gefahr, die wilden Horden bedrohen die Existenz aller Völker. Wir müssen zusammenhalten und einen Machtblock bilden, der stark genug ist, die Eindringlinge zurückzuschlagen. Wir Petronier haben es uns zur Aufgabe gemacht, ein Heer aus allen Völkern zu rekrutieren, das die Grenzen der Galaxis verteidigen kann. Kein Volk darf zurückstehen, auch die Läander nicht.«

»Wir haben eine andere Bestimmung.«

»Ihr bekommt eure Bestimmung von uns! Verlass dich darauf, dass wir aus euch gute Soldaten machen werden. In jedem schlummert ein wildes Tier. Wir werden eure animalischen Instinkte wecken und in die richtigen Bahnen lenken. Die Läander werden kämpfen, das ist gewiss.«

»Das werden wir nicht tun,« versichere ich ihm. »Wir gehen fort.«

Er deutet wieder zum Wohnberg. »Wenn bis Sonnenuntergang die Psi-Kraft nicht erlischt, lasse ich die Roboter angreifen. Sie werden eure Bastion dem Boden gleichmachen!«

Er geht fort.

Ich kehre in den Wohnberg zurück und erkläre meinen Vertrauten die Situation.

»Gwester verlangt von uns die Vernichtung der Psychode. Wir können seine Forderung nicht erfüllen, denn dann könnten wir unser Volk nie seiner Bestimmung zuführen. Das würde auch bedeuten, dass Tezohr und seine Schüler nie Vollkommenheit erlangen könnten. Sie wären dazu verdammt, ein unwürdiges Dasein der Körperlosigkeit zu fristen. Das dürfen wir nicht zulassen.«

»Wir verteidigen die Psychode«, ist der Tenor meiner Schüler.

Wir sind nicht viele, erschreckend wenige sogar, die den ersten parapsychischen Ansturm schadlos überstanden haben. Aber es kommt gar nicht auf unsere bescheidenen Fähigkeiten an. Eine Million Psychode werden über Erfolg oder Misserfolg entscheiden.

Wir versammeln uns in Tezohrs Halle inmitten der Psychode seiner Lieblingsschüler. Sie besitzen die stärkste Ausstrahlung und können unsere Wunschgedanken am ehesten auf die anderen Psychode übertragen. Unser Wille wird durch eine Million Psychode verstärkt werden. Das macht uns stark. Hoffentlich unüberwindlich.

Wir sehen, hören und handeln durch die Psychode.

In den hässlichen Raumschiffen öffnen sich die Luken und entlassen die noch hässlicheren Maschinen. Manche sind nur läandergroß, andere haben einen Umfang, dass sie gerade noch durch die Zugänge des Wohnbergs passen. Die ganz großen Maschinen hält Gwester in den Schiffen zurück, also hat er es nicht auf völlige Zerstörung abgesehen. Er will nur die Psychode vernichten.

Wir sind eins geworden und mit den Psychoden verschmolzen. Wir sehen die Maschinen näher kommen. Noch warten wir ab, denn wir sind uns einig, dass wir die Maschinen in den Wohnberg eindringen lassen, bevor wir sie zurücktreiben.

Die Absicht der Ingenieure ist deutlich, sie wollen zur gleichen Zeit an verschiedenen Punkten zuschlagen. Sie können nicht ahnen, dass wir allgegenwärtig sind. Die Kraft der Psychode durchzieht den Wohnberg und bildet an den Zugängen einen unsichtbaren Wall.

Die ersten Maschinen, in der Luft und am Boden, prallen gegen die Barriere aus geistiger Energie. Wir bekommen einen Eindruck ihres komplizierten technischen Aufbaus, erkennen ihre vielschichtige Struktur, die teilweise sogar in ein anderes Kontinuum hineinreicht. Das Bild zuckt blitzartig auf – und schon zerfällt es in seine Einzelteile. Die Maschinen lösen sich auf. Ihre Bruchstücke entstofflichen im Bereich der Psychode, schmelzen und verformen sich.

Der erste Ansturm ist vernichtet. Aber schon brandet eine zweite Welle heran.

Einige Maschinen dringen durch Lücken im Verteidigungsschirm in die Gänge vor. Wir schließen die Lücken und schneiden den Maschinen so den Rückweg ab. Sie sind in unseren Kraftfeldern gefangen, und die Psychode ziehen sie durch Strukturrisse ins andere Kontinuum, wandeln sie um und führen die Materie dem Staubmantel zu.

Angriff auf Angriff rollt heran. Erst als endlich die letzte Maschine vernichtet ist, kehrt die Ruhe zurück.

Ich gönne meinen Probanden, wie ich meine Schüler neuerdings nenne, eine Ruhepause. Aber sie machen einen erstaunlich frischen Eindruck, sind weder körperlich noch geistig gezeichnet. Das ist der beste Beweis dafür, dass sich die Psychode bewähren. Sie haben unsere geistige Kraft millionenfach verstärkt.

Der erwartete nächste Angriff bleibt aus.

Irgendwann steht Gwester in der Ebene. Seine Ausstrahlung verrät mir, dass er verhandeln will. Ich habe nichts von ihm zu befürchten und könnte ihm gegenübertreten, wie ich bin. Doch es reizt mich, bei einem Versuch meine Reife zu erproben.

Mithilfe der Psychode erschaffe ich ein paraplasmatisches Gebilde, das aussieht wie eine der Mördermaschinen der Ingenieure. Ich schicke Gwester den pseudomechanischen Paraplasmaten entgegen.

Er ist verblüfft und glaubt wohl, dass wir in der Lage sind, seine Maschinen umzufunktionieren. Aber er fasst sich schnell.

»Was wie eine Niederlage für uns aussieht, ist in Wirklichkeit ein Sieg unserer Idee«, sagt Gwester, und es klingt ehrlich. »Ich habe euch prophezeit, dass ich euch zum Kampf zwingen werde. Ihr habt gekämpft! Nur darauf kommt es mir an.«

Er hat recht! Ich erkenne es erschrocken. Gwester hat erreicht, dass wir gegen unsere Prinzipien verstoßen haben. Er hat uns keine andere Wahl gelassen.

»Jetzt leiten wir die zweite Phase ein«, sagt er. »Nur wenige Lääner sind noch bei klarem Verstand. Alle anderen fielen der von euch freigesetzten Wahnsinnsstrahlung zum Opfer. Wie, glaubt ihr, werden sie reagieren, wenn wir sie bewaffnen?«

Er wartet keine Antwort ab und kehrt in sein Raumschiff zurück. Wenig später schwärmen seine Leute aus. Ihre Fahrzeuge sind mit Waffen beladen.

Noch durchschaue ich Gwesters Plan nicht, aber ich veranlasse meine Probanden, sich erneut zu einem Geistesblock zusammenzuschließen.

Der nächste Angriff erfolgt kurz darauf. Diesmal schicken die Petronier keine Maschinen in die Schlacht, sondern Lebewesen. Über die Ebene wälzt sich ein unüberschaubares Heer.

Läander! Sie kommen in breiter Front heran. Und sie tragen die Waffen der Ingenieure.

Der Anblick ist schrecklich. Wir können und dürfen unsere Kräfte nicht gegen das eigene Volk richten. Jene Läander, deren Geist noch verwirrt ist, sollen ebenfalls in die paraplasmatische Sphäre eingehen. Sie wissen nicht, was sie tun, wenn sie die Mordgeräte der Petronier gegen uns richten.

Ich muss die aufgebrachte Menge von ihrer Schreckenstat abhalten. Ich löse mich aus dem geistigen Verbund meiner Probanden und stelle mich den Angreifern entgegen. Als sie mich sehen, richten sie die Waffen gegen mich und feuern ...

Ich wäre verglüht, wenn mich meine Probanden nicht zurückgeholt hätten.

»Wir müssen sie gewähren lassen«, sage ich verzweifelt. »Wir können nur hoffen, dass sie sich beruhigen, sobald sie in den direkten Einfluss der Psychode geraten.«

Die Meute erreicht die Zugänge und wälzt sich in den Wohnberg. Ihr Trampeln und wüstes Geschrei dringen auch ohne die Verstärkung durch die Psychode bis zu uns. Es sind Irregeleitete, die jeden Maßstab verloren haben. Aber daran sind nicht allein die Ingenieure schuld. Niemand konnte ahnen, dass der Schritt zur Körperlosigkeit einer Million Läander derart verheerende Nachwirkungen haben könnte.

Wie betäubt beobachte ich, dass die Angreifer die ersten Psychode einfach zerstrahlen. Die Psychode verfehlen nicht nur ihre Wirkung – sie peitschen die ohnehin zerrütteten Geister noch auf. Die Läander verfallen in einen Vernichtungsrausch.

»Wir müssen sie retten!«, sage ich und meine die Psychode.

Meine Probanden verstehen. Wir schließen uns geistig zusammen.

»Denkt an Orte auf anderen Welten, die euch als sicher erscheinen!«, schärfe ich allen ein. »Konzentriert euch dabei auf Psychode, die ihr besonders schätzt. Und wünscht euch, dass diese Psychode in unerreichbare Verstecke gelangen, wo sie vor jedem Zugriff sicher sind.«

Wir müssen möglichst viele Psychode für die Nachwelt erhalten. Denn irgendwann wird die geistige Umnachtung von unseren Artgenossen abfallen. Sie werden dann glücklich sein, dass einige Psychode, und wenn es nur hunderttausend sind, vor ihrer Zerstörungswut bewahrt wurden.

»Eines Tages werden sie die Psychode brauchen, um uns und unseren Vorgängern ins körperlose Sein zu folgen!«, sage ich.

Wir sind nur wenige und können deshalb der paraplasmatischen Sphäre nicht zur Vollkommenheit verhelfen. Aber weitere Läander werden uns folgen.

Es gelingt mir, einige Psychode, darunter auch Tezohrs, nach Tho-Thoum zu schicken und sie in den Mauern von Thobuskan zu verbergen. Einige Psychode gelangen durch mich nach Geevon und nach Geevara und Geevau, dem vierten und fünften Planeten der Sonne Geev. Den weitaus größten Teil aber verstreue ich über Ailand. Ich verstecke sie an einigermaßen sicheren Orten, wo sie aber früher oder später von Läandern gefunden werden müssen.

Meine Probanden stehen mir kaum nach und können viele Kunstwerke in Sicherheit bringen, bevor die Meute zu uns vordringt.

Wir sind nur noch durch einen Geistesschild von den Rasenden getrennt.

»Wir können zwischen zwei Möglichkeiten wählen«, eröffne ich den Probanden. »Entweder wir harren hier aus in der Hoffnung, dass die Verrückten zur Besinnung kommen und uns um Vergebung bitten. Oder wir nutzen unsere Erfahrungen und kehren in die paraplasmatische Sphäre ein.«

»Was rätst du uns, Khara? Wozu du dich auch entschließt, wir wollen es dir gleichmachen.«

Ich will Tezohr folgen, und ich gebe meinen Entschluss bekannt.

»Dann gehen wir mit dir!«, beschließen die Probanden einstimmig.

Es ist ein weiser Entschluss. Selbst wenn wir für Tezohr und seine Million keine Verstärkung sind, jeder von uns wird ein Psychod hinterlassen, das sich in der Zukunft segensreich auf unsere Nachfolger auswirken sollte.

»Wir müssen uns trennen«, trage ich den Probanden auf. »Verteilt euch über ganz Ailand. Wir werden im Geist verbunden bleiben, aber den letzten entscheidenden Schritt muss jeder für sich allein tun.«

Wir lockern den Zusammenhalt. Der Schutzwall um uns bricht deshalb zusammen, und die Meute kann weiter vordringen. Aber gleichzeitig damit wechseln wir alle den Standort. Ich begebe mich in ein einst blühendes Land, das nun Wüstencharakter hat. Hier gedeihen nur mehr Stachelbäume ... Vielleicht werden sie die einzigen Pflanzen sein, die auf Ailand überleben.

Die Trennung von meinen Probanden ist nur räumlich. Im Geist bleiben wir verbunden – und doch ist jeder auf sich gestellt.

Ich konzentriere mich auf die Erschaffung meines Psychods, aber ich werde abgelenkt. Ein Proband meldet mir in Gedanken, dass die Raumschiffe der Ingenieure Ailand verlassen.

»Arla Mandra dürfte ihnen ein zu unheimlicher Ort geworden sein«, sage ich dazu. »Wahrscheinlich wollten sie mit der Zerstörung der Psychode nur ihre Macht demonstrieren. Gwester soll glauben, dass er unseren Geist gebrochen hat. Wir aber werden in der paraplasmatischen Sphäre weiterleben und über unsere Artgenossen wachen ...«

Ich will Tezohr nacheifern und ein Psychod erschaffen, in dem ich gegenwärtig sein werde. Sieht man sein Psychod als die Verkörperung des Animus an, so schaffe ich eine Inkarnation der Anima. Wir können uns gegenseitig ergänzen.

Auch ich gebe meinem Psychod eine schlichte Form. Es soll nicht durch sein Äußeres, sondern durch seine Kraft wirken. Wer das Psychod betrachtet und in ihm aufzugehen versteht, der wird mein Abbild erkennen und das Gefühl haben, dass ich ihn zu mir winke ... Wer aber taub und blind für meine parusische Botschaft ist, der wird nur einen rohen Klumpen undefinierbaren Materials sehen.

Ich habe mein Werk vollbracht. Der Wind weht Sand über mein Psychod.

In einer letzten Vision sehe ich den Abzug der Petronier. Ihre Raumflotte dringt in den Staubmantel ein und wird von der paraplasmatischen Sphäre zermalmt.

Als Teil der Sphäre wirke ich bei der Vernichtung der Schiffe mit. Das ist kein Willkürakt. Wir wollen nicht zerstören, aber wir sind nicht in der Lage, unsere Kräfte zu bändigen. Wir sind nur ein unvollkommenes Gebilde, gemessen an der Zahl der Zurückgebliebenen eine kleine Vorhut.

Von uns gehen ungeheure Kräfte aus, doch wir können damit nicht ordnend in das Chaos um uns eingreifen.

Wir sind stark und hilflos zugleich. So verursachen wir ungewollt, dass die Raumschiffe der Ingenieure aufgerieben werden und die Petronier zugrunde gehen. Es ist uns nicht einmal möglich, ihr entweichendes Leben in uns aufzunehmen. Es vergeht einfach und verweht.

Wir sind ein unvollendetes Etwas.

Wir warten auf unsere Bestimmung.

8.

Ronald Tekener

Er wurde gegen den Strom in den Ozean einer fremden Dimension gespült. Dabei hatte er das Gefühl, in Gallerte eingebettet zu sein. War dies der Zustand, in dem sich die entkörperten Prä-Zwotter befanden, die im Staubmantel zur paraplasmatischen Sphäre geworden waren?

Er vollzog die Bewegung des Staubmantels mit den Atomen seines Körpers nach. Seine Partikel rotierten nicht nur in einer Richtung, sondern durcheinander und auf ständigem Kollisionskurs, aber die wechselnden Kraftfelder verhinderten Zusammenstöße.

Chaotisch war das alles und doch einer höheren Ordnung unterworfen.

Tekener beobachtete die Vorgänge wie in einem jener Träume, in denen man außerhalb seines Körpers steht und sich selbst handeln sieht. Nur war er weder in seinem Körper, noch stand er außerhalb – er beobachtete die paraplasmatische Sphäre von verschiedenen Orten aus und blickte gleichzeitig aus der Sphäre auf Zwottertracht hinunter.

Der schnelle Zeitstrom ließ die Geschehnisse auf Zwottertracht/Ailand verschwommen erscheinen. Tek sah keine Einzelheit, er bekam nur einen Gesamteindruck, einen geschichtlichen Überblick, ohne dass er sich an einem Zeitmaßstab orientieren konnte.

So musste es den körperlosen Wesen der Sphäre ergehen. Sie dachten nicht in Tagen, Jahren oder Epochen, nicht in Menschenaltern oder Generationen. Sie waren dem kosmischen Zeitmaß unterworfen, und so ging die Entwicklung auf Ailand an ihnen vorbei. Sie lebten einen eigenen Rhythmus.

Als Läander hatten sie erfahren, dass sie in ferner Zukunft eine Bestimmung erhalten und eine Funktion erfüllen sollten. Als Körperlose orientierten sie sich nur an diesem Terminus adquem. Solange die Frist nicht abgelaufen war, konnten sie sich gedulden – selbst wenn auf Ailand Jahrhunderttausende vergingen.

Der Planet versandete. Viele Tiere und Pflanzen starben aus, bis nur Reptilien, Insekten und die kakteenartigen Gewächse übrig blieben. Das alles war für den Plan unerheblich.

Noch war Zeit. Wenngleich die Läander degenerierten und jede Generation auf der Evolutionskurve ein Stück zurückrutschte, war das nicht besorgniserregend. Die Körperlosen hofften weiterhin, dass die Zurückgebliebenen den Weg zu ihnen von selbst finden würden.

Tekener spürte die Strömung wieder langsamer fließen. Das Meer der Dimension verdickte erneut zu einer gallertartigen Masse. Das Rad der Zeit wurde träge. Jahrtausende mochten seit dem Exodus der Million Läander vergangen sein.

Während Ronald Tekener auf den Planeten Ailand hinuntersank, in dessen von Staub erfüllter Atmosphäre das Licht der Sonne wenig Kraft hatte, stellte er sich schon auf einen neuen Abschnitt aus der Geschichte der Läander ein.

Der Zeitfluss stand nun still. Aus verwaschenem Graubraun erhoben sich zerklüftete Gebirge, das Band aus leuchtendem Staub bildete Dünen, die sich zu schier endlosen Wüsten aneinanderreihten.

In der Wüste regte sich Leben. Humanoide Gestalten mit überdimensionalen Schädeln.

Zwotter! Die vermutlich schon degenerierten Nachkommen der Läander.

Tekener stürzte in die Tiefe – und erwachte ...

Reggard – Regga – Reggard

Alles ist Musik. Der Wind, der über die Dünen heult; der Stachelbaum, der sich aus dem Sandboden ans Goldlicht kämpft – auch die Wüste hat ihre eigene Melodie: das Schwirren der Mücken, das Zischen der Schlängler und das Scharren der Hornpanzer, die sich an den mächtigen Stachelbäumen reiben.

Wenn ich die Wüste meine, muss ich ihre Melodie singen, um von meinen Zuhörern verstanden zu werden. Ich summe, wenn ich eine Mücke wiedergeben möchte, und mein Zischen beschreibt die Schlängler. Ich krächze mehrmals, wenn ich eine Herde von Hornpanzern meine, und ich warne mit lautem Heulen vor dem Sturm.

Ich sitze reglos da und spüre die Reibung des vom Wind gepeitschten Sandes auf meiner dicken Haut. Meine Augen sind geschlossen und durch die schweren Lider geschützt. Ich singe für mich das Lied der Götter.

Es gibt viele Lieder über sie. Die Texte widersprechen einander, und viele davon können nicht wahr sein. Aber auf die Melodie kommt es an.

Einst herrschten die Götter über unsere Welt. Dann hörten sie den Ruf des Göttergotts. Da die Götter auf das Wort achteten und weniger auf die Tonfolge, missverstanden sie den Ruf. Sie erschufen den Goldstaub, der sich vor die Sonne legte und ihren Schein trübte – den Staub, in dem unsere Welt fast erstickte. Nur die Zähesten überlebten: die Stachelbäume, die Echsen, Mücken und Schlangen.

Auch unser Volk hat überlebt.

Ich klappere mit den hornigen Lidern den Rhythmus zum Götterlied. Sie wollten dem Ruf ihres Göttergotts folgen und wuchsen. Sie wurden zu groß für ihre Welt und mussten zu einer anderen gehen. Bevor sie verschwanden, hinterließen sie ihre Geschenke, die angeblich eine eigene Melodie haben. Doch ich habe sie bis heute nicht gehört.

Ich kenne keinen Zwotter, der je die Melodie der Göttergeschenke vernommen hätte. Sind wir taub dafür? Nein, ich glaube, es ist nur eine der vielen unglaubwürdigen Legenden, dass die Göttergaben ihre eigene Musik haben.

Elohards Gesang weckt mich. Er klingt ohrenbetäubend disharmonisch. Ich höre sofort, dass er krank ist.

»Zieh dich zur Genesung in die Höhlen zurück!«, verlange ich von ihm mit eindringlichem Bittgesang. Er antwortet mit dem falschen Lied. Fühlt er nicht, dass er schwer krank ist?

Elohard ist ein Forscher, ein Außenseiter, der von unseren Geschlechtsgenossen gemieden wird. Nur ich verstehe mich seltsamerweise gut mit ihm.

»Ich weiß jetzt, wie wir entstehen, Reggard«, singt er. Mich schüttelt es, denn sein Gesang berührt ein Tabu. Was kümmert es mich, ob wir aus dem Ei der Hornpanzer schlüpfen oder ob Zwotterleben in den Stachelbäumen reift. Dies ist etwas Unaussprechliches, niemand soll es besingen.

Elohard ist beharrlich. Er singt nicht mehr, er spricht.

»Wir werden aus uns selbst, Reggard. Ich spüre das Leben in mir wachsen. Ich habe es nicht gewollt, wirklich nicht. Ich habe nicht gedacht: So, Elohard, werde Eloha und lass einen Sohn in dir entstehen. Es ist ein Trieb, Reggard, gegen den kein Zwotter ankommt. Auch dich wird es eines Tages treffen. Warum nicht gleich? Komm mit mir, damit wir uns gemeinsam in die Höhlen zurückziehen können. Ich weiß jetzt, welche Bedeutung sie für uns haben ...«

Nicht hinhören, es ist nicht schicklich. Elohard hat kein Lied mehr. Seine Lautgebung wird für mich immer unverständlicher, sie schmerzt meinen Ohren.

Ich fliehe ihn, das ist die Rettung, und ich sammle mich wieder.

Als Wevell vorbeikommt und mich fragt, was mit mir los sei, da schweige ich. Ich kann über mein Erlebnis nicht singen, ich schäme mich dafür. Wevell besitzt Anstand genug und wechselt das Thema.

Einer aufgeregten Tonfolge lässt er eine Stummphase folgen. Daran erkenne ich, dass er eine Göttergabe entdeckt hat, denn diese haben keine Lieder. Wie könnte man sie besser als durch den stummen Ausdruck besingen?

Ich folge Wevell zum Fundort. Er hat wirklich eines der Göttergeschenke gefunden. Es ist erschreckend stumm.

Diese stummen Gebilde sollen nur Vorlagen für uns sein, nach denen wir selbst beredte Originale erschaffen müssen. Ich habe das nie versucht, aber es würde mich schon reizen. Wevell gibt mir die Gelegenheit dazu.

Ich behalte das stumme Gebilde im Auge, während ich aus Sand und Stachelbaummilch einen Brei anrühre und ihn härten lasse, bis er zur zähen Masse wird. Zwischendurch mische ich Farbe dazu, damit auch diese mit der Vorlage übereinstimmt. Endlich ist die Masse formbar, dass ich sie modellieren kann. Ich empfinde nichts dabei. Als mein Kunstwerk vollendet ist, lausche ich vergeblich auf seine Melodie. Es erzeugt nur schwache Geräusche, sobald der Wind darüberstreicht, aber das ist kein Lied.

Da ich selbst nichts damit anzufangen weiß, entschließe ich mich dazu, mein Kunstwerk den Fremden zu bringen, die vor einiger Zeit auf unsere Welt kamen.

Die Fremden sind uns von Gestalt ein bisschen ähnlich, aber viel größer. Anfangs glaubten wir, dass sie Götterboten seien. Doch als sie den Mund auftaten, war es klar: Sie haben eine harte, unmelodiöse Aussprache und beherrschen nicht die Betonung, sondern nur die Lautfolge. Wenn sie wirklich von den Göttern kommen, dann höchstens, weil sie aus dem singenden, klingenden Götterland verstoßen wurden.

Wir nennen sie Lemys. Ohne besondere Betonung, versteht sich.

Sie sind sehr an den Göttergaben interessiert. Ich habe inzwischen herausgefunden, dass sie sich davor fürchten. Dennoch sind es begehrte Trophäen für sie. Lemys haben eine seltsame Lebensart, sie scheinen zu vernichten, was sie begehren. Zumindest tun sie das mit den Göttergaben. Mir ist es egal, was sie damit tun. Für mich zählt nur, dass sie jeden großzügig entlohnen, der ihnen eine Trophäe bringt.

Also mache ich mich mit meinem Kunstwerk auf den Weg zu ihrer Niederlassung am Fuß des großen Berges.

Die Lemys haben uns gesagt, woher sie kommen. Sie wussten viel über sich zu berichten. Da ihre Erzählungen nur wenig Melodie haben, verstehen wir auch nicht viel davon. Wir wissen nur, dass die Lemys aus der Welt hinter dem Staubmantel der Dunkelwolke geflohen sind und nun auf einem Himmelskörper von Arla Mandra leben. Arla Mandra heißt das ursprüngliche Reich der Götter. Es reicht weit über unseren Lebensbereich hinaus.

Die Lemys mussten vor schrecklichen Bestien fliehen, die sie in ihrer Heimat bedrohten und vernichten wollten. Sie sagen, dass es nicht leicht war, durch den Staubmantel nach Arla Mandra vorzudringen. Es hat sie große geistige Anstrengung gekostet, sich in dem mörderischen Chaos aus kosmischer Materie und übergeordneten Kraftfeldern zurechtzufinden. Doch sie haben es geschafft. Wir kommen gut mit ihnen aus, denn sie versorgen uns mit einigen lebensnotwendigen Dingen. Wir brauchen nichts anderes dafür zu tun, als sie durch unsere Welt zu führen und ihnen gelegentlich eine Göttergabe zu überlassen.

Die Lemys sagen, dass es auf anderen Himmelskörpern in Arla Mandra ebenfalls Göttergaben gibt. Sogar auf dem Planeten, den sie zu ihrer neuen Heimat gemacht haben. Ich kann auch daraus keinen anderen Schluss ziehen als den, dass die Geschenke der Götter ein großer Schwindel sind. *Ein Scherz der Götter?* Die Lemys nehmen ihn jedenfalls ernst.

Ich erreiche ihre Niederlassung. Mein Kunstwerk habe ich sorgsam verpackt und behandle es wie ein Jahrhundertlied. Damit will ich die Lemys beeindrucken.

»Ich bringe eine Göttergabe«, schmettere ich dem Fremden entgegen, der mich abfängt.

»Lemirio ist nicht auf Zwottertracht, er ist überhaupt nicht für jeden zu sprechen«, sagt der Wächter. »Du wirst schon mit dem Kommandanten des Stützpunkts vorliebnehmen müssen.« Ich verstehe gerade noch, was er meint.

»Lemy wie Lemy wie vorlieb und recht«, versuche ich mich in ihrer Sprache. Es hört sich schauderhaft an, aber der Wächter versteht, dass mir egal ist, mit welchem Lemy ich handelseinig werde.

»Da ist ein Zwotter, der uns ein Psychod bringt«, werde ich angekündigt. Großes Palaver bei den Lemys, ich enthülle mein Kunstwerk.

»Das ist eine Fälschung!«, behauptet derjenige, der mein Kunstwerk prüft. »Pack dich fort, sonst ...«

Ich muss fliehen. Aber ich sehe noch, wie die Lemys mein Kunstwerk zerstören – was doch für seine Echtheit sprechen sollte, oder? Ich fühle mich betrogen.

Später besinge ich mein Erlebnis. Verschiedene Misstöne werden laut. Sie erklären, dass die Lemys ein untrügliches Gespür dafür haben, was echte Göttergaben und was nachgemachte sind. Die Lemys behaupten sogar, dass sie die Gabe hätten, die Melodie der echten Göttergaben zu hören. Dabei wissen wir alle, dass die Gaben stumm sind.

Oder hören nur wir ihre Melodie nicht?

Mir geht es auf einmal nicht gut. Die anderen merken es und bestehen darauf, dass ich mich in die Höhlen zur Heilung zurückziehe. Ich versuche, mich zu wehren. Ich werde nicht krank. Nicht ich!

Sie treiben mich gewaltsam zum Berg und in die Höhle. Dann bin ich allein an diesem finsteren Ort. Ich bekomme Schmerzen, die Schmerzen werden schlimmer. Ich schreie vor Qual – und stelle entsetzt fest, dass ich meine Stimme verliere. Ich habe keine Melodie mehr und kann auch die Melodie der Welt nicht mehr hören. Es ist schrecklich, ich möchte sterben.

Etwas in mir stirbt tatsächlich, aber ganz anders, als ich geglaubt hätte. Meine Angst legt sich, nur die Schmerzen bleiben. Obwohl ich das Gefühl habe, bei lebendigem Leib zu verbrennen, bleiben meine Sinne wach. Anstatt zu verkümmern und abzusterben, werden sie schärfer. Ich habe das Gefühl, als sei ich bisher taub und blind gewesen.

Hilfreiche Arme strecken sich mir in der Dunkelheit entgegen. Mein Körper, in dem neues Leben heranwächst, wird gelabt. So schmerzensreich meine Verwandlung ist, sie beglückt mich zutiefst. Worte ohne Melodie dringen zu mir. Ich verstehe sie, und sie sind bedeutungsvoller und stärker an Ausdruck als jede Musik.

»Regga, du hast entbunden.«

Ich bin erleichtert. Ich kenne nun die Bedeutung, Frau zu sein. Es ist keine Krankheit.

Wenn die Anima erwacht und den destruktiven Animus verdrängt, dann ist das wie eine Wiedergeburt. Man sucht die Höhlen nicht auf, weil man sich seines Zustands schämt. Man begibt sich in die Sicherheit der Höhlen, um sich zu schützen. Denn allein das Weibliche in uns garantiert die Erhaltung unserer Art.

»Wir sind die Arterhalter«, sagt Eloha, mein Freund, den ich zuletzt als in Geschlechtsumwandlung begriffenen Elohard gesehen habe. Nun ist Eloha das Oberhaupt der kleinen Frauenkolonie.

Sie hat kurz nach meinem Eintreffen Valhy abgelöst, die Valhyrt geworden ist.

Ich verstehe nun die Zusammenhänge und bin überwältigt. Als Reggard habe ich nie nach einem tieferen Sinn geforscht. Nun bin ich Regga und erkenne, warum das so war.

»Wir waren immer zweigeschlechtlich«, erklärt mir Eloha. »Früher hielten sich Animus und Anima in uns die Waage. Erst als unsere Vorfahren zur nächsthöheren Existenzebene abwanderten und uns ihr geistiges Vermächtnis in Form der Psychode zurückließen, kam es zur Katastrophe. Die starken und unkontrollierten parusischen Sendungen wirkten zerstörend auf unseren Animus und ließen ihn degenerieren. Nur in der weiblichen Phase, wenn unsere intuitive und kreative Anima den Körper beherrscht, können wir die Sendungen der Psychode verstehen. Aber wir sind dem Lebenszyklus unterworfen und kehren nicht immer das Weibliche hervor. Irgendwann wird auch in uns wieder der Animus erwachen und uns in geistige Umnachtung stürzen. Wir müssen diese Zeit nützen, um die Bedeutung der Psychode zu erforschen und ihr Anliegen zu verwirklichen.«

Valhy hat Eloha in die Geheimnisse eingeweiht. Doch ihr Geschlechtswechsel kam so plötzlich, dass sie nicht ihr ganzes Wissen übermitteln konnte. Nun muss Eloha wieder von vorne beginnen.

»Wenn wir die Wahrheit kennen, Regga, können wir unseren Vorfahren ins körperlose Sein folgen«, sagt Eloha. »Ich werde Valhys Fehler vermeiden und dich zu meiner Vertrauten machen. Du sollst mein Wissen erhalten und es weitergeben können, falls ich vor dir in den Wechsel komme.«

Valhy hatte Eloha gerade noch auf zwei Psychode aufmerksam machen können, die etwas Besonderes darstellen. Es handelt sich um ein Ei und einen optisch unansehnlichen Klumpen. Aber nicht ihre Form, sondern ihre Parusie verleiht ihnen den besonderen Status.

Ich erfahre bald, was mit Parusie gemeint ist. Als ich Elohas Aufforderung nachkomme und das eiförmige Psychod intensiv betrachte, wird es unter meinen Blicken zu einer rotierenden Kugel, deren Anblick mich schwindlig macht. Aus dem klumpenförmigen Psychod winkt mir ein Zwotter entgegen.

»Das Psychod von König Tezohr und seiner Gemahlin Khara«, erklärt mir Eloha. »Sie leben in ihren Kunstwerken weiter. Wenn es uns gelingt, mit ihnen in Verbindung zu treten, kann das die Rettung für unser Volk sein.«

Die sogenannten »Göttergaben« sind keineswegs stumm. Sie haben eine Melodie, nur können wir sie nicht hören, wenn wir vom Animus beherrscht werden.

»Wieso können die Lemys die Parusie empfangen, unsere Männer aber nicht?«, frage ich.

»Nur degenerierte Zwotter nennen die Vincraner Lemys«, belehrt mich Eloha. Ich erfahre von ihr, dass sie sich auf dem zweiten Planeten der Sonne Teconteen angesiedelt haben und ihn Vincran nennen. »Die Vincraner bilden keine Ausnahme – ich bin sicher, dass jedes Intelligenzwesen die Ausstrahlung der Psychode empfangen kann. Der Sonderfall sind wir, wenn wir uns in der männlichen Phase befinden. Unser Animus hat während der Naturkatastrophen schwer gelitten. Wir sind Gezeichnete. Die Vincraner dagegen sind erst vor Kurzem nach Arla Mandra gekommen, als sich die Situation längst beruhigt hatte. Da die Sendungen der Psychode nicht für sie bestimmt sind, leiden die Vincraner unter der Parusie. Deshalb wollen sie die Psychode vernichten. Wir müssen das verhindern, denn für uns bedeuten die Psychode die Rettung.«

Es gibt nicht mehr viele der paraplasmatischen Kunstwerke, denn die meisten gingen im Lauf der Zeit verloren. Die Frauenkolonie ist im Besitz von etwa hundert Psychoden.

»Die Vincraner dürfen nie von unserer Existenz erfahren«, sagt Eloha. »Für sie sind die Männer der Maßstab für unser Volk, und das ist gut so. Sollen sie nur glauben, dass wir ein Volk stupider Halbintelligenzen sind. Das ermöglicht es uns, im Geheimen an der Verwirklichung unseres Zieles zu arbeiten.«

Das Ziel ist die Beherrschung der Psychode. Eloha ist die Forschernatur. Da ich mich besser aufs Organisieren verstehe, verlege ich mich darauf, Schutzmaßnahmen zur Absicherung unserer Frauenkolonie zu treffen.

Ich erstelle Richtlinien für eine ethisch richtige Lebensweise und erlasse Verbote und Gebote. Die Tabus und Verhaltensmaßregeln haben den Zweck, uns vor einer Entdeckung durch Fremde zu schützen.

Der Vorgang der Geburt und der Frauwerdung wird mystifiziert. Die Frauenkolonie wird zum Sperrgebiet für männliche Zwotter erklärt. Das war bisher nicht viel anders gewesen, nur war auf die strenge Trennung der Geschlechter nicht so sehr geachtet worden. Das natürliche Vergessen bei der Geschlechtsumwandlung zum Mann hatte es nicht notwendig gemacht.

Ich überlasse nichts dem Zufall und erhebe das volksdienliche Verhalten zur Religion. Ich erschaffe neue Mythen, um die Wahrheit weiter zu verschlüsseln, obwohl wir selbst kaum mehr zwischen geschichtlicher Überlieferung und Legende unterscheiden können.

Eloha meint, dass ich es den kommenden Generationen erschwere, unsere wahren Anliegen herauszufinden. Aber solche Argumente lasse ich nicht gelten. Wir Frauen haben die Möglichkeit, unsere Erfahrungen mündlich an die nächste Generation weiterzugeben.

Den Vorschlag Elohas, uns die Technik der Vincraner zunutze zu machen, weise ich entschieden zurück. »Es wäre ein Verbrechen!« Das ist meine unumstößliche Meinung. »Technik verdirbt den Geist.«

»Aber es geht doch nur darum, unsere Erfahrungen aufzuzeichnen und für die Nachwelt festzuhalten. Die nächste Generation kann auf unseren lückenlosen Forschungsergebnissen aufbauen. Mündlich können wir unser Wissen nur bruchstückhaft weitergeben.«

»Mit solchen Reden bringst du Tezohrs Zorn über uns«, warne ich Eloha. »Tu Buße! Bitte vor dem Königspsychod um Vergebung, damit Tezohr dich nicht in ewige Verdammnis schickt.«

Eloha zeigt sich entsetzt. »Regga, wie weit ist es mit dir gekommen?«, drängt sie. »Bist du selbst schon diesem Aberglauben verfallen?«

»Reinige dich!« verlange ich, denn ich erkenne deutlich, dass die Gefahr nicht von den unwissenden Männern, sondern von den Frauen ausgeht, die sich für die Krone der Schöpfung halten und in ihrer Überheblichkeit die Götter herausfordern.

Zum Glück sind meine Lehren der nächsten Generation bereits in Fleisch und Blut übergegangen. Sie verehren die Götter und ihre Heiligtümer. Daran können Eloha und ihre abtrünnigen Priesterinnen nichts mehr ändern.

Sie sind in der Überzahl, und ich muss mich ihrer Gewalt beugen. Es fällt ihnen nicht schwer, mich zu überwältigen.

»Schade um dich, Regga«, sagt Eloha. »Ich hatte so sehr gehofft, dass du mich überdauern und mein Werk fortführen würdest. Aber dein Animus ist stärker.«

Die Ketzerinnen stoßen mich ins Freie. Der Sturm zerreißt mein zorniges Abschiedslied und trägt es fort. Er wird es über die ganze Welt verbreiten, dass jeder aufrechte Zwotter es hören kann.

Ich scheide in der Gewissheit, dass in den Höhlen eine neue Generation heranwächst, die wieder voll Ehrfurcht vor den Göttern ist.

9.

Jennifer Thyron

Es wäre interessant gewesen, die genauen Umstände für die Flucht der Lemurer und späteren Vincraner in die Dunkelwolke zu erfahren. Doch in der Hinsicht schien das Psychod kein Wissen zu haben.

Jennifer besaß darüber mehr Informationen als Tezohr, denn schon beim ersten Kontakt mit den Terranern vor 128 Jahren hatten die Vincraner ihre Geschichte erzählt.

Sie hatten sich auf der Flucht nicht nur vor den Halutern befunden, die vor fünfzigtausend Jahren in der Milchstraße wüteten, sondern auch vor anderen lemurischen Volksstämmen. Der Hauptgrund der Verfolgung durch die eigenen Artgenossen mochte gewesen sein, dass die Vincraner sich weigerten, über den Sonnensechsecktransmitter nach Andromeda zu gehen. Ebenso mochte mitgespielt haben, dass sie Mutanten gewesen waren. Es konnte als erwiesen gelten, dass die Vincraner schon vor fünfzigtausend Jahren ausgeprägte Parasinne besessen hatten, denn andernfalls hätten sie kaum den Zugang zur Dunkelwolke gefunden. Sie mussten schon damals »Paralauscher« oder »Vakutaster« gewesen sein.

Sie waren überaus empfänglich für die Ausstrahlung der Psychode, doch wirkte sich diese negativ aus. Das führte dazu, dass die Vincraner die Bedeutung der Kunstwerke verkannten und sie in ihrer Sorge um die eigene Existenz zerstörten und mit einem Tabu belegten. Dieses Tabu existierte noch in Jennifers Gegenwart. Ebenso wie einige Dutzend Psychode, die von den Zwotterfrauen vor der Zerstörung gerettet worden waren.

Die Vincraner führten in der Dunkelwolke ein zurückgezogenes Leben, bis vor einigen Jahrhunderten die larischen Flüchtlinge aus der Galaxis Provcon eintrafen. Da die Provcon-Laren eindeutig weder lemurischer noch halutischer Abstammung waren, gewährten die Vincraner ihnen in der Dunkelwolke Asyl und übernahmen für sie die Rolle von Vakulotsen. Die Dunkelwolke erhielt den neuen Namen Provcon-Faust.

Erst zu Beginn der Larenkrise, als die Terraner sich mit den Provcon-Laren gegen das Hetos der Sieben verbündeten, prägte Perry Rhodan den Namen »Point Allegro«. Bald darauf erhielt die Dunkelwolke den

Zuzug weiterer Flüchtlinge: Menschen, die sich vor den Laren in Sicherheit brachten und auf Prov III siedelten – und diesen Planeten Gäa tauften, die zweite »Mutter Erde«.

Jennifer hatte erwartet, dass Tezohr ihren Gedankengang unterbrechen würde, um ihr weitere Daten über die Entwicklung der Zwotter zu vermitteln. Aber offenbar hatten während des Zeitraums von fünfzigtausend Jahren keine gravierenden Veränderungen stattgefunden. Am Schicksal von Regga-Reggard war ersichtlich geworden, dass es in der Entwicklung der Zwotter keine Höhepunkte mehr gegeben hatte. Sicherlich fanden immer wieder Versuche statt, mithilfe der Psychode das geistige Tief zu überwinden. Ahrzaba, die Experimentatorin der Gegenwart, hatte so etwas angedeutet. Doch mussten diese Versuche durchweg Fehlschläge gewesen sein, was die unveränderte Situation der Zwotter bewies.

Sie waren in einem Teufelskreis gefangen. Nicht nur der Verfolgung und Diskriminierung durch die Vincraner ausgesetzt, sondern durch den ständigen Geschlechtswechsel in ihrer Arbeit immer wieder zurückgeworfen und durch den Aberglauben in den eigenen Reihen behindert.

Ein Wunder, dass es überhaupt je gelungen war, ein Psychod zu aktivieren. Es wäre wohl auch kaum dazu gekommen, wäre der Anstoß nicht aus der paraplasmatischen Sphäre gegeben worden.

Tezohr hatte schon in der Vergangenheit die Vorgänge in der Dunkelwolke und auf Zwottertracht durch sein Psychod beobachtet. Aber nie hatte er versucht, lenkend einzugreifen, weil er hoffte, dass die Zwotter von selbst den Weg in die paraplasmatische Sphäre finden würden.

Doch nach so langer Beobachtungsdauer musste selbst er zu der Erkenntnis kommen, dass die Zwotter aus eigener Kraft nie die einstige Größe wiederfinden würden. Zu viel Zeit war vergangen, die Schäden, die das Volk genommen hatte, konnten auch durch eine gesteuerte Entwicklung über viele Generationen nicht mehr behoben werden. Und der Zeitpunkt, an dem die vergeistigten Läander ihre Aufgabe übernehmen sollten, lag nicht mehr in ferner Zukunft, sondern war bedrohlich nahe gerückt.

Da es Tezohr nicht möglich war, alle Zwotter in die paraplasmatische Sphäre zu holen, um deren Vollkommenheit zu erwirken, suchte er nach einem Ausweg. Als Erfolg versprechende Möglichkeit bot sich an, eine Konstellation zu erschaffen, aus der eine starke Einzelpersönlichkeit hervorgehen konnte. Diese Persönlichkeit musste jene Komponente darstellen, die der paraplasmatischen Sphäre fehlte.

Es sollte ein Wesen sein, das unter dem Einfluss der Psychode gezeugt und großgezogen wurde und das alle nötigen Gaben und Kräfte in sich vereinigte, um den vergeistigten Läandern zu ihrer Bestimmung zu verhelfen.

Diese Entwicklung sollte ihren Ausgang nehmen von ...

Blinizza

Bei den Frauen herrscht Aufregung. Morphlinge haben uns zugetragen, dass sich ein Vincraner auf Zwottertracht niedergelassen hat. Er baut in einem Kakteenhain ein großes Haus, als wolle er auf unserer Welt sesshaft werden.

Mir gefällt das auch nicht, aber ich sehe in ihm keine Bedrohung. Zugegeben, es ist ungewöhnlich, dass sich ein Vincraner nach Zwottertracht wagt. Die scheuen Menschlinge halten uns für Dämonen und weichen uns aus. Sie sind überaus abergläubisch. Warum ist es dieser Vincraner nicht ebenfalls?

Die Morphlinge berichten, dass er sich sehr für die Reste der versunkenen Kultur interessiert. Noch weiß er nicht, dass es unsere Frauenkolonie gibt, aber wenn er Nachforschungen anstellt, kann das unangenehm für uns werden.

Weitere Informationen erreichen mich. Was ich erfahre, gibt zur Sorge Anlass.

Der Vincraner heißt Harzel-Kold. Wie viele seines Volkes nützt er seine besondere Begabung dafür, Flüchtlinge von außerhalb der paraplasmatischen Sphäre in die Dunkelwolke zu bringen. Diese Menschlinge nennen sich nach der Welt, auf der sie sich ansiedeln, Gäaner. Das tut er aber nur nebenbei, um seine besondere Leidenschaft finanzieren zu können.

Er sammelt Psychode!

Das ist die schreckliche Wahrheit. Die Morphlinge sagen aus, dass er bereits mehr paraplasmatische Kunstwerke besitzt, als wir in der Anima-Kolonie haben. Er hat sie von allen Welten zusammengeholt und auf seinem Heimatplaneten gehortet. Doch wurde er wegen seiner Sammlerleidenschaft so sehr angefeindet, dass er Vincran verlassen musste. Nun lebt er auf Zwottertracht.

Hofft er, hier, am Ursprung der Psychode, ihre Geheimnisse zu ergründen? Warum ist es ihm überhaupt möglich, sich damit zu beschäftigen? Wir wissen, dass die Psychode auf Vincraner einen negativen Einfluss haben. Darum gelten sie bei den Menschlingen auch als verbotene Kunst.

Was ist das für ein Menschling, dass er ungestraft mit den Psychoden experimentieren kann?

Eine Weile darf ich mich der Hoffnung hingeben, dass er ihre parusischen Sendungen überhaupt nicht wahrnimmt. Doch das erweist sich als Trugschluss. Als ihm Zwotter Kopien verschachern wollen, jagt er sie davon.

Er kann zwischen echten Psychoden und Fälschungen unterscheiden, also muss er ihre Ausstrahlung empfangen.

Als Harzel-Kold verreist, um einem von uns verbreiteten Gerücht nachzugehen, dass sich an einem der Pole von Gäa ein Psychode-Depot befindet, lasse ich von den Morphlingen mehrere Psychode entwenden und durch Attrappen ersetzen. Das ist nicht weiter schwer, denn jene Zwotter, die Harzel-Kold dienen, haben zu große Ehrfurcht vor uns, als dass sie sich widersetzen würden. Der Anblick einer Frau beeindruckt sie zutiefst.

Meine Probanden und ich nehmen uns sofort der entliehenen Psychode an. Wir wollen ein lange vorbereitetes Experiment wagen.

Es ist uns schon einige Male gelungen, kleinere Mengen Paraplasma zu erschaffen. Nun hoffen wir, mithilfe einer größeren Anzahl von Psychoden bessere Wirkung zu erzielen.

Wir lassen das Gewölbe von Morphlingen räumen und beginnen den Versuch. Ich merke sofort, dass es diesmal anders ist als früher. Ich spüre die Ausstrahlung der Psychode stärker, der Kontakt ist unglaublich intensiv. Meinen Probanden ergeht es ebenso. Wir sind eins im Geist und haben ein Gefühl, als würden wir zusammen in den Psychoden aufgehen.

Ist das der erste Schritt in die paraplasmatische Sphäre?

Nein, es ist noch nicht so weit. Es ist nur ein Erahnen der fantastischen Möglichkeiten, die uns die Psychode geben, ein erster Kontakt zu den Körperlosen. Ich merke plötzlich, dass ich allein bin. Die Probanden sind mir nicht so weit gefolgt. Nur ich höre die wesenlose Stimme und sehe die Bilder, die mir die Körperlosen vermitteln.

Sie zeigen mir Harzel-Kold und verraten mir, dass er das Bindeglied zwischen dem Diesseits und der jenseitigen Existenzebene sein soll. Er ist nur Teil eines großen Planes, einer von mehreren Auserwählten, die zusammen eine Erfolg versprechende Konstellation ergeben.

Harzel-Kold wurde wegen seiner Leidenschaft für Psychode von Tezohr bestimmt, eine Entwicklung einzuleiten, die zur Vervollkommnung der paraplasmatischen Sphäre führen soll. Er ist der wichtigste Faktor, denn er ist jetzt schon ein Sklave der Psychode.

Der sagenumwobene Tezohr selbst gibt mir diese Instruktionen. Als er mich entlässt, bin ich wie benommen. Zum ersten Mal spüre ich etwas von der einstigen Größe unseres Volkes und kann erahnen, welche kosmische Bestimmung uns zugedacht ist.

Ich finde in die Gegenwart zurück. Die Probanden sind fassungslos. Zwei von ihnen haben vor Aufregung den Wechsel durchgeführt und müssen weggebracht werden.

»Sieh nur, Blinizza, du hast Paraplasma erschaffen!«, ruft meine Lieblingsschülerin Zhaurga. Sie deutet auf ein eiförmiges Psychod, das vorher nicht da war. »Du hast ein Psychod geformt. Wir dachten, du würdest deinen Körper aufgeben und nicht mehr zurückkommen.«

»Ich habe dieses Psychod nicht geschaffen«, erkläre ich meinen Probanden. »Es ist das *Auge des Königs*, Tezohrs Psychod, in dem er gegenwärtig ist und durch das er uns beobachtet. Wir haben eine wichtige Mission zu erfüllen. Von uns kann es abhängen, ob die Körperlosen in naher Zukunft ihre Bestimmung erhalten.«

Ich nehme das Königspsychod und suche damit das Gewölbe auf, in dem die Morphlinge untergebracht sind. Ich wähle einen aus, dessen Geschlechtsumwandlung nahezu abgeschlossen ist.

»Wie heißt du?«

»Ahrzaba ... Ahrzaban.«

»Nimm dieses Psychod, Ahrzaban«, sage ich und überreiche ihm das Kunstwerk. An seiner Reaktion merke ich, dass er die parusischen Sendungen nicht mehr empfangen kann. »Dies ist das *Auge des Königs*. Bringe es dem Sammler Harzel-Kold und sage ihm, dass es vor Kurzem angekommen sei. Es wird ihm bestimmt gefallen. Er soll sich daran erfreuen, solange er es besitzt.«

»Und danach?« Ahrzaban singt fast.

Danach wirst du vergessen, denke ich. *Dein gestörter Animus wird dich beherrschen.*

»Du wirst erst zu uns zurückfinden, wenn deine Anima wieder die Oberhand gewinnt«, antworte ich laut. »Dann wirst du vielleicht schon die Früchte unserer heutigen Saat sehen.«

Ich verscheuche Ahrzaban. Auch wenn er meinen Auftrag vergisst, kann ich sicher sein, dass er nichts Eiligeres zu tun haben wird, als Harzel-Kold das Psychod zu überbringen.

Ahrzaban ist noch nicht lange fort, als ich an verschiedenen Anzeichen merke, dass auch ich in den Wechsel komme. Das Denken fällt mir schwerer, die Stimme versagt. Ich überlege, ob ich bei den Morphlingen bleiben soll. Aber dann habe ich noch einmal einen hellen Moment und kehre zu meinen Probanden zurück.

»Bringt die Psychode in Harzel-Kolds Museum zurück, bevor er von seiner Expedition zurückkommt und den Austausch bemerkt!«, ordne ich an. Es ist einer meiner letzten Befehle. Den Probanden entgeht nicht, dass mein geistiger und körperlicher Verfall rasch fortschreitet.

»Ich werde versuchen, dich würdevoll zu vertreten.« Zhaurga will mich trösten. Aber das ist kein Trost für mich. Ich bin schon alt und werde vermutlich bald sterben, ohne noch einmal meine Anima hervorkehren zu können.

In diesem Moment nehme ich mir vor, das Beste aus meiner Situation zu machen und Harzel-Kold meine Dienste als Blinizzer anzubieten. Dann kann ich in der Nähe des Königspsychods sein und habe wenigstens indirekt an der Ausführung des Planes Anteil. Auch wenn ich mir dessen nicht bewusst sein werde.

10.

Jennifer Thyron und Ronald Tekener

Erstmals seit Tezohrs Psychod die Geschichte der Läander und Zwotter aufgehellt hatte, wurden sich die beiden Terraner ihrer gegenseitigen Anwesenheit bewusst. Es war aber nicht so, dass ihr Geist in ihren Körper zurückkehrte und sie sich im sogenannten Krönungssaal von Lakikrath wiederfanden. Sie blieben exsomatisiert, zirkulierten sozusagen im Bereich jenseits von Zeit und Raum.

Der Rückblick war noch nicht beendet.

Die bisherigen Handlungsträger traten zugunsten menschlicher Akteure in den Hintergrund. Die degenerierten Zwotter übernahmen die Rolle von Statisten und Handlangern, die Stichworte für den Einsatz der Hauptdarsteller weitergaben. Der Schauplatz waren Zwottertracht und die Provcon-Faust vor der einmaligen Kulisse der paraplasmatischen Sphäre. In dem psionisch aufgeladenen Staubmantel saßen die Fädenzieher, die alle Schauspieler wie Marionetten lenkten: die Million körperloser und vergeistigter Prä-Zwotter.

Der Vincraner Harzel-Kold war ihr liebstes Medium. Er, der Sucher und Forscher, der sich über alle Tabus seines Volkes hinweggesetzt hatte, war längst den Psychoden verfallen.

Harzel-Kold nahm das Königspsychod in seine Sammlung auf, deshalb hatte Tezohr die Möglichkeit, ihn zu steuern. Der Vincraner wurde permanent von parusischen Sendungen berieselt und geformt, ohne dass er sich dessen bewusst wurde. Er erfuhr Teilwahrheiten, begann zu ahnen, dass die Prä-Zwotter um ihn waren, im Staubmantel lebten und die Geschicke der Provcon-Faust steuerten. Aber bis zu seinem Tod wusste er nicht, dass er ihr Werkzeug war. Erst dann durchschaute er das Spiel der Körperlosen. Doch zu diesem Augenblick benötigte ihn Tezohr nicht mehr.

Für Jennifer Thyron und Ronald Tekener waren die Geschehnisse noch nicht so weit gediehen. Sie mussten jeder für sich zuerst das Schicksal der Personen nachvollziehen, von denen alles ihren Ausgang nahm.

Sie strebten auseinander und fanden erst wieder im Jahre 3491 zusammen ...

Virna Marloy und Harzel-Kold

Harzel-Kold ist der Vakulotse der GLUSMETH, die Flüchtlinge aus der von den Laren unterdrückten Milchstraße in die Provcon-Faust bringt.

Virna Marloy gehört zur Mannschaft des Schiffes und betreut die Flüchtlinge. Sie ist Gäanerin, ein Kind der Provcon-Faust. Ihre Eltern sind vor etwas mehr als dreißig Jahren mit dem ersten Flüchtlingsstrom gekommen und gehören zu den Begründern von Gäa und der Menschenstadt Sol-Town.

Harzel-Kold sieht Virna Marloy und weiß, dass sie seine Partnerin fürs Leben sein soll. Er bringt sie in seine Burg auf Zwottertracht, wo sie bald Bekanntschaft mit den degenerierten Zwottern, den Psychoden und den Sandorkanen macht.

Keiner von beiden ahnt, dass Tezohrs Wille sie zusammengeführt hat. Wie soll Harzel-Kold auch erkennen, dass es nicht Liebe auf den ersten Blick ist, sondern dass Tezohrs Macht seine Triebe geweckt hat?

Virna drängt sich als Partnerin für ihn nicht wegen überragender Intelligenz oder besonderer Fähigkeiten auf. Aber sie hat ein offenes und einfaches Wesen, ist unsicher und leicht beeinflussbar. Und sie reagiert überaus gefühlsbetont. Harzel-Kold weckt ihr Mitleid. Dabei weiß sie nicht, dass seine Melancholie von der Beschäftigung mit den Psychoden herrührt, sondern wähnt darin den Ausdruck seiner Einsamkeit. Deshalb geht sie, ohne zu überlegen oder Fragen zu stellen, mit ihm.

Ihr erster Kontakt mit den Zwottern löst beinahe einen Schock in ihr aus. Als nach der nächtlichen Landung auf Zwottertracht aus dem Sandsturm eine groteske Gestalt mit überdimensionalem Kopf und einem wie aus Lehm geformten Gesicht auftaucht, raubt ihr dieser Anblick das Bewusstsein. Der tobende Sturm trägt dazu bei, ihre Ankunft zum Albtraum werden zu lassen. Doch Virnas namenlosem Entsetzen folgt die befreiende Erkenntnis, dass alles nur halb so schlimm ist. Die Zwotter sind eigentlich liebenswerte Gesellen, die Wüstenlandschaft von Zwottertracht zeigt schon am ersten Morgen ihre unbeschreiblichen Reize. Der Atemlosigkeit folgt Aufatmen. Virna freundet sich mit Blinizzer an,der nicht mehr weiß, dass er als Blinizza Harzel-Kold das Königspsychod zugespielt hat. Er wird ihr persönlicher Diener.

Das Kunstwerk befindet sich seit Langem in Harzel-Kolds Museum. Der Vincraner merkt nicht, wie sehr ihn die Parusie geformt hat und wie stark sie ihn noch beeinflusst. Er gehorcht fremdem Antrieb, als er Virna in sein Museum führt und sie der Ausstrahlung der Psychode überlässt.

Virna empfindet jedoch Entsetzen bei der Konfrontation mit den Psychoden und wird fast wahnsinnig vor Angst. Sie bittet Harzel-Kold, die prä-zwotterischen Kunstwerke von ihr fernzuhalten.

Er führt ihr auch das Königspsychod vor und teilt ihr das erarbeitete Teilwissen mit: »... der Zwotter, der mir das Ei kostenlos überließ, nannte es das *Auge des Königs*. Ich bin sicher, dass es ein Andenken an jenen König ist, der vor urdenklichen Zeiten den Umschwung für die Vorfahren der Zwotter brachte. Ihm allein haben wir die Entstehung dieser Kunstwerke zu verdanken, die Zeugnis von der Größe seines Volkes ablegen. Noch ist es mir ein Rätsel, was zum Untergang dieses hoch entwickelten Volkes geführt hat. Aber bald werde ich die letzten Geheimnisse enthüllt haben.«

Virna flieht vor den Psychoden. Harzel-Kold versucht, sie dennoch daran zu gewöhnen, indem er der Schlafenden heimlich Psychode ans Bett stellt. Aber Virna Marloy zieht sich in der Trutzburg zurück, um der Parusie der Kunstwerke zu entgehen. Freilich ohne Erfolg, denn die Kraft der Psychode ist sogar gegenwärtig, wenn sie in vermeintlicher Abgeschiedenheit in Harzel-Kolds Armen liegt. In solchen Momenten ist Virna von seiner Leidenschaft überrascht und gibt sich dem verzehrenden Feuer der entfesselten Gefühle nur allzu gerne hin, weil sie so für kurze Zeit vergessen kann.

Eines Tages ist Harzel-Kolds Feuer erloschen. Er wird verschlossener und schwermütiger. Die meiste Zeit sperrt er sich mit seinen Psychoden ein. Virna spürt, dass er den Kunstwerken verfallen ist. Sie weiß noch nicht, dass sie die Saat der Psychode in sich trägt, dass ein Leben in ihr wächst, das unter Tezohrs Einfluss gezeugt wurde.

Als sie sich entschließt, von Zwottertracht fortzugehen, verrät sie Harzel-Kold nicht, dass sie ein Kind von ihm erwartet. Sie glaubt, dass er sie gewaltsam zurückhalten würde, und sie wünscht sich nichts sehnlicher, als Zwottertracht zu verlassen.

Auf Gäa will sie ein neues Leben beginnen. Kurz vor ihrer Niederkunft muss sie jedoch erkennen, dass die unsichtbaren Mächte stärker sind als sie. Alles in ihr drängt danach, ihr Kind auf Zwottertracht zur Welt zu bringen. Sie redet sich ein, dass dies nur geschieht, damit sie endgültig einen Schlussstrich unter diesen Lebensabschnitt ziehen kann. Aber tief in ihrem Innern weiß sie, dass das ungeborene Kind sie zu dieser Handlungsweise treibt.

Sie findet einen Vincraner, der sie nach Zwottertracht fliegt: Galinorg, der nach anfänglichem Zögern zustimmt. Virna ist sicher, dass er nicht ihrem Charme erlegen ist, sondern dem Einfluss des ungeborenen Kindes.

Auf Zwottertracht erwartet sie ein verstörter Blinizzer, der die Wölbung ihres Leibes für eine Krankheit hält. Zum ersten Mal macht sie sich darüber Gedanken, dass sie nie eine Zwotterfrau zu Gesicht bekommen hat – geschweige denn eine schwangere. Aber das wird bedeutungslos angesichts des vom Tod gezeichneten Harzel-Kold.

Bald nach seinem Ableben setzen bei Virna die Wehen ein. Blinizzer bringt sie an einen geheimnisvollen Ort, wo sie in Dunkelheit und Isolation die Niederkunft erlebt. Als Virna nach endlos scheinenden Tagen des Schreckens glaubt, das Schlimmste überstanden zu haben, zeigen ihr die Zwotter das Kind, und dieser Anblick hinterlässt deutlichere Spuren in ihrer Seele als die Geburt selbst.

Es genügt, dass sie nur einen verschwommenen Eindruck von etwas Weißem bekommt, mit einem überdimensionierten Kopf wie dem eines Zwotters, aber mit wuscheligem Haar und großen Augen, die einen zwingenden Blick haben.

Virna Marloy flieht und ist dankbar, dass sie das Kind bei den Zwottern zurücklassen kann. Sie kehrt nach Gäa zurück und beginnt dort ein neues Leben.

Sechs Jahre später steht ein albinoider Junge vor ihrer Tür. Sie weiß sofort, wer er ist. Denn er trägt ein Amulett um den Hals und aus dem walnussgroßen Brocken winkt ein Zwotter. Es ist das Psychod von Khara.

Virna nennt den Albino-Jungen Boyt Margor.

Die Kraft der Psychode hat Virna Marloy und Harzel-Kold zusammengeführt, und unter ihrem Einfluss zeugten sie ihr Kind. Es ist ein Kind der Provcon-Faust, dessen geistige Väter die Körperlosen der paraplasmatischen Sphäre sind.

Zu diesem Zeitpunkt verschwand Tezohrs Psychod aus Harzel-Kolds Sammlung und kehrte in die Frauenkolonie zurück. Dort kam das Kind zur Welt. Es wuchs unter der Parusie der Psychode auf und wurde von den Zwotterfrauen in Tezohrs Sinn erzogen.

Das Kind soll eine Persönlichkeit werden, die fehlende Komponente für die paraplasmatische Sphäre. Eines Tages, wenn es stark genug ist, soll es in den Staubmantel eingehen und sich mit den Körperlosen vereinen. Dann wird die angestrebte Vollkommenheit erreicht sein.

Die Psychode sollen dem noch formbaren Wesen die nötigen geistigen Fähigkeiten vermitteln, die es gegenüber allen anderen überlegen macht. Die in den Kunstwerken gespeicherten psionischen Kräfte werden auf den Auserwählten übertragen. Was Tezohr und seine Läander an Erfahrungen, Wissen und geistigen Gaben besessen haben, geht auf das Kind über. Der Junge muss stark und mächtig werden, damit er seine Mission erfüllen kann.

Die Zwotterfrauen erziehen ihn in diesem Sinn. Sie bereiten ihn charakterlich auf seine Aufgabe vor und geben ihm den moralischen und ethischen Rückhalt, den er braucht, um das gesteckte Ziel zu erreichen.

Er wird sich in einer fremden und feindlichen Umwelt behaupten müssen. Er wird mit Wesen konfrontiert werden, die nichts von seiner Mission ahnen und auch kein Verständnis dafür aufbringen werden. Und er wird auf sich allein gestellt sein. Er muss ein Einzelgänger bleiben, darf keine Außenstehenden ins Vertrauen ziehen, um den Plan nicht zu gefährden.

Unter diesen Aspekten ist es klüger, ihm die Wahrheit erst zu verschweigen. Nur wenn er seine Bestimmung nicht kennt, keine Ahnung davon hat, welchem großen Ziel er zustrebt, kann er sich keine Blöße geben. Die Psychode sind bei ihm, sie können ihn lenken und sein Vorwärtsstreben in die richtigen Bahnen leiten.

Seine Fähigkeiten reichen aus, dass er beliebig viele Helfer für sich gewinnt. Er wird ein Charisma haben, das ihn anziehend macht und mit dem er jedes Wesen in seine Abhängigkeit bringen kann. Alle werden ihm dienen und ihm hörig sein. Sie werden für ihn leben und sich für ihn aufopfern, ohne nach seinen Zielen zu fragen.

Er ist der Träger der läanderischen Geistesmacht aus der paraplasmatischen Sphäre. Die Körperlosen werden mit ihm sein.

Nach langer Vorbereitung entlassen sie ihn in die Welt der Provcon-Faust. Die Probanden der Zwotterkolonie geben ihm ein Geschenk mit auf den Weg, das ihn stets an seine Herkunft und an seine Bestimmung erinnern soll. Es ist das Psychod, das Khara einst aus sich erschaffen hat. Es wird ihn beschützen und jedes Bemühen unterstützen, seine Psi-Affinität zu anderen Wesen voll auszuschöpfen.

So gewappnet sucht er bei Virna Marloy Asyl, die gar nicht anders kann, als ihn bei sich aufzunehmen. Man könnte Virna als Margors ersten Paratender bezeichnen.

Boyt Margors Entwicklung zum Schlechten ist ein schleichender Prozess über viele Jahre hinweg. Die Körperlosen, die sein Treiben durch das Amulett beobachten, haben keinen Anlass zur Besorgnis – auch wenn Margor seine Macht zu seinem persönlichen Vorteil einsetzt und die geistige Überlegenheit hervorkehrt, um Anerkennung zu gewinnen. Selbst Tezohr ist klar, dass sein Schützling sich erst einmal einen Platz unter den Menschen erkämpfen muss. Auch in der Folge, in der er sich langsam nach oben arbeitet, setzt Boy Margor immer wieder Taten, die Tezohr zwar nicht billigt, die er aber im Zug der Persönlichkeitsentfaltung als vertretbar ansieht.

Virna Marloys Tod ist bedauerlich, umso mehr, als Margor ihr förmlich die Lebensenergie aussaugt und ihren Verfall heraufbeschwört.

Auch Jorge Bellons Selbstmord geht auf Margors Konto. Margor treibt seinen Lehrer, dem er viel zu verdanken hat, durch sein Schmarotzertum zum Suizid. Vic Lombard, Virnas Gefährte, den Margor als Nebenbuhler ansieht, wird von ihm dagegen vorsätzlich getötet. Margor hat zu dieser Zeit seine erschreckende Fähigkeit entwickelt, mit der er an organischer Materie einen explosiven Schrumpfungsprozess des Zellkern-Haushalts herbeiführen kann. Vic Lombards Leichnam sieht wie mumifiziert aus.

Um diese Entwicklung zum Negativen zu verhindern, wirkt Tezohr über das Amulett repressiv auf Margor ein. Aber nach mehreren Jahren, als Tezohr die Hemmung wieder aufhebt, geht Margor den Weg weiter, den er schon als Kind eingeschlagen hat.

Um das Negative nicht eskalieren zu lassen, beschließt Tezohr, dem Mutanten einen Antipoden an die Seite zu stellen, der positiv auf ihn einwirken und sein Machtstreben in die richtigen Bahnen lenken soll. Das ist die Geburtsstunde von Bran Howatzer, dem Pastsensor. Margor, darüber informiert, dass er einen Gefährten erhalten soll, findet sich an Brans Wiege ein.

Man schreibt das Jahr 3524.

Bis Bran Howatzer ein Alter erreicht, in dem er Einfluss auf Margor nehmen könnte, hat dieser schon eine derart ausgeprägte Persönlichkeit entwickelt, dass er sich nicht mehr formen lässt.

Margor ist im Begriff, in der Provcon-Faust ein heimliches Reich aufzubauen und seine Macht zu erweitern. Es wird jetzt schon deutlich, dass er dies nicht im Sinn seiner Mission tut, sondern allein für seinen persönlichen Vorteil. Er beherrscht seine Fähigkeiten mittlerweile so perfekt, dass nicht einmal das Psychod-Amulett ihn noch beeinflussen kann. Er nutzt vielmehr die Möglichkeiten des Amuletts für sich.

Boyt Margor hat sich endgültig zum Negativen entwickelt. Das zeigt sich bei der Konfrontation mit Bran Howatzer, bei der sich der

Pastsensor entsetzt von Margor abwendet und ihm den Kampf ansagt.

Tezohr aber weiß, welche Fähigkeiten in Margor stecken. Deshalb soll Howatzer Verstärkung durch einen zweiten »Regulator« bekommen. Er erhält sie im Jahr 3548 in der Gestalt des Psi-Analytikers Dun Vapido. Und neunzehn Jahre später wird Eawy ter Gedan geboren, das »Relais«, die Dritte im Bunde der positiven Gäa-Mutanten. Doch nicht einmal alle drei zusammen können verhindern, dass Margor seine Macht missbraucht und schließlich sogar die Provcon-Faust verlässt, um von Terra aus seinen Siegeszug durch die Galaxis vorzubereiten.

Nun ist Margor in die Provcon-Faust zurückgekehrt. Er will immer noch persönliche Macht und scheint weiter denn je von seiner Bestimmung entfernt zu sein. Tezohr sieht keinen anderen Ausweg mehr, als selbst einzugreifen.

Durch die Hilfe der Probanden von Lakikrath erhält der Körperlose seine paraplasmatische Gestalt und legt erschöpfend Rechenschaft ab.

Ronald Tekener

Er war zutiefst erschüttert, als die Parusie des Psychods abklang und ihn freigab. Jennifers Blick verriet ihm, dass sie ähnlich empfand.

»Welche Tragik!« Ahrzabas Stimme bebte vor Ergriffenheit. Die Experimentatorin, die mit ihren Probanden Tezohr zu paraplasmatischem Leben verholfen hatte, stand noch völlig unter dem Eindruck des Erlebten. »Die Psychode, die unsere Bestimmung verwirklichen sollten, sind uns zum Verhängnis geworden ...«

»... weil wir zu wenige waren, die den Staubmantel zur paraplasmatischen Sphäre machten«, sagte Tezohr, und es klang wie eine Verteidigung.

Das Schicksal der Zwotter war tragisch. Aber Ronald Tekener entsetzte die Fehlentwicklung aus jüngster Vergangenheit weit mehr.

»Wer würde jemals vermuten, dass ausgerechnet Margor der positive Aspekt einer kosmischen Planung sein sollte.«

»Keiner kann sich das vorstellen«, stimmte Jennifer Thyron zu. »Die besondere Tragik ist, dass Margor zum größten Feind seiner Förderer wurde. Statt den Plan der Prä-Zwotter zu unterstützen, arbeitet er dagegen.«

»Bald wird er den Plan endgültig verhindern«, fügte Tekener hinzu.

»Das werde ich unterbinden!«, sagte Tezohr.

Tekener musterte den Paraplasmaten. Er konnte sich beim besten Willen nicht vorstellen, wie Tezohr Margors weitere Machtentfaltung verhindern wollte. Mit seiner Psi-Affinität und den Psychoden beherrschte der Gäa-Mutant die Provcon-Laren, die Vincraner und Tekheter mitsamt deren Splittergruppen und die vielen Zuwanderer, die der Verlockung der Psychode unterlegen waren. Zudem verfügte Margor über hundertfünfzig Raumschiffe, angesichts der galaktischen Zustände ein enormes Machtpotenzial. Margor war in der Provcon-Faust unangreifbar.

»Wir sind deine Verbündeten, Tezohr«, erklärte Tekener. Aber er war noch nicht so weit, sich auf das Problem konzentrieren zu können. Er benötigte noch etwas Zeit, um das erhaltene Wissen zu verarbeiten.

»Was für eine Macht mag das gewesen sein, die den Anstoß für die Bildung der paraplasmatischen Sphäre gab?« Jennifer sprach Teks Überlegungen aus. »Handelte es sich um ES? Oder existiert jene Macht heute nicht mehr?«

»Vielleicht kam der Anstoß nur aus dem kollektiven Unterbewusstsein der Prä-Zwotter«, sinnierte Tekener. »Der Wunsch nach höheren Zielen ... das Bestreben, eine Bestimmung zu finden ... Vieles könnte der auslösende Faktor gewesen sein. Womöglich sind die Läander einer Selbsttäuschung zum Opfer gefallen.«

»Vielleicht waren die Prä-Zwotter nahe daran, selbst eine Superintelligenz zu werden, ohne sich dessen bewusst zu sein. Hätten sie alle zusammen die paraplasmatische Sphäre gebildet, wäre das womöglich geschehen. Ich frage mich, ob die Dunkelwolke wirklich zu einem kosmischen Leuchtfeuer werden sollte. Wem sollte sie den Weg weisen? Und warum?«

»Und wann?«, fügte Tekener den Fragen seiner Frau hinzu. Er seufzte. »Wir können die Antworten darauf nicht geben. Tezohr vermutlich ebenso wenig. Außerdem haben wir ganz andere Probleme.«

»Womit wir wieder bei Margor angelangt wären«, sagte Jenny. »Schade, dass Howatzer, Vapido und Eawy nicht hier sind.«

»Ich würde gern ihre Gesichter sehen, wenn sie erfahren, dass sie ihre Existenz nur dem Einfluss der Prä-Zwotter verdanken.« Tekener seufzte. »Wir haben den großen Vorteil, dass Margor nun kein Phantom mehr für uns ist. Wir kennen sein Geheimnis und können uns besser auf ihn einstellen.«

»Du vielleicht, weil du immun gegen seine Psychode bist. Ich laufe trotzdem Gefahr, zu seinem willenlosen Werkzeug zu werden.«

»Dem lässt sich abhelfen, wenn ihr uns wirklich gegen Boyt Margor zur Seite stehen wollt«, wandte Tezohr ein. »Ahrzabas Probanden können die Frau gegen seine mentalen Angriffe präparieren.«

»Margor ist unser Staatsfeind Nummer eins«, sagte Tekener rau.

»Er ist nicht unser Feind«, widersprach Tezohr. »Er ist unsere große Hoffnung.«

11.

»Ein Lare!«, rief Lukor Garija-Pjokkor ohne besondere Überraschung, als die beiden Männer von dem Fährschiff auf die GARIJATEV überwechselten. »Willkommen an Bord!«

»Ich bin Hotrenor-Taak«, sagte der Lare würdevoll.

Nun verschlug es Lukor doch die Sprache. Es war bekannt, dass in der Provcon-Faust Laren lebten, die einst vor ihresgleichen geflüchtet waren. Dabei handelte es sich um Provcon-Laren unter der Führung von Roctin-Par, die gegen das Konzil der Sieben rebelliert hatten. Aber es war etwas anderes, deren ärgsten Widersacher vergangener Tage ebenfalls in diesem Sektor anzutreffen.

Lukor hatte keine Möglichkeit, die Identität des Schwarzhäutigen mit dem roten Haarnest zu prüfen. Aber warum hätte sich ein anderer als Hotrenor-Taak ausgeben sollen?

Die Pjokkor-Sippe hatte mit den Laren regen Handel getrieben, der Familienzweig der Garija bildete keine Ausnahme. Inzwischen hatten sich die Zeiten geändert, und jeder tat gut daran, seine einstige Verbundenheit zu den Laren zu verschweigen. Die Konfrontation mit dem ehemaligen Verkünder der Hetosonen weckte dennoch wehmütige Erinnerungen.

»Es ist mir eine Ehre, Sie an Bord begrüßen zu dürfen, Verkünder der ...«

Lukor wurde von dem Laren schroff unterbrochen. »Jene Epoche gehört der Vergangenheit an.« Hotrenor-Taak deutete auf den Vincraner neben ihm. »Das ist Galinorg, der versprochene Vakulotse. Geben Sie nun den anderen Lotsen frei, Patriarch ...«

»Lukor Garija-Pjokkor«, stellte sich der Sippenführer endlich vor. »Es bleibt dabei, dass Sie mein Schiff in die Dunkelwolke lotsen?«

»So ist es vereinbart«, antwortete der Vincraner an Hotrenor-Taaks Seite, der den Laren um über einen Kopf überragte.

»Ich wollte mich nur vergewissern.«

Lukor hatte die Hoffnung, eine Passage in die Provcon-Faust zu bekommen, fast schon aufgegeben. Das tragische Ende der GARRULFHOJ während eines Weltraumbebens erschien ihm wie ein Fingerzeig des Schicksals, sich nicht an der Jagd nach den Schätzen der Provcon-Faust zu beteiligen.

Andererseits war Point Allegro wirtschaftliches Notstandsgebiet. Der Zustrom Zehntausender Schatzsucher aus vielen galaktischen Völkern trieb den Bedarf an Gütern aller Art in die Höhe. Die Laderäume der GARIJATEV waren voll mit Nahrungskonserven und Gebrauchsgegenständen. Außerdem kannte der Patriarch die schwer zu stillende Vergnügungssucht moderner Glücksritter – auch dafür hatte er vorgesorgt. Kurzum: Lukor Garija-Pjokkor rechnete mit einem satten Gewinn.

Die Realität gefiel ihm allerdings nicht. Dutzende Schiffe in der Ortung, denen ebenfalls der Einflug in die Wolke unmöglich war. Keine Vakulotsen greifbar, die sich bereitgefunden hätten, ein Schiff durch den mörderischen Staubmantel zu fliegen. Auch keine Reaktion auf ein, wie Lukor meinte, unwiderstehliches Preisangebot. Die Vincraner in der Lotsenstation hatten sich schlicht geweigert, ihre Dienste zur Verfügung zu stellen.

Gab es interne Streitigkeiten? Machtkämpfe wegen der unvorstellbaren Schätze, von denen vielerorts gesprochen wurde?

Dann der Angriff. Eine Korvette hatte ihren Überlichtflug nahe der Lotsenstation beendet und sofort das Feuer eröffnet. Sehr schnell war der kleine Kugelraumer danach im Staubmantel der Dunkelwolke verschwunden.

Es gab nur einen einzigen überlebenden Lotsen, dem es möglich gewesen war, sich mit einem Fährschiff zu retten. Lukor hatte schnell genug reagiert und das kleine Boot mit den Traktorstrahlen der GARIJATEV aufbringen lassen. Und wehe jedem, der es gewagt hätte, diese humanitäre Hilfsmaßnahme zu kritisieren.

Der Patriarch ließ das Unerwartete erneut an sich vorüberziehen. Es war die Sache weniger Sekunden, in denen er noch einmal nach Fallstricken suchte. Er sah keine Bedrohung für sein Schiff. Wahrscheinlich reagierte er einfach übervorsichtig.

Ein mittelgroßer Transporter ohne Hoheitszeichen und Namenszug hatte Funkkontakt aufgenommen. Der Anrufer: ein namenloser Schatten, keine Bildübertragung, verzerrter Ton. Sein ungewöhnliches Angebot: er selbst als Geisel und ein routinierter Vakulotse im Austausch gegen den Gefangenen.

»Wo liegt mein Vorteil?«, hatte Lukor wissen wollen.

»Ob Sie den Lotsen aus der Station als Geretteten oder Gefangenen ansehen, ist nur eine Frage der Definition. Sie können ihn so oder so nicht zwingen, Ihr Walzenschiff durch den Staubmantel zu lotsen. Ich biete Ihnen dagegen einen Vincraner an, der sich freiwillig als Lotse zur Verfügung stellt. Bedingung ist, dass Sie den anderen freilassen.«

»Was bewegt Sie zu dem seltsamen Handel?«

»Private Gründe, die Sie nichts angehen. Entscheiden Sie sich. Entweder für den Gefangenen oder für den Flug in die Provcon-Faust.«

Gewisse Schrullen der Vincraner hatten sich längst in der Galaxis herumgesprochen. Wer ihnen nicht zu Gesicht stand, den ließen sie vor der Dunkelwolke versauern. Die aktuelle Situation war vermutlich auch nur durch eine Laune der Vincraner provoziert worden. Es stand in den Sternen, wann sie den Einflug in die Provcon-Faust wieder öffneten. Genau diese Überlegung hatte für Lukor den Ausschlag gegeben.

Er sah in der Außenbeobachtung, dass das Lotsenschiff von der GARIJATEV ablegte und Kurs auf den Transporter nahm. Der Überlebende aus der zerstörten Station befand sich an Bord des Bootes.

Warum dieser Austausch? Lukor Garija-Pjokkor konnte sich nach wie vor keinen Reim darauf machen.

»Ich habe meinen Teil der Abmachung erfüllt.« Er wandte sich dem Vincraner zu. »Nun sind Sie an der Reihe.«

Galinorg nickte stumm. Er ging zum Hauptschaltpult.

»Ein Diskusraumer der Blues nähert sich uns!«, meldete die Ortungszentrale wenige Minuten später, als die GARIJATEV langsam Fahrt aufnahm. »Es sieht so aus, als wollten die Tellerköpfe sich an uns anhängen, um den Staubmantel zu überwinden.«

»Sollen wir den Blues einen Warnschuss vor den Bug setzen?«, fragte die Waffenkontrolle.

Lukor wandte sich an den Laren. »Was raten Sie? Sind Schwierigkeiten zu erwarten, wenn der Blues-Diskus hinter uns bleibt?«

»Nicht für uns«, antwortete Hotrenor-Taak. »Warnen Sie die Blues. Wenn sie uns ohne einen Lotsen folgen, fliegen sie unweigerlich in den Tod.«

Der Springerpatriarch ließ eine Funkverbindung zu dem Diskusraumer herstellen. Er sprach eine unmissverständliche Warnung aus.

»Versucht ruhig, uns abzuhängen.« Die Antwort der Blues war schrill. Der Sprecher klang überaus erregt. Bevor Lukor seine Warnung wiederholen konnte, wurde die Verbindung von der anderen Seite unterbrochen.

»Ich habe es versucht«, sagte Lukor fast entschuldigend. »Vielleicht haben die Jülziish Glück und einen tüchtigen Navigator ...«

Hotrenor-Taak schüttelte nur stumm den Kopf. Er wandte den Blick schon nicht mehr vom Hauptschirm ab.

Der Walzenraumer tauchte in die ersten Staubschleier ein. Der Bluesdiskus folgte ihm wie ein Schatten.

Kurz darauf tobten die ersten Turbulenzen heran. Die Ortung zeigte chaotische Werte, Galinorg musste zum ersten Mal eingreifen, aber die Situation beruhigte sich schnell wieder.

Vor dem Schiff brach eine enge staubfreie Passage auf. Offensichtlich waren mehrere anwachsende Wirbelzonen dafür verantwortlich. Eruptionen aus Licht und Düsternis boten jetzt schon ein atemberaubendes Schauspiel. Lukor wurde an den Flug durch die dichte Atmosphäre eines Gasriesen erinnert. Nur wurden solche Welten in der Regel nicht von hyperenergetischen Sturmfronten heimgesucht.

Der Diskus der Blues durchpflügte wenige zehntausend Kilometer hinter der GARIJATEV die treibenden Staubschleier.

Jäh wurde die Springerwalze von unsichtbaren Kräften erfasst. Schwere energetische Entladungen umzuckten das Schiff. Der Alarm heulte.

Verrückt spielende Ortungsdaten. Irrelevante Werte. Die Hauptpositronik reagierte mit akustischen und optischen Warnsignalen. Galinorg blockierte einfach die Analyseverbindungen zur Positronik.

Die Faust eines Riesen wirbelte das Schiff herum und schleuderte es davon. Aber sofort packte sie wieder zu, als wolle sie die GARIJATEV zusammenquetschen. Die Anzeigen der Absorberleistung schnellten in den Warnbereich.

»Damit ist die kurze Reise der Blues beendet«, sagte Galinorg.

Lukor wurde blass.

»Das war vorherzusehen, Patriarch«, kommentierte Hotrenor-Taak. »Wir schaffen es, keine Sorge. Galinorg ist der beste Vakulotse, den ich kenne.«

»Wird der Flug lange dauern?«

»Vielleicht nur ein, zwei Stunden, unter Umständen auch Tage. Das lässt sich nie im Voraus abschätzen. Richten Sie sich besser auf eine längere Passage ein.«

Lukor straffte sich und versuchte, etwas von der Ruhe des Laren zu kopieren. »Wenn der Flug ohnehin länger dauert, könnte ich Sie durch mein Schiff führen«, schlug er vor.

»Warum nicht«, stimmte Hotrenor-Taak zu. »Es gibt ohnehin einige Punkte, die ich mit Ihnen besprechen will.«

Eigentlich hätte der Lare es nicht besser hätte treffen können. Als er mit Galinorg an Bord gekommen war, hatte er sich als Provconer ausgeben wollen. Doch einer Eingebung folgend, hatte er entschieden, seine Identität zu lüften. Damit war er gut beraten, denn Lukor Garija-Pjokkor gehörte tatsächlich zu jenen Springern, die früher zumindest nicht gegen das Konzil gearbeitet hatten. Hotrenor-Taak bezog Lukor nun sogar in seine Pläne ein.

»Wie ist die Situation in der Provcon-Faust?«, erkundigte sich Lukor, während er den Laren durchs Schiff führte. »Glauben Sie, dass an den Gerüchten von unermesslichen Schätzen etwas Wahres ist?«

»Und ob!«, sagte Hotrenor-Taak. »Darüber können wir uns gern eingehender unterhalten. Aber zeigen Sie mir erst Ihr Schiff, Lukor.«

Die vertrauliche Anrede schmeichelte dem Springer. Hotrenor-Taak war nun fast sicher, dass er den Patriarchen für seine Zwecke einspannen konnte, ohne ihn unter Druck setzen zu müssen.

In einem großen Laderaum reihten sich Tierkäfige aneinander. Lukor prahlte damit, dass ihn mancher planetare Zoo um seine Exoten beneidete. Er sprach von abendfüllenden Dressurvorstellungen, stets bis auf den letzten Platz ausgebucht, wo immer die GARIJATEV auch gelandet war.

»Sagen Sie selbst, Hotrenor-Taak: Was kann einträglicher sein, als die Anspannung von Schatzsuchern und Glücksrittern permanent hochzuhalten?«

Der Lare antwortete mit einer zustimmenden Geste. Die Raubtiere, Echsen und Amphibien beeindruckten ihn in keiner Weise. Er täuschte nur Interesse vor, um dem Patriarchen Gelegenheit zu geben, sich vor ihm zu produzieren.

Mit seinen Gedanken war Hotrenor-Taak längst sehr viel weiter. Er überdachte die Geschehnisse, aus denen sich seine nächsten Schritte zwingend ergaben. Was er getan hatte und noch zu tun gedachte, sollte Boyt Margor helfen. Obwohl er gegen dessen Anordnungen verstoßen hatte, fühlte er sich als treuer Paratender.

Hotrenor-Taak glaubte etliche Anzeichen dafür erkannt zu haben, dass Margor den Überblick verlor. Der Gäaner widmete sich zu intensiv den Psychoden und lief Gefahr, den Bezug zur Realität zu verlieren. Allzu leicht konnte er das gleiche Schicksal wie Harzel-Kold erleiden. Galinorg, der Margors Vater persönlich gekannt hatte, hatte diese Vermutung bereits bestätigt. Der Vincraner unterstützte Hotrenor-Taaks Eigenmächtigkeit, weil er die drohenden Vorzeichen ebenfalls sah.

Menetekel nannten Terraner solche Zeichen. In den letzten Tagen und Wochen häuften sie sich.

Margor hatte stark abgenommen, ohne es selbst zu bemerken. Sein bislang jugendliches Gesicht zeigte die ersten Falten. Aber das war weniger Ausdruck eines Alterungsprozesses als vielmehr seines angegriffenen Geisteszustands.

Verwunderlich war auch sein Verlangen gewesen, alle Psychode um sich herum zu versammeln. Dazu seine für den Laren unverständliche Absicht, sein größtes Raumschiff eigenhändig durch die paraplasmatische Sphäre zu steuern und auf jede Lotsenunterstützung zu verzichten. Vor allem aber sein Desinteresse am zunehmenden Verfall der körperlich bislang starken und unverwüstlichen Tempester. Sie waren Margors Elite gewesen, reagierten aber inzwischen kaum noch auf seine Psychode. Weil die Ausstrahlung der Staubwolke im Lauf der Zeit zerstörerisch auf sie wirkte. Der Ara-Cheftender Doc Arland hatte das bestätigt und sogar den Beweis dafür erbracht, dass die psionischen Impulse aus dem Staubmantel die Tempester in den Untergang trieben.

Trotz Margors Verbot, die Dunkelwolke zu verlassen, hatte Hotrenor-Taak in dem ehemals terranischen Frachtraumschiff neuntausend Tempester nach Jota-Tempesto ausgeflogen, um sie vor der unheilvollen Ausstrahlung der Sphäre zu retten.

Weil Margor bei dem kommenden Eroberungsfeldzug auf diese Armee nicht verzichten durfte, hatte Hotrenor-Taak die Rettungsaktion unternommen. Der Gäa-Mutant würde ihm das gewiss nicht danken. Hotrenor-Taak wusste, was er und Galinorg zu erwarten hatten, sobald sie nach Gäa zurückkehrten. Er war sogar sicher, dass der Kugelraumer, mit dem sie die Provcon-Faust verlassen hatten, schon vor der Landung von Margors Flotte aufgebracht werden würde.

Deshalb hatten Galinorg und er sich auf den Handel mit dem Springer eingelassen und den gefangenen Vakulotsen Prener-Jarth ausgelöst. Während Prener-Jarth nun mit dem Frachtraumer in die Provcon-Faust zurückkehrte und alle Aufmerksamkeit auf sich lenkte, konnte die Springerwalze unbemerkt in die Sphäre vordringen.

Hotrenor-Taak hoffte, dass ihm dieses Ablenkungsmanöver den Vorsprung gab, den er brauchte, um Zwottertracht zu erreichen. Er glaubte – auch darin war Galinorg mit ihm einer Meinung –, dass er Margor nur helfen konnte, wenn er das Geheimnis der Psychode ergründete. Wo sollte er damit beginnen, wenn nicht an ihrem Ursprung auf Zwottertracht?

Lukor präsentierte ihm seine Warenbestände. Die Lagerräume der Walze waren in der Tat bis zur Decke vollgestopft.

»Sie fragten mich vorhin nach den Schätzen, Lukor«, erinnerte Hotrenor-Taak. Den Rundgang empfand er mittlerweile als lästig. Allzu spontan hatte er das Thema aber dennoch nicht aufgreifen wollen. Wer wusste schon, wie schnell der Springer misstrauisch wurde?

Der Patriarch fuhr sich mit beiden Händen durch den dichten Vollbart. »Gerüchte dieser Art sind mir stets suspekt«, behauptete er gemächlich. »Ich gebe nie etwas auf Gerüchte, die nicht bewiesen werden können. In der Galaxis wird derzeit aber viel geredet ...«

»Ich weiß. Die Schätze, über die so viel spekuliert wird, sind Kunstwerke einer versunkenen Kultur. Sie stellen enorme Werte dar, und das nicht nur ihrer erlesenen Schönheit wegen. Manche sind wirklich unbezahlbar. Einst waren sie auf allen Planeten der vier Sonnensysteme zu finden. Aber die alten Kultstätten sind längst geplündert. Nur Kenner der Provcon-Faust haben heute noch eine Chance, fündig zu werden.«

»Sie kennen die Dunkelwolke, Hotrenor-Taak?« Lukors Blick wurde gierig. »Sie hätten das Thema nicht wieder angeschnitten, wenn Sie nicht überzeugt wären, solche Kunstwerke aufspüren zu können.«

»Es genügt nicht allein, einzelne Stücke zu finden. Zwottertracht, die ursprüngliche Heimat der unbekannten Künstler, ist tückisch. Ohne Mut zum Risiko und ohne wirklich gute Ausrüstung wird jede Expedition zu den Kultstätten in der zerklüfteten Bergwelt lebensgefährlich. Die Umwelt ist extrem. Jähe Temperaturstürze, Sandstürme und Hagelschauer wechseln einander ab. Urweltliche Tiere und degenerierte Eingeborene sind ebenso lästig wie bedrohlich.«

»Ich habe den Eindruck, dass Sie eher von einer Suche nach diesen Kunstwerken abraten wollen, Hotrenor-Taak«, sagte Lukor unbehaglich.

»Ich will Ihnen nicht verschweigen, was Sie auf Zwottertracht erwartet. Aber das Risiko lohnt sich. Ich habe schon einige erfolgreiche Expeditionen hinter mir und würde die Strapazen jederzeit wieder auf mich nehmen.«

»Was hindert Sie eigentlich daran, Hotrenor-Taak?«

»Mir fehlen die Ausrüstung und die tatkräftige Unterstützung Gleichgesinnter.«

»Mit beidem könnte ich aushelfen.«

»Ha!« Der Lare schlug die Hände zusammen. »Ich habe gleich geahnt, dass Sie mein Mann sind, Lukor.«

»Ich habe nur die Möglichkeit in Aussicht gestellt ...«, dämpfte der Springer allzu überschwängliche Erwartungen. Der Summton seines Armbands unterbrach ihn.

Hotrenor-Taak warf einen verstohlenen Blick auf die Zeitanzeige. Obwohl der Patriarch das Gespräch nicht mithören ließ, war ihm klar, dass die Schiffszentrale sich gemeldet hatte. Er kannte den Grund dafür.

»Was hat das zu bedeuten, Hotrenor-Taak?«, rief der Springer aufgebracht. »Meine Leute sagen, dass der Lotse einen Planeten innerhalb des Staubmantels anfliegt.«

»Das ist Zwottertracht«, erklärte der Lare ruhig. »Ich dachte, wir hätten uns soeben geeinigt.«

»Mir scheint, Sie haben schon vor Beginn des Fluges vorausgesetzt, dass wir uns einigen würden.« Lukor reagierte überaus erregt. »Aber unser Ziel ist Gäa. Erst wenn wir dort den Markt für uns erschlossen haben, können wir über die Schatzsuche sprechen.«

»Ich kann leider nicht nach Gäa fliegen. Landen Sie erst einmal auf Zwottertracht und überlegen Sie in aller Ruhe. Falls Sie sich gegen meinen Vorschlag entscheiden, dürfen Sie jederzeit nach Gäa weiterfliegen.«

Es war Lukor Garija-Pjokkor anzumerken, dass er sich überrumpelt vorkam. Aber er gab nach – ihm blieb ohnehin keine andere Wahl.

12.

»Paratender!«, raunte Jennifer Thyron und hob warnend die Hand. Ein Morphling fing zu singen an, aber eine der Frauen brachte ihn zum Verstummen. Tekener glitt an den anderen vorbei nach vorn zu seiner Frau.

Bislang unbehelligt, hatten sie alle das Ruinenfeld von Lakikrath durchquert. Die gewaltigen Wasserfälle lagen nicht einmal mehr einen Kilometer entfernt. Die Luft war von Gischt durchsetzt, das Tosen der stürzenden Wasser bildete eine immerwährende Geräuschkulisse.

Vor ihnen lag eine künstlich geschaffene Lichtung. Erst vor einem oder zwei Tagen konnten Margors Paratender hier den Dschungel gerodet haben. Sie hatten zudem mehrere Wohnkuppeln aus Fertigelementen errichtet. Und noch vor Kurzem schien wenigstens ein Gleiter hier gestanden zu haben, zumindest ließen die Spuren das vermuten.

»Scheint so etwas wie ein Hauptquartier zu sein.« Tekener zählte acht Männer im Freien. Möglich, dass sich in den Kuppeln noch einmal so viele aufhielten. »Wir lassen besser die Finger davon«, stellte er fest.

Jennifer nickte stumm. Sie deutete auf eine der Kuppeln, neben der ein Bündel kleinerer Antennen aufragte.

»Ortungsgeräte und ein Hyperkom«, bestätigte Tekener. »Damit können sie Margor überall in der Provcon-Faust erreichen. Machen wir, dass wir weiterkommen. Hier ist nichts für uns zu holen.«

Sie kehrten zu den Zwottern zurück und schlugen dann einen Bogen um das Lager der Paratender.

Die Steilküste am Beginn der Wasserfälle war das erste Ziel der Gruppe. Das Rauschen des Wassers schwoll zum ohrenbetäubenden Getöse an. Dichte Wassernebel hingen über dem Gelände.

Als Tekener hinter einem Felsvorsprung hervor die Umgebung absuchte, sah er zwei Paratender am Fuß der Höhlenwand. Zwischen ihnen lag ein dritter Mann. Tek konnte es noch nicht genau erkennen, aber er war fast schon sicher, dass Margors Leute Doomvar erwischt hatten.

Er gab seinen Begleitern ein Zeichen, dass sie zurückbleiben sollten, und huschte allein weiter.

Die Sicht war schlecht. Das stete Tosen und Donnern übertönte jedes zufällige Geräusch. Tekener kam mühelos nahe an die Männer heran, ohne dass sie ihn bemerkten.

Der dritte war wirklich Doomvar. Er krümmte sich am Boden wie im Fieberkrampf. *Entzugserscheinungen,* erkannte Tek. Er war den Männern schon so nahe, dass sie ihn kaum mehr übersehen konnten. Sie hätten sich nur umdrehen müssen.

Einer der Paratender spielte mit einem Funkgerät.

»Der Tekheter sieht Gespenster«, sagte der andere. »Kein Wunder bei seinem Zustand. Ich glaube ihm kein Wort. Die Beschreibung, die er uns von den beiden Fremden gegeben hat, passt auf die toten LFT-Spione. Haben sie eine seltsame Wiedergeburt erlebt oder was?«

Doomvar wimmerte verhalten. »Wenigstens etwas ... Munarquon für mich. Ich sage euch auch ... wo sie sind ... Ich ...«

»Du musst schon aushalten, bis wir in Tekheron sind – oder bis deine Freunde hier antanzen.« Der mit dem Funkgerät lachte spöttisch. »Wenn du die Wahrheit gesagt hast, wirst du genug Munarquon bekommen. Wenn nicht ...« Er schnippte mit den Fingern. »Also noch einmal von vorn: Die beiden, die du gesehen hast, wer waren die?«

Tekener griff nach dem Strahler, den er unter der linken Achsel trug. Gleichzeitig tastete er mit der linken Hand über den Boden. Seine Finger schlossen sich um einen größeren Stein, den er als Wurfgeschoss verwenden konnte.

Unvermittelt spürte er einen unmissverständlichen Druck im Rücken.

»Keine falsche Bewegung, Freundchen!«, raunte jemand hinter ihm. »Steh ganz ruhig auf ... und dann geh langsam vor mir her! Keine Hast, wenn du weißt, warum.«

Wie ein Anfänger war er in die Falle getappt. Die beiden Paratender zeigten sich in keiner Weise überrascht, als er auf sie zukam.

»Es hat also geklappt«, sagte der mit dem Funkgerät. »Bleibt nur noch die Frage, ob der Süchtige auch sonst die Wahrheit gesagt hat. Boyt wird sich jedenfalls freuen, den Spion doch lebend zu bekommen. Wo ist deine Komplizin?« Blitzschnell griff er Tekener in den Halsausschnitt und schloss seine Finger um den an der Kette hängenden Zellaktivator. »Da ist ja auch das eiförmige Ding, auf das Boyt so großen Wert legt.«

»Habt ihr einen geschnappt?«, erklang eine Stimme aus dem Funkgerät. »Können wir unseren Posten verlassen?«

»Nur, wenn unser Freund hier ohne Begleitung gekommen ist.«

»Er war allein.«

»In Ordnung. Dann fordert einen Gleiter an, damit wir sofort nach Tekheron zurückkönnen.« Der Paratender mit dem Funkgerät, offensichtlich der Anführer der kleinen Gruppe, wandte sich Tekener zu. »Wo ist deine Freundin?«

»Tot.«

»Genauso tot wie du?«

Tek schüttelte den Kopf. »Die Bewohner der Ruinen haben sie gefangen und einem ihrer Götzen geopfert. Es sind hässliche Zwerge, mit riesigen Köpfen – Kannibalen.«

»Die Geister der Prä-Zwotter!«, rief Doomvar keuchend.

»In den Ruinen gibt es keine Geister.« Der Anführer der Paratender lachte schallend. »Diese Märchen kannst du deinen Kindern erzählen, wenn du wieder in Tekheron bist, Doomvar.«

Tekener hoffte, dass Jennifer und die Zwotter ihm nicht folgten. *Jenny ist misstrauisch genug,* sagte er sich. Er rechnete jeden Moment mit einem Zwischenfall und stellte sich darauf ein, sofort zu handeln. Aber die Zeit quälte sich ereignislos dahin.

»Ein Transportgleiter ist unterwegs«, erklang es endlich aus dem Funkgerät. »Er wird in Kürze bei euch sein.«

»Flotter als gedacht«, sagte der Anführer. Er wandte sich wieder an Tekener. »In wenig mehr als zwei Stunden können wir in Tekheron sein. Während des Fluges werden wir Boyt Margor über Hyperkom informieren, dass wir dich erwischt haben. Der Liga-Agent, tot und doch quicklebendig. Wie machst du das? Den Trick musst du mir verraten!«

Tekener grinste breit. Aber er schwieg.

Wo blieb nur Jenny?

»Was ist das?« Die Frage kam von dem Paratender, der ihn immer noch mit der Waffe bedrohte. Offenbar zeigte der Mann auf etwas, denn die beiden anderen wandten sich synchron in eine Richtung.

Ein eiförmiges Gebilde schwebte in Mannshöhe über dem Boden.

»Ist es möglich, dass Boyt uns ein Zeichen schickt?«, fragte der Anführer.

Doomvar kicherte wirr. »Das ist von den Geistern – aus Lakikrath. Spürt ihr denn nicht, dass der Geist der Prä-Zwotter spricht?« Er stieß einen heiseren Schrei aus. »Da ... da ...!«

Hinter dem schwebenden Königspsychod tauchte eine Schar kleiner Gestalten mit überdimensionalen Köpfen auf. Allen voran Tezohr und Ahrzaba.

Tekener wirbelte herum, als sein Bewacher mit einem unartikulierten Laut den Strahler hob. Sein Schlag prellte dem Mann die Waffe aus der Hand. Der nachfolgende linke Haken ließ den Paratender schlaff in sich zusammensinken.

Tek wirbelte sofort zu den anderen herum. Als er ihre erstarrten Mienen sah, grinste er breit. Tezohrs Psychod hatte ihm die Arbeit abgenommen.

»Hier wird gleich ein Transportgleiter erscheinen!«, rief er. »Tezohr – vielleicht schaffst du es, Doomvar auf die Beine zu bringen. Ich hoffe, dass er für uns Lotsendienste übernehmen kann.«

Das war eine Blitzidee. Tek erklärte sie nicht, aber er spann sie in Gedanken schon weiter.

»Du kannst diesen Leuten Anweisungen geben«, erklärte Tezohr. »Sie werden dir gehorchen.«

»Wie lange?«

»Bis sie in den Einfluss einer Parusie kommen, die über meine dominiert.«

»Warum sagst du nicht deutlich, dass Margors Psychode diese dominierende Parusie haben?«, entgegnete Tekener mit leichtem Spott. Er wollte den Paraplasmaten damit nicht kränken. Aber er wollte die Chancen richtig einschätzen können, die sie gegen Margor hatten. »Ich befürchte, dass der einstige Diener dem Meister überlegen geworden ist. Stimmt das, Tezohr? Und wenn Margor übermächtig ist, wie willst du ihm das Handwerk legen?«

»Mit deiner Unterstützung. Bringe uns nach Zwottertracht, dann werden wir mithilfe der dortigen Psychode einen Weg finden, Margor zu bezwingen.«

Tekener klopfte dem Paraplasmaten anerkennend auf die Schulter. Für einen Moment hatte er dabei den Eindruck, als gleite seine Hand durch Tezohr hindurch. Als er noch einmal zugriff, war das aber schon nicht mehr der Fall.

Der Anführer der Paratender hieß Murray Geloop. Tekener sagte ihm wörtlich, was er über Funk an das Basislager weiterzumelden hatte:

»Wir haben dem Spuk in den Ruinen ein Ende bereitet. Wundert euch nicht, wenn wir mit einem Rudel Zwottern erscheinen. Wer wissen will, wie sie ausgerechnet nach Lakikrath gelangt sind, muss mit Boyt darüber reden. Eine geheime Aufgabe, mehr kann ich nicht sagen. Unterrichtet den Piloten des Transporters davon und verständigt den Raumhafen von Tekheron, dass wir in exotischer Begleitung kommen. Wir brauchen ein schnelles Raumschiff – vorzugsweise eine

Space-Jet oder Korvette. Und vor allem: kein Aufsehen! Haltet die Tekheter mit ihrer abergläubischen Furcht vor den Zwottern fern. Boyt wird es euch danken.«

Der avisierte Transportgleiter schwebte keine zwei Minuten später heran.

»Wir brauchen den Piloten nicht«, raunte Tekener Murray Geloop zu. »Er soll aussteigen und hier auf eine Ersatzmaschine warten! Sag ihm, dass das eine Anweisung von Margor ist und dass er kein Wort darüber verlieren darf!«

Der Pilot reagierte nicht einmal verwundert.

»Ich überlasse meinen Platz gern einem anderen«, sagte er, als er den schweren Gleiter verließ. »Aus Richtung Tekheron nähert sich eine Gewitterfront.«

Das auch noch, dachte Tekener. Das Wetter auf Tekheter schlug oft blitzartig um. Strahlender Sonnenschein konnte innerhalb Minutenfrist von einem mörderischen Schneesturm vertrieben werden. Jeder Blizzard auf dem erdgroßen Mond von Arwalal II war wie ein Weltuntergang.

Tek schwang sich gemeinsam mit Jennifer in den Gleiter. Tezohr blieb mit seinem Psychod als Letzter draußen, er ließ sogar Geloop den Vortritt.

Tekener startete den Gleiter unter den kritischen Blicken der zurückbleibenden Paratender. Nach dem Start kam Jenny zu ihm nach vorn und setzte sich auf den Kopilotensitz.

»Ich hätte nicht geglaubt, dass es so einfach sein würde«, sagte sie. »Hoffentlich haben die anderen Paratender keinen Verdacht geschöpft.«

»Die Gewitterfront bereitet mir mehr Kopfzerbrechen«, bemerkte Tekener.

»Hast du wirklich keine anderen Sorgen?« Seine Frau sah ihn prüfend an.

»Solange wir Tezohr und sein Psychod haben, bin ich zuversichtlich. Wir werden auch in Tekheron alle Hürden nehmen. Sobald wir ein Raumschiff haben, sind wir für Margor unerreichbar. Dann schlagen wir zurück!«

»Du solltest dich nicht zu sehr auf Tezohr verlassen. Ich habe das Gefühl, als sei er manchmal nicht mehr so richtig da. Möglich, dass er sich zu sehr verausgabt hat.«

»Er wird sich wieder erholen.«

»Was ist, wenn er sich nicht regenerieren kann? Vergiss nicht, dass er kein Lebewesen im herkömmlichen Sinn ist. Er ist bloß ...«

»... ein Plasmasyntho, das ist mir klar«, vollendete Tekener den Satz. »Ganz davon zu schweigen, dass Zwotter generell mit anderen Maßstäben zu messen sind. Falls Tezohr wirklich vor einer Krise steht, erwarte ich wenigstens noch eine gute Tat von ihm. Bitte ihn, dass er Doomvar heilt.«

»Du brauchst nicht gleich so schwarzzusehen, Tek.«

»Als ich Tezohr zuletzt auf die Schulter klopfte, hatte ich das unbestimmte Gefühl, durch ihn hindurchzugreifen. Egal, ob das nur Einbildung war oder ein ernst zu nehmendes Symptom, ich will kein Risiko eingehen. Er soll sich Doomvars annehmen und ihn wiederherstellen.«

»Was hast du vor?«

»Als Tekheter beherrscht er die Fähigkeit des Paralauschens. Also tu mir den Gefallen, Jenny.«

Seine Frau verließ die Kanzel. Wenige Minuten später kam sie zurück.

»Das ist erledigt. Willst du mir nun verraten, was uns Doomvar als Lotse nützen kann?«

Tekener deutete mit dem Kopf in Flugrichtung. Der Gleiter hielt geradewegs auf eine tiefschwarze Wolkenwand zu. Grelle Blitze schienen den Himmel aufzureißen.

Augenblicke später war der Blizzard heran. Jennifer saß da schon wieder auf dem Platz des Kopiloten. Tek und sie waren ein eingespieltes Team. Als der Gleiter jäh absackte und sich schräg stellte, reagierte sie den Bruchteil eines Augenblicks schneller als ihr Mann. Das Aufheulen des Triebwerks verhallte im Toben des Sturms. Ohrenbetäubender Donner schien die Maschine durchzuschütteln, dann prasselte der Hagel heran. Die Sicht reichte bestenfalls noch wenige Meter weit.

So schnell, wie der Gleiter in die Tiefe gefallen war, so schnell wurde er von einem Sog wieder in die Höhe gerissen. Mehrmals kippte die Maschine seitlich weg. Aus dem Laderaum klangen die Schreie der Zwotter nach vorn.

Minutenlang war das Fahrzeug nicht viel mehr als ein Spielball der entfesselten Elemente. Unvermittelt war die Sonne wieder da, und die Gewitterfront fiel schnell zurück.

»Danke, Jenny«, sagte Tekener tonlos. »Ohne deine Unterstützung ...«

»Wie wär's mit einem Abendessen im Gobi-Park, Terrania City? Muss ja nicht gleich heute sein.«

»In einer Viertelstunde sind wir in Tekheron, das ist doch schon mal ein Anfang – und die richtige Richtung«, stellte Tekener mit einem Blick auf die Instrumente fest. »Die paar Lichtjahre bis Terrania kriegen wir auch noch rum. Übrigens: Hol bitte Murray nach vorn! Ich brauche ihn als Funker.«

»Tek, was hast du mit Doomvar vor?« Jennifer rührte sich nicht vom Fleck. »Abgesprochen ist, dass wir mit den Zwottern nach Zwottertracht gehen, vergiss das nicht.«

»Daran ändert sich nichts. Wir unterhalten uns noch darüber. Hol jetzt Murray.«

»Präpotenter Kerl«, sagte Jennifer ohne Überzeugung und verließ die Kanzel.

Murray Geloop kam gleich darauf nach vorn.

»Melde dem Raumhafen von Tekheron unser Kommen!«, verlangte Tekener. »Wir müssen das Raumschiff sofort übernehmen.«

Der Himmel war mittlerweile wolkenlos. Der Paratender hatte die Verbindung zum Raumhafen sofort. Ihm wurde bestätigt, dass aus dem Basislager von Lakikrath ein Raumschiff angefordert worden war, aber ...

»Nicht einmal ein Beiboot darf Tekheter verlassen, wenn nicht von Gäa aus Starterlaubnis gegeben wird«, kam die Begründung dafür, warum die Bereitstellung eines Raumschiffs verweigert wurde. »Die neuen Bestimmungen sind erst vor Kurzem in Kraft getreten.«

»Was ist der Grund für die Veränderung?«, fragte Geloop.

»Es heißt, dass der Erlass von Roctin-Par kommt, und das ist Boyts Befehl gleichzusetzen. Eine Begründung wurde nicht genannt. Allerdings schwirren Gerüchte umher ...«

»Sag schon!«

»Boyt will offenbar eine Flotte zusammenstellen, um einen Schlag gegen die LFT zu führen. Alle kampffähigen Schiffe sind in Alarmbereitschaft zu halten.«

»Eine Space-Jet, Mann! Wir brauchen nur eine altersschwache Space-Jet. Mit so was kann niemand Krieg gegen die Liga führen.«

»Befehl ist Befehl!«

»Wir haben Sondervollmachten.«

»Dann gib den Tageskode durch!«

»Wir haben ein Psychod!«

Stille. Nach einigen Sekunden, die Tekener wie eine Ewigkeit vorkamen, meldete sich die Stimme wieder.

»Weißt du, was du da sagst? Boyt hat alle Psychode von Tekheter nach Gäa *zu sich* bringen lassen. Und du behauptest ...«

»Genau! Mehr ist dazu nicht zu sagen. Ich bin an meine Geheimhaltungspflicht gebunden. Natürlich werde ich den Beweis erbringen, wenn wir da sind.«

Tekener war mit Geloop zufrieden. Besser hätte er selbst es nicht machen können.

»Wir haben eine Space-Jet zur Verfügung«, sagte der Mann vom Raumhafen. »Aber sie ist für dringende Notfälle gedacht.«

»Wir sind der Notfall!«

Tekener unterbrach die Verbindung und schickte den Paratender wieder nach hinten. Gleich darauf kam Jennifer mit Doomvar.

»Wie geht's?«, fragte Tek stereotyp.

»Doomvar will wissen, was das für ein Geheimauftrag ist, den du ihm zugedacht hast.«

»Er soll zuerst einige Kristalle Munarquon nehmen.«

»Nichts da«, protestierte Doomvar. »Ich brauch das Zeug nicht mehr. Bleibt mir bloß damit vom Leib!«

Tekener schürzte die Lippen. »Und macht es dir nichts aus, dass wir prä-zwotterische Geister an Bord haben?«

Doomvar hob die Schultern. »Ich weiß nicht, was Tezohr mit mir gemacht hat, aber er muss hexen können. Ich sehe auf einmal klar und verstehe die Zusammenhänge. Ich weiß auch über Margor Bescheid. Da leben wir fünfzigtausend Jahre in dieser Dunkelwolke und haben keine Ahnung, was um uns geschieht.« Er schüttelte beeindruckt den Kopf. »Wenn der Zwotter nicht übertrieben hat, stehen wir kurz vor dem Finale.«

»Du könntest entscheidend mithelfen«, sagte Tekener. »Warst du schon mal Vakulotse?«

»Für kurze Zeit, während des Unternehmens Pilgervater, als Not am Mann war. Aber diese Fähigkeit verlernt keiner, sie ist uns angeboren.«

»Dann wirst du aus der Provcon-Faust fliegen, nachdem du uns auf Zwottertracht abgesetzt hast. Das ist vorerst alles, was du wissen musst.«

Doomvar verließ die Kanzel. Tekheron war mittlerweile zu sehen und wuchs rasend schnell an. Auf dem Raumhafen standen drei Großraumschiffe.

Ohne Vorwarnung wurde der Transportgleiter von einem Traktorstrahl erfasst und zur Landung neben der Space-Jet gezwungen.

»Bleibt alle auf euren Plätzen!«, trug Tekener den Passagieren auf. »Wir erwarten ein Untersuchungskommando an Bord. Du weißt, was du zu tun hast, Tezohr?«

Der Paraplasmat nickte stumm. Tekener hatte den Eindruck, als könne er durch ihn hindurch die dahinter liegende Wand sehen. Aber dieser Eindruck verschwand sofort wieder.

Zwei Paratender kamen. Im Zugang zum Laderaum blieben sie stehen. Ihre Blicke glitten über die Wartenden hinweg – und blieben an Tezohrs Psychod hängen. Für einige Sekunden war es unheimlich still.

Margors Psychode wirken schneller, dachte Tekener.

Aber Tezohr leistete gründliche Arbeit.

»Macht, dass ihr zur Space-Jet rüberkommt«, drängte einer der Paratender. »Der Tagesbefehl kann schon in den nächsten Minuten geändert werden. Das passiert täglich mehrmals. Boyt allein weiß, was er damit bezweckt. Ich will jedenfalls keine Schwierigkeiten haben.«

Klangen da Unzufriedenheit und Missfallen mit? Kamen die Paratender allmählich zur Besinnung, nachdem sie dem direkten Einflussbereich von Margors Psychoden entzogen waren? Ohnehin gab es wenigstens zwei Kategorien von Tendern. Jene, die ihre Margor-Hörigkeit bis zum Tod nicht mehr loswurden. Und andere, die nur gehorchten, solange ihr Wille unterdrückt blieb.

»Gibt es auf Tekheter wirklich keine Psychode mehr?«, wollte Tekener wissen.

»Das ist der letzte Transport«, antwortete sein Gegenüber.

Die Zwotter verließen den Gleiter. Als Murray und die beiden anderen Paratender ihnen folgten, fragte sich Tekener, ob es klüger sei, die drei zurückzulassen. Andererseits wusste er nicht, wie lange Tezohrs Beeinflussung anhalten würde, und damit stellten sie einen gewissen Unsicherheitsfaktor dar. An Bord würde er die Paratender wenigstens unter Kontrolle haben.

Er nahm Jennifer und Doomvar mit in die Zentrale der Space-Jet. Der Tekheter sollte sich von Anfang an mit den Kontrollen vertraut machen. Später würde er den Diskus ohnehin allein fliegen müssen.

Die Startfreigabe kam. Tek legte einen Gewaltstart hin.

»Nun steht uns der Weg nach Zwottertracht offen. Wir könnten sogar ...« Er brachte den Satz nicht zu Ende. Es war nur ein aberwitziger Gedanke gewesen, jetzt schon die Provcon-Faust zu verlassen und einen Hyperfunkspruch nach Terra zu senden.

Er programmierte die Linearetappe bis in die Nähe des Zwotta-Systems.

Der Flug durch den Zwischenraum nahm nur wenig Zeit in Anspruch. Auf den Schirmen schien sich der wirbelnde Staub dicht zusammenzuballen. Sogar in der Direktsicht war die Düsternis zum Greifen nahe.

»Es ist an der Zeit, dass ich übernehme«, stellte Doomvar fest. »Die paraplasmatische Sphäre ist mein Element. Zwotta befindet sich zwar an der inneren Peripherie, aber auch hier toben mitunter gefährliche Turbulenzen.«

Er wirkte hoch konzentriert. Vor allem führte er das kleine Diskusbeiboot mit scheinbarer Leichtigkeit durch die ständigen Veränderungen unterworfenen staubfreien Zonen.

»Ich frage mich, ob die Vakulotsen mit den vergeistigten Prä-Zwottern in Verbindung stehen und von ihnen gelenkt werden«, sinnierte Jennifer Thyron.

»Frag Tezohr, ob es sich so verhält.« Tekener war nicht bei der Sache. Er war eher Pragmatiker und interessierte sich für das Geschehen als solches.

Vor ihnen wuchs ein rötliches Glühen, das bald den gesamten Staubmantel erfüllte. Ein verschwommener Glutball schälte sich aus dem Dunst.

»Zwotta!«, rief der Tekheter – und fügte Sekunden später lachend hinzu: »Es macht mir nichts aus, auf Zwottertracht zu landen. Ich habe das Tabu überwunden.«

»Für dich ist Zwottertracht nur Zwischenstation, Doomvar«, sagte Tekener. »Nachdem du uns abgesetzt hast, wirst du die Provcon-Faust verlassen. Ich habe den Hyperkom programmiert, er wird automatisch senden. Achte darauf, dass die Sendung nicht unterbrochen wird, bevor dir eine Antwort vorliegt. Es könnte auch sein, dass Terra Kontakt aufnehmen möchte. Es liegt in deinem Ermessen, ob du das zulässt oder nicht.«

»Was wäre euch lieber?«

»Wir stehen vor einer entscheidenden Auseinandersetzung mit Margor und wären für jede Verstärkung dankbar.«

Der Staub lichtete sich. Ein golden flimmernder Himmelskörper wuchs rasch zu beachtlicher Größe an: Zwottertracht, in dessen staubgesättigter Atmosphäre sich das Sonnenlicht brach und ihm den Anschein eigener Leuchtkraft gab.

Doomvar verzögerte erst, als die Space-Jet schon in die Atmosphäre eindrang. Der Diskus jagte durch kilometerhohe Wolken atmosphärischen Staubes. Als die Wolkendecke aufriss, lag eine weitläufige Gebirgsformation unter dem kleinen Raumschiff.

Die Space-Jet landete in einer Schlucht, die Tezohr auswählte. Zwar fegte ein heftiger Sandsturm über das Gebirge hinweg, doch in der Tiefe war momentan wenig davon zu spüren.

Tekener ließ die beiden Flugpanzer von Bord bringen. Die

Zwotter sowie Geloop und seine zwei Männer waren schon umgestiegen.

Als die Shifts durch die Schlucht rollten, startete Doomvar. Die Space-Jet verschwand schnell in den wirbelnden Staubmassen.

Boyt Margor zählte seine Psychode. Einmal waren es nur fünfundfünfzig, dann wieder kam er auf sechzig. Laut Roctin-Pars Aufstellung mussten es achtundfünfzig sein.

Sieben waren von Tekheter herbeigeschafft worden, fünf von Vincran, und insgesamt vierzig Psychode waren über Gäa verteilt gewesen. Mit den sechs Exemplaren, die Boyt schon in seinem Privatbesitz gehabt hatte, machte das ...

Er zählte nun einundsechzig Psychode und gab seine Bemühungen auf. Wichtig war, dass er die paraplasmatischen Kunstwerke um sich hatte. Besser so, als wenn andere damit Missbrauch hätten treiben können. Roctin-Pars Bedenken interessierten ihn nicht.

»Boyt, wenn die Millionen Bewohner der Provcon-Faust – und speziell die vielen Zuwanderer – nicht ständig dem Einfluss der Psychode ausgesetzt sind, werden sie sich bald von dir abwenden!«

Auch wenn seine Erinnerung gelegentlich versagte, diese Mahnung des Provcon-Laren hatte er sich eingeprägt. Auch wenn der Lare nicht anwesend war, gab Margor ihm immer wieder die richtige Antwort darauf. Ihm machte es nichts aus, Selbstgespräche zu führen.

»Du siehst das falsch, Par«, sagte er wieder. »Ihr alle, die ihr treue Paratender sein wollt, verkennt die Situation. Es ist nicht wichtig, dass meine Untertanen durch die Psychode aufgeladen werden. Ihre Parusie soll mich stärken, damit ich über sie herrschen kann. Ich bin die Macht, Par. Es ist nicht gut, wenn die Paratender sich an die Psychode gewöhnen und sie als Götzen anbeten – weil sie darüber mich vergessen könnten. Ich bin allmächtig, nicht die Psychode.«

Das amüsierte ihn. Nicht einmal seine engsten Vertrauten hörten es gern, wenn er sich als allmächtig bezeichnete. Sie waren in der Entwicklung stehen geblieben und sahen in ihm noch einen Despoten. Aber was machte das schon? »Sieh mal, Par, auch ES wurde nicht als Superintelligenz geboren ...«

ES. Wo war ES? Margor bemühte sich vergeblich, Kontakt mit der von den Terranern verherrlichten Superintelligenz zu bekommen.

»Was immer ES einst war, ES ist durch eine kontinuierliche Entwicklung und einen langen Reifeprozess erst zu dem geworden, was ES heute repräsentiert. Deshalb darfst du in mir nicht länger nur den

Gäa-Mutanten sehen, der nach den Sternen greift. Ich bin kein Feldherr und kein Diktator, nichts dergleichen, sondern ...«

Von da ab wurde es für ihn schwierig, sich zu artikulieren. Sobald er Andeutungen darüber machte, dass er sich in einer Metamorphose zu einem Überwesen befand, schlug ihm von den Paratendern Unglaube entgegen.

Er schritt durch die Reihen seiner Psychode und fühlte, dass er wuchs und stärker wurde.

Er musste vernichten, damit er auf den Trümmern der alten Welt eine neue Ordnung errichten konnte.

Sein Flaggschiff, die MOONBEAM, war ein stolzer 2500-Meter-Kugelraumer. Unbezwingbar, sobald er alle Psychode an Bord brachte.

Er musste die Überstellung der achtundfünfzig paraplasmatischen Kunstwerke zur MOONBEAM befehlen!

Dazu die zwölf Psychode von Zwottertracht. Gab es nicht noch mehr? Das *Ladonnia-Psychod* ... Die Haluter waren damit auf Nimmerwiedersehen verschwunden. Die *Tanzende Jungfrau* von Jota-Tempesto ... Das Psychod, mit dem er Roctin-Par zu Julian Tifflor geschickt hatte ... zerstört.

Die Galaxis musste brennen, und er würde aus der Asche wie der sagenhafte Phönix auferstehen!

Das Nachdenken verwirrte ihn. Er setzte sich zwischen die Psychode und ließ ihre Parusie auf seinen Geist einwirken. Sie hatten ihm so viel zu sagen, aber es war nicht leicht, ihre Botschaft zu verstehen.

Widerwillig verscheuchte er die beginnende Trance. Er spürte Roctin-Par kommen und in seiner Begleitung einen wenig bedeutsamen Paratender: der Vakulotse Prener-Jarth. Margor seufzte. War da nicht einiges, was er mit Roctin-Par besprechen wollte? Richtig: Es ging um die MOONBEAM.

Als Margor sein Museum verließ, traf ihn die Ausstrahlung eines Psychods wie Sirenengesang. Der Lare brachte es mit.

»Die *Tanzende Jungfrau*«, sagte Margor beim Anblick des Tempester-Psychods verklärt.

»Wie du angeordnet hast, Boyt«, erwiderte Roctin-Par. »Ich schickte eine Korvette los, um das Psychod noch vor Hotrenor-Taaks Eintreffen von Jota-Tempesto fortzuschaffen. Mit etwas Glück ist es gelungen. Aber nur, weil Hotrenor-Taaks Transporter durch ein Weltraumbeben aufgehalten wurde.«

»Weltraumbeben?«, fragte Margor verwundert.

»Überall in der Galaxis erschüttern solche Beben unser Kontinuum.« Prener-Jarth zählte mehrere Beispiele auf. »Die Ursachen dafür sind unbekannt. Nicht einmal den Terranern will es gelingen, dieses Phänomen zu ergründen.«

»Seltsam, dass wir in der Provcon-Faust noch nichts davon spüren.« Margor hoffte insgeheim, dass einer seiner Paratender zur Begründung sagen würde: *Du bist der Schirmherr der Provcon-Faust, Boyt. Du hältst die Weltraumbeben von uns fern.* Aber keiner sagte das.

Stattdessen gab der Vakulotse einen Lagebericht über die Situation außerhalb der paraplasmatischen Sphäre. »Die Völker der Milchstraße haben Forschungsschiffe ausgeschickt, um die Weltraumbeben zu untersuchen«, berichtete Prener-Jarth, der sich bis zuletzt auf der Lotsenstation außerhalb des Staubmantels aufgehalten hatte.

»Der Zeitpunkt für einen Vernichtungsschlag ist günstig«, bemerkte Margor.

»Das scheint mir nicht so sicher«, wandte Roctin-Par ein. »Immerhin ist die GAVÖK noch stark genug, groß angelegte Säuberungsaktionen gegen subversive Elemente zu unternehmen. Erst vor wenigen Tagen ist der Koalition auf dem Planeten Xirdell ein Vernichtungsschlag gegen die letzten Flibustier gelungen, eine Bande der meistgesuchten galaktischen Verbrecher.«

»Flibustier?«, sagte Margor nachdenklich. »Der Name kommt mir bekannt vor.«

»Du wolltest vor einiger Zeit die Flibustier zu Paratendern machen«, erinnerte ihn Roctin-Par. »Aber unsere Werbeschiffe konnten sie nicht aufspüren.«

»Schade.« Margor leckte sich über die Lippen. »Sie wären bestimmt gute Paratender geworden. Aber wir sind auch ohne sie schlagkräftig. Ist unsere Flotte einsatzbereit?«

»Ich erwarte deine Befehle, Boyt«, sagte der Provcon-Lare. »Aber erlaube, dass ich dich vorher auf Dinge aufmerksam mache, die mit Hotrenor-Taaks Flucht zusammenhängen.«

»Taaks Flucht?« Der Mutant erinnerte sich dunkel, dass Roctin-Par ihn über Eigenmächtigkeiten seines früheren Lieblingstenders informiert hatte. Es ging dabei um die Tempester. Jetzt hatte er den Faden wieder. »Ist Taak zurück? Er soll mir vorgeführt werden.«

»Das geht leider nicht. Hotrenor-Taak hat sich deinem Zugriff vorsätzlich entzogen.«

»Wie soll ich das verstehen?« Margor mochte es nicht, wenn Paratender sich umständlich ausdrückten. Das strengte ihn an und lenkte ihn von Wichtigerem ab. Vielleicht würde er die Zügel straffen müssen.

»Wir haben das Transportschiff, mit dem Hotrenor-Taak und Galinorg die Tempester zu ihrer Heimat gebracht haben, bei der Rückkehr in die Provcon-Faust abgefangen«, erklärte Roctin-Par. »Aber statt der beiden war nur Prener-Jarth an Bord.«

»Hotrenor-Taak hat mir aufgetragen, den Transporter in die Provcon-Faust zu fliegen«, sagte der Lotse. »Er und Galinorg gingen an Bord einer Springerwalze. Sie haben diese Maßnahme nicht begründet.«

»Kannst du dir vorstellen, was sie damit bezweckten, Par?«, fragte Margor mit erwachendem Zorn gegen die rebellischen Paratender Hotrenor-Taak und Galinorg.

»Ich durchschaue ihre Absicht nicht ganz«, antwortete der Provconer. »Wenn eines der inneren Sonnensysteme, Arwalal, Prov oder Vincran, ihr Ziel wäre, hätten sie bereits eintreffen müssen.«

»Also wollen sie ins Zwotta-System«, stellte Margor fest. Früher hätte er diese Überlegung für sich behalten, doch seit Neuestem hatte er das Bedürfnis, seine Gedanken auszusprechen. Er nahm sich vor, das wieder zu ändern. »Was suchen Galinorg und Hotrenor-Taak auf Zwottertracht?«, fasste er nach.

»Ich weiß es nicht«, antwortete Roctin-Par. »Aber etwas anderes: Von Tekheter ist die Meldung eingetroffen, dass in den Ruinen von Lakikrath ein Psychod gefunden wurde. Es ist bereits nach Gäa unterwegs.«

Margor schaute ruckartig auf. »Was?«, fragte er verwirrt.

»Ich konnte nur in Erfahrung bringen, dass dieses Psychod Eiform hat und aus einem bläulichen Material ...«

»Das Königspsychod!«, entfuhr es dem Gäa-Mutanten. Es gab kein zweites Psychod in dieser Form. Er selbst hatte das Königspsychod nie zu Gesicht bekommen. Aber er wusste, dass Harzel-Kold es besessen hatte und es als eine Art »Wandertrophäe« bezeichnete.

Margor konnte es kaum fassen. Es war, als hätte er ein Leben lang darauf gewartet, das Königspsychod zu besitzen. Daneben wurde alles andere bedeutungslos.

»Was willst du gegen Hotrenor-Taak unternehmen, Boyt?«, fragte Roctin-Par. »Soll ich Paratender nach Zwottertracht schicken und den Rebellen festnehmen lassen?«

»Das entscheide ich später. Ich übersiedle erst auf die MOONBEAM.«

»Warum dieser spontane Entschluss, Boyt?«

Margor dachte nicht daran, seinem Paratender Rechenschaft abzulegen. »Leite umgehend den Transport aller Psychode zum Flaggschiff ein, Par!«, ordnete er an. »Ich muss mobil sein.«

»Willst du nicht das Eintreffen deines sechzigsten Psychods abwarten, Boyt?«

»An Bord der MOONBEAM!«

Er hielt es im Palast nicht mehr aus. Das war nicht der richtige Ort für seine Psychode, sie brauchten einen würdigeren Rahmen. Die Wände schienen ihn zu erdrücken, er fühlte sich wie in einem Gefängnis. Hier konnte er den Pulsschlag der Galaxis nicht spüren.

13.

Was für eine faszinierende Welt! Der Himmel leuchtete tiefviolett, im nächsten Moment wieder hell und goldfarben. Manchmal reichte der Blick bis zur Bergkette am Horizont, dann wieder konnte Pefar vor Sandstaub die Hand nicht vor Augen sehen. Zur Sturmzeit durfte er sich nicht ohne Atemmaske ins Freie wagen. Es war überhaupt unerlässlich, stets ein Atemgerät mit sich zu führen, weil das Wetter blitzschnell umschlagen konnte. Sein Bruder Arrian, der die Jongleure trainierte, wäre von faustgroßen Hagelkörnern beinahe erschlagen worden.

Zwottertracht war keine Welt der Entspannung. Ein Poet mochte vielleicht zu seinen erschütterndsten Werken inspiriert werden. Aber was hatten Händler und Artisten hier zu suchen? Die schnatternden und singenden Zwotter waren weder Handelspartner noch ein dankbares Publikum – sie brachten kein Geld.

Was also wollte Lukor Garija-Pjokkor auf diesem Planeten? Der Patriarch weilte nun schon geraume Zeit in dem bunkerartigen Gebäude, in das ihn der Lare geführt hatte – und mit ihm der zehnköpfige Familienrat. Worüber redeten sie so lange?

Pefar sorgte sich. In Abwesenheit Lukors und des Familienrats war er für die Sippe verantwortlich, aber er fühlte sich nicht wohl dabei. Er war Dompteur und Manager der Artistengruppe, nicht mehr.

Seine Tagjaros waren von einer seltsamen Unruhe befallen, als witterten sie eine unsichtbare Gefahr. Hatte er sich unbewusst von ihnen anstecken lassen und war deshalb beunruhigt?

Er streichelte die in rascher Folge an- und abschwellenden Pseudopodien seines Lieblingstiers. »Es ist ja alles gut, Ohd!«, raunte er.

Die Tagjaros waren Weichtiere ohne Knochengerüst. Halbintelligenzen, mit denen Pefar sich im ultrahohen Bereich sogar verständigen konnte. Er hatte einen Helm konstruiert, der seine Worte in Ultraschall übertrug. Umgekehrt übersetzte die Kommunikationseinheit die Laute der Tagjaros in Impulse, die direkt auf Pefars Gehirn einwirkten.

Während der Vorstellungen arbeitete er meist ohne Helm. Aber hier auf Zwottertracht trug er ihn ständig, weil er die Tiere keine Sekunde ohne Aufsicht lassen durfte. Etwas lag in der Luft, was sie beunruhigte. Die anderen Tierbändiger kämpften mit ähnlichen Schwierigkeiten.

»Versuchen wir es noch einmal!«

Pefar wollte eine neue Ballettnummer zu Sphärenmusik einstudieren, die auf Gäa Premiere haben sollte. Nur noch die Perfektion fehlte. Er schnalzte mit der Zunge. Ohd fuhr einen Kranz Pseudopodien aus, die anderen zwölf taten es ihm gleich, bis sie ihre blütenförmigen Körper nur auf einem einzigen tentakelartigen Auswuchs balancierten.

Pefar arbeitete prinzipiell mit *dreizehn* Tieren, seit er von einem Terraner gehört hatte, dass dies eine Unglückszahl sei. Ihm hatte sie Glück gebracht.

Er gab dem Tonmeister ein Zeichen, die Musik setzte ein.

»Ohd – *Blume*«, murmelte Pefar und breitete die Arme wie in Zeitlupe aus, Symbol für das Entfalten der Blütenblätter. Die Tagjaros streckten ihre Pseudopodien in Schlangenbewegungen.

»Tagjaros – *wachsen?*« Pefar dirigierte einfühlsam, seine Schützlinge ließen ihre Pseudopodien länger werden, bis sie mehrere Meter maßen.

Aber Pefar war nicht zufrieden.

»Aus, aus! Wo bleibt die Harmonie, Mehso? Frid, willst du uns neue Knoten zeigen?«

Die Musik verstummte. Die Leiber zuckten hektisch. Pefar empfing Bilder, die ihm gar nicht gefielen.

Ohd signalisierte einen wirbelnden Nebel, von dem er sich aufgezehrt fühlte. Vava fürchtete etwas Unsichtbares, das unglaublich fern schien und doch um sie herum war.

Pefar schob sich zwischen die Tagjaros, um ihnen zu helfen. Urplötzlich zuckte etwas wie eine Peitsche durch die Luft und traf ihn quer übers Gesicht. Er sah noch, wie Ohd die »Peitsche« einzog, während er selbst vor Schmerz aufschrie. Die Nesselsäure brannte auf seiner Haut. Blind, denn er presste die Lider zusammen, um die Augen vor der Säure zu schützen, stürzte er zur Notausrüstung. Er drückte zwei Biomolplaststreifen auf die Wunde.

»Ohd, was ist nur in dich gefahren?«

Es fiel ihm nicht schwer, Ohd aus dem Getümmel abzusondern. Die anderen Tiere ließ er von den Treibern in die Energiekäfige zurückführen.

»Ohd, wie konntest du mich nur anfallen? Bist du übergeschnappt?«

Das Tier wurde zu einem dicken, unansehnlichen Wurm, der auf einem Dutzend kurzer Füße tänzelte und am verdickten Kopf zwei Fühler kreisen ließ. Ohd signalisierte Demut und Unterwürfigkeit, er hatte die Attacke nicht gewollt und wusste selbst nicht, was in ihn gefahren war.

Pefar streichelte den verdickten Rücken.

»Es ist diese Welt, ich weiß. Wir sollten von hier verschwinden. Ich fühle mit dir, Ohd, auch mir wird dieser Ort unheimlich. Sehen wir nach, was Lukor und die anderen treiben?«

Es war ein spontaner Entschluss. Die Ungewissheit quälte Pefar.

»Ohd – *Fährte!*«

Der Tagjaro bildete eine Vielzahl haariger Fühler aus – Sinnesorgane, die schon extreme Wahrnehmungen ermöglichten.

Die GARIJATEV war fünfhundert Meter vom Bunkergebäude entfernt am Rand eines Kakteengürtels gelandet. Ohds Gang, als er das Schiff auf drei stämmigen Pseudopodien verließ, hatte etwas Tänzelndes.

Pefar prüfte den Sitz seiner Atemmaske, bevor er dem Tagjaro in die Dämmerung folgte. An dem Gebäude waren die schweren Läden geschlossen. Nur an einer Stelle zeichnete sich schwacher Lichtschein ab. Ohd lief darauf zu. Einmal hielt er witternd an und schlug mit seiner Nesselpeitsche nach einer auf Beute lauernden Echse. Der flinke Jäger verschwand in einem Sandloch.

»Wer da?«

Pefar blieb wie erstarrt stehen, als vor ihm ein Mann mit schussbereiter Waffe stand. Ohd signalisierte ihm Kampfbereitschaft, stieß sich da aber schon vom Boden ab und segelte auf den Wachtposten zu. Ein Energieschuss zuckte auf, und Ohds verkohlte Überreste fielen in den Sand.

»Mitkommen!«

Der Wachtposten trieb Pefar mit der Waffe auf die offene Tür zu. Als sie hindurchtraten, schloss der Dompteur für einen Moment geblendet die Augen.

»Rechts hinein!«

Mehrmals kreuzten Zwotter ihren Weg und liefen bei ihrem Anblick kreischend davon.

Vor einem Schott standen zwei weitere Wachtposten.

»Der Springer wollte sich einschleichen«, sagte der Mann, der Pefar festgenommen hatte. »In seiner Begleitung befand sich ein abstoßend hässliches Monstrum. Ich musste es töten, als es mich angriff.«

»Ich melde es Taak«, sagte einer der Wachtposten am Schott und gab das Gehörte über Armbandfunk weiter.

Zu Pefars Überraschung glitt das Schott auf. Er wurde hindurchgestoßen und stand kurz darauf am Rand einer Halle.

»Was hast du hier zu suchen, Pefar?«, erklang Lukors Frage.

Neben dem Patriarchen standen die Familienräte. Hotrenor-Taak und der Vincraner Galinorg befanden sich bei ihnen. Pefar reagierte erleichtert, die Sippenoberhäupter wohlauf zu sehen. Aber das war kein Gefühl mit Tiefgang. Der Schmerz über Ohds Verlust überlagerte alles.

»Ich habe mir Sorgen gemacht«, sagte Pefar. »Darum wollte ich herausfinden, was hier geschieht.«

»Dummkopf!« Lukor sagte es ohne besonderen Tadel. »Wir haben hier einen Schatz von unvorstellbarem Wert gehoben! Unsere Sippe hat ausgesorgt.«

Pefar blickte sich in dem fast leeren Gewölbe um. Zwischen den dicken Stützpfeilern standen Podeste, aber die meisten waren leer. Nur auf einigen ruhten schmucklos wirkende Gebilde, die ihn an abstrakte Kunstwerke erinnerten. An einer Wand hing ein handspannengroßes Relief. Schätze sah er jedoch nicht.

»Ohd ist tot«, sagte er schwer atmend. Er war viel zu benommen gewesen, aber jetzt traf ihn die Erkenntnis mit Wucht. Er ballte die Hände. »Ich werde ...«

»Du wirst reichlich entschädigt werden«, fiel Hotrenor-Taak ihm ins Wort. »Komm her und urteile selbst, wie viel dir der Schatz ersetzen kann.«

Pefar gehorchte widerwillig. Der Lare führte ihn zu dem Relief, das er kaum eines Blickes gewürdigt hatte. Als er nun davorstand und prüfend hinsah, konnte er den Blick nicht mehr abwenden. Er glaubte, in dem Werk zu versinken.

»Dieses Psychod ist eine Leihgabe an eure Sippe«, hörte er Hotrenor-Taak wie aus weiter Ferne sagen. »Nehmt es mit, damit sich alle daran erfreuen können.«

»Boyt wird die Psychode von Zwottertracht holen«, hatte Galinorg zu bedenken gegeben. »Ich halte es sogar für möglich, dass er selbst kommt. Darauf müssten wir vorbereitet sein.«

»Warum unternimmst du keinen Erkundungsflug?«, hatte Hotrenor-Taak erwidert. »Es ist gar nicht nötig, dass du dich zu nahe an Gäa heranwagst. Den Funkverkehr abzuhören dürfte genügen.«

Zwottertracht war von den übrigen Welten der Dunkelwolke ziemlich isoliert. Der Planet war der paraplasmatischen Sphäre zu nahe, manchmal sogar in sie eingebettet, wenn Ausläufer des Staubmantels über das Zwotta-System hinauswirbelten. Dann wurden auch Hyperfunksignale verschluckt, bevor sie Zwottertracht erreichten.

Inzwischen war Galinorg mit einem Beiboot der Springer auf Erkundungsflug. Und Hotrenor-Taak hatte sich sofort nach dem Start des

Vincraners mit den zwölf paraplasmatischen Kunstwerken eingeschlossen. Die Psychode verloren sich in dem gewaltigen Gewölbe, das Harzel-Kolds einstigem Museum bis ins Detail nachempfunden war.

Margor hatte vor Jahren die Festung seines Vaters in der Absicht zerstört, damit sämtliche Psychode zu vernichten und alle Spuren der prä-zwotterischen Kultur zu verwischen. Er hatte verhindern wollen, dass die Psychode anderen in die Hände fielen.

Als das Gebäude in einer Implosion vergangen war, da hatte Galinorg schon alle Psychode in Sicherheit gebracht. Später ließ der Vincraner das Bauwerk von den Zwottern neu errichten und die Kunstwerke aus Harzel-Kolds Sammlung darin verwahren.

Hotrenor-Taak fragte sich, ob Galinorg damals aus eigenem Antrieb gehandelt hatte. Er hielt es durchaus für möglich, dass der Vincraner von den Psychoden inspiriert worden war. Sie übten einen starken Einfluss aus – auch auf Hotrenor-Taak. Er war gekommen, um das Dutzend Psychode zu zerstören. Gelungen war es ihm nicht, ihr Einfluss hinderte ihn daran.

Er gab sich sogar ihrer Parusie hin und redete sich ein, dass er auf diese Weise ihr Geheimnis ergründen könnte. Allerdings empfing er nicht ihre unverfälschte Parusie. Vielmehr spürte er die Nähe des albinotischen Gäa-Mutanten und geriet ins Wanken. War sein Vorhaben wirklich richtig? Durfte er gegen Boyt opponieren? Nein, es war nicht recht, was er mit Galinorg plante.

Sie wollten zu jener Kultstätte der Prä-Zwotter vordringen, wo Boyt geboren und unter der Obhut der Zwotter aufgewachsen war. Galinorg hatte behauptet, dass sie, wenn überhaupt, nur dort Antworten erhalten würden. Und nur dann konnten sie Boyt am wirkungsvollsten helfen.

Aber Boyt Margor wusste selbst am besten, was gut für ihn war. Es ging nicht an, dass ... Es durfte nicht sein ... Galinorg befand sich auf dem falschen Weg. Und falls es schon zu spät war, ihn zu bekehren, dann musste Galinorg sterben.

Boyt wollte es so!

Hotrenor-Taak erhielt auf einmal einen furchtbaren Schlag. Der Nebel, der seinen Geist umschlungen hielt, lichtete sich. Galinorg war da. Hotrenor-Taak wollte den Strahler heben, aber etwas schlug ihm die Waffe aus der Hand.

»Taak! Wach auf, Taak!«, erreichte ihn die Stimme des Vincraners. »Wehre dich gegen die Einflüsterungen der Psychode!«

Galinorg verschwand. Der Lare hörte ihn Befehle brüllen. Gleich darauf kamen zwei Paratender. Sie trugen Hotrenor-Taak nach oben.

Langsam wich seine Benommenheit. Er lag auf einem monströsen

Bett, in einem Raum ohne Psychode. Über ihm, durch eine kreisrunde Öffnung in der Decke zu sehen, hing der sich verdunkelnde Himmel von Zwottertracht. Die Sichtluke wurde soeben geschlossen. Eine Alarmsirene heulte. Gleichzeitig setzte ein heftiges Prasseln ein.

Sturmwarnung!

»Was ...?« Hotrenor-Taak verstummte, als er Galinorgs besorgte Miene sah. Er räusperte sich. »Ich war wohl nahe daran, den Psychoden zu verfallen?«

Da Galinorg schwieg, gab der Lare sich selbst die Antwort: »Boyts Wille ist zu stark in den Psychoden verankert. Er hätte damit beinahe erreicht, dass ich dich töte, Galinorg! Wann wird Boyt nach Zwottertracht kommen?«

»Vorerst noch nicht«, antwortete der Vincraner ruhig. »Aus den Funksprüchen, die ich aufgefangen habe, geht hervor, dass Boyt seine Flotte formiert. Er scheint seinen Feldzug gegen die Milchstraße vorzubereiten. Ein paar Tage werden wir also noch Zeit haben, das Geheimnis der Prä-Zwotter zu ergründen. Wie weit sind die Vorbereitungen für die Expedition gediehen?«

»Wie lange warst du fort?«, fragte Hotrenor-Taak zurück.

»Vierundzwanzig Stunden.«

»Ebenso lange war ich mit den Psychoden zusammen.« Hotrenor-Taak fröstelte.

Galinorg setzte sich über Armbandfunk mit Lukor Garija-Pjokkor in Verbindung und erkundigte sich nach dem Stand der Vorbereitungen.

»Wir haben drei Geländewagen ausgerüstet und können jederzeit aufbrechen«, antwortete der Patriarch.

»Vorher sollten wir die Psychode zerstören!«, sagte Hotrenor-Taak zögernd.

»Im Gegenteil«, wehrte Galinorg ab. »Wir nehmen sie mit. Sie könnten uns nützlich sein, sobald wir die Kultstätte der Prä-Zwotter finden.«

Die Sirene verkündete Sturmentwarnung. Die Dachluke über dem Hünenbett öffnete sich wieder und zeigte einen strahlend goldenen Himmel.

Augenblicke später wurde die Landung eines Kleinraumschiffs gemeldet. Offenbar eine Space-Jet.

»Das ist Boyt!«, befürchtete der Lare niedergeschlagen.

»Boyt Margor würde nicht in einer Space-Jet kommen«, widersprach Galinorg. »Sein Schiff ist die MOONBEAM.«

Es war Pefar Garija-Pjokkors große Stunde. Endlich konnte er sich nützlich zeigen und der Sippe vorführen, wozu die Tagjaros imstande waren. Hotrenor-Taak gab ihm diese Chance, und Pefar wollte sie nutzen.

Er stattete drei seiner Tiere – Vava, Mehso und Frid – mit weitreichenden Mikrosendern aus und schickte sie los. Über seinen Helm stand er mit den Tieren in Verbindung und konnte sie lenken. Die Mikrosender übermittelten alle Daten auf den Hauptschirm in der GARIJATEV-Kommandozentrale.

Erst nach mehr als zwei Stunden erreichten die Tagjaros ihr Ziel. Ein Sandsturm hatte sie für kurze Zeit aufgehalten, und einer Herde Riesenechsen waren sie nur knapp entkommen. Vor den Tieren tauchten unvermittelt zwei Panzerfahrzeuge auf.

»Das sind Shifts!«, stellte Hotrenor-Taak fest. »Offenbar hat die Space-Jet nur die beiden Flugpanzer ausgeladen.«

Die Fahrzeuge standen im Schutz überhängender Felsen. Aus einem der Shifts kam ein kleines, humanoides Wesen mit übergroßem Kopf. Zwischen den Felsen erschienen zwei weitere dieser Gestalten.

»Zwotter!«, entfuhr es Galinorg ungläubig. »Wie kommen die an eine Space-Jet und die Shifts? Sie müssen Verbündete haben. Allein wären sie bestimmt nicht in der Lage, mit der Technik zurechtzukommen.«

»Die Morphlinge sind verschwunden!«, rief einer der Zwotter. »Aber Unterstützung dürfen wir von ihnen ohnehin nicht erwarten. Wir können sie nicht daran hindern, dass sie vollständig zu Männern werden.«

»Die Zwotter reden ganz normal«, stellte Hotrenor-Taak erstaunt fest. »Wie ist das möglich?«

»Sieh sie dir genauer an!«, riet Galinorg. »Das sind Frauen!«

Eine Sensation! Hotrenor-Taak wusste aus eigener Erfahrung, dass die Zwotter Fremden gegenüber nur als Männer in Erscheinung traten. Zu den drei Zwotterfrauen gesellte sich nun auch ein Mann. Er hielt einen eiförmigen Gegenstand in der Hand, der möglicherweise ein Psychod war. Genau war das jedoch nicht zu erkennen.

»Tezohr, hat Tek schon mehr über seine Pläne gesagt?«, wollte eine der Frauen von ihrem männlichen Artgenossen wissen.

Der Name Tek ließ den Laren aufmerken. Aber die Assoziation, die sich ihm aufdrängte, passte nicht zu dieser Situation.

»Gedulde dich, Ahrzaba.« Tezohr sprach fehlerfreies Interkosmo – ein Unding für einen Zwotter. »Tek und Jenny halten noch Kriegsrat, wie sie es nennen.«

Hotrenor-Taak stutzte vollends. Eine zufällige Ähnlichkeit? Höchstwahrscheinlich. Jedenfalls glaubte er nicht, dass ausgerechnet ...

Ein Schrei riss ihn aus seinen Überlegungen. Eine der Zwotterfrauen hatte sich einem der Tagjaros zu weit genähert, und das Tier verteidigte sich mit einem Hieb seiner Nesselpeitsche. Schreiend lief die von der Säure getroffene Zwotterfrau in Richtung der Shifts.

Die Tagjaros warfen sich ebenfalls herum. Die Bildübertragung ließ gerade noch erkennen, dass zwei Menschen aus einem der Shifts stiegen. Ein Mann und eine Frau. Hotrenor-Taak erkannte sie sofort. Aber das war unmöglich – beide waren vor wenigen Wochen ums Leben gekommen.

»Existiert eine Aufzeichnung?«, fragte der Lare erregt. »Ich brauche Standbilder von der letzten Szene bei den Shifts.«

Er hatte sich nicht getäuscht. Ausgiebig betrachtete er die Aufnahmen und ließ sie sogar vergrößern.

»Die beiden sind Jennifer Thyron und Ronald Tekener«, stellte er fest. »Es gibt keinen Zweifel.«

»Die LFT-Spione, die in den Ruinen von Lakikrath getötet wurden?«, wollte Galinorg wissen.

»*Angeblich getötet*«, berichtigte der Lare. »Ich weiß nicht, wie es ihnen möglich war, den Paratendern Doppelgänger zuzuspielen. Aber das werden wir von ihnen selbst erfahren.«

»Soll ich ein Kommando losschicken, das sie gefangen nimmt?«, erkundigte sich der Springerpatriarch.

»Ich will sie erst beobachten. Für mich sieht es aus, als hätten sie ähnliche Ambitionen wie wir. Vielleicht nehmen sie uns einige Mühe ab, solange sie sich unbeobachtet fühlen.«

14.

»Abgemacht«, sagte Ronald Tekener zu Jennifer. »Du fährst mit dem Shift und einem Teil der Probanden zur Frauenkolonie in den Wohnhöhlen. Inzwischen werde ich mit Tezohrs und Ahrzabas Unterstützung versuchen, die in dem Depot gelagerten Psychode zu holen. Kehril und die anderen Zwotter sind unterwegs, um ihre Artgenossen für uns zu gewinnen, die für Margors Paratender arbeiten. Sobald wir die Psychode haben, kommen wir damit zur Kolonie. Dann können wir versuchen, Margor nach Zwottertracht zu locken ...«

Von draußen erklang ein markerschütternder Schrei. Beide sprangen auf und eilten zum Ausstieg des Shifts.

»Was ist passiert?« Tek ignorierte die Ausstiegsleiter und sprang einfach nach unten.

Ahrzaba kniete neben einer am Boden liegenden Zwotterfrau. Quer über deren derbes Gesicht zog sich ein Mal, das an eine Brandwunde erinnerte.

»Ich sah Dolla zu einer der Stachelpflanzen gehen«, sagte Ahrzaba hastig. »Dann hörte ich ihren Schrei und sah sie zusammenbrechen. Die Pflanze ist verschwunden. Und Dolla hat offenbar in Panik das Geschlecht gewechselt.«

Ein Proband weniger, dachte Tekener. Er fürchtete, dass über kurz oder lang auch Ahrzaba in den Wechsel gehen würde und er und Jennifer dann auf sich allein gestellt wären. Tezohr wurde ohnehin immer kauziger.

Jenny kümmerte sich um den Verwundeten, der wimmerte und als Begleiterscheinung der Geschlechtsumwandlung wirrer redete. »Gibt es auf Zwottertracht Kakteen, die Säure verspritzen?«, fragte sie kopfschüttelnd.

»Vielleicht eine Echse oder eine Giftschlange«, mutmaßte Ahrzaba. »Natürlich kann ich mich getäuscht haben.«

Tezohr wandte sich dem Terraner zu. »Hast du dich mit Jenny beraten, Tek?«, wollte er wissen.

»Wir trennen uns«, antwortete Tekener. »Du, Ahrzaba und zwei Probanden werdet mich zu Margors Psychode-Depot begleiten. Die anderen Probanden fahren mit Jenny zur Anima-Kolonie. Wir werden mit den Psychoden dort wieder zu ihnen stoßen.«

»Wann kann es losgehen?« Tezohr wirkte besorgt. »Ich habe nicht mehr viel Zeit. Ich fühle mich schwächer werden und fürchte, dass ich den Körper nicht mehr lange halten kann.«

»Meinetwegen können wir sofort aufbrechen.«

Tekener bestieg den ersten Shift. Ihm folgten Tezohr, Ahrzaba und die Frauen Bilia und Istri.

Wenige Minuten später rollte der Shift aus der Schlucht. Erst als er freies Gelände erreichte, schaltete Tekener das Antigravtriebwerk ein.

Er kannte Margors Stützpunkt auf Zwottertracht nur aus den Beschreibungen der Zwotter. Offenbar hatte der Nachbau von Harzel-Kolds Burg kein weitreichendes Abwehrsystem. Es bestand also kaum Gefahr, dass der Shift vorzeitig angemessen wurde.

Tezohr und Ahrzaba kamen in den Kontrollstand. Sie ließen sich auf dem Kopilotensitz nieder, der beiden ausreichend Platz bot.

»Ich möchte mit dir über Margor reden«, begann der Paraplasmat. »Ich weiß, dass er deinem Volk und anderen Bewohnern der Galaxis viel Leid angetan hat. Aber er ist für seine Taten nicht verantwortlich. Was er ist, haben wir aus ihm gemacht.«

»Ich weiß, was du meinst, Tezohr.« Tekener nickte knapp. »Aber worauf willst du hinaus?«

»Ich bitte dich um Verständnis, Tek. Mein Volk hat nie in böser Absicht gehandelt. Wir konnten nicht ahnen, dass unsere Psychode überhaupt Schaden anrichten würden. Als wir Boyt Margors Entwicklung beeinflussten, taten wir das nur, um vieles wiedergutzumachen. Wenn er unserer Kontrolle nicht entglitten wäre, hätte sich längst alles zum Guten gewendet. Aber es ist noch nicht zu spät, Tek, das musst du mir glauben. Vertraust du mir?«

»Das habe ich doch deutlich zum Ausdruck gebracht«, sagte Tekener leicht ungehalten. »Ich stehe zu meinem Wort.«

»Aber was wird sein, wenn du in einen Gewissenskonflikt gerätst? Dein Volk hat eine eigene Gerichtsbarkeit. Mich interessiert, ob du dich überhaupt gegen sie stellen kannst. Dein Volk wird Sühne von Margor verlangen, und ich muss versuchen, ihn seiner Bestimmung zuzuführen. Bringt dich das nicht in ein Dilemma, Tek?«

Endlich verstand er.

»Ich sehe kein Dilemma, Tezohr. Wir werden eine für alle Beteiligten gute Lösung finden. Und das wäre eine Lösung im Sinn *deines* Volkes.«

»Danke, Tek. Das wollte ich hören.«

Ahrzaba stieß einen spitzen Schrei aus. Sie sah, was Tekener ebenfalls wahrnahm: Tezohr wurde durchscheinend.

O nein!, dachte Tek entsetzt. *Nicht schon jetzt!*

Aber der Paraplasmat festigte sich wieder. »Entschuldige«, bat er. »Ich habe für einen Moment die Kontrolle verloren. Es soll nicht wieder vorkommen.«

Tekener ließ den Shift dicht über dem Wüstenboden schweben. Margors Stützpunkt war nur mehr wenige Kilometer entfernt. Da in diesem Gebiet ein Sandsturm wütete und es zusätzlich zu hyperenergetischen Entladungen kam, konnte er näher als erwartet anfliegen. Den letzten Kilometer bis zum Kakteenhain ließ er den Flugpanzer auf den Raupenketten rollen. Schließlich schaltete er alle Funktionen ab.

»Ist sicher, dass Kehril hier zu uns stoßen wird?«, fragte er seine Begleiter. Er musste daran denken, dass Kehril bei ihrer ersten Begegnung in den Ruinen von Lakikrath noch eine Frau gewesen war und Kehrila geheißen hatte.

»Eine praktische Veranlagung kann man Männern nicht absprechen«, sagte Ahrzaba. »Wenn man ihren Spieltrieb reizt, sind sie sogar fähig, Erstaunliches zu leisten.«

Tekener sah mehrere Zwotter zwischen den Kakteen auftauchen. Sie gestikulierten aufgeregt.

»Einer von ihnen ist Kehril«, behauptete Ahrzaba. Sie kletterte aus der Fahrerkuppel. Tekener folgte ihr und öffnete die Luftschleuse, um die Zwotter einzulassen. Zu seiner Verwunderung hielten sie jedoch einen deutlichen Sicherheitsabstand.

»Wovor haben sie Angst?«, fragte er Ahrzaba. »Zumindest Kehril sollte sich vor dem Shift nicht fürchten, denn er war dabei, als wir ihn entluden.«

Ahrzaba hörte dem aufgeregten Singsang der zehnköpfigen Zwottergruppe zu.

»Sie haben keine Angst. Wenn sie unser Fahrzeug nicht betreten, dann nur, um zu verstehen zu geben, dass bei der Burg ähnliche Fahrzeuge stehen.«

»Und was hat das zu bedeuten?«, drängte Tekener.

»Vielweitfort fahrend in zielwärts«, sang ein Zwotter der vordersten Reihe. Tek glaubte, Kehril zu erkennen.

»Es scheint, dass eine Expedition ins Landesinnere gestartet werden soll«, übersetzte Ahrzaba.

Tekener winkte ab. »Versuche mehr über die Situation beim Stützpunkt herauszubekommen! Wie stark ist die Bewachung, wo werden die Psychode gelagert, wie viele Zugänge gibt es?«

Die Zwotter hatten ihm zugehört, und nun sangen sie alle gleichzeitig auf Ahrzaba ein. Eine Weile ließ sie das Durcheinander über sich ergehen und stellte zwischendurch Fragen, auf die sie schier unverständliche Antworten bekam. Dann wandte sie sich wieder dem Terraner zu.

»Sie behaupten, dass es ein Leichtes wäre, ins Gebäude zu gelangen. Sie wissen auch, wo die Psychode aufbewahrt werden, kennen deren Zahl und Aussehen. Aber sie sind nicht in der Lage, exakte Daten zu übermitteln. Es wird wohl besser sein, ihnen zu folgen.«

»Was Leichtigkeit zu Echt-Psychod«, sang Kehril.

Tekener war skeptisch. Er befürchtete zwar nicht, dass die Zwotter sie absichtlich an die Paratender verraten würden, aber in ihrer Unbekümmertheit waren sie zu mancher Dummheit fähig.

»Für Wartezeit Vergeudetheit!«, drängte Kehril tremolierend.

»Wir sollten uns beeilen«, meinte auch Ahrzaba. »Die Gelegenheit scheint günstig zu sein.«

Tekener ergab sich seufzend in sein Schicksal. Da er sich nicht allein auf die Zwotter verlassen wollte, überprüfte er seine Ausrüstung. Die bestand aus einem leichten Handstrahler und einem Paralysator, einer Atemmaske und einem Mikrodeflektor, mit dem er sich optisch unsichtbar machen konnte. Ohne den Deflektor hätte er sich wohl nicht den Zwottern angeschlossen.

»Schnellkommen!« Kehril eilte voran.

»Beinschnelle Beeilung!«, forderten die anderen.

Tezohr stand beim Shift und drehte unschlüssig sein Psychod zwischen den Fingern.

»Willst du nicht mitkommen?«, rief Tekener dem Paraplasmaten zu. »Deine Fähigkeiten könnten uns zugutekommen.«

Als hätte Tezohr nur auf die Aufforderung gewartet, setzte er sich in Bewegung. Tekener fragte sich, warum der Prä-Zwotter sich so zurückhaltend gab. Stimmte ihn die Aussicht auf Konfrontation mit den Psychoden seiner Schicksalsgenossen melancholisch? Fürchtete er diese Begegnung gar?

»Tek, sieh dir das an!« Ahrzabas Stimme überschlug sich geradezu. »Kehril hat uns die Arbeit abgenommen und die Psychode beschafft.«

Als Tekener die Frau erreichte, traute er seinen Augen nicht. Zwischen zwei Riesenkakteen war ein Sandtrichter gegraben worden, und darin befanden sich – ordentlich aufgestellt – zwei Reihen mit jeweils sechs abstrakt geformten Gebilden. Es waren acht unterschiedlich große Skulpturen, zwei Miniaturbilder und zwei Reliefe.

»Kehrils Initiative erspart uns viel Zeit!«, rief Ahrzaba. »Wir können in die Kolonie zurückkehren und sofort zu experimentieren ...«

»Das sind Fälschungen!«, sagte Tezohr traurig.

Das war es also, was den Paraplasmaten so melancholisch gestimmt hatte. Tekener hatte nicht darauf geachtet, dass er keine für Psychode typische Ausstrahlung wahrnahm. Immerhin war er gegen ihre Beeinflussung immun. Aber diese Psychode waren stumm!

»Ich war so aufgeregt, dass ich gar nicht daran dachte, die Probe zu machen«, entschuldigte sich die Experimentatorin schwerfällig.

»Echt-Psychode vielfach schön!«, sang Kehril mit stolzgeschwellter Brust.

»Immerhin hast du es gut gemeint, Kleiner«, sagte Tekener. »Und ganz umsonst war deine Mühe womöglich gar nicht. Wir können die Fälschungen gegen die echten Psychode austauschen und so die Entdeckung des Diebstahls hinauszögern. Kommt, packt mit an!«, forderte er die Zwotter auf, die sich das nicht zweimal sagen ließen. Sie rissen sich förmlich darum, die Attrappen tragen zu dürfen.

Ronald Tekener hatte im Schutz des Deflektors das freie Feld schon halb überquert. Die Zwotter brauchten sich nicht zu tarnen, sie konnten sich nahezu ungehindert bewegen. Sie mussten nur darauf achten, dass die Psychode-Attrappen nicht auffielen.

Sirenen heulten plötzlich. Die Paratender-Wachen verließen ihre Posten und zogen sich in die Burg zurück. Gleichzeitig schlossen sich die Läden vor den Fenstern und Türen. Es wurde so finster, dass Tekener keinen Schritt weit sehen konnte. Ein heftiger Sandsturm peitschte heran. Tek musste die Augen schließen, aber der Sand drang durch die Lider und sogar unter die Atemmaske. Er schmeckte den Sand.

Ein seltsamer Gesang vermischte sich mit dem Heulen des Sturmes. Tek spürte ein Zupfen an den Beinen, dann schoben sich dünne Finger in seine Hand, und er griff entschlossen zu. Einer der Zwotter zog ihn mit sich. Tekener wurde sich jetzt erst bewusst, dass er den Deflektorschirm noch eingeschaltet hatte und dass ihm die Unsichtbarkeit trotzdem nichts nützte. Allerdings fragte er sich nur für einen Moment, wie ihn der Zwotter dennoch entdeckt hatte.

Als sie eine windgeschützte Stelle erreichten, wagte er ein Blinzeln. Nahe vor ihm erhob sich eine Mauer aus schieferartigem Gestein. Tek erkannte, dass Tezohr ihn an der Hand führte. Tezohr hielt auch Ahrzabas Hand, die sich ihrerseits an einen Zwotter klammerte. Jetzt ließen sie einander los. Eine neue Bö fegte heran, und der Sand schmirgelte über Teks Gesicht. Sekunden später bemerkte er vor sich in der Wand eine Öffnung, halb von Sandverwehungen verschüttet.

Ein Zwotter deutete auf die Öffnung. Der Sturm trug seinen Singsang fort, aber Tekener verstand auch so. Ohne zu überlegen, schwang er sich mit den Beinen voran in die Öffnung. Von innen zerrte jemand an ihm, und er rutschte in eine enge Kammer. Die Psychode-Attrappen lagen unordentlich herum.

»Wie habt ihr diesen Zugang gefunden?«, erkundigte er sich, nachdem er die Atemmaske hinabgeklappt hatte. Er klopfte sich den Sand aus der Kleidung.

»Geheimnisgegangener Ungekannter!«, sang Kehril.

»Es gab in Harzel-Kolds Burg einen Geheimgang zum Museum«, übersetzte Ahrzaba. »Die Zwotter haben ihn beim Wiederaufbau ohne Galinorgs Wissen nachgebaut. Keiner der heutigen Bewohner kennt diesen Gang. Er führt in das Depot, in dem die Psychode aufbewahrt werden.«

Tezohr kam als Letzter durch die Öffnung, die Zwotter verschlossen sie hinter ihm mit einer Klappe. Das Heulen des Sturmes erstarb.

»Die Zwotter sollen die Psychode so rasch wie möglich aus dem Gebäude schaffen«, sagte Tekener. »Ich werde mich umsehen und ihren Rückzug überwachen.«

»Ich komme mit dir, Tek«, bot sich Tezohr an. Als er Tekeners ablehnenden Ausdruck merkte, zeigte er auf sein eiförmiges Psychod. »Du kannst dich ruhig wieder unsichtbar machen. Ich spüre deine Nähe.«

»Na dann.« Tekener schaltete den Deflektor wieder ein und verließ die Kammer. Ein Zwotter rannte gegen ihn und kreischte entsetzt, ein anderer stolperte in dem Moment und überschlug sich. Empörtes Schnattern hob an. Tekener hörte Ahrzaba Ruhe befehlen, dann tauchte er in einen engen Seitengang ein. Tezohr blieb hinter ihm.

Der Gang endete vor einer scheinbar unüberwindlichen Wand. Doch Tek fand einen schmalen Durchlass. Er gelangte in einen Kaminschacht, der ihm kaum ausreichend Bewegungsfreiheit ließ, sich an den rissigen Mauern hochzuziehen. Irgendwie schaffte er es trotzdem. Hinter ihm raunte Tezohr etwas, das wie eine Warnung klang, aber Tekener achtete nicht darauf.

Er verließ den Kamin in einer Nische des Erdgeschosses. Von fern drangen undefinierbare Geräusche heran. Tek riskierte einen Blick in den Gang hinaus. Links führte eine Treppe abwärts, wahrscheinlich zum Eingang des Psychode-Museums. Zur Rechten öffnete sich eine größere Halle. Er gewahrte dort einen sich bewegenden Schatten. Sekunden später sah er eine Wache mit geschultertem Strahler auf Rundgang.

»Was suchst du hier?«, raunte Tezohr hinter ihm. »Die Psychode befinden sich im Keller.«

»Wenn ich schon hier bin, will ich einiges über unsere Gegner herausfinden«, erwiderte Tekener im Flüsterton.

»Wozu soll das gut sein?«

Tekener antwortete nicht. Ihm war schon während seiner langjährigen USO-Tätigkeit in Fleisch und Blut übergegangen, bei jedem Einsatz den Gegner auszukundschaften.

Im Bewusstsein seiner Unsichtbarkeit betrat Tekener den Korridor. Er wandte sich der Halle zu. Tatsächlich stieß er dort nicht nur auf einen, sondern auf vier Bewaffnete, vermutlich Paratender, die alle Zugänge bewachten.

Tekener schaute sich nach Tezohr um, doch von dem Paraplasmaten war nichts zu sehen. Nur sein eiförmiges Psychod schwebte etwa einen Meter über dem Boden. Es glitt an Tek vorbei in die Halle hinein. Er wollte es noch an sich nehmen und unter dem Deflektorschirm der optischen Sicht entziehen, aber es war schon zu spät dafür.

»Was ist das?« Eine der Wachen riss den Strahler hoch und zielte auf das rotierende Ei.

»Ein Psychod!«

»Verdammt, nicht schießen! Fangt es ein!«

Das Psychod war schneller als die Paratender. Es verschwand in einem der weiterführenden Gänge. Tekener vermutete, dass Tezohr ihm auf die Weise ein Zeichen geben wollte, und schlug ebenfalls diese Richtung ein. Im Deflektorfeld fühlte er sich so sicher, dass er unbekümmert an den Paratendern vorbeiging.

»Wir müssen dem Cheftender Meldung machen«, sagte einer der Männer soeben. »Ich übernehme das.« Er verschwand in dem Korridor, den auch das Königspsychod ausgewählt hatte.

Tekener eilte hinterher. Sekunden später materialisierte der Paraplasmat neben ihm. Tezohr wirkte aufgeregt und machte Zeichen, die Tek aber nicht deuten konnte. Der Prä-Zwotter schien wegen irgendetwas besorgt zu sein.

Tekener war nahe daran, Tezohrs Drängen nachzugeben und sich mit ihm zurückzuziehen, doch da trat der Paratender durch einen offenen Torbogen. Stimmen erklangen aus dem dahinter liegenden Raum.

Tek wollte wenigstens noch einen Blick hineinwerfen. Er hätte es sich später nie verziehen, vorschnell aufgegeben zu haben. Es kostete ihn nur noch ein paar Schritte.

Als er in dem Torbogen stand, hielt er den Atem an. Mit allem hätte er gerechnet, aber bestimmt nicht damit, Hotrenor-Taak hier anzutreffen. Den früheren Verkünder der Hetosonen begleiteten ein kahlköpfiger Vincraner und mehrere Springer. Sie umstanden ein Schaltpult.

Der Lare ignorierte den Wachtposten, der ihm das Auftauchen eines schwebenden Psychods meldete. Er wandte sich Tekener zu, als könne er ihn trotz des Deflektorfelds sehen.

»Scheuen Sie sich nicht, weiterzugehen, Ronald Tekener«, sagte Hotrenor-Taak. »Wir haben Sie geortet und Ihren Besuch erwartet. Und schalten Sie den lächerlichen Deflektor aus, damit wir uns von Mann zu Mann unterhalten können.«

Tekener wusste, wann er verloren hatte und Widerstand sinnlos war. Er löschte das Deflektorfeld und wehrte sich auch nicht, als die Springer ihn entwaffneten.

Wütendes fernes Zetern, das schaurig durch das Gebäude hallte, verriet ihm, dass die Gegner seine Zwotter ebenfalls gestellt hatten. Damit war das Unternehmen auf der ganzen Linie gescheitert. Er hätte misstrauisch werden müssen, weil alles so scheinbar glatt verlief. Aber dass ausgerechnet Hotrenor-Taak Margors Cheftender war, hatte er nicht ahnen können.

»Es freut mich, dass Sie auch in dieser Situation Ihr Lächeln beibehalten, Tek«, sagte der Lare mit leichtem Spott. »Ich darf Sie doch so nennen – Tek?«

»Nur zu, Taak.«

Der Lare wandte sich an die Springer. »Lasst uns allein und bereitet den Aufbruch vor. Sobald der Sturm nachlässt, fahren wir los.«

Bis auf Hotrenor-Taak und den Vincraner verließen alle Paratender den Raum. Der Vincraner wirkte uralt, aber er stand aufrecht da und überragte selbst Tekener um einige Zentimeter.

»Was halten Sie davon, mit uns zusammenzuarbeiten, Tek?«, fragte Hotrenor-Taak überraschend.

15.

»Ich sehe beim besten Willen keine Möglichkeit für eine Zusammenarbeit«, antwortete Tekener ablehnend. »Sie sind Margors Sklave, aber ich setze alles daran, diesen Verbrecher unschädlich zu machen. Zwischen uns liegt eine unüberwindbare Kluft.«

Hotrenor-Taak überhörte die provozierende Formulierung. Tekener war nicht so dumm, dass er den Unterschied zwischen einem willenlosen Sklaven und einem Paratender nicht erkannt hätte.

»Trotzdem haben wir gemeinsame Interessen«, fuhr der Lare fort. »Ich beobachte Sie seit Ihrer Ankunft auf Zwottertracht. Ich weiß auch, dass Ihre Frau in einem zweiten Shift unterwegs ist – aber das spielt hier keine Rolle. Es stimmt, dass wir verschiedene Ideologien vertreten. Trotzdem wollen wir beide das Gleiche, nämlich das Geheimnis der Psychode und der Prä-Zwotter ergründen.«

»Sind Sie sicher, dass mir so viel daran liegt?«, erwiderte der LFT-Agent. »Mir geht es in erster Linie darum, Margor das Handwerk zu legen. Alles andere ist zweitrangig.«

»Was reden wir lange herum, Taak«, mischte sich Galinorg ein. »Machen wir kurzen Prozess mit ihm. Die Psychode werden ihn bekehren.«

»Ich bin immun«, stellte Tekener sachlich fest. »Den Beweis dafür trete ich gern an.«

Für Hotrenor-Taak war Ronald Tekener ein fähiger Mann. Der Lare zählte ihn sogar zu den bedeutendsten Persönlichkeiten dieser Galaxis, auch wenn Tekener nicht dem Kreis zuzuordnen war, der galaktische Politik machte.

Hotrenor-Taak verdankte Tekener sein Leben. Aber gewiss bot er ihm einen Pakt auf Zeit nicht aus Sentimentalität an. Die Zusammenarbeit war eine logische Notwendigkeit.

»Ich will offen zu Ihnen sein, Tek«, sagte der Lare, hatte aber keineswegs die Absicht, alle Karten aufzudecken, wie es der Spieler formuliert hätte.

»Fangen Sie ruhig an!«

»Die Psychode bereiten mir Sorge. Margor sieht nur ihr Machtpotenzial. Er erkennt die Gefahren nicht, die von ihnen ausgehen. Ich will kein Loblied auf Margor anstimmen, aber es ist gewiss so, dass viele seiner Taten von den Psychoden angeregt wurden ...«

»Taak!«, rief der Vincraner erregt. »Du vergisst, wen du vor dir hast.«

»Ich sehe Tek als unseren Verbündeten an«, erwiderte der Lare und wandte sich wieder dem Terraner zu. »Ich bin nach Zwottertracht gekommen, um die Bedeutung der Psychode zu ergründen. An Ihren Aktivitäten, Tek, sehe ich, dass Sie Ähnliches beabsichtigen. Margor weiß nichts von meinem Vorhaben. Ich handle gegen seine Anweisungen, wenn auch aus dem Bestreben heraus, sein Wirken in die richtigen Bahnen zu lenken. Die Galaxis braucht eine starke Hand. Boyt Margor ist der Mann, der die Völker zusammenhalten könnte. Nur will ich verhindern, dass er untaugliche Mittel anwendet. Damit wir uns richtig verstehen, Tek: Ich verlange nicht, dass Sie überlaufen. Ich will Sie nicht einmal beeinflussen. Für die Dauer unserer Zusammenarbeit sollten wir jedoch unsere konträren Ansichten vergessen und ohne Ressentiments auf unser gemeinsames Ziel hinarbeiten, die Erforschung der Psychode. Was halten Sie davon?«

»Ich könnte einwenden, dass mir ohnehin keine Wahl bleibt, da ich mich in Ihrer Gewalt befinde«, erwiderte Tekener. »Aber ich bin sicher, dass Sie mir eine Gleichstellung anbieten wollen. Unter dieser Voraussetzung würde ich einer Partnerschaft auf Zeit zustimmen.«

»Sie sind ein freier Mann«, sagte der Lare spontan. »Fairerweise füge ich hinzu, dass unsere Übereinkunft erlischt, sobald eine Situation eintritt, die Vorrang für meine Paratenderschaft verlangt. Obwohl es vielleicht nicht so scheint, bin ich Boyt treu ergeben.«

»Sie müssen mich über die Hörigkeit von Paratendern nicht aufklären, Taak.« Tekener lächelte wissend. »Das soll meine letzte Bemerkung zu diesem Thema gewesen sein, sofern Sie Bekehrungsversuche unterlassen.«

»Für einen Toten sind Sie überraschend scharfzüngig«, bemerkte Galinorg feindselig.

Tek lachte amüsiert. »Sie brennen darauf, zu erfahren, wie es zu unserer Wiederauferstehung kam? Das kann ich sogar verstehen. Ich habe keine Geheimnisse vor Ihnen beiden. Warum sollte ich?«

Er berichtete knapp und präzise. Er bestätigte auch die Vermutung, dass die Prä-Zwotter im Staubmantel der Provcon-Faust aufgegangen waren und ihre mentale Kraft die paraplasmatische Sphäre bildete.

»Der Rest ist rasch erzählt«, schloss er. »Wir wollten die Psychode aus dem Depot entwenden und zur Untersuchung in die Frauenkolonie bringen. Das haben Sie leider verhindert, Taak.«

»Zum Glück«, sagte der Lare. »Wohin ist Ihre Space-Jet nach der kurzen Landung auf Zwottertracht weitergeflogen?«

»Unser Lotse war ein Tekheter. Ich nehme an, er wird in seine Heimat zurückgekehrt sein.«

»Und wo ist der geheimnisvolle Tezohr mit dem Königspsychod?«

»Tezohr hat Schwierigkeiten, seinen Körper zusammenzuhalten. Wahrscheinlich ist er entstofflicht. Aber er wird wieder erscheinen, sobald er sich gesammelt hat.

»Der Prä-Zwotter könnte einige Rätsel seines Volkes klären«, sagte Hotrenor-Taak lauernd. »Aber gewiss haben Sie ihn schon darüber ausgefragt.«

»Viel war nicht in Erfahrung zu bringen. Sicher ist, dass die Psychode dafür bestimmt waren, den zurückgebliebenen Prä-Zwottern ihr Eingehen in die paraplasmatische Sphäre zu ermöglichen. Doch sie degenerierten und vergaßen die Bedeutung der Psychode.«

»Unsere Geländewagen stehen bereit!«, erinnerte der Lare. »Wir können sofort losfahren. Hier vergeuden wir nur noch wertvolle Zeit.«

»Mich hält ebenfalls nichts mehr«, bestätigte Tekener. »Nur eines noch: Wären Sie bereit, die Psychode als Zeichen des guten Willens mitzunehmen?«

Hotrenor-Taak zögerte. Er versuchte sich vorzustellen, was geschehen würde, sobald Margor eintraf und das Museum leer vorfand. Er spielte mit großem Risiko, aber er musste den Einsatz wagen.

»Wir nehmen die Psychode mit«, entschied er.

Als sei er teleportiert, erschien in dem Moment ein Zwotter. Dem Laren entging nicht, dass Tekener leicht zusammenzuckte.

»Ich habe mitgehört, und ich bin mit deiner Abmachung einverstanden, Tek«, sagte der Zwotter.

»Ich nehme an, ich habe die Ehre mit dem legendären Tezohr«, stellte Hotrenor-Taak zufrieden fest. In seinen Augen war die Inkarnation des Prä-Zwotters der Knackpunkt in Tekeners Strategie. »Willkommen in unserer Clique.«

Tekener verwünschte den Kleinen, dass er im ungünstigsten Moment gekommen war. Er befürchtete, dass der Paraplasmat dem gerissenen Taktiker Hotrenor-Taak ungewollt Informationen über Margors Bestimmung vermittelte. Der Lare durfte die wirklichen Zusammenhänge nicht erfahren. Sobald er die Wahrheit kannte, würde er wohl nicht mehr zur Zusammenarbeit bereit sein, dann stand eine offene Auseinandersetzung bevor.

Anders war es Tekener lieber.

Hotrenor-Taak wollte, dass Tekener mit ihm in einem Fahrzeug fuhr.

Tezohr, Ahrzaba und ihre beiden Probanden Bilia und Istri begleiteten sie. Galinorg übernahm das Steuer, und vier Paratender fuhren als Bewachung mit.

Die beiden anderen Wagen wurden von Springern besetzt und von Zwottern gesteuert. Tekeners Shift wurde ebenfalls den Springern überlassen, doch befanden sich in ihrer Begleitung exotische Geschöpfe, deren Äußeres ständigen Veränderungen unterworfen war.

»Das sind Tagjaros«, erklärte der Lare. »Mit Mikrospionen ausgestattet, geben diese Halbintelligenzen perfekte Kundschafter ab.«

Tekener zog sofort seine Folgerung daraus. An dem Zwischenfall mit Dolla war einer der Tagjaros beteiligt gewesen. Hotrenor-Taak gab auch freimütig zu, dass die Tagjaros Jennifers Shift gefolgt waren, den Flugpanzer aber schließlich verloren hatten.

Während des Flugs versuchte Hotrenor-Taak mehrmals, Tezohr auszuhorchen. Er stellte scheinbar unverfängliche Fragen und machte harmlose Bemerkungen, die jedoch nur darauf abzielten, Tezohr Informationen zu entlocken.

»Ich kann es den Zwottern nicht verdenken, wenn sie Margor hassen«, sagte der Lare. »In deinen Augen muss es ein Sakrileg sein, Tezohr, was er mit den Psychoden macht.«

»Keineswegs«, erwiderte der Prä-Zwotter irritiert. »Wir verurteilen Margor in keiner Weise. Er ist unsere letzte Hoffnung.«

»Wie soll ich das verstehen?«, erkundigte sich der Lare erwartungsvoll.

»Tezohr hofft immer noch, dass Margor von den Psychoden ablässt, damit wenigstens einige der Kunstwerke gerettet werden können«, wandte Tekener ein. »Die Psychode sollen erhalten werden und den Zwotterfrauen als Experimentierhilfe dienen.«

»Ja, so ist es«, bestätigte Tezohr irritiert.

Hotrenor-Taak gab sich damit keineswegs zufrieden. Er bohrte weiter. Tekener hatte bange Minuten auszustehen, weil Tezohr drauf und dran war, die Zusammenhänge zwischen Margor und den Psychoden aufzuklären.

Doch der Zwischenfall mit Ahrzaba entschärfte die Situation. Die Zwotterfrau zeigte auf einmal typische Wechselerscheinungen. Sie keuchte, ihre Glieder zuckten immer heftiger.

»Mein Animus wird immer ...« Ihre kehlige Stimme verstieg sich abrupt in höhere Töne, und dann sprudelte es aus ihr hervor: »... vielständiger Ungeduld, für was unänderlicher Gemächlichfahrt, weil warum?«

»Beruhige dich, Ahrzaba«, redete Bilia ihr zu und brachte sie mit

Istris Hilfe in die Vorratskammer. Tekener schickte Tezohr unter dem Vorwand hinterher, dass er seinen Einfluss auf Ahrzaba wirken lassen sollte, um sie am Geschlechtswandel zu hindern.

»Wir brauchen die Zwotterfrau, damit sie uns zur Kolonie ihrer Geschlechtsgenossinnen führt«, begründete Tekener dem Laren diese Maßnahme.

Sie erreichten die Vorberge und stießen in einem von Kakteenwäldern umgebenen Tal wieder auf die Vorhut. Tekeners Shift war schon eingetroffen. Pefars Tagjaros hatten das Aussehen fetter Raupen angenommen.

Ahrzaba kam mit Tezohr und ihren Helferinnen aus der unfreiwilligen Klausur zurück.

»Ich bin voll da, Tek«, versicherte sie.

Sie stiegen aus. Pefar deutete auf einen Höhleneingang. »Dort ist der andere Shift verschwunden«, erklärte der Springer. »Meine Tiere konnten ihm nur bis zu einem Felseinsturz folgen. Ich habe in Tekeners Namen versucht, Funkverbindung mit dem Shift aufzunehmen. Ohne Erfolg. Bei den Kakteen haben wir zwar einige Zwotter gesehen, aber sie liefen vor uns davon. Ich habe darauf verzichtet, meine Tagjaros auf sie anzusetzen, denn das hätten sie missverstehen können. Außerdem hat sich gezeigt, dass der Fels jede Strahlung abschirmt und eine Funkverbindung selbst unter günstigsten Bedingungen nur über einige hundert Meter bis zu einem Kilometer möglich ist. Das zwingt uns, die Tagjaros als Vorhut zu schicken. Aber wir müssen in ihrer Nähe bleiben. Ich habe von der Shiftpositronik einen Plan der von den Tagjaros erforschten Höhlen anfertigen lassen. Danach können wir uns richten.«

Er breitete auf dem Boden eine Folie aus, die ein weitverzweigtes Höhlensystem zeigte. Schon hundert Meter hinter dem Eingang zweigten vier Gänge ab, die sich bald mehrfach teilten.

»Zeig uns auf dem Plan, welche Höhle zu eurem Versteck führt!«, forderte der Lare Ahrzaba auf.

Die Zwotterfrau kam der Aufforderung nach und betrachtete eingehend die Zeichnung. Aber sie war außerstande, sich in dem Gewirr von Linien zurechtzufinden. Auch als Tekener versuchte, ihr das Schema zu erklären, konnte sie den Weg nicht aufzeigen.

»Aber du kannst uns hinführen?«, wollte Hotrenor-Taak wissen.

Ahrzaba krächzte. Mehrmals musste sie sich räuspern, bis ihre Stimme wieder verständlich klang. »Ich kenne den Weg, und ich werde euch führen«, sagte sie.

»Ahrzaba soll den ersten Wagen lotsen«, bestimmte der Lare. »Die anderen werden in Abständen folgen, die eine Funkverbindung erlauben. Als weiteren Sicherheitsfaktor postieren wir in gewissen Abständen mit Funkgeräten ausgestattete Tagjaros. Auf diese Weise laufen wir nicht Gefahr, uns in dem Labyrinth zu verirren.« Er wandte sich an Tekener. »Das ist kein Misstrauen gegen Sie oder Ihre zwotterischen Freunde, sondern eine reine Vorsichtsmaßnahme.«

»Natürlich«, erwiderte Tekener spöttisch.

Der Lare überging die Anzüglichkeit.

»Übernimmst du den ersten Wagen, Galinorg?«, fragte er den Vincraner, der zustimmend nickte. »Gut, dann erhält Pefar das Kommando über das zweite Fahrzeug. Er kann auch die Verteilung der Tagjaros vornehmen. Tekener, Tezohr und ich bilden mit dem dritten Wagen den Abschluss. Alles klar?«

»Sie gehen wohl immer auf Nummer sicher, Taak?«, fragte der Terraner.

»Es steht einiges auf dem Spiel, da muss ich den Weg des geringsten Risikos wählen«, erwiderte der Lare.

Sie schwangen sich in das Fahrzeug, in dessen Laderaum die zwölf Psychode untergebracht waren. Hotrenor-Taak gab Tekener durch einen Wink zu verstehen, dass er das Steuer übernehmen solle.

»Hier Wagen eins«, meldete sich Galinorg bereits. »Haben achthundert Meter zurückgelegt. Fahrbedingungen ausreichend. Hinderliche Felsüberhänge desintegrieren wir. Rufe Wagen zwei.«

»Hier Wagen zwei«, ertönte es aus dem Lautsprecherfeld. »Fahren soeben in die Höhle ein. Funkverbindung ausgezeichnet. Erster Tagjaro an der Tausendmetermarke postiert. Rufe Wagen drei.«

»Wir kommen«, sagte Hotrenor-Taak knapp.

Tekener lenkte das Fahrzeug hangaufwärts.

»Hier Wagen eins«, erklang es verzerrt. »Erreichen unerforschtes Areal. Kartenschreiber ist eingeschaltet, unsere Route wird vermessen und aufgezeichnet.«

»Hier Wagen zwei ...«

Ein Warnsignal leuchtete auf, als Tekener in die Höhle einfuhr. Hotrenor-Taak unterbrach die Funkverbindung zu den anderen Wagen. Tekener erkannte sofort den Grund dafür, als er mit einem Blick feststellte, dass das Signal einen Anruf auf anderer Frequenz meldete.

Der Lare nahm den Anruf entgegen.

»... GARIJATEV. Lukor ruft Hotrenor-Taak. Wir orten die Annäherung eines Ultraschlachtschiffs terranischer Bauart. Hotrenor-Taak! Ich rufe ...«

»Ich höre Sie, Lukor«, meldete sich der Lare. »Um welches Schiff handelt es sich?«

»Ein terranisches Ultraschlachtschiff ...«

»Schiffsbezeichnung? Hoheitszeichen? Welche Besatzung?«

»Ich habe noch nicht gewagt, eine Identifikation zu verlangen. Das Schiff wirkt bedrohlich. Es ist genau über uns.«

Tekener dachte an Doomvars Mission. Für Sekunden gab er sich der Illusion hin, dass der Tekheter außerhalb der Provcon-Faust auf ein Schiff der Liga Freier Terraner übergewechselt sei und es nach Zwottertracht gelotst hatte.

Einem gurgelnden Schrei im Funkempfang folgte stakkatoartiges Krachen. Lukor Garija-Pjokkors Stimme klang plötzlich hysterisch.

»Das Schlachtschiff eröffnet das Feuer. Wir werden ...«

Nichts mehr!

Das Rendezvous fand im Raum über Gäa statt. Boyt Margor befand sich in der Kommandozentrale der MOONBEAM und verfolgte auf dem Panoramaschirm das Annäherungsmanöver der GORSELL.

Ein Beiboot näherte sich von der GORSELL. Es flog in einen Hangar der MOONBEAM ein.

Margor fühlte die Nähe von Roctin-Par. Er verfolgte den Weg des Provcon-Laren bis in die Zentrale.

»Die Flotte ist einsatzbereit!«, meldete Roctin-Par. »Alle Schiffe stehen im Raum. Die Besatzungen warten auf dein Kommando, Boyt.«

»Danke, Par«, sagte Margor zufrieden. »Ich übertrage das Kommando über die Flotte auf dich. Du wirst sie aus der Provcon-Faust geleiten und in Position bringen.«

»Warum übernimmst du das Kommando nicht selbst, Boyt?« Roctin-Par wunderte sich. »Es wäre psychologisch sehr wichtig, dass du die Paratender befehligst. Sie hatten in letzter Zeit keinen Kontakt zu dir und brauchen dich.«

»Bin ich ihre Amme?«, erwiderte Margor grob. Versöhnlicher fügte er hinzu: »Ich muss einen Abstecher nach Zwottertracht machen, dann folge ich nach.«

»Es ist wegen Hotrenor-Taak, nicht wahr? Ich verstehe, dass du seine Untreue nicht verwinden kannst und ihn bestrafen willst. Aber das könnte ein anderer für dich übernehmen. Dein Platz ist bei der Flotte, Boyt, bei den Paratendern, die für dich kämpfen werden.«

»Nein«, sagte Margor entschlossen. »Ich werde Taak für seine Eigenmächtigkeiten persönlich zur Rechenschaft ziehen.«

»In diesem Fall wäre es vielleicht besser, die Flotte noch in der Provcon-Faust zurückzuhalten«, gab Roctin-Par zu bedenken. »Sobald wir mit allen Schiffen außerhalb des Staubmantels erscheinen, werden LFT und GAVÖK gewarnt sein.«

»Sie können uns wenig Gleichwertiges entgegensetzen«, erwiderte Margor heftig. »Es bleibt dabei: Du fliegst mit der Flotte voraus. Hotrenor-Taak wird mich ohnehin nicht lange aufhalten.«

Roctin-Par zögerte. Er blickte sich in der Kommandozentrale um. »Ich sehe, dass du keinen Vakulotsen an Bord hast«, stellte er fest.

»Das erkennst du sehr scharfsinnig, Par. Ich brauche keinen Lotsen, weil ich fähig bin, die MOONBEAM aus eigener Kraft durch die Sphäre zu fliegen. Ich habe neunundfünfzig Psychode an Bord. Sie geben mir die Kraft.«

»Das wäre Wahnsinn ...«

»Par!« Margor blickte den Provcon-Laren scharf an und spielte dabei mit seinem Amulett. Er registrierte zufrieden, dass Roctin-Par in den Bann des Amuletts geriet. Sah der Lare die Erscheinung eines Prä-Zwotters winken?

»Was denkst du jetzt, Par?«, fragte Boyt tonlos.

»Ich denke, dass du den Einfluss der Psychode auf deine Paratender überschätzt. Du fürchtest, Hotrenor-Taak könnte von ihnen gegen dich beeinflusst worden sein ... Aber das ist ein Irrtum, Boyt. Deine Psi-Affinität ist viel stärker – du solltest sie nicht unterschätzen ...«

»Still!«, befahl Margor. Er fühlte sich durchschaut, seines Schutzmantels entblößt, unter dem er seine geheimsten Ängste verborgen hielt. »Was weißt du schon von der Macht der Psychode? Kehre auf die GORSELL zurück!«

Roctin-Par gehorchte wortlos. Margor wartete, bis das Beiboot des Laren sein Flaggschiff verließ.

»Nach Zwottertracht!«, befahl er. »Ich werde uns lotsen.«

Er sah diesen Abstecher als Bewährungsprobe für den Flug durch die paraplasmatische Sphäre. Das Zwotta-System stellte noch keine besondere Anforderung an einen Vakulotsen. Jeder gute Navigator konnte bei einigermaßen günstigen Voraussetzungen Zwottertracht erreichen. Boyt war kein Raumfahrer, er hatte sich nie mit den technischen Problemen des Raumflugs auseinandergesetzt. Aber jetzt wollte er die ersten Erfahrungen sammeln.

Er konnte es schaffen! Die paraplasmatische Sphäre war von den Mentalkräften der Prä-Zwotter gebildet worden, als sie in dem Staubmantel aufgingen. Das konnte er als gegeben annehmen, es musste so sein. Da er in enger geistiger Beziehung mit einer großen Zahl von Psychoden stand, fühlte er sich der Sphäre eng verbunden. Er glaubte, deshalb das Schema der Strömungen erkennen zu können und den Weg durch den Mahlstrom zu finden. Er war sicher, dass die Vakulotsen ebenfalls nichts anderes taten, als mit den körperlosen Prä-Zwottern zu kommunizieren. Nur verfügten sie dafür über eine angeborene Fähigkeit.

Er, Margor, besaß stattdessen die Psychode. Neunundfünfzig waren im größten Lagerraum der MOONBEAM untergebracht, eines trug er am Körper. Warum sollte er damit nicht die paraplasmatische Sphäre überwinden können?

Die MOONBEAM nahm Fahrt auf. Vor dem Übertritt in den Linearflug wurde ein Funkspruch von der GORSELL aufgefangen.

»Verfahre gnädig mit Galinorg, Boyt. Seine Lotsenfähigkeit könnte dir noch sehr nützlich sein. Roctin-Par.«

Wegen dieser Anmaßung hätte Margor dem Laren am liebsten den Hals umgedreht.

Die Linearetappe wurde eingeleitet, und die MOONBEAM erreichte in kurzer Zeit die Randzone des Staubmantels.

Beim Gedanken an den abtrünnigen Hotrenor-Taak schäumte Margor vor Wut. Dabei ging es ihm weniger darum, Taak zu bestrafen. Er wollte die zwölf Psychode von Zwottertracht an sich bringen, bevor der verräterische Lare sie für sich verwendete.

»Zwottertracht in der Direktbeobachtung!«, wurde gemeldet.

Zwotta, die Alte, glomm wie ein böses rotes Auge. Zwottertracht wurde zum goldenen Rund, das die MOONBEAM schließlich mit seinem glitzernden Staubmantel einfing.

Das Ultraschlachtschiff sank durch die atmosphärischen Wirbel. Margors Anspannung wurde unerträglich.

»In der Nähe unseres Zielpunkts steht ein großes Walzenschiff! Zweifellos ein Springer. Es ist nur unzureichend getarnt.«

Das war das Schiff, mit dem Hotrenor-Taak und Galinorg nach Zwottertracht gekommen waren. Margor sah es förmlich vor sich, wie der Lare und der Vincraner den Bunker stürmten und die Paratender niederstreckten, die doch nur die Psychode vor dem Zugriff schützen wollten. Taaks Verbündete drangen in das Allerheiligste vor, rafften die Psychode an sich und verschleppten sie an Bord des Walzenschiffs. War es schon so weit? Das Walzenschiff traf Startvorbereitungen. Hotrenor-Taak, der Dieb von zwölf Psychoden, sah sich schon als Herr der Provcon-Faust ...

»Feuer!«, befahl Margor. Und immer wieder: »Feuer! Bombardiert das Walzenschiff! Schießt es manövrierunfähig!«

Es dauerte lange, bis die Paratender handelten. Kommandos hallten durch die Zentrale. Die Feuerleitzentrale bestätigte.

Endlich feuerten die Geschütze.

Salventakt.

Glühende Blumen entfalteten sich am Boden in üppiger Pracht. Boyt Margor lachte befreit. Er konnte nicht aufhören zu lachen, denn er hatte es den Verrätern gezeigt. Nun waren sie auf Zwottertracht abgeschnitten und ihm ausgeliefert. Würde er Strafgericht über sie halten? Oder sollte er sich großmütig zeigen? Vorher mussten sie ihm die zwölf Psychode unversehrt übergeben.

Die MOONBEAM landete. Aus den Trümmern des Walzenschiffs taumelten humanoide Gestalten. Sie setzten den ausschwärmenden Paratendern keinen Widerstand entgegen. Die meisten ergaben sich sofort.

Aus dem Wrack strömten auch Tiere, wie Margor sie nie zuvor gesehen hatte. Einige wilde Exemplare fielen über Zwotter und Paratender her.

Margor wandte sich ab.

Wo waren die Psychode, wo Hotrenor-Taak?

Er streckte seine psionischen Fühler aus, um die untrügliche Psi-Affinität seines Paratenders aufzuspüren. Weit musste er hinausreichen, um endlich den gewünschten Kontakt zu finden.

»Boyt, ich spüre dich«, murmelte Hotrenor-Taak. Ein Schatten huschte über sein Gesicht, in dem die wulstigen Lippen einen grellen Kontrast bildeten.

Ronald Tekener erfasste die Situation augenblicklich und bremste das Fahrzeug jäh ab. Tezohr wurde nach vorn geschleudert. Auch Hotrenor-Taak verlor den Halt. Der Lare prallte mit dem Kopf gegen einen Seitenholm. Als er zurücksank, klaffte auf seiner Stirn eine blutende Wunde.

»Tut mir leid«, sagte Tekener bedauernd und richtete den Paralysator auf den Laren. »Ich habe keine andere Wahl. Schade, dass unser Pakt nur von kurzer Dauer war.«

»Tekener«, murmelte der Lare überrascht. »Was soll das? Ich habe gedacht, Boyt sei hier ...«

»Er ist hier!«, stellte der LFT-Agent nachdrücklich fest. »Margor greift die Springerwalze mit einem Ultraschlachtschiff an.«

Der Lare seufzte. Ungläubig blickte er auf den Paralysator, den Tekener auf ihn richtete. »Wir haben den Waffenstillstand beschlossen, Tek. Warum verstoßen Sie dagegen?«

»Liegt das nicht auf der Hand? Unser Pakt war ein Zweckbündnis auf Zeit. Sie selbst sagten, dass es erlischt, sobald Ihre Psi-Affinität zu Margor Priorität erhält. Dieser Fall ist eingetreten. Ich halte mich nur an die von Ihnen festgelegten Spielregeln.«

Der Lare musterte ihn schweigend. Offenbar schätzte er seine Chancen ab. Er seufzte jedenfalls.

»Mein Kompliment, Tek, Sie haben schnell auf die neue Situation reagiert. Aber freuen Sie sich nicht zu früh. Sie werden keine ruhige Minute mehr haben.«

»Danke für die Warnung«, sagte Tekener lakonisch. Er überlegte ernsthaft, ob der Lare ihn mit voller Absicht auf Margors Nähe hingewiesen hatte. So absurd war das gar nicht. Margors Erscheinen machte alle Pläne zunichte. Es war durchaus denkbar, dass Hotrenor-Taak sich von ihm, Tekener, gefangen nehmen ließ, um nicht Margors Willen gehorchen zu müssen.

»Sie halten das nicht durch, Tek«, sagte der Lare. »Irgendwann werden Sie sich eine Blöße geben, dann ist Ihr Spiel aus.«

»Es ist unser gemeinsames Spiel, Taak, vergessen Sie das nicht. Ich führe es für uns beide im Sinn unserer Abmachung weiter. Ich bin sogar in einer besseren Position als zuvor, denn nun brauche ich auf Ihre Gefühle für Margor keine Rücksicht mehr zu nehmen.«

»Geben Sie auf, Tek!«

»Ich gebe nie auf.«

Ronald Tekener konnte sich irren, doch er hatte den Eindruck, als sei der Lare über seine Standhaftigkeit erleichtert. Trotzdem machte er sich nichts vor. Er sah schweren Zeiten entgegen.

16.

»Ich bin befremdet«, sagte Julian Tifflor, während er seine Blicke über die drei Gäa-Mutanten wandern ließ, die ihm in seinem Büro in Imperium-Alpha gegenübersaßen. Er konzentrierte sich schließlich auf Dun Vapido mit dem melancholisch wirkenden Pferdegesicht.

»Was soll das, Dun?«, fuhr er eine Spur schärfer fort. »Ich bitte Sie um einen Report über die gefangenen Flibustier, aber Sie schicken mir eine Analyse über den Problemkomplex Provcon/Margor. Wollten Sie mir damit zu verstehen geben, was *Sie* für die dringlichere Sache halten?«

»So in etwa«, bekannte Dun Vapido. Seine Miene ließ keine Regung erkennen.

Tifflor wartete vergeblich auf eine Rechtfertigung des Psi-Analytikers. Vapido war nicht sonderlich redselig, aber eine etwas detailliertere Stellungnahme hätte er unter diesen Umständen doch von ihm erwartet.

»Darf ich die Angelegenheit aufklären?«, schaltete sich Bran Howatzer ein.

Der nur etwas über einen Meter sechzig große, jedoch muskulöse und massig wirkende Mann war der älteste der drei Gäa-Mutanten, Jahrgang 3524. Er hatte ein derbes, gerötetes Gesicht. Seine Haut war grobporig, die Nase ein fleischiger Knollen. Das bürstenkurz geschnittene blonde Haar verlieh ihm eine provinzielle Note, und der stets schläfrige Ausdruck seiner Augen hob diesen Eindruck noch hervor. Dennoch waren seine Sinne stets hellwach. Besser gesagt, seine permanente geistige Konzentration und die Bereitschaft, seine Fähigkeit als Pastsensor einzusetzen.

Dun Vapido, der über einen Kopf größer als Howatzer war, knochig und ungelenk wirkte, gehörte mit seinen 39 Jahren einer anderen Generation an. Sein psi-analytischer Geist und seine Gabe des Wettermachens hatten Vapidos Wesen geformt. Er war verschlossen und wortkarg, als führe er alle Dialoge erst hinter seiner Stirn und gebe danach nur das Nötigste preis. Wer seine Meinung hören wollte, musste ihm förmlich die Würmer aus der Nase ziehen.

Eawy ter Gedan, die Dritte im Bunde, war eine heitere Schönheit und vergleichsweise blutjung, nämlich erst zwanzig. Mit ihrer Mutantenfähigkeit konnte sie Funksendungen aller Art abhören und auswerten, solange diese nicht über Kabel liefen. Hyperfunksprüche empfing sie besonders gut.

Eawy war die personifizierte Lebenslust. Sobald der Name Boyt Margor fiel, gefror ihre Herzlichkeit jedoch, dann reagierte sie schlagartig eiskalt.

Die drei waren ein eigenartiges Gespann. Jeder ein Individualist und Exzentriker, aber trotz aller Gegensätze ergänzten sie einander prächtig. Ein bestens eingespieltes Team.

Tifflor wurde aus seinen Überlegungen gerissen, als Howatzer fortfuhr.

»Wir haben uns redlich bemüht, mehr über die Gefangenen herauszufinden. Aber Dun konnte keine Psi-Analyse erstellen, weil sie hartnäckig schweigen. Mir ergeht es ähnlich, ihre Gefühlsschwingungen verraten überhaupt nichts über die Zeit vor ihrer Gefangennahme. Und Ihre Leute, Tiff, haben uns auch nicht gerade mit Informationen verwöhnt. Dass es von jedem Flibustier wenigstens drei Exemplare gibt, reicht höchstens zu der Erkenntnis, dass es sich um organisch einwandfreie Doppelgänger handeln muss. Aber um das in Erfahrung zu bringen, brauchen Sie uns nicht. Deshalb meinen wir, dass wir unsere Fähigkeiten an den Flibustiern vergeuden und andernorts besser eingesetzt wären. Zum Beispiel in der Provcon-Faust.«

Tifflor musste akzeptieren, dass Howatzer keineswegs unrecht hatte. »Ich nehme an, Sie haben die Provcon-Faust ins Auge gefasst, weil Sie glauben, Margor könnte für die Doppelgänger verantwortlich sein«, sagte der Erste Terraner. »Aber das ist nicht der Fall. Es kann als erwiesen gelten, dass Margor nichts damit zu tun hat.«

»Wie kommen Sie zu dieser Erkenntnis?«, erkundigte sich Eawy ter Gedan.

»Einer meiner besten Kundschafter hat die Spur mehrerer Flibustier zurückverfolgt und herausgefunden, dass sie von Raumschiffen eines bislang unbekannten Typs ausgesetzt wurden.«

Tifflor rief eine Bilddatei ab und ließ die kurze Filmsequenz zwischen ihnen ablaufen.

»Das sind nur Amateuraufnahmen. Trotz der schlechten Qualität ist aber deutlich zu erkennen, dass es sich um ein keilförmiges Raumschiff handelt. Keines der uns bekannten Milchstraßenvölker baut solche Raumer. Damit haben wir neben den UFOs einen zweiten Typ exotischer Flugkörper, deren Herkunft für uns ein Rätsel ist.«

»Nicht ausgeschlossen, dass zwischen beiden eine Verbindung besteht«, warf Vapido ein.

Tifflor nickte nachdenklich. »Ich hatte gehofft, dass Sie mit Ihrem analytischen Verstand diesen möglichen Zusammenhang aufdecken, Dun.«

»Dazu reicht es leider nicht.«

»Gut, ich verschone Sie mit den letzten Flibustiern.« Tifflor seufzte.

Die Mutanten waren wirklich frei für andere Aufgaben. Es lag nahe, sie wieder auf Margor anzusetzen. Wenn überhaupt jemand Margor durchschauen konnte, dann die drei. Sie hatten ihn schon bekämpft, lange bevor seine Existenz bekannt geworden war. Wenn Vapido in seiner Analyse behauptete, dass Margors momentane Zurückhaltung die Ruhe vor dem Sturm sei, lag darin sicher mehr als nur ein Körnchen Wahrheit.

»Befassen wir uns also mit Margor.« Tifflor nahm das Gespräch wieder auf. »Uns ist klar, dass sich in der Provcon-Faust etwas zusammenbraut. Nur malen Sie mir von der Situation ein zu abstraktes Bild, Dun. Ich kann Ihren Schlüssen, die in der Prophezeiung einer Apokalypse gipfeln, nicht folgen. Was wollen Sie wirklich damit sagen?«

»Dun kann das nicht so einfach erklären«, antwortete Howatzer anstelle des Psi-Analytikers. »Es ist nicht mehr als ein Gefühl, die Ahnung kommenden Unheils. Wir haben selbst keine Erklärung dafür, aber wir sind sicher, dass die Situation in der Provcon-Faust eskalieren wird. Es ist, als hätte uns eine Warnung erreicht, die uns in die Dunkelwolke ruft. Lachen Sie meinetwegen darüber, ich könnte es Ihnen nicht verübeln.«

Tifflor blieb ernst. Ihm war keineswegs zum Lachen zumute.

»Ich glaube Ihnen das Gefühl einer ernsten Bedrohung«, sagte er. »Ich habe nur gehofft, dass Sie es mir ebenfalls vermitteln könnten. Was Margor betrifft, bin ich mit Ihnen einer Meinung, keine Frage. Aber welcher schlummernde Schrecken könnte gleich zur Apokalypse führen? Letzten Endes ist Point Allegro ein verschwindend kleiner Bereich in den Sternkarten.«

Howatzer wusste darauf keine Antwort.

»Selbst wenn Sie unsere Mahnung aus dem Spiel lassen, gibt es tausend Gründe, die Situation in der Provcon-Faust auszuforschen«, sagte Eawyter Gedan. »Das Schicksal von Ronald Tekener und seiner Frau zum Beispiel. Wir haben darauf hingewiesen, dass die Leichen auf den Fotos, die Margor Ihnen zugespielt hat, keine Zellaktivatoren trugen. Was ist aus den Aktivatoren geworden? Wären sie in Margors Besitz, hätte er damit geprahlt. Einen solchen Triumph lässt er sich nicht nehmen.«

Tifflor winkte ab. »Die Liga hat Margor und die Provcon-Faust keineswegs vergessen. Aber von keinem unserer eingeschleusten Agenten gibt es ein Lebenszeichen. Ich kann nur hoffen, dass Sie mehr Erfolg haben.«

Eawy ter Gedan strahlte auf einmal übers ganze Gesicht. Tifflor glaubte für einen Moment, sie wolle ihm um den Hals fallen, aber letztlich schreckte sie doch vor ihrer eigenen Courage zurück. Den Ersten Terraner küsste man eben nicht einfach.

»Ich werde veranlassen, dass für Ihr Unternehmen ein Raumschiff bereitgestellt wird«, versprach Tifflor. »Aber wie Sie in die Provcon-Faust gelangen, das ist Ihr Problem. Margor hat alle Vakulotsen abgezogen und die Dunkelwolke quasi dichtgemacht.«

»Überlassen Sie das ruhig uns«, sagte Howatzer, und Tifflor fragte sich, woher der Pastsensor seine Sicherheit nahm.

Als er wenig später wieder allein war, dachte der Erste Terraner über die Gäa-Mutanten nach.

Möglicherweise hatten sie ihm einiges verschwiegen. Ein Mann wie Dun Vapido verschanzte sich nicht von ungefähr hinter orakelhaften Ausflüchten.

Tifflor kam jedoch sehr schnell wieder auf andere Gedanken. Eine Meldung über neue Weltraumbeben in der galaktischen Eastside traf ein. Und der Psychologe Ferengor Thaty berichtete, dass auf einer der Randwelten zwei weitere Exemplare der Flibustier Josto ten Hemmings und Markon Treffner verhaftet worden waren.

Das waren die aktuellen Probleme, mit denen sich der Erste Terraner herumschlagen musste.

»Wir hätten ihm eindeutig sagen müssen, dass wir einen Ruf aus der Provcon-Faust empfangen haben«, bemerkte Eawy ter Gedan.

Bran Howatzer wehrte auch jetzt entschieden ab. »Wer hat uns denn gerufen? Das wissen wir selbst nicht einmal, Eawy. Es ist nicht mehr als ein *Gefühl*. Tifflor wäre nur völlig verwirrt, wenn wir versuchten, ihm das klarzulegen.«

Das war richtig. Eawy hatte sich sogar schon gefragt, ob Boyt selbst hinter der psionischen Botschaft steckte und sie alle drei in eine Falle locken wollte. Sie kannten ihn doch und wussten, wie er mitunter reagierte.

Dun hatte eine sehr treffende und klare Analyse erstellt, die Tifflor aber nicht vorlag. Er war zu dem eindeutigen Schluss gekommen, dass nur sie drei in der Lage waren, Margor unschädlich zu machen.

Sie kreuzten mit der ALHAMBRA bereits in der äußeren Randzone des Staubmantels. Kommandant Coden Gonz hatte den Auftrag, sie abzusetzen und danach zu einem Treffen mit Mutoghman Scerp weiterzufliegen. Gonz war bereit, die Mutanten mit einem kleinen Beiboot auszuschleusen. Aber da ihm noch etwas Zeit zur Verfügung stand, nützte er die Gelegenheit für zusätzliche Erkundungen.

Abenteurer warteten seit Tagen im Bereich der Dunkelwolke und hofften auf eine Passage. Wie viele den Durchflug auf eigene Faust versucht hatten und daran gescheitert waren, vermochte wohl niemand festzustellen.

Dutzende Schiffe waren mittlerweile auch wieder abgezogen, schließlich war die Wolke nicht der einzige Ort in der Milchstraße, der schnellen Reichtum versprach.

Einheiten der GAVÖK patrouillierten auf sporadischem Kurs und suchten nach einer Veränderung der Situation. Trotzdem war die Einsamkeit zu spüren, die Zeit schien stehen geblieben zu sein.

Unerwartet heulte der Ortungsalarm!

Aus dem wirbelnden Mahlstrom brachen Dutzende Raumschiffe hervor.

»Es sind fünfzig und mehr ... Jetzt schon achtzig ... Unterschiedliche Größe und Bauart.«

In Eawy krampfte sich alles zusammen.

Die Schiffe, die aus dem tödlichen Staub hervorbrachen – das war Margors Flotte. Hatte der Mutant den Befehl zum Angriff auf die Milchstraße gegeben?

Jemand umfasste ihre Oberarme und schüttelte sie. Benommen registrierte sie, dass es Bran war.

»Eawy, komm zu dir!«, herrschte er sie an. »Gonz kann die kodierten Funksprüche der Schiffe nicht entschlüsseln. Du musst dich in den Funkverkehr einschalten.«

»Schon gut, Bran.« Träge fuhr sie sich mit beiden Händen über den Kopf. »Ich weiß, was ich zu tun habe.«

Ein greller Lichtblitz zuckte über den Panoramaschirm. Der Raum rings um die ALHAMBRA loderte, als explodiere eine Sonne.

»Die Paratender eröffnen das Feuer!«

Eawy starrte auf die Schirme. Sie glaubte zu spüren, dass die ALHAMBRA mit voller Schubkraft beschleunigte. Zwei weitere brodelnde Explosionen flammten auf, konnten aber schon nicht mehr gefährlich werden. Margors Flotte blieb zurück.

Zwischen den Schiffen herrschte reger Funkverkehr. Eawys besondere Sinne tasteten die Frequenzen ab. Sie analysierte, sortierte und fasste die in den Sendungen enthaltenen wichtigen Informationen knapp zusammen.

»Das ist erst die Vorhut«, berichtete sie, beinahe krampfhaft konzentriert. »Noch einmal so viele Schiffe stehen auf Abruf bereit. Boyt selbst befindet sich noch in der Dunkelwolke. Das Kommando über die Vorhut hat der Lare Roctin-Par. Er will mit den achtzig Schiffen auf Warteposition gehen, die restliche Flotte soll nach der Lageerkundung zu ihm stoßen ...«

Eawy gönnte sich eine kurze Erholungspause. Verwirrt reagierte sie darauf, dass es in dem Gewirr der Funksprüche plötzlich einen Störfaktor gab. Ein fremdes, nahezu unverständliches Signal. Stärker als auf alles andere konzentrierte sie sich darauf und versuchte, es zu entschlüsseln.

»Roctin-Par hat befohlen, dass sich die Paratender nicht weiter mit der ALHAMBRA befassen sollen.« Eawy redete stockend, denn sie bemühte sich intensiv um den Fremdimpuls. »Der Lare sieht uns nicht als Bedrohung ...«

Endlich hatte sie das fremde Signal. »Da ist eine Nachricht im LFT-Kode, der Sender befindet sich weit von der Flotte entfernt: Tekener und Jennifer Thyron leben! Sie haben sich mit Zwottern verbündet und wollen auf Zwottertracht Geheimnisse erforschen. Davon erhoffen sie sich ...«

Eawy wurde von einem Schwindel erfasst. Abermals wurde sie heftig durchgeschüttelt.

Mühsam blinzelnd erkannte sie, dass Bran wieder vor ihr stand und ihre Arme umklammerte.

»Was sagst du da, Eawy? Bist du sicher, dass du das wirklich empfangen hast? Tekener und seine Frau leben?«

Sie nickte schwach.

»Wir haben die Mitteilung ebenfalls!«, meldete Coden Gonz lautstark. »LFT-Frequenz, der Sender wird soeben angepeilt. Die Nachricht stammt angeblich von Tekener selbst. Aber der Übermittler ist wohl ein Tekheter namens Doomvar. Die Fernortung lässt Energie- und Massewerte einer Space-Jet erkennen.«

Howatzer seufzte erleichtert und drückte Eawy kurz an sich. Sie lächelte erschöpft und versuchte nicht einmal, sich aus seinem Griff zu lösen.

»Es könnte sich um eine Falle handeln«, gab der Kommandant zu bedenken. »Ich möchte kein Risiko eingehen und die Space-Jet lieber nicht an Bord holen.«

»Lassen Sie den Diskus lediglich andocken, damit wir drei umsteigen können«, erwiderte Howatzer. »Damit sind Sie uns dann los, Kommandant, und können sich der GAVÖK-Mission widmen.«

»Seien Sie vorsichtig – und misstrauisch!«, riet Gonz. »Wir warten auf jeden Fall, bis Sie aus der Space-Jet melden, dass alles in Ordnung ist.«

Zwei kurze Linearetappen brachten die ALHAMBRA ans Ziel.

Die drei Mutanten warteten, bis die Space-Jet mit den Magnetklammern außenbords verankert war und sich ein Energieschlauch als Verbindung zwischen den Luftschleusen stabilisierte.

Der Tekheter erwartete sie in der Kommandokuppel des kleinen Diskusschiffs. Stumm nickte er ihnen zu.

Bran Howatzer stellte seine Begleiter und sich vor.

»Ich bin Mutant und habe die Möglichkeit, anhand Ihrer Gefühlsschwingungen nachzuempfinden, was Sie in den letzten zwölf Stunden erlebt haben. Auf diese Weise kann ich feststellen, ob Sie die Wahrheit sagen. Sind Sie bereit, sich diesem Test zu unterziehen, Doomvar?«

»Warum nicht«, erwiderte der Tekheter. »Sie können das ohnehin nur machen, wenn Sie wirklich Bran Howatzer sind. Tek hat Sie erwähnt, ich weiß also Bescheid.«

»Das vereinfacht die Sache.« Howatzer konzentrierte sich auf die Gefühlsschwingungen des Tekheters. Ein Telepath hätte Doomvars Gedanken so gut wie nicht erfassen können, denn Tekheter und Vincraner wiesen eine natürliche Abwehr auf. Aber Howatzers Psi-Fähigkeit war anders als bloße Telepathie.

»Sie müssen an nichts Bestimmtes denken, Doomvar«, sagte er leise. »Ich kann mir auch so alle Informationen aus Ihrem Gedächtnis holen ...« Seine Stimme wurde zum Flüstern, als er die Eindrücke weitergab, die ihm Doomvars Gefühlsschwingungen vermittelten.

Urplötzlich stockte er. »Tekener wäre es also recht, wenn er Verstärkung bekäme. Es ehrt uns, dass er dabei auch an uns drei gedacht hat. Nur – wieso denken Sie an eine besondere Bestimmung, die wir haben sollen?«

Eawy ter Gedan zuckte heftig zusammen. In dem Moment waren die seltsamen Ahnungen wieder präsent, der Ruf, den sie alle drei glaubten, vernommen zu haben. Den sie vernommen hatten?

»Verraten meine Gefühlsschwingungen nichts darüber?«, fragte Doomvar. »Wahrscheinlich, weil ich die Zusammenhänge selbst nicht völlig verstehe. Ich weiß, dass Margor von den Prä-Zwottern ausersehen wurde, ihr Werk zu vollenden. Und dass ihr drei ein Gegengewicht zu seinen Aggressionen sein sollt. Aber wisst ihr das nicht besser als ich?«

Eawy schüttelte den Kopf. Sie schaute zu Dun, der in dem Moment einfach nur ins Leere blickte. In Brans Gesicht glaubte sie dieselbe grenzenlose Verwunderung zu lesen, die sie ebenfalls empfand.

»Wir sollten jetzt Coden Gonz wissen lassen, dass alles in Ordnung ist, und dann sofort nach Zwottertracht fliegen«, erinnerte Howatzer endlich. »Ach ja, ich habe erkannt, dass Sie drei Paratender an Bord haben. Ich denke, der Kommandant unseres Schiffes wird sich ihrer gern annehmen und für ihre Heilung sorgen. Sie dürften für ihn dann eine gute Informationsquelle sein.«

17.

Jennifer Thyrons Shift glitt auf den Antigravfeldern durch die breite Höhle. Sie musste jäh abbremsen, als im Scheinwerferlicht mehrere kleine Gestalten auftauchten. Rasch erkannte sie, dass es sich um Zwotterfrauen handelte. Die Frauen deuteten nach links.

»Folge ihren Anweisungen!«, riet Eteara, die als Einzige von Ahrzabas Probanden im Shift geblieben war.

Anfangs hatten noch fünf weitere Frauen aus Ahrzabas Experimentiergruppe die Fahrt mitgemacht. Aber nach dem Eindringen ins Labyrinth der Prä-Zwotter-Höhlen hatten sie rasch den Flugpanzer verlassen, um die Frauenkolonie zu informieren. Offenbar war das inzwischen geschehen.

Jennifer lenkte den Shift nach links und fuhr in eine geräumige Grotte ein. Der Scheinwerferkegel glitt über eine massive Felswand. Offenbar gab es keinen zweiten Ausgang.

»Hier ist Ende«, sagte Eteara. »Wir müssen das Fahrzeug abstellen. Die Frauen der Kolonie sorgen dafür, dass es gut aufgehoben ist.«

Jennifer versuchte noch einmal, Funkkontakt mit Tek zu bekommen, aber offenbar schirmte der Fels ab. Sie griff nach ihrem Atemgerät, nahm noch einen Scheinwerfer an sich und kontrollierte die beiden Waffen, die sie trug. Sie folgte Eteara, die sich schon nach draußen schwang.

Zwotterfrauen hatten schon damit begonnen, am Zugang der Grotte leicht wirkendes Schiefergestein aufzuschichten und mit einer mörtelartigen Masse zu verbinden.

»Wieso wollen sie den Shift einmauern?«

»Zur Tarnung«, antwortete Eteara. »Sicher ist sicher.«

Jennifer schwang sich noch einmal in den Panzer zurück und aktivierte einen Peilsender. Sie würde das Fahrzeug zumindest aus geringer Entfernung orten können.

Als die mit Eteara die Grotte verließ, wartete schon Aiteli auf sie. Die Schwangere gehörte zu Ahrzabas Probanden, die den Shift zur Erkundung verlassen hatten.

»In der Kolonie hat sich einiges verändert«, berichtete Aiteli zögernd. »Die meisten Frauen wissen weder über die Psychode noch über die Läander Bescheid. Aber ich habe eine Eingeweihte getroffen, die uns zu Weittel bringen wird. Weittel führt die Kolonie, sie scheint streng zu sein.«

Aiteli lief auf ihren kurzen Beinen voran, mit beiden Händen ihren prallen Leib schützend. »Beeilt euch!«, rief sie im Laufen über die Schulter zurück. »Ich spüre, wie das Leben in mir drängt. Ich habe nicht mehr viel Zeit.«

Sie zwängten sich durch enge Felsspalten und kamen an Gewölben vorbei, aus denen verhaltenes Stöhnen und Wimmern erklang. Als Jennifer den Strahl ihres Handscheinwerfers durch eines der Gewölbe huschen ließ, sah sie eine Reihe zugemauerter Felsnischen. Nur kleine Scharten waren frei gelassen. Sie konnte aber nicht erkennen, ob das Stöhnen aus diesen seltsamen Kerkern kam.

Schließlich bogen Eteara und Aiteli in eines der Gewölbe ein. Zwei Zwotterfrauen mauerten gerade eine Höhle zu. Eine dritte kam heftig gestikulierend näher. »Licht aus! Und verdunkeln!«, rief sie in schlechtem Interkosmo.

Jennifer dimmte den Scheinwerfer, bis die Frau sich wieder beruhigte.

»Das ist Shauda«, stellte Aiteli sie vor. »Sie wird euch zu Weittel bringen.«

»Und was wird aus dir, Aiteli?«, fragte Jennifer Thyron, als die Hochschwangere sich der halb zugemauerten Höhle zuwandte.

Aiteli gab keine Antwort. Sie drehte sich nicht einmal mehr um und winkte im Davoneilen nur ab. Sie verschwand in der Höhle.

»Kannst du es dir nicht denken, Jenny?« Eteara warf der Terranerin einen vielsagenden Blick zu.

»Keine Worte!«, fuhr Shauda dazwischen. »Weittel wird antworten.«

Aber Jennifer hatte schon verstanden. Sie dachte schaudernd daran, dass Virna Marloy in einer dieser kahlen Nischen Margor zur Welt gebracht hatte. Für die mit den seltsamen Sitten der Zwotter nicht vertraute Gäanerin musste die Entbindung in der Finsternis einer zugemauerten Höhle zum Trauma geworden sein.

Was hatte diese Frau durchgemacht? Aber verglichen mit dem, was Margor ihr nach seiner Heimkehr auf Gäa angetan hatte, mochte das Höhlenlabyrinth harmlos gewesen sein. Für Zwotterfrauen war es die natürlichste Sache der Welt, sich in dem Berg zu verkriechen und erst ins Freie zurückzukehren, wenn sie ihre Mannphase zurückgewonnen hatten.

Jennifer vermutete, dass die wenigsten Zwotterfrauen überhaupt noch den Grund für dieses Verhalten kannten. Einst hatten sie sich in die Höhlen ihrer Ahnen zurückgezogen, um mit den Psychoden zu experimentieren – in der Hoffnung, wie die Läander den Zustand des körperlosen Seins zu erreichen und in der paraplasmatischen Sphäre aufzugehen.

Shauda führte sie in eine stillere Region.

Vor einem Tunnel standen zwei Frauen Wache. Sie trugen purpurne, mit eigentümlichen Symbolen bestickte Kutten. Ihre Kapuzen ließen nur die Augen mit den hornigen Lidern sehen. Erst als Shauda ihnen ein Zeichen gab, wichen sie zur Seite.

»Wir kommen ins Allerheiligste«, erklärte Shauda ehrfürchtig. »Ihr müsst Schmutz zurücklassen und Gewand anlegen.«

Sie führte Jennifer und Eteara in einen Seitengang. In einer Kammer hingen Umhänge, wie die Wachen sie trugen. Shauda wählte für Jenny die längste Kutte aus und warf sie ihr zu. Für sich selbst und Eteara nahm sie Kutten entsprechender Größe von den Haken.

Jennifers Umhang reichte ihr nur bis knapp unter die Knie. Shaudas Blick war Missbilligung pur, doch sie schwieg.

»Ich hoffe nur, dass Ronald und Tezohr keine Schwierigkeiten bekommen, wenn die Bräuche hier so streng sind.« Jennifer seufzte laut.

»Es liegt an uns, Weittel von ihrer Unentbehrlichkeit zu überzeugen«, bemerkte Eteara. »Außerdem werden sie hoffentlich nicht mit leeren Händen kommen. Der Parusie der Psychode wird sich Weittel nicht verschließen können.«

Sie verließen die Bekleidungskammer durch einen anderen Ausgang. Der Weg führte durch ein System wild verwinkelter Gänge. Jennifer hatte bald das Gefühl, dass sie im Kreis liefen. Nach einer halben Stunde stellte sie Shauda zur Rede.

»Wohin bringst du uns eigentlich?«, wollte sie wissen.

»Zu Weittel. Die Hohepriesterin wartet.«

»Die Hohepriesterin? Gibt es keinen kürzeren Weg zu ihr?«

Shauda schüttelte den großen Kopf. »Das Ritual verlangt den Bußgang.«

»Oh«, machte Eteara betroffen. »Mir scheint, wir sind in eine Periode finsteren Aberglaubens geraten.« An Shauda gewandt, fragte sie: »Beschäftigt ihr euch überhaupt noch mit Psychoden? Ist euch überhaupt bewusst, welches Vermächtnis uns die Läander hinterlassen haben?«

Shauda stieß einen unartikulierten Laut aus und raffte ihre Kutte hoch. Darunter kam ein metallen schimmernder Stab zum Vorschein, den sie drohend gegen Eteara richtete.

»Keinen Frevel!«, sagte sie. »Das Psychod wacht. Wir verehren es. Wir sind gläubig. Niemand bezweifelt das ungestraft.«

»Reg dich bitte nicht auf, Shauda«, sagte Jennifer beruhigend. »Wir zweifeln nicht an eurer Gläubigkeit. Du hast uns bestätigt, dass ihr mit Psychoden arbeitet, das genügt uns. Mich würde nur noch interessieren, wie viele Psychode euch zur Verfügung stehen.« Sie wollte den Stab näher in Augenschein nehmen, aber Shauda verbarg ihn schon wieder unter ihrer Kutte.

»Weittel antwortet.« Shauda ging weiter.

Endlich ließen sie das Gewirr der Gänge hinter sich. Sie betraten eine gemauerte Halle. Die Wände waren mit Zeichen und Symbolen bemalt, wie sie ihre Kutten trugen. Von der kuppelförmigen Decke strahlte ein fluoreszierender Schein, der fahles Licht spendete. Jennifer schaltete ihre Lampe aus. Sie vermutete, dass es sich bei der Lichtquelle um Pilzkulturen handelte.

»Warten!«, befahl Shauda und verschwand.

»Die tun ja gerade so, als würden sie Weittel für mächtiger als Tezohr und die Psychode halten«, raunte Eteara hinter vorgehaltener Hand.

Shauda kam mit drei Frauen zurück. Ihre Begleiterinnen trugen verschieden geformte Metallgegenstände, die wie Maschinenteile aussahen. Sie machten damit vor Jennifer und Eteara beschwörende Gesten, als wollten sie böse Geister verscheuchen.

»Mitgehen!«, befahl Shauda. »Die Priesterinnen führen euch zu Weittel.«

Eine der Frauen ging voran, die beiden anderen flankierten sie. Alle drei hielten die Maschinenteile wie heilige Reliquien in die Höhe.

»Lächerlich«, schimpfte Eteara. »Da wird sich einiges ändern müssen.«

Die Priesterinnen reagierten nicht darauf. Jennifer hegte sogar den Verdacht, dass sie kein Interkosmo verstanden.

Alle Gänge waren nun gemauert und vom Schein leuchtender Pilzkulturen erhellt. Schon nach etwa dreihundert Metern öffnete sich eine große Halle. An deren Ende, vor einer mit Symbolen bemalten Wand, stand eine einzelne Zwotterfrau. Links und rechts hinter ihr gähnten zwei dunkle hohe Wandöffnungen. Jennifer hatte den vagen Eindruck, dort eine Bewegung zu sehen. Vermutlich verbargen sich überall Wachen zum Schutz der Hohepriesterin.

Die drei Frauen blieben stehen. Durch leichte Stöße mit ihren Maschinenteilen gaben sie Jennifer und Eteara zu verstehen, dass sie allein weitergehen sollten.

»Bist du Weittel, das Oberhaupt der Anima-Kolonie?«, rief Eteara beim Näherkommen der Zwotterfrau zu, deren Kutte sich nur durch Goldstickereien von der Kleidung der anderen unterschied.

»Ich bin die Hohepriesterin und Bewahrerin des wahren Glaubens«, antwortete Weittel würdevoll und in nur leicht akzentuiertem Interkosmo. »Willkommen – und die Kraft des einen Psychods mit euch! Ich habe vernommen, dass ihr von weit her kommt, um mir wichtige Neuigkeiten zu überbringen.«

»Ich nehme an, Aiteli und die anderen Botschafterinnen haben dich in groben Zügen aufgeklärt«, sagte Eteara. »Wo sind sie denn?«

»Aiteli musste in die Mütterkolonie.«

»Das wissen wir. Aber was ist aus den anderen geworden?«

»Sie unterziehen sich einer Reinigung«, sagte Weittel. »Aber zuerst zu den wichtigeren Dingen. Ihr müsst wissen, dass in unserer Kolonie einige Neuerungen erfolgt sind. Mir ist aus der Überlieferung bekannt, was vor langer Zeit mit Ahrzaba und ihren Schülerinnen geschah. Ich bin erst vor Kurzem in die Kolonie gekommen. Es ist kaum zu beschreiben, welche Zustände hier geherrscht haben. Meine Vorgängerin war viel zu nachsichtig und hat abergläubische Strömungen einreißen lassen, sodass die Frauen vom wahren Glauben abkamen und Götzen huldigten.«

»Welchen Götzen?«, fragte Eteara.

»Ich habe mir ihre Namen nicht gemerkt und will auch nicht daran erinnert werden«, erwiderte Weittel barsch. »Es war eines der dunkelsten Kapitel in der Geschichte unseres Volkes. Meine Vorgängerin duldete, dass die Frauen Götzenbilder heranschafften und sie als Instrumente göttlicher Macht verehrten. Als ich endlich stark genug war, meine Vorgängerin zu stürzen, habe ich mit dem Aberglauben rigoros aufgeräumt. Ich ließ die Götzenbilder fortschaffen und zur Abschreckung einmauern. Sofern sie nicht in den Wechsel kamen oder flüchten konnten, wurden die Götzendiener bekehrt und sind nun Diener des einen großen Psychods.«

»Willst du damit sagen, dass du nur ein einziges Psychod aufbewahrt hast?«, fragte Jennifer Thyron.

Die Hohepriesterin ignorierte die Frage.

»Wer ist dieser Mischling, dass er sich Rechte wie eine Zwotterfrau herausnimmt?«, wollte sie von Eteara wissen.

»Das ist Jennifer Thyron, auch Frau und Auserwählte«, antwortete die Probandin. »Tezohr selbst, der Schöpfer des Königspsychods, hat sie zu seiner Vertrauten gemacht. Jennifer und ihr männlicher Gefährte wollen uns helfen, dass unsere entkörperten Vorfahren ihre Bestimmung erfüllen können.«

»So ist das«, sagte Weittel, aber Jennifer hatte den Eindruck, dass sie nicht im Geringsten wusste, wovon Eteara redete. »Ich verstehe. Auch die anderen Frauen erklärten, dass sie zum Gefolge eines Königs Tezohr gehören. Du verstehst, dass ich skeptisch bleibe, Eteara. Was von diesem Tezohr zu halten ist, wird sich herausstellen, sobald er vor das Mächtigkeitspsychod tritt.«

»Von diesem Psychod habe ich nie gehört«, gestand Eteara. »Tezohr hat es nicht erwähnt.«

»Es ist das Psychod, das den einen wahren Gott auf dieser Welt vertritt«, erklärte Weittel. »Alle anderen Psychode können nur Fälschungen sein. Wenn Tezohr beweisen kann, dass er das Mächtigkeitspsychod erschaffen hat, werden wir ihn als unseren König anerkennen.«

»Was ist das nur für ein irregeleitetes Weib«, flüsterte Eteara Jennifer zu. »Sollen wir darauf eingehen oder versuchen, ihr den Unsinn auszureden?«

»Ich glaube kaum, dass Weittel die Wahrheit verträgt«, erwiderte Jenny ebenso leise. »Vielleicht können wir sie hinhalten, bis Tezohr und Tek mit den Psychoden eintreffen. Es wäre auch interessant, dieses angebliche Mächtigkeitspsychod kennenzulernen.«

»Dürfen wir das Mächtigkeitspsychod sehen, Weittel?«, erkundigte sich Eteara.

»Es freut mich, dass du darum bittest«, sagte Weittel. »Ich hätte ohnehin darauf bestehen müssen, dass du die Glaubensprobe ablegst. Aber wie ist es mit dem Menschling?«

»Ich erwarte, dass Jenny mich begleitet.«

»Dagegen ist nichts einzuwenden, auch wenn ich Zweifel daran habe, dass sie die Prüfung bestehen wird. Sie ist keine aus unserem Volk.«

»Ich fühle mich in der Lage, der Parusie jedes Psychods standzuhalten«, erklärte Jennifer. Dabei dachte sie an die parapsychische Immunisierung, die sie von Tezohr und Ahrzabas Probanden erhalten hatte.

»Also kommt!« Die Hohepriesterin drehte sich um und schritt auf den linken der beiden in Dunkelheit liegenden Ausgänge zu.

»Mach dich auf eine Überraschung gefasst«, raunte Jenny ihrer Begleiterin zu.

Weittel führte sie durch den dunklen Gang, der von Zwotterfrauen flankiert war. Sie hielten nutzlose Metallteile in Händen, als handle es sich tatsächlich um göttliches Werkzeug. Als Jennifer kurz ihren Scheinwerfer aufblitzen ließ, schwenkten die Zwotterfrauen ihren Zierrat in ihre Richtung, als müssten sie damit böse Geister bannen.

Weittel tat zumindest so, als hätte sie den Vorfall gar nicht bemerkt.

Die Hohepriesterin erreichte ein Gewölbe, dessen Größe nicht annähernd abzuschätzen war, weil es von einer gigantischen Konstruktion ausgefüllt wurde. Nur eine etwa zehn mal zwanzig Meter große Fläche war ausgespart.

»Das ist das Mächtigkeitspsychod!« Feierlich deutete Weittel auf das technische Monstrum.

Ein Blick auf ihren Armbandorter verriet Jenny, dass das Gebilde eine starke Hyperstrahlung abgab. Sie wollte diese kuriose Maschine gerade näher in Augenschein nehmen, als Eteara plötzlich wie von Sinnen zu schreien anfing.

»Das ist eine Maschine der Petronier!«

Ihre Stimme verzerrte sich, sie wurde zu einem Morphling. Der Anblick der Gigantmaschine hatte ihr einen solchen Schock versetzt, dass sie jäh ihr Geschlecht wechselte.

Jenny war auf sich allein gestellt.

»Glaubst du, Menschling, dem Mächtigkeitspsychod dienen zu können?«, wollte Weittel wissen.

»Ich anerkenne seine Macht«, sagte die Terranerin mit belegter Stimme.

Sie konnte nur hoffen, dass Tek und Tezohr bald mit den echten Psychoden eintrafen.

18.

Hotrenor-Taak drehte sich im Sitz halb um. »Boyt Margor hat bestimmt auch für dich Verwendung, Tezohr«, sagte er nach hinten.

»Ich hoffe, dass ich ihm bald begegne.« Der Paraplasmat drückte sein eiförmiges Psychod fester an sich. »Es muss bald eine Entscheidung fallen.«

Im Scheinwerferlicht tauchten Zwotter auf. Sie liefen dem Geländewagen entgegen. Tekener konnte das Fahrzeug erst im letzten Moment verreißen und schaffte es gerade noch, dass er nicht gegen die Felswand prallte. Dafür erwischte er ein seltsam formloses Gebilde, das sich auf zwei Tentakeln fortbewegte und einen dritten Auswuchs wie eine Peitsche schwang.

Dem Tagjaro konnte er nicht mehr ausweichen. Eine merkliche Erschütterung ging durch den Geländewagen, als er den Tagjaro überrollte.

Tekener reagierte mit einer Verwünschung.

»Hier Wagen drei«, rief er über Funk. »Tekener an Pefar Garija-Pjokkor in Wagen zwei. Wenn Sie Ihre Tiere nicht besser unter Kontrolle halten, dann können Sie schon jetzt den Nachruf aufsetzen. Statt Zwotter zu jagen, sollten die Tagjaros uns den Weg weisen. Mir ist soeben einer unter die Raupenkette gelaufen.«

»Armes Tier«, kam die Antwort. »Aber ich habe die Kontrolle über die Tagjaros verloren. Sie spielen plötzlich verrückt und fallen über alles her, was sich bewegt. Diese verdammten Höhlen sind schuld daran. Ich spüre selbst einen mentalen Druck, der mich bald verrückt werden lässt ...«

Hotrenor-Taak ignorierte nach wie vor Tekeners Paralysator.

»Du hörst Margors Ruf, Pefar!«, stieß er hervor. »Folge ihm! Kehre um ...«

Tekener unterbrach die Verbindung. Aber im selben Moment kam ein Anruf herein.

»Hier Wagen eins.« Das war der Vincraner Galinorg, der mit Ahrzaba, ihren Probanden Istri und Bilia und vier Paratendern im ersten Geländewagen fuhr. »Ich habe mich also doch nicht geirrt, es ist Boyts Nähe, die ich fühle. Wir dürfen uns ihm nicht widersetzen, Taak. Wir müssen sofort umkehren.«

»Ich habe das Kommando übernommen!«, sagte Tekener hart. »Wir behalten den Kurs bei!«

»Das will ich von Taak selbst hören«, verlangte Galinorg.

Tekener hob den Paralysator, als der Lare antworten wollte. Dazu schüttelte er unmissverständlich den Kopf.

»Hotrenor-Taak ist froh, dass ich die Verantwortung habe«, sagte Tek. »Wie ist die Situation bei Ihnen, Galinorg?«

Für einige Sekunden herrschte Schweigen, dann meldete sich der Vincraner wieder. »Ich habe diese verrückten Zwotterfrauen ausgesetzt. Ohne sie kommen wir besser zurecht. Die Höhlen hier machen einen bewohnten Eindruck. Einige sind nahezu zugemauert, dahinter erklingen Schreie. Sollen wir die Sache untersuchen – Tek?« Die Frage troff vor Sarkasmus.

»Es war unklug, Ahrzaba und ihre Probanden davonzujagen, Galinorg«, erwiderte der LFT-Agent. »Sie hätten uns in die Frauenkolonie führen sollen.«

»Das ist vorbei. Und Sie haben auch nichts mehr zu bestellen, Tek. Obwohl ich es fast ein wenig bedauere, dass aus unserer Zusammenarbeit nichts wird.«

»Nehmen Sie Vernunft an, Galinorg!«, rief Tekener beschwörend. »Wir müssen zusammenhalten ...«

»Halten Sie die Luft an, Tek! Und passen Sie auf, dass ich Sie nicht ins Fadenkreuz kriege.«

»Galinorg!«, rief Tekener. Aber die Verbindung war bereits unterbrochen.

»Jetzt wissen Sie, woran Sie sind«, sagte Hotrenor-Taak spöttisch.

»Sie könnten Galinorg immer noch umstimmen.«

»Warum sollte ich?«, fragte der Lare.

»Weil Sie im Grunde genommen froh darüber sind, dass ich das Kommando habe. Sie wollen ergründen, was an den Psychoden dran ist, weil Sie glauben, Margor damit einen Dienst zu erweisen. Offiziell können Sie nicht gegen seinen Willen opponieren, deshalb akzeptieren Sie die neue Situation. Doch wenn Sie Galinorg nicht zurückpfeifen, wird er alles zunichtemachen.«

Hotrenor-Taak überlegte kurz. »Tut mir leid, Tek, ich kann Ihnen nicht helfen. Galinorg würde mir nicht gehorchen. Er konnte nur gegen Boyts Befehle handeln, solange sich dessen Aufmerksamkeit nicht auf ihn persönlich konzentrierte. Aber jetzt genießt Boyt Priorität. Mir ergeht es nicht anders. Ich werde jede Chance nutzen, um Sie ...«

Der Lare schnellte sich zur Seite. Doch Tekener reagierte blitzschnell und löste den Paralysator aus. Ein Zittern durchlief Hotrenor-Taaks

Körper, dann erschlaffte er. Tekener hatte einige Mühe, ihn auf den Beifahrersitz zurückzuschieben.

»Es war besser so«, murmelte Tek. Abermals musste er sich fragen, ob der Lare ihn absichtlich angegriffen hatte – und nicht massiver gegen ihn vorgehen zu *müssen*.

»Was jetzt?«, fragte Tezohr.

»Wir haben die Psychode, und darauf sollte es ankommen«, antwortete Tekener. »Was würdest du lieber übernehmen, Tezohr, das Steuer des Wagens oder die Geschützkontrolle?«

Der Paraplasmat gurgelte halb erstickt. »Ich bin technisch unbegabt, eine Waffe könnte ich schon gar nicht handhaben. Du weißt, dass wir Läander jede Gewaltanwendung verabscheut haben.«

»Aber ihr habt gegen die Petronier gekämpft, die euch in den Krieg treiben wollten. Das hier ist ähnlich. Willst du, dass in der paraplasmatischen Sphäre auf ewig das Chaos herrscht? Oder wäre es dir lieber, wenn die entkörperten Läander endlich ihre Bestimmung erhielten?«

»Dann lass mich ans Steuer.« Tezohr seufzte.

Tekener erklärte ihm, was zu tun war. Er fand, dass Tezohr seine Sache sogar ziemlich gut machte. Als er sich nach einigen Minuten endlich um das Dachgeschütz kümmern wollte, kam ein Anruf über Sprechfunk.

Pefar meldete sich. »Wir werden von Zwottern angegriffen!«

»Das glaube ich nicht«, entfuhr es Tek.

»Diese Gnomen in ihren purpurnen Kutten haben einen Wall aus Felsen errichtet. Wir sitzen fest, und die kleinen Teufel gehen mit Brecheisen auf den Wagen los. Wir müssen uns verteidigen, sonst schlagen sie uns die Schädel ein.«

»Keine Gewalt!«, befahl Tekener. »Wahrscheinlich sind das Angehörige der Frauenkolonie. Lasst euch gefangen nehmen, wir folgen euch. Schaltet den Funk auf Höchstleistung, damit wir euch anpeilen können.«

»Tek!« Tezohr schrie auf und deutete nach vorn. Gleichzeitig riss er nur mit einer Hand das Steuer herum. Der Wagen dröhnte in einen Quergang.

Tekener sah gerade noch den in voller Fahrt entgegenkommenden anderen Geländewagen. Als dort das Strahlgeschütz feuerte, zog Tezohr den Geländewagen bereits in eine quer verlaufende Höhle.

»Gut gemacht!« Tekener schlug dem Paraplasmaten aufmunternd auf die Schulter. Wieder hatte er den Eindruck, durch ihn hindurchzugreifen. Er hoffte, dass das nur Einbildung war. Keinesfalls durfte Tezohr jetzt die Beherrschung über den Pseudokörper verlieren.

»Die Zwotter haben uns entwaffnet und führen uns ab«, berichtete Pefar über Funk. »Sie haben mir nur den Helm gelassen, der den Kontakt zu meinen Tagjaros ermöglicht. Aber die Tiere sind außer Rand und Band.«

»Leistet keinen Widerstand«, riet Tekener. »Wir peilen euch an und werden die Situation klären.«

Er schwenkte das kleine Dachgeschütz heckwärts. Soeben tauchten die Scheinwerfer des verfolgenden Wagens wieder auf. Das Fahrzeug selbst war noch hinter der letzten Biegung verborgen.

»Sei kein Narr, Pefar«, mischte sich Galinorgs Stimme ein. »Tekener arbeitet gegen Margor. Nehmt die Zwotter gefangen. Margor wird es euch danken, wenn ihr die Stellung seiner Gegner unterminiert. Hetze deine Tagjaros ...«

Galinorg verstummte jäh, und Tekener wusste auch, wieso. Der Wagen seiner Verfolger erschien soeben hinter der Felsbiegung. Tek feuerte auf die Raupenketten. Der Energiestrahl verfehlte sein Ziel jedoch und schlug wenige Meter vor dem Fahrzeug in den Boden. Aufglühendes Gestein spritzte auf den Wagen und zwischen die Kettenglieder, wo es erkaltete und die Antriebsräder für einen Moment blockierte. Galinorgs Fahrzeug schlingerte und fiel zurück.

»Bieg in die nächste Seitenhöhle ab, Tezohr! Vielleicht können wir sie abschütteln.«

Galinorgs Gelächter aus dem Lautsprecherfeld verriet, dass der Vincraner das Kommando mitgehört hatte.

»Du musst von nun selbst entscheiden«, rief Tekener dem Plasmaten zu. »Wir werden abgehört.«

»Ich komme auf den Geschmack.« Tezohr warf ihm einen seltsamen Blick zu. »Es ist eine eigene Lust, eure Technik zu handhaben.«

»Fahr ja vorsichtig!« Tek wartete vergeblich darauf, dass das Dunkel hinter ihnen wieder vom Scheinwerferlicht der Verfolger erhellt wurde.

»Achtung, links!«, meldete Tezohr, als sie an einer quer laufenden Höhle vorbeifuhren. Tekener sah zwei rasch näher kommende Lichtquellen. Darüber blitzte es auf. Ein Energiefinger strich nur zwei Meter hinter dem Wagenheck vorbei und bohrte sich in die Felswand. Alles ging so schnell, dass Tek keine Gelegenheit erhielt, das Feuer zu erwidern.

Galinorg war wieder hinter ihnen.

Seltsamerweise fiel Tek ausgerechnet in dem Moment Jennifer ein. Wenn sie sich in dem Höhlenlabyrinth befand, musste sie den Funkverkehr mithören können. Er fragte sich, warum sie trotzdem kein Lebenszeichen von sich gab.

»Tekener schießt auf uns!«, stachelte Galinorg die Springer auf. »Das zeigt deutlich, wie er zu Margor steht. Was ist mit den Tagjaros, Pefar?«

»Ich habe sie aufgefordert ... Aber – verdammt!« Ein Entsetzensschrei folgte.

»Pefar, was ist?«

»Sie fallen über alle her, auch über uns. Mehso – *Platz!* Sasa – *versteinern!* Sie gehorchen nicht, sie peitschen ...«

»Pefar, brecht aus!«, erklang Galinorgs Befehl. »Nützt die Verwirrung der Zwotter.«

Der Verfolgerwagen holte auf. Ein Energieblitz zuckte knapp an Tekeners Seite vorbei und schlug in die Felswand ein. Es regnete geschmolzenes Gestein. Tekener erwiderte den Angriff und traf zu genau. Sein Schuss bohrte sich in die Front des verfolgenden Geländewagens, richtete aber keinen sichtbaren Schaden an.

Tezohr bog wieder ab.

Sekundenlang war wieder das Geschrei der attackierten Springer zu hören.

»Achtung!«, brüllte Tezohr.

Tekener riss sich von der rückwärtigen Überwachung los. Vor dem Fahrzeug zog sich ein gut zwei Meter hoher Wall aus Gesteinsbrocken durch die Halle. Dahinter wurde im Licht der Scheinwerfer eine Schar vermummter Zwotter sichtbar. Tekener sah noch rechtzeitig die von der Decke herabhängende Felsnadel und zog den Kopf ein.

Mit dumpfem Krachen und Splittern schrammte der Stein über das Fahrzeugdach. Das Geschütz wurde zumindest teilweise fortgerissen. Dann prallte das Fahrzeug gegen die Mauer, drehte zur Seite und kam mit heulendem Antrieb zum Stehen.

Der Fahrersitz war leer. Das heißt, Tekener sah dort nur noch das eiförmige Königspsychod liegen.

»Tezohr!«, rief er, erhielt aber keine Antwort.

Er fühlte Benommenheit in sich aufsteigen und sah zugleich, dass sich die Zwotter dem Wagen näherten. Drohend schwangen sie verbogene Eisenstangen über ihren Köpfen.

Tekener zog sich aus der Fahrerkabine in den Laderaum mit den Psychoden zurück. Dort lag seine Ausrüstung. Er holte den Deflektor.

Schritte kamen näher. Mehrere vermummte Zwotter rissen den Zugang zum Laderaum auf. Tekener war da optisch schon nicht mehr auszumachen.

»Fühlt ihr es?« Einer der Vermummten deutete auf die am Boden liegenden Psychode. »Das müssen Heiligtümer sein.«

»Falsche Psychode sind das«, sagte ein anderer Zwotter, offensichtlich wie alle anderen auch weiblichen Geschlechts.

»Aber sie haben Parusie!«

»Eine falsche und verderbliche Parusie. Wir müssen sie Weittel bringen, damit sie alle dem Mächtigkeitspsychod opfern kann.«

Tekener sah sich in die Enge getrieben. Er verteilte an die Zwotterfrauen in seiner Reichweite Ohrfeigen.

»Im Namen Tezohrs!«, sagte er dumpf. »Alle Frevler, die seine Psychode schänden, werden für ewig verdammt, Morphlinge zu sein.«

Die Zwotter liefen schreiend davon. Tek gelangte ungehindert in die Höhle hinaus. Er lief zu einer etwas entfernten Felsnische und beobachtete von dort.

Auch der Verfolgerwagen hatte die Mauer gerammt. Die Zwotterfrauen in ihren purpurnen Kutten holten Galinorg und seine vier Paratender aus dem Wrack. Mit den Metallstangen immer wieder zustoßend, zwangen sie die Männer, die Psychode auszuladen. Galinorg schleppte den paralysierten Hotrenor-Taak aus dem Fahrzeug.

Alle wurden schließlich von den Zwottern abgeführt.

Einige Zwotterfrauen blieben bei den Psychoden zurück und betrachteten sie misstrauisch. Als die erwarteten Schläge ausblieben, wagten sie nach einer Weile, die Psychode fortzutragen.

Tekener folgte ihnen im Schutz der Unsichtbarkeit, nachdem er sich davon überzeugt hatte, dass sie auch Tezohrs Königspsychod mitgenommen hatten.

Von dem Paraplasmaten selbst fehlte weiterhin jede Spur.

19.

Was für eine majestätische Stille.

Nur sein hallender Schritt war zu hören, als er durch die leere Halle ging.

Wie leer und trostlos zugleich.

Er brauchte einen Halt. Etwas, woran er sich klammern konnte, um nicht in seiner eigenen Leere zu versinken.

Ein Geräusch. Schritte von einem Fremden. Ein Schatten stürzte auf ihn zu. Drohend, dunkel und mächtig. Ein Paratender, der aus dem Spalier ausgebrochen war, um ihn, der den Halt zu verlieren drohte, zu stützen. Aber er missverstand die Geste – er wollte sie missverstehen, weil er ein Ventil für seine aufgestaute Wut brauchte.

Er entlud sie in Form von purer Psi-Energie gegen den Paratender. Er sah den stürzenden Körper schrumpfen und wandte sich von dem hässlichen Anblick ab.

Er bedauerte, dass er einen Unschuldigen hatte töten müssen. Aber danach fühlte er sich wesentlich besser. Wenn er diesen einen Paratender nicht als Zielscheibe für den in ihm tobenden Überdruck gehabt hätte, dann hätte er den ganzen Planeten in einer Implosion vernichten müssen.

Er war erleichtert.

Und als er sich nun umblickte, war die Halle angefüllt mit Psychoden. Sie hingen an den Wänden, ruhten in Vitrinen und standen auf Podesten. Und Harzel-Kold meditierte zwischen ihnen. Harzel-Kold erhob sich. Er führte eine Frau durch sein Museum. Er zeigte Virna Marloy seine Kunstschätze und ließ sie an der Parusie der Kunstwerke teilhaben.

Aus dieser Verbindung ging ein Kind hervor, das zu einem Albino mit psychodefarbenem Haar und nachtblauen Augen, mit tonnenförmiger Brust und vorgewölbter Stirn heranwuchs. Das war er – Boyt Margor.

Er stand außerhalb seines Körpers und sah sich zwischen den präzwotterischen Kunstschätzen wandeln. Aber je mehr sich seine Erscheinung manifestierte, desto undeutlicher wurden die Psychode, sie verblassten und lösten sich auf. Und er kehrte in seinen Körper zurück und erkannte, dass alles nur Illusion gewesen war.

Das Psychode-Museum war leer. Kahle Wände, geplünderte Vitrinen, verwaiste Podeste, wohin er blickte. Das Museum ausgeraubt, seine Psychode gestohlen. Alle zwölf. Die Enttäuschung verwandelte sich in Zorn.

»Nehmt alle gefangen!«, schrie er den Paratendern zu, die am Eingang des Museums Spalier standen. »Treibt die Springer zusammen und bringt sie in das Gebäude. Ich werde sie verhören. Und wenn ein Zwotter auftaucht, legt ihn in Fesseln.«

Die Paratender verschwanden.

Boyt Margor verließ das leere Museum und stieg zur höchsten Dachterrasse hinauf. Ausnahmsweise war klares Wetter. Er konnte bis zum Horizont sehen. Dort, die Berge mit ihrem Labyrinth von Höhlen. Vor langer Zeit hatte er in einer dieser Höhlen den Mutterleib verlassen. Es musste an die hundert Jahre her sein.

Seltsam, dass er sich an die Geschehnisse vor seiner Geburt besser erinnern konnte als an die ersten sechs Lebensjahre bei den Zwottern. Er kannte alle Umstände, die zu Virna Marloys und Harzel-Kolds Vereinigung und seiner Zeugung geführt hatten. Aber er hatte praktisch keine Erinnerung an die folgenden sechs Jahre, die er in den Zwotterhöhlen verbracht hatte.

Was war damals geschehen?

Unwichtig. Nur die Gegenwart zählte.

Da stand die mächtige MOONBEAM, ein zweieinhalb Kilometer durchmessender Gigant. Unweit ragte halb aus dem Sand das Wrack des Walzenraumers. Springer retteten ihre Habseligkeiten aus dem zerstörten Schiff.

Margor hatte scharfe Augen. Er sah aus einer Düne geknicktes Gefieder ragen. Ein toter Vogel. Auf Zwottertracht gab es jedoch keine Flugtiere, von den Insekten abgesehen. Also ein Haustier der Springer, das nach dem Ausbruch aus dem beschossenen Schiff vom Hagel oder Sandsturm überrascht worden war.

Die Springer hatten viele Tiere an Bord gehabt. Vielleicht waren sie Artisten und nun ihrer Existenz beraubt.

Aber warum hatten sie sich mit dem Verräter Hotrenor-Taak eingelassen? Und mit dem Verräter Galinorg? Sie alle hatten seine Psychode geraubt. Er würde die Springer schnell zum Reden bringen. Er spürte die Psi-Affinität zur Mehrheit von ihnen.

Paratender stürmten aus dem Gebäude, von dessen Dach Margor über die Wüste blickte. Sie vereinten sich mit der Truppe, die innerhalb des Kakteengürtels lagerte. Kommandos gellten herauf, dann setzten sich die Paratender in Richtung des Wracks in Bewegung. Paratender schwärmten auch in den Kakteengürtel aus, um die Zwotter einzufangen, die sich dort verkrochen hatten.

Was für stupide Geschöpfe. Unglaublich, dass sie die Nachfahren jener begnadeten Künstler waren, die alle Psychode erschaffen hatten.

Beim Wrack hob Geschrei an. Die Springer wurden zur Burg getrieben. Paratender drangen in das zerstörte Schiff ein und holten jene heraus, die sich dort verbargen.

Margor verließ die Aussichtsplattform und begab sich in den Raum mit dem Hünenbett. Da es das einzige Bett dieser Art in der Burg war, konnte es sich nur um Virna Marloys Hochzeitsbett handeln. Aber sie hatte es nicht benützt. Auch das wusste er.

Er streckte sich auf dem Bett aus und stellte sich vor, wie es sein würde, wenn er alle Psychode um sich geschart hätte. Die Erfüllung schlechthin!

Aber es war nur ein schöner Gedanke. Er wollte die fehlenden Psychode schnell beschaffen und mit ihnen auf die MOONBEAM zurückkehren. Sie würden ihm die Kraft geben, das Ultraschlachtschiff ohne die Hilfe eines Vakulotsen durch den Staubmantel der Provcon-Faust zu fliegen. Das sollte seine letzte Prüfung sein. Erst wenn er sich auf diese Weise vor sich selbst bestätigt hatte, wollte er Roctin-Par und die Flotte zum Siegeszug durch die Galaxis führen.

Aber zuerst die Pflicht. Er war bereit für das Verhör.

Boyt Margor lag ausgestreckt auf dem Hünenbett und starrte durch die große Dachluke zu dem düster werdenden Himmel hinauf. Die Sturmwarnung kam, und eine Blende verschloss die kreisrunde Dachöffnung in dem Moment, als Paratender den ersten Springer zum Verhör meldeten. Margor wollte mit dem Patriarchen der Sippe beginnen. Er richtete sich auf, stützte sich mit gestreckten Armen ab und sah dem Springer entgegen. Das Psychode-Amulett hatte er aus dem Ausschnitt seiner Bluse geholt, sodass es sofort ins Auge springen musste.

»Wie heißt du?«, fragte Margor den Patriarchen.

»Lukor Garija-Pjokkor«, antwortete der Springer. »Ich bin dein Diener, Boyt.«

Margor spürte eine starke, fortgeschrittene Psi-Affinität zu ihm, als hätte er sich schon früher mit dem Patriarchen beschäftigt. Das irritierte ihn. Er hatte nicht erwartet, dass ein geformter Paratender vorgeführt würde.

»Was haben Hotrenor-Taak und Galinorg dir versprochen, wenn du für sie die Psychode raubst, Lukor?« Margor registrierte, dass der

Springer den Blick nicht von seinem Amulett wenden konnte. »Wollten sie dich an ihrer Macht teilhaben lassen? Oder versprachen sie dir einen Anteil der Beute? Wie war eure Abmachung?«

»Es war alles ganz anders«, versicherte Lukor Garija-Pjokkor. »Zuerst versprachen sie mir und meiner Sippe unermessliche Schätze. Aber dann führten sie uns die Kunstschätze vor, und mit uns geschah eine Wandlung. Die Ausstrahlung der Psychode war Verheißung genug. Jetzt erst weiß ich, dass es deine Botschaft war, die uns über die Psychode erreicht hat.«

Das überraschte Margor noch mehr. Er spürte, dass der Springer die Wahrheit sagte. Aber wie passte es zusammen, dass Verräter, die ihm durch ihre Eigenmächtigkeiten in den Rücken fielen, ihre Handlanger zu Paratendern machten? Was war das für eine Intrige?

»Welche Befehle hast du von Hotrenor-Taak und Galinorg erhalten, Lukor?«

»Ich sollte mit dem Rest meiner Sippe auf ihre Rückkehr warten, während sie mit einem Teil meiner Leute die Höhlen der Prä-Zwotter erforschen«, antwortete der Patriarch. »Sie fuhren in einem Shift und in drei Geländewagen los. Die Psychode nahmen sie mit, nachdem sie deren Diebstahl durch einen Terraner verhindert hatten. Den Dieb zwangen sie dazu, sie zu begleiten. Ich blieb mit ihnen in Funkverbindung. Als mein Schiff angegriffen wurde, meldete ich das. Ich konnte nicht ahnen, dass *du* den Überfall befohlen hattest, Boyt.«

Der Springer verzieh Margor diesen vermeintlichen Irrtum, denn er war ihm absolut hörig. Die Sache wurde immer verworrener. Margor fürchtete, die Übersicht zu verlieren. Seine Hypothese von einem geplanten Diebstahl wurde durch die Aussage des Springers umgestoßen.

»Vielleicht sind Hotrenor-Taak und Galinorg mit den Psychoden erst zu den Höhlen der Zwotter geflohen, nachdem ich dein Schiff unter Beschuss nahm«, sagte Margor. »Wollten die Verräter die Psychode vor mir in Sicherheit bringen?«

»Taak und Galinorg sollen Verräter sein?« Lukor wunderte sich. »Sie haben dieses Unternehmen doch nur begonnen, um dir zu helfen. Für mich sah es aus, als handelten sie in deinem Auftrag.«

»Sie haben dich getäuscht, Lukor!« Margor suchte nach einem weiteren Ansatzpunkt und fand ihn. »Was weißt du über den Terraner, der angeblich die Psychode entwenden wollte? Könnte es sein, dass er mit dem Laren und dem Vincraner gemeinsame Sache macht?«

»Hotrenor-Taak und der Terraner kannten einander von früher«, antwortete Lukor. »Aber ihr Zusammentreffen sah nicht wie die Begegnung von Freunden aus. Der Terraner ist kein Paratender. Wir beobachteten, wie er mit einer Space-Jet landete und sie mit seiner Gefährtin und einer Schar Zwotter in zwei Shifts verließ. Taak und Galinorg waren bei ihrem Anblick überaus betroffen. Taak nannte auch ihre Namen: Ronald Tekener und Jennifer Thyron.«

Margor verbarg seine Überraschung. *Sie leben also,* dachte er. *Ich habe es geahnt. Nun ist klar, warum wir bei ihren Leichen keine Zellaktivatoren fanden.*

Plötzlich war auch einiges andere transparent. Tekener und seine Frau hätten ihn nicht ohne fremde Hilfe so täuschen können. Sie machten mit Hotrenor-Taak gemeinsame Sache. Das Bild rundete sich langsam ab. Lukor Garija-Pjokkor hatte keine Ahnung von dieser Intrige. Taak hatte das sehr klug eingefädelt.

Boyt Margor fühlte die Nähe seines abtrünnigen Paratenders. Er verstand nur nicht, wieso er weiterhin den Eindruck hatte, dass die Psi-Affinität zu dem Laren unverändert stark war. Als Payne Hamiller auf der BASIS von ihm abgefallen war, da hatte er über viele Lichtjahre hinweg gespürt, dass dies eine Trennung für immer sein würde. Hotrenor-Taak hingegen war nicht viel mehr als hundert Kilometer von ihm entfernt, sodass er sich über den Grad der Psi-Affinität ein objektives Urteil erlauben konnte. Sie war unvermindert stark. Wie konnte der Lare dennoch *gegen* ihn arbeiten?

Das zeigte Margor deutlich, dass er keinem Paratender mehr trauen durfte. Er konnte sich einzig und allein auf seine Psychode verlassen.

»Geh, Lukor!«, sagte er schroff, als er sich der Anwesenheit des Patriarchen wieder bewusst wurde.

Er nahm sich anschließend die Familienräte der Sippe vor, aber ihre Aussagen brachten keine neuen Erkenntnisse. Nur einmal horchte er auf, als Paratender ihm meldeten, dass sie einen Zwotter eingefangen hatten, der mehr über den vereitelten Psychode-Diebstahl zu wissen schien.

Margor ließ den Gefangenen vorführen. Die Schwierigkeiten des Zwotters, sich zu artikulieren, gestalteten das Verhör recht zermürbend. Margor erfuhr dennoch interessante Neuigkeiten.

Der Zwotter hieß Kehril und hatte den Flug in Tekeners Space-Jet mitgemacht – im Zustand der Unaussprechlichkeit, wie Kehril es nannte. Margor nahm an, dass Kehril während des Fluges nach Zwottertracht noch weiblich gewesen war. Kehril hatte mit anderen Zwottern Duplikate der Psychode aus dem Depot angefertigt, die Tekener mit den echten vertauschen wollte. Die Attrappen waren sichergestellt worden, und Kehril beschwor, als man sie ihm zeigte, dass es sich um besagte »Echt-Psychode« handelte.

Aber Kehril behauptete in seinem gesungenen Kauderwelsch auch, dass noch ein dreizehntes Psychod vorhanden war, von dem es nur ein Exemplar gegeben hatte – also das Original.

Margor ließ dem Zwotter Sand und Kaktusmilch bringen und forderte ihn auf, dieses dreizehnte Psychod zu modellieren.

»Ich spielerischen Leichterschaffung von Echt-Psychod«, behauptete Kehril und formte mit flinken Händen aus dem Gemisch ein eiförmiges Gebilde.

»Das *Auge des Königs!*«, entfuhr es Margor überrascht, als er das Werk sah.

»Königspsychod Tezohr!«, bestätigte Kehril freudestrahlend. »Tekener-Tek und Jenny-Jennifer tekheterisch geleitet von ...«

Der Sprechgesang des mitteilsamen Zwotters wurde immer unverständlicher. Aber Margor hatte genug gehört. Demnach befanden sich Tekener und seine Frau im Besitz des königlichen Psychods, das einst auch Harzel-Kold kurzzeitig besessen hatte und dem Margor selbst vergeblich nachgejagt war. Das sogenannte *Auge des Königs* war für ihn das Psychod aller Psychode.

Hatte Tekener Hotrenor-Taak damit in seine Abhängigkeit gebracht?

Margor befahl den Start der MOONBEAM. Sein Ziel war der Wohnberg der Prä-Zwotter, in den sich seine Feinde zurückgezogen hatten. Wenn es sein musste, würde er die Feuerkraft des Ultraschlachtschiffs einsetzen und den Berg einschmelzen, bis die Gegner um Gnade winselnd hervorgekrochen kamen.

Die MOONBEAM schwebte der Gebirgskette am Horizont entgegen. Der Versuchung, den Laderaum mit seinen neunundfünfzig Psychoden aufzusuchen, widerstand Margor nur unter Aufbietung aller Selbstbeherrschung. Er musste erst die restlichen Psychode an sich bringen, bevor er sich ihrer Parusie hingeben und ihre Kraft in sich aufnehmen durfte.

Er öffnete seinen Geist, um alle psi-affinen Impulse seiner Paratender zu empfangen. Aber in die vertrauten Schwingungen mischten sich fremde Impulse. Sie wurden stärker, je näher das Ultraschlachtschiff dem Wohnberg kam.

Die Erkenntnis traf Margor wie ein Blitz. Die fremden Schwingungen stammten von drei verschiedenen Quellen. Die Sender waren mutierte Gehirne, die nicht nur unempfindlich und immun gegen seine psi-energetische Ausstrahlung waren, sondern ihr sogar entgegenwirkten. Er kannte diese Gehirnwellenmuster, sie gehörten Bran Howatzer, Dun Vapido und Eawy ter Gedan. Ihre Anwesenheit auf Zwottertracht war der endgültige Beweis, dass ein von langer Hand vorbereitetes Komplott im Gang war.

20.

»Was ist denn in euch gefahren?«, rief Doomvar den drei Mutanten zu. Der Sturm riss ihm die Worte von den Lippen. »Wollt ihr warten, bis eine Bö euch in die Tiefe reißt?«

Er stemmte sich gegen die Gewalt des Sturmes und kämpfte sich zu den beiden Männern und der Frau vor.

Sie hatten sich schon während des Fluges durch die Sphäre äußerst seltsam benommen. Doomvar bereute inzwischen seine Offenheit. Er hatte ihnen gesagt, dass sie ihre parapsychischen Fähigkeiten dem Einfluss der vergeistigten Prä-Zwotter zu verdanken hatten und ein Gegengewicht zu dem Negativmutanten Boyt Margor sein sollten. Von da an war nicht mehr vernünftig mit ihnen zu reden gewesen. Sie wirkten so abwesend, als hätten sie selbst ihre Körper verlassen und wären in dem Staubmantel aufgegangen. Nicht einmal die Landung auf Zwottertracht hatte daran etwas geändert. Natürlich hatten Tek, Jenny und die Zwotter längst den Ort verlassen, wo Doomvar sie abgesetzt hatte. Es war nur noch ein kurzer Flug bis zum eigentlichen Ziel der Expedition gewesen, dann die zweite Landung auf dem sturmgepeitschten Hochplateau.

»Wir müssen in den Berg hinein!«, schrie Doomvar den Mutanten zu, als er sie erreichte. »Unser Ziel liegt irgendwo im Höhlenlabyrinth.«

Sie schienen ihn nicht zu hören, obwohl der Sturm nachgelassen hatte. Alle drei starrten auf einen Punkt hoch über dem Berg.

»He!«, brüllte Doomvar. »Was ist los mit euch?«

Die Sandwolken über ihnen lichteten sich schnell. Als er wieder dem Blick der Mutanten folgte, stockte ihm der Atem.

Aus dem staubverhangenen Himmel erklang ein anschwellendes Getöse. Die Umrisse einer gigantischen Kugel festigten sich. Ein Ultraschlachtschiff!

»Da kommt Margor«, sagte Howatzer, ohne sich zu bewegen.

»Nichts wie weg hier!«, rief Doomvar. »Wir können lange vor Margors Paratendern das Zentrum des Höhlensystems erreichen. Worauf wartet ihr noch?«

Howatzer machte einen zögernden Schritt, blieb aber sofort wieder stehen. Er schien von dem Anblick des Schiffes geradezu hypnotisiert zu sein. Sein Blick ging aber durch das Schiff hindurch, als könne er die Terkonitstahlhülle überwinden und ins Innere schauen.

»Wollt ihr ein Kräftemessen mit Margor?«, fragte Doomvar bebend. »Fordert ihr ihn zu einem Duell auf parapsychischer Ebene?«

»Das wäre zu früh«, murmelte Vapido. »Es ist nur ein gegenseitiges Abtasten.«

Der Tekheter atmete auf. »Ihr dürft nichts unternehmen, bevor ihr nicht mit Tezohr geredet habt. Der Paraplasmat wird euch sagen, wie ihr gegen Margor vorgehen müsst. Warum harrt ihr noch aus?«

»Deswegen!« Eawy ter Gedan sagte es ohne besondere Regung.

Doomvar blickte wieder zu dem Ultraschlachtschiff. Aus den Schleusen regneten Hunderte von dunklen Punkten herab.

Eawy ter Gedan schien zuerst ihre tranceartige Benommenheit abzuschütteln. »Das sind Paratender in Kampfanzügen«, sagte sie fest. »Es werden wohl um die dreitausend sein. Sie sollen den Berg im Sturm nehmen. Und das nur wegen einem Dutzend Psychoden. Dun!«

Der Psi-Analytiker zuckte zusammen.

»Du musst sie aufhalten!«, verlangte Eawy. »Ich empfange aus dem Berg verschiedentlich Fragmente von Funksprüchen. Aber ich brauche noch Zeit, um sie zu ordnen. Ein Gewitter könnte die Paratender aufgehalten.«

Vapido nickte wortlos. Doomvar betrachtete ihn fasziniert, als er sich konzentrierte.

Die Atmosphäre erbebte in einem nicht enden wollenden Donnergrollen. Der Himmel wurde nachtschwarz, Blitze zuckten in nicht enden wollender Folge zwischen die Reihen der tiefer sinkenden Paratender. Der geisterhafte Widerschein der Energieentladungen ließ Doomvar erkennen, dass alle die kleinen Punkte wie ein Insektenschwarm durcheinandergewirbelt wurden.

»Töten die Blitze?«, fragte der Tekheter entsetzt.

»Wir sind keine Mörder«, antwortete Howatzer. »Dun sorgt nur dafür, dass die Geräte und die Waffensysteme der Kampfanzüge kurzgeschlossen und in etlichen Fällen nicht mehr zu gebrauchen sein werden. Das wird Verwirrung stiften, die uns mehr Zeit verschafft.«

Doomvar lief zum nächsten Höhleneingang. Diesmal folgten ihm die Mutanten. Als sie die Höhle betraten, brach hinter ihnen ein Orkan los.

Howatzer wandte sich der jungen Frau zu. »Wie ist die Lage im Berg, Eawy?«, fragte er.

»Dort scheint es drunter und drüber zu gehen, als ob jeder jeden jagt und die Beteiligten selbst nicht mehr Freund und Feind auseinanderhalten können. Die Verständigung findet auf einer einzigen Frequenz statt, die Funksprüche sind nur schwer auseinanderzuhalten. Dazu kommt noch eine starke störende Strahlungsquelle.«

»Kannst du Tezohrs Standort erkennen? An ihm und seinem Psychod müssen wir uns orientieren.«

»Vergesst Tek und Jenny nicht«, erinnerte Doomvar. »Die beiden sind besonders gefährdet, weil Margor ihre Zellaktivatoren will.«

Er ging voran und leuchtete die Höhlen mit einem Scheinwerfer aus. Einmal sah er zwei Zwotter im Lichtkegel auftauchen, doch sie verschwanden sofort in der Dunkelheit eines Nebengangs.

»Die Funksprüche geben keinen Hinweis auf Tezohr«, sagte Eawy. »Sie werden überhaupt spärlicher. Ein Mann, vermutlich ein Paratender, berichtet, dass seine Gruppe von Zwottern gefangen wurde ... Das ist seltsam. Die Zwotter aus dem Wohnberg werden überhaupt als aggressiv geschildert.«

»Nichts über die beiden Agenten?«, warf Doomvar ein.

»Kein Lebenszeichen.«

»Wir haben uns da auf ein sehr fragwürdiges Unternehmen eingelassen«, stellte Dun Vapido fest. »Unsere Erfolgschancen stehen schlecht. Es wäre klüger gewesen, hätten wir uns an Margor gehalten.«

»Er läuft uns nicht davon«, erwiderte Howatzer. »Margor wird uns auch später mit offenen Armen aufnehmen. Aber wir dürfen nicht mit leeren Händen kommen. Wir brauchen das Königspsychod.«

»Unter den gegebenen Umständen haben wir nur geringe Aussicht, das Psychod zu beschaffen«, sagte Vapido. »Deshalb rate ich, dass wir uns Margor stellen.«

»Ihr wollt euch ergeben?«, fragte Doomvar ungläubig. »Trotz der Gefahren, die alle anderen auf sich genommen haben, um Margor zu entmachten, wollt ihr ihnen in den Rücken fallen und überlaufen?«

»Das verstehen Sie nicht, Doomvar«, sagte Howatzer. »Sie haben uns zwar den entscheidenden Hinweis über die uns zugedachte Aufgabe gegeben. Aber Sie würden nie begreifen, warum wir gerade so und nicht anders handeln können.«

Dem Tekheter lagen Worte wie »Feigling« und »Verräter« auf der Zunge, aber bevor er sie aussprechen konnte, erschien ein Zwotter vor ihnen. Daran war nichts Ungewöhnliches, es war zu erwarten, dass sie mehr Zwottern begegneten, je tiefer sie in den Berg vordrangen. Auch dass der Zwotter männlich war und ziemlich aufgeregt gestikulierte, fand Doomvar nicht überraschend. Erst als er beim Näherkommen feststellte, dass die Gestalt halb transparent wirkte, ahnte er, wen er vor sich sah.

»Tezohr, bist du es?«, rief er.

»Ja, beeilt euch ... Mein Psychod soll einer petronischen Maschine geopfert werden. Ihr müsst ...«

Tezohr verschwand hinter einer Bodenerhebung. Es sah so aus, als sei er in ein Loch gestürzt. Doch als Doomvar die Stelle erreichte, war dort kein Loch. Der Paraplasmat hatte sich aufgelöst.

»Habt ihr den Zwotter gesehen?«, rief Doomvar den Mutanten zu. »Das war Tezohr.«

»Wir sehen ihn immer noch«, behauptete Howatzer. »Tezohr weist uns den Weg zu seinem Psychod.«

Als Doomvar in den vor ihnen liegenden Höhlengang blickte, glaubte er für einen Moment ein schwaches Flimmern zu sehen. Sonst war dort nichts. Aber was war ein gewöhnlicher Paralauscher schon gegen drei Mutanten?

Jennifer Thyron kam sich in ihrer knielangen Kutte reichlich lächerlich vor. Trotzdem wollte sie das Spiel mitmachen, solange es ging. Oder bis eben Tek mit Tezohr und den Psychoden eintraf. Die Wartezeit vertrieb sie sich mit der Untersuchung der fremdartigen Maschinenkonstruktion.

Sie wurde nicht schlecht behandelt, obwohl ständig Priesterinnen um sie waren und mit ihren Metallstangen herumfummelten. Jenny ließ alles geduldig über sich ergehen. Sollte sich die Lage verschärfen, so trug sie unter der Kutte immer noch ihre Ausrüstung. Nur das Atemgerät war ihr abgenommen worden, aber das benötigte sie innerhalb der Höhlen ohnehin nicht.

Sie hatte schon einiges über den seltsamen Kult herausgefunden.

Ahrzabas Abwanderung vor rund hundert Normjahren hatte offenbar dazu geführt, dass die Zwotterfrauen ihr Vertrauen in die Psychode verloren. Ihr Wissen war mit jeder neuen Generation stückweise verloren gegangen und abergläubischen Vorstellungen gewichen. Weittel hatte schon leichtes Spiel gehabt, als sie die petronische Maschine als das einzig echte Psychod anpries.

Weittels Machtübernahme konnte erst wenige Monate zurückliegen, denn ihr gepredigter Aberglaube wurde von einigen Zwotterfrauen noch mit Skepsis gesehen.

Eine Priesterin erzählte Jennifer, dass vor Weittels Putsch noch mehrere Psychode verehrt worden waren. Die neue Hohepriesterin hatte die Psychode fortschaffen und in den Ruinen einer alten Kultstätte einmauern lassen.

»Wo sind die Ruinen, Bosta?«, fragte Jenny. »Wenn es uns gelänge, die Psychode wieder herbeizuschaffen, könnten wir Weittel stürzen.«

»Sie sind nicht mehr an ihrem Platz«, erklärte Bosta. »Menschlinge wie du haben sie zur Burg gebracht. Das war eigentlich nur recht, denn wir haben sie vor langer Zeit aus dem Museum der Burg entwendet und durch Fälschungen ersetzt.«

Jenny war enttäuscht. Aber immerhin wusste sie nun, dass es sich um Margors Psychode handelte. Nach seiner Rückkehr in die Provcon-Faust hatte er in dem Museum seines Vaters die Fälschungen entdeckt und eine Suchexpedition gestartet, die ihn zu dem Psychode-Versteck führte.

Über das Mächtigkeitspsychod konnte Bosta nichts sagen. Sie wusste nicht, ob die petronische Maschine überhaupt noch funktionierte, geschweige denn welchen Zweck sie erfüllte. Wenigstens schien die Priesterin zu verstehen, dass die Maschine kein echtes Psychod war.

»Dieser Koloss ist eine Maschine der Petronier«, versuchte Jennifer der Frau zu erklären. »Die Kosmischen Ingenieure haben vor langer Zeit versucht, die Läander zu unterdrücken, wie sich dein Volk damals nannte. Sie wollten ihnen ihre Technik aufzwingen und sie zu Soldaten machen. Entweder wurde die Maschine von den Petroniern bei ihrem Abzug vergessen, oder sie haben sie absichtlich zurückgelassen! Gibt es noch weitere solcher Maschinen?«

»Wir kennen nur das eine Mächtigkeitspsychod«, antwortete Bosta. Sie schwang ihr Brecheisen, das ein Gewinde wie eine überdimensionale Schraube hatte, und fuhr fort: »Es gibt aber an einigen Orten noch Teile anderer Psychode oder Maschinen, wie du sie nennst. Von dort haben wir unsere Zauberstäbe.«

»Ihr habt also nichts vom Mächtigkeitspsychod abmontiert?«

»O nein!«, wehrte Bosta entsetzt ab. »Niemand wagt, das Mächtigkeitspsychod anzurühren.«

»Ich schon.« Jennifer betrachtete die verwirrende riesige Konstruktion. Immerhin zeigte ihr Armband nach wie vor Energieflüsse an. Die Maschine arbeitete also noch. War es möglich, dass Weittel durch irgendwelche Funktionen beeinflusst wurde?

»Willst du mir helfen, Bosta?«, fragte Jennifer die Zwotterfrau, als sie beide allein waren.

»Was soll ich tun?«

»Nur aufpassen, ob jemand kommt, und mich dann rechtzeitig warnen. Ich möchte diese Konstruktion näher untersuchen.«

Bosta reagierte entsetzt, aber Jenny ließ sich auf keine Diskussion ein. Sie wandte sich schon der Maschine zu.

Die Konstruktion schien nur aus verschieden dicken und langen Trägerelementen zu bestehen, die sich nach allen Richtungen verästelten. Beinahe wie ein Schauobjekt, das den vielschichtigen Aufbau eines komplizierten Kristalls verdeutlichen sollte. Oder wie das Netz einer dreidimensional konstruierenden Spinne.

Jennifer Thyron fühlte sich auch wie im Netz einer Spinne aus einer anderen Dimension, als sie in die Konstruktion einstieg. Die Verbindungsstreben standen manchmal so dicht, dass sie sich gerade noch dazwischen hindurchzwängen konnte. Die Kutte war ihr dabei hinderlich, aber Jenny legte sie nicht ab. Möglicherweise hatten die eingestickten Symbole und Zeichen eine Signalwirkung, die von Sensoren der Maschine als positiv eingestuft wurden.

Als Jennifer sich nach etwa fünf Metern umwandte, versperrten ihr die dicht stehenden Verstrebungen nahezu gänzlich die Sicht.

»Jenny?«, hörte sie die Zwotterfrau zaghaft rufen. »Ich sehe dich nicht mehr.«

»Pass lieber auf, ob jemand kommt, damit du mich warnen kannst«, rief sie verhalten zurück.

Sie kletterte weiter. Von den Stäben schien ein Singen auszugehen, das intensiver wurde, je weiter sie vordrang. Eigentlich war es überhaupt kein Geräusch, das sie akustisch hätte wahrnehmen können, sondern mehr mit ihren inneren Sinnen – mental.

Als sie ihr Kombiarmband zurate zog, stellte sie fest, dass einzelne Stäbe unter Spannung standen. Daraufhin wich sie den Energie führenden Leitungen aus, und das Singen ließ nach. Aber je tiefer sie kam, desto seltener wurden die stromlosen Streben.

Das Singen wurde dann wieder lauter.

Jennifer schwitzte. Ihr Puls schlug schneller, ihre Schläfen pochten heftiger. Sie machte eine Pause. Trotzdem fiel ihr das Atmen schwerer. Ihr wurde schwindlig, und sie fürchtete, jeden Moment zusammenzubrechen. Dabei hatte sie sich keineswegs überanstrengt.

Und außerdem: Wozu hatte sie einen Zellaktivator? Seine Schwingungen hätten regulierend eingreifen sollen, um die Körperfunktionen im Normbereich zu halten.

Der Zellaktivator!

In Jennifers Geist schlug eine Alarmglocke an. Etwas ging von der petronischen Maschine aus, was den Zellaktivator beeinflusste.

Aber wie war das möglich? Die Petronier konnten vor Hunderttausenden von Jahren nicht eine Maschine konstruiert haben, die den Zweck hatte, die fünfdimensionalen Schwingungen eines Zellaktivators zu modulieren.

Nein, natürlich nicht ... Was für krude Gedanken kamen ihr? Sie musste zurück! Aber aus welcher Richtung war sie gekommen?

Eine verzerrte Stimme drang zu ihr. »Jenny, Achtung! Es kommt jemand!« Das war Bosta.

Sprich weiter, Bosta, damit ich mich an deiner Stimme orientieren kann. Jennifer kroch wie in Zeitlupe durch die engen Spalten. Waren die Stäbe noch näher zusammengerückt? *Bosta, wo bist du?*

»Schnell, Jenny!« Wie fern die Stimme klang. »Weittel ist gleich da!«

Weiter so, kleine Zwotterfrau, ich komme.

»Die Hohepriesterin hat ein großes Gefolge bei sich. Auch Menschlinge sind darunter.«

Jennifer verließen die Kräfte. Jede Bewegung kostete sie übermenschliche Anstrengung. Ihre Glieder schienen aus Blei zu sein, ihr Körper aus einem noch schwereren Metall, und ihr Kopf – sie konnte ihn nicht mehr oben halten, ließ ihn auf eine quer laufende Verstrebung sinken. Das Material war kühl und angenehm auf ihrer Stirn. Über ihrem Herzen glühte der Zellaktivator, er brannte sich durch ihre Haut in ihren Körper, verbrannte den Herzmuskel. Stillstand. Schwärze.

Geräusche ließen sie hochfahren. Schüttelfrost überfiel sie. Aber wenigstens war diese sengende Hitze weg. Ihr war kalt, sie zitterte. Endlich konnte sie wieder klarer denken. Geräusche ringsum. Schritte. Stimmen.

Sie blinzelte durch das Gewirr der glitzernden Stäbe. Dort waren Schatten, humanoide Gestalten tanzten einen verwirrenden Reigen. Langsam sah sie klarer, ihr Denkvermögen kam zurück.

Der Zellaktivator hatte sich wieder stabilisiert. Sie verließ die Gefahrenzone. Wo waren ihre Überlegungen gewesen, als der Blackout sie unterbrochen hatte?

Die Maschine war nicht konstruiert worden, um Zellaktivatoren lahmzulegen! Natürlich nicht, das war nur ein Nebeneffekt. Die Petronier hatten anderes im Sinn gehabt.

Jennifer versuchte, sich in die Lage der Kosmischen Ingenieure zu versetzen. Wie würden sie reagiert haben, nachdem eine Million Lääander ihre Körper verlassen hatten und in dem von den Petroniern erschaffenen Staubmantel aufgegangen waren? Die Petronier hatten über Geräte verfügt, mit denen sie die Geistesmacht der entkörperten Lääander anmessen konnten. Sie hatten auch die Ausstrahlung der hinterlassenen Psychode registriert. Die paraplasmatische Sphäre des Staubmantels konnten sie nicht so leicht eliminieren, aber sie konnten sehr wohl gegen die Psychode vorgehen.

Also konstruierten sie eine Maschine, die nichts anderes tun sollte, als die Wirkung der Psychode aufzuheben!

Wie Schuppen fiel es Jennifer Thyron von den Augen. Sie erkannte Sinn und Zweck der petronischen Strategie in seinem ganzen tragischen Umfang.

Diese Maschine hatte nicht verhindern können, dass die Petronier bei ihrem Fluchtversuch im Mahlstrom des Staubmantels umkamen. Sie hatte ihre Erbauer überdauert und war dem Volk der Läander zum Schicksal geworden.

Sie funktionierte immer noch und würde immer wieder zu arbeiten anfangen, sobald die Zwotter eine gewisse Entwicklungsstufe erreicht hatten und nahe daran waren, das Vermächtnis ihrer Vorfahren zu begreifen. In dem Moment schlug die petronische Maschine erbarmungslos zu.

Jennifer konzentrierte sich auf die aktuellen Geschehnisse. Sie hatte aus ihrem Versteck in der Maschine einen guten Ausblick auf den engen Tempelraum.

Weittel war mit einer Zwotterschar erschienen. Unter ihnen befanden sich einige größere Humanoide. Auch sie trugen die lächerlichen Kutten, die ihnen zu kurz waren. Wegen der Vermummung konnte Jenny keine Gesichter erkennen. Aber ein besonders groß gewachsener Mann, dem die Kutte nur bis nahe ans Knie reichte, war eindeutig ein Vincraner. Einer seiner vier Begleiter legte eine reglose Gestalt auf den Boden. Der Bewusstlose oder Gelähmte war eindeutig ein Lare.

»Zurück, Ungläubige!«, herrschte Weittel die Gefangenen an, und sie wichen zur Wand im Hintergrund aus.

Nun erschienen purpur vermummte Zwotter. Sie trugen die Psychode. Es hätten Attrappen sein können, denn Jenny empfing nicht die typische Ausstrahlung. Doch ebenso gut konnte die petronische Maschine ihre Parusie eliminieren.

Nacheinander legten die Priesterinnen die Psychode in einer Reihe vor dem Mächtigkeitspsychod ab. Reliefs und Skulpturen verschiedener Größe. Elf, zwölf, dreizehn.

Mehr waren es nicht. Als Jennifer Thyron das dreizehnte Psychod sah, versetzte ihr der Anblick einen Stich. Es war eiförmig und schimmerte bläulich. Kein Zweifel, das war Tezohrs Königspsychod.

Wie war es in den Besitz der Sektierer gelangt? Was war aus Tezohr geworden?

Sie konnte den Paraplasmaten nirgends sehen und musste annehmen, dass er sich keineswegs freiwillig von seinem Psychod getrennt hatte.

Wahrscheinlich hatten ihn die Kräfte verlassen, und er war entstofflicht.

Aber was war aus den anderen geworden? Aus Ahrzaba und ihren Probanden Bilia und Istri? Vor allem aus Tek? Keiner der vier Männer in der Begleitung des Vincraners hatte annähernd seine Statur.

Jennifer war ziemlich sicher, dass die vor der Maschine aufgereihten Psychode aus Margors Besitz stammten. Es mussten jene sein, die Tek beschaffcn wollte. Wenigstens schien sein Vorhaben erfolgreich gewesen zu sein. Doch die Anwesenheit des Vincraners und des Laren, bei denen es sich nur um Paratender handeln konnte, ließ Jenny daran zweifeln, dass Tek noch in Freiheit war.

Aber womöglich war ihm doch die Flucht gelungen, und er irrte durch das Labyrinth und hatte keine Ahnung davon, was sich anbahnte. Jennifer war sich bewusst, dass sie das Risiko einer Funknachricht an ihren Mann eingehen musste. Vielleicht hörte er sie.

»Alle Frevler, die falsche Psychode verehren, sollen die Kraft des Mächtigkeitspsychods kennenlernen ...« Weittel wetterte mit erhobener Stimme.

Jennifer nutzte die Gelegenheit und hielt ihr Kombiarmband dicht vor den Mund. »Hier spricht Jennifer. Ich rufe ...«

»Bin schon da«, unterbrach sie eine bekannte Stimme, die aber nicht aus dem Armbandlautsprecher erklang.

»Tek?«, fragte Jenny verblüfft.

»Wer sonst?«, raunte er dicht neben ihr. »Ich befinde mich im Schutz eines Deflektorfelds. Erklärung später.«

Jenny reagierte unsagbar erleichtert. Gemeinsam würden sie die Situation meistern, davon war sie überzeugt. Da Weittel immer noch ihre Ansprache hielt, wagte sie es, Tek über Einzelheiten aufzuklären.

»Wir müssen schnell handeln«, flüsterte sie. »Diese Maschine wurde von den Petroniern zurückgelassen und dürfte für den geistigen Niedergang der Zwotter verantwortlich sein. Wir dürfen nicht zulassen, dass Weittel die Psychode zerstören lässt.«

»Dann wird es Zeit, dass ich wieder Ohrfeigen austeile«, war Tekeners lakonischer Kommentar. »Zuvor musst du aber ins Freie klettern.«

Die Hohepriesterin verstammte jäh, als sie die Frau aus dem Mächtigkeitspsychod hervorklettern sah.

»Du hast die Frauen genarrt, Weittel!«, rief Jennifer Thyron. »Das hier ist kein Psychod, sondern eine tote Maschine ohne Parusie. Hier vor mir liegen wahre Psychode, und sie werden deine Götzenmaschine zerstören.«

»Lüge! Frevel!«, kreischte Weittel. »Das Mächtigkeitspsychod wird euch vernichten und diese Götzenbildnisse dazu.«

Das war das Stichwort für Tekener. Er stieß einige im Weg stehende Frauen beiseite, um an die Hohepriesterin heranzukommen. Die zur Seite geschobenen Priesterinnen, für die Tekener unsichtbar war, stoben verängstigt davon.

Tek ergriff Weittel, hob sie hoch in die Luft und schüttelte sie heftig.

»Ich bin die Kraft der wahren Psychode!«, rief er grollend. »Ich strafe alle, die ihren Glauben verleugnen und das Erbe der Vorväter beschmutzen. Du hast dein Volk in Versuchung geführt, Weittel, dafür musst du sühnen. Sieh, was mit deiner Götzenmaschine geschieht.«

Er stellte die Hohepriesterin relativ sanft auf den Boden zurück und entfernte sich in den Hintergrund, von wo aus er freie Schussbahn hatte. Mit dem Strahler, den Jenny ihm überlassen hatte, feuerte er auf die Konstruktion, bis das Gestänge glühte und sich verbog.

Für die Zwotter war das eine eindrucksvolle Demonstration übernatürlicher Kräfte. Selbst die Hohepriesterin zeigte Wirkung.

»Hexerei! Zauber!«, schrie sie und lief kreischend davon. Dabei wurde ihre Stimme schriller, als wechselte sie vor Entsetzen noch im Laufen das Geschlecht. Etliche Frauen folgten ihr in wilder Panik.

»Das haben Sie ausgezeichnet gemacht, Tek.« Hotrenor-Taak erhob sich vom Boden, wo er bis zu diesem Moment reglos gelegen hatte. »Ich habe mir schon überlegt, wie man diese Zwotter erschrecken könnte. Aber ich hatte nicht Ihre Möglichkeiten.«

»Sie waren die ganze Zeit über wach?«, wunderte sich Tekener. »Wie lange ist die Paralyse schon von Ihnen abgefallen?«

»Lange genug, dass ich mitbekam, was sich hinter meinem Rücken in dieser Konstruktion tat.« Der Lare verneigte sich in Jennifers Richtung. »Es freut mich, dass Sie nun wieder mit Ihrem Mann vereint sind, Jenny. Boyt wird sich freuen, Sie beide zusammen in seine Obhut nehmen zu können.«

»So weit wird es nicht kommen«, sagte Tekener im Schutz des Deflektorfeldes. »Noch habe ich die Hand am Auslöser. Sie sind weiterhin mein Gefangener, Taak.«

»Da, seht!« Einer der Paratender deutete auf die petronische Maschine. »Durch das Gestänge pflanzt sich ein Glühen fort, als hätte der Beschuss eine Kettenreaktion ausgelöst.«

Tekener glaubte spontan an ein Ablenkungsmanöver. Aber von den

Einschussstellen breitete sich tatsächlich ein lautloses Feuer aus. Es schien die Konstruktion aufzuzehren. Ein Teil der Verstrebungen neigte sich langsam und stürzte Funken sprühend in sich zusammen. Die glosenden Trümmer zerfielen, die Überreste lösten sich spurlos auf.

»Bringt die Psychode in Sicherheit!«, befahl Tekener. »Wenn sie mit den Trümmern in Berührung kommen, könnte sich der Zerfallsprozess auf sie übertragen.«

Die Paratender dachten nicht daran, die Anordnung zu befolgen.

»Tut es für Boyt!«, sagte der Lare. »Die Psychode sind sein rechtmäßiger Besitz. Bringt sie erst einmal aus diesem Raum, dann sehen wir weiter.«

Jetzt erst kam Bewegung in die Paratender, und selbst Galinorg half ihnen, die Psychode hinauszutragen. Jennifer stellte sich mit dem Rücken zur Wand und richtete den Paralysator auf Hotrenor-Taak. Tekener hatte den Strahler ebenfalls gegen seinen Paralysator vertauscht. Ihm war klar, dass er den Laren keine Sekunde aus den Augen lassen durfte. Seine eigene Unsichtbarkeit war zwar ein Vorteil, aber keine Sicherheitsgarantie.

»Wir müssen hier weg«, sagte er. »Sobald die Glut bis zur Energiequelle vordringt, wird wohl alles explodieren. Wir bleiben natürlich zusammen, Taak, denn ich brauche Sie für den Transport der Psychode.«

»Warum geben Sie nicht auf, Tek?«, sagte der Lare ruhig. »Ich spüre, dass Boyt Margor schon nahe ist. Der Übermacht seiner Paratender sind Sie nicht gewachsen. Kommen Sie freiwillig zu uns. Sie würden eine Sonderstellung unter den Paratendern einnehmen.«

»Ich habe keine Psi-Affinität zu Margor, ich bin immun«, erwiderte Tekener. »Dasselbe trifft auf Jenny zu. Da Margor uns nicht versklaven kann, muss er uns töten. Wir haben also gar keine Wahl, Taak. Gehen Sie jetzt zu den anderen.«

Als der Lare den Raum verließ, wandte Tekener sich seiner Frau zu. »Ich werde mich unbemerkt auf die Suche nach einem Transportmittel machen«, flüsterte er ihr zu. »Taak wird gar nicht merken, dass ich weg bin. Sei aber trotzdem vorsichtig.«

»Ich werde mit dieser Situation schon fertig«, gab Jenny ebenso leise zurück. »Aber beeile dich trotzdem. Ich möchte weit weg sein, wenn der Psychode-Killer hochgeht.«

Tekener küsste sie flüchtig, dann eilte er davon.

Er hatte keine Ahnung, wie er ohne Tezohr das Werk der Prä-Zwotter weiterführen sollte. Er konnte nur versuchen, die Psychode vor Margors Zugriff zu schützen, und hoffen, dass der Paraplasmat bald wieder in

Erscheinung trat. Aber der Plan, der so sicher ausgesehen hatte, war geplatzt.

Angesichts der Situation war es kein schlechter Gedanke, zum Schein auf das Angebot des Laren einzugehen, um an Margor heranzukommen. Aber den Mutanten zu töten war keine befriedigende Lösung.

Tekener erreichte das Ende des gemauerten Sektors. Dahinter lagen die Felsenhöhlen. Einst hatte hier die Geisteskultur der Läander ihren Sitz gehabt. Jetzt zogen sich die Zwotterfrauen hierher zurück, um einer missverstandenen Tradition zufolge ihr Gesicht zu verbergen. Was für ein tragisches Schicksal!

Aus der Dunkelheit der Höhle erklangen Geräusche. Stimmen. Und schwere, stampfende Schritte wie von Ertrusern. Ein Lichtstrahl tanzte über die jenseitige Wand. Tekener wartete mit schussbereitem Paralysator.

Die Geräusche kamen näher. Tek sah drei Gestalten. Zwei Männer in Kampfanzügen, die einen dritten zwischen sich führten. Tekener erkannte Doomvar, als sie an ihm vorbeigingen.

»Wo sind die Psychode?«, fragte der Mann im Kampfanzug an Doomvars linker Seite. Er war ein Paratender, keine Frage. Demnach waren Margors Kampftruppen bereits im Wohnberg ausgeschwärmt.

»Es ist nicht mehr weit«, sagte Doomvar.

»Wenn du uns belogen hast und das Versteck der Psychode gar nicht kennst, dann ...« Der rechte Mann sprach die Drohung nicht aus.

Die drei hoben sich deutlich gegen das Scheinwerferlicht ab. Beide Paratender trugen keine Helme und hatten auch ihre Energieschirme nicht eingeschaltet. Sie schienen sich völlig sicher zu fühlen. Kein Wunder, denn was sollten die Zwotter einer Streitmacht von einigen hundert oder vielleicht gar tausend Paratendern entgegenhalten?

Tekener zielte und löste den Paralysator aus. Sofort nahm er den zweiten Mann aufs Korn und streckte ihn ebenfalls nieder. Doomvar blieb überrascht stehen, als seine Bewacher in sich zusammensackten.

»Was ...?«, entfuhr es ihm.

»Alles in Ordnung!« Tekener schaltete den Deflektor aus.

»Tek!«, rief der Tekheter freudig überrascht. »Wo kommst du so plötzlich her?«

»Das könnte ich dich ebenfalls fragen. Hast du deinen Auftrag erfüllt, Doomvar? Wurde deine Nachricht beantwortet?«

»Mehr als das. Ich habe drei Mutanten mitgebracht – Howatzer, Vapido und ter Gedan.«

»Dann sieht einiges gleich anders aus«, freute sich Tekener. »Besser hätten wir es nicht treffen können. Wo sind die drei?«

»Ich habe mich von ihnen abgesetzt, um dich zu warnen. Sie planen etwas, das sicher nicht in deine Pläne passt. Allem Anschein nach haben sie es auf Tezohrs Psychod abgesehen. Sie wollen es Margor schenken.«

»Das glaube ich nicht«, sagte Tekener dumpf.

21.

»Bran Howatzer!«, rief Jennifer Thyron verblüfft aus. Sie meinte, einen Geist vor sich zu sehen, als der kleine, bullige Gäa-Mutant aus dem Seitengang trat. Dun Vapidos und Eawy ter Gedans Erscheinen konnte ihre Überraschung nicht mehr steigern. Denn wo einer der drei auftauchte, waren die anderen beiden nicht mehr weit.

Howatzer wirkte ungewöhnlich ernst, und sogar Eawy ließ jede Fröhlichkeit vermissen.

»Wir haben nicht genügend Zeit für Erklärungen«, sagte Howatzer. »Wo sind die Psychode?«

Jenny deutete auf einen Torbogen. »Ich habe sie in dem Gewölbe deponiert. Aber Vorsicht, Paratender bewachen sie.«

»Ich werde schon mit ihnen fertig«, behauptete Howatzer und ging weiter.

Als Jenny ihm folgen wollte, wurde sie von Eawy zurückgehalten. »Bleiben Sie!«, verlangte das Relais. »Wir kümmern uns um die Sache.«

»Wie soll ich das verstehen?« Mehr als verwundert schaute Jennifer Thyron zu Vapido. Aber dessen Miene erschien ihr wie versteinert. »Sie drei wollen auf eigene Faust handeln?«, fragte sie. »Wissen Sie überhaupt, um was es hier geht?«

»Wir sind informiert«, sagte Vapido. »Doomvar hat uns alles berichtet.«

»Auch, wem Sie Ihre parapsychischen Fähigkeiten verdanken?«

»Auch das«, sagte Eawy. »Die Erkenntnis, dass wir für eine bestimmte Aufgabe ausersehen sind, hat uns die Augen geöffnet. Wir haben bisher versagt und sind unserer Aufgabe nicht im Entferntesten gerecht geworden. Das wird sich ändern.«

»Aber das schließt doch eine weitere Zusammenarbeit nicht aus«, erwiderte Jennifer.

Eawy ter Gedan seufzte. »Dun hat unsere Situation analysiert. Er ist zu dem Schluss gekommen, dass wir nur eine Möglichkeit haben, unsere Existenz zu rechtfertigen. Sie und Tek können uns auf unserem Weg nicht begleiten. Sie beide sind Terraner und arbeiten für die Liga. Verständlich, dass Sie nur die Interessen Ihres Volkes im Blick haben. Wir stammen aus der Provcon-Faust ...«

»Sie wollten damit sagen, dass Sie die Interessen der Zwotter wahren.« Jennifer nickte zögernd. »Aber wenn Sie Doomvars Bericht gehört haben, müssen Sie wissen, was wir mit Tezohr vereinbart haben. Wir handeln in seinem Sinn.«

Eawy schüttelte den Kopf. »Das könnten Sie nie mit der gleichen Konsequenz wie wir.«

»Und was haben Sie vor?« Jennifer Thyron verspürte ein beklemmendes Gefühl.

»Ich bin sicher, dass Sie unsere Handlungsweise nicht tolerieren würden.« Eawy ter Gedan hielt plötzlich eine Waffe auf sie gerichtet. »Wir werden Boyt Margor die Psychode übergeben. Sie gehören zu ihm wie wir ebenfalls. Das haben wir endlich erkannt.«

Jennifer ließ sich von der Gäa-Mutantin an die Wand zurückdrängen. Sie wäre gar nicht in der Lage gewesen, sich zu widersetzen. Eawy ter Gedans Verhalten ergab für sie keinen Sinn.

Im Torbogen auf der gegenüberliegenden Seite erschien Howatzer. Er trug das Königspsychod. Hinter ihm folgten Hotrenor-Taak, Galinorg und die Paratender mit den übrigen Psychoden.

»Margor wird es zu schätzen wissen, dass wir ihm diese Kostbarkeit zum Geschenk machen.« Howatzer starrte auf das eiförmige Psychod in seinen Händen. Dann schaute er Jenny an. »Eine geistige Verwandtschaft ist immer stärker als eine Blutsverwandtschaft.«

»Sie werden uns nicht folgen, Jenny«, sagte Eawy. »Hotrenor-Taak hat Bran in Margors Namen versprochen, dass Sie und Tek freien Abzug haben. Aber das gilt natürlich nur, wenn Sie sich nicht einmischen.«

»Was Sie tun, ist gemeiner Verrat, Eawy.«

»Sie können es nicht verstehen, Jenny, nicht einmal in tausend Jahren.«

Das waren die letzten Worte zwischen ihnen. Jennifer Thyron stand wie geprügelt da. Wie war es möglich, dass jemand, der etwas so abgrundtief hasste wie die Gäa-Mutanten Boyt Margor, sich auf einmal zu dem Objekt seines Hasses hingezogen fühlte?

Jennifer wurde durch ein Dröhnen aufgeschreckt. Es kam aus der Richtung, in der die petronische Maschine stand. Das Dröhnen wurde lauter und ließ den Boden vibrieren. Jeden Moment konnte die Maschine explodieren. Jennifer lief einfach los.

Hinter ihr war ein anschwellendes Pfeifen, als würde etwas Großes in raschem Flug auf sie zukommen. Als sie sich umdrehte, schossen zwei Gestalten in Kampfanzügen auf sie zu, und im nächsten Moment griffen starke Arme nach ihr und hoben sie hoch. Sie wurde einfach mitgerissen.

Links von sich erkannte sie Teks verzerrt lächelndes Gesicht. Auf der rechten Seite war Doomvar, den diese Art der Fortbewegung nicht recht glücklich zu machen schien.

Das Dröhnen eskalierte zur dumpfen Detonation, die den Berg zu erschüttern schien und sich als Donnergrollen fortpflanzte. Als die Beben nachließen, schalteten Tekener und Doomvar ihre Pulsatortriebwerke aus und setzten Jennifer ab.

»Wir sind gerade noch rechtzeitig gekommen«, sagte der Tekheter.

»Trotzdem zu spät«, widersprach Jennifer und berichtete, dass die Gäa-Mutanten mit den Psychoden unterwegs zu Margor waren.

»Das lässt uns keine andere Wahl«, bemerkte Tekener. »Wir müssen uns in die Höhle des Löwen wagen.«

»Du meinst, an Bord von Margors Schiff? Wie stellst du dir das vor?«

»Wir haben zwei Kampfanzüge und könnten uns unter die Paratender mischen.«

»Aber wir sind zu dritt.«

»Mir ist das Ding ohnehin zu klein«, sagte Doomvar. »Dir wird es besser passen, Jenny. Ich komme auf Zwottertracht schon irgendwie zurecht.«

Jennifer half ihm aus dem Kampfanzug und zwängte sich selbst hinein. Der Shift fiel ihr ein, den die Zwotterfrauen eingemauert hatten. Sie machte Doomvar den Vorschlag, ihn hinzufliegen, und er stimmte zu.

Aufgrund des aktivierten Peilsignals war es nicht schwer, die zugemauerte Höhle zu finden. Tekener strahlte in die Wand eine Öffnung, die groß genug war, sie einzeln durchzulassen.

Sie hatten den Flugpanzer kaum betreten, da hörten sie den Rundruf im Sprechfunk: »Alle zurück an Bord! Die Aktion ist abgeschlossen. Alle zurück ...«

Jennifer Thyron und Ronald Tekener verabschiedeten sich von Doomvar. »Sobald wir mit Margor abgerechnet haben, holen wir dich von Zwottertracht ab«, versprach Tek.

Zwottertracht zeigte sich von der friedlichsten Seite, als Jennifer und Tek inmitten einer größeren Gruppe von Paratendern den Berg verließen. Es war Abend, der Himmel hatte sich purpurn verfärbt.

Purpur war auch Weittels Farbe gewesen. Die gestürzte Hohepriesterin würde als männlicher Zwotter Vergessen finden. Aber was war aus Ahrzaba und den anderen geworden? Jennifer Thyron hoffte sehr, dass die Zwottermütter von den Paratendern nicht drangsaliert worden waren. Selbst Frau, konnte sie sich ausmalen, was Virna Marloy seinerzeit mitgemacht haben musste, als sie ...

Boyt Margor!

Sein riesiger Kugelraumer war gelandet. Was für ein majestätisches Schiff! Ein Gebirge aus Stahl.

Von überall aus dem durchlöcherten Berg kamen Paratender. Sie flogen der MOONBEAM zu wie die Motten dem Licht.

Neben Jennifer tauchte ein Schatten auf. Sie drehte im Flug den Kopf, erkannte Tek und gab ihm durch Zeichen zu verstehen, dass er Distanz wahren sollte. Die Paratender strebten jeder für sich dem Ultraschlachtschiff zu. Als einziges Paar liefen sie beide Gefahr aufzufallen.

Tek schickte ihr eine Kusshand – und lächelte. Früher, als er noch USO-Spezialist gewesen war, einige hundert Jahre vor Jennifers Geburt, hatten ihn alle den Smiler genannt. Tek hatte sein berühmt-berüchtigtes Lächeln seitdem keineswegs verloren.

Er schwenkte ab und erhöhte die Geschwindigkeit, um vorauszufliegen. Das riesige Raumschiff war schon nahe. Seltsam nur, dass über Funk keine Kommandos kamen. Jeder Paratender schien zu wissen, wohin er gehörte. Es herrschten Disziplin und Ordnung, die Jenny an einen Insektenstaat erinnerten. Nur sie und Tek gehörten nicht dazu. Sie fröstelte, als ihr in den Sinn kam, dass Ameisen Fremdlinge totbissen, die nicht den Geruch des eigenen Baues an sich hatten. Das musste ihr ausgerechnet jetzt einfallen, als sie hinter Tek auf eine offene Mannschleuse zuflog, als sei das der Zugang zu ihrem Bau.

Ihr Mann verschwand in der Schleuse. Jennifer folgte ihm. In der Luftschleuse warteten schon neun Paratender. Hinter Jenny folgte noch eine Frau. Das Dutzend war voll, das Außenschott schloss sich. Grünes Licht. Das Innenschott glitt auf ... Alles Dinge, die Jennifer sonst nie bewusst registrierte. Aber sonst war alles Routine.

Ein langer Korridor, der geradewegs ins Zentrum des Schiffs zu führen schien ... Die Paratender schritten ihn entlang und zweigten nacheinander nach links oder rechts ab. Als Tek einem Paratender in den linken Gang folgte, streckte ihm dieser die flache Hand entgegen. *Stopp!* Die stumme Geste besagte für Jennifer zugleich: *Du hast nicht den Geruch dieser Zelle!*

Weiter ging es. Von beiden Seiten stießen Paratender zu ihnen in den Hauptkorridor, verschwanden bald darauf aber in anderen Bereichen.

Tek versuchte erneut einen Ausfall. *Stopp!* Die unwiderstehliche Faust eines Überschweren hielt ihn auf. Weiter. Der Korridor schien kein Ende zu nehmen. Tek schwenkte nach rechts. *Halt! Das ist nicht deine Wohnzelle.*

Jennifer wurde nervös. Wenn sie nicht bald eine Unterkunft fanden, würden sie irgendwann allein sein. Aber Tek bewahrte Haltung und schritt weiterhin forsch aus: ein Paratender, der seine Zelle kannte und zielstrebig darauf zuhielt Himmel, wo würden sie enden?

Sie näherten sich einem offenen Schott. Dahinter lag der innere Schiffssektor.

Im Durchgang erschien eine Gestalt. Ein Lare. Hotrenor-Taak! Er blickte ihnen wissend entgegen.

Das Spiel war aus. Jennifer erkannte es daran, wie Tek die Schultern hängen ließ.

Nun war Eile nicht mehr wichtig. Schlendernd, einem Müßiggänger gleich, begab Tek sich in Gefangenschaft.

Jennifer folgte ihm ergeben. Ihre Anspannung löste sich, sie atmete kräftig durch.

»Die Aktion wurde zu meiner Zufriedenheit abgeschlossen!«, verkündete Boyt Margor über Rundruf.

Er befand sich in dem großen Laderaum mit den Psychoden. Die gesamte Mannschaft konnte ihn hören – fünftausend Paratender und eine Handvoll »andere«.

Margor hatte sein erstes großes Ziel erreicht und alle existierenden Psychode um sich versammelt. Nach seinem Ermessen waren keine weiteren mehr in Umlauf. Selbst das Königspsychod war in seinem Besitz. Es wirkte neben den größeren paraplasmatischen Gebilden geradezu unscheinbar. Aber die Größe sagte nichts über ihre Parusie aus.

Das Königspsychod war dominierend unter den prä-zwotterischen Kunstwerken. Seine Ausstrahlung war stärker als die aller anderen zusammen – vielleicht mit Ausnahme des Amuletts, das Boyt Margor um den Hals trug. Irgendwie fand er sogar, dass sein Amulett und das Königspsychod einander glichen. Jedes hatte zwar eine individuelle Parusie, aber der Inhalt ihrer Botschaften war ähnlich, wie aufeinander abgestimmt.

Vor nicht zu langer Zeit hatte Margor geglaubt, die Psychode psionisch aufladen zu müssen, damit sie zu seinen Sendern wurden und auf diese Weise Paratender schufen. Nun ging er den umgekehrten Weg und ließ sich von den Psychoden aufladen. Sie bargen das Wissen eines untergegangenen Volkes ebenso wie die Fähigkeiten der prä-zwotterischen Geistesgrößen. Dieses geistige Gut wollte Margor in sich aufnehmen, um allmächtig zu werden.

Er spürte die Wirkung der Psychode. Ihre Kraft floss auf ihn über.

Das war die wahre Macht.

Es kam nicht darauf an, dass jemand andere Intelligenzen beherrschte und ein ganzes Volk oder alle Völker einer Galaxis unterdrücken konnte. Er musste die Elemente meistern können, die Schöpfung selbst in den Griff bekommen. Dann konnte er die Natur der Dinge verändern und »Naturgesetze« schaffen, nach denen sich alles richten musste. Diese Weisheit lehrte ihn das Königspsychod im Zusammenwirken mit seinem Amulett.

Bevor er diese letzte Stufe zur Vollkommenheit erklimmen konnte, musste er sich aber mit Bagatellen abgeben.

Dunkel erinnerte er sich, dass er Roctin-Par befohlen hatte, mit seiner Flotte aus der Provcon-Faust zu fliegen und außerhalb des Staubmantels zu warten. Es war Zeit, dass er mit der MOONBEAM zur Flotte stieß.

Die Parusie berauschte ihn. Aber dieser Rausch benebelte seine Sinne nicht, sondern schärfte sie. Boyt Margor konnte klarer denken, schärfer sehen und deutlicher fühlen. Er spürte, wie sein geistiges Volumen wuchs und die psionische Kapazität die Fesseln des Körpers zu sprengen schien. Seine geistige Größe stand in keinem Verhältnis mehr zu seinem unscheinbaren Körper.

Margor war geballte Kraft. Er fühlte sich selbst als Psychod, als Super-Paraplasmat, der die Kraft aller anderen Psychode in sich vereinigte. Das war ein unbeschreibliches Erlebnis wie eine Wiedergeburt. Die fünfundneunzig Jahre seines Lebens waren nichts im Vergleich zu den wenigen Augenblicken im Bannkreis der Psychode.

Er wusste, dass nur wenige Stunden vergangen sein konnten, doch er fühlte sich gereinigt und regeneriert. Er war ein anderer, ein neuer Boyt Margor.

Mit einem wehmütigen Blick auf die Psychode machte er sich auf den Weg in die Kommandozentrale.

Alle waren versammelt, die Margor sich als Zeugen seines großen Auftritts wünschte. Die meisten der Anwesenden mussten seine Wandlung über die bestehende Psi-Affinität erfahren haben. Die Paratender waren leicht verunsichert, er merkte es.

»Es ist geschafft«, sagte Margor ganz allgemein. Sein Blick fiel auf einen einzelnen Mann. Sie standen einander gegenüber. Margor spielte wie geistesabwesend mit seinem Amulett, obwohl es diesmal seine Wirkung verfehlte. Dieser Mann war immun, er zeigte nicht die Spur von Psi-Affinität.

»Soll ich dich töten, Ronald Tekener?«, fragte Margor leichthin. »Es wäre nur eine Korrektur. Da du ohnehin als tot giltst, wäre es nur der Nachvollzug einer Tatsache.«

»Nur zu«, erwiderte Tekener. Er lächelte herausfordernd.

Margor wandte sich von ihm ab, der Frau an seiner Seite zu. Blitzschnell griff er ihr an den Hals und holte ihren an der Kette hängenden Zellaktivator hervor. Sie zuckte nicht einmal zusammen. Nur Tekener spannte sich an, aber er hatte sich gut genug in der Gewalt, und so blieb seine Abwehrreaktion im Ansatz stecken.

Margor wog Jennifer Thyrons Zellaktivator abschätzend in der Hand.

»Ich werde dir dieses wunderbare Objekt wegnehmen müssen«, sagte er und blickte zugleich auf den Laren hinter ihr. »Es gibt einige Anwärter auf dieses lebenserhaltende Gerät. Leider gehörst du nicht dazu, Hotrenor-Taak. Nicht mehr.«

»Ich bin mir keiner Schuld bewusst, Boyt«, erwiderte der Lare. »Was ich getan habe, geschah nur, um dir zu helfen. Fühlst du denn nicht, dass ich dir ergeben bin?«

»Dein Verhalten hat mir gezeigt, dass ich mich auf die Psi-Affinität nicht mehr verlassen kann, Taak«, sagte Margor. »Du wolltest die Psychode stehlen. Wozu? Um selbst mächtig zu werden und dich mit mir zu messen? Du bist klug, Taak, und hast erkannt, welche Macht in den paraplasmatischen Kunstwerken ruht. Aber du warst zu klug.«

Margor wandte sich wieder der Frau zu. Er liebte es seit Kurzem, die Themen und seine Gesprächspartner sprunghaft zu wechseln.

»Du musst einsehen, dass die Unsterblichkeit an dir verschwendet ist, Jennifer.«

»Sie sind wahnsinnig, Margor«, sagte die Frau.

»Was ist Wahnsinn?« Er fühlte sich groß in Form, und das steigerte sein Selbstbewusstsein. »Möglicherweise ist der sogenannte Wahnsinn das unverstandene Ausdrucksmittel eines potenzierten Geistes. Aber das dürfte zu hoch für dich sein, Jennifer Thyron. Lassen wir es also. Du darfst deinen Zellaktivator noch eine Weile behalten, denn du sollst, wie Ronald Tekener auch, Zeuge meines größten Triumphs werden.«

Die Frau erwiderte nichts. Margor billigte ihr das Recht des Schwächeren zu, sich durch Schweigen stärker zu fühlen.

»Seid ihr derselben Meinung, dass mich der Wahnsinn treibt, Bran?«, fragte Margor. Er meinte die drei Gäa-Mutanten, aber er wandte sich an Bran Howatzer als ihren Senior und Sprecher.

»Nein, Boyt«, antwortete der Pastsensor. »Wir sind nur der Ansicht, dass du bis zuletzt ein Irregeleiteter warst. Aber wir anerkennen, dass du dich gewandelt hast.«

»Wieso dieser Meinungsumschwung, Bran?«

»Die Umstände sprechen für dich. Eine Entwicklung ist eingetreten, die wir nicht vorhersehen konnten. Zudem haben wir erfahren, dass es falsch war, gegen dich zu arbeiten. Wir hätten dich fördern sollen, statt dich zu bekämpfen. Wir wissen jetzt, dass wir zu dir gehören, Boyt. Haben wir unsere Zugehörigkeit nicht damit bewiesen, dass wir dir das Königspsychod zukommen ließen? Du bist sein rechtmäßiger Besitzer und als Einziger seiner würdig.«

»Da werde einer schlau daraus.« Margor schämte sich des Rückfalls in die Semantik der gewöhnlichen Sterblichen nicht. »Eure Hilfeleistung hat nur den bitteren Beigeschmack, dass sie in einer für euch ausweglosen Situation kam. Hat da vielleicht Todesangst mitgespielt?«

»Wir haben uneigennützig gehandelt«, behauptete Howatzer. »Wir haben in der Vergangenheit falsch entschieden, das wissen wir jetzt. Aber auch du hast Fehler begangen. Betrachten wir es als Verkettung unglücklicher Umstände, dann wird sich alles zum Guten wenden.«

»Meinst du, Bran?« Margor wandte sich der großen schlanken Gestalt neben den drei Mutanten zu. »Wie stehst du dazu, Galinorg? Welche Chancen habe ich, die MOONBEAM durch die paraplasmatische Sphäre zu lotsen?«

»Keine«, sagte der Vincraner.

»Ich werde das Gegenteil beweisen!«, rief Margor wütend. Seltsam, dass ausgerechnet die Meinung des Vincraners ihn so aufbrachte, dass er einen Rückfall erlebte. »Ich werde die MOONBEAM aus der Provcon-Faust lotsen. Es wäre gelacht, wenn ich nicht schaffen könnte, was Millionen Vincraner wie im Schlaf beherrschen. Ich habe eine direkte Verbindung zu den Prä-Zwottern der Sphäre. Sie werden mich leiten.«

Galinorg schwieg. An seiner Stelle meldete sich Hotrenor-Taak zu Wort.

»Du solltest das nicht riskieren, Boyt. Zu viel steht auf dem Spiel – nicht zuletzt dein Leben. Überlass den Durchflug den Vincranern, es ist ihr Metier.«

»Was wäre, wenn wir keinen Vakulotsen an Bord hätten?«, fragte Margor lauernd. »Ich habe keinen auf diese Reise mitgenommen.«

»Galinorg ist da«, sagte der Lare.

»Ach ja, richtig, Galinorg. – Gebt diesem Verräter einen flugfähigen Raumanzug und werft ihn aus einer Mannschleuse!«, befahl Margor. Zufrieden registrierte er das Erschrecken seiner Zuhörer, als Paratender den Vincraner abführten.

»Nun gibt es keinen Vincraner mehr an Bord«, sagte er. »Ich habe gar keine andere Wahl, als die MOONBEAM selbst zu lotsen.«

Boyt Margor begab sich zum Platz des Kopiloten. Der Kommandant, ein Terraner mit grauem Haar und wettergegerbtem Gesicht, saß rechts von ihm.

»Starten!«, befahl Margor. »Ich übernehme das Schiff im freien Raum.«

Während der folgenden Minuten herrschte eine eigenartige Stille in der Zentrale. Die Mannschaft leitete alle Kommandos nur flüsternd weiter oder verzichtete ganz darauf.

Wie bei einem Begräbnis, dachte Jennifer Thyron. *Unser aller Begräbnis!*

»Keiner der Paratender scheint mit Margors Entscheidung einverstanden zu sein«, raunte sie ihrem Mann zu.

»Vielleicht erleben wir noch eine Meuterei«, flüsterte Tekener. Seine Betonung verriet, dass er es nur scherzhaft meinte. »Heizen wir die Stimmung an?«

»Lieber nicht.«

Ihnen waren die Hände gebunden. Paratender standen mit entsicherten Strahlern hinter ihnen.

»Wir sind im Orbit«, verkündete der Kommandant. »Übernimmst du, Boyt?«

Margor ließ die SERT-Haube herabsinken und machte sofort eine Funktionskontrolle. Offenbar gab er einen falschen Befehlsimpuls an die Positronik weiter. Eine heftige Erschütterung durchlief die Zentrale. Sekundenlang schlugen mehrere Gravos durch, dann erst reagierten die Andruckneutralisatoren. Der Panoramaschirm vermittelte den Eindruck, als würde die Staubwand vor dem Schiff explodieren.

»Vollführe keine so abrupten Manöver, Boyt«, riet der Kommandant. »In Zonen größerer Dichte würde die MOONBEAM zerrieben. Außerdem sind da noch die hyperenergetischen Turbulenzen ...«

»Ich bin in der Lage, den gefährlichen Zonen auszuweichen«, erwiderte Margor barsch. »Ich kann besser als jeder Vakulotse die Schneisen durch den Staubmantel finden.«

Er hat den Verstand verloren, befürchtete Jennifer Thyron. Sie war sicher, dass Margor seine Grenzen nicht mehr erkannte. Falls niemand ihn daran hinderte, würde er alle in den Tod treiben. Aber wer von den Paratendern brachte die Initiative auf, sich gegen Margor zu stellen?

Hotrenor-Taak?

Jennifer blickte zu dem Laren hinüber. Er machte einen niedergeschlagenen Eindruck. Zweifellos hatte er sich seine Rückkehr zu Margor anders vorgestellt.

»Unternehmen Sie etwas, Taak!« Das war Tekeners Stimme. »Alle wissen, dass Margor keine Chance hat, durch die Sphäre zu fliegen. Aber Sie sind der Einzige, der ihn zur Vernunft bringen könnte.«

»Irrtum, Tek«, erwiderte der Lare. »Auf mich wird Boyt am allerwenigsten hören. Er vertraut mir nicht mehr.«

Das Ultraschlachtschiff geriet immer öfter in gefährliche Turbulenzen. Ohne den Schutzschirm wäre das Schiff schon von den Gewalten der paraplasmatischen Sphäre zerrissen worden.

Margor war unter der SERT-Haube hilflos. Immer deutlicher wurde, dass er durchwegs sinnlose Manöver flog.

»Ich hätte es früher erkennen müssen«, sagte der Lare jäh. »Da hätte ich es noch verhindern können.«

»Was verhindern, Taak?«, fragte Tekener.

»Fragen Sie das Ihre Freunde, Tek. Oder haben Sie das Spiel von Howatzer und seinen Gefährten noch nicht durchschaut?«

Jennifer Thyron glaubte zu wissen, was der Lare meinte. Hotrenor-Taak gab die Schuld den drei Mutanten, die Margor die restlichen Psychode zugespielt hatten. Es schien, als hätte Margor durch die Parusie aller Psychode einen Kollaps erlitten.

»Es sieht nicht gut aus.« Jennifer wandte sich an Eawy ter Gedan.

»Margor wollte es nicht anders.« Die junge Mutantin wich Jennys Blick aus. »Niemand zwingt ihn dazu.«

»Ihr habt ihm die Psychode zugespielt, damit er sich unüberwindlich fühlt. Ihr habt ihm auf diese Weise suggeriert, dass er nun Herr über Raum und Zeit sei, der Meister, dem die Schöpfung untertan zu sein hat.«

»Boyt *ist* der Herr der Provcon-Faust«, sagte Eawy ter Gedan heftig. Sie bewegte sich auf gefährlichem Terrain.

Am liebsten hätte sie der Frau alles entgegengeschleudert, was sie wusste oder zu wissen glaubte. Aber eine unachtsame Bemerkung konnte noch im letzten Moment alles gefährden. Wenn Jennifer tatsächlich die Wahrheit ahnte, warum schwieg sie nicht einfach? Das wäre doch ebenso in ihrem Interesse gewesen.

»Ihr wollt Margor in den Tod treiben«, drängte Thyron. »Ist der Preis von fünftausend Menschenleben nicht zu hoch dafür?«

Sprich nicht weiter, Jenny!, dachte Eawy entsetzt. *Du zerstörst sonst alles so knapp vor der Entscheidung.*

»Margor muss es tun!«, sagte sie mit bebenden Lippen. »Niemand kann ihn daran hindern.«

»Ihr könntet es verhindern! Wo ist Tezohr? Was habt ihr mit ihm gemacht?«

Eawy schüttelte verzweifelt den Kopf. Sie musste Jennifer Thyron ein Zeichen geben, damit sie verstand.

»Tezohr ist in seinem Psychod aufgegangen«, raunte sie hastig. »Da Margor sich damit beschäftigt hat, ist Tezohr in ihm. Das ist gut so!«

Begreif doch endlich, Jenny!

Die Frau schien endlich verstanden zu haben. Ihre Geste wirkte hilflos, überrascht, ungläubig – von allem etwas, und sie nickte stumm, die Lippen zusammengepresst. Eawy ter Gedan atmete auf. Ein rascher Blick in die Runde verriet ihr zudem, dass die Paratender den Inhalt des kurzen Disputs nicht begriffen hatten.

Die Paratender hatten keine Ahnung, dass Boyt Margor ein Produkt der Prä-Zwotter war und die fehlende Komponente, die das Chaos in der paraplasmatischen Sphäre beilegen und sie zu einem vollkommenen Gebilde machen sollte. Wenn Margor keine Negativeigenschaften entwickelt hätte, wäre er längst schon seiner Bestimmung nachgekommen.

Jennifer Thyron und Ronald Tekener kannten die Zusammenhänge. Beide wussten, dass sie – Eawy, Bran und Dun – als Regulatoren für Margor gedacht gewesen waren. Aber war ihnen auch klar, dass Boyt Margor die ihm zugedachte Bestimmung nur erhalten konnte, wenn er sich im Einflussbereich aller Psychode befand? Und wenn es dazu *innerhalb* der paraplasmatischen Sphäre kam?

Diese Voraussetzungen waren endlich gegeben.

Tezohr hatte den drei Mutanten gesagt, dass dies die letzte Chance sei, die paraplasmatische Sphäre zu vervollkommnen. Er hatte seine Gestalt aufgegeben und war in sein Psychod zurückgekehrt, um Margor besser beeinflussen zu können. Tezohr baute dabei auf Unterstützung durch das Psychod, das Margor seit seiner Geburt als Amulett um den Hals trug – Khara-Kharands Psychod, dessen Parusie Tezohrs Sendungen verstärken sollte.

Margors geistige Verwirrung war zum Großteil auf Tezohrs Einfluss zurückzuführen. Für Eawy war es zugleich ein untrügliches Zeichen dafür, dass Margor die gewünschte Entwicklung durchmachte. Es konnte nicht mehr lange dauern, bis er alle Voraussetzungen mitbrachte, um die fehlende Komponente für die paraplasmatische Sphäre zu bilden.

Das musste Thyron endlich erkennen!

Ein Blick in Jennifers Augen verriet der Mutantin, dass sie endlich verstand und die Handlungsweise der drei Gäa-Mutanten durchschaute.

Ein Schrei riss Eawy aus ihren Gedanken.

Margor riss sich die SERT-Haube vom Kopf. Er hatte eingesehen, dass er nicht in der Lage war, das Raumschiff durch den Staubmantel der Provcon-Faust zu lotsen. Margor schrie und weinte wie ein kleines Kind. Er versuchte nicht erst, Haltung zu bewahren, und kümmerte sich nicht um die entsetzten Paratender. Er schluchzte und krümmte sich wie unter unsichtbaren Schlägen.

Margor stürzte mit einem letzten Aufschrei zum Antigravschacht und verschwand darin. Eawy ter Gedan wusste, dass er bei seinen Psychoden Schutz suchen würde.

»Ihr habt euer Ziel erreicht«, sagte Jennifer Thyron tonlos. »Aber was soll jetzt aus dem Schiff werden – und aus uns?«

Wie als Antwort heulte der Alarm auf. Die MOONBEAM trieb führungslos im Mahlstrom des paraplasmatischen Staubmantels. Das Ultraschlachtschiff wurde zum Spielball der Elemente.

22.

Boyt Margor sah sich in einem ausweglosen Labyrinth gefangen. Er irrte planlos umher und hatte das Gefühl, im Kreis zu laufen. Er kroch durch ständig enger werdende Schläuche und ließ sich in scheinbar bodenlose Abgründe fallen, die jedoch urplötzlich zusammenwuchsen. Seine verzweifelten Versuche, die Hindernisse zu durchbrechen, endeten ebenso kläglich wie jene, sich in dem Chaos zu orientieren. Er kehrte um und eilte die soeben passierten Stationen zurück, doch die Bedingungen waren schon nicht mehr dieselben. Alles änderte sich schlagartig, und oft hatte er das Gefühl einer Fahrt ohne Bewegung. Er trat auf der Stelle und mit ihm das riesige Raumschiff. Er war in der metallenen Hülle gefangen, unter einem Folterhelm zum Albtraum verurteilt.

Er konnte nicht mehr, er musste ausbrechen.

Margor streifte die SERT-Haube ab und floh. Es gab nur einen Platz, an dem Schutz und Geborgenheit auf ihn warteten – bei seinen Psychoden! Ihre Parusie würde alle Schrecken von ihm abhalten, an ihr konnte er sich aufrichten. Die Ausstrahlung der Psychode vermochte ihn zu stärken.

Sie allein konnten ihm die Kraft geben, diese Bewährung zu bestehen.

Als er sich zwischen die paraplasmatischen Gebilde begab, spürte er ihre Kraft auf sich übergehen. Die Ruhe kehrte zurück. Die Parusie besänftigte ihn und machte ihn zufrieden. Er wurde wieder stark und verstand seine Panik nicht mehr. Die Psychode zeigten ihm den Weg.

Es war so einfach, sich in diesem Chaos zurechtzufinden. Und es gab eine Methode, wie er alle Probleme mit einem Schlag lösen konnte.

Er war in der Lage, dieses Chaos zu ordnen. Nur er allein hatte die Macht dazu. Er brauchte nur in die paraplasmatische Sphäre einzugehen und würde mächtiger werden, als er es sich in seinen kühnsten Träumen erhofft hatte.

Das war Allmacht!

Und wie er sich zu dieser Größe emporschwingen konnte?

Das Königspsychod signalisierte es ihm, und das Amulett sandte ihm ebenso starke Impulse. Beide standen sie miteinander und mit seinem Denken in Einklang.

Der Körper fesselt dich, Boyt. Streife ihn ab! Schlüpfe aus dieser leeren Hülle, aus diesem Körpergefängnis, das dich an deiner Entfaltung hindert.

Wie das geht? Eine Million Läander haben es vor langer Zeit vorgeführt. Sie warten, Boyt ... Wir helfen dir. Folge uns!

Es war wirklich leicht. Es gelang ihm fast spielend, den Körper aufzugeben, die Barriere der Dimensionen zu durchbrechen und auf die nächsthöhere Daseinsebene überzuwechseln.

Das war die Erfüllung. Er hatte nie etwas anderes gewollt, hatte nur sein unbewusstes Streben nicht erkannt, das Drängen seines Unterbewusstseins nach Entfaltung. Deshalb hatte er Ersatzlösungen angestrebt. Aber das war endgültig vorbei.

Nun war er körperlos – und wuchs.

Er sah ein kugelförmiges Objekt schrumpfen und in der Dimension verschwinden, die er soeben verließ. Das war die MOONBEAM.

Er wurde größer und noch größer, wuchs zu einem gewaltigen hohlen Gebilde. Nahezu fünf Lichtjahre durchmaß es.

Er, Boyt Margor, wurde zu einem Teil der paraplasmatischen Sphäre. Und er war nicht irgendein Teil, sondern die wichtigste Komponente unter einer Million. Er war das befriedende Element, das für die Beilegung der chaotischen Zustände sorgte. Er brachte Ordnung und Vollkommenheit – er, der Körperlose, der als Boyt Margor vergeblich das Absolute angestrebt hatte. Nun war er dieses Absolute geworden und hatte einer Million Körperlosen zu ihrer Bestimmung verholfen.

Er, der Staubmantel der Provcon-Faust. Ein glattes, rundes Hohlgebilde, befriedet und zufrieden.

Der Suchende war zur Ruhe gekommen. Ein Kreis hatte sich nach Jahrhunderttausenden geschlossen.

Ronald Tekener setzte alles auf eine Karte. Wenn das Raumschiff im Mahlstrom der paraplasmatischen Sphäre vernichtet wurde, hatte er ohnehin nichts mehr zu verlieren. Gerade als die MOONBEAM von einem neuen Beben erfasst wurde, überrannte er seine Wächter und stürmte zum Antigravschacht. Die Paratender reagierten überhaupt nicht darauf. Bevor Tekener im Antigravschacht nach unten sank, sah er, dass der HÜ-Schirm flackerte.

Ihm blieb nicht mehr viel Zeit, bis der Schutzschirm endgültig zusammenbrach und das Schiff den kosmischen Gewalten ausgeliefert war.

Tekener erreichte das Deck, auf dem sich der Laderaum mit den

Psychoden befand. Er war sicher, dass sich Margor dorthin zurückgezogen hatte.

Er begegnete mehreren Paratendern, aber sie stellten sich ihm nicht in den Weg. Sie waren starr vor Schreck. Vor dem großen Schott standen nicht einmal Wachtposten. Erst als Tek das Schott öffnete, sah er sie: zwei geschrumpfte, wie mumifizierte Körper, die nur noch wenig Ähnlichkeit mit Menschen hatten.

»Margor!« Mit einem Aufschrei stürzte Tekener in den Laderaum. Doch er kam zu spät. Die Luft um ihn schien zu gefrieren. Margor, der inmitten der Psychode schwebte, wurde mit ihnen rasch kleiner. Alles stürzte einem Punkt entgegen, der in übergeordneten Räumen zu liegen schien, und verging in einer lautlosen Implosion.

Tekener war völlig benommen.

Margor und die Psychode hatten sich in nichts aufgelöst. Wohin waren sie verschwunden? Tek spürte, dass sein Pulsschlag wieder ruhiger wurde. Langsam glaubte er zu verstehen, was er wirklich gesehen hatte.

Auf dem Rückweg zur Kommandozentrale traf er nur auf apathisch wirkende Paratender. Es sah aus, als hätten diese Männer und Frauen Margors Auflösung geistig miterlebt. Sie waren nur noch Schatten ihrer selbst.

»Vieles ist von mir abgefallen«, sagte ein Mann unsicher. »Ich fühle mich so leer ...«

Tekener klopfte ihm auf die Schulter und eilte weiter. Andere Paratender kauerten am Boden, sie wirkten hilflos, verwirrt. Sie wussten, dass es Margor nicht mehr gab.

In der Kommandozentrale herrschte eine ähnlich triste Stimmung. Verständnislosigkeit schlug Tekener entgegen. Ohnmächtige Leere. Furcht vor der Zukunft.

Jennifer fiel ihm erleichtert in die Arme.

»Es ist vorbei.« Sie redete schnell, die Worte quollen förmlich über ihre Lippen. Ihre Hände schlossen sich um Teks Nacken, verkrampften sich geradezu. »Die Mannschaft hat das Schiff wieder unter Kontrolle. Es gibt keine hyperenergetischen Turbulenzen mehr, nur noch die Staubwirbel. Margor hat eingegriffen. Er ist zu den Körperlosen gegangen und seiner Bestimmung gerecht geworden.«

»Nun lächle wenigstens«, sagte Tekener. Er zog sie mit sich, hinüber zu den drei Gäa-Mutanten, die benommen auf die Schirme blickten.

»Was ist los? Wir haben doch keinen Weltuntergang erlebt ...« Tek lächelte.

»Das nicht – die Provcon-Faust ist gerettet«, erwiderte der Pastsensor zögernd. »Boyt hat seinen Platz in der paraplasmatischen Sphäre eingenommen. Niemand braucht mehr Vakulotsen, um den Staubmantel zu durchfliegen.«

»Und warum diese trübe Stimmung?«

Bran Howatzer hob nur die Schultern und wandte sich ab.

»Wir haben Margors Metamorphose miterlebt«, sagte Eawy ter Gedan. »Wir waren unmittelbar daran beteiligt, als er seinen Körper aufgab und in die körperlose Daseinsform überwechselte. Es war ... ein Erlebnis. Aber waren wir nicht auch ein Teil von Tezohrs Plan? Wir haben uns Hoffnungen gemacht, denselben Weg gehen zu können. Doch Tezohr hat uns nicht einmal mehr ein Zeichen gegeben.«

»Dann wird er der Meinung gewesen sein, dass es für euch so besser ist«, sagte Jenny. »Euer Platz ist eben hier, bei uns Menschen.«

»Wir hören Margor immer noch«, stellte Eawy unvermittelt fest.

Tekener spannte sich sofort wieder an. Misstrauisch blickte er zu den Paratendern hinüber, die jedoch in ihrer Tätigkeit aufzugehen schienen. Nur Hotrenor-Taak wirkte einsam und verloren.

»Ihr könnt es nicht hören«, fuhr Eawy ter Gedan fort. »Nur parapsychisch veranlagte Wesen können Margors mentalen Impuls empfangen. Er ist gleichbleibend stark – eine psionische Konstante. Wir haben den Eindruck, dass er die gesamte Galaxis durchdringt. Wir nennen ihn den Margor-Schwall.«

»Das Leuchtfeuer!«, sagte Tekener verstehend. »Die Läander haben einst die paraplasmatische Sphäre erschaffen, um ein kosmisches Leuchtfeuer zu entzünden. Mit dem Margor-Schwall dürfte das vollbracht sein.«

Jennifer Thyron löste sich von ihrem Mann und ging zu Hotrenor-Taak. »Gibt es noch Paratender?«, fragte sie den Laren.

»Boyt lebt nicht mehr in uns«, sagte der Lare.

»Und deshalb diese Melancholie?« Als der Lare keine Antwort gab, fuhr Jennifer fort: »Statt mit dem Schicksal zu hadern, sollten Sie sich über Ihre neue Freiheit freuen. Außerdem haben Sie keinen Grund, sich nach Margors Verschwinden einsam zu fühlen.«

»Ich beneide Boyt um sein neues Dasein. Auch wenn es für mich unverständlich und rätselhaft bleibt«, sagte Hotrenor-Taak.

»Sie werden darüber hinwegkommen«, sagte Jenny zuversichtlich. »Was sind Ihre nächsten Pläne?«

»Was könnte ich ...?« Der Lare stockte. Augenblicke später redete er mit veränderter Stimme weiter: »Doch, es gibt etwas für mich zu tun.

Ich fühle mich für die Tempester verantwortlich und werde versuchen, ihnen zu helfen. Ich kenne einen Ara, der mit diesen schnelllebigen Menschen umzugehen versteht. Vielleicht kann er den Tempestern helfen, dass sie zu einem normalen Lebensrhythmus zurückfinden.«

Mit einem schnellen Blick über den Panoramaschirm stellte Jennifer Thyron fest, dass die MOONBEAM den Staubmantel verlassen hatte und sich wieder in der Provcon-Faust befand.

»Wir haben Funkverbindung mit Roctin-Pars Flotte«, verkündete der Kommandant. »Roctin-Par befindet sich mit allen Schiffen auf dem Rückflug nach Gäa. Geht es in Ordnung, dass wir im Raum von Gäa mit der MOONBEAM zur Flotte stoßen?«

Die Frage war an Hotrenor-Taak gerichtet, doch der gab Tekener ein Zeichen.

»Okay«, bestätigte Tek. »Wir treffen Roctin-Par im Orbit über Gäa.« An den Laren gewandt, fügte er hinzu: »Und von dort fliegen wir mit einem schnellen Kurierschiff ins Solsystem. Kommen Sie mit, Taak?«

»Ich werde Sie begleiten, ja. Aber zuvor muss ich die Hilfsaktion für die Tempester organisieren.«

Die MOONBEAM überwand die ungefähr zwei Lichtjahre ins Prov-System in einer Linearetappe.

23.

»Der Margor-Schwall ist sogar hier auf Terra zu empfangen«, stellte Bran Howatzer fest. »Er ist für einen Psi-Begabten weder störend, noch beeinträchtigt er seinen Aktionsradius. Er ist einfach da, und er bereitet niemandem schlaflose Nächte.«

Julian Tifflor hatte die offiziellen Berichte der drei Gäa-Mutanten und die von Ronald Tekener und Jennifer Thyron gelesen und an den lunaren Großrechner NATHAN zur Auswertung weitergegeben. Nun saßen die Beteiligten in seinem Büro in Imperium-Alpha beisammen. Nur Hotrenor-Taak hatte gebeten, der Besprechung fernbleiben zu dürfen. Diese Freiheit stand ihm zu, denn es sollte eine zwanglose Unterhaltung sein. Auch wenn Homer G. Adams und der Psychologe Ferengor Thaty, der sich um die Heilung von Paratendern verdient gemacht hatte, zu ihnen gestoßen waren.

Thaty ergriff nach Bran Howatzer das Wort.

»Es ist mir gelungen, die psionische Strahlung anzumessen. Dafür bedurfte es nur einer gewissen Feinjustierung der entsprechenden Geräte. Damit habe ich sofort begonnen, nachdem Sie uns das Vorhandensein des Margor-Schwalls meldeten. Ich bin sogar noch weiter gegangen und habe meine Kollegen auf den Außenposten der Milchstraße gebeten, entsprechende Messungen anzustellen. Auch sie können den Margor-Schwall orten.«

»Sie müssen nicht befürchten, dass Sie arbeitslos werden, nachdem es keine Paratender mehr gibt, Thaty«, wandte Julian Tifflor ein. »Sie haben mit den Doppelgängern der Flibustier genug zu tun. Aber leider sind Sie dabei weniger erfolgreich.«

»Jetzt, da ich wieder mit der Unterstützung der Mutanten rechnen kann, stellen sich hoffentlich die Erfolge ein«, erwiderte der Psychologe. »Wir sind eine Sorge los, nämlich das Problem Margor, und können uns den Doppelgängern mit verstärkter Kraft widmen.«

»Und den Weltraumbeben!«, warf Adams ein. »Aber um noch einmal auf die Provcon-Faust zurückzukommen – es wäre Aufgabe der GAVÖK, sich um die Dunkelwolke zu kümmern. Die neue Situation wird in naher Zukunft einige Veränderungen herbeiführen. Wir alle sollten uns um Vincraner und Tekheter bemühen, die nun nicht mehr als Vakulotsen gebraucht werden. Da die Provcon-Faust leichter zugänglich ist, wird ein reger Transitverkehr stattfinden. Die GAVÖK könnte da Regelungen treffen. Ich denke auch an die Zwotter, die nun nicht mehr der hemmenden Ausstrahlung der paraplasmatischen Sphäre ausgesetzt sind. Wer kann heute schon abschätzen, wie sie sich weiterentwickeln werden, da sie nun freie geistige Entfaltungsmöglichkeiten haben? Und waren nicht auch die Lotsenfähigkeiten zumindest zum Teil eine Auswirkung der paraplasmatischen Sphäre? Wie empfinden die ehemaligen Vakulotsen den Margor-Schwall?«

»Bestimmt nicht als negativ«, sagte Dun Vapido. »Ich stimme dem Vorschlag absolut zu, dass wir uns um Zwotter und Vincraner in Zukunft mehr bemühen müssen. Sie sollten in die GAVÖK aufgenommen werden.«

»NATHAN ist bereits beauftragt, Lösungsvorschläge auszuarbeiten«, erklärte Julian Tifflor. »Ich hoffe, dass mir die Ergebnisse für die nächsten Gespräche mit Mutoghman Scerp vorliegen. Zu einer Frage, die mich brennend interessiert, hat NATHAN bereits Stellung bezogen. Aber die Antwort fiel alles andere als befriedigend aus.«

Tifflor machte eine Pause. Aber nicht, um sich bei seinen Zuhörern interessant zu machen, obwohl ihm ihr erwartungsvolles Schweigen gelegen kam, sondern um sich den Fragenkomplex in Erinnerung zu rufen.

Er kannte nun die Geschichte der Läander – die Prähistoriker hatten sie mangels eines anderen Namens Prä-Zwotter genannt – so gut wie Tekener und seine Frau. Er wusste über die Petronier Bescheid, die für die Läander den Staubmantel geschaffen hatten, in den sie bei ihrer Vergeistigung eingegangen waren. Die Kosmischen Ingenieure hatten bei diesem Ereignis nur eine Statistenrolle innegehabt. Aber die Petronier verdankten ihren Einfluss auf die galaktischen Völker jener Epoche dem Umstand, dass Fremde in die Milchstraße eingefallen waren. Diese wilden Horden hatten durch ihr schreckliches Treiben erst das Verlangen nach Bewaffnung und Aufrüstung zur Verteidigung geweckt und so für die Blütezeit der Petronier gesorgt.

Aber darum ging es Tifflor eigentlich nicht. Für ihn waren die Petronier nur Randfiguren, die Horden dagegen eine Schicksal bestimmende Macht. Er hatte darüber nachgedacht, ob die Läander wegen dieser Bedrohung von der »unbekannten Macht« den Auftrag erhalten hatten, mit ihrem Geist ein kosmisches Leuchtfeuer zu entzünden.

Nun brannte diese psionische Fackel, der Margor-Schwall, und durchdrang die Galaxis. Aber die Horden waren schon zur Zeit der Ersten Menschheit vor fünfzigtausend Jahren aus der Milchstraße wieder verschwunden gewesen.

»Ich habe NATHAN gefragt, welchen Zweck der Margor-Schwall heute noch erfüllen könnte«, fuhr der Erste Terraner fort. »Und welche Macht die Läander vor so langer Zeit zu seiner Aktivierung animiert haben könnte. Und dann ist da noch die Frage, wer eigentlich auf diese Weise gerufen werden sollte. ES? Eine andere Superintelligenz? Oder eine Macht, die uns bislang gänzlich unbekannt ist? Ich will Sie nicht unnötig auf die Folter spannen, denn NATHANS Antwort ist das nicht wert. Der lunare Rechner konnte zu keiner befriedigenden Antwort kommen. Er stellte eine Hochrechnung auf, die aus *undenklich vielen* Wahrscheinlichkeiten besteht. Ich bin also nicht klüger als zuvor.«

»Das Rätsel bleibt also«, sagte Jennifer Thyron gedankenverloren. Sie empfand es als unbefriedigend, dass nach dem erfolgreichen Abschluss des Unternehmens der Prä-Zwotter, das vor Hunderttausenden von Jahren begonnen worden war, der Sinn des Ganzen weiterhin unklar blieb.

Noch unbefriedigender war es, dass keine Aussicht bestand, dass das Rätsel jemals überhaupt zur Gänze geklärt werden würde.

Julian Tifflor würde in dieser Richtung vermutlich nichts unternehmen. Die LFT hatte andere Probleme, die entscheidender für die Milchstraße waren.

24.

»Wie viele Pseudo-Flibustier haben wir jetzt?«, fragte Julian Tifflor.

»Einunddreißig«, antwortete Pinter Bloom, ein noch sehr junger Mann, der es übernommen hatte, sich um die seltsamen Gefangenen zu kümmern. »Wollen Sie die Verteilung hören?«

»Danke, ich verzichte.« Der Erste Terraner seufzte. »Noch vor wenigen Wochen hätte ich viel dafür gegeben, dieses Mordgesindel endlich auf einem Fleck versammelt zu sehen, noch dazu gefangen und unschädlich. Aber inzwischen – es ist zum Verzweifeln.«

»Vor allem, weil alle mindestens in doppelter Ausführung vorhanden sind.« Bloom stimmte eifrig zu. »Kayna Schatten haben wir jetzt siebenmal. Wohin soll das führen?«

»Das wüsste ich ebenfalls gern«, murmelte Tifflor. »Was reden unsere doppelten und dreifachen Freunde den ganzen Tag über?«

»Außer nichtssagenden Bemerkungen geben sie wenig von sich.«

»Wenn wir zum Beispiel alle sieben Kaynas zusammensperren, müssten sie sich eigentlich irgendwann auf die Nerven gehen. Meinen Sie nicht, dass es den Versuch lohnen würde? Nichts löst die Zunge so leicht und gründlich wie Ärger auf unerträgliche Zeitgenossen.«

»Alkohol taugt dazu auch ganz gut«, bemerkte Pinter Bloom trocken. »Ich habe beides versucht, aber nichts hat geholfen. Sie werden anordnen müssen, dass schärfere Mittel eingesetzt werden.«

Tifflor sah den jungen Mann nachdenklich an. »Wir werden es auch so schaffen. Ich fürchte sogar, dass wir bei diesen Leuten mit Gewalt erst recht nichts ausrichten. Die sind glänzend für ihre Aufgabe präpariert.«

Gleichzeitig fragte er sich, wie diese Aufgabe aussehen mochte. Was wollten diese Wesen, die keine Menschen waren, auch wenn sie noch so menschlich aussahen?

Widersprüche, sinnierte Tifflor. *Nichts als Widersprüche.*

Dass es sich bei den Doppelgängern nicht um Menschen handelte, ließ sich mit den üblichen Mitteln keinesfalls beweisen. Menschen waren eben recht individuell. Sie konnten sich ähnlich sehen, aber sie waren sich niemals so identisch wie die angeblichen Flibustier.

Rund fünf Wochen lag es zurück, dass die GAVÖK den berüchtigten Piraten, die sich selbst die »Letzten Flibustier« nannten, erfolgreich eine Falle gestellt hatte. Auf dem Planeten Xirdell war diese wilde Horde gestellt und gefangen genommen worden. Vermutlich waren einige in den geheimen Stützpunkten der Piraten übrig geblieben. Aber die anderen hatte man erwischt – fast vollzählig. Ausgerechnet die sechs wichtigsten, die führenden Köpfe der Mordbande, waren entkommen. Sie und ein siebter Flibustier hatten den Leuten von der GAVÖK in letzter Sekunde ein Schnippchen geschlagen und waren mit einem Beiboot geflohen. Seitdem wurden sie intensiv gesucht.

Schon nach kurzer Zeit fing man auf dem Planeten Eispanzer die Ersten der Flüchtigen ein. Es waren zwei – Körn »Dezibel« Brak und Axe. Nahezu zeitgleich wurden auf einem Flottentender ebenfalls zwei Flibustier verhaftet. Diesmal waren es Kayna Schatten – und Axe.

Damit hatte das Rätselraten begonnen.

Die Wissenschaftler etlicher Fachrichtungen stürzten sich mit Feuereifer auf ihre neue Aufgabe, fest davon überzeugt, dass sie das Rätsel der Doppelgänger schnell würden lösen können. Das siegessichere Lachen war ihnen vergangen. Niemand konnte sagen, wie diese Wesen entstanden waren und woher sie kamen. Einig war man sich nur darüber, *dass* sie künstlich erschaffen worden waren. Anders ließ sich ihre Existenz nicht erklären.

Aber das war für Tifflor die geringste Frage. Weitaus wichtiger war für ihn zu erfahren, was die Doppelgänger im Schilde führten. Ihre Existenz, dessen war er sicher, erfüllte einen bestimmten Zweck. Aber welchen?

Sie selbst äußerten sich nicht zu dieser Frage.

Sie waren nicht einmal unfreundlich oder abweisend. Und doch hatte die Art, wie sie alle bohrenden Fragen ignorierten, etwas ungemein Arrogantes.

Tifflor entsann sich, dass Bloom ihm noch gegenübersaß. Er hob den Kopf und wollte den Jungen gerade an seine Arbeit zurückschicken, da zuckte Bloom zusammen.

»Was ist mit Ihnen los?«, fragte Tifflor verwundert.

Der junge Mann hob verlegen lächelnd die Hand. »Da will mich jemand sprechen.«

»Sind Sie immer so schreckhaft?«

»Erst in den letzten Tagen«, murmelte Bloom kaum hörbar.

Tifflor verbiss sich mit Mühe ein Lächeln, denn der Junge wurde tatsächlich rot. Aber bei einem, der tagtäglich mit den falschen Flibustiern zu tun hatte, gehörte ein gewisses Erschrecken bei unerwarteten Anrufen beinahe schon zum guten Ton.

Das Gespräch war sehr kurz. Bloom sagte zweimal »Ja«, dann schaltete er ab.

»Eine kleine Änderung hat sich ergeben«, sagte er zu Tifflor, und plötzlich wirkte er sehr ruhig. Er war wie ausgewechselt.

»Haben die falschen Flibustier endlich geredet?«, fragte der Erste Terraner gespannt.

Bloom nickte. »Wollen Sie es gleich hören?«

»Was dachten Sie denn?«

Augenblicke später sah Julian Tifflor im Holo eine mittlerweile vertraut gewordene Szene. In einem freundlich eingerichteten Zimmer saßen sich sieben Menschen gegenüber.

»Das ist mein neuestes Experiment«, erklärte Bloom lächelnd. »Von jedem Typ einer, und zwar nur solche, die sich vom Wesen her möglichst ähnlich sind. Sie verhalten sich normalerweise noch arroganter als der Rest der Bande.«

Jeder Doppelgänger hatte einen eigenen Namen. Die falschen Flibustier sprachen sich mit diesen Eigennamen an, und sie versprachen sich nie. Tifflor war es ein Rätsel, wie sie einander erkannten, auch wenn sie sich in Kleinigkeiten voneinander unterschieden, weil der eine Pearl Simudden beispielsweise die Haare lang, der zweite kurz und der dritte gescheitelt trug. Man hatte einen herausgeholt, ihn entsprechend maskenbildnerisch zurechtgemacht und ihn dann gegen sein Ebenbild in einer anderen Gruppe ausgetauscht. Die falschen Flibustier fielen nicht darauf herein. Sie hatten sofort bemerkt, dass da eine neue Ausgabe des Akonen vor ihnen saß.

In Gedanken nannte Tifflor die Raumpiraten bei ihren echten Namen. Auch wenn das unsinnig war, er blieb dabei.

»Irgendwann müssen sie es aufgeben«, sagte die falsche Kayna Schatten in der Holoaufzeichnung.

Tifflor nahm an, dass sie die Bemühungen meinte, hinter das Geheimnis der Gefangenen zu kommen, und er musste lächeln. Gewiss würde noch viel Zeit vergehen, ehe die Terraner endgültig das Interesse an den Doppelgängern verloren.

»Aufgeben?«, fragte Pearl »Panika« Simudden lachend. »Das wird nicht nötig sein. Wenn diese Garbeschianer sich einbilden, sie könnten den Sieg davontragen, dann sind sie verrückt geworden. Wir haben es schon einmal geschafft.«

»Nicht wir!«, verbesserte Brush Tobbon mit rauer Stimme. »Es war die Gesamtheit der Orbiter, welche die Horden von Garbesch zurückschlug.«

»Was macht da schon den Unterschied aus?«, fragte Axe angriffslustig. Keiner der anderen sah ihn verweisend an, wie es sicher geschehen wäre, hätte der echte Axe sich erdreistet, in dieser illustren Runde ungefragt dazwischenzuplatzen. »Wir sind die Sieger. Ich meine natürlich nicht uns persönlich. Irgendwann werden sie die Geduld verlieren und uns umbringen, aber das kann den Orbitern nichts anhaben.«

»Bislang behandeln sie uns sehr gut«, bemerkte der dicke Josto ten Hemmings nachdenklich.

»Alles nur Tarnung«, gab Kayna Schatten verächtlich zurück. »Die Horden von Garbesch verstanden sich immer schon auf diese Kunst. Aber sie werden bald ihr wahres Wesen zeigen.«

Axe, der Mann, der einem übergroßen Affen ähnlicher sah als einem Menschen, erhob sich gähnend und streckte sich. »Ich gehe schlafen«, verkündete er.

»Du verpasst mit Sicherheit nichts«, kommentierte Kayna Schatten.

»Schade, dass wir die eigentlichen Kämpfe wohl nicht mehr miterleben werden«, murmelte Brak. »In fernster Vergangenheit haben die Orbiter den Horden von Garbesch eine wahrhaft grandiose Schlacht geliefert. Es dürfte diesmal nicht schlechter ausgehen.«

Niemand antwortete ihm. Die falschen Flibustier hingen ihren Gedanken nach. Wahrscheinlich träumten sie von ihrer heiß ersehnten Schlacht, und in ihren Träumen metzelten sie die Horden von Garbesch so gründlich nieder, dass von diesen nichts blieb.

Julian Tifflor schauderte. Etwas Eisiges schien ihm den Rücken hinaufzuklettern.

»Schalten Sie ab!«, drängte er beinahe grob. »Da kommt nichts mehr. Ich möchte wissen, warum sie das alles erzählt haben. Soll das ein Bluff sein?«

Bloom zog unbehaglich die Schultern hoch. »Ich weiß es nicht«, gestand er ratlos.

»Für einen Bluff war es beinahe zu dick aufgetragen. Abgesehen davon, dass eine so unwahrscheinliche Lüge nicht zu unseren seltsamen Freunden passt. Die Horden von Garbesch oder die Garbeschianer – damit sind wie immer wir gemeint.«

Bloom blickte den Ersten Terraner verwirrt an.

»Das kann nicht sein«, protestierte er. »Diese Leute wissen, dass wir sie gefangen genommen haben, weil die echten Flibustier Verbrecher sind. Weshalb sollten sie auf die Idee kommen, uns mit einem so unsinnigen Namen zu belegen?«

»Es sind Orbiter«, erwiderte Tifflor nachdenklich. »Ich weiß zwar nicht, warum sie sich so nennen, aber offenbar sind die Orbiter eine

Gemeinschaft besonderer Art. Sie haben die Aufgabe erhalten, die Horden von Garbesch zu besiegen. Sie sind bereit zu kämpfen – und sie sind überzeugt, dass wir diese Garbeschianer sind. Sie betrachten alle menschlichen Bewohner der Milchstraße als ihre Gegner.«

»Sie werden viel zu tun bekommen, wenn sie sich mit uns anlegen«, erwiderte Bloom mit einem verunglückten Lächeln.

»Sind Sie sicher?«, fragte Tifflor ernst.

Der junge Mann zuckte ratlos mit den Schultern.

»Ich gehe wieder nach drüben«, murmelte er. »Vielleicht kommt noch die eine oder andere Bemerkung hinzu. Kann sein, dass die Brüder endlich auftauen. Sobald ich mehr herausbekomme, gebe ich Ihnen sofort Bescheid.«

Tifflor nickte.

Als Bloom gegangen war, rief er Homer G. Adams und Ronald Tekener zu sich. Er hätte gerne auch Teks Frau dabeigehabt, aber Jennifer war nirgends aufzutreiben.

»Jenny ist bei einem Robotdesigner«, antwortete Tekener auf die entsprechende Frage. »Sie scheint zu befürchten, dass sie demnächst nackt herumlaufen muss, wenn sie nicht schleunigst zu neuer Kleidung kommt.«

»Die Provcon-Faust war anstrengend für euch«, bemerkte Adams. »Jenny und du, ihr solltet euch beide einen kurzen Urlaub gönnen. Die Gelegenheit dazu wäre günstig. Margor sind wir los, und die Loower können uns auch nicht mehr ärgern.«

»Die Weltraumbeben und die falschen Flibustier ...«

»Wenn du warten willst, bis es hier keine Arbeit mehr gibt, dann werdet ihr beide über der Warterei alt und grau werden – trotz der Zellaktivatoren«, sagte Adams beinahe grob. »Was gibt es Neues, Tiff?«

»Hast du schon von Garbeschianern gehört?«, fragte der Erste Terraner. »Oder von den Horden von Garbesch?«

»Sollte ich das?«

»Allerdings«, bemerkte Tifflor trocken. »Schließlich gehörst du zu diesem Verein.«

»Ich verstehe kein Wort!«

»Das kommt noch.« Tifflor spielte den Freunden die Aufzeichnung vor.

»Was sagt ihr dazu?«, fragte er, nachdem die falschen Flibustier ihre seltsame Unterhaltung beendet hatten.

»Orbiter ...« Tekener wiegte den Kopf. »Der Ausdruck ist völlig klar, aber wie lässt er sich auf ein lebendes, menschengleiches Wesen anwenden? Ein Orbiter umkreist etwas – aber wen oder was sollten unsere merkwürdigen Gefangenen umrunden?«

»Die Sache mit den Garbeschianern beunruhigt mich mehr«, sagte Adams. »Zugegeben, ich habe mich um solche Sachen nie intensiv gekümmert, aber nach der Aussage dieser Leute müssen früher gewaltige Kämpfe stattgefunden haben. Ob es darüber noch Berichte gibt? Sagen meinetwegen. Etwas muss doch in der Erinnerung alter Völker zurückgeblieben sein.«

»Wir werden das nachprüfen«, versprach Tifflor. »Die Historiker sollen sich die Köpfe zerbrechen. Entsprechend alte Archive müssen durchsucht werden. Ich werde zudem NATHAN einschalten.«

»Du glaubst nicht an einen Erfolg«, bemerkte Tekener gedehnt. »Das sehe ich dir an.«

»Es muss unvorstellbar lange her sein«, überlegte Tifflor. »Noch bevor Haluter und Lemurer sich die Köpfe einschlugen. Über das, was damals geschah, sind wir zwar recht gut informiert, aber ihr wisst, unter welchen Umständen wir an die Informationen gelangten. Andere Ereignisse, bei denen nicht solche Zufälle mitspielen, werden schon nach kürzerer Zeit vergessen. Denkt doch nur an Arkon. Wer sich für die Gründerzeit des Großen Imperiums interessiert, findet nichts als einen Wust von Sagen und Mythen vor.«

»Wir werden trotzdem in Erfahrung bringen, was es mit den Horden von Garbesch auf sich hatte«, sagte Tekener ruhig. »In letzter Zeit haben Jenny und ich den Begriff ›wilde Horden‹ mehrfach vernommen. Aber das war in der Provcon-Faust, und damit waren Invasoren zur Zeit der Prä-Zwotter gemeint. Eine Bezeichnung, die nach Garbesch klingt, ist nie gefallen.«

»Könnten wir mehr dazu in der Provcon-Faust herausbekommen?«, fragte Tifflor.

»Ohne Tezohr? Wohl kaum«, antwortete Tekener. »Aber wie gesagt: Nur von wilden Horden war die Rede. Kein Wort von Garbesch oder Garbeschianern, von Orbitern ganz zu schweigen.«

»Die Informationen, die über die Provcon-Faust, den Läander-Komplex und die Psychode vorliegen, wurden schon intensiv nach Übereinstimmungen analysiert«, sagte Tifflor. »Das ist abgehakt. Nicht abgelegt, aber auch nicht mit Priorität versehen.«

Tekener nickte knapp. »Wenn wir es also nicht schaffen, Informationen zu besorgen, werden die Orbiter eines Tages gegen uns Krieg führen? Ich kann mir nicht helfen – wir kennen bis jetzt nur diese relativ kleine Gruppe, und auf den ersten Blick sehen sie nicht besonders gefährlich aus. Aber wir wissen nicht, wie viele von ihnen es wirklich gibt.«

Eine schreckliche Vision drängte sich dem Ersten Terraner auf. Er sah endlose Reihen falscher Flibustier vor sich, Tausende Axes und Tobbons und alle anderen, und wenn einer besiegt wurde, rückte der Nächste nach ...

Tifflor schüttelte sich.

»Wir werden ihnen beweisen müssen, dass sie sich irren«, sagte er, und seine Stimme klang rau. »Die Terraner und die Horden von Garbesch sind nicht miteinander identisch. Wir wissen das, alle Völker der Milchstraße wissen es, und notfalls können wir noch weiter entfernt lebende Zeugen herbemühen. Es kommt nur darauf an, das auch den Orbitern klarzumachen. Sie sollen sich gefälligst andere für ihre Kämpfe suchen, wenn sie schon so wild darauf sind.«

»Du hast ja so recht«, murmelte Tekener. Er schaute Adams forschend an. »Wie war das mit dem Urlaub?«

In der Zeit, in der Terra um die Sonne Medaillon kreiste und die Aphilie das Regiment führte, hatten die Bewohner dieses Planeten mit schöngeistigen Dingen nichts im Sinn gehabt. Was keinen unmittelbaren Nutzen brachte, war überflüssig. Das galt auch für Archive. Die wenigen Immunen, die sich den Luxus erlaubten, sich um solche Einrichtungen zu bemühen, hatten nicht viel retten können. Und die Zeit danach, als die Erde praktisch entvölkert nach dem Sturz durch den Mahlstrom um eine noch fernere Sonne kreiste, hatte die Situation nicht eben verbessert.

Natürlich war inzwischen vieles anders geworden. Es gab NATHAN mit seinem schier unerschöpflichen Datenschatz, und von Gäa hatten die Rücksiedler nicht nur Daten mitgebracht, sondern echte Kostbarkeiten wie Bücher und Bilder. Jede Siedlergruppe, die im Rahmen von »Unternehmen Pilgervater« nach Terra zurückkehrte, trug das Ihre dazu bei, dass die geistigen Reichtümer der Menschheit nicht in Vergessenheit gerieten. Und immer noch fand man, oft an den merkwürdigsten Orten verborgen, Bilder, Bücher, Schmuck und vieles mehr. Offenbar hatten sehr viele Menschen den Gedanken nicht ertragen können, dass diese Kleinode Laren und Überschweren in die Hände fallen sollten. Ehe sie das zuließen, hatte sie ihre Schätze lieber vergraben – sogar um den Preis, dass sie selbst keinen Nutzen mehr daraus ziehen konnten. Auf diese Weise und dank der Tatsache, dass in den Datenspeichern vieler Raumschiffe und Stationen eine Menge Wissen archiviert worden war, war Terra auf intellektuellem Gebiet alles andere als ein armer Planet.

Dass niemand sich entsinnen konnte, von den Horden von Garbesch schon einmal gehört zu haben, bedeutete überhaupt nichts. Dass NATHAN nichts mit der Bezeichnung anzufangen wusste, war schon etwas beunruhigender, aber NATHAN war ein vergleichsweise junges Gebilde. Wissenslücken in Bezug auf Vorgänge, die möglicherweise Jahrhunderttausende zurücklagen, musste man dem Mondgehirn wohl verzeihen.

Vielleicht wussten die Blues mehr über die geheimnisvollen Horden von Garbesch. Oder die Akonen im Blauen System. Denkbar auch, dass in arkonidischen Speicherkristallen ein Heldenepos schlummerte, das von einem Garbeschianer handelte.

Und wie stand es mit den Orbitern? Der Name mochte eine ganz und gar fremde Bedeutung haben. Gab es eine Sprache, in der Krieger oder Soldaten als Orbiter bezeichnet wurden?

Julian Tifflor wusste es nicht, aber es war auch keineswegs seine Aufgabe, solche Kenntnisse an den Tag zu legen. Darum empfand er fast so große Enttäuschung wie die Wissenschaftler selbst, als einer nach dem anderen aufgab.

»Es hat keinen Sinn«, sagte ihm einer der Historiker. »Ich bin mit meinen Möglichkeiten am Ende. Vielleicht weiß Kihnmynden etwas.«

»Wer ist Kihnmynden?«, wollte Tifflor wissen.

»Ein Arkonide.« Der Historiker verzog das Gesicht. »Ein merkwürdiger alter Kauz. In jungen Jahren war er wirklich ein heller Kopf.«

Tifflor lächelte diskret. »Wie Sie das sagen, gehört es sich für Sie und wahrscheinlich auch für Ihre Kollegen nicht, über Kihnmynden zu reden.«

»So ist es«, bestätigte der Historiker.

»Warum haben Sie ihn nicht selbst gefragt, ob er diese Begriffe kennt?«

»Ich wollte es tun. Von einem arkonidischen Kollegen erfuhr ich, dass er sich auf den Planeten Durgen zurückgezogen hat. Aber dort ist er nicht erreichbar, und angeblich kennt ihn auch niemand.«

Tifflor entsann sich, dass er von Kihnmynden doch schon gehört hatte. NATHAN hatte diesen Namen genannt.

Wenig später sah er sich NATHANS Auskunft noch einmal an. Tatsächlich war von Kihnmynden die Rede. Auch das Mondgehirn schien der Ansicht zu sein, dass der Arkonide vielleicht über Informationen verfügte, die nirgends sonst zu finden waren.

Tifflor war es schleierhaft, warum nicht längst einer der Experten versucht hatte, Kihnmynden zu erreichen. So weit durfte die Ablehnung eines Außenseiters nicht reichen. Oder waren noch andere Dinge ausschlaggebend? Wer war Kihnmynden?

Der Erste Terraner setzte sich mit NATHAN in Verbindung. Die Antwort studierte er sorgfältig, ehe er Ronald Tekener und Jennifer Thyron zu sich rief.

»Ich möchte, dass ihr einen alten Mann aufsucht. Er heißt Kihnmynden, ist Arkonide und lebte zuletzt auf dem Planeten Durgen im Durg-System. Es scheint, dass er spurlos verschwunden ist.«

»Hm«, machte Tekener.

»Ihr müsst ihn finden. Sollte er tot sein, seht zu, dass ihr an seine Erben herankommt.«

»Was ist mit diesem Kihnmynden?«, wollte Jennifer wissen.

»Es könnte sein, dass er etwas über die Horden von Garbesch weiß.«

»Ich dachte, die Suche wäre endgültig abgeschlossen.« Tekener seufzte. »Jedenfalls soweit es die für solche Geschichten zuständigen Eierköpfe betrifft. Tiff, wir sollten diese sogenannten Orbiter härter anfassen. Davon verspräche ich mir mehr, als wenn wir jetzt in der Milchstraße herumschwirren und alte Leute suchen, die vielleicht in ihrer Jugendzeit ein paar Märchen zu viel gehört haben.«

»Das wäre sinnlos, Tek. Wenn nicht einmal die Gäa-Mutanten etwas in Erfahrung bringen, was soll dann helfen?«

»Überlass mir einen von den Brüdern. Ich werde ihm schon eine Antwort auf gewisse Fragen entlocken. Sieh mich nicht so an, ich habe nicht die Absicht, ihm den Kopf abzureißen. Außerdem vertragen die Orbiter wohl einiges. Die sanfte Methode hat versagt. Es wird Zeit, den Halunken klarzumachen, dass wir sie nicht zu unserem Vergnügen eingesperrt haben.«

Tifflor schüttelte verständnislos den Kopf.

»Du tust gerade so, als hätte niemand dich in die Nähe der falschen Flibustier gelassen. Ihr beide habt euch tagelang mit ihnen beschäftigt, aber nichts ist dabei herausgekommen. Also fahrt zu Kihnmynden und redet mit ihm.«

»Wie du meinst.« Tekener seufzte. »Was ist mit diesem Mann?«

»Er war einmal ein hoch angesehener Wissenschaftler, aber dann entwickelte er eine Theorie, mit der er sich bei allen Kollegen unmöglich machte. Es geht um das Rad der Zeit. Kihnmynden meint, dass sich alles in unserem Universum endlos wiederholt. Anfangs konzentrierte er sich auf die Geschichte der Urvölker unserer Galaxis. Natürlich stellte er fest, dass es Parallelen zu unserer heutigen Zeit gab, dass Kriege stattfanden und Sternenreiche aus immer wieder denselben Gründen verkümmerten. Das brachte ihn zu seiner Theorie. Von da an suchte er nach Beweisen, und die konnte er nur finden, indem er immer tiefer in die Vergangenheit vorstieß. Wenn seine Theorie stimmte, müsste er eigentlich in grauer Vorzeit genau dieselben Machtkonstellationen vorfinden, die es im bekannten Teil der galaktischen Geschichte auch gegeben hat.«

»Ein Verrückter«, bemerkte Tekener trocken.

»Mag sein. Aber seine fixe Idee brachte Kihnmynden dazu, sich mit so uralten Dingen zu beschäftigen, dass ihm kaum noch einer etwas vormachen kann, wenn es um Völker geht, die vor mehr als zehntausend Jahren in unserer Galaxis gelebt haben. Und seine Kenntnisse reichen offenbar noch viel weiter zurück, sie sind dann nur nicht mehr so detailliert. Er hat Informationen gesammelt, die auch für uns wertvoll sein können.«

»Warum ist er auf Durgen nicht erreichbar?«, wollte Jennifer wissen.

»Keine Ahnung. Er zog vor etwa vier Jahren dorthin. Durgen ist nicht weit von M 13 entfernt, und soviel ich weiß, trauern die Bewohner des Planeten in ungewöhnlich starkem Maß der verlorenen Größe des Alten Imperiums nach. Angesichts der Theorie, die Kihnmynden vertritt, könnte er sich durchaus Ärger eingehandelt haben.«

Tekener nickte. »Wir suchen nach dem alten Mann.«

25.

Gostabaar war eine schöne Stadt, und das nicht nur für arkonidische Begriffe. Sie lag in einer weiten, von sanft gerundeten Bergen umgebenen Bucht, und die riesigen Trichterhäuser ragten wie seltsame Pilze aus den farbenprächtigen Parkanlagen hervor, die am Stadtrand nahezu unmerklich in den Urwald von Durgen übergingen.

Es gab zwei Raumhäfen. Der eine war reines Frachtzentrum, der andere blieb Passagierraumern und Privatjachten vorbehalten. Beide Areale lagen weit jenseits von Gostabaar inmitten ausgedehnter Savanne.

Auf dem Passagierfeld bekam niemand einen einzigen Frachter zu Gesicht. Die Arkoniden von Durgen sorgten dafür, dass kein Besucher mit Hässlichem belästigt wurde – und auf Durgen empfand man alles als hässlich und anstößig, was mit Arbeit verbunden war.

Diese Einstellung hatte auf dem Planeten Tradition. Sie ließ sich nicht einfach aus der Tatsache erklären, dass auf Durgen Howalgonium abgebaut wurde. Vielmehr hieß es hinter vorgehaltener Hand, dass der Planet von Anfang an fast ausschließlich von arkonidischen Edelleuten besiedelt worden war – Personen, die sich in hohe Politpositionen hinaufintrigiert hatten, um dann in aller Ruhe Reichtum zu scheffeln. Natürlich gab es das nicht mehr – wenigstens nicht in diesem Umfang.

Jennifer Thyron und Ronald Tekener besorgten sich am Raumhafen einen aufwendigen Mietgleiter.

Die Savanne ging bald in lockeren Trockenwald über. Kurz darauf überflogen die beiden ein wildromantisches Gebirge.

»Ich kann verstehen, dass die Leute von Durgen nicht jeden Einwanderer haben wollen«, murmelte Jennifer nachdenklich.

Tekener zog den Gleiter tiefer.

»Willst du landen, Tek? Wir müssen nach Gostabaar.«

»Da kommen wir auch schnell genug hin. Ein bisschen Zeit können wir uns nehmen und uns umsehen. Aber vergiss nicht, den Strahler mitzunehmen.«

Jennifer verzog das Gesicht. Die nahezu unberührte Natur sah friedlich aus.

Sie verließen den Gleiter und standen bis zu den Knien in duftendem Gras. Es war sehr still, nur vom Wald her erklang gedämpftes Zwitschern und Zirpen. Langsam gingen sie zum See hinunter. Glasklares Wasser schimmerte ihnen entgegen.

Tekener entsann sich, was Adams erst vor Kurzem zum Thema Urlaub gesagt hatte. Durgen war erste Wahl. Zumindest für all jene, die Ruhe suchten. Allerdings gab es auch Leute, die Ruhe mit Langeweile gleichsetzten. Er selbst zum Beispiel.

Als er den Blick schweifen ließ, bemerkte er eine dünne, dunkle Wolke über dem Wald.

»Was kann das sein?«, fragte er leise. Der erste Eindruck war der von Rauch. Die Wolke stand senkrecht, ein dünner, gerader Faden, der sich in der Höhe trichterförmig erweiterte.

»Das sind Tiere«, argwöhnte er. »Ein Insektenschwarm, und sie fliegen in unsere Richtung.«

»Sie werden über uns hinwegfliegen«, sagte Jennifer gelassen. »Wir haben die besten Speicherdaten über Durgen gesehen. Nirgends war die Rede von menschenfressenden Insektenschwärmen.«

Der Schwarm änderte die Flugrichtung ein klein wenig. Er kam schnell näher. Unmöglich, nun noch rechtzeitig zum Gleiter zurückzulaufen. Schon Augenblicke später war das trichterförmige Ende schräg über ihnen, und die ganze Wolke neigte sich dem Seeufer entgegen. Tekener konnte erkennen, dass die Wolke aus unzähligen kleinen Lebewesen bestand. Die Tiere mochten so groß wie terranische Bienen sein.

»Ins Wasser«, drängte Tek. »Das ist das einzige Versteck. Die Biester sehen nicht so aus, als ob sie tauchen könnten.«

»Wenn wir zum Atmen hochkommen, haben sie uns.«

Er antwortete nicht. Er hatte die Veränderung der Trichtermündung wahrgenommen und gab seiner Frau einen Stoß. Jennifer taumelte ins Wasser. Tekener sprang hinter ihr her, denn die Tiere ließen sich plötzlich gedankenschnell fallen. Als er sich im Wasser umdrehte, war die Oberfläche bereits von den zuckenden kleinen Körpern übersät.

Sie konnten wirklich weder schwimmen noch tauchen. Aber sie waren auch noch lange nicht tot, nur weil sie ins Wasser gefallen waren. Diese Biester waren sogar noch lebendig genug, um stechen zu können. Jennifer bekam das zuerst zu spüren. Sie war ein Stück weit getaucht, um dann nach Luft zu schnappen. Tekener, einige Meter hinter ihr, sah undeutlich, wie sie auftauchte. Plötzlich strampelte Jenny heftig und stieß mit Armen und Beinen um sich, als müsse sie sich zur Wehr setzen.

Auch Tek wurde die Luft knapp. Aber die Insekten oder was für Tiere es auch sein mochten, fielen immer noch herab. Unter Wasser hörte es sich wie Regen an. Wohin Tek auch blickte, es war an der Oberfläche dunkel.

Er konnte Jennifer immer noch sehen. Sie wühlte mit Händen und Füßen das Wasser auf. Zuerst fürchtete er, dass sie schon halb besinnungslos vor Schmerz war. Aber dann schoss sie pfeilgerade nach oben, tauchte blitzschnell auf und war sofort wieder dabei, das Wasser aufzuwirbeln.

Tekener begriff. In rasender Eile, mit schmerzenden Lungen schlug er um sich. Seine Hände durchstießen die Wasseroberfläche. Er spürte das Gewimmel kleiner Körper, ein paarmal durchzuckte ihn ein brennender Schmerz, aber die meisten Tiere wurden schneller in die Tiefe gerissen, als sie zustechen konnten. Im Wasser wirbelten sie davon.

Tek tauchte kurz auf. Die Luft brannte in seinen Lungen, und am liebsten hätte er sich nie wieder absinken lassen, aber er hörte das Summen über sich und tauchte.

Minutenlang kämpften Jenny und er auf diese Weise um jeden Atemzug. Dann endlich fielen weniger Insekten herab, und sie schafften es, sich jeder eine von Tieren halbwegs freie Wasserfläche zu schaffen. Als gar keine Tiere mehr kamen, pumpten sie die Lungen voll Luft. Sie tauchten unter den halb toten Tieren hinweg, erreichten freies Wasser und kletterten erschöpft auf einen Felsen.

Sicher fühlten sie sich aber erst, als sie wieder in der geschlossenen Kabine saßen.

»Das war knapp«, murmelte Tekener. »Zeig mal her. Du siehst schlimm aus. Tut es sehr weh?«

»Du stellst Fragen«, erwiderte Jennifer undeutlich. Beim ersten Luftholen hatte sie zwei Tiere in den Mund bekommen, und ihre Zunge fühlte sich an wie ein Tennisball.

Tek startete den Gleiter.

»Wir brauchen einen Arzt, und zwar schnell«, stellte er fest. »Wenn ich nur wüsste, was mit diesen Tieren los war.«

Bis sie endlich die Stadt erreichten, war Jennifers Gesicht zugeschwollen. Tekener sah noch etwas besser aus, er hatte nur sechs Stiche im Gesicht abbekommen.

Der Arzt, der sich der beiden schließlich annahm, war ein würdevoller alter Herr, dessen weißes Haar sich bereits stark gelichtet hatte.

»Ja«, sagte er, während er die abgebrochenen Stacheln aus Jennifers Gesicht zog. »Es ist gefährlich geworden in unseren Wäldern.«

»Seit wann geht das so?«, wollte Tekener wissen.

»Seit zwei Jahren, ungefähr.«

»Waren die Tiere vorher friedlicher?«

»Denken Sie, dass wir sonst hier leben wollen? Durgen war immer ein herrlicher Planet. Die einzige wirklich große Gefahr sind die Wälder im Süden. Dort wachsen die Glaspflanzen. Wer sich zu lange zwischen diesen Gewächsen aufhält, der verliert unweigerlich den Verstand. Aber hier oben hatten wir niemals Probleme. So, das war der letzte Stachel, junge Frau. Würden Sie bitte die Augen schließen, damit ich die Salbe auftragen kann?«

Jennifer gehorchte, und der Arzt fuhr fort: »Niemand weiß genau, was in die Tiere gefahren ist. Sie sind auch nicht alle gleich verrückt geworden. Diese Insekten, denen Sie begegnet sind, leben in unzähligen Schwärmen im Wald. Sie können neunundneunzig Stöcke öffnen und hineinsehen, ohne einmal gestochen zu werden, denn die Tiere sind überhaupt nicht aggressiv. Aber beim hundertsten Versuch haben Sie möglicherweise Pech. Es muss ein paar Dutzend Stöcke geben, die regelrecht Jagd auf uns machen. Sie wagen sich sogar bis in die Stadt. Vor einigen Tagen haben sie einen Mann umgebracht, der auf seiner Terrasse eingeschlafen war. Er war fürchterlich zerstochen.«

Nachträglich überkam Tekener Furcht bei dem Gedanken, was Jennifer und ihm hätte zustoßen können.

»Verhalten sich nur diese Insekten so merkwürdig?«, fragte er den Arzt.

»Alle Tiere können gefährlich werden. Nur die in den Häusern gehalten werden, bleiben ruhig.«

»Dann ist zumindest unwahrscheinlich, dass es sich um eine Seuche handelt.«

Der Arzt ließ von Jennifers Gesicht ab und richtete sich langsam auf. »Es ist keine Seuche«, erklärte er mit seltsamer Betonung. »Dahinter steckt Kihnmyndens Geist!«

Für einen Augenblick blieb es ganz still.

»Hmm!«, machte Jennifer dann mit ihrer geschwollenen Zunge.

»Oh, Verzeihung«, sagte der Arzt erschrocken. »Es geht sofort weiter. Sie werden in wenigen Minuten wieder sprechen können.«

»Sagten Sie Kihnmyndens Geist?«, fragte Tekener ungläubig.

»Sie haben gute Ohren, junger Mann. Das sagte ich in der Tat. So, nun komme ich zu Ihnen. Es wird wehtun, wenn ich die Stacheln entferne. Ja, Kihnmyndens Geist geht um, und davon wird mich niemand abbringen. Die ersten Angriffe durch die Tiere erfolgten, nachdem die Schlauboje in Flammen aufgegangen war.«

»Was ist die Schlauboje?«

»Kihnmyndens Haus. Er nannte es so.«

»Es ist wirklich abgebrannt?«

»Restlos. Brandstiftung. Aber der Täter wurde nie gefasst, was mich persönlich überhaupt nicht wundert. Sagen Sie mir eines: Sind das Lashat-Narben, die Sie im Gesicht haben?«

»Ja.«

»Fantastisch. Vor langer Zeit hörte ich von einem Mann, der solche Narben trägt. Es heißt, dass er der Einzige sei, der jemals diese Seuche überlebt hat. Sind Sie dieser Mann?«

»Sie können doch Ihren Augen trauen, oder?«

»Hm, und ich habe Sie ›Junger Mann‹ genannt. Nichts für ungut – wie heißen Sie noch gleich?«

»Tekener.«

Der Arzt war geradezu entzückt. Tek besann sich mühsam des Namens, der draußen auf einem Schild stand.

»Können Sie uns mehr über Kihnmynden erzählen, Ottarsk?«, erkundigte er sich.

»Ich stehe zu Ihrer Verfügung«, versicherte der Arzt vergnügt. »Sie werden bei mir wohnen und meine Gäste sein.«

»Sie meinen es gut, aber wir können ebenso gut in einem Hotel wohnen.«

Ottarsk lachte. »Sie sind zum ersten Mal auf Durgen, wie?«, stellte er fest, nachdem er sich ein wenig beruhigt hatte. »Es gibt in Gostabaar nur ein Hotel, und das ist ein miserabler Laden. Sie werden dort nach Strich und Faden betrogen, und sauber geht es in diesem feinen Haus auch nicht gerade zu. Und wissen Sie, warum das so ist? Weil man auf Durgen nicht gern Fremde sieht. Wer diesen Planeten besucht, der muss entweder am Raumhafen wohnen, oder er hat persönliche Freunde, bei denen er sich einlädt. Touristen sind nicht willkommen, man macht es ihnen schwer, sich bei uns wohlzufühlen.«

Ottarsk schien ein guter Arzt zu sein, denn Tekener und seine Frau fühlten sich schon am Abend um vieles wohler. Er war auch ein guter Gastgeber. Er ließ den beiden genug Zeit, sich von dem Schrecken zu erholen. Sie richteten sich in den Zimmern ein, die der Arzt ihnen überlassen hatte, und machten sich gegen Abend auf die Suche nach ihm.

Sie fanden den Arzt auf einer von Blütenpflanzen gesäumten Terrasse auf der Innenseite des Wohntrichters, ungefähr auf halber Höhe. In den Parkanlagen, die sich bis zu dem kleinen See am Grund des Gebäudes hinabzogen, gingen gerade die Lichter an.

»Man kann von den Arkoniden halten, was man will, aber ihre Art zu wohnen hat etwas für sich«, stellte Tekener unumwunden fest.

Ottarsks Haus sah aus wie ein in den Boden gesteckter Trichter. Im Gebäudestiel wohnte niemand, aber die Trichterwandungen boten mehr als genug Raum für den Arzt und seine Familie.

Im Augenblick war er allein. Von irgendwoher hörte Tek Kinderlachen, aber sonst war es still und friedlich im Gartenbereich.

»Sie werden meine Familie morgen kennenlernen«, sagte Ottarsk ohne jede Verlegenheit. »Wissen Sie, wir Arkoniden sind ein wenig empfindlich, wenn es um Krankheiten, Missbildungen und dergleichen geht. Und Sie – na ja, Sie sehen zurzeit noch etwas mitgenommen aus.«

»Dessen sind wir uns bewusst«, versicherte Tekener lächelnd.

»Das freut mich. Setzen Sie sich doch. Wir reden über Kihnmynden. Sicher haben Sie Hunger und Durst. Ich habe eine Kleinigkeit für Sie herrichten lassen.«

Die »Kleinigkeit« war ein fünf Meter langes Büfett.

»Kihnmynden kam vor ungefähr vier Jahren nach Gostabaar«, begann der Arkonide. »Er kaufte ein leer stehendes Haus und nannte es ›Schlauboje‹. Das Haus wurde vom Stiel bis zur obersten Terrasse renoviert, dann trafen Kihnmyndens Habseligkeiten ein. Er brachte Unmengen von Funkgeräten mit, dazu Datenspeicher und Rechengehirne und vielen anderen technischen Kram. Ganz Gostabaar war gespannt auf den Mann, dem das alles gehörte. Aber Kihnmynden traf während der Nacht ein, niemand sah von ihm mehr als einen Schatten. In den nächsten Tagen suchten fast alle Einwohner von Gostabaar bei Kihnmynden um ein Gespräch nach. Der Fremde ließ die Anrufe von einem Roboter erledigen und zeigte sich immer noch nicht. Das steigerte die Neugierde bis zu einem Punkt, an dem ganz Gostabaar nur noch von Kihnmynden sprach.«

Ottarsk versorgte seine Gäste mit Getränken.

»Eines Tages platzte die Bombe«, fuhr er fort. »Kihnmynden stürzte in seinem Haus und verletzte sich. Natürlich hatte er genug Medoroboter, die ihn versorgen konnten, aber aus irgendeinem Grund traute er seinen eigenen Maschinen nicht das nötige Können zu. Er rief einen meiner Kollegen zu sich. Der kehrte ganz aufgelöst zurück und erzählte jedem, was mit Kihnmynden los war.«

»Sie sprachen von einem Mischling. Aber was ist daran so aufregend?«

Ottarsk sah Tekener an und zog vielsagend die Augenbrauen hoch.

»Sehen Sie, auf Durgen leben viele reiche und sehr angesehene Familien. Mein nächster Nachbar zum Beispiel kann auf eine Ahnenreihe verweisen, die bis in die Zeit der Methan-Kriege zurückreicht. Hätte Kihnmynden sich ein Haus auf dem Land gekauft, wäre mit Sicherheit alles anders gekommen. In Gostabaar stand er von Anfang an auf verlorenem Posten.«

»Er hatte immerhin Mut.«

Ottarsk lachte laut. »Ja, alles, was recht ist, den hatte er. Aber lassen Sie mich weiter erzählen. Kihnmynden war über den Verrat des Arztes zutiefst empört. Er bat mich, ihn künftig zu behandeln. Ich muss gestehen, dass ich anfangs wenig begeistert war. Aber jemand musste sich um Kihnmynden kümmern, und außerdem änderte sich unser Verhältnis schon sehr bald. Kihnmynden fing an, mir von seiner Arbeit zu erzählen. Wissen Sie, welche Art von Forschungen er betrieb?«

»Er suchte nach Beweisen für seine Theorie«, murmelte Tekener. »Er glaubte daran, dass es ein sogenanntes Rad der Zeit gibt und dass alles sich irgendwann wiederholt.«

»Er ging sogar noch weiter«, erklärte Ottarsk trocken. »Er war fest davon überzeugt, dass es schon einmal einen Kihnmynden gab, der all diese Daten zusammengetragen hat. Und dass er nur das Archiv jenes Vorgängers zu finden brauchte, um alle Rätsel des Universums lösen zu können. Natürlich ist das haarsträubender Unsinn, auch wenn ich zugeben muss, dass die Idee mich schon fasziniert hat. Aber darum ging es mir nicht. Kihnmynden hatte in seiner Schlauboje ein gewaltiges Archiv untergebracht. Es ist unvorstellbar, welches Wissen dort lagerte. Er kannte die Geschichte unzähliger Völker, und natürlich wusste er glänzend über die Verhältnisse im Großen Imperium Bescheid. Er hatte fantastische Bilddokumente aus dieser Zeit, Chroniken, wie sie jeweils für einen Imperator gesondert angefertigt wurden, und vieles mehr. Ich fürchte, dies ist genau der Zeitpunkt, an dem ich eingestehen muss, dass ich in gewisser Weise schuld bin an dem, was später geschah. Es wäre auch ohne mich so gekommen, aber angenehm ist mir die Sache nicht.«

»Wir machen Ihnen keine Vorwürfe«, sagte Jennifer beruhigend.

»Das hoffe ich. Sehen Sie, ich erwähnte schon, dass es auf Durgen besonders viele überaus traditionsbewusste Familien gibt. Die meisten kamen hierher, als noch der Robotregent über Arkon herrschte. Von manchen Familien heißt es gar, dass sie noch unter einem echten Imperator das Recht erwarben, sich auf Durgen anzusiedeln. Sie können sich vielleicht vorstellen, dass in diesen Familien die Sehnsucht nach der glorreichen Vergangenheit lebendig blieb.«

Ottarsk sah seine Gäste verlegen an und zog unbehaglich die Schultern hoch.

»Es lässt sich nicht ändern«, sagte er. »Für Terraner und ähnliche Leute hat man in Durgen nicht viel übrig. Übrigens bin ich kein Anhänger solcher Ideen. Ich weiß seit Langem zu genau, dass das Leben im Großen Imperium nicht so idyllisch gewesen war, dass es sich lohnen würde, diese Zeit zurückzuwünschen. Weil mir das Streben meiner Nachbarn nach neuem arkonidischem Ruhm auf die Nerven ging, bat ich Kihnmynden, mir einige Unterlagen auszuleihen. Er wollte wissen, wozu ich das Material brauchte, und ich sagte es ihm. Das hätte ich besser nicht tun sollen. Er war wie elektrisiert und konnte es nicht lassen, nun selbst einige Träume zu zerstören. Man sollte so etwas nicht erst versuchen, denn es sei sinnlos. Aber wir waren damals beide zu verbohrt, das einzusehen.«

»Was geschah?«, fragte Tekener ein wenig ungeduldig.

»Nichts«, erwiderte Ottarsk gelassen. »Außer, dass eines Tages Kihnmyndens Schlauboje ausbrannte.«

»Und das Archiv?«

»Es existiert nicht mehr.«

Tekener sah seine Frau an, und sie dachten wohl beide dasselbe: Wie blind und verbohrt mussten diese Narren von Durgen gewesen sein, dass sie aus Rache einen Schatz an Wissen vernichteten, den ein Mann sein ganzes Leben hindurch behütet und erweitert hatte.

»Was geschah mit Kihnmynden?«, fragte Jennifer nach einer längeren Pause.

»Er war am Boden zerstört. Ich hätte ihm gern geholfen, aber ich war zu feige dazu. Alle wussten, dass ich ihn unterstützt hatte, und wenn ich mich zu dem Zeitpunkt um Kihnmynden gekümmert hätte ... Ich bin nicht so wohlhabend, dass ich mir ein neues Haus leisten könnte. Kihnmynden stieß wilde Flüche gegen Gostabaar und alle Bewohner von Durgen aus. Danach lief er in den Wald. Niemand hat ihn wiedergesehen.«

»Ist er tot?«

Ottarsk nickte Tekener zu. »Das sollen wir wohl annehmen.«

»Und die Tiere?«

»Sie kamen zum ersten Mal ein halbes Jahr nach dem Brand und überfielen den alten Kolc. Er war Stadtmaurer zu der Zeit.«

»Insekten?«

»Anfangs hatten wir es mehr mit höher entwickelten Tieren zu tun. Die Insekten wurden erst vor einem Jahr so angriffslustig. Kolc starb übrigens an den Folgen des Überfalls, obwohl er gar nicht schwer verwundet war. Sein Herz wollte nicht mehr. Bevor er starb, bat er Kihnmyndens Geist um Verzeihung. Damit war das Gerücht geboren, das sich hartnäckig hält.«

»Ein Geist«, murmelte Tekener amüsiert. »Was steckt wirklich dahinter?«

Ottarsk schenkte schon wieder die Gläser voll. Sein Gesicht war bereits gerötet, seine Augen glänzten.

Jennifer stieß ihren Mann an. »Wenn er so weitermacht, braucht er morgen einen Arzt«, flüsterte sie Tek zu. »Er trinkt entschieden zu viel.«

Ottarsk hatte nichts mitbekommen. Er blickte in die Tiefe, wo sich Garten um Garten in geschwungenen Terrassen ausbreitete. Das Wasser des kleinen Sees schimmerte geheimnisvoll.

»Ich glaube nicht an Geister«, erklärte Ottarsk mit schwerer Zunge. »Kihnmynden lebt da draußen und hetzt die Tiere gegen die Stadt. Er will uns alle töten. Und wissen Sie, was?« Er beugte sich weit vor und blickte Jennifer starr in die Augen. »Er wird es schaffen. Er wird uns umbringen, einen nach dem anderen. Sie sollten fortgehen, solange noch Zeit dazu ist.«

»Wir werden darüber nachdenken«, versprach Jennifer freundlich, denn Ottarsk war zu betrunken, um einen Widerspruch hinnehmen zu können.

Der Arzt lehnte sich zurück, ergriff seinen Becher und trank ihn in einem Zug leer. Augenblicke später schlief er ein.

»Das wäre es dann wohl«, murmelte Tekener. »He, Roboter, bring deinen Herrn zu Bett!«

Die Maschine hatte unauffällig im Schatten der Büsche gestanden. Sie kam lautlos heran, hob Ottarsk aus dem Sessel und entfernte sich still und gehorsam.

»Was hältst du von der Geschichte?«, fragte Tek seine Frau.

»Sie klingt, als könnte sie wahr sein.«

»Durgen gehört zur GAVÖK. Und niemand ahnt, welche Ziele einige Leute hier im Auge haben. Das sollte sich ändern. Aber wir müssen uns auf Kihnmynden konzentrieren.«

Am nächsten Morgen waren die Schwellungen in ihren Gesichtern abgeklungen.

»Wir sind wieder gesellschaftsfähig«, stellte Jennifer Thyron trocken fest. »Oder gehst du den Arkoniden mit deinen Narben ebenso auf die Nerven?«

»Sie müssen sich eben daran gewöhnen. Nanu, wer will da etwas von uns? Sollte unser Gastgeber so früh schon wieder auf den Beinen sein?«

Er öffnete selbst die Tür und sah verblüfft auf den Jungen hinab, der draußen stand. Das Kind blickte den Terraner fasziniert an.

»Ich bin Irbonth«, sagte der Junge. Er mochte – nach terranischer Rechnung – elf Jahre alt sein. »Ich habe euch gestern schon gesehen. Aber mir wurde nicht erlaubt, zu euch zu gehen.«

»Komm herein, Irbonth«, sagte Tekener freundlich. »Wir freuen uns über deinen Besuch.«

»Seid ihr wirklich Terraner?«, fragte der Junge, als er im Zimmer stand.

»Ja«, antwortete Tekener knapp.

»Schade. Ich finde euch eigentlich ganz nett.«

»Warum sollten Terraner nicht nett sein, Irbonth?«, fragte Jennifer sanft.

»Das weiß ich nicht so genau«, erklärte der Junge unbefangen. »Man sagte mir nur, dass mit euch Terranern niemand gut auskommen kann. Dass ihr nicht wisst, wo ihr hingehört.«

»Ich fürchte, man hat dich etwas einseitig unterrichtet«, erwiderte Tekener vorsichtig. »Wir sind vielleicht ein wenig anders als Arkoniden. Aber jeder hat eine Aufgabe zu erfüllen und an seinem Platz zu stehen.«

»So ähnlich sagt das Gursc auch immer!«, rief der Junge zufrieden aus.

»Wer ist Gursc?«

»Der Stadtmaurer von Gostabaar. Früher war er nur Erster Buchhalter, aber nach Kolcs Tod wurde er einstimmig in sein neues Amt gewählt.«

»Und was sagt Gursc noch?«

»Dass es die Aufgabe der Arkoniden ist, über die Milchstraße zu herrschen.«

Jennifer Thyron schnappte nach Luft. Tekener dagegen nickte nachdenklich. »Was ist mit den anderen Völkern?«, erkundigte er sich.

»Sie sollen an ihrem Platz stehen und sich den Arkoniden unterordnen. Sie sind uns sowieso unterlegen.«

»Und wenn sie sich weiterentwickeln?«

»Ich verstehe Sie nicht. Wie sollten sich solche Völker entwickeln?«

»Ich versuche, es dir zu erklären«, sagte Tekener gedehnt. »Du bist noch ein Kind, aber eines Tages wirst du ein Mann sein, und wenn du dich bemühst, genug zu lernen, wirst du irgendwann all die Dinge verstehen, die dir heute noch Kopfzerbrechen bereiten. Wenn man dir jetzt verbieten würde zu lernen, dann würdest du vermutlich ziemlich dumm bleiben, oder?«

Der Junge nickte, aber er schien von Tekeners Argument keineswegs überzeugt zu sein.

»Auch ein Volk wächst und wird älter, und je älter es wird, desto klüger wird es – bis auf wenige Ausnahmen. Es gibt Kinder und Völker, die von selbst lernen, und es gibt andere, denen man ab und zu helfen muss. Aber wenn ein Volk gar keine Chance zum Lernen hat, wird es sich nur langsam entwickeln. Verstehst du?«

»Im Großen Imperium herrschten die Arkoniden über viele Völker«, sagte Irbonth. »Es war eine glorreiche Zeit. Niemand wurde unterdrückt. Alle sahen, dass wir Arkoniden ihnen überlegen waren.«

»Aber das Große Imperium existiert nicht mehr.«

»Ihr Terraner habt es vernichtet«, sagte Irbonth, doch seine Stimme klang unsicher.

»Eines Tages wirst du das besser wissen«, sagte Tekener sanft. »Hat man dir auch von Atlan erzählt?«

»Ja – aber was hat er mit dem Großen Imperium zu tun?«

»Eine ganze Menge. Zum Beispiel ging es mit den Arkoniden bergab, weil sie degenerierten, Irbonth. Ich lüge dich nicht an: Die Arkoniden waren nicht mehr fähig, über andere Völker zu herrschen. Sie interessierten sich nicht mehr für Politik und Wissenschaft, sondern gaben sich nur noch ihrem Vergnügen hin.«

Irbonth war bleich geworden. »Das ist nicht wahr!«, rief er zornig. »Das ist die Lüge eines Terraners! Gursc hat also recht!«

»Warte noch einen Moment, Irbonth«, sagte Tekener. In seiner Stimme lag plötzlich ein Zwang, der den Jungen dazu brachte, sich wieder hinzusetzen, obwohl er drauf und dran gewesen war, aus dem Zimmer zu rennen.

»Ich habe keinen Grund, dir Lügen zu erzählen«, fuhr Tekener fort. »Atlan ist ein Arkonide, wie sie früher waren – tatkräftig, intelligent und voller Energie. Als er nach Arkon zurückkehrte, hatte dein Volk nicht einmal mehr die Kraft, sich selbst zu regieren. Eine Maschine herrschte über die Arkoniden, und allein dieser Robotregent bestimmte, was im Großen Imperium zu geschehen hatte. Atlan sorgte dafür, dass mithilfe eines Bioprogramms aus dem degenerierten Volk handlungsfähige Neu-Arkoniden entstanden. Auch du bist ein Neu-Arkonide, und Atlan wäre vermutlich stolz auf seine Arbeit, wenn er dich kennenlernen könnte.«

»Das ist nicht wahr«, flüsterte Irbonth entsetzt.

»Doch, Junge, es ist wahr. Wenn hier jemand lügt, dann Gursc. Er erzählt euch von der guten alten Zeit, in der es in Wahrheit ziemlich grausam zuging, und er verschweigt euch, dass die Arkoniden nur mithilfe anderer Völker wieder zu dem wurden, was sie heute sind. Ich werde mich mit Gursc unterhalten müssen. Es ist ein Verbrechen, ein Kind so zu belügen.«

Irbonth starrte den Terraner wie betäubt an. Plötzlich stand er auf. Ohne noch ein Wort zu sagen, ging er.

»Das war hart«, kommentierte Jennifer Thyron.

»Aber notwendig.«

»Ich weiß nicht. Der Junge tut mir leid, er ist völlig durcheinander. Vielleicht hättest du ihm seine Illusionen lassen sollen. Die Wahrheit wird er früh genug erfahren.«

Tekener zuckte die Achseln. »Wenn sich die Erwachsenen ihren nostalgischen Träumen hingeben, ist das schon schlimm genug. Aber wenn sie Kindern diesen Unsinn eintrichtern, wird es gefährlich. Wir werden uns diesen Gursc ansehen. Wegen Kihnmynden müssen wir sowieso mit ihm reden.«

Als sie wenig später Ottarsks Trichterhaus verließen, sahen sie von der obersten Terrasse aus, auf der sie den Gleiter abgestellt hatten, den kleinen Irbonth. Der Junge redete aufgeregt auf einen älteren Mann ein.

Tekener räusperte sich bedeutungsvoll.

GAVÖK und LFT bemühten sich darum, die Völker der Galaxis einander näherzubringen. Nie zuvor waren die Aussichten, den Frieden zwischen den Sternen zu wahren, so gut gewesen wie nach dem Abzug der Laren. Es schmerzte, wenn er erfahren musste, dass schon wieder einige Leute anfingen, ihr eigenes politisches Süppchen zu kochen.

26.

Gursc war ein typischer Arkonide, hochgewachsen und schlank. Das silberhelle Haar trug er schulterlang. Sein strenges Gesicht wirkte seltsam zeitlos.

Wenn das nur echt ist, dachte Jennifer Thyron amüsiert, und Tek schien ebenfalls Zweifel zu haben. Gursc war genau der Typ eines Arkoniden, der sich mittels kosmetischer Operationen dem Idealbild seiner Ahnen anpassen ließ.

Gursc empfing die Terraner in einem imponierend großen Arbeitsraum. Er blieb sitzen, als die Fremden hereinkamen, den höflichen Gruß seiner Besucher überhörte er geflissentlich.

»Was führt Sie zu mir?«, fragte er förmlich.

»Wir suchen nach einem Mann, der bis vor Kurzem in Ihrer Stadt lebte«, sagte Tekener. »Der Mann heißt Kihnmynden.«

»Kihnmynden ist tot. Sie haben sich umsonst herbemüht. Ich empfehle Ihnen deshalb, möglichst bald wieder abzureisen.«

»Kihnmynden war Forscher«, hob Tekener an, aber sein Gegenüber fiel ihm schroff ins Wort.

»Ein Scharlatan und Träumer war er und nicht mehr normal! Was hätten Sie schon mit den Faseleien eines Irren beginnen wollen?«

»Hatte er Erben? Was wurde aus seinem Besitz?«

»Er war wohlhabend. Da wir keine Erben finden konnten, wurde alles Guthaben gemeinnützigen Zwecken zugeführt. Sonst ist nichts übrig geblieben.«

»Alles ist verbrannt?«, fragte Jennifer Thyron. Dabei beobachtete sie Gursc genau.

In seinem Gesicht zuckte kein Muskel. »Ganz recht, es war ein großer Brand, ein schreckliches Unglück. Die Löschvorrichtungen arbeiteten nicht, und das Feuer stieg von unten auf. Es vernichtete alles im Haus, ehe die Flammen von außen überhaupt sichtbar wurden. Da Kihnmynden ganz allein wohnte, konnte niemand rechtzeitig Alarm geben.«

»Was war mit den Robotern?«, fragte Tekener.

»Alle außer Betrieb. Keine der normalen Überwachungs- und Dienstleistungsanlagen in dem Haus arbeitete zum Zeitpunkt des Unglücks.«

»Gibt es eine Erklärung dafür?«, wollte Jennifer wissen.

»Kihnmynden führte obskure Experimente durch. Das war bekannt. Wir fanden auch die Überreste umgebauter Funkgeräte, Energiespeicher und anderer Dinge, die er illegal mit den Hausanlagen gekoppelt hatte. Es gibt Hinweise darauf, dass durch die unsachgemäßen Manipulationen das gesamte elektronische System zum Zusammenbruch gebracht wurde.«

»War Kihnmynden im Haus, als das Feuer ausbrach?«

»Natürlich nicht. Sonst hätte er selbst Alarm auslösen können.«

»Dann kann er zum fraglichen Zeitpunkt aber keine Experimente durchgeführt haben. Man sollte meinen, dass er alles auf Normalbetrieb schaltete, wenn er das Haus verließ.«

»Das würden Sie und ich tun.« Gursc machte eine geringschätzige Handbewegung. »Bei Kihnmynden müssen wir davon ausgehen, dass er nicht nur in gewisser Weise wahnsinnig, sondern hochgradig verwirrt und unzuverlässig war. Er hat einen Fehler gemacht und damit die Katastrophe selbst verschuldet.«

»Und wann genau brach der Brand aus?«

Der Arkonide nannte ein Datum, das sich auf die planetaren Gegebenheiten bezog, lieferte aber sofort die Übersetzung dazu.

»War es Tag?«, fragte Tekener.

»Ja.«

»Wie ist es mit Brandstiftung?«

»Wir fanden keine Spuren, die darauf hingewiesen hätten.«

»Also haben Sie gar nicht erst nach einem Täter gesucht?«

»Warum sollten wir?«

»Warum wohl?«, fragte Tekener bitter. »Haben Sie wenigstens nach Kihnmynden suchen lassen?«

»Nein. Er stieß wilde Flüche gegen uns und die Stadt und die ganze Welt aus. Danach lief er in den Wald. Wir haben versucht, ihn zurückzuhalten. Aber er hatte eine Waffe, und er schwor, dass er jeden niederschießen würde, der ihm zu folgen versuchte.«

»Sie hätten ihn paralysieren müssen«, sagte Tekener ärgerlich. »Ob er nun wahnsinnig war oder nicht – nach einem so schweren Schicksalsschlag, wie es der Brand für Kihnmynden gewesen sein muss, lässt man einen alten Mann nicht ohne Beistand.«

»Es war kein Paralysator zur Hand«, wehrte Gursc kalt ab. »Ich verstehe Sie nicht. Wir haben unsere Pflicht getan. Niemand kann mehr von uns verlangen.«

»Haben Sie wenigstens versucht, das zu bergen, was vielleicht noch nicht völlig vom Feuer zerstört war?«

»Es war nichts übrig geblieben, das sagte ich schon.«

»Haben Sie es versucht?«, fragte Tekener scharf, aber Gursc blieb unbeeindruckt.

»Es hatte keinen Sinn mehr«, behauptete der Arkonide stur. »Ich wünsche Ihnen noch einen schönen Tag.«

»Der Bursche ist eiskalt«, sagte Jennifer, als sie beide das Gebäude verlassen hatten. »Glaubst du, dass er an der Sache beteiligt war?«

»Nicht nur beteiligt, fürchte ich. Überleg dir mal, was es heißt, ein Trichterhaus so gründlich anzustecken, dass wirklich alles in dem Gebäude vernichtet wird.«

»Der Brand brach unten im Stiel aus. Flammen steigen nach oben. Es ist nicht so unmöglich – vorausgesetzt, die elektronischen Anlagen funktionieren tatsächlich nicht.«

»Das hast du hübsch gesagt.« Tekener lächelte sogar. »Diese Voraussetzung ist die wichtigste. Um sie zu schaffen, braucht man Fachleute. Jenny, die Sache ist für mich eindeutig: Gursc ließ Kihnmyndens Haus anstecken, um den unbequemen Forscher aus dem Weg zu räumen. Genauso gut hätte er den alten Mann ermorden können. Er wusste, dass Kihnmynden es nicht überwinden würde, wenn sein Lebenswerk zerstört wurde.«

»Ich bezweifle gar nicht, dass es so war. Ich suche nur nach Beweisen. Zu gern würde ich diesem aalglatten Kerl ins Handwerk pfuschen.«

»Mir geht es nicht anders. Aber Tiff wartet darauf, dass wir ihm Brisantes über die Horden von Garbesch erzählen, nicht, dass wir eine Brandstiftung aufdecken.«

»Also suchen wir zuerst nach Kihnmynden. Wo fangen wir an?«

»Bei seinem Haus. Egal, was davon noch steht oder nicht.«

Das Haus stand tatsächlich noch, aber es war nicht mehr als ein rußgeschwärztes Skelett. Die Parkanlagen rund um die Ruine waren hoffnungslos verwildert. So etwas ging schnell in Gostabaar, denn das Klima war günstig. Von oben wirkte das Haus wie eine vernarbte Wunde in der Landschaft.

»Ich wundere mich, dass dieser Schandfleck nicht längst beseitigt wurde«, sagte Jennifer leise. »Das passt nicht zu den Leuten hier.«

»Oh, ich bin sicher, dass sie es versucht haben. Siehst du die helleren Streifen in dem ganzen Grün? Dort wurden Schneisen in das Unterholz gebrannt, zweifellos, um an das Haus heranzukommen. Viel wird es nicht genützt haben.«

»Du glaubst, Kihnmynden hat es irgendwie geschafft, die Ruine zu schützen?«

Tekener nickte. Er ließ den Gleiter sinken und kreiste über der rund neunzig Meter breiten Trichteröffnung. Von den prächtigen Gärten an den Innenwänden war nichts geblieben. Nur an wenigen Stellen hatten wieder erste Pflanzen Fuß gefasst. Auf dem Grund des Trichters schimmerte ein schlammiger Tümpel. Regenwasser, Asche und Dreck sammelten sich an der tiefsten Stelle.

Tek setzte den Gleiter auf eine stabil wirkende Plattform in halber Höhe der inneren Trichterwand auf.

»Bleib hier!«, sagte er.

»He!«, protestierte Jennifer, als er ausstieg. »Vier Augen sehen immer mehr als zwei.«

»Das nützt uns nichts, wenn wir hinterher ohne Gleiter dastehen. Ich traue diesem Gursc nicht über den Weg. Er kann das Fahrzeug über die Fernsteuerung zurückbeordern lassen, und wenn wir hier drin festsitzen, wird er bestimmt nicht nach uns suchen lassen. Wer weiß, wie lange man braucht, um zu Fuß aus dieser Ruine zu entkommen!«

»Tage ganz sicher«, antwortete Jennifer. »Falls wir uns nicht vorher das Genick brechen.«

Sie beobachtete ihren Mann. Tek suchte einen Weg ins Innere des Hauses. Er fand schließlich eine von der Hitze verzogene Tür, die sich öffnen ließ, und verschwand.

Jennifers Unruhe wuchs, obwohl sie sich einredete, dass kein Grund dafür bestand. Arkonidische Trichterhäuser waren überaus stabile Gebilde. Wer in dieser Ruine herumlief, bekam höchstens Schwierigkeiten, weil die Antigravlifts nicht mehr funktionierten.

Sie fuhr herum, weil sich etwas bewegt hatte. Aber da war absolut nichts, was den Reflex ausgelöst haben konnte. Keine Pflanze, kein Tier, nicht einmal irgendein Kunststofffetzen.

Wieder dieser Hauch einer Bewegung ... Diesmal nahm Jenny aus dem Augenwinkel etwas Graues wahr – es befand sich nicht mehr dort, als sie den Kopf wandte.

»Alles Unsinn!«, stellte sie energisch fest. Doch gleichzeitig griff sie nach ihrer Waffe.

Minuten vergingen. Unvermittelt huschte etwas Graues über einen Träger. Diesmal sah Jennifer es deutlich genug.

Jäh erwachte die Wand vor ihr zum Leben. Aus allen Winkeln und Spalten kroch eine Heerschar grauer Wesen hervor. Sie waren so lang wie ein menschlicher Unterarm – hässliche Tiere, dick und unförmig, mit grellgelben Augen und breiten Schädeln. Schnell und sicher bewegten sie sich, absolut lautlos und so geschickt, als gäbe es für sie keine Schwerkraft. In ihren Schnäbeln saßen sehr spitze, dünne Zähne.

»Ron!«, rief Jennifer in ihr Armband und lauschte angsterfüllt. Endlich hörte sie seine Stimme.

»Was gibt es?«

»Tiere. Ziemlich große Biester und Tausende an der Zahl. Kannst du dich verbarrikadieren?«

»Das kaum«, antwortete er ruhig. »Ich habe eben eine Tür hinter mir zugemacht, aber die hält nicht viel aus. Sieh zu, dass du möglichst viele da draußen schon erwischst.«

Die Tiere hatten den Gleiter noch gar nicht beachtet. Sie liefen einfach vorbei, einige setzten sogar über die Kanzel hinweg. Die Meute sammelte sich vor der Öffnung, in der Tekener verschwunden war. Offensichtlich warteten die Tiere darauf, dass er zurückkam.

Vorsichtig öffnete Jenny den Rand der Kanzel einen Spaltbreit. Die Waffe auf Paralysewirkung geschaltet, zielte sie auf die Tiere vor der Türöffnung. Schon der erste Schuss ließ Dutzende dieser Wesen in sich zusammensinken. Die anderen gerieten sofort in Aufruhr. Jennifer stellte die Fächerwirkung des Paralysestrahls auf Maximum.

Die Tiere waren mit Sicherheit sehr gefährlich, aber ohne nennenswerten Verstand. Sie drängten einfach nur weiter. Nach zwei Minuten war alles vorbei.

»Ron?«

»Schwierigkeiten?«, kam es zurück.

»Nein, alles erledigt. Du kannst dich wieder blicken lassen.«

Sie behielt die Waffe in der Hand, während sie die Kabine öffnete. Unruhig sah sie sich um. Sie rechnete immer noch damit, dass mehr geschah.

Tek trat auf die von den reglosen Körpern übersäte Plattform hinaus. Für einen Moment war Jennifer abgelenkt. Beinahe schon zu spät bemerkte sie den Schatten, der über die schräg ansteigende Wand huschte. Tekener sah die Bewegung ebenfalls, er wirbelte herum und schoss. Ein großer Vogel stürzte direkt neben dem Gleiter zu Boden. Seine Krallen hätten Jennifer noch getroffen, wäre sie nicht instinktiv ausgewichen.

Tekener war mit wenigen Schritten beim Gleiter. Er warf sich hinein, und während er auf einen zweiten zupackenden Vogel schoss, schloss Jennifer die Kabine.

Tek startete. Der Gleiter rammte im Abheben noch mehrere größere Vögel, stieg aber schnell in die Höhe.

»Wenn das Kihnmyndens Geist war, dann ist er zumindest verwirrt«, sagte Jennifer. »Und wenn unser seltsamer Freund noch lebt, dann hat Gursc zumindest in einem Punkt recht: Kihnmynden ist übergeschnappt. Wir wollten ihm helfen. Warum lässt er ausgerechnet uns angreifen?«

»Vielleicht ist er überzeugt davon, dass er keine Hilfe braucht«, erwiderte Tekener. »Er hat die Tiere.«

Es war in Gostabaar nicht schwierig, eine solide Ausrüstung für längere Touren in die Berge und den Wald zu kaufen. Gegen Mittag hatten Tekener und Thyron alles Benötigte zusammen und flogen weiter.

Der Urwald an den Bergflanken war so dicht, dass man ihn zu Fuß nur unter großen Strapazen durchqueren konnte.

»Wir werden Kihnmynden kaum finden, wenn wir einfach nur über dem Wald kreisen«, bemerkte Jennifer. »Allerdings dürfte es wirklich noch aussichtsloser sein, blindlings dort unten herumzulaufen.«

»Eine Frage«, sagte Tekener gedehnt. »Hast du Talent, dich mit Tieren zu verständigen? Schon mal ausprobiert?«

»Da war ich aber noch ein Kind.« Die Stirn in Falten gelegt, musterte Jenny ihren Mann fragend.

»Und?«, drängte Tek.

»Ich habe damals eine Katze dazu überredet, dass sie eine Maus laufen ließ.«

Er grinste. »Dann solltest du eigentlich zu noch Größerem fähig sein.«

»Marschiere-Viels?«, platzte sie heraus.

Tekener reagierte nicht auf Jennys süffisantes Grinsen. Marschiere-Viels, die Giganten des Planeten Last Hope, wurden immerhin gut fünfhundert Meter groß.

»Die Tiere, die uns angegriffen haben, werden manipuliert«, sagte er. »Der Verdacht liegt ohnehin auf der Hand. Jemand steuert sie aus größerer Distanz, und er muss zugleich die Möglichkeit haben, Erfolg oder Nichterfolg zu erkennen. Du hättest es also nicht direkt mit Tieren zu tun, sondern mit einem Arkoniden.«

Jennifer zuckte die Achseln. »Du willst mich loswerden?«, argwöhnte sie. »Wenn es sein muss ...«

»Nur ein Experiment. Ich suche noch nach einem günstigen Platz.«

Unterhalb der Berggipfel erstreckten sich einige Lichtungen. Tek landete auf einer blumenübersäten Wiese, die sich zwischen dem Waldrand und einer Kette steiler Zinnen ausbreitete. Kleine Wasserläufe vereinten sich zu einem Wildbach, der schäumend in die Tiefe stürzte.

»Wer weiß, ob es hier Tiere gibt, die mit Kihnmynden in Verbindung stehen«, sagte Jennifer ratlos. »Ich bin nicht einmal sicher, ob die Tiere wirklich mit dem Arkoniden zu tun haben.«

»*Ich* bin überzeugt davon«, erwiderte Tekener. »Wir müssen abwarten.«

»Vielleicht sollten wir es noch einmal in seinem Haus versuchen«, überlegte Jennifer nach einer Weile. »Da können wir wenigstens sicher sein ...«

»Die Biester dort sind mir entschieden zu aggressiv für einen Versuch.«

Jennifer lief durch das hohe Gras. Sie verharrte an den Wasserläufen, suchte mit ihrem Blick den Himmel ab. Nach gut einer Stunde kam sie zum Gleiter zurück.

»Urlaub, gut und schön«, sagte sie mit einem Achselzucken. »Aber das hier wird doch eher eine Kinderei. »Nichts tut sich. Wahrscheinlich sind alle Ansätze falsch. Was hier kreucht und fleucht, zeigt jedenfalls keine Reaktion.«

Sie wechselten den Standort. Kaum waren sie auf der nächsten Lichtung aus dem Gleiter gestiegen, zeigte Jennifer auf eine Gruppe kleiner, pelziger Lebewesen.

»Sie benehmen sich ungewöhnlich!«

Die Tiere saßen eng beieinander. Keines bewegte sich, solange die anderen stillhielten. Plötzlich aber liefen alle los, nur wenige Meter weit, und hielten wie auf Kommando gemeinsam an. Sie schienen die beiden Menschen zu beobachten.

Jennifer ging langsam auf die Tiere zu. Als sie noch etwa zwei Meter von der Gruppe entfernt war, blieb sie stehen und begann, leise auf die kleinen Wesen einzureden. Was sie sagte, war im Grunde genommen egal, es kam ihr nur darauf an, beruhigend auf die Tiere einzuwirken.

Bemüht, jede hastige Bewegung zu vermeiden, hockte sie sich ins Gras. Tek war beim Gleiter geblieben und ließ sie nicht aus den Augen. Er hielt den Paralysator schussbereit.

»Sagt eurem Herrn, dass wir mit ihm reden möchten.« Jenny kam sich beinahe lächerlich dabei vor. Sie redete mit Tieren, die sie ohnehin nicht verstehen konnten. Das war einfach nur verrückt. »Wir sind

Freunde. Wir kommen von einem anderen Planeten hierher, um mit Kihnmynden zu sprechen. Sagt ihm, dass ich versucht habe, mit euch zu sprechen, dann wird er wissen, dass er sich mit uns in Verbindung setzen soll.«

Sie wiederholte die Bitte mehrmals. Die Tiere saßen da und rührten sich nicht.

»Geht«, sagte sie schließlich. »Geht jetzt zu ihm. Bitte!«

Sie stand auf, und fast gleichzeitig setzten sich die Tiere in Bewegung. Sie drehten sich alle synchron um und liefen mit beachtlichem Tempo davon.

Jennifer ging zum Gleiter zurück. »Ehrlich gesagt, Ronald, ich habe mich selten so hilflos gefühlt. Es war, als spräche ich zu einer Wand. Und trotzdem: Unheimliche kleine Biester sind das.«

»Warten wir eine Weile«, schlug Tekener vor. »Vielleicht kommen sie zurück. Oder Kihnmynden schickt uns eine Antwort. – Ja, schau mich nicht so an. Ich bin verrückt. Aber was bleibt uns anderes übrig?«

Sie blieben beim Gleiter stehen. Die Schatten wurden länger. Mit der Sonne sank auch die Hoffnung der beiden Terraner, dass Kihnmynden sich meldete. Aber sie sprachen nicht darüber.

Als es schon fast dunkel war, zeigte Tekener zum Waldrand hinüber.

Zuerst sah Jennifer Thyron nur einen dunklen Fleck, der sich bewegte, aber schon nach wenigen Sekunden konnte sie mehrere Tiere voneinander unterscheiden. Die kleinen Pelzwesen kamen zurück. Aber die Gruppe war größer geworden. Mindestens hundert Tiere bewegten sich in unnatürlichem Gleichklang. Unter anderen Umständen hätte Jennifer der Anblick amüsiert. Jetzt aber empfand sie plötzlich Furcht vor diesen Wesen, deren Bewegungen Zielstrebigkeit und Entschlossenheit verrieten.

Sie gab sich einen Ruck und ging der Gruppe entgegen. Als sie noch zwei Meter von ihnen entfernt war, hielten die Tiere abrupt an.

»Habt ihr eine Nachricht für uns?«, fragte Jennifer unsicher. »Sollt ihr uns zu Kihnmynden führen?« Sie hielt nach einem Zettel Ausschau, den eines der Tiere vielleicht mit sich trug, aber da war nichts.

Die Tiere hielten minutenlang still, dann endlich löste sich eines aus der Gruppe und trippelte auf Jennifer zu. Vor ihren Füßen blieb es stehen und machte Männchen. Jenny beugte sich vorsichtig zu dem kleinen Wesen hinab.

»Was willst du von mir?«, fragte sie leise und streckte langsam die

Hand aus. Aus der Nähe sah sie jetzt, dass diese Pelzknäuel lange, scharfe Nagezähne hatten. Aber Tek passte ja auf.

Das Tier vor ihren Füßen piepste scharf. Jennifer zuckte zusammen.

Es war später nicht mehr festzustellen, ob ihr Erschrecken den Ausschlag gab oder ob die Tiere den Angriff von vornherein geplant hatten. Jedenfalls stürzte die ganze Gruppe los – so schnell, dass die Terranerin nicht die geringste Chance hatte, ihnen auszuweichen. Binnen Sekunden war sie von den kleinen Wesen umringt, sie sprangen an ihr empor, verbissen sich in ihrer Kleidung, und sie spürte den scharfen Schmerz an Kinn, Stirn und Ohren, als die Zähne sich in ihr Fleisch bohrten.

Endlich schoss Tek. Jennifer fühlte, wie die Lähmung ihren Körper ergriff und die Tiere von ihr abfielen.

Als Ronald Tekener seine Frau zum Gleiter trug, stieß ein Nachtvogel auf ihn herab, und er musste abermals von der Waffe Gebrauch machen. Für ein paar Minuten hatte er geglaubt, dass es klappen würde.

Er startete den Gleiter, schaltete die Automatik ein und kümmerte sich um Jennifers Wunden. Sie war verhältnismäßig glimpflich davongekommen. Aber die Bisswunden hatten rote Ränder, und die zerkratzten Hände schwollen bereits an. In der kleinen Bordapotheke gab es einige Seren. Er fand eines, das nach der Beschreibung gegen alle tierischen Gifte half, die auf Durgen bisher gefunden wurden, und gab seiner Frau eine Injektion. Danach reinigte er die Wunden und desinfizierte sie. Ottarsk würde den Rest erledigen müssen – und natürlich der Zellaktivator.

Der Arzt fiel aus allen Wolken, als Tekener ihn aufsuchte.

»Sie? Ich dachte, Sie sind längst wieder unterwegs nach Terra. Gursc rief mich heute Mittag an und sagte mir, Sie seien abgereist!«

»Er hat gelogen. Kommen Sie bitte, meine Frau hat es schon wieder erwischt.«

Während sie zu Jennifer eilten, beschrieb Tekener die kleinen Pelzwesen. Dass der füllige Ottarsk daraufhin in Trab fiel, wirkte keineswegs beruhigend auf ihn.

»Mir scheint, Kihnmynden mag Sie nicht«, stellte der Arzt etwa eine Stunde später fest.

Jennifer schlief im Nebenzimmer. Ottarsk hatte ihre Wunden mit einer speziellen Flüssigkeit behandelt, ihr ein halbes Dutzend Injektionen verabreicht und dafür gesorgt, dass die tief schlafen konnte.

»Allmählich glaube ich das auch.« Tekener seufzte. »Das heißt – falls er überhaupt noch am Leben ist.«

»Glauben Sie nun schon an Geister? So schnell?«, erkundigte sich Ottarsk verwundert.

»Das nicht. Aber es wäre doch möglich, dass die Tiere aus ganz anderen Gründen aggressiv werden. Kihnmynden ist ein alter Mann, und er hat sein Leben lang jede Bequemlichkeit genossen. Wie soll er im Dschungel klarkommen? Er ist allein und hat weder Medikamente noch Roboter, die ihn pflegen könnten. Wahrscheinlich fehlen ihm sogar Nahrung und Trinkwasser. Selbst wenn er es aber geschafft haben sollte, am Leben zu bleiben – wie sollte er die Tiere manipulieren? Oder hat er Mutantenfähigkeiten?«

»Das sicher nicht«, sagte Ottarsk energisch. »Aber er lebt. Ich bin fest davon überzeugt. Er lenkt auch die Tiere. Waren Sie schon bei der Schlauboje?«

»Wir haben uns dort umgesehen.«

»Haben Sie dort Tiere getroffen?«

Tekener nickte.

»Na also. Es sind immer welche in der Ruine. Sie kamen ein halbes Jahr nach dem Brand. Damals wollten alle die Schlauboje abreißen, aber die Tiere haben das verhindert.«

»Die Leute hätten Schutzanzüge tragen sollen. Wir werden das auch tun, wenn wir morgen die Suche fortsetzen.«

»Sollen künftig alle Bewohner von Gostabaar Schutzanzüge tragen? Diese Tiere sind verdammt schlau. Zuerst haben sie das Aufsichtspersonal der Arbeitsroboter überfallen und sich erst zurückgezogen, als die Maschinen den Befehl erhielten, die Schlauboje doch nicht abzutragen. Nach einer Woche gab es den nächsten Versuch, und die Aufsicht kam in gepanzerten Gleitern. Mit dem Erfolg, dass die Tiere in deren Häuser eindrangen und die Familienangehörigen bedrohten. Niemand will seither die Ruine noch abreißen. Kihnmynden, heißt es, beschützt sein Haus.«

»Wozu, wenn es dort nichts mehr zu holen gibt?«

»Vielleicht ist doch einiges übrig geblieben.«

Tekener schüttelte den Kopf. »Ich war im Haus. Das war kein normaler Brand, Ottarsk. Die Hitze war so stark, dass alle Geräte zu Klumpen geschmolzen sind. Außerdem hat es offenbar ein paar kräftige Explosionen gegeben. Kihnmyndens Unterlagen sind unwiderruflich dahin.«

»Warum wollen Sie eigentlich mit ihm sprechen?«, fragte Ottarsk neugierig.

Tekener lachte laut auf. »Ich habe mich schon gewundert, dass Sie gar nicht danach fragen. Sie sagten ja, dass Kihnmynden sehr viel über die Vergangenheit unserer Galaxis weiß. Wir sind auf den Begriff ›Horden von Garbesch‹ gestoßen und müssen unbedingt mehr darüber erfahren.«

»Ist das alles?«, fragte der Arkonide verblüfft. »Sind Sie wirklich nur gekommen, um mit Kihnmynden über mysteriöse Horden zu plaudern?«

Tekener nickte.

»Dann muss es wohl wichtig sein«, murmelte der Arzt.

27.

Missmutig betrachtete Jennifer Thyron ihre Bisswunden und die Kratzer im Spiegel. »Wenn das so weitergeht, werde ich dir bald sehr ähnlich sehen«, sagte sie grimmig.

»Meine Narben vergehen nicht mehr«, tröstete Tekener.

Ottarsk meldete sich unerwartet. »Kihnmynden hat wieder zugeschlagen«, berichtete er aufgeregt. »Zwei Männer wurden tot in ihren Häusern aufgefunden, der eine ertrunken, der andere vergiftet. Beide waren treue Anhänger von Gursc. Der Stadtmaurer tobt vor Wut. Ich fürchte, nun ist wieder eine Strafexpedition fällig.«

»Und das bedeutet?«

»Sie dürfen heute auf keinen Fall im Dschungel nach Kihnmynden suchen. Gursc brennt riesige Flächen ab, streut Gift und so weiter.«

»Was erhofft er sich davon?«

»Oh, er glaubt natürlich auch nicht daran, dass ein Geist die Bewohner von Gostabaar bedroht. Er denkt, dass es eine Verschwörergruppe gibt, die das grausame Spiel nur seinetwegen inszeniert.«

»Wir sollten uns das ansehen«, sagte Tekener zu seiner Frau, als die Verbindung erloschen war.

Als der Gleiter aufstieg, sahen sie schon den Rauch über dem fernen Urwald. Gursc hatte es sehr eilig gehabt, den Tod seiner Freunde zu rächen.

Die Grenze zwischen Urwald und Parklandschaft war fließend. Schon von Weitem entdeckten Ronald Tekener und Jennifer Thyron die schweren Gleiter und Kettenfahrzeuge, die mit brutaler Gewalt in den Dschungel eindrangen, Schneisen brachen und Gift versprühten.

»Das ist heller Wahnsinn!«, rief Jennifer empört. »Niemand kann auf diese Weise seine Wut austoben. Wie viel Leben wird dabei zerstört!«

Tekener ließ den Gleiter langsam kreisen.

Bis in den Abend hinein widmeten sich viele Bürger Gostabaars dem Vernichtungswerk. Als sie sich in der hereinbrechenden Dunkelheit zurückzogen, hinterließen sie einen Wald, in dem hier und da immer noch Brände aufloderten. Wie es dort aussah, wo die Gifte eingesetzt worden waren, ließ sich aus der Ferne nicht erkennen.

»Barbaren«, sagte Jennifer verächtlich.

Sie kehrten zu Ottarsk zurück. Der Arzt war bleich und aufgeregt.

»So schlimm war es nie«, erklärte er. »Gursc hat schon öfter versucht, die vermeintlichen Verschwörer auszuräuchern, aber so weit ist er noch nicht gegangen.«

»Waren die Tiere wieder in der Stadt?«, fragte Tekener.

Der Arzt verneinte. Aber er zitterte am ganzen Leib. Tek fragte sich, ob ihn wirklich nur die Verwüstungen so aufregten, die Gurscs Leute hinterließen.

»Wir werden morgen in die Berge fliegen«, kündigte Tekener an. Er achtete auf die Reaktion des Arkoniden. Ottarsk schien erfreut und erleichtert zu sein. »Es sei denn, es gibt hier noch etwas zu erledigen«, fügte Tek hinzu.

Ottarsk wich seinem Blick aus.

»Heraus mit der Sprache!«, forderte Tekener. »Was ist los?«

»Sie müssen sich wohl im Hotel einquartieren«, antwortete Ottarsk zögernd. »Noch besser für Sie wäre es allerdings, die Suche abzubrechen und Durgen zu verlassen.«

»Warum?«

»Gerüchte sind im Umlauf«, erklärte Ottarsk unglücklich. »Es gibt einen gewissen Verdacht gegen Sie und Ihre Frau.«

»Als was versucht man uns hinzustellen?«, fragte Tekener spöttisch. »Als Mörder und Saboteure?«

»Genau das. Für die Leute hier ist Durgen die Keimzelle des künftigen Imperiums. Hier werden die Traditionen gepflegt, die man auf anderen arkonidischen Welten längst mit Füßen tritt. Außer einer Handvoll von Normalen sind alle überzeugt, dass Arkon eines Tages wieder groß und mächtig sein wird. Die Veränderung wird von Durgen ausgehen.«

»Abgesehen davon, dass solche Träume gefährlicher Schwachsinn sind – was hat das mit uns zu tun?«

»Sie sind hier – sagt man –, um die Entwicklung zu stören, vielleicht sogar ganz Gostabaar ins Verderben zu stürzen. Sie haben mit meinem Enkel gesprochen. Irbonth war danach völlig verwirrt. Ich habe zwar längst versucht, ihm die Wahrheit beizubringen, aber mich hält er für einen senilen Trottel – meine Argumente konnten ihn nicht beeindrucken. Ihre Ansichten haben ihn jedoch arg getroffen. Er ist zu Gursc gelaufen. Es mag Sie verwundern, aber der Stadtmaurer kümmert sich sehr intensiv um die Kinder. Sie sind seinen Theorien gegenüber besonders aufgeschlossen. Gursc hat wohl nur darauf gewartet, dass ihm ein neuer Sündenbock über den Weg läuft.«

»Sind wir auch für die Überfälle der Tiere verantwortlich?«, fragte Tekener amüsiert.

»Man hält das für möglich«, gab Ottarsk bedrückt zu. »Sie sind nicht mehr sicher in der Stadt, glauben Sie mir das. Und dass ich Sie nicht schützen kann, nicht einmal in meinem eigenen Haus, das habe ich vor einer Stunde feststellen müssen.« Er sah die beiden Terraner hilflos an. »Kommen Sie mit – ich zeige es Ihnen.«

Durch Ottarsks seltsames Verhalten waren sie gewarnt, aber als sie sahen, was aus den Räumen geworden war, in denen sie gewohnt hatten, erschraken sie doch.

»Das hat ein Roboter verursacht«, erklärte Ottarsk leise. »Er drehte durch. Ein Defekt. Die Maschine wird zurzeit repariert.«

»Ein schöner Defekt.« Tekener betrachtete die völlig zerschlagene Einrichtung. »Es tut mir leid, Ottarsk. Das alles war Ihr Eigentum. Ich werde Ihnen den Schaden ersetzen.«

»Mir geht es nicht um das Mobiliar«, wehrte der Arzt ab. »Verstehen Sie doch – das war ein Mordversuch!«

»Das war erst eine Warnung«, erwiderte der Terraner gelassen. »Es ließ sich leicht feststellen, dass wir uns nicht hier aufhielten. Wie ist die verdammte Maschine überhaupt in Ihr Haus gekommen?«

»Es war einer von meinen Robotern«, erklärte Ottarsk mit versteinerter Miene. »Er hat das Haus nicht verlassen.«

»Also wurde er hier umprogrammiert.«

Natürlich ahnte Tekener, dass Irbonth den Saboteur ins Haus eingeschleust hatte. Keine Automatik hatte etwas dagegen einzuwenden, wenn ein Hausbewohner Gäste mitbrachte. Es ließ sich sogar verhindern, dass Besucher identifiziert wurden. Die Motive des Jungen waren klar. Die des Unbekannten ebenfalls. Und Ottarsk kannte die ganze Geschichte und war todunglücklich, denn Irbonth war sein Enkel.

»Sie sollten sofort abreisen«, sagte der Arkonide schroff. Tekeners Fragen ignorierte er. »Ich kann für Ihre Sicherheit nicht mehr garantieren.«

»Sie sagten, Sie hätten Kihnmynden helfen können, aber Sie hatten nicht den Mut dazu«, bemerkte Tekener. »Wollen Sie es diesmal wieder so machen? Ich versichere Ihnen, Ottarsk, dass uns niemand so schnell umbringen wird. Wir können uns ganz gut zur Wehr setzen. Und Gursc weiß genau, was ihn erwartet, falls er uns ermorden lässt. Ein solches Risiko geht er nicht ein.«

»Das sagen Sie. Aber Sie sind nicht gegen Unfälle gefeit, Tekener. Niemand wird Gursc etwas nachweisen können. Verlassen Sie Durgen noch in dieser Nacht. Oder sind Ihre Fragen an Kihnmynden so wichtig, dass Sie dafür Ihr Leben und das Ihrer Frau aufs Spiel setzen wollen?«

»Vielleicht sind sie noch wichtiger«, erwiderte der Terraner hart. »Und jetzt passen Sie auf, Ottarsk. Wir werden bei Ihnen bleiben, zumindest noch bis morgen früh. Wir haben versucht, mit Kihnmynden Kontakt aufzunehmen. Seine erste Reaktion war negativ – vorausgesetzt, er steht wirklich mit den Tieren in Verbindung. Aber wenn er hinter all diesen Vorfällen steckt, dann hat er vielleicht inzwischen seine Ansichten über uns geändert. Wenn er wirklich einen Boten schickt, dann möchte ich auch an dem Ort sein, an dem das betreffende Tier nach uns sucht.«

»Ich dachte, Sie glauben nicht an diese Möglichkeit«, sagte er misstrauisch.

»Das spielt überhaupt keine Rolle. Wir müssen herausfinden, wer oder was die Horden von Garbesch waren. Kihnmynden ist unsere letzte Hoffnung. Ich werde die Suche erst dann beenden, wenn ich eindeutige Beweise dafür habe, dass er im Dschungel umgekommen ist.«

»Verraten Sie mir bitte eines, Tekener«, sagte der Arkonide gedehnt. »Warum brauchen Sie diese Antwort so dringend? Was ist da im Gang?«

»Eben das müssen wir herausfinden. Es sind Wesen aufgetaucht, die wie Menschen aussehen, aber keine Menschen sind. Wir wissen nicht, woher sie kommen und welche Ziele sie verfolgen. Aber diese Leute halten uns für Garbeschianer, und sie sind überzeugt davon, dass sie uns eines nicht allzu fernen Tages in einer gewaltigen Schlacht vernichten werden. Das geht nicht nur uns Terraner an. Alle humanoiden Völker der Galaxis sind bedroht. Mag sein, dass diese sogenannten Orbiter sich selbst gewaltig überschätzen und wir mit ihnen fertig werden. Aber darauf dürfen wir uns nicht allzu sehr verlassen.«

»Sie haben nur einen Verdacht?«, sagte Ottarsk ungläubig. »Es kann alles nur ein Hirngespinst sein – Sie wissen es nicht? Und wegen einer so vagen Sache nehmen Sie all das hier in Kauf? Das ist wieder einmal typisch für die Terraner!«

Tekener lächelte, und Ottarsk, der dieses Lächeln nicht kannte, wich erschrocken einen Schritt zurück.

»Es ist typisch für uns«, bestätigte der LFT-Agent. »Und es ist vermutlich einer der Gründe, warum wir Terraner inzwischen in der Galaxis ein Wörtchen mitzureden haben, während man beispielsweise auf Durgen darauf angewiesen ist, nostalgische Wunschträume zu kultivieren. Schluss mit der Diskussion. Wir bleiben hier. Sie können natürlich versuchen, uns gewaltsam hinauszuwerfen!«

»Gegen so viel Sturheit ist kein Kraut gewachsen«, murmelte Ottarsk resignierend. »Wenn ich Sie richtig verstehe, wollen Sie sogar in diesen

Räumen bleiben. Sie werden Mühe haben, einen Platz zum Schlafen zu finden.«

»Es reicht, wenn Sie uns einen der Nebenräume zur Verfügung stellen«, versicherte Tekener gelassen.

Der Arzt erhob keinen Widerspruch mehr.

»Glaubst du wirklich, dass heute Nacht irgendein Tier kommt, um uns zu Kihnmynden zu führen?«, fragte Jennifer ungläubig, als sie mit ihrem Mann allein war.

»Natürlich nicht«, erwiderte Tekener trocken. »Aber ich hatte keine Lust, mitten in der Nacht ins Hotel zu ziehen, in dem man uns viel leichter an die Kehle gehen kann.«

Am nächsten Morgen fanden sie vor der Tür zwei lebensgroße Puppen, deren Köpfe abgeschnitten waren. Die Puppen trugen Schilder auf der Brust, auf denen in arkonidischer Schrift geschrieben stand: *Mindere Kreaturen gehören in die Sklaverei. Rebellische Sklaven werden ausgelöscht.*

»Das ist deutlich«, sagte Jennifer betroffen.

»Dumm und überheblich.« Verächtlich stieß Tekener die männliche Puppe mit dem Fuß an. Aus dem Augenwinkel sah er eine Bewegung. Eine kleine Gestalt drückte sich wenige Meter entfernt in eine Nische. »Kinderkram!«, setzte er laut hinzu, nahm Jennifer am Arm und ging mit ihr davon.

Ottarsk hatte sich entgegen seinen Gewohnheiten an diesem Morgen nicht gemeldet. Sie ließen ihn in Ruhe, denn sie wollten ihn nicht noch mehr in Verlegenheit bringen. Der Arzt litt auch so schon genug unter dem, was sich in seinem Haus abspielte.

Als sie in den Gleiter stiegen, stellten sie fest, dass ein Teil der Ausrüstung gestohlen worden war. Den Rest hatten die Diebe unbrauchbar gemacht.

»Geh in Deckung!«, befahl Tekener, und Jennifer zog sich hinter eine Brüstung zurück. Besorgt beobachtete sie, wie ihr Mann den Gleiter einer gründlichen Inspektion unterzog. Sie atmete auf, als Ronald ihr beruhigend zuwinkte.

»Ich habe ja schon gesagt, dass sie uns nicht ans Leben wollen«, murmelte er. »Jedenfalls nicht gleich. Jetzt müssen wir alles noch einmal besorgen und verlieren Zeit.«

»Ich werde wohl nie begreifen, wieso Menschen sich so benehmen«, sagte Jenny.

Sie gingen in das Geschäft, in dem sie schon beim ersten Mal eingekauft hatten. Hier konnten sie sich von den besten Jägern und Fährtensuchern Durgens beraten lassen. Als sie eintraten, war niemand zu sehen. Nur ein paar menschlich verkleidete Roboter standen herum, sie trafen aber keine Anstalten, sich der neuen Kunden anzunehmen.

»Ein überaus freundlicher Empfang«, stellte Tekener sarkastisch fest. »Wir suchen uns schon mal heraus, was wir brauchen.«

An der ersten Regalwand trat ein junger Mann auf sie zu.

»Nanu«, sagte Tekener überrascht. »Ich dachte schon, Sie machen heute einen Betriebsausflug.«

»Dieses Geschäft ist Arkoniden vorbehalten«, sagte der Mann arrogant. »Terraner werden nicht bedient.«

»Das macht nichts«, versicherte Tek freundlich. »Wir bedienen uns selbst, keine Sorge.«

»Wir können es unseren Kunden nicht zumuten, dass sie hier auf Terraner treffen«, protestierte der Arkonide.

Tekener lachte laut auf. »Es ist niemand außer uns da, junger Freund. Und falls Ihnen unser Anblick auf den Magen schlägt, dürfen Sie sich ruhig zurückziehen. Wir sind in wenigen Minuten fertig.«

Mit hochrotem Kopf verschwand der Mann hinter einer gepolsterten Tür.

»Nun aber schnell«, raunte Tekener. »Der kommt bestimmt mit dem Geschäftsführer zurück.«

Jennifer war bereits unterwegs und holte aus den Fächern, was sie und Tekener für den geplanten Ausflug brauchten. Sie trugen alles zum Kassenrobot, der glücklicherweise keine Optiksensoren besaß, sondern nur auf Kreditchips reagierte. Als sie die verpackten Waren in Empfang nahmen, kam der junge Mann zurück, einen schnaufenden, ungemein fettleibigen Arkoniden im Schlepptau. Der Dicke zeterte wie am Spieß.

»Das ist Diebstahl!«, schrie er. »Ich lasse Sie festnehmen. Bleiben Sie stehen!«

»Wir haben alles bezahlt«, sagte Tekener kalt. Er klemmte sich einen Teil der Pakete unter den Arm, und Jennifer lud sich den Rest auf. »Verschwinden Sie, ehe ich die Geduld mit Ihnen verliere!«

»Du wagst es, mir zu drohen?«, kreischte der Dicke. »Leute wie dich hat man früher an die Kette gelegt. Leg die Pakete weg, du Dieb, du Terraner ...«

Der junge Mann versuchte, sich den beiden in den Weg zu stellen. Tek schob ihn mühelos zur Seite. Wahrscheinlich deshalb kam er zu dem trügerischen Schluss, dass er bei der Frau mehr ausrichten könne. Er warf sich mit einem Sprung auf Jennifer, die auf beiden Armen Pakete vor sich hertrug. Sie wich spielerisch leicht zur Seite aus, und als der Arkonide an ihr vorbeitaumelte, versetzte sie ihm einen heftigen Tritt. Der Junge ging zu Boden und blieb wie betäubt liegen. Er hatte sich bestimmt nicht verletzt, sondern stand eher unter Schock.

Die beiden Terraner verließen das Geschäft, ohne noch auf den Dicken zu achten. Draußen standen einige Arkoniden ratlos herum.

»Sklavenpack!«, sagte einer, aber er sagte es nicht sehr laut. Tekener und seine Frau überhörten die Beschimpfung geflissentlich. Sie waren sich zu deutlich der Tatsache bewusst, dass sie auf einer Bombe saßen. Ein einziges Wort konnte alles hochgehen lassen. Dann würde es Verletzte geben und noch mehr Ärger.

Trotzdem allem nahmen sie sich die Zeit, die Waren sorgfältig zu verstauen. Ihre scheinbare Ruhe mochte den Ausschlag geben – niemand rührte sich, bis der Gleiter aufstieg. Von oben sahen sie, dass die Arkoniden davongingen.

»Was, zum Teufel, ist in diese Leute gefahren?«, fragte Jennifer ratlos. »Vor zwei Tagen waren sie noch ganz vernünftig!«

»Sie haben Angst«, erklärte Tekener gelassen. »Seit ungefähr dreieinhalb Jahren ist hier niemand seines Lebens sicher. Sie würden alles tun, um diesen Zustand zu beheben, und wenn Gursc ihnen sagt, dass wir schuld sind, dann glauben sie ihm.«

»Aber es muss etwas geschehen! Stell dir vor, wenn das durchsickert und in der Milchstraße publik wird. Mutoghman Scerp ist Arkonide, und es gibt genug Leute, die ihn nur ungern an der Spitze der GAVÖK sehen. Das Misstrauen ist noch da zwischen den Völkern. Dass es einen arkonidischen Planeten gibt, auf dem die Bevölkerung die alten Zeiten hochleben lässt – mir wird schlecht, wenn ich an die Folgen denke!«

»Es ist halb so schlimm«, tröstete Tekener. »Wir dürfen die Leute hier momentan nicht nach normalen Maßstäben beurteilen. Sie sind verrückt vor Angst. Und wenn erst alles vorbei ist, werden sie sich in Grund und Boden schämen – was ich ihnen allerdings auch von Herzen gönne.«

»Diesmal bleiben wir näher an der Stadt«, sagte Tekener. »Wenn Kihnmynden sich in den Bergen aufhält, dann wohl eher in Gipfelnähe. In der Höhe wird der Dschungel lichter und das Klima ist besser. Er ist ein alter Mann, der darauf Rücksicht nehmen muss. Als uns die Insekten überfielen, waren wir in der Nähe der Gipfelregion, beim zweiten Mal auch. Vielleicht sind wir ihm zu nahe gekommen. Kihnmynden dürfte inzwischen mindestens so verrückt sein wie die Bürger von Gostabaar.«

»Die Schneise vor uns führt ziemlich weit in den Dschungel. Wir könnten an ihrem Ende landen.«

Tekener nickte und folgte dem Einschnitt. Weiter vorn wuchs zwar frisches Grün, aber es gab keine höheren Bäume und Büsche. Offenbar war dieser Weg schon einmal freigelegt worden, und das konnte höchstens ein halbes Jahr her sein – die Pflanzen wuchsen mit rasanter Geschwindigkeit nach, hatte Ottarsk erklärt.

»Platz genug hätten wir«, bestätigte Tekener. »Aber wir werden hier kaum auf die richtigen Tiere treffen. Sieh dir diesen Geisterwald an.«

Wie Gerippe ragten die Bäume auf. Der Boden unter ihren kahlen Wipfeln war mit einer graubraunen Masse bedeckt. Das war das, was von Laub und Blüten und Rinde übrig war, nachdem Gift alles zerfressen hatte. Die Kadaver großer Tiere waren aus der Höhe deutlich zu sehen. Es war kein schöner Anblick.

Etwas weiter war alles überwuchert.

Es gab keine Lichtung in dieser Gegend. Die Bäume standen zwar weit auseinander, aber ihre mächtigen Wipfel bildeten ein geschlossenes Dach. Wo das Gift das Laub beseitigt hatte, ließ sich das Geflecht der Äste leicht erkennen. Tekener ließ den Gleiter sinken und suchte nach einem Bereich, in dem mehrere Baumkronen aufeinandertrafen. Wenn der Gleiter Äste und Zweige durchbrechen konnte, dann dort, wo sie dünn waren.

Der Fluggleiter war für solche Gewaltlandungen nicht vorgesehen. Sein empfindliches Leitsystem ließ sich durch das Dickicht der Zweige irritieren und weigerte sich nicht nur, weiter abzusinken, sondern versuchte, den Hindernissen auszuweichen. Erst unterhalb der Wipfelregion wurde es wieder besser.

In der grünen Dämmerung wimmelte es von Leben. Tellergroße Insekten mit durchsichtigen Flügeln umschwirrten die mächtigen Stämme. Leuchtende Pflanzen verbreiteten lockende Helligkeit. Dazwischen düstere, huschende Schemen.

»Ein Spaziergang wird das nicht«, sagte Jennifer skeptisch.

»Wir warten erst einmal«, entschied Tekener. »Die Tiere haben uns bemerkt. Wenn einige von ihnen auf irgendeine Weise mit Kihnmynden in Verbindung stehen, sollten sie unsere Anwesenheit eigentlich melden.«

Eine Stunde verging quälend langsam. Dann schaltete Tek den Peilsender des Gleiters ein. Jennifer und er schlossen ihre Schutzanzüge, und sie verließen den Gleiter.

Sie marschierten los. Leuchtender Pilzrasen ließ sie bei jedem Schritt bis zu den Waden einsinken.

Das Summen und Sirren winziger Insekten begleitete sie. Dazwischen die Laute größerer Tiere.

Nach einer Weile wurde der Wald ein wenig lichter. Einzelne Sonnenstrahlen drangen sogar bis auf den Boden vor. Zugleich wurde das Unterholz dichter.

»So finden wir Kihnmynden nie!«, sagte Jennifer ärgerlich, als sie an einem Bachlauf innehielten. »Wir können jahrelang umherirren.«

Tekener blickte ins Wasser. Schwärme fischartiger Tiere tummelten sich darin.

»Ich habe selten eine solche Fülle von Leben auf einem Fleck gesehen wie hier«, stellte er fest.

»Was erwarten wir denn wirklich? Selbst mit ausreichend technischen Hilfsmitteln wird es Monate dauern, die eine oder andere Gruppe von Tieren zu dressieren, aber mehr ist bestimmt nicht zu erreichen. Wir jagen einem Phantom nach, Tek. Das sollten wir uns allmählich eingestehen.«

»Wenn die Tiere nicht gesteuert werden, dann verfügen sie über eine Art Gemeinschaftsintelligenz, die noch dazu mehrere Gattungen umschließt. Klingt das wahrscheinlich?«

»Wie ein Märchen«, sagte Jennifer. »Aber – was war das eben?« Sie flüsterte nur noch. »Es hörte sich an wie eine Katze. Da, irgendwo zwischen den Büschen ...«

Ein klägliches Miauen erklang. Diesmal nicht zu überhören und ganz in der Nähe.

Tekener hob die Waffe. »Diesmal werden wir Stunden brauchen, um zu Ottarsk zu gelangen.«

Als der nächste Laut erklang, kam er aus der Höhe, als hätte die vermeintliche Katze das Fliegen erlernt.

»So schnell kommt da auch keine Katze hoch.« Jennifer blickte zweifelnd die glatten Stämme an.

»Es sind mehrere. Und sie können nicht sehr groß sein.«

Wieder miaute es. Ein zweites Tier antwortete, dann ein drittes. Sie schienen schon ringsum zu sein. Die Tiere hatten alle Vorteile auf ihrer Seite. Man hörte sie, bekam sie aber nicht zu Gesicht.

»Als ob sie unsichtbar wären«, flüsterte Jennifer nervös.

»Was ist los mit dir?«, fragte Tekener beunruhigt. »Fürchtest du ein paar kleine Tiere?«

»Mit der Zeit entwickle ich eine Allergie gegen zu viel Viehzeug«, erwiderte Jenny ärgerlich.

Ein Chor miauender Stimmen brach los. Beide hielten sie erschrocken Ausschau nach den Urhebern des Spektakels.

»Du hättest sie nicht als Viehzeug bezeichnen sollen!«, rief Tekener. »Oh, verdammt!«

Endlich sah er, mit was sie es zu tun hatten, und es erschien ihm fast unmöglich, dass Jenny und er die Gefahr so lange übersehen hatten. Die Tiere waren sehr viel größer, als er es erwartet hatte. Sie maßen an die drei Meter, wobei allerdings die Beine das Längste waren. Sie sahen aus wie Kraken. Der runde Kopf war ungefähr so groß wie ein Kinderball. Der ebenfalls kugelförmige und offenbar sehr elastische Leib durchmaß einen halben Meter. Aus diesem Leib entsprangen zwölf lange, biegsame Beine. Wie dünne Baumstämme oder die blattlosen Bodenranken, die es am Bach in Hülle und Fülle gab, sahen sie aus. Diese Beine machten die Kraken zu außerordentlich schnellen und geschickten Kletterern. Nachdem Tek wusste, wonach er zu suchen hatte, entdeckte er diese Tiere überall. Sie hingen in den abgestorbenen Ästen, lugten hinter den glatten Stämmen hervor, standen reglos zwischen den Bäumen – es musste eine ganze Armee sein, die sich da eingefunden hatte.

»Die sollen sich die Zähne an uns ausbeißen!« Tekener hob den Paralysator.

Verblüfft sah er zur Seite, als Jennifer seine Hand festhielt.

»Warte!«, flüsterte sie. »Und hör genau hin.«

»Miau, miau!«, schrien die Tiere. Sie veranstalteten ein derartiges Gebrüll, dass Tekener sich am liebsten die Ohren zugehalten hätte. Aber der Schutzhelm war ihm dabei im Weg.

Die Tiere hatten die Lage im Griff. Wenn die in den Zweigen sich fallen ließen, würden sie Jenny und ihn unter sich begraben, ehe er auch nur einen Schuss abgeben konnte. Warum griffen sie nicht an?

Sie miauten nur, und das auf eigenartige Weise. Mehrere Gruppen jaulten zu unterschiedlichen Zeitpunkten in unterschiedlicher Tonhöhe.

»Ich glaube nicht, dass die Tiere das aus eigenem Antrieb veranstalten.« Jennifer musste schon schreien, um sich verständlich zu machen.

»Eine Botschaft von Kihnmynden?«

»Kann sein. Aber ich komme nicht dahinter.«

»Es gibt Sprachen, die von Wörtern unabhängig sind. Die männlichen Zwotter verständigen sich singend, und sie sind nicht die Einzigen. Wenn Kihnmynden die Biester geschickt hat, dann bedienen sie sich einer Sprache, die dem Arkoniden bekannt ist. Wahrscheinlich sind sie nur nicht fähig, Laute in Interkosmo zu formen.«

»Es muss eine Sprache sein, von der ich noch nie gehört habe!«, rief Jennifer nach einigen Minuten.

Plötzlich war es vorbei. Die Tiere schwiegen. Unzählige violette Augen starrten die Terraner an. Die Kraken warteten.

»Wir sind an der Reihe«, flüsterte Tekener. »Wir müssen ihnen irgendetwas sagen.«

Seine Frau lachte leise auf.

»Wir danken euch!«, rief sie den Tieren zu. »Wir sind eure Freunde. Bringt uns zu Kihnmynden, eurem Herrn.«

Die Tiere gerieten in Bewegung. Ihr Kreis öffnete sich, bildete eine Gasse. Ein halbes Dutzend Kraken turnte durch die Baumkronen davon.

»Was soll das?«, fragte Tekener misstrauisch. »Was hast du mit ihnen gemacht? Sie hypnotisiert? Warum verstehen sie dich?«

»Weil ich Arkonidisch gesprochen habe, dieselbe Sprache, die sie bei Kihnmynden verstehen gelernt haben.«

»Na gut«, murmelte er. »Folgen wir ihnen. Ich bin gespannt, wohin sie uns führen werden.«

Schon nach kurzer Zeit wurde klar, dass etwas nicht stimmte. Die Tiere führten sie in die Richtung zurück, in der ihr Gleiter stand.

»Sie wollen uns loswerden«, vermutete Tekener enttäuscht.

»Das glaube ich nicht«, widersprach Jennifer ihm. »Warte doch erst einmal ab.«

Sie stolperten dahin, und die viel schneller vorankommenden Kraken mussten sich zu einem niedrigeren Tempo zwingen. Unerwartet kamen einige von ihnen herab. Sie griffen mit mehreren Armen zugleich nach den beiden Terranern.

»Sie wollen uns helfen!«, rief Jennifer. »Leiste um Himmels willen keinen Widerstand!«

»Ich denke gar nicht daran«, versicherte Tekener.

Die Kraken waren sehr vorsichtig. Sie hielten beide leicht und sicher mit ihren langen Beinen umschlungen.

In einem Bruchteil der Zeit, die sie vorher für den Weg gebraucht hatten, gelangten sie zum Gleiter zurück. Auf der Kanzel saßen drei Vögel wie jene, mit denen sie schon zu tun gehabt hatten.

»Es ist so, wie ich mir das gedacht habe«, sagte Jennifer überzeugt. »Kihnmynden lebt zu weit entfernt. Wir würden es zu Fuß nicht schaffen.«

Die Kraken setzten ihr Schützlinge sanft ab, die Vögel reckten die Flügel. Als Jennifer Thyron ihnen zurief: »Zeigt uns den Weg!«, erhoben sie sich in die Luft und schwebten zwischen den Ästen, bis der Gleiter ihnen folgte.

28.

Die Vögel zogen nach Westen davon, den Bergen entgegen. Durch eine Passenge gelangten sie auf die Rückseite des Gebirgszugs. Die Felsen wurden schroffer, die Schluchten tiefer und die Bäume kümmerlicher.

Nach einer Weile ließen sich die Tiere absinken. Fassungslos blickten die beiden Terraner auf das Gebilde, das in einer Mulde zwischen kahlen Felsen lag.

»Ich kann es nicht glauben«, sagte Jennifer leise. »Wir haben es tatsächlich geschafft.«

Tekener setzte den Gleiter zwischen den Felsen auf.

Kihnmyndens Heim ähnelte dem Horst eines Raubvogels. Die gewölbten Wände waren aus Ästen und Zweigen zusammengefügt, die Ritzen mit Lehm verschmiert und mit Moos zugestopft. Kleine Fenster waren offenbar mit dünnen Tierhäuten bespannt. Die Mulde oben war mit riesigen Blättern ausgelegt, die wohl Regenwasser vom Innern des Hauses fernhalten sollten. Ein verzwicktes System aus bambusähnlichen Röhren, die überall aus den seitlichen Wänden hervorstachen, sorgte dafür, dass das aufgefangene Wasser abfließen konnte. Ein Teil davon diente aber zweifellos als Trink- und Brauchwasser.

»Kein Wunder, dass ihn niemand gefunden hat«, sagte Tekener. »Dieses Haus passt sich der Umgebung so perfekt an, dass es praktisch unsichtbar wird, solange man es nur von oben sehen kann. Bestimmt gibt es da drin auch kein Stückchen Metall.«

Eine mit Rindenstücken verkleidete Tür öffnete sich. Ein Arkonide trat heraus.

»Mein Gott«, flüsterte Jennifer erschrocken. »Ist das Kihnmynden?«

Sie hatten gewusst, dass der Forscher alt war, aber so alt hatten sie ihn nicht eingeschätzt. Kihnmynden war derart abgemagert, dass ihm die zerfetzte und immer wieder ausgebesserte Kleidung um den Körper schlotterte. Sein Haar war schmutzig und lang, ein schütterer Bart hing ihm auf die Brust.

»Willkommen!«, krächzte Kihnmynden. »Ich habe euch holen lassen, weil meine Freunde mir von euch berichteten.« Er kicherte und machte eine weit ausholende Handbewegung.

Kihnmyndens Freunde saßen auf den zahllosen Simsen und Unebenheiten des erstaunlichen Hauses, und was dort keinen Platz mehr fand, drängte sich zwischen den Felsen. Es waren Tausende der unterschiedlichsten Kreaturen.

»Dürfen wir näher treten?«, fragte Tekener.

»Kommt, kommt!«, rief Kihnmynden eifrig. »Seht euch mein Haus an!«

Sie warfen einander einen vielsagenden Blick zu. Offensichtlich war Kihnmynden nicht mehr als normal zu bezeichnen.

Sie traten durch die Tür und musterten erschüttert den engen, düsteren, schmutzigen Raum, in dem der Arkonide zu hausen schien. Es gab nichts von dem, was Menschen gemeinhin zum Leben brauchten. Ein unordentliches Lager an der Wand, ein wackliger, offenbar selbst gezimmerter Tisch und eine noch wackligere Wand, ein schiefes Regal sowie ein hölzerner Trog voll Wasser – das war alles.

»Ihr wollt mich etwas fragen.« Kihnmynden rieb sich die Hände, als friere er. »Und jetzt wundert ihr euch, warum ich das weiß. Meine Tiere beobachten euch, von Anfang an. Ich kenne jedes Wort, das ihr gesprochen habt, seit ihr vom Raumhafen nach Gostabaar kamt.«

»Dann wird es das Beste sein, wenn wir unsere Frage gleich stellen«, sagte Tekener.

Kihnmynden winkte hastig ab. »Warum sollen wir uns nicht ein wenig unterhalten? Wenn ihr erst eure Antworten habt, werdet ihr eilig in die Stadt und dann nach Terra zurückkehren.«

Er starrte Jennifer an.

»Eine Frau«, sagte er, und seine Augen glänzten fiebrig. »Eine schöne Frau dazu. Ich habe lange keine mehr gesehen.«

Er setzte zu einer formvollendeten Verbeugung an, verlor prompt das Gleichgewicht und wäre hingefallen, hätte Tekener ihn nicht festgehalten. Kihnmynden stieß die Hände des Terraners zur Seite.

»So alt bin ich nicht«, sagte er scharf. »Und wenn mich jemand stützen muss, dann sind meine Tiere zur Stelle. Sie haben mir in all den Jahren geholfen, die ich schon hier oben hause.«

Von diesem völlig verwirrten alten Mann haben wir uns Hilfe erhofft, dachte Ronald Tekener bitter.

Jennifer Thyron dagegen spürte, dass Kihnmynden sich durchaus noch einen Rest von Vernunft bewahrt hatte. Seine Reaktion ließ sich aus seiner Einsamkeit erklären. Er hatte tatsächlich Angst, dass die Terraner ihn sofort verlassen würden, sobald er ihnen die gewünschte Auskunft gegeben hatte – oder zugeben musste, dass er von den Horden von

Garbesch ebenfalls noch nichts gehört hatte. Um an Kihnmynden wirklich heranzukommen, mussten sie seine Sympathie erringen. Und es gab ein gutes Mittel dazu. Kihnmynden hatte etwas erreicht, worauf er mit Recht stolz sein durfte.

»Wie haben Sie das nur geschafft?«, fragte Jennifer im Tonfall der Bewunderung. »Warum gehorchen Ihnen die Tiere? Ich verstehe das einfach nicht.«

Kihnmynden beruhigte sich sofort. Vorsichtig setzte er sich auf die Bank. Er lächelte ein wenig einfältig.

»Ich würde es keinem anderen verraten«, sagte er. »Aber bei Ihnen mache ich eine Ausnahme. Sehen Sie, ich habe mich viel mit der Geschichte der alten Arkoniden beschäftigt, und dabei stieß ich zufällig auf den Namen Corpkor. Das war ein Kopfjäger, und er lebte zur Zeit des alten Orbanaschol, genau in der Ära, in der unser hochgelobter Atlan noch ein junger Mann war. Corpkor arbeitete mit Tieren. Niemand wusste, wie es funktionierte, aber die Tiere gehorchten ihm. Ohne sie wäre seine Karriere undenkbar gewesen.«

Er unterbrach sich und stopfte sich einige frische Blätter in den Mund. Tekener vermutete, dass diese Blätter eine anregende Substanz enthielten.

»Eines Tages stieß ich in einem höchst seltsamen Stützpunkt, über dessen genaue Lage ich nichts sagen möchte, auf einen Bericht«, fuhr Kihnmynden fort. »Ein gewisser Fartuloon, Bauchaufschneider und angeblich Freund des jungen Atlan, hatte ihn verfasst. Er behauptete darin, dass es möglich sei, Corpkors Fähigkeit zu erlangen, indem man eine ganz bestimmte Droge einnimmt. Das Ganze kam mir völlig sinnlos vor. Aber meine Methode ist, dass ich alles ausprobieren muss, was mich interessiert.«

Er kicherte.

»Wenn dieser Fartuloon wüsste ... Ich hatte den Verdacht, dass der Bursche sich nur wichtig machen wollte. Außerdem hegte ich Zweifel an der Echtheit des Berichts, mir schien, als wäre er erst in jüngerer Zeit entstanden. Andererseits gibt es nur wenige lebende Menschen, die den Namen ›Corpkor‹ noch kennen. Bei aller Bescheidenheit möchte ich behaupten, dass ich ziemlich der Einzige bin, der etwas damit anfangen kann. Also beschloss ich, einen Versuch zu unternehmen. Ich ließ mir diese Droge herstellen. Natürlich hatte ich nicht die Absicht, sie an mir selbst auszuprobieren. Der Zufall wollte es aber, dass die Droge fertig wurde, ich sie abholte – persönlich, weil ich sichergehen wollte, dass sie nicht in die Hände irgendwelcher Narren geriet –, und als ich zurückkehrte, brannte meine Schlauboje.«

Ein Schatten überzog Kihnmyndens Gesicht, aber er fing sich schnell.

»Ich floh in die Wälder. Ich hätte die Mittel gehabt, mir ein neues Haus zu kaufen, hier auf Durgen oder auf irgendeinem anderen Planeten. Aber mir war klar, dass das niemand zulassen würde. Dieser Wahnsinnige namens Gursc hätte mich umgebracht, wenn ich die Stadt nicht sofort verlassen hätte. So nahm ich die Droge mit und versuchte es. Wie Sie sehen, war der Bericht doch echt. Innerhalb kurzer Zeit lernte ich, die Tiere zu beherrschen. Später wurden sie meine Freunde. Ich kann von ihnen alles verlangen. Sie sind es auch, die meine Rache vollziehen.«

»Sie zahlen einen hohen Preis dafür«, sagte Tekener.

»Wegen der Vergeltungsschläge? Meine Freunde nehmen dadurch nicht so großen Schaden, wie es von Gostabaar aus scheinen mag. Sie sind rechtzeitig gewarnt und ziehen sich zurück.«

Tekener beschloss, das Thema zu wechseln. »Wir haben eine besondere Frage«, sagte er. »Haben Sie schon einmal von den Horden von Garbesch gehört?«

»Die Horden ...«

Kihnmyndens Gesicht veränderte sich. Es wurde noch faltiger, Tränen liefen ihm über die Wangen.

»Die Schlauboje«, wimmerte er. »Mein Archiv. Alles verbrannt, alle Daten vernichtet. Kein Name mehr in den Speichern ...«

Jennifer beugte sich hastig vor. Sie hatte die Absicht, Kihnmynden zu beruhigen, aber Tekener hörte plötzlich etwas, das ihn alles andere vergessen ließ.

Gleiter kamen!

Tek sprang auf und packte Kihnmynden bei den Schultern.

»Hilf mir!«, rief er Jennifer zu. »Wir müssen weg von hier. Diese Wahnsinnigen werden alles zerstören!«

Sie trugen den alten Arkoniden zwischen sich und liefen nach draußen. Die Tiere waren in heller Aufregung. Alles quirlte durcheinander.

»Beruhigen Sie die Tiere!«, befahl Tekener dem Alten. »Sagen Sie ihnen, dass sie fliehen sollen. Schnell, es bleibt nicht mehr viel Zeit!«

Aber Kihnmynden schien ihn gar nicht zu hören. Er jammerte immer noch vor sich hin, und offenbar erfasste er nichts von dem, was gerade geschah.

Sie stießen die Tiere zur Seite. Zum Glück waren die Kreaturen zu verwirrt, um die Terraner anzugreifen. Einige wollten sich Kihnmynden nähern, aber sie spürten wohl, dass ihr Herr und Meister ihre Gegenwart jetzt nicht zu würdigen wusste, und so zogen sie sich zurück.

»In den Gleiter mit ihm!«, bestimmte Tekener. »Übernimm du das Steuer. Los jetzt!«

Die Angreifer waren schon erschreckend nahe. An die zwanzig Maschinen näherten sich Kihnmyndens Heimstatt. Als die Insassen die Tiere und die Terraner erblickten, eröffneten sie das Feuer, aber sie waren doch noch ein wenig zu weit entfernt, um sicher zielen zu können. Jennifer startete den Gleiter, und Tekener bereitete sich darauf vor, die Angreifer abzuwehren.

»Das ist unsere Schuld«, sagte er wütend. »Wir haben sie mit dem Gleiter auf unsere Spur gelockt. Wir hätten Kihnmynden sofort wegbringen sollen. Warum, zum Teufel, haben wir nicht daran gedacht!«

Kihnmynden hörte ihn nicht. Er saß auf dem Rücksitz und jammerte vor sich hin. Der Gleiter startete und raste einer Schlucht entgegen, die sich nach Westen öffnete. Sofort änderten einige der gegnerischen Fahrzeuge den Kurs, um die Verfolgung aufzunehmen. Tekener sah, wie die ersten Strahlschüsse auf Kihnmyndens Heim hinabzuckten, und er drehte sich besorgt zu dem Arkoniden um. Aber der alte Mann starrte in die verkehrte Richtung.

Sie erreichten die Schlucht und tauchten in die Dunkelheit zwischen den steilen Felsen ein. Jennifer fing den Gleiter erst knapp über dem Boden ab und brachte ihn nach wenigen Metern zum Stillstand. Tekener beugte sich weit zurück, zielte nach oben und wartete geduldig. Als der erste Gleiter in Sicht kam, drückte er ab. Auch jetzt benutzte er den Paralysator, obwohl die Gegner tödliche Waffen einsetzten. Der Schuss ging ins Ziel, die Insassen des Fahrzeugs wurden gelähmt, und der Gleiter flog automatisch weiter. Er würde irgendwo landen oder, falls der entsprechende Befehl aus der Stadt kam, dorthin zurückzukehren.

Die Männer aus Gostabaar waren wie blind vor Wut. Sie hatten den Gleiter in die Schlucht fliegen sehen und kamen gar nicht auf den Gedanken, dass die Fliehenden angehalten haben könnten. Sieben Fahrzeuge konnte Tekener nacheinander unschädlich machen, dann erst trat eine verdächtig lange Pause ein.

»Nach oben!«, kommandierte er. »Ich muss wissen, was da los ist.«

Das war ein Fehler. Als die Maschine aus der Schlucht aufstieg, sahen sie den Feuerschein. Diesmal bemerkte es Kihnmynden ebenfalls. Tekener hörte den alten Mann stöhnen, und als er nach hinten blickte, sah er zu seinem Entsetzen, wie der Arkonide sich ans Herz griff und in sich zusammensackte. Er schob sich über den Sitz und tastete nach dem Puls des Alten.

»Er lebt noch. Aber ich fürchte, dass ihm nicht mehr viel Zeit bleibt.«

»Dort unten gibt es Höhlen«, stellte Jennifer fest. »Vielleicht kommt er noch einmal zu sich, dann sollte es ruhig um ihn herum sein.«

Sie ließ den Gleiter wieder sinken. Die restlichen Maschinen aus Gostabaar kreisten um Kihnmyndens Haus. Entweder hatten sie über ihrem Triumph die Fliehenden vergessen, oder sie waren der Meinung, dass ihnen das Wild ohnehin nicht mehr entkommen könne.

Jennifer manövrierte den Gleiter in eine der Höhlen und setzte ihn auf. Sie sprang aus dem Fahrzeug und lief zum Eingang, um Wache zu halten. Tekener bemühte sich inzwischen um den Arkoniden.

Diesmal hatte Gursc sein Ziel so gut wie erreicht. Kihnmynden war zu Tode getroffen. Den Anblick des brennenden Hauses würde er nicht mehr überwinden. Aber noch war Leben in dem ausgemergelten Körper, und Tekener tat alles, um dieses Leben ein wenig festzuhalten und Kihnmynden ins Bewusstsein zurückzuholen.

»Sie kommen!«, rief Jennifer.

»Halte sie irgendwie auf«, bat Tek verzweifelt.

Die kleine Bordapotheke gab nicht viel her, Tekener konnte nichts mehr tun, als dazusitzen und abzuwarten. Er sah, dass Jennifer ruhig und konzentriert auf etwas schoss, was sich außerhalb seines Sichtbereichs befand. Noch kamen die Gegner nur aus einer Richtung, und Jenny hatte wenig Mühe, mit ihnen fertig zu werden. Plötzlich aber zuckte ein Blitz aus der Höhe herab. Jennifer taumelte zurück, und Tek sprang aus dem Gleiter und hastete ihr entgegen.

»Geh zu Kihnmynden!«, schrie er.

Er sah einen Schatten auf die Höhle herabstoßen und schoss. Der Schatten verschwand. Er entdeckte eine Bodenspalte, sprang kurz entschlossen hinein und lief ein Stück von der Höhle weg. Als er wieder nach oben sah, setzten zwei Gleiter zum Sturzflug an. Den einen erwischte er, als er sich noch im oberen Teil der Schlucht befand. Die Automatik zog das Fahrzeug aus dem Bereich der gefährlichen Felswände heraus. Die Insassen der zweiten Maschine kamen weniger glimpflich davon. Der Gleiter schrammte über eine Felsnase, geriet ins Trudeln und setzte viel zu hart auf.

Fast gleichzeitig raste ein dritter Gleiter die Schlucht herauf. Energieschüsse blitzten auf, gingen aber an der Höhle vorbei. Augenblicke später hatte Tekener die Schützen paralysiert.

Dann geschah etwas, das er zunächst gar nicht glauben wollte. Ein vierter Gleiter wurde von einer über der Schlucht kreisenden Maschine unter Feuer genommen und zum Absturz gebracht. Das Wrack stürzte brennend in die Schlucht. Keiner der Insassen konnte diesen Angriff überlebt haben.

Fünf Gleiter griffen gleichzeitig an. Sie kamen aus verschiedenen Richtungen, und Tekener war plötzlich heilfroh, dass der Unbekannte ihm einen Teil der Arbeit abnahm, wenn er auch nicht damit einverstanden war, wie der Fremde das tat. Dieser Bursche schoss rücksichtslos auf die Triebwerke der Gleiter und brachte sie zur Explosion. Die Schlucht füllte sich mit Rauch, es regnete Trümmer.

Nach einer Weile gab es keine Angreifer mehr.

Der Gleiter mit dem unbekannten Helfer setzte zur Landung an. Tekener ging ihm entgegen. Als er sah, wer dort ausstieg, verschlug es ihm die Sprache.

Gursc kletterte seelenruhig aus dem Fahrzeug und streckte dem Terraner die Hand hin. Tekener übersah diese Geste. »Was haben Sie sich dabei gedacht?«, fragte er eisig. »Warum bringen Sie Ihre eigenen Leute um?«

»Ich kann verstehen, dass Sie wütend auf mich sind«, sagte Gursc gelassen. »Aber Sie sollten mich wenigstens anhören. Ich habe eingesehen, dass ich einen Fehler begangen habe, als ich diese Parias nicht rechtzeitig in die Schranken verwies.«

Tekener schnappte nach Luft.

»Parias?«, fragte er ungläubig. »Wovon reden Sie überhaupt?«

»Von den Männern, die Sie angegriffen haben. Es sind Gesetzlose, die in den Bergen weiter nördlich hausen. Jetzt ist mir natürlich alles klar. Wahrscheinlich waren sie es, die Kihnmyndens Schlauboje ansteckten. Sie hatten recht, als Sie mir vorwarfen, ich hätte nicht gründlich genug nach Spuren gesucht. Ich nehme sogar an, dass die Parias es waren, die die Tiere auf uns gehetzt haben. Kihnmynden diente ihnen dabei als Sündenbock, und ich bin darauf hereingefallen. Ich bin froh, dass ich wenigstens noch rechtzeitig gekommen bin, um Sie und Ihre Frau herauszuhauen. Sie lebt doch noch?«

»Lassen Sie den Unsinn!«, sagte Tekener heftig. »Vielleicht sind die Bürger von Gostabaar anfällig für Ihre Lügengeschichten, aber bei mir kommen Sie damit nicht an. Kommen Sie mit, ich zeige Ihnen etwas.«

Kihnmynden war bei Bewusstsein. Tekener warf Jennifer einen fragenden Blick zu, aber sie schüttelte den Kopf. Der alte Arkonide hatte also bis jetzt nichts gesagt.

»Das ist der Mann, gegen den Sie gekämpft haben«, sagte Tekener zu Gursc. »Ein Greis, der dem Tode nahe ist. Es war von Anfang an nicht fair, Gursc, und Sie wussten das in jeder Minute. Wie Sie mit Ihrem Gewissen fertig werden, ist Ihre Sache. Aber dass diese Vorfälle ein offizielles Nachspiel haben werden, dafür sorge ich, darauf können Sie sich verlassen. Und jetzt gehen Sie und fliegen Sie in die Stadt zurück. Versuchen Sie den Angehörigen klarzumachen, wo die Männer in den von Ihnen abgeschossenen Gleitern geblieben sind. Aber hüten Sie sich, diesen Leuten schon wieder neue Lügen aufzutischen.«

Gursc starrte den alten Mann im Gleiter schweigend an. Dann setzte er sich auf einen Felsen und stützte den Kopf in die Hände.

»Ich bleibe hier«, sagte er tonlos. »Sie haben recht – ich kann mich in der Stadt nicht mehr blicken lassen. Aber dieser Mann dort wird sterben. Es ist zu spät, um noch etwas gutmachen zu wollen, aber wenigstens eines will ich für Kihnmynden tun: Er soll nach Gostabaar zurückkehren.«

»Das wird ihn sehr freuen«, sagte Tekener sarkastisch.

Ihm war klar, dass Gursc ihm etwas vorspielte. Der Mann war ein hartgesottener Fanatiker. Der Anblick eines sterbenden Feindes veranlasste ihn bestimmt nicht, seine innere Einstellung zu ändern. Er spielte Theater. Und es würde schwer, vermutlich sogar unmöglich sein, Gursc auf legale Weise aus dem Verkehr zu ziehen.

Die angeblichen Parias hatten Impulsstrahler benutzt, und selbst wenn sich einige von denen, die mit dem Leben davongekommen waren, bereit erklärten, die Wahrheit zu sagen, konnten sie Gursc nicht belasten. Der Arkonide hatte zwei Terranern das Leben gerettet. Was für eine edle Tat! Und die Zeugen würden höchstwahrscheinlich den Mund halten, weil sie sich sonst selbst ans Messer lieferten.

Aber warum war Gursc überhaupt gekommen? Warum hatte er in den Kampf eingegriffen? Ihm konnte es doch nur recht sein, wenn sowohl Kihnmynden als auch die Terraner im Dschungel umkamen.

»Hat er noch etwas gesagt?«, fragte Gursc leise. »Hat er von den Tieren gesprochen? Er weiß etwas über dieses Geheimnis, da bin ich mir ganz sicher. Meinen Sie, dass er noch lange genug durchhält, um es uns zu erzählen?«

Tekener hatte das Gefühl, unter einen Kübel eiskalten Wassers geraten zu sein.

»Nein!«, sagte er schroff. »Er hat nichts gesagt. Aber es steht fest, dass die Tiere bei ihm waren und dass sie ihm gehorchten. Ich habe es mit eigenen Augen gesehen.«

Mit grimmiger Zufriedenheit sah er das Flackern in Gurscs Augen.

Das hast du nun davon. Du hast Kihnmynden gejagt und deine Leute auf ihn gehetzt, und dabei bist du über das Ziel hinausgeschossen. Du hattest es auf Kihnmyndens Geheimnis abgesehen, auf die einzige Waffe, die dem alten Mann geblieben ist. Du wolltest wissen, wie er die Tiere beherrscht. Das wäre für dich die große Chance gewesen. Mit-

hilfe der Tiere hättest du sehr schnell endgültig die Macht an dich gerissen – wenigstens hier auf Durgen. Aber Kihnmynden wird dir nichts mehr verraten, und von Jenny und mir erfährst du auch nichts. Der alte Mann hat dir noch eine große Niederlage bereitet. Du ahnst gar nicht, wie sehr mich das freut.

»Kann ich mit ihm reden?«, fragte Gursc laut. Seine Augen glänzten fiebrig. »Bitte lasst mich zu ihm!«

»Tek!«, rief Jennifer.

Der Terraner drehte sich hastig um. Er sah, dass Kihnmyndens Lippen zitterten. Er stieß Gursc zurück, der sich an ihm vorbei in den Gleiter drängen wollte.

Kihnmynden sah Jennifer an. Er lächelte verzerrt.

»Eine schöne Frau«, flüsterte er. »Sie ist bei mir. Das macht es mir leichter.«

»Es wird schon wieder«, sagte Jennifer leise. »Erinnern Sie sich an unsere Frage? Wissen Sie etwas über die Horden von Garbesch?«

»Kihnmynden!«, schrie Gursc dazwischen. »Höre mich an! Verrate mir, wie du die Tiere beherrscht hast. Ich muss es wissen, denn ich will für sie sorgen. Hörst du mich, Kihnmynden? Die Tiere! Wie geht dieser Trick?«

»Halten Sie den Mund, oder ich schlage Sie zusammen!«, fauchte Tekener wütend.

Kihnmynden war deutlich sichtbar zusammengezuckt. Tek fürchtete schon, dass nun alles umsonst gewesen sei. Musste der Alte nicht annehmen, die Terraner stünden mit Gursc im Bunde?

»Sein Herz«, flüsterte Jennifer entsetzt. »Er stirbt!«

Gursc setzte zum Sprung an, als gäbe es noch eine Chance, mit Gewalt an das heranzukommen, wonach er gesucht hatte. Tekener schlug ihn zu Boden. Als er sich wieder in den Gleiter beugte, ging ein Zittern durch Kihnmyndens Körper.

»Die Horden von Garbesch!«, stammelte er mühsam. »Armadan von Harpoon ... sucht ... den Planeten ... der gespaltenen Sonne ...«

Er bäumte sich auf, und als Jennifer ihn behutsam in die Polster zurückdrückte, wurde der Körper unter ihren Händen schlaff.

»Er ist tot«, sagte sie leise. Traurig sah sie ihren Mann an. Tek nickte ihr zu und beugte sich vor, um dem Toten die Augen zu schließen. Da hörte er hinter sich einen Schrei. Als er sich umdrehte, sah er Gursc, der aufgesprungen war und mit langen Sätzen aus der Höhle rannte.

Er ignorierte den Arkoniden. Ihm war gar nicht mehr wichtig, was mit Gursc geschah.

»Hast du dir alles gemerkt?«, fragte er.

Jennifer nickte. »Armadan von Harpoon«, sagte sie nachdenklich. »Das klingt romantisch. Aber was ist eine gespaltene Sonne?«

Tekener zuckte ratlos die Achseln. »Vielleicht können die Experten zu Hause etwas damit anfangen«, murmelte er.

»He, Terraner!«

Die Stimme war so mächtig, dass sie bis in den letzten Winkel der Höhle drang. Tekener rannte zum Eingang, und dann sah er den Gleiter. Gursc war gestartet, schwebte aber in halber Höhe der Schlucht und wartete nur darauf, dass einer der beiden Menschen aus der Höhle sich zeigte.

»Ihr habt einen Fehler gemacht!«, verkündete der Arkonide. »Ich fliege jetzt nach Gostabaar, und ich rate euch, mir nicht zu folgen. Niemand wird mir die Schuld an dem Tod der anderen zuschieben wollen, solange es noch jemanden gibt, auf den eine solche Tat viel besser passt. Seht euch vor und verlasst Durgen so schnell wie möglich. Sonst werdet ihr Kihnmynden schnell ins Reich der Schatten folgen!«

Tekener gab einen Paralysatorschuss auf den Gleiter ab, aber entweder hatte er tatsächlich nicht getroffen, oder Gursc hatte sich abgeschirmt. Als er den Impulsstrahler hochriss, raste Gursc schon mit irrsinniger Beschleunigung davon.

Tekener drehte sich niedergeschlagen um und sah Jennifer vor sich, die ihm gefolgt war.

»Wen mag er gemeint haben?«, fragte sie.

»Uns natürlich. Er wird behaupten, dass wir die Gleiter abgeschossen haben.«

»Das ergäbe keinen Sinn«, widersprach sie. »Die Überlebenden wissen, dass wir nur Lähmstrahler benutzt haben, und einige haben sicher auch mitbekommen, dass die tödlichen Schüsse von einem anderen Gleiter ausgingen. Er wird es so hinstellen, als hätten wir aus Gostabaar Hilfe bekommen.«

»Ottarsk!«, sagte Tekener verblüfft. »Natürlich. Unser Freund ist ihm sowieso ein Dorn im Auge. Er wird den Arzt zum Sündenbock machen, und die Leute von Gostabaar werden ihre Wut an Ottarsk auslassen.«

Er rannte zum Gleiter zurück und stürzte sich auf das Funkgerät. Es dauerte fast eine Minute, ehe die Verbindung stand.

»Hören Sie mir genau zu und stellen Sie keine überflüssigen Fragen, denn es geht um Ihr Leben!«, sagte Tek. »Steigen Sie in einen schnellen Gleiter und fliegen Sie zum Raumhafen. Sagen Sie niemandem, wohin Sie fliegen. Rechts vom Hauptgebäude gibt es einen kleinen Park. Warten Sie dort auf uns. Aber passen Sie auf, dass möglichst wenig Leute Sie sehen.«

»Ich verstehe nicht ...«, stotterte Ottarsk.

»Bis ich das erklärt habe, ist es wahrscheinlich schon zu spät. Ottarsk, tun Sie mir nur noch diesen einen Gefallen: Verlassen Sie sofort Ihr Haus! Nehmen Sie nichts mit, sprechen Sie mit niemandem. Wir werden uns ebenfalls beeilen, damit Sie nicht zu lange warten müssen. Werden Sie fliegen?«

»Ja«, sagte Ottarsk verstört.

»Gut. Wir sehen uns am Raumhafen wieder. Passen Sie gut auf sich auf.«

Er unterbrach die Verbindung.

»Ob er das wirklich fertigbringt?«, fragte Jennifer zweifelnd. »Alles stehen und liegen lassen ...«

»Er muss«, sagte Tekener hart. »Sonst ist er ein toter Mann, der von seinem Besitz erst recht nichts mehr hat.«

»Und wie soll es mit ihm weitergehen?«

»Das wird sich zeigen. Eine andere Frage: Was machen wir mit Kihnmynden? Gursc dürfte sein Angebot, ihn in Gostabaar zu bestatten, kaum aufrechterhalten. Sollen wir ihn mitnehmen?«

»Ich fürchte, jemand anders hat bereits eine Entscheidung getroffen«, sagte sie auffallend ruhig. »Komm, ich zeige es dir.«

Tekener ahnte bereits, was er sehen würde, als er Jennifer nach draußen folgte. Aber der Anblick, der sich ihm bot, war so überwältigend, dass es ihm fast den Atem verschlug.

Die Tiere kamen die Schlucht herauf, und niemand hätte sie zu zählen vermocht. Wenn er auch die kleinsten berücksichtigte, mussten es Millionen sein. Sie bewegten sich in absoluter Stille über den unebenen Boden. Die, deren Beine nicht schnell genug waren, ließen sich von den größeren tragen. Über dem Zug kreisten Vögel und Insekten, Schwärme von winzigen Lebewesen, aber kein einziges Individuum eilte voraus.

»Sie wollen ihn abholen«, vermutete Tekener. »Ich weiß nicht – sollen wir Kihnmyndens Leiche wirklich dieser Meute überlassen? Am Ende fressen sie ihn einfach auf.«

»Ich schätze, Kihnmynden hätte dagegen nicht einmal etwas einzuwenden gehabt«, sagte Jennifer. »Er hat mit ihnen gelebt, und ohne sie hätte er seine Rache nie vollziehen können. Die Tiere und Kihnmynden gehören zusammen. Wir haben kein Recht, uns einzumischen.«

»Dann sollten wir es ihnen wenigstens so leicht wie möglich machen.« Tekener nickte. »Ich habe keine Lust, in einem Gleiter weiterzufliegen, in dem noch alles mögliche Ungeziefer steckt. Ich traue diesen Biestern immer noch nicht.«

Er ging zum Gleiter, trug Kihnmynden vor die Höhle und bettete ihn behutsam in eine Mulde zwischen rund geschliffenen Steinen. Als er sich zurückzog, waren die Tiere schon bis auf etwa zehn Meter herangekommen. Sie legten den Rest der Distanz schnell, aber immer noch stumm zurück.

Schaudernd sah Tekener, wie sich unzählige kleine Insekten auf Kihnmynden niederließen. Es waren Tiere der Art, die ihn und Jennifer bei dem kleinen Bergsee fast umgebracht hätten. Jennifer drehte den Kopf weg, und Tekener schluckte trocken, denn er rechnete damit, binnen kurzer Zeit das präsentiert zu bekommen, was von Kihnmynden nach dem Totenschmaus seiner seltsamen Diener übrig war.

Aber der Schwarm erhob sich, und ein anderer nahm seinen Platz ein.

»Du kannst wieder hinsehen«, sagte Tekener verblüfft. »Sie werden ihn zumindest so lange unberührt lassen, bis alle seine Freunde von ihm Abschied genommen haben. Ich würde gerne erfahren, was sie hinterher mit ihm anstellen, aber ich fürchte, dieses Zeremoniell nimmt zu viel Zeit in Anspruch. Es wird höchste Zeit, dass wir uns auf den Weg machen.«

Sie trafen Ottarsk in dem kleinen Park am Raumhafen von Durgen. Der Arzt war bleich und erschüttert, denn mittlerweile lief die Fahndung nach ihm. Gursc schreckte tatsächlich vor nichts zurück. Er behauptete, dass Ottarsk es gewesen sei, der an der Seite der Terraner kämpfend kaltblütig an die zwanzig Arkoniden ermordet hatte.

»Sie wissen, dass das nicht stimmt«, sagte Ottarsk mit bebender Stimme. »Aber hier auf Durgen würde Ihnen niemand glauben. Gursc hat die Stadt fest in der Hand. Manchmal denke ich, dass da etwas nicht mit rechten Dingen zugeht. Ich verstehe nicht, warum dieser Lügner eine so große Macht über die Menschen hat.«

»Er wird bald fallen«, versprach Tekener. »Aber Sie haben recht – Sie sind auf Durgen Ihres Lebens nicht sicher, solange Gursc das Heft in der Hand hält. Ich werde dafür sorgen, dass das nicht so bleibt. In ein paar Wochen wird der Spuk vorbei sein, und Sie können zurückkehren. Bis dahin sollten Sie Urlaub machen – auf einem Planeten, auf dem man die Ziele der GAVÖK ernster nimmt als hier. Sind Sie damit einverstanden?«

»Ich komme nie durch die Kontrollen.«

»Lassen Sie das unsere Sorge sein«, bat Tekener.

Ottarsk zögerte. Doch in seiner wenig beneidenswerten Lage blieb ihm nichts anderes übrig, als sich den beiden Terranern anzuvertrauen.

»Haben Sie Kihnmynden gefunden?«, fragte er etwas später, als alle Vorbereitungen abgeschlossen waren.

Tekener berichtete ihm kurz, wie der Forscher die Zeit im Dschungel verbracht hatte und auf welche Weise er ums Leben gekommen war. Aber nicht einmal Ottarsk gegenüber erwähnte er die Droge und den seltsamen Bericht, durch den Kihnmynden in die Lage versetzt worden war, sich zum Herrscher der Tiere aufzuschwingen. An den Reaktionen des Arztes ließ sich erkennen, dass er Tekeners Taktik durchschaute. Er ahnte, dass es noch ein Geheimnis gab, aber er war klug genug, keine Fragen zu stellen. Aber nach den Horden von Garbesch fragte er, und mit Kihnmyndens Auskunft wusste er ebenfalls nichts anzufangen.

»Es wird Zeit«, sagte Tekener schließlich. »Machen Sie sich keine unnötigen Sorgen, Ottarsk. Sie werden sehen, dass alles glattgeht. Wenn Sie erst im Schiff sind, kann Ihnen nichts mehr passieren. Gursc kann Ihretwegen keine interstellare Fahndung starten, so weit wagt er sich nicht vor. Kommen Sie jetzt, wir bringen Sie durch die Kontrollen!«

Sie schmuggelten Ottarsk an allen Gefahrenpunkten vorbei und brachten ihn zu einem Raumer, der in wenigen Stunden in Richtung M 13 starten würde. Das Schiff gehörte zur GAVÖK, an Bord galten die Gesetze von Durgen nicht. Um allen Missverständnissen vorzubeugen, sprachen Ronald Tekener und Jennifer Thyron mit dem Kommandanten des Schiffes, einem Akonen, der für die Arkoniden von Durgen nicht allzu viel übrig zu haben schien und hocherfreut war, dass er ihnen ein Schnippchen schlagen konnte.

»Bleiben Sie gleich an Bord«, schlug er den Terranern vor. »Ich setze Sie auf einem Planeten ab, von dem Sie schnell und auf geradem Wege nach Terra gelangen können.«

Sie willigten ein.

29.

Julian Tifflor war nicht der Mann, der eine Sache so schnell aufgab. Auch wenn er mit Ronald Tekener und Jennifer Thyron noch ein Eisen im Feuer hatte, bestand er darauf, dass die Wissenschaftler weiter nach Unterlagen über die Horden von Garbesch suchten. Um sicher zu sein, dass nichts übersehen wurde und dass auch die geringsten Hinweise beachtet und ausgewertet wurden, hatte er angeordnet, dass alle an der Suche Beteiligten sich am 28. Juni 3587 treffen und ihre Bemühungen besprechen sollten. Das Datum war willkürlich gewählt. Hätte Tifflor gewusst, welche Bedeutung dieser Tag erlangen sollte, hätte er die Konferenz mit Sicherheit verschoben.

Dabei fing es verheißungsvoll an.

Gerade hatten alle Anwesenden einstimmig erklärt, dass sie nichts über die Horden von Garbesch wussten, da betraten Ronald Tekener und Jennifer Thyron den Saal. Was sie berichteten, sorgte für Überraschung.

Der Erste Terraner beobachtete die Aufregung amüsiert. Er fand, dass Kihnmyndens Information kein Anlass zur Euphorie sei. Mit den genannten Begriffen – »Armadan von Harpoon« und »Planet der gespaltenen Sonne« – ließ sich vorerst nichts anfangen. Außerdem musste man stets vorsichtig sein, wenn es galt, die letzten Worte eines Sterbenden zu interpretieren.

Aber immerhin – sie *hatten* zwei Namen, und das war besser als gar nichts.

Eine aufgeregte Diskussion setzte ein, die mit einem Schlag unterbrochen wurde, als eine dringende Meldung hereinkam.

Wieder waren Weltraumbeben aufgetreten. Sie waren verhältnismäßig leicht ausgefallen, aber sie stellten trotzdem eine Bedrohung besonderer Art dar.

Diesmal waren sie nämlich nicht auf einen vergleichsweise winzigen Punkt in der Milchstraße beschränkt, sondern an mehreren Stellen gleichzeitig aufgetreten.

Beben hatte es in der Eastside, im Blues-Gebiet, gegeben. Außerdem eines in der Nähe des Kugelsternhaufens M 13, also bei Arkon. Alarm kam auch von einer Station, die nicht weit von der Provcon-Faust entfernt im Raum stand, von mehreren Planeten in der Randzone der

Milchstraße, von einem Raumschiff, das nahe dem galaktischen Zentrum unterwegs war, und von vielen anderen Stellen.

Minutenlang war die Versammlung lahmgelegt. Schweigend blickten alle Anwesenden auf die Schirme und lauschten der leidenschaftslosen Robotstimme, die ein Bebengebiet nach dem anderen nannte.

Tifflor verließ den Saal. Homer G. Adams, Ronald Tekener und Jennifer Thyron folgten ihm. Sie hörten noch, dass hinter ihnen die Diskussionen wieder einsetzten. Jemand schrie mit überschnappender Stimme etwas von einer Verbindung zwischen den Horden von Garbesch und den Weltraumbeben.

»Das ist ein schlechtes Zeichen«, sagte Tifflor leise.

»Wenn es so weitergeht, werden die Leute noch auf ganz andere Vermutungen kommen«, meinte Adams gelassen.

»Ich meinte nicht diesen Schreihals!«, wehrte Tifflor kopfschüttelnd ab. »Ich rede von den Beben. Bisher blieben sie stets auf ein eng begrenztes Gebiet beschränkt. Dass sie nun zeitgleich an mehreren Stellen auftreten, ist wohl ein deutliches Zeichen dafür, wohin sich diese Sache entwickelt. Wenn der Prozess weiter voranschreitet, brauchen wir uns bald wegen der Orbiter und der Horden von Garbesch keine Sorgen mehr zu machen.«

»Hat dieser alte Mann wirklich keine weiteren Andeutungen gemacht?«, fragte Adams bedrückt.

»Leider nein«, antwortete Tekener. »Wir können froh sein, dass wir überhaupt etwas erfahren haben. Auf Durgen ist der Teufel los.«

Gemeinsam mit Jennifer berichtete er, was sich auf dem Planeten ereignet hatte und welche politischen Kräfte sich dort rührten.

»Wenn Mutoghman Scerp davon hört, geht er die Wände hoch«, prophezeite Tifflor erschüttert.

»Er ist schon dabei«, erklärte Tekener trocken. »Ich habe mich während des Rückflugs mit ihm in Verbindung gesetzt. Er nimmt sich der Sache an. Gursc wird natürlich aus dem Verkehr gezogen, und die Bürger von Gostabaar bekommen kräftig die Leviten gelesen.«

»Ob das reicht?«, fragte Adams zweifelnd. »Diese Art von Irrglauben ist schwer auszurotten.«

»Die Leute auf Durgen werden sehr schnell zur Vernunft kommen«, versicherte Jennifer Thyron. »Erstens brauchen sie keine Angst mehr zu haben, denn ohne Kihnmyndens Befehle werden die Tiere keine weiteren Angriffe starten. Zweitens droht dem Planeten der Ausschluss aus der GAVÖK. Ein solches Risiko geht niemand ein.«

»Es wäre das erste Mal, dass es dazu kommt«, überlegte Tifflor. »Mir wäre es auch wesentlich lieber, wenn Durgen in der GAVÖK bleibt. Ein

Ausschluss könnte böse Folgen haben – nicht nur für diesen einen Planeten. Aber zurück zum Thema: Kann einer von euch sich eine gespaltene Sonne vorstellen?«

Adams deutete mit dem Daumen nach hinten. »Unsere eifrigen Forscher werden sich des Problems wohl jetzt schon annehmen. Ist NATHAN informiert?«

»Das können wir sofort erledigen« sagte Tifflor.

Wenig später wussten sie, dass auch NATHAN nicht weiterhelfen konnte. Weder die »gespaltene Sonne« noch »Armadan von Harpoon« waren ihm ein Begriff.

»Vielleicht lässt sich feststellen, welcher Sprache der Name entstammt. Die Orbiter geben sich übrigens weiterhin schweigsam. Auf die Frage nach den Horden von Garbesch ernten wir nur verächtliche Blicke.« Julian Tifflor seufzte. »Eine gespaltene Sonne – klingt das nicht verrückt?«

»Nicht verrückter als die Behauptung, dass wir Garbeschianer sind und die Orbiter die Aufgabe hätten, uns auszurotten«, stellte Tekener gelassen fest. »Vielleicht ist die Lösung einfach. Ich nehme an, dass es sich nur um eine bildhafte Umschreibung handelt.«

»Was es auch sein mag, wir müssen nach diesem Ding suchen«, sagte Tifflor. »Zwar haben wir noch keinen Anhaltspunkt, aber ich fürchte, diesen Armadan von Harpoon zu finden dürfte noch schwieriger sein, als eine auffällige astronomische Erscheinung zu entdecken.«

Er hatte kaum zu Ende gesprochen, da erreichte sie der Alarm.

Die Nachricht kam von Olymp. Über dem Planeten, nur 6309 Lichtjahre von der Erde entfernt, waren fremde Raumschiffe erschienen. Die Bildübertragung zeigte, was die Ortungsstationen erfasst hatten: Eine riesige Flotte keilförmiger Schiffe drang in das System von Boscyks Stern ein.

»Mir scheint, die Weltraumbeben sind schon zu einem zweitrangigen Problem geworden«, sagte Julian Tifflor betroffen.

30.

Pearl Simudden horchte auf, als der Alarm heulte. Er merkte, dass seine Hände zitterten, und stieß eine halblaute Verwünschung aus.

Die letzten Wochen waren keineswegs spurlos an ihm vorübergegangen. Erst war für seine Komplizen und ihn eine Welt zusammengebrochen – die Welt der Flibustier –, dann hatten Roboter sie zu stählernen Planeten im Zentrum der Milchstraße entführt, und sie waren mit ihren perfekten Doppelgängern konfrontiert worden.

Aber damit nicht genug, dieser Albtraum hielt an.

Die Orbiter, wie sich ihre robotischen Ebenbilder nannten, hielten die letzten Flibustier und offenbar alle Lemurer-Abkömmlinge in der Milchstraße für Garbeschianer. Angeblich hatten sie die Galaxis überfallen und sollten nun von den Orbitern zum Rückzug gezwungen werden. Die Alternative war ihre Vernichtung.

Das alles konnte nur ein riesiges Missverständnis sein. Aber die Orbiter waren offensichtlich unfähig, ihren Irrtum einzusehen. Und sie hatten die Macht, ihr Ziel zu erreichen. Hunderttausende keilförmige Raumschiffe hatten sich über Churuude versammelt. Sie allein waren schon eine unglaubliche Machtdemonstration. Inzwischen gab es aber keinen Zweifel mehr daran, dass sich über anderen Stützpunkten der Orbiter weitere riesige Armaden sammelten.

Gegen Millionen schwer bewaffneter Raumschiffe waren die raumfahrenden Zivilisationen der Milchstraße machtlos.

Der Alarm kann durchaus bedeuten, dass der erste Akt dieser Tragödie bevorsteht!, erkannte der Akone.

Er hatte keine Angst davor, dass ihm etwas zustoßen könnte. Seine Gefährten und er durften sich einigermaßen sicher fühlen, seit es ihnen gelungen war, aus ihrem Gefängnis auf Churuude zu entkommen. Sie waren nun nichts anderes als Ebenbilder der sieben Flibustier.

... die eigenen Doppelgänger!

Pearl Simudden fürchtete weit eher das Ende der galaktischen Zivilisationen, und das, obwohl er als Pirat immer ein Ausgestoßener gewesen war.

Als er das leise Geräusch des aufgleitenden Schottes hinter sich hörte, zuckte er zusammen. Jäh fuhr er herum.

»Kayna!«, rief er erleichtert.

Die Plophoserin lächelte. »Schwache Nerven, Panika? Gibt es das bei einem ehemaligen Abwehrchef tatsächlich?«

Simudden schwitzte.

»Du kennst das nicht, Kayna?«

»Doch. Meine Nerven sind auch nicht mehr die besten.«

Kayna Schatten setzte sich auf den Rand eines Schaltpults. Nervös leckte sie sich über die Lippen. »Ich hoffte, du wüsstest schon mehr über den Alarm.«

»Deshalb hast du deinen Platz verlassen?«

»Ich werde sicher noch nicht gebraucht.«

Abermals öffnete sich das Schott. Diesmal betrat Brush Tobbon den kleinen Arbeitsraum Simuddens, den Bereich eines Planers für Außeneinsätze. Der massige Epsaler grinste. »Als Einsatzleiter der Reparaturtrupps habe ich überall freien Zugang. Deshalb konnte ich mir die Außenbeobachtung ansehen ...«

»Weißt du etwas über den Alarm?«, fragte Simudden.

Tobbon schüttelte den Kopf. »Diese Simudden-Type namens Archetral ist ein misstrauischer Hund. Sie würde mir Löcher in den Bauch fragen, sobald ich unaufgefordert in die Zentrale käme.«

Alle drei Flibustier zuckten zusammen, als eine Stimme in der Bordkommunikation erklang: »Tevort sofort in die Rechnerzentrale!«

Sie waren nervös, keine Frage.

»Was wird man von Dezibel wollen?« Ihr Gefährte Körn Brak, wegen seines Berufs mit dem Spitznamen Dezibel bedacht, nannte sich unter den Orbitern Tevort. Sie alle konnten nicht mit ihren wahren Namen auftreten, wenn sie sich nicht verraten wollten.

»Er soll wahrscheinlich neue Informationen analysieren«, bemerkte Simudden. »Ich schlage vor, ihr geht an eure Plätze zurück. Wir werden die Neuigkeiten von Körn erfahren, sobald er seine Arbeit beendet hat.«

Als der Alarm beendet wurde, verließ Simudden den Arbeitsraum und begab sich in die Messe. Die wenigen anwesenden Orbiter beachteten ihn nicht.

Die großen Holoflächen zeigten den Weltraum außerhalb der SIRKON-BAL. Simudden bemerkte einen großen roten Stern. Die Sonne konnte nur wenige Lichttage entfernt sein. Da der Alarm aufgehoben worden war, schien es in dem nahen System keine raumfahrenden

Intelligenzen zu geben. Simudden fragte sich, weshalb die Flotte hier einen Zwischenstopp eingelegt hatte.

Vor ihm leuchtete das Auswahlmenü auf. In Gedanken versunken, orderte er den nächstbesten Posten in dem Holo. Augenblicke später erhielt er einen graugrünen Brei von undefinierbarem Geschmack, dem Würfel einer gelben, strohig aussehenden, aber auf der Zunge schmelzenden Substanz beigefügt waren. Erst da wurde ihm bewusst, dass es sich um Erbsen mit Ananas handelte. Trotz des Äußeren war die Verpflegung wohlschmeckend und sättigend.

In dem Wandholo sah der Akone in geringer Entfernung ein diskusförmiges Raumschiff vorbeischweben. Für eine Space-Jet schien es allerdings zu groß zu sein, außerdem erschien es ihm in der Wiedergabe flacher.

Ein Diskusschiff der Blues!

Aber was hatten Blues bei der Flotte der Orbiter zu suchen?

Der Diskus drehte ab. Er entfernte sich mit Kurs auf die rote Sonne.

Simudden beendete seine Mahlzeit, dann wartete er. Sobald Körn Brak seine Arbeit beendet hatte, würde er in der Messe vorbeischauen, in der mindestens einer der Flibustier auf ihn wartete – diesmal Simudden.

Der Mathematiker erschien schon kurze Zeit später. Er tastete eine kleine Mahlzeit, aß schnell und verließ die Messe wieder.

Simudden wartete noch eine Weile, dann stand er auf und ging ebenfalls. Er war allein auf dem Korridor und hatte es plötzlich eilig. Zehn Minuten später waren alle Flibustier informiert, dass der Mathematiker seine Schicht beendet hatte.

Noch einmal zehn Minuten danach waren alle in Braks Kabine versammelt.

Kayna Schatten wandte sich an den Kosmo-Mathematiker. »Jetzt kannst du uns erklären, was der Alarm zu bedeuten hatte!«

»Und was das Blues-Schiff in unserer Flotte wollte«, warf Simudden ein und berichtete kurz über seine Beobachtung.

Körn Brak nickte.

»Es war tatsächlich ein Diskusraumer der Blues – mit einer Orbiterbesatzung. Sie wurden schon vor einiger Zeit auf einem Planeten der roten Riesensonne Muragh abgesetzt.

Ich will euch nicht mit den vielen Einzelheiten langweilen, die für die Orbiter interessant sind, weil sie sich in der Milchstraße nicht auskennen. Wichtig scheint mir zweierlei zu sein: Die Orbiter haben erfahren, dass die vermeintlichen Garbeschianer nicht erst vor Kurzem eingefallen sind, sondern dass sie schon alles besitzen, was zu einer gewachsenen Zivilisation gehört, sogar eine die Galaxis umspannende Infrastruktur. Außerdem wissen sie nun, dass das Herzstück dieser Infrastruktur der Planet Olymp sein soll.«

»Ah!«, entfuhr es Kayna Schatten. »Dann dürften die Orbiter endlich einsehen, dass keine Invasion der Horden von Garbesch stattgefunden hat. Wie sollten Invasoren auch die Leistung vollbringen, gleich nach dem Einfall in eine fremde Galaxis auf vielen Welten hochstehende Zivilisationen zu schaffen, die noch dazu durch eine umfassende Infrastruktur miteinander verbunden sind?«

Brak schüttelte den Kopf.

»Das ist menschliche Logik, Kayna. Die Orbiter sind keine Menschen. Außerdem folgen sie offenbar einem Basisprogramm, das ihnen verbietet, an der Unfehlbarkeit des Signals zu zweifeln. Aber dieses Signal zeigt ihnen die Invasion der Horden von Garbesch an. Die Diskrepanz zwischen Annahme und Wirklichkeit erklären sie sich weiterhin damit, dass das Signal mit Verspätung erfolgt sei.«

»Das ist und bleibt idiotisch!«, stieß der schwergewichtige Josto ten Hemmings hervor.

»Es ist schlimm«, bestätigte Simudden. »Was hast du für die Orbiter ausrechnen müssen, Körn?«

»Das Resultat ... nun ja, früher hätten wir uns die Finger nach so etwas abgeleckt.« Der Mathematiker machte ein bedeutungsvolles Gesicht.

»Sag schon!«, drängte Axe.

»Wir hätten reich werden können. Verdammt reich. Aber das Risiko dabei ...« Brak schüttelte sich. »Wir hätten wahrscheinlich nicht einmal den Versuch überlebt.«

»Was ist los?«, brauste Simudden auf. »Rück endlich mit der Sprache heraus!«

Körn Brak nickte verbissen.

»Die Orbiter haben entschieden, das Herzstück der galaktischen Infrastruktur in ihre Gewalt zu bringen.«

»Olymp?«, schrie Kayna Schatten ungläubig.

»Ja«, sagte Körn Brak. »Sie wollen Olymp besetzen – und wir werden dabei sein.«

Jemand kicherte. Pearl Simudden sah sich um und bemerkte, dass es Axe war.

»Hör auf!«, fuhr Tobbon das Faktotum an.

Axe starrte den Anführer der Flibustier verwundert an. »Aber Brak hat schon recht. Genau der Coup war doch immer unser Wunsch, Brush.«

Kayna Schatten lächelte verzerrt. »Du hast nicht hingehört. Brak sagte auch, dass wir nicht einmal den Versuch überlebt hätten. Olymp ist viel zu gut gesichert. Niemand erobert den Planeten.«

»Aber es ist und bleibt ein schöner Traum«, schwärmte Josto ten Hemmings. »Die Perle des galaktischen Handels nur für ein paar Tage in unserer Gewalt ... Unsere Schiffe mit den wertvollsten Schätzen beladen, die dieses Dorado bereithält ...« Jäh verzog er das Gesicht zur weinerlichen Grimasse. »Und nun werden wir als Eroberer auf Olymp landen, aber wir dürfen nicht einmal ein Gramm Howalgoniumstaub anrühren!«

»Du hast Sorgen«, sagte Simudden grimmig. »Wo bleibt unser Sinn für Realität? Die Raumabwehr von Olymp hat gegen die Orbiterflotten nicht die geringste Chance. Sobald die Orbiter das herausgefunden haben, werden sie nicht zögern, alle zivilisierten Welten in der Milchstraße zu besetzen. Das ist es, was ich sehe. Und, ehrlich gesagt, das möchte ich nicht miterleben.«

»Olymp wird von den Orbitern als Testfall betrachtet«, bestätigte Brak. »Sie wollen herausfinden, mit welchen Mitteln sich die Horden von Garbesch ihnen widersetzen.«

»Na also!«, sagte Markon Treffner, der Ara, der als Leibarzt der führenden Flibustier fungiert hatte. »Sie werden die Galaxis überrennen, und die Überlebenden werden nie wieder eine Zivilisation aufbauen können. Wilde, die mit Pfeil und Bogen auf die Jagd gehen und rohes Fleisch fressen. Was wird dann aus uns?«

Die Flibustier starrten einander an. Keiner, der nicht blass geworden war und dessen Überlegungen ähnlichen Bahnen folgten.

»Wir müssen das verhindern!«, sagte Kayna Schatten heftig. Sie schaute Simudden an. »Pearl und ich haben schon solche Katastrophenszenarien diskutiert. Dass es so schnell gehen würde ...« Sie wischte sich mit dem Handrücken über die Lippen. »Wir müssen die SIRKON-BAL in unsere Gewalt bringen und die Menschen vor den Orbitern warnen.«

»Ausgeschlossen«, sagte ten Hemmings resignierend. »Wir können nichts ausrichten. Wie auch?«

»Wir können warnen«, erwiderte Simudden.

»Darüber haben wir alle schon gesprochen«, wandte Brak müde ein. »Wir waren uns einig, dass niemand eine Warnung ernst nehmen würde, wenn wir anonym bleiben. Und dass wir unsere Namen nicht nennen dürfen, leuchtet sogar Axe ein.«

»Es ist völlig klar, dass wir uns keinem Risiko aussetzen werden«, sagte Kayna Schatten. »Aber gehen wir denn ein Risiko cin, wenn wir von Bord der SIRKON-BAL Funkverbindung mit einer Welt aufnehmen, die zur GAVÖK gehört, wenn wir unsere Namen nennen, uns optisch identifizieren und unsere Warnung aussprechen?«

Tobbon lachte zornig.

»Hat Panika dir nicht gesagt, dass es bereits ein unkalkulierbares Risiko sein würde, die SIRKON-BAL in unsere Gewalt zu bringen, Kayna? Und selbst wenn das gelänge, was sollten wir anschließend tun? Zur Flotte BAL könnten wir nicht zurückkehren. Auf einem Planeten der GAVÖK könnten wir auch nicht landen – ich habe keine Sehnsucht danach, im humanen Strafvollzug meinem Ich die synthetisierte Persönlichkeit eines mittelmäßig begabten friedlichen Bürgers aufprägen zu lassen. Aber genau das steht uns doch bevor, wenn wir der GAVÖK in die Hände fallen.«

»Die GAVÖK wird uns nicht erwischen, Brush«, sagte Kayna Schatten. »Sobald wir die Warnung abgesetzt haben, können wir uns mit der SIRKON-BAL irgendwo im Dschungel der Sterne verbergen, bis die Gefahr vorüber ist.«

»Du kannst nicht mehr klar denken, Kayna!« Brush Tobbon lachte humorlos. »Die Gefahr durch die Orbiter wird nicht vorübergehen – niemals! Wir würden keine Ruhe finden, nicht in hundert Jahren.«

»Ach? So ist das! Wir hätten also diese Ruhe, wenn wir tatenlos zuschauen, wie die Zivilisationen unserer Galaxis ausgelöscht werden?« Kayna Schatten reagierte überaus aufgebracht. »Schaffst du es, anschließend für den Rest deines Lebens ein Ebenbild deiner selbst zu spielen und Brei aus unbekannten Zutaten zu löffeln ...?«

»Hör auf!«, schrie Tobbon gequält. »Das Leben widert mich schon jetzt an!« Sein Atem ging keuchend. Er drosch die Fäuste gegeneinander, dass es dröhnte. »Du hast recht, Kayna. Lieber nehmen wir das Risiko in Kauf. Ich will keine Marionette sein. Das wäre undenkbar.«

Pearl Simudden atmete auf.

»Wir sollten uns sehr schnell einen Plan zurechtlegen, wie wir die SIRKON-BAL in unsere Gewalt bringen.«

»Welches Datum haben wir heute eigentlich, Körn?«, fragte Pearl Simudden, während er mit dem Mathematiker zur Rechnerzentrale ging.

»Datum?«, fragte Brak zurück. »Warum willst du das wissen, Pearl?«

Der ehemalige Chef des akonischen Energiekommandos lächelte verlegen. »Heute ist ein Tag, der möglicherweise in die Geschichte der galaktischen Zivilisationen eingehen wird.«

»Das wäre zu hoffen. Geschichtsschreibung bedeutet, dass die galaktischen Zivilisationen die Bedrohung irgendwie meistern.«

Sie redeten nicht mehr, bis sie die Rechnerzentrale erreichten. Als sie den halbkreisförmigen Raum betraten, atmeten beide Flibustier auf. Der Raum lag verlassen vor ihnen. In Anwesenheit von Orbitern hätten sie nichts unternehmen können, geschweige denn auch nur versuchen, den Öffnungskode für das Waffendepot der SIRKON-BAL zu ermitteln. Es gab keine andere Möglichkeit, an die benötigten Waffen heranzukommen, als sie aus dem Depot zu holen. Keiner der Orbiter an Bord trug Waffen.

Körn Brak zog eine flache Positronikeinheit unter seiner Montur hervor und schaltete sie ein. »Pass auf!«, raunte er Simudden zu. »Du musst mir jede Störung vom Hals halten.«

»Mehr nicht? Was ist nun mit dem Datum?«

»Ich denke, wir haben den 26. Juni plus oder minus ein bis zwei Tage. Und das Jahr 3587 auf Terra. Wenn das Ganze in die Geschichte eingeht, dann möchte ich meinen Namen in Versalien lesen.«

»Danke«, sagte Simudden. Es klang irgendwie sarkastisch.

Brak stand bereits an einer der Konsolen. Wechselnde Lichtfelder umflossen ihn, ein wahres Farbengewitter, das sich allerdings schnell zur mehrere Ebenen umfassenden Eingabeeinheit stabilisierte. Braks Hände glitten in die entstandene Lichttastatur. Die angespannte Konzentration war ihm anzusehen.

Seine Positronikeinheit hatte er in eines der Konsolen-Sensorfelder eingeklinkt. Die über das handliche Gerät huschenden Lichtblitze zeigten an, dass es mit der Schiffspositronik verbunden war.

Pearl Simudden hantierte mit einem einfachen Info-Speicher. Für einen zufällig die Rechnerzentrale betretenden Orbiter musste die Szene aussehen, als würde er, Lykkord, Daten für Außeneinsätze bearbeiten. Näher hinsehen durfte allerdings niemand.

Das galt ebenso für Braks Arbeit. Oberflächlich betrachtet entwickelte er mithilfe des Bordrechners und der Positronikeinheit eine synthetische Signalsprache, die es ermöglichen sollte, in kürzerer Zeit deutlich mehr Informationen zu übermitteln als mit jeder galaktischen Umgangssprache. Tatsächlich benutzte er das uralte terranische Morsealphabet. Während der Weiterentwicklung wollte er – vorgeblich zur

Unterstützung bei der Synthetisierung der Signalsprache – Informationen über alle bekannten Kodes anfordern. Er hoffte, in dem Datenpaket dann auch den Öffnungskode für das Waffendepot zu erhalten.

Nach gut einer Viertelstunde wurde Simudden nervös. Im schlimmsten Fall stufte der Bordrechner die Anforderung der Kodesequenzen trotz der Begründung als illegal ein. Noch gab es keinen Datenalarm. Aber was, wenn die Positronik lediglich eine Kontrollinstanz anstieß und Informationen über den Orbiter Tevort anforderte? Zwangsläufig würde die falsche Identität auffliegen. Mit verdammt unangenehmen Folgen.

Früher, erkannte Pearl Simudden betroffen, war er nicht der Schwarzseher gewesen, zu dem er sich mittlerweile entwickelte. Sein Selbstverständnis hatte in den letzten Wochen enorm gelitten.

Brak schien Simuddens Nervosität zu spüren. Er räusperte sich mehrmals, und als der Akone endlich zu ihm hinschaute, hob er besänftigend beide Arme. Simudden lächelte gequält. Das alles war wie ein Gewitter aus heiterem Himmel über die Flibustier hereingebrochen. Die Rolle, die sie mit einem Mal zu spielen gedachten, war neu für sie. Ungewohnt – und zugleich erschreckend.

»Sind wir wirklich Samariter?«, fragte Simudden heftig.

Brak schaute noch einmal auf. »Hä?«, machte er irritiert.

»Samariter«, wiederholte Simudden. »Keine Sorge, ich weiß, was damit gemeint ist. Das Energiekommando hat ziemlich viel über Terra und terranische Gepflogenheiten zusammengetragen.«

»Du meinst, ob wir uns als Helfer eignen?« Brak hob die Schultern und konzentrierte sich wieder auf die Datenwand. »Wir sind mittendrin, das zu lernen. Ungewohnt ist es schon. Und wenn mir das vor vier Wochen jemand prophezeit hätte ... Na also, komm schon!« Er lachte unterdrückt.

Die ersten Zahlenkombinationen leuchteten auf. In rascher Folge wurden es mehr. Zu schnell der Datenfluss, als dass das menschliche Auge überhaupt noch hätte Einzelheiten wahrnehmen können.

Zehn Sekunden, vielleicht fünfzehn, dann ließ Brak ein tiefes Seufzen hören. »Jetzt bloß nichts überstürzen. Ich bringe das hier zu Ende. Eine neue Interpretation für das Morsealphabet – der Bordrechner wird staunen, was er damit anfangen kann.«

Fünf endlos lange Minuten vergingen. Und in jeder Sekunde konnte sich der vermeintliche Triumph in eine Niederlage verwandeln. Immer wieder war Brak versucht, einen abrupten Abbruch zu provozieren, aber er ließ sich doch nicht dazu verleiten.

Am Ende war er schweißgebadet, als er die Positronikeinheit von dem Sensorfeld löste und in seiner Brusttasche verschwinden ließ. Mit einer knappen Handbewegung löschte er die Arbeitssequenz.

Kein Orbiter der SIRKON-BAL ahnte, dass sich die Gegner an Bord eingeschlichen hatten.

Die Garbeschianer sind unter euch, und ihr merkt es nicht einmal. Simudden lachte über den Gedanken. Das war eine Genugtuung, die ihn anspornte.

»Ich habe, was wir brauchen«, sagte Körn Brak. »Gehen wir!«

Der Zugang zum Waffendepot öffnete sich auf das Kodesignal hin. Die sieben Flibustier drangen ein und bewaffneten sich mit Kombistrahlern.

Keine zwei Minuten später erreichten sie die Kommandozentrale. Das Hauptschott öffnete sich vor ihnen. Sie stürmten vorwärts, verteilten sich. Das war ihr Metier, da machte ihnen kein Orbiter etwas vor. Wie oft hatten sie fremde Schiffe im Raum gekapert.

Brush Tobbon blieb am Schott zurück, sicherte die Gruppe gegen unliebsame Überraschungen aus dem Hintergrund. Er ließ das Schott wieder zugleiten und aktivierte die Sicherung. Von außen konnte daraufhin niemand mehr öffnen.

Die anderen verteilten sich zwischen den Stationen. Harsche Befehle. Anweisungen an die Zentralebesatzung, sich ruhig zu verhalten. Die flirrenden Abstrahlmündungen der Waffen waren ein überzeugendes Argument.

Eine Treffner-Type wollte sich nicht überzeugen lassen. Ten Hemmings streckte den nachgemachten Akonen mit einem gezielten Kolbenhieb nieder und grinste auch noch dazu.

Das war der Moment, als Kommandant Archetral endlich seine Überraschung überwand. Eigentlich waren nicht mehr als zehn, höchstens fünfzehn Sekunden vergangen.

»Keinem Mannschaftsmitglied ist es erlaubt, die Kommandozentrale bewaffnet zu betreten!«, schnaubte die Simudden-Type Archetral. »Legt sofort die Waffen beiseite!«

Kayna Schatten ging auf ihn zu. Das Lächeln in ihrem Gesicht war zur Grimasse erstarrt. Sie schürzte die Lippen. Zwei Schritte vor dem Kommandanten blieb sie stehen und hob den Strahler. Unmissverständlich zielte sie auf Archetrals Oberkörper.

»Keinem Mannschaftsmitglied, ganz recht«, sagte sie schneidend scharf. »Wir sind keine Roboter, die darauf programmiert wurden, dir zu gehorchen. Falls es dir noch nicht aufgefallen sein sollte, Archetral, wir sind die Originale! Und soll ich dir sagen, was wir von unseren Kopien halten? Willst du es wirklich wissen? Also hebt endlich die Arme, verschränkt die Hände im Nacken und unterlasst jeden Gedanken an Widerstand!«

»Habt ihr nicht gehört?«, brüllte Tobbon. Keiner der Orbiter traf Anstalten, Kaynas Befehl nachzukommen. »Die Pfoten in den Nacken! Na los! He, du da drüben – du siehst zwar aus wie ich, aber das hindert mich nicht daran, dir ein paar unschöne Löcher in den Bauch zu brennen.«

Zögernd hob Archetral die Hände und verschränkte sie im Nacken. Die anderen Orbiter folgten seinem Beispiel.

»Ihr seid die Originale?«, fragte Archetral und blickte Kayna Schatten durchdringend an. »Das heißt, dass ihr die Garbeschianer seid?«

»Wir sind die Originale«, bestätigte Schatten. »Terraner, ein Akone, ein Ara, ein Epsaler und einer von Gäa. Wenn es das ist, was ihr Verrückten als Garbeschianer bezeichnet, dann sind wir vielleicht Garbeschianer. Ansonsten haben wir nie davon gehört. – Aber ihr seid jetzt unsere Geiseln. Von eurem Wohlverhalten hängt das Schicksal der übrigen Schiffsbesatzung ab.«

Die Simudden-Type Archetral schüttelte vorwurfsvoll den Kopf.

»Was wollt ihr damit beweisen, Garbeschianer? Ihr erreicht auf die Weise nichts. Ihr bestätigt nur, was wir schon immer wissen.«

Kayna Schatten seufzte.

»Jetzt sitzen wir am Drücker, wenigstens hier an Bord. Und irgendwie kriegen wir es bestimmt noch in eure Dickschädel rein, dass wir keine Garbeschianer sind und dass bei uns in der Milchstraße keine Invasion irgendwelcher Horden von Garbesch stattgefunden hat. Die Zivilisationen dieser Galaxis haben sich über Jahrzehntausende entwickelt. Das ist nachweisbar.«

»Was soll es, Kayna, meine Kopie glaubt dir kein Wort!«, warf Simudden ein. »Archetral, du informierst die Besatzung, dass ab sofort unsere Befehle gelten! Danach wirst du dich beim Kommando der Flotte BAL zu einem Sondereinsatz abmelden – aber so glaubhaft, dass niemand argwöhnt, hier könnte etwas nicht in Ordnung sein. Ein falsches Wort, und ...« Wie er sich mit der Handkante an der Kehle entlangfuhr, ließ keine falsche Deutung zu. »Von dir laufen genug Kopien herum. Eine mehr oder weniger, was spielt das für eine Rolle?«

»Ich werde den Forderungen nachkommen«, erklärte Archetral. »Ich schalte jetzt die Bordverbindung ein.«

»Gut so.« Simudden nickte knapp.

»Hier spricht der Kommandant«, sagte Archetral. »Das Schiff befindet sich vorübergehend in der Gewalt der sieben Grundmuster. Sie haben es auf rätselhafte Weise fertiggebracht, die Zugangskontrollen zu überlisten und unerkannt in der Maske von Orbitern zwischen uns zu agieren. Solange dieser Zustand anhält, befolgen alle Besatzungsmitglieder widerspruchslos die Anweisungen der Garbeschianer. Im Einzelfall werden diese Anweisungen durch mich übermittelt.«

Er schaltete die Bordkommunikation wieder aus.

»Ausgezeichnet«, sagte Brush Tobbon.

»Es wird deutlich schwieriger sein, euren zweiten Wunsch zu erfüllen«, sagte Archetral. »Falls der Kommandeur der BAL-Flotte meine Bitte um Genehmigung eines Sondereinsatzes nicht erfüllt, kann ich die SIRKON-BAL nicht eigenmächtig aus dem Flottenverband herauslösen. Das Schiff würde umgehend vernichtet werden.«

»Wie schön«, bemerkte Tobbon. »Dann gibt es wenigstens ein paar Doppelgänger weniger. Ich kann euch Burschen langsam nicht mehr riechen.«

»Warum macht er nicht etwas am Antrieb kaputt?« Axe wandte sich mit breitem Grinsen an Tobbon. »Dann müssen wir zurückbleiben. Egal, ob genehmigt oder nicht.«

Der Epsaler wölbte erstaunt die Brauen.

»Das ist gar nicht so übel, wenn ich bedenke, dass der Gedankenblitz aus deiner Stirn kam.« Er wandte sich wieder an Archetral. »Also, dann simuliere einen Maschinenschaden, Simudden-Type! Aber lass ja keinen echten Schaden daraus werden – wir wollen die FLIBUSTIER noch einsetzen.« Er grinste triumphierend. »Ihr habt euch nicht verhört, Leute! Dieses Schiff wird ab sofort nach uns benannt.«

Der Kommandant wandte sich dem Hyperfunk zu.

»Warte damit gefälligst, bis wir den Erfassungsbereich der Optik verlassen haben, Zwilling!«, rief Simudden heftig. »Nicht schlecht der Versuch, aber ich kenne dich. Und dein Kommandeur würde sich wundern, wenn er sieben bewaffnete Orbiter in der Kommandozentrale der SIRKON-BAL sähe.«

»Nicht Orbiter – Garbeschianer!«, stieß der Kommandant wütend hervor.

Simudden quittierte den Ausbruch mit schallendem Lachen. Doch jeder, der ihn kannte, konnte erkennen, wie aufgesetzt dieses Lachen wirklich war. Es wirkte keineswegs befreiend.

»Zuerst sollte jemand die Triebwerke unterbrechen!«, rief Körn Brak.

»Richtig, Dezibel!«, pflichtete Kayna Schatten bei und wandte sich grinsend dem Kommandanten zu. »Du hast es gehört, Archetral!«

Die Simudden-Type erteilte eine Anweisung. Kurz darauf blinkten die ersten Fehlermeldungen in den Ablaufkontrollen. Die SIRKON-BAL verlor an Beschleunigung.

Sekunden später schaltete Archetral die Verbindung zum Flaggschiff der Flotte BAL und meldete den Maschinenschaden. Er gab an, den Fehler vermutlich innerhalb von zehn Standardstunden mit Bordmitteln beheben zu können. Die SIRKON-BAL würde erst danach wieder zur Flotte aufschließen können.

Ohne mehr als ein paar sachliche Fragen zu stellen, erteilte der Kommandeur, der mit Zarcher angeredet wurde und eine Treffner-Type war, Archetral die Erlaubnis, die notwendigen Reparaturen durchzuführen.

Archetral unterbrach die Hyperfunkverbindung und wandte sich an die Flibustier.

»In eineinhalb Stunden wird die Flotte BAL zur Überlichtfahrt übergehen. Danach brauchen wir keinen Maschinenschaden mehr vorzutäuschen. Wohin wollt ihr gebracht werden?«

»Wir sind keine Passagiere, die eine Kreuzfahrt buchen!«, brauste Tobbon auf. »Hast du nicht begriffen, dass dieses Schiff in den Besitz der Flibustier übergegangen ist?«

»Das ist nicht möglich«, widersprach Archetral.

»Und ob das möglich ist! Du wirst dich noch wundern.«

Als die Flotte BAL im Überlichtmanöver aus der Ortung verschwand, hatten die Flibustier längst schon die Positionsdaten der SIRKON-BAL bestimmt. Sie wussten nun, dass sie sich in der Nähe der kleinen Dunkelwolke Betsheda befanden. Pearl Simudden erinnerte sich, dass im Einzugsbereich der Wolke drei vollautomatische Relaisstationen der GAVÖK stationiert waren. Aufgabe der Stationen war es, die Hyperfunkverbindung zu den wichtigsten Welten der galaktischen Eastside zu garantieren.

Kayna Schatten hatte die Sternkarten ins Hauptholo projizieren lassen und gab dem Kommandanten ihre Anweisungen.

»Du wirst die FLIBUSTIER so nahe wie möglich an diese Koordinaten annähern!« Über Blickkontakt fügte sie eine Markierung in die Sternkarte ein, dann wandte sie sich an ihre Gefährten. »Wir könnten natürlich auch aus größerer Distanz die Relaisstation anfunken, aber ich möchte so nahe wie möglich heran. Über das Relais rufen wir die

Administration des Planeten Claneter, Sonnensystem Acho Paer. Die Bewohner sind Neu-Arkoniden und gehören demnach der GAVÖK an. Da die relativ junge Kolonie über keine eigenen Raumschiffe verfügt, haben wir vermutlich von dort keinen Angriff zu befürchten.«

»Sehr gut!«, lobte Tobbon. »Archetral, Beeilung, wenn ich bitten darf!«

Der Kommandant übernahm die Hauptkontrollen. Simudden baute sich schräg hinter ihm auf und spielte demonstrativ mit seiner Waffe.

»Keine Dummheiten!«, sagte er warnend. »Ich habe alles im Blick.«

»Du brauchst dich nicht zu fürchten, Garbeschianer.«

Das Schiff beschleunigte mit Werten, die von den schnellsten galaktischen Raumschiffen nicht annähernd erreicht wurden. Schon nach wenig mehr als einer Minute trat es in den Überlichtflug ein.

Die FLIBUSTIER raste einer dunklen Wand entgegen, als sie in den Normalraum zurückfiel. Die Entfernung Dunkelwolke war bereits so gering, dass in Flugrichtung keine Sterne mehr zu sehen waren.

Lauernde Schwärze.

Der Eindruck eines gefräßigen, alles verschlingenden Ungeheuers.

»Wird die Relaisstation erfasst?«, wollte Tobbon wissen.

Ein Holo leuchtete auf. Es zeigte das vorerst nur stilisierte Ortungsbild eines kugelförmigen Objekts. Deutlich erkennbar bizarr erscheinende Verdichtungen, das Equipment im Funk- und Ortungsbereich.

Brush Tobbon übernahm die zentrale Funkstation der FLIBUSTIER. Er hatte die letzte Stunde genutzt, sich intensiv mit der fremdartigen Orbitertechnik vertraut zu machen.

Nach wenigen Minuten baute sich das Logo der Relaisstation auf.

»Relaisstation Betsheda-zwei!«, war eine Kunststimme zu vernehmen. »Bitte identifizieren Sie sich und nennen Sie die gewünschte Endempfangsstation!«

»Irgendein Name genügt völlig!«, raunte Simudden.

»Kenneth Vurton, Raumschiff MURÄNE«, sagte Tobbon. »Ich benötige eine Verbindung mit der Administration von Claneter, System Acho Paer.«

»Verstanden, Mister Vurton. Kann die Gebühr von einem Ihrer Konten abgebucht werden, oder beantragen Sie ein R-Gespräch?«

»Ein R-Gespräch.« Brush Tobbon grinste plötzlich breit.

»Bitte warten Sie. Die Zustimmung der Administration von Claneter wird eingeholt.«

»Und wenn die Administration nicht zustimmt?«, flüsterte Tobbon dem Akonen zu.

»Keine Sorge«, erwiderte Simudden lächelnd. »Neugierde ist immer stärker als Geiz.«

»Das Gespräch wird von Claneter angenommen«, teilte die Relaisstation kurz darauf mit.

Das Konterfei eines weißhaarigen Mannes stabilisierte sich.

»Mister Kenneth Vurton?«, fragte er mit gepflegter Stimme, dann weiteten sich seine Augen. »Was soll diese Maskerade?«

Tobbon winkte seine Gefährten zu sich heran.

»Da staunen Sie, Mann!«, brüllte er begeistert. »Sie kennen mich also – und ich hoffe, Sie kennen meine Freunde auch. Wir sind komplett. Alle sieben noch lebenden Flibustier – und wir rufen an, weil wir uns stellen möchten.«

Der Mann in dem Holo seufzte.

»Mister von Epsal, wie immer Sie heißen mögen, lassen Sie wenigstens mich mit Ihrer billigen Komödie in Ruhe. Sie wären, nach den letzten Nachrichten von Terra, schon der zwanzigste falsche Brush Tobbon, der in die Gefangenschaft der LFT geriete.«

»Was ...?«, schrie Tobbon. »Sagen Sie das noch einmal!«

Pearl Simudden begriff, was geschehen war. Offenbar waren einige ihrer Ebenbilder gefasst worden.

»Aber wir wollen die LFT warnen!«, rief Simudden. »Die GAVÖK ebenfalls! Eine ungeheuerliche Gefahr ...«

Der Mann im Holo winkte ab.

»Spielen Sie sich nicht auf, Mann! Auf Claneter haben wir andere Sorgen. Wir werden uns bestimmt nicht um ein paar falsche Piraten kümmern. Wenn Sie wollen, dass man Sie gefangen nimmt und verhört, dann wenden Sie sich an Mutoghman Scerp oder direkt an Julian Tifflor im Solsystem. Die haben Zeit, sich mit solchen Spinnereien zu befassen, wir nicht!«

Das Bild brach in sich zusammen und erlosch.

»Er hat die Verbindung unterbrochen!«, schnaubte Brush Tobbon tödlich beleidigt. »Einfach so. Er ignoriert uns, als wären wir dreckige namenlose Raumtramps! Diesen Banausen auf Claneter werde ich zeigen, wozu wir in der Lage sind! Der Kerl soll sein Testament machen.«

Tobbon wirbelte herum und herrschte den Kommandanten an: »Kurs auf Acho Paer! Volle Beschleunigung! Ich lege den Palast der Administration in Schutt und Asche!« Außer sich vor Zorn trat er gegen die Funkkonsole.

Simudden redete beschwichtigend auf den Epsaler ein, und genau den Moment nutzte Archetral aus.

Ringsum in der Innenwand der Kommandozentrale entstanden große Öffnungen. Aus ihnen brachen sieben kegelförmige Roboter hervor. Rundumkämpfer, wie die Flibustier sie nannten und die sie in verdammt unangenehmer Erinnerung hatten.

Die Roboter erstickten jede Gegenwehr schon im Keim.

»Ihr werdet sicher nichts dagegen einwenden, dass dieses Schiff ab sofort wieder die SIRKON-BAL ist«, sagte Archetral mit beleidigter Gleichgültigkeit. »Roboter, bringt die Garbeschianer in die Arrestzelle!«

31.

Fürst Gero Hassenstein ballte die rechte Hand zur Faust, reckte sie zur Decke des Ratssaals und schüttelte sie drohend.

»Meine Raumjäger werden den Fremden das Fürchten beibringen!«, rief er mit seinem raumfüllenden Bass. »Noch nie haben sich Freihändler leise weinend verkrochen, wenn Olymp bedroht war!«

»Niemand verkriecht sich«, erwiderte Fürst Nurim Dagorew, Erster Handelsrat von Olymp. »Aber ich werde keinesfalls zulassen, dass unsere wenigen Raumjäger gegen siebzehntausend schwere Raumschiffe kämpfen, von denen hundert genügen würden, um mit allen Jägern fertig zu werden! Ich befehle dir, den Raumjagdverbänden Anweisung zu geben, sich aus dem System zurückzuziehen! Noch ist es nicht völlig von den Keilschiffen abgeriegelt.«

Gero Hassenstein bedachte den Ersten Handelsrat mit einem zornigen Blick. »Einen solchen Befehl führe ich nur aus, wenn er mir vom Kaiser persönlich erteilt wird!«

»Der Kaiser wird ihn bestätigen, sobald er hier ist.« Dagorew wischte sich mit einem bunten Tuch den Schweiß von der Stirn. Ihm war äußerst unbehaglich zumute, denn seit Stunden versuchte er vergeblich, Kaiser Anson Argyris zu erreichen – und die Lage im System von Boscyks Stern spitzte sich derweil dramatisch zu.

Krachend öffnete sich das schwere Holzportal. Fürst Jürgo Wolfe-Simmer, Olympischer Rat für Sicherheit, stapfte in den Saal.

»Ich konnte ihn nicht finden!«, rief er.

»Ausgerechnet jetzt«, sagte einer der neun Edelleute des Handelsrats von Olymp. »Er muss doch zu finden sein! Oder hat er sich in Luft aufgelöst?«

Die anderen Handelsräte, die an dem hufeisenförmigen Tisch saßen, schauten sich ratlos an.

»Hockt nicht herum wie verschüchterte Hühner!«, fuhr Gero Hassenstein sie an. »Wir Freifahrer werden kämpfen, selbst wenn wir dabei untergehen!«

Dagorew blickte ihn lange an, dann sagte er in einem Ton, der jeden Widerspruch ausschloss: »Ich opfere keinen einzigen Mann, wenn es von vornherein sinnlos ist, Fürst Hassenstein. Da ich als Erster Handelsrat politisch die Funktion eines Stellvertreters des Kaisers ausübe und

Argyris selbst nicht aufzufinden ist, haben meine Anweisungen die gleiche Gültigkeit wie seine Befehle. Du wirst also dafür sorgen, dass die Raumjagdverbände sich aus dem System zurückziehen, Gero!«

Fürst Hassensteins Miene verfinsterte sich noch mehr, aber er widersprach diesmal nicht. Er schlug sich mit der Faust auf die linke Brustseite und verließ den Saal.

»Jürgo!«, sagte Dagorew.

»Ich höre!«, erwiderte Jürgo Wolfe-Simmer grollend.

»Versuche weiter, Funkkontakt mit dem Kommandeur der fremden Flotte zu bekommen. Und sorge vor allem dafür, dass die Schutzmaßnahmen für die Bevölkerung und die wichtigsten Einrichtungen Olymps forciert werden!«

»In Ordnung!«, erwiderte Wolfe-Simmer. Auch er verließ den Saal.

Dagorew wandte sich an die Edelleute. »Von euch erwarte ich, dass die Container-Transmitter-Verbindung zum Solsystem reibungslos weiterläuft. Wir erfüllen unsere Verpflichtungen, solange es irgendwie möglich ist. Das Solsystem ist dringend auf den Nachschub an Rohstoffen und Halbfertigfabrikaten angewiesen. Andernfalls kann Terra seine Industrie- und Verkehrszentren nicht ausbauen. Aber das wisst ihr selbst. Ich werde mich umgehend mit dem Ersten Terraner in Verbindung setzen. Vor zwei Tagen wurde Julian Tifflor über das Erscheinen der siebzehntausend Keilraumschiffe in Kenntnis gesetzt. Bis heute scheint auch auf Terra niemand herausgefunden zu haben, was das wirklich bedeutet. Eine Machtdemonstration, ein Angriff ...?«

Fürst Dagorew wartete, bis alle Handelsräte den Saal verlassen hatten, dann begab er sich in die Hyperfunkzentrale des Kaiserlichen Palasts. Fürst Wolfe-Simmer teilte ihm zwischenzeitlich mit, dass eines der Keilschiffe Hyperfunksignale sandte, die ausschließlich auf Olymp ausgerichtet waren.

»Informationsgehalt?«, fragte Dagorew.

»Keine Daten. Die Signale sollen uns möglicherweise nur darauf vorbereiten, dass in Kürze eine Nachricht an uns folgt.«

Dagorew nickte. »Gib mir die Frequenz, dann veranlasse ich entsprechende Messungen und Analysen.« Er lächelte tiefgründig. »Man kann nie genug Informationen über einen unbekannten Gegner sammeln.«

Fürst Dagorew ließ anschließend eine Verbindung über Relaiskette nach Terra schalten. Es dauerte nicht lange, bis sich Imperium-Alpha meldete. Tifflor meldete sich dann sofort.

Die Besorgnis stand dem Ersten Terraner ins Gesicht geschrieben.

»Wie ist die Situation bei euch, Nurim?«

»Noch unklar«, antwortete der Erste Handelsrat. »Die Flotte der Keilschiffe zieht ihren Würgegriff um das System langsam enger. Ich habe für unsere Raumjäger den Rückzug aus dem System angeordnet. Sie dürfen bei einem Angriff nicht zur leichten Beute werden.«

»Zeigen die Keilschiffe Angriffsabsicht?«

»Bislang noch nicht«, antwortete Dagorew. »Aber es ist auch kein Freundschaftsbeweis, dass sie das System abriegeln. Ich hoffe, dass wir bald über Funk erfahren, was sie von uns wollen.«

Tifflor nickte.

»Hast du irgendwann die Begriffe ›Horden von Garbesch‹ und ›Armadan von Harpoon‹ gehört, Nurim?«

Dagorew dachte nach, dann schüttelte er den Kopf. »Nein, ganz bestimmt nicht, Tiff. Aber ich werde mich umhören, ob von meinen Mitarbeitern jemand diese Begriffe kennt.«

»Es wäre wichtig, mehr darüber zu erfahren«, erklärte Tifflor. »Kann ich Kaiser Argyris sprechen?«

»Leider nicht, Tiff. Wir versuchen seit zwei Tagen, ihn zu finden, aber er ist spurlos verschwunden. Hoffentlich ist ihm nichts zugestoßen.«

»Das glaube ich nicht«, erwiderte der Erste Terraner. »Ich wollte ihn bitten, gegenüber den Aktionen der Keilschiffe stillzuhalten, solange es sich irgendwie vertreten lässt. Nun richte ich meine Bitte an dich, Nurim.«

»Ich werde ihr entsprechen«, sagte Fürst Dagorew. »Schließlich will ich keine Vernichtungsschlacht um Olymp riskieren. Wir sind nicht im Mindesten in der Lage, den siebzehntausend Keilschiffen entgegenzutreten, falls sie angreifen sollten.«

»Vielleicht lässt sich alles friedlich regeln«, erwiderte Tifflor. »Informiere mich, sobald du mehr weißt. Und ...« Er zögerte und lächelte abwartend.

Fürst Nurim Dagorew verstand den Ersten Terraner in dem Fall auch ohne Worte. »Der Container-Transmitter wird senden, solange es möglich ist, Tiff«, versprach er. »Dafür habe ich gesorgt.«

»Danke, Nurim! Ich drücke euch die Daumen!«

Fürst Dagorew nickte und schaltete den Hyperkom ab. Nachdenklich setzte er sich in einen Sessel und legte die Füße auf die davorstehende Schaltkonsole. Er fragte sich, weshalb Tifflor Stimme so zuversichtlich sein konnte, dass Argyris nichts zugestoßen sei.

Wusste oder ahnte der Erste Terraner vielleicht mehr über den Verbleib des Kaisers als er, Anson Argyris' Stellvertreter?

Nurim Dagorew vergaß diese Überlegung, als ihm der Leiter der Hyperkomzentrale meldete, dass eines der Keilschiffe eine Nachricht in Klartext sendete.

»Interkosmo?«, fragte Dagorew verblüfft.

»Interkosmo, Fürst, sehr richtig.«

Dagorew eilte in die Funkzentrale. Enttäuscht bemerkte er, dass der Holoschirm nur ein Symbol zeigte. Zumindest ihm sagte die Darstellung nichts.

Dafür war der aus den Akustikfeldern hallende Text umso deutlicher.

»... wiederhole ich: Hier spricht der Kommandeur der Orbiterflotte, die das System von Boscyks Stern abgeriegelt hat. Ich wende mich an die Garbeschianer, die sich auf dem Planeten Olymp festgesetzt haben, und fordere sie auf, innerhalb von zehn Minuten bedingungslos zu kapitulieren. Widerstand wäre sinnlos. Er würde von unseren Schiffen niedergekämpft werden.«

Fürst Dagorew wurde blass. Er hatte befürchtet, dass die Fremden Forderungen stellen würden, aber nicht, dass sie gleich das ganze System haben wollten.

Seine Verbitterung hielt aber nur wenige Sekunden an. Dann siegten sein Zorn und sein Stolz über den Schock.

»Hier spricht Fürst Nurim Dagorew!«, antwortete er, und seine Stimme klang ruhig und gefasst. Er ließ sich keine Regung anmerken. »Hör mir zu, du Erzschurke da draußen. Ich will erst einmal dein Gesicht sehen! Wir Freihändler von Boscyks Stern haben noch vor niemandem kapituliert – und das wird sich auch nie ändern!«

»... Ablauf der gesetzten Frist wird der Planet Olymp von Schiffen der Flotte BAL besetzt werden.« Die fremde Stimme redete unbeeindruckt weiter. »Ihr Garbeschianer seid schon einmal geschlagen worden, und das wird sich diesmal wiederholen. Die Frist läuft ab jetzt.«

Das Symbol im Übertragungsholo des Hyperkoms erlosch.

Grimmig blickte Fürst Dagorew vor sich hin. Er stieß heftige Verwünschungen hervor, bis ihm einfiel, dass sich in der Hyperfunkzentrale auch Frauen befanden. »Verzeihung!«, würgte er heraus. »Das betraf keine Anwesenden.«

Die Hände zu Fäusten geballt, versuchte er, seine durcheinanderwirbelnden Gedanken wieder in den Griff zu bekommen.

Die Fremden verlangten etwas völlig Unmögliches. Kein Freihändler würde das jemals akzeptieren. Aber die Unbekannten in ihren Keilraumschiffen hatten offenbar die Macht, ihren Willen durchzusetzen. Ihnen kam zugute, dass Olymp nach dem schrecklichen Aderlass der Konzilsherrschaft nicht in der Lage war, sich gegen die riesige Flotte zu verteidigen.

Dennoch bestand die Gefahr, dass einige Schiffsbesatzungen oder die Mannschaften der wenigen wiederaufgebauten Raumabwehrforts das Feuer eröffnen würden, sobald die ersten Keilschiffe Olymp anflogen.

Genau das durfte nicht geschehen. Eine Besetzung des Planeten würde dadurch nicht verhindert werden. Aber womöglich musste teuer dafür bezahlt werden.

Mit Tränen in den Augen sendete Nurim Dagorew seine Nachricht planetenweit auf allen Frequenzen.

»Hier spricht Fürst Nurim Dagorew! Als Stellvertreter des Kaisers Anson Argyris wende ich mich an alle Soldaten und zivilen Bewohner des Systems von Boscyks Stern. Der Kommandeur der fremden Flotte hat mir soeben eröffnet, dass Olymp von seinen Schiffen besetzt werden wird. Da wir mit unseren beschränkten Mitteln keine wirksame Verteidigung aufbauen können, ordne ich hiermit an, dass jeder aktive Widerstand gegen die Besetzung Olymps zu unterbleiben hat.

Wir werden jedoch niemals kapitulieren, sondern den Invasoren auf allen Gebieten passiven Widerstand entgegensetzen. Da wir als Garbeschianer bezeichnet werden, halte ich ein Missverständnis für möglich. Hoffen wir, dass sich alles tatsächlich als Irrtum erweist. Doch auch in einem solchen Fall werden wir die Kränkung, die wir soeben erfahren müssen, niemals vergessen.

Die Zivilbevölkerung begibt sich umgehend in die Schutzräume oder an einen der sonstigen Orte, die Schutz bieten! Das Personal von Containtrans hält sich bereit, die Transmitterstraße zum Solsystem zu desaktivieren, sobald feindliche Kräfte die Anlagen des Container-Transmitters besetzen. Alle Einheiten der Streitkräfte von Olymp lösen sich auf; die Angehörigen tauchen in Zivil, jedoch mit ihren Waffen und sonstiger tragbarer Ausrüstung unter, enthalten sich aber bis auf Widerruf militärischer Aktionen.

Es lebe die Freiheit!«

Nurim Dagorew schaltete ab. Er schnäuzte sich lautstark und wandte sich dem Hyperkom zu, über den er erst mit Julian Tifflor gesprochen hatte.

Der Erste Terraner musste über die Entwicklung im System von Boscyks Stern unterrichtet werden.

»Das Schiff bremst ab«, stellte Brush Tobbon fest, nachdem er mit geschlossenen Augen auf die Maschinengeräusche gelauscht hatte. »Die Frage ist, ob wir endlich am Ziel sind.«

»Immerhin waren wir vier Tage unterwegs«, sagte Körn Brak.

Simudden seufzte. »Die Hauptflotte hatte damit ausreichend Zeit, um Olymp bereits zu besetzen.«

»Warum hat dieser Neu-Arkonide sich meine Warnung auch nicht angehört!«, schimpfte Tobbon. »Wenn ich den Burschen jetzt noch erwische ... Es geht mir einfach gegen den Strich, dass die Orbiter Olymp einfach so erobern können. Wir haben uns nie an den Planeten rangetraut ...«

»Wir waren eben nicht leichtfertig genug«, wandte Simudden ein. »Außerdem konnten wir keine Riesenarmada aufbieten wie die Orbiter.«

»Wir hätten bluffen sollen«, erwiderte Tobbon. »Dann würden uns die Völker der Milchstraße mit anderen Augen ansehen.«

»Machen wir uns doch nichts vor.« Simudden fuhr sich mit beiden Händen durchs Gesicht. »Wir haben uns mit einem falschen Glorienschein umgeben, um vor unserem eigenen Gewissen unsere blutigen Raubzüge zu rechtfertigen. In Wahrheit waren wir niemals so etwas wie Freiheitskämpfer oder Rächer der Ausgebeuteten oder wie man das so schön nennt. Wir waren schlichtweg Verbrecher, die aus Habgier raubten und töteten. Und wahrscheinlich noch aus einer ganzen Reihe von Gründen, die tief in uns verborgen liegen. Ich bin verdammt noch mal kein Seelenklempner, der das alles auf die Reihe kriegt.«

»Wir wollten uns nicht in die Zwangsjacken gesellschaftlicher Zwänge stecken lassen«, entrüstete sich Kayna Schatten. »Niemand hat je nach unseren Wünschen gefragt. Deshalb sind wir Ausgestoßene. Wir mussten uns immer gewaltsam das nehmen, was uns zustand!«

Körn Brak hob den Kopf. Er wirkte müde. »Wir haben nicht immer das Richtige getan, Kayna«, sagte er mit zittriger Stimme.

Markon Treffner lachte trocken. »Alles war immer richtig – von unserem Standpunkt aus, Dezibel. Aber inzwischen stehen wir ein wenig abseits davon, wenn auch nur gezwungenermaßen. Vielleicht schaffen wir es doch, zu entkommen, dann ändert sich unser Standpunkt abermals.«

Simudden schaute den Galaktischen Mediziner prüfend an, dann zuckte er die Achseln.

»Plötzlich sucht jeder von uns nach einer Rechtfertigung für unser früheres Verhalten. Das bringt uns nicht einen Zentimeter weiter. Ich finde, wir sollten stattdessen nach vorn schauen. Dann begreifen wir nämlich, dass unsere Taten bald niemanden in der Milchstraße mehr interessieren werden. Wir geraten in Vergessenheit, Freunde. Weil das, was die Orbiter unseren Zivilisationen antun, weitaus schlimmer sein wird. Und ich fürchte, wir werden daran nichts ändern können.«

»Du resignierst, Pearl?«, fragte Kayna Schatten.

»Was könnten wir denn noch tun? Die Arrestzelle ist ausbruchssicher; wir hatten in den vier Tagen mehr als genug Gelegenheit, das herauszufinden. Unsere robotischen oder was auch immer Ebenbilder lassen sich nicht mehr überlisten. Außerdem haben wir ausgedient. Niemand braucht uns mehr. Für die Orbiter werden wir nutzloser Ballast, den sie früher oder später ...« Simudden brachte den Satz nicht zu Ende, zumindest nicht akustisch. Seine Geste, diese Bewegung, als werfe er etwas über die Schulter hinter sich, verriet genug.

Ten Hemmings verzog das Gesicht zur Grimasse. »Sie werden uns freilassen. Ich sage euch, an dem Tag lasse ich mich volllaufen.«

»Niemand wird uns am Leben lassen«, widersprach Simudden.

»Das wäre Mord!«, lamentierte Axe.

Brush Tobbon lachte. »Das wäre Mord!«, äffte er den Gäaner nach, der wegen seiner allseits mangelnden Qualifikation an Bord der JACK LONDON gerade gut genug für die Schmutzarbeiten gewesen war. »Roboter scheren sich einen Dreck darum, wie sie unsere Beseitigung nennen.«

»Resignierst du auch schon, Brush?«, fragte Kayna Schatten.

»Keineswegs.« Der Epsaler schüttelte den Kopf. »Ich weiß nur noch nicht, wie wir unsere Hälse retten könnten. *Aus der Schlinge ziehen,* wie unsere terranischen Vorbilder so schön gesagt haben sollen.«

Kayna fing an, nervös in der Arrestzelle hin und her zu gehen. Sie war intelligent und sah gut aus, und jetzt erinnerte sie zudem an ein hungriges Raubtier. Unvermittelt blieb sie vor Simudden stehen.

»Du warst doch immer so stolz auf deine Logik, Panika. Also lass dir was einfallen! Irgendwas. Ich will mich nicht beseitigen lassen wie Abfall.«

»Angst?«, fragte Pearl Simudden leise.

Kayna gebrauchte einen Kraftausdruck, wandte sich ab und setzte sich wieder.

Nur Augenblicke später öffnete sich das Schott der Arrestzelle. Draußen standen drei Rundumkämpfer.

Den Flibustiern war sofort klar, was die Roboter von ihnen erwarteten. Sie sollten ihre Zelle verlassen. Die Frage war nur, wohin der Weg führen würde.

»Ich gehe nicht mit!«, schrie Axe. Er sprang auf und suchte im hintersten Winkel der Zelle Zuflucht.

»Wenn du den berüchtigten Rundumschlag nicht fürchtest, dann sträube dich ruhig weiter«, bemerkte ten Hemmings.

Axe gurgelte halb erstickt. Die Erinnerung an die brutale Behandlung durch die Roboter erwies sich als stärker als seine Furcht vor einem schnellen Tod. Widerstrebend folgte er seinen Gefährten hinaus auf den Korridor.

Die Roboter eskortierten die Gefangenen zu einem Beiboothangar und begleiteten sie in ein Raumboot, in dem schon zwei Orbiter warteten.

Bereits kurz nach dem Start deutete Brush Tobbon auf die kleine rote Sonne, die in der Außenbeobachtung zu sehen war. Alle anderen Sterne standen deutlich weiter entfernt. Und die rote Sonne stand nahezu im Zentrum der Bildwiedergabe.

»Das könnte Boscyks Stern sein.« Der Epsaler wandte sich an den Orbiter, der als Pilot fungierte. Der Mann war eine Kopie von Brak, wirkte aber sehr viel vitaler. »Und, haben wir recht? Ist das Boscyks Stern?«

»Die Flotte BAL steht im Randbereich des Systems«, antwortete der Orbiter sachlich. »Seit genau zwei Tagen eurer Zeitrechnung. Die Garbeschianer auf Olymp haben bislang nicht einmal den Versuch unternommen, unsere Schiffe anzugreifen.«

»Das wäre ihnen auch schlecht bekommen«, sagte der Navigator, eine Ten-Hemmings-Type.

Der echte ten Hemmings zupfte an seinem fuchsroten Vollbart. Er wollte etwas sagen, schwieg aber. Krampfhaft schluckte er immer wieder und fuhr sich unruhig mit der Zunge über die Lippen. Der Ausdruck in seinen Augen verriet Bände. Er hatte Durst. Aber nicht auf Wasser oder irgendwelche Säfte, ihm fehlte ein kräftiger Schluck Alkohol. Mühsam versuchte er, seine zitternden Hände vor den anderen zu verbergen.

»He, Josto, man sieht dir schon auf ein halbes Lichtjahr Distanz an, was dir fehlt«, sagte Brush Tobbon grollend. »Aber vielleicht kriegst du bald genug davon. Möglich, dass die Orbiter dich nach deinem Ableben in Alkohol einlegen. Uns alle. Und dazu ein Schild mit der Aufschrift *Garbeschianer*.«

Er lachte brüllend und sah sich wütend um, als niemand seine Heiterkeit teilen wollte.

Der Orbiter bremste das Raumboot ab. Eines der riesigen Keilschiffe erschien in der Wiedergabe. Eine hell erleuchtete Öffnung bildete sich im Schiffsrumpf. Das Boot glitt geradewegs darauf zu.

32.

Cern Jost jagte den Fluggleiter mit Höchstgeschwindigkeit über den scheinbar endlosen Urwald hinweg.

»Der Antrieb ist überlastet«, sagte seine Begleiterin. Sie war eine exotisch wirkende Frau mit blauschwarzer Haut, weißem Haar, Augen mit Schlitzpupillen, spitz zulaufenden Ohren und einem aufreizend weiblichen Körper. Der Liga-Kundschafter hatte sie bei seinem letzten Erkundungsflug kennengelernt und mit zur Erde genommen. Von Terra aus war er mit Vljegah nach Olymp geflogen, wo er einen Bungalow in der Wildnis gemietet hatte. Er hatte sozusagen vor der Eifersucht seiner Exfreundin kapituliert – und das Angenehme mit dem Nützlichen verbunden. Oder umgekehrt.

»Wir müssen in Trade City sein, bevor die Invasoren landen«, sagte Jost verhalten.

»Im Bungalow wären wir sicherer gewesen«, behauptete die Chaioanerin. »Vor allem hätten wir mehr Zeit füreinander gehabt.«

Der Kundschafter seufzte. Er hatte geglaubt, in Vljegah die ideale Gefährtin für ein neues amouröses Abenteuer zu haben. Doch die schöne Exotin hatte ihm rasch klargemacht, dass er faktisch ihr Eigentum geworden war. Sie hatte ihn so mit Beschlag belegt, dass er erst durch den Aufruf Fürst Dagorews erfahren hatte, was sich schon seit zwei Tagen im System von Boscyks Stern zusammenbraute.

Selbstverständlich hielt er es für seine Pflicht, sich umgehend bei Dagorew zu melden und seine Hilfe anzubieten – vor allem, da Anson Argyris offenbar nicht auf Olymp weilte.

»Ich bin Kundschafter der Liga Freier Terraner.« Er hob den Gleiter leicht an, um einen erloschenen Vulkankegel zu überfliegen. »Olymp gehört zur Liga. Folglich muss ich mich der Regierung zur Verfügung stellen.«

»Ein Mann allein kann nicht gegen eine riesige Flotte einschreiten, Cern«, widersprach Vljegah. »Du weißt, wie ohnmächtig die Zivilisationen unserer Galaxis gegen das Hetos der Sieben waren.«

»Warum willst du nicht verstehen, dass schon ein einzelner Mann die Schwachstellen eines Gegners herausfinden kann? Er braucht nur einschlägige Erfahrungen und einen wachen Verstand.«

Jost riss den Gleiter ziemlich hart aus dem Kurs. Nur noch wenige hundert Meter voraus fauchte eine mächtige Dampfsäule in den Himmel.

»Was ist das?«, schrie Vljegah.

»Ein Geysir. Wir überfliegen soeben einen Nebenarm des Trap-Ozeans, unter dem die Planetenkruste ziemlich heiß ist.«

»Oh!«, sagte Vljegah. »Ich dachte schon, ein Riesensaurier hätte nach dem Gleiter gespuckt.«

Jost grinste. »Riesensaurier gibt es da unten auch. Aber sie sind halb so schlimm wie die Schauergeschichten, die in Trade City erzählt werden. Immerhin haben wir die halbe Strecke schon hinter uns, wenn wir am Trap-Ozean sind.«

»Gibt es hier auch Flugsaurier?«, fragte Vljegah nach einer Weile.

Der Kundschafter blickte seine Gefährtin an, als zweifelte er an ihrem Verstand. Vljegah deutete stumm in die Höhe.

Als Jost durch das transparente Dach des Gleiters schaute, hatte er das Gefühl, sein Herzschlag setze aus. Denn fast genau über ihnen, wenn auch einige hundert Meter höher als der Gleiter, schwebte etwas, das der Liga-Kundschafter bisher nur auf einem Foto gesehen hatte – auf einem von Vljegah gemachten Foto.

Es handelte sich um ein keilförmiges Raumschiff, kaum sehr viel länger als hundert Meter. Wegen der abgeflachten Bugsektion ähnelte es einem Keil.

Cern holte tief Luft. »Ein olympischer Flugsaurier!«, sagte er sarkastisch.

Vljegah lachte hell. »Hereingefallen, mein Freund! Siehst du nicht, dass es genauso aussieht wie das Schiff, das ich vor längerer Zeit auf dem Raumhafen von Manua Levu fotografierte?«

»Oh, diese Frauen!«, entfuhr es Jost. Er zog den Gleiter in einen wilden Zickzackkurs, weil nämlich das Keilschiff tiefer sank.

»Schließ die Augen, Baby, ein Strahlschuss ist ziemlich grell!«

»Das findest du wohl witzig!«, schrie Vljegah. »Du musst bei einem guten Versteck landen!«

»Erst eines haben«, gab der Kundschafter zurück. Er merkte, dass er schweißgebadet war. Kein Wunder, denn wenn die Schiffsbesatzung wollte, konnte sie den Fluggleiter mühelos abschießen.

Aber da drehte das Keilschiff ab, beschleunigte und war wenige Minuten später hinter dem Horizont verschwunden.

»Puh!«, machte Jost.

Vljegah drängte sich an ihn und strich ihm eine Strähne seines hellblonden, leicht gewellten Haares aus der Stirn.

Der Liga-Kundschafter zog den Gleiter etwas höher und suchte mit seinen Blicken den Horizont im Südwesten ab – und bald darauf sah er die Kuppelbauten des nächstgelegenen Raumhafens, eines von zwölf, die jeweils hundertzwanzig Kilometer durchmaßen und einen Ring um das riesige Areal des Container-Transmitters bildeten.

Jost sah auch die Raumschiffe – Vertreter vieler in der Milchstraße gebauter Typen –, die aus allen Teilen der Galaxis Güter zum Container-Transmitter gebracht hatten und auf dem Rückflug wertvolle Produkte der hoch entwickelten Industrie des Solsystems mitnehmen würden.

Nur Minuten später sah er außerdem die Keilschiffe, die aus dem blauen Himmel herabsanken.

Die größten der fremden Schiffe schätzte der Kundschafter auf eine Länge von eineinhalb Kilometern. Über Funk erfuhr er, dass Hunderte dieser großen Schiffe gleichzeitig zur Landung auf allen Raumhäfen von Olymp ansetzten.

Trade City war wie ausgestorben. Überall standen Boden- und Fluggleiter, doch von den Bewohnern und Besuchern der Stadt war nichts zu sehen.

Die Luft vibrierte vom Röhren und Tosen Tausender Raumschiffstriebwerke. Zwar landeten die Keilschiffe bislang nicht in Trade City selbst, sondern überwiegend auf den Raumhäfen und in den Erholungsgebieten rings um die Stadt, aber mehrere Dutzend schwebten hoch über der Metropole.

»Sie wollen die Bevölkerung einschüchtern!«, schrie Cern Jost seiner Gefährtin zu. Der Lärm machte eine normale Unterhaltung nahezu unmöglich.

»Warum fliegst du nicht zum Kaiserpalast?«, gab Vljegah zurück.

»Ich wollte erst sehen, was in Trade City passiert.«

»Es passiert doch nichts!«

Von einer Sekunde zur nächsten verstummte der Lärm. Der Liga-Kundschafter ließ den Gleiter tiefer sinken und landete.

Schweigend deutete er auf einen Schwarm großer Maschinen, die sich aus Richtung des Raumhafens näherten. Der Schwarm fächerte auf und legte sich gleich einem gigantischen Schleier über die City.

Jost erkannte schnell, dass zwei Fahrzeugtypen überwogen. Die linsenförmigen Maschinen schätzte er auf gut zwanzig Meter Durchmesser, und sie waren mit Waffenprojektoren geradezu übersät. Die kastenförmigen Flugobjekte, gut fünfzehn Meter lang und etwa fünf Meter breit, wiesen abgeschrägte Bug- und Heckpartien auf. Nichts an ihnen deutete auf offensive Bewaffnung hin.

Als die kantigen Gleiter sich zwischen den Gebäuden von Trade City herabsenkten, tauchten die Bewohner aus den Kellern und Bunkern auf. Die Nachkommen der alten Freifahrer, Männer, Frauen und Kinder, drängten sich an den Straßenrändern und blickten schweigend den herabsinkenden Gleitern der Invasoren entgegen.

»Hoffentlich lässt sich keiner zu Unbesonnenheiten verleiten«, sagte Jost.

»Wie mögen die Invasoren aussehen?«, fragte Vljegah nervös.

»Bald werden wir es wissen.«

Die ersten Gleiter setzten auf. Die abgeschrägten Heckflächen klappten nach außen und bildeten Rampen, auf denen Gestalten in steingrauen Kampfanzügen und mit Waffen in den Händen die Fahrzeuge verließen.

»Das sind Menschen!«, rief die Chaioanerin entgeistert.

Cern Jost fühlte sich wie vor den Kopf geschlagen. Im ersten Moment wollte er nicht glauben, dass aus den Gleitern wirklich Menschen kamen.

»Das darf nicht wahr sein!«, flüsterte er. »Wenn Menschen ein mächtiges Imperium in der Milchstraße aufgebaut hätten, wäre das niemals unbemerkt geblieben. Niemand kann Tausende von Raumschiffen aus dem Boden stampfen, ohne auf eine gigantische Infrastruktur zurückzugreifen. So etwas bleibt nicht unbemerkt.«

»Es sei denn, es geschieht in einer anderen Galaxis«, wandte Vljegah ein.

Jost musste prompt an die Tefroder denken. Sie waren wie die Terraner auch Lemurer-Abkömmlinge, nur war Andromeda ihre Heimat. Doch er verwarf diese Überlegung schnell wieder. Über Andromeda herrschten die Maahks, und sie würden schon aufgrund ihrer schlimmen Erfahrungen mit humanoiden Sauerstoffatmern niemals zulassen, dass die Tefroder Kampfraumschiffe bauten – schon gar nicht eine derart riesige Flotte.

In der Nähe des Gleiters setzte ein weiteres Landefahrzeug auf. Als die Heckklappe sich herabsenkte, sah der Kundschafter die Invasoren zum ersten Mal aus wenigen Metern Entfernung.

Sein Unterkiefer sank herab, ohne dass er es merkte. Fassungslos starrte er auf die Gesichter der Fremden, die für ihn keine Fremden waren.

»Bei Krithari!«, schrie Vljegah plötzlich auf. »Da sind die beiden lustigen Typen, die per Anhalter nach Manua Levu kamen und nach Crish weiterflogen!«

Sie rieb sich die Augen.

»Aber ... aber das ist unmöglich! Ich sehe sie doppelt – dreifach sogar ...«

»Es sind ausnahmslos Ebenbilder der letzten Flibustier.« Jost rang ebenfalls noch um seine Fassung. Eiskalt lief es ihm den Rücken hinab. »Jemand hat nach dem Grundmuster der Piraten offenbar Millionen von Doppelgängern hergestellt. Vielleicht haben die Flibustier das sogar selbst fertiggebracht. Also waren die Doppelgänger, die die LFT bisher festnehmen konnte, einfach nur Spione.«

Er kaute auf seiner Unterlippe.

»Ich begreife nur nicht, weshalb sie sich so leicht einfangen ließen. Da ist etwas mehr faul, Vljegah. Wir müssen eine Möglichkeit finden, die LFT über diese ungeheuerlichen Vorgänge hier auf Olymp zu informieren!«

Er wollte den Gleiter starten. Aber kaum hatte er Antigrav und Prallfeld aktiviert, da zuckte von einem der linsenförmigen Gleiter über der Stadt ein fahler Energiestrahl herab. Sekundenlang umhüllte eine wabernde bläuliche Aureole den Fluggleiter – als sie erlosch, funktionierten Antigrav und Prallfeldprojektor nicht mehr.

»Anscheinend haben die Invasoren etwas dagegen, wenn wir ein modernes Fahrzeug benutzen«, kommentierte Jost. »Wir müssen zu Fuß gehen.«

Dagegen hatten die Invasoren nichts einzuwenden. Jedenfalls reagierten sie nicht, als Jost und Vljegah ausstiegen und sich einen Weg durch die Menge bahnten. Viele hatten inzwischen erkannt, dass die Invasoren sich aus Ebenbildern mehrerer Grundtypen rekrutierten. Wegen der galaxisweiten Fahndung nach den sieben letzten Flibustiern kannten die meisten Einwohner von Trade City die Konterfeis der Piraten.

Erregung brodelte in der Menge auf. Cern Jost hörte Verwünschungen und Flüche. Die ersten Wurfgeschosse trafen einige der Invasoren.

»Garbeschianer!«, dröhnte eine unverkennbar menschliche Stimme auf Interkosmo aus unsichtbar bleibenden Akustikfeldern. »Kehrt in eure Häuser zurück, bis weitere Anordnungen erlassen werden! Über Olymp ist das Kriegsrecht verhängt. Vorerst besteht eine totale Ausgangssperre. Wer sich in einer halben Stunde noch außerhalb eines geschlossenen Gebäudes sehen lässt, wird entsprechend dem Kriegsrecht behandelt.«

Die Menge skandierte immer lauter gegen die vorrückenden Invasoren. Einzelne Gruppierungen wichen aber auch vor den Invasoren schrittweise zurück und verschwanden schließlich in den Häusern.

Cern Jost und Vljegah waren in einen Zugang zur subplanetarischen Rohrbahn gedrängt worden. Sie fuhren sogar einigermaßen bequem auf einer Gleitrampe zur Bahnhofshalle hinab.

»Das ist unsere Gelegenheit«, drängte Cern. »Der öffentliche Verkehr wird von Positroniken gesteuert und funktioniert anscheinend noch. Wir müssen uns nur einen Zug herauspicken, der in der Station unter dem Kaiserlichen Palast hält ...«

Von oben drängten mehr Menschen nach. Aber hinter ihnen erschienen auch schon die Ersten der Invasoren.

»... und wir müssen uns beeilen, bevor die Flibustier die Rohrbahn stilllegen«, sagte der Liga-Kundschafter.

Als Cern Jost und seine Gefährtin die Halle erreichten, von der aus Transportbänder zu den verschiedenen Röhren führten, brach hinter ihnen der Tumult los.

Der Liga-Kundschafter schaute zurück und sah, dass die ersten Invasoren in die Menge vorgedrungen und von dieser kurzerhand entwaffnet worden waren. Einige hartnäckige Stimmen forderten, die Invasoren mit ihren eigenen Waffen zu töten.

»Lasst sie laufen!«, rief Jost. »Wenn ihr sie umbringt, töten die vielleicht Hunderte von euch!«

»Aber sie sind die Piraten!«, brüllte jemand zurück.

»Sie sind nicht die Flibustier, sondern Duplikate!«, erklärte Jost. »Lasst sie laufen und verschwindet hier! Haut ab, schließlich habt ihr Widerstand geleistet!«

»Dürfen wir uns nicht wehren, wenn wir überfallen werden?«, schrie eine Frau.

»Doch – aber mit anderen Methoden«, sagte Jost.

»Er hat recht!«, rief ein junger Mann. »Wir Soldaten gehen in den Untergrund und werden einen Partisanenkrieg führen, sobald der Kaiser uns dazu aufruft. Alles andere wäre Dummheit und Leichtsinn.«

»Schlagt sie wenigstens bewusstlos!«, drängte ein älterer Mann.

Jost sah, dass mehrere Olympier die Invasoren – es waren neun – niederschlugen. Dann verteilte sich die Menge auf alle Transportbänder.

Der Kundschafter zog Vljegah mit sich. Akustikdurchsagen begleiteten sie.

»Achtung, die Reisenden in Röhre siebenunddreißig! Die Bahn in Richtung Kaiserlicher Palast über die Stationen Francis-Drake-Platz,

Henry Morgan Street und Mary Read Building fährt in zwei Minuten ab.«

Da Vljegah nicht schnell genug zu Fuß war und weil keine Zeit für Erklärungen blieb, warf Jost sich seine Gefährtin einfach über die Schulter und setzte zum Spurt an. Er konnte nicht mehr wegkommen, wenn er den angesagten Zug nicht erreichte. Schon in den nächsten Minuten würden wieder Invasoren in die Station eindringen. Sobald sie ihresgleichen bewusstlos und entwaffnet vorfanden, würden sie wohl alle als schuldig ansehen, die sich noch im Stationsbereich befanden.

Als der Liga-Kundschafter die Röhrenzuführung erreichte und die Wagen abfahrbereit schweben sah, wurde er noch einmal schneller. Blindlings rannte er auf die nächste Tür zu – und stürzte sich durch die vor ihm entstehende Öffnung.

»Der Zug ist geschlossen!«, rief die Lautsprecherstimme. Offenbar hatte die Überwachungsautomatik mehrere Personen registriert, die vom Transportband aus heranstürmten.

Jost grinste spöttisch, weil die Überwachung nicht erkannte, dass die Rennenden keineswegs in friedlicher Absicht kamen.

Sekunden später geschah zweierlei: Die Röhrenbahn setzte sich in Bewegung – und die Invasoren prallten in vollem Lauf gegen das unsichtbare Sicherheitsfeld, das den Zug abschloss und Unfälle verhinderte. In diesem Fall verhinderte es, dass die Invasoren auf den Zug schossen, denn bevor sie wieder auf die Beine kamen, war der Zug jenseits der Krümmung des Tunnels sicher.

»Du Grobian!« Vljegah versetzte Jost einen Rippenstoß, der ihn nach Luft schnappen ließ. »Transportiert man eine Dame so? Warum nannten die Invasoren die Leute vorhin eigentlich Garbeschianer?«

Der Kundschafter schnaufte noch einmal.

»Du hast natürlich nur mit halbem Ohr den Aufruf von Dagorew gehört, Vljegah. Andernfalls hättest du mitbekommen, dass die Feinde uns Menschen als Garbeschianer bezeichnen. Womöglich ist diese Invasion ein einziges großes Missverständnis.«

»Dagorew ist ein imponierender Mann. Vielleicht heirate ich ihn. Einen Fürsten habe ich noch nie zum Mann gehabt.«

Jost seufzte. »Es reicht, dass du Tifflor und mich heiraten wolltest. Außerdem ist Nurim kein richtiger Fürst. Dieser Titel und andere Bezeichnungen wurden aus der Blütezeit der Freifahrer überliefert. Auf manchen Schiffen werden sie noch verwendet – aus Tradition sozusagen. Als Titel für die Regierung sind sie ebenfalls noch gebräuchlich.«

»Schade.« Die Chaioanerin zog einen Schmollmund. »Ich hatte schon gehofft, mit einem echten Fürsten ...«

Der Zug bremste ab.

»Das wird eine hübsche Strecke, die wir zu Fuß gehen müssen«, meinte Jost.

Doch der Zug hielt lediglich in der Station Francis-Drake-Platz. Etwa achtzig Olympier stiegen zu. Von Invasoren war glücklicherweise nichts zu sehen.

»Sind oben schon Fremde?«, erkundigte sich Jost bei einer Springerfrau.

Sie musterte ihn, wobei ein undeutbarer Ausdruck in ihre Augen trat. »Meinst du die Orbiter, mein Sohn?«, fragte sie kratzig.

»Orbiter?«

»So nennen sich die Strolche, die Olymps heiligen Boden besudeln!«, keifte sie. »Ja, sie lümmeln oben auf dem Francis-Drake-Platz herum und plündern die Souvenirläden, um sich die Taschen mit Bildern von Lovely Boscyk und Roi Danton vollzustopfen.«

Sie tippte Jost mit einem Finger an die Brust. »Falls du weißt, wie es beim Container-Transmitter aussieht, dann sag es mir, mein Sohn!«

»Er wird inzwischen besetzt sein«, antwortete der Liga-Kundschafter. »Als ich zur Stadt flog, gingen die ersten Keilschiffe gerade auf den Raumhäfen nieder.«

Die alte Springerin gebrauchte ein Schimpfwort, das alles andere als damenhaft war.

Vljegah kicherte. »Wolltest du dich mit dem Container-Transmitter ins Solsystem befördern lassen, Mütterchen?«, fragte sie.

»Das wäre an sich gar nicht so schlecht, süßes Kind«, erwiderte die Springerin. Dann lachte sie schallend. »Mütterchen ist gut! Na, vielleicht sehen wir uns unter anderen Umständen wieder. Ich muss gleich aussteigen, weil ich in der Station Henry Morgan Street den Zug nach Containtrans-Station zu erreichen hoffe.«

»Dort dürfte es nicht gerade gemütlich sein«, gab Jost zu bedenken.

Der Zug lief in die Station Henry Morgan Street ein und hielt. Die Türen öffneten sich.

»Das macht nichts«, erwiderte die alte Springerin, während sie auf den Bahnsteig sprang. »Mir sind schon viele Stürme um die Nase geweht. Schöne Grüße an Nurim, Cern!«

»An Nurim? Wieso? Von wem denn?«, stammelte der Liga-Kundschafter. Aber er bekam keine Antwort mehr, denn die Türen schlossen sich wieder und der Zug fuhr an.

Nachdenklich sah Jost der Alten nach, die mit weit ausgreifenden Schritten auf das nächste Transportband zuging.

»Woher kennst du sie?«, fragte Vljegah neben ihm.

Er sah die Chaioanerin verwundert an. »Ich kenne sie doch gar nicht!«

»Woher kannte sie dann deinen Namen?«

Erst jetzt kam es Jost zum Bewusstsein, dass die Springerin ihn mit seinem Vornamen angeredet hatte. Er schüttelte den Kopf, ging ins nächste Abteil und setzte sich.

33.

»Olymp antwortet nicht mehr«, stellte Mark Sadesch fest. Der diensthabende Leiter der Hyperfunkzentrale von Imperium-Alpha warf dem Ersten Terraner einen vielsagenden Blick zu.

»Versuchen Sie es weiter!«, bat Julian Tifflor. Allerdings glaubte er selbst nicht mehr daran, dass eine neue Verbindung mit Olymp zustande kommen würde – nicht, solange die Handelswelt von den Invasoren besetzt war.

Tifflor ging zurück zu Homer G. Adams.

»Arbeitet die Containerstraße noch?«, wollte er wissen.

Adams nickte.

Der Erste Terraner wandte sich Pierre Cramer zu, dem Chef der Kommandozentrale. Cramer hatte bis eben mit einigen Kommandanten der am Rand des Solsystems patrouillierenden Wachflotte gesprochen. Vor ihm leuchteten zudem ein Dutzend und mehr Direktprotokolle der robotischen Überwachungssonden. Die Datenkolonnen blieben konstant. Tifflor erkannte jedenfalls nicht, dass sich wichtige Sätze verändert hätten.

Cramer bemerkte den forschenden Blick. Er nickte knapp in Tifflors Richtung.

»Bisher gibt es keine Anzeichen dafür, dass sich Keilschiffe oder andere unangemeldete Objekte dem Solsystem nähern«, meldete er.

»Wenigstens etwas Positives«, sagte Tifflor.

Adams atmete heftig auf. »Tiff, die Containerstraße ist ausgefallen! Sie wurde anscheinend von den eigenen Leuten abgeschaltet. Der letzte Transport ... ein paar Sekunden Pause ... und vorbei.«

»Wir werden hier etwas kürzertreten müssen.« Tifflor sagte es beinahe wie beiläufig, als spreche er nur eine Floskel aus. Minimierung eines maximalen Problems. Ohnehin war alles viel komplizierter, niemand hätte die Situation mit wenigen Worten zutreffend beschreiben können.

Die Containerstraße zwischen der Erde und Olymp war im Grunde genommen ein Relikt der Vergangenheit. Entstanden in einer Epoche, als die Verantwortlichen auf Terra zur Vermeidung eines Krieges mit ehemaligen Kolonialwelten nur eine akzeptable Möglichkeit gesehen hatten, nämlich die Erde um fünf Minuten in die Zukunft zu versetzen, damit sie für alle eventuellen Angreifer unerreichbar wurde.

Da zuvor täglich mehrere tausend Raumschiffe auf Terra landen und starten mussten, um die Bevölkerung zu versorgen, hatte man fieberhaft nach einem Ausweg gesucht. Die Versorgung musste gesichert bleiben, auch wenn keine Frachter mehr die Erde anfliegen konnten.

Die leistungsstarke Transmitterverbindung zwischen dem Planeten Olymp und dem Solsystem war jener Ausweg gewesen.

Nach dem Ende der Konzilsherrschaft in der Milchstraße war der Container-Transmitter zwar, wie so vieles andere auch, auf den Prüfstand gestellt worden, aber letztlich hatte das Containtrans-System nichts von seiner Attraktivität verloren. Dass Olymp nicht mehr über eine eigene schlagkräftige Kampfflottc verfügte, hatten die Verantwortlichen als untergeordnetes Problem angesehen. Schließlich fehlte es an Raumschiffstonnage, die zur Versorgung des Solsystems und des neu besiedelten Planeten Erde erforderlich gewesen wäre. Außerdem galt es, den Völkern der Milchstraße glaubhaft zu beweisen, dass Terra nie wieder ein Imperium errichten und eine Politik der Stärke betreiben wollte. Wie anders hätte das anschaulicher kommuniziert werden können als über die Tatsache, dass es Arkoniden, Blues, Akonen, eben allen, relativ leicht sein würde, die Lebensader des Solsystems zu kappen.

Julian Tifflor war fcst davon überzeugt, dass diese Politik der Abhängigkeit vom gegenseitigen Wohlwollen aller Völker eine fruchtbare friedliche Zusammenarbeit zur Folge haben musste – und gute Ansätze dafür hatten sich in letzter Zeit häufig gezeigt.

Nun war ein Gegner erschienen, von dessen Existenz die Menschheit bis vor Kurzem nicht einmal etwas geahnt hatte, der aber stark genug war, alle raumfahrenden Nationen der Milchstraße unter seinen Willen zu zwingen. Ob die Invasoren tatsächlich einem tragischen Irrtum unterlagen oder ob die Garbeschianer nur ein fadenscheiniger Vorwand waren, weshalb auch immer, änderte nichts an den Tatsachen.

Der neue wirtschaftliche Aufschwung im Solsystem musste nun abrupt enden. Wirtschaftlich autark zu sein war nach der Wiederbesiedlung, nachdem Menschen aus allen Bereichen der Milchstraße in die Heimat ihrer Vorfahren zurückgekehrt werden, noch eine Utopie. Die Produktionsanlagen würden nun überwiegend auf die Herstellung von Nahrungsmitteln umgestellt werden müssen. Außerdem galt es, den Bau von Kampfschiffen mitsamt der Fertigung des unendlichen Stromes von Zubehör voranzutreiben – falls das überhaupt noch eine zeitliche Alternative war..

Die Aussichten hatten sich schlagartig verdüstert. Tifflor war sich der Tatsachc durchaus bewusst, dass schlagkräftige Raumschiffe gar nicht schnell genug in nennenswerter Stückzahl produziert werden konnten. Wahrscheinlich würde nicht ein einziges dieser Schiffe jemals zum Einsatz gelangen, falls der Gegner ohne jahrelange Pausen alle wichtigen Welten in der Milchstraße besetzte. Aber wenigstens der Versuch einer Produktion musste unternommen werden. Das hatte mit Selbstachtung zu tun. Die Hände nur in den Schoß zu legen und zu resignieren war nicht terranisches Selbstverständnis. Niemand würde vor den Angreifern wie das Kaninchen vor der Schlange erstarren.

Homer G. Adams erhob sich und kam auf den Ersten Terraner zu.

»Wir haben schon so viel durchgestanden, Tiff, wird werden diese Krise ebenfalls überwinden«, sagte er.

»Wenn auch mit zusammengebissenen Zähnen.« Tifflor lächelte schwach. »Kümmerst du dich um die Produktionsumstellungen, Homer?«

Adams nickte. »Die Vorbereitungen laufen bereits an. Es sieht nicht rosig aus, aber niemand wird hungern müssen, sofern die Orbiter uns in Ruhe lassen. Wir sollten alles daransetzen, mehr über die Lage auf Olymp herauszufinden.«

»Kundschafter Jost könnte nach Olymp ...« Cramer verstummte sofort, als Tifflor abwinkte.

»Cern Jost wollte mit seiner neuen Gefährtin seinen Urlaub auf Olymp verbringen«, entsann sich der Erste Terraner. »Ich bin mir nur nicht sicher, ob die beiden schon aufgebrochen sind.«

»Wir haben noch jemanden, der sich schon als Kundschafter bewährt hat«, sagte Adams. »Genau genommen haben wir zwei Allround-Könner.«

»Pyon Arzachena und Hotrenor-Taak?«

Adams nickte.

Tifflor wandte sich an Cramer. »Kümmern Sie sich bitte darum, dass Hotrenor-Taak und Arzachena zu uns kommen!«

»Das ist schon nicht mehr nötig«, antwortete der Chef der Kommandozentrale. »Beide passieren soeben die äußere Kontrollstation. Offensichtlich haben sie ein Gespür dafür, wann sie gebraucht werden.«

Die Flibustier mussten entwürdigend genaue Kontrollen über sich ergehen lassen. Außer ihrer Kleidung wurde ihnen alles abgenommen, was sie bei sich führten. Anschließend eskortierten fünf Rundumkämpfer sie in die Kommandozentrale des Raumschiffs.

Eine Treffner-Type kam den Gefangenen entgegen. »Ich bin Zarcher«, stellte der Mann sich vor.

»Grüß dich, Zwillingsbruder«, sagte der echte Markon Treffner ironisch. »Du bist also der Oberhäuptling der Orbiter-Bande.«

»Ich bin Kommandeur der Flotte BAL«, bestätigte Zarcher unbewegt. »Ich habe euch hierher bringen lassen, weil ich Antwort auf einige Fragen erwarte.«

»Wenn du wissen willst, wer wir wirklich sind, verraten wir dir das gern«, sagte Pearl Simudden. »Auf keinen Fall sind wir Garbeschianer – und den Begriff Horden von Garbesch haben wir zum ersten Mal von euch Orbitern gehört. Aber das willst du natürlich nicht glauben.«

»Warum sollte ich?«, erwiderte Zarcher. »Wir haben das Signal empfangen – und nur dem Signal glauben wir. Wenn ihr Garbeschianer hofft, ihr könntet in dieser Galaxis bleiben, habt ihr euch geirrt. Wir wurden geschaffen, um die neue Invasion der Horden von Garbesch zurückzuschlagen. Inzwischen werdet ihr erkannt haben, dass wir dazu bestens ausgerüstet sind.«

»Oh ja!«, rief Kayna Schatten aus. »Ihr seid vortrefflich dafür gerüstet. Ich wollte, ihr würdet euch wirklich nur um die Horden von Garbesch kümmern. Aber stattdessen überfallen die Orbiter friedliche Zivilisationen und gefährden deren Existenz. Ich weiß nicht, was das für ein Signal war, das euch fälschlich eine Invasion der Horden von Garbesch ankündigte, aber ich weiß, dass es irrtümlich gegeben wurde. Oder denkt ihr nicht darüber nach, warum ihr in unserer Galaxis viele fest verwurzelte Zivilisationen vorfindet?«

»Es ist selbstverständlich, dass wir Orbiter uns Gedanken darüber machen«, erklärte Zarcher gelassen. »Aber wir wissen auch, dass das Signal nicht gelogen hat. Folglich müsst ihr Garbeschianer einen neuen Trick angewendet haben, der bewirkte, dass das Signal zu spät gegeben wurde. Was nach eurem Willen für euch sprechen sollte, bewirkt also gerade das Gegenteil.«

»Ihr seid ja besessen von eurem Garbeschianerwahn!«, entrüstete sich Körn Brak.

»Eine traumatische Blockierung jeglicher Vernunft«, versetzte Simudden. »Eine Einbahnprogrammierung, die kein Ausbrechen aus dem irrsinnigen Denkschema zulässt.«

Zarcher lächelte überlegen.

»Es ist interessant, eure Argumente zu hören. Unter anderem deshalb ließ ich euch zu mir bringen. Ich wollte wissen, mit welchen Argumenten die Garbeschianer sich herausreden werden, sobald wir ihre Zentralwelten besetzen und ihnen klar machen, dass sie diese Galaxis verlassen müssen. Ich muss gestehen, dass diese Argumente geschickt fundiert sind. Dennoch verfehlen sie ihren Zweck.«

»Ihr wollt die Menschheit – beziehungsweise alle Lemurer-Abkömmlinge – aus ihrer Heimatgalaxis vertreiben?«, rief Simudden entsetzt. »Das wäre heller Wahnsinn! Wohin sollten alle gehen?«

»Zurück, von wo sie gekommen sind«, antwortete Zarcher hart.

»Wir haben uns hier entwickelt!«, schrie Treffner. »Wenn ihr unsere Völker vertreibt, verurteilt ihr alle zum Untergang! Das wäre Mord!«

»Mord«, entgegnete Zarcher verächtlich. »Ausgerechnet Garbeschianer reden von Mord. Ich weiß inzwischen mehr über euren Lebenswandel. Sogar für Garbeschianer gilt eure Handlungsweise als gewalttätig und grausam. An euren Händen klebt das Blut zahlloser Unschuldiger, zumindest nicht ganz so bösartiger Garbeschianer und wahrscheinlich auch Angehöriger der von den Horden unterdrückten Völker.«

»Deshalb sind wir Gesetzlose und Vogelfreie«, wandte Kayna Schatten ein. »Wenn man uns fasst, wird unsere Persönlichkeit umgeformt. Aber das, was ihr Orbiter vorhabt, ist schlimmer als das Schlimmste, was wir Flibustier jemals verbrochen haben. Ihr wollt den Tod von Billiarden Unschuldigen auf euch laden. Stört euch das nicht? Ein klein wenig jedenfalls?«

Zarcher machte eine wegwerfende Handbewegung.

»Es wird nicht ein Toter zu beklagen sein, wenn ihr Garbeschianer unsere Forderungen erfüllt und diese Galaxis endlich wieder verlasst. Wir demonstrieren unsere Macht, um euch zur Vernunft zu bewegen. Leistet ihr Widerstand, werden wir unsere Macht einsetzen und euch gewaltsam vertreiben.«

Der Orbiter dachte eine Weile nach.

»Selbstverständlich habt ihr Garbeschianer ebenfalls zahlreiche Raumschiffe, auch wenn sie vor uns verborgen werden. Ihr könnt uns nicht täuschen. Ihr müsst mit Millionen von Schiffen in diese Galaxis eingefallen sein. Vielleicht werde ich euch später noch einmal zu mir holen, damit ihr eine Botschaft an eure Horden verfasst. Berichtet allen, was ihr auf den Zentrumswelten gesehen habt und welche Armaden sich über diesen Planeten sammelten, die bei Weitem nicht unsere einzigen Stützpunkte sind. Jetzt denkt über meine Worte nach!«

Er rief den Robotern Befehle zu. Die Rundumkämpfer formierten sich wieder zur Eskorte.

»Du solltest ebenfalls nachdenken, Zarcher!«, rief Simudden, während er und seine Gefährten abgeführt wurden.

»Es ist zwecklos, Panika«, sagte Tobbon. »Du könntest ebenso gut gegen eine Mauer reden. Diese Orbiter sind nicht einmal mit Tatsachen zu überzeugen.«

»Vielleicht doch,« murmelte Kayna Schatten bitter. »Es müssen allerdings die richtigen Tatsachen sein.«

»Wie meinst du das?«, wollte der Epsaler wissen.

Die Frau schüttelte den Kopf. »Ich habe selbst noch keine Ahnung, in welche Richtung ich denken soll, Brush. Ich weiß nur, dass die Lage so verzweifelt ist, dass ich mich tatsächlich der LFT stellen würde, wenn ich dadurch helfen könnte, das Ende unserer Zivilisationen zu verhindern.«

»Das wäre praktisch Selbstmord«, wandte Axe ein.

»Selbstmord wäre es, nichts zu riskieren«, sagte Simudden.

Durch den Rohrbahnzug ging ein Ruck, dann schüttelte er sich, und die normale Beleuchtung erlosch. Nur die Notlampen verbreiteten noch ein rötliches Dämmerlicht.

Mit einem letzten Ruck kam der Zug zum Stehen. In den Holos waren die rötlich schimmernden Flächen der Röhren-Notbeleuchtung zu sehen.

Die meisten Passagiere redeten wild durcheinander. Einige Kinder weinten; jemand fluchte heftig.

»Die Invasoren haben die Steuerungsrechner abgeschaltet«, vermutete Cern Jost. »Uns bleibt weiter nichts übrig, als zu Fuß weiterzugehen, Leute.«

»Na ja, wir sind noch nicht völlig davon entwöhnt«, bemerkte ein älterer Mann in Raumfahrermontur. »Erst vor wenigen Wochen wurden die Rohrbahnen wieder in Betrieb genommen. Aber ich möchte wirklich wissen, was die Fremden hier auf Olymp wollen. Wir haben uns noch nicht einmal von der Konzilsherrschaft erholt und sind im Grunde genommen ein armer Planet.« Er zeigte seine schwieligen Hände. »Über ein Jahr lang habe ich zusammen mit den Robotern in den Ruinen gewühlt und Ausrüstungsteile geborgen, damit die erste Werft wieder arbeiten kann – und nun kommen diese Fremden und zerstören alles, was erst neu entstanden ist.«

»Woher kommen sie eigentlich?«, fragte eine junge Frau. In einem Tragetuch schlief ein Säugling auf ihrem Rücken. »Diese vielen Schiffe – und manche wahre Giganten! Welches Volk in der Milchstraße konnte nach dem Abzug der Laren so schnell so viele Schiffe bauen?«

»Ich vermute, sie kommen aus einer anderen Galaxis«, warf ein junger Ara ein. »Sonst könnten sie sich gar nicht so fundamental irren und uns für Garbeschianer halten, wie Fürst Dagorew sagte.«

»Wenn du mich fragst, sie sind Ausgeburten der Hölle«, sagte der

Raumfahrer. »Duplikate, nach sieben Grundmustern angefertigt – und noch dazu nach den Grundmustern der berüchtigtsten Piraten der Milchstraße. Das stinkt geradezu nach dem Einsatz eines Multi-Duplikators. Die Flibustier müssen so ein Gerät irgendwo gefunden haben.«

»Dafür gibt es keine Hinweise«, widersprach Jost. »Wären die Invasoren identische Duplikate der Piraten, würden sie anders vorgehen. Dann würde Trade City wahrscheinlich schon brennen.«

»Das klingt logisch gedacht«, sagte der Mann. »Wer bist du? Ein Terraner?«

Jost nickte. »Liga-Kundschafter«, erwiderte er. »Allerdings bin ich nicht beruflich auf Olymp, sondern um meinen Urlaub hier zu verbringen. Ich will mich zum Kaiserlichen Palast durchschlagen und mich Fürst Dagorew zur Verfügung stellen.«

»Ein löblicher Vorsatz«, meinte der Raumfahrer. »Ich heiße Eloim Calvario, Edelmann auf der CALICO JACK II, die vor vier Wochen auf Kiel gelegt wurde. Die CALICO JACK I ist leider von Überschweren zum Wrack geschossen worden. Bis die Nummer zwei fertig ist, arbeite ich auf einem kleinen Handelsschiff als Navigator. Es liegt wegen einer Triebwerksüberholung auf der Werft, sonst wären wir vor der Landung der Invasoren gestartet. Nun haben wir die Crew aufgelöst und gehen in den Untergrund.«

»Ich werde ebenso im Untergrund arbeiten«, sagte Jost. »Warum kommst du nicht mit zu Fürst Dagorew, Eloim? Ich denke, wir gäben ein gutes Team ab.«

»Von mir sprichst du überhaupt nicht, Cern!«, protestierte Vljegah. »Ich werde auch im Untergrund arbeiten – und zwar mit dir zusammen!«

Calvario lächelte. »Dein Schatz hat Haare auf den Zähnen, was? Also, ich komme gern mit, und ich kenne alle Schleichwege in Trade City. Worauf warten wir eigentlich noch?« Er wandte sich an die Umstehenden. »Wenn ihr nicht Wurzeln im Zug schlagen wollt, kommt mit. So schnell fährt hier nichts mehr weiter.«

Er ging zur nächsten Tür, öffnete die Abdeckung der Manuellkontrollen und wuchtete die Tür auf. Dann sprang er in die Röhre hinaus, drehte sich um und half Vljegah aus dem Waggon. Die anderen Passagiere folgten ihnen. Auch einige Türen weiter vorn wurden inzwischen geöffnet.

»Die Station Mary Read Building kann nicht mehr weit sein«, sagte Calvario. »Wusstet ihr, dass Mary Read eine berüchtigte Piratenführerin war? Und das lange vor dem Raumfahrtzeitalter. Die Gründer von Trade City waren eben noch richtige raubeinige Freifahrer, die viel von

Tradition hielten, obwohl sie selbst keineswegs Piraten waren. Wenn sie wüssten, dass Olymp von den Duplikaten der sieben mörderischsten Piraten unserer Zeit erobert worden ist, würden sie sich allerdings in ihren Gräbern umdrehen.«

Cern Jost nickte nur. Er kannte die Geschichte der Freifahrer von Boscyks Stern in allen Einzelheiten. Sie hatten ihn immer schon fasziniert. Umso mehr erschütterte ihn der Überfall auf Olymp. Die Bevölkerung würde wieder einmal das schwere Los von Ausgeplünderten und Entrechteten tragen müssen.

Die Menschen hatten ein Recht darauf, dass alle für ihre Befreiung kämpften.

»Wenn wir nur wüssten, was mit Kaiser Argyris ist«, sagte er verhalten.

Die alte Springerin hatte es nicht bis Containtrans-Station geschafft. Ihr Zug war ebenfalls stehen geblieben, als die Invasoren die Steuerungszentrale abschalteten.

Gemeinsam mit den anderen Passagieren ging sie zu Fuß weiter. Sie verließ die Transportröhre aber nicht schon an der nächsten Station, sondern verharrte in einer der vielen Wartungsnischen.

Als die Stimmen der aufgeregten Menschen allmählich verhallten, wandte sich die korpulente rothaarige Frau der Nischenrückwand zu. Hinter einem Schott, das von der Steuerzentrale aus geöffnet werden musste, befand sich eine Wartungs- und Reparaturstation.

Jetzt kam kein Impuls von der Zentrale. Dennoch glitt das Schott auf.

Die alte Springerin wartete, bis sich die Lamellen hinter ihr wieder geschlossen hatten, dann machte sie sich an einer Kleinpositronik zu schaffen. Die Wartungs- und Reparaturroboter der Station schienen ihr interessiert zuzusehen. Tatsächlich waren sie blind, taub und stumm, weil auch ihr Aktivierungsimpuls ausblieb.

Nach wenigen Minuten öffnete sich ein weiteres Schott. Es gab den Zugang zu einem relativ engen Stollen frei, und hier wartete ein offener Schweber. Er stand für den Transport menschlicher Arbeitskräfte bereit, die allerdings nur beim Ausfall der zentralen Steuerung eingreifen mussten.

Die Springerin setzte sich ächzend und auf ihre steif gewordenen Knochen schimpfend in die Halbschale des Schwebers. Sie wusste, dass das Transportsystem von der Zentrale aus optisch und akustisch überwacht wurde.

Das kleine Gefährt jagte gleich darauf mit hoher Geschwindigkeit durch das vielfach verzweigte System der Kontrollstollen, passierte andere Wartungs- und Reparaturstationen und erreichte einen Bezirk, der nach dem Ende der Konzilsherrschaft noch nicht wieder voll erschlossen worden war. Es handelte sich um die beiden Rohrbahnstrecken, die von Containtrans-Station aus einerseits einen Ring um die zwölf Raumhäfen bildeten und andererseits die Verbindung zu einer Kette von Raumabwehrforts in den Bergen nördlich von Trade City darstellten. Der Bau der Forts hatte erst wenige Monate vor der Invasion des Konzils begonnen und war mit der Besetzung von Olymp durch Laren und Überschwere gestoppt worden.

Nach dem Ende der Konzilsherrschaft waren andere Arbeiten wichtiger gewesen, als diese beiden Rohrbahnstrecken wieder in Betrieb zu nehmen. Die Raumabwehrforts sollten überhaupt nicht mehr fertiggestellt werden, da die galaktopolitische Schönwetterphase ihre Inbetriebnahme nicht erforderte.

Die Springerin hörte auf, über ihre Gebrechen zu jammern, als sie den Schweber zu dem am weitesten von Trade City entfernten Raumhafen steuerte. Hier konnte sie von der Zentrale aus nicht mehr beobachtet werden, denn auch das Überwachungssystem war noch nicht vollständig wieder in Betrieb genommen.

Am Ziel angekommen, schwang die Springerin sich gewandt aus dem Schweber, passierte eine Wartungs- und Reparaturstation und gelangte über die in völliger Dunkelheit liegende Rohrbahnstation an die Oberfläche.

Auch hier war es dunkel. Über diesem Bereich des Planeten war inzwischen die Nacht hereingebrochen.

Der alten Frau machte das nichts aus. Sie bewegte sich so zielstrebig, als wäre es heller Tag. Nach kurzer Zeit erreichte sie eine der Raststätten des Raumhafens. Hinter der Fensterfront schimmerte der düstere Schein der Notbeleuchtung.

Sie änderte ihr Verhalten abermals und tappte nun unsicher durch die Parkanlage vor der Raststätte. Minuten später drang sie durch den eigentlich verschlossenen Hintereingang in das Gebäude ein.

Die Springerin ging an den Waschräumen und Toiletten vorbei und betrat schließlich das weitläufige Restaurant. Der Raum war voller Besucher: Terraner, Arkoniden, Neu-Arkoniden, Akonen, Blues, Topsider, Springer, Ferronen und einige Vertreter anderer galaktischer Völker. Sie alle waren entweder als Passagiere oder als Besatzungsmitglieder auf Frachtraumschiffen nach Olymp gekommen. Die Blockade des Systems hatte sie zu Gestrandeten gemacht.

Die alte Springerin suchte sich einen Sitzplatz an der Peripherie, stützte die Ellbogen auf und vergrub ihr Gesicht in den Händen. Sie schien vor sich hin zu dösen.

Tatsächlich beobachtete sie sehr gründlich, was um sie herum vorging. Sie sah, wie die Gestrandeten sich Verpflegung und Getränke aus der stillgelegten Robotküche und den Vorratskammern holten – und sie belauschte die Gespräche der Restaurantbesucher.

Allmählich formte sich für sie ein Bild der Situation auf den zwölf Raumhäfen. Die Invasoren hatten demnach alle Besatzungen und Passagiere aus den wartenden Schiffen vertrieben und mittlerweile sogar alle technischen Einrichtungen der Hafenanlagen desaktiviert.

Allerdings gab es Ausnahmen. Die positronischen Start- und Landehilfen sowie die Roboteinrichtungen der den Raumhäfen angegliederten Werften arbeiteten noch. Es sah aus, als hätten die Invasoren alle Werftanlagen für ihre Zwecke umprogrammiert und schickten ihre eigenen Raumschiffe hindurch, um Wartungs- und Reparaturarbeiten durchführen zu lassen.

Die Invasoren schienen gewisse Schwierigkeiten mit ihren Schiffen zu haben. Es mochte aufschlussreich sein, herauszufinden, worin diese Schwierigkeiten bestanden.

Die Frau erhob sich nach einiger Zeit wieder, schlurfte hinaus und verließ die Raststätte durch den rückwärtigen Eingang, durch den sie gekommen war. Sie humpelte gerade wieder durch den Park, als mehrere große Gleiter aus dem Nachthimmel herabsanken und die Raststätte abriegelten. Bewaffnete schwärmten aus, umstellten das Gebäude und drangen ein.

Zwei der Invasoren, eine Tobbon-Type und eine Brak-Type, verstellten der Springerin den Weg, als sie den Park gerade verlassen wollte.

»Wohin willst du, Garbeschianer?«, fragte die Tobbon-Kopie.

»Garbeschianer!«, äffte die Springerin keifend nach und fuchtelte dem Mann mit ihrer schwabbeligen Hand vor dem Gesicht herum. »Ich bin kein Garbeschianer, ich gehöre zur geachteten Sippe der Olkonol, du Flegel! Geh mir aus dem Weg – oder sprich wie ein gesitteter Mann zu mir!«

Die Tobbon-Type lachte. »Ihr Garbeschianer seid gut im Erfinden immer neuer Lügengeschichten. Aber ich will gar nicht mit dir streiten. Ich habe dich nur gefragt, wohin du gehen willst.«

»Wir müssen alle Garbeschianer, die sich in der Raststätte aufhalten, registrieren«, erklärte die Brak-Type höflich. »Es wäre zwecklos, wenn ihr versuchen wolltet, zu Fuß nach Trade City zu gelangen. Der Weg ist viel zu weit. Ihr müsst schon warten, bis ihr abgeholt werdet.«

»Wer sagt denn, dass ich zu Fuß in die Stadt will«, schnaufte die Frau. »Ich musste einfach raus und frische Luft schnappen. Dort drin ist die Luft so dick, dass man sie mit dem Messer schneiden kann. Irgendwelche Idioten haben sogar die Klimaanlage lahmgelegt.« Sie funkelte die Tobbon-Type zornig an. »Weißt du, welche Idioten das waren, Muskelprotz?«

»Es waren meine Vorgesetzten«, sagte der Orbiter freundlich. »Aber das sind keine Idioten, Garbeschianer. Sie mussten erst alle Schaltungen lahmlegen, um danach herauszufinden, welche wieder aktiviert werden können.«

»Hörst du eigentlich schwer?«, keifte die Alte. »Du nennst mich hartnäckig Garbeschianer. Vorhin habe ich dir erklärt, dass ich eine Springerin bin. Mein Name ist Salibia.«

»Ich sagte dir schon, dass ich nicht mit dir streiten will«, erwiderte die Tobbon-Type. »Du gehst jetzt in die Raststätte zurück und lässt dich registrieren! Danach kannst du meinetwegen so viel frische Luft schnappen, wie du willst.«

»Ihr seid Banausen!«, schimpfte die Springerin. Aber sie machte kehrt und schlurfte in die Raststätte zurück.

Dort hatten die Orbiter inzwischen nahezu alle Anwesenden registriert, deren Gepäck durchsucht und die ID-Karten mit Imprints versehen. Auch die ID-Karte der Springerin erhielt einen Eindruck. Nach dem Gepäck fragten die Invasoren nicht. Sie nahmen sicher an, dass es sich unter den untersuchten Gepäckstücken befand.

Nachdem die Invasoren gegangen und mit ihren Gleitern weitergeflogen waren, verließ auch die Alte die Raststätte und kehrte durch die Rohrbahnstation zu dem in der Wartungs- und Reparaturstation stehenden kleinen Schwebefahrzeug zurück.

Sie fuhr zum Ausgangspunkt der in die Berge führenden Rohrbahnstrecke, hielt in der Station eines der Raumabwehrforts an und gelangte von dort aus in einen getarnten Schacht. Rund fünfhundert Meter führte dieser in die Tiefe. Er endete in einem Labyrinth voller tödlicher Fallen.

Nachdem die Frau das Labyrinth unbeschadet passiert hatte, wartete sie, bis sich eine Transportkapsel näherte, vor ihr hielt und aufsprang. Sie stieg ein, nannte ihr Ziel und lehnte sich zurück, als die Kapsel beschleunigte ...

Die Station Mary Read Building war nicht von Invasoren besetzt. Aber als Cern Jost, Vljegah und Eloim Calvario über die Nottreppe die Halle im Erdgeschoss betraten, sahen sie durch das Glassit des Hauptportals schwer bewaffnete Invasoren, die zweifellos verhindern sollten, dass jemand das hundertvierundachtzigstöckige Gebäude verließ.

»Sie lassen niemanden hinaus!«, rief jemand von einer Sitzgruppe her. Es war ein junger Mann, der mehrere Aufnahmegeräte vor sich auf dem Glastisch liegen hatte. »Ich bin Reporter. Aber nicht einmal mich lassen sie hinaus. Es interessiert sie nicht, dass es zu meinem Beruf gehört, ungewöhnliche Ereignisse zu dokumentieren.«

»Wenigstens haben sie die Beleuchtung nicht ausgeschaltet«, bemerkte Eloim. »Ich schlage vor, wir versuchen es durch eine der Lieferschächte.«

»Alles abgeschaltet«, erwiderte der Reporter. »Wirtschaft und Verkehr in Trade City sind zusammengebrochen – und wenn die Invasoren die Ausgangssperre nicht bald aufheben, kann die Bevölkerung sich nicht einmal mehr mit Nahrungsmitteln versorgen.«

»Wie sieht es mit der Kanalisation aus?«, fragte Jost.

»Die arbeitet vermutlich noch«, erwiderte der Reporter. »Aber warum bleiben Sie nicht einfach hier?«

»Wir müssen zum Kaiserlichen Palast«, sagte Calvario. »Da kommen wir allerdings durch die Kanalisation nicht hin.« Er wandte sich an Jost. »Ich sehe nur noch den Weg durch die Hauptversandleitung. Ein Nebenrohr zweigt zum Palast ab.«

»Viel Glück!«, sagte der Reporter. »Keine fünf Okrills bekämen mich in die Versandleitung. Dort ist es dunkel, kalt – und die Wände sind spiegelglatt.«

»Wir müssen es versuchen«, beharrte Calvario.

»Einverstanden«, sagte Jost. »Vljegah, du bleibst hier und ...«

»Das kommt überhaupt nicht infrage!«, widersprach die Chaioanerin energisch. »Ich gehöre zu euch, also gehe ich mit euch!«

Calvario zuckte die Achseln, dann führte er seine Gefährten zur Nottreppe eines Antigravschachts. Eine Etage tiefer gelangten sie zur Versandzentrale. Auf einer Verteilerplattform lagen unterschiedlich große Kapseln. Einige waren geöffnet. Sie enthielten Kühlbehälter für Lebensmittel und Getränke, Gesteinsproben und sogar positronische Speicherelemente.

Ein älterer Mann in Technikermontur kniete vor einem geöffneten Schaltpult und leuchtete das dicht gepackte Innenleben mit einer Speziallampe aus.

»Hallo!«, sagte Eloim.

Der Techniker fuhr herum und blickte die drei Eindringlinge missbilligend an.

»Was haben Sie hier zu suchen?«

Eloim lächelte. »Wir brauchen eine Möglichkeit, den Palast des Kaisers zu erreichen. Wie ich weiß, führt ein Nebenrohr dorthin.«

»Für eilige Güter – nicht für Personen!«, entgegnete der Mann streng. Er erhob sich. »Verlassen Sie sofort diesen Raum! Unbefugte haben hier keinen Zutritt.«

»Würden Sie das auch den Invasoren erklären, falls welche hierherkämen?«, fragte Jost.

»Fünf waren schon hier, und sie haben die Positronik demoliert. Das heißt, sie haben die Aktivierungsschaltung ausgebaut und den Instandsetzungsroboter mitgenommen. Was hätte ich dagegen unternehmen sollen?«

»Dann helfen Sie uns!«, drängte Calvario. »Behindern Sie nicht ausgerechnet die, die noch etwas gegen die Fremden tun können! Sagen Sie uns, wie wir das zum Palast führende Nebenrohr erreichen!«

Der Techniker seufzte. »Falls Sie glauben, Sie könnten durch eine aufwärts führende eisglatte Röhre kriechen, dann sind Sie ein Narr. Sie kämen keinen Meter vorwärts.«

Er sah, dass Vljegah an ihm vorbei zur Positronik ging, wirbelte herum und ergriff die Chaioanerin am Arm. In der nächsten Sekunde ließ er sie aufschreiend los und umklammerte stöhnend sein rechtes Schienbein.

»Der Rechner hat sich aktiviert«, erklärte Vljegah. »Nur deshalb wollte ich ihn mir ansehen.«

Der Techniker wischte sich Schmerztränen aus den Augen. Er schaute zur Positronik, schüttelte den Kopf. »Das verstehe ich nicht«, ächzte er. »Wie soll das ohne Aktivierungsschaltung ...?«

»Vielleicht waren Geister am Werk«, sagte Calvario. »Stellen Sie keine Fragen, stellen Sie uns einfach drei große Kapseln zur Verfügung und befördern Sie uns damit zum Palast!«

»Sie sind wahnsinnig!«, rief der Techniker. »Die Kapseln werden mit zwanzig g beschleunigt. Das halten Sie nicht aus.«

Der Raumfahrer hielt plötzlich einen kleinen Kombistrahler in der Hand. »Schnell!«, befahl er. »Und wegen unserer Gesundheit zerbrechen Sie sich nicht unsere Köpfe!«

»Schon gut, schon gut!« Abwehrend hob der Techniker die Hände. »Ich beuge mich der Gewalt.«

Er musterte die Kontrollen, schüttelte den Kopf und nahm die ersten Schaltungen vor.

Die Verteilerplattform versank im Boden. Als sie wieder nach oben kam, waren die kleinen Kapseln verschwunden. Auf der Plattform lagen jetzt drei sarggroße geöffnete Transportbehälter.

Calvario schwang sich als Erster auf die Plattform und streckte sich in einer der Kapseln aus. Jost und Vljegah folgten seinem Beispiel.

Der Kundschafter registrierte sofort die dicke Polsterung der Kapsel. Natürlich mussten alle Waren gegen die Beschleunigungskräfte gesichert werden.

Die Transportbehälter schlossen sich selbsttätig. Augenblicke später nahm Jost wahr, dass seine Kapsel sich bewegte. Danach lag sie wieder still – und kurz darauf glaubte er, zerquetscht zu werden. Cern Jost konnte in dem Moment nicht einmal mehr denken.

Die Beschleunigung ließ sofort wieder nach. Aber in kurzen Abständen wurde die Kapsel noch einmal nachbeschleunigt.

Wie lange? Der Kundschafter vermochte es nicht zu sagen. Eine Ewigkeit, nur wenige Momente? Sein Zeitempfinden geriet völlig aus den Fugen.

Bremskräfte wurden mehrmals wirksam. Dann, von einem bangen Moment zum nächsten, verloren sich diese Empfindungen.

Stille.

Jost spürte, dass er atmete. Er lag in einem wunderbar ausgepolsterten Sarg und atmete. Er brauchte gar nicht erst anzufangen, gegen die Wand zu trommeln. Niemand würde ihn hören.

Zehn Minuten schon?

Mühsam hob er den linken Arm und versuchte, die Zeitanzeige des Kombiarmbands abzulesen. Er schaffte es nicht. Die holografische Anzeige verschwamm vor seinem übergehenden Blick.

Allmählich befürchtete er, der Techniker könnte ihn an ein stillgelegtes Ziel befördert haben. Irgendwohin, wo keiner mehr war.

Er schwitzte. Fragte sich, wie lange die Atemluft reichen würde. Unwillkürlich atmete er hastiger. Er schaffte es nicht mehr, sich zur Ruhe zu zwingen. Die Luft schmeckte schon schal. Er roch seinen Schweiß, die wachsende Furcht, die ihn nicht mehr losließ. Der Versuch, auf diese Weise in den Palast zu gelangen, war aberwitzig gewesen. Zu jeder anderen Zeit, aber doch nicht jetzt, wenn die Orbiter alles lahmlegten ...

Ein Geräusch fraß sich durch seine Einsamkeit.

Schritte? Stimmen? Er fantasierte bereits, weil der Sauerstoff knapp wurde. Er war schweißgebadet.

Ein Schaben. Der Sargdeckel wurde zurückgeklappt. Die jähe Lichtflut blendete Jost.

»Auch das ist er nicht, Fürst«, hörte er eine tiefe Stimme sagen.

Er blinzelte hektisch. Versuchte, mehr als nur verzerrte Schatten über sich zu erkennen. Er räusperte sich. Krächzte. »Wenn mich nicht alles täuscht, bin ich doch im Palast angekommen.«

»Ein Witzbold!«, sagte die tiefe Stimme. Cern Jost sah nun schon so etwas wie ein Gesicht. Ein zweites Gesicht war plötzlich daneben; es nahm Konturen an, wirkte gar nicht so fremd.

»Cern, alter Casanova!«, sagte eine Stimme, die er kannte. »Junge, kommst du direkt aus dem Solsystem?«

Der Kundschafter atmete auf. Er spürte, wie seine erstarrte Miene zum Grinsen wurde.

»Du meinst, ich wäre durch euren Container-Transmitter gekommen, Jürgo.« Gierig atmete er die frische Luft. Er hustete, würgte, redete trotzdem weiter. »Das nicht ... Ich war schon auf Olymp. Urlaub, Jürgo. Könnte ruhig darauf verzichten, wird ja doch wieder ... Arbeit. Hilft mir keiner aus diesem Sarg heraus?«

Fürst Jürgo Wolfe-Simmer lachte. Er packte zu und hob den keineswegs schwächlich gebauten Liga-Kundschafter mühelos aus der Kapsel.

»Nogo, hilf du bitte der Dame und dem alten Herrn aus ihren Botanisiertrommeln!«, wandte er sich an einen Edelmann.

»Jawohl, Fürst!«

Es klapperte, dann gab es einen dumpfen Aufprall.

»Ich bin kein alter Herr!«, schimpfte Calvario. »Warum liegen die Kapseln auf so gefährlich hohen Gestellen?«

Cern Jost wandte den Kopf. Er sah, dass der Raumfahrer von der Kapsel auf den vielleicht fünfzig Zentimeter tiefer liegenden Boden gestürzt war. Vljegah wurde unterdessen von einem Mann aus ihrer Kapsel gehoben. Das schweißnasse Haar klebte ihr wirr am Kopf.

»Eigentlich haben wir Kaiser Argyris erwartet, als die Kontrollen die Sendung anzeigten«, meinte Jürgo Wolfe-Simmer.

»Warum das?«, fragte Jost.

»Weil es in der letzten halben Stunde einige Aktivitäten gab, die sich kaum anders als durch sein Eingreifen erklären lassen«, antwortete der Fürst. Er wandte sich Vljegah zu und verbeugte sich. »Willkommen im Palast des Kaisers. Ich werde veranlassen, dass ein Bad für Sie bereitet wird. Sie müssen sich von den Strapazen des ungewöhnlichen Transports erholen.«

»Danke, Fürst«, erwiderte die Chaioanerin, sichtlich beeindruckt von seinem Charme. Sie strahlte ihn an. »Auch wenn Sie kein Fürst im Sinn terranischer Terminologie sind, Sie haben echten Adel. Ich werde Sie heiraten, Fürst. Was halten Sie davon?«

Jürgo Wolfe-Simmer überwand die Überraschung schnell. Seine Erwiderung wirkte etwas gezwungen.

»Wir reden darüber, sobald die Orbiter Olymp wieder verlassen haben.«

»Orbiter?«, fraget Calvario.

»So nennen sie sich selbst«, erklärte Fürst Wolfe-Simmer. »Warum, weiß niemand von uns – und wir haben auch keine Ahnung, warum sie uns Garbeschianer nennen.«

»Ich hoffe, das wird sich klären lassen.« Jost seufzte. »Jedenfalls stellen wir, Eloim Calvario, Vljegah und ich, uns der Regierung zur Verfügung. Wir können zupacken, wo wir gerade gebraucht werden.«

»Danke, Cern«, erwiderte der Fürst. »Wir können gerade in dieser Lage tatkräftige Unterstützung gebrauchen. Aber zuerst das Bad, dann das Vergnügen.« Er lachte schallend.

»Cern, du hast etwas vergessen«, sagte Vljegah, als der Fürst aufhörte zu lachen.

Der Liga-Kundschafter runzelte die Stirn.

»Die Grüße ... Du solltest Grüße an Fürst Nurim Dagorew ausrichten. Ich denke, das solltest du erledigen, bevor du an ein Bad denkst.«

»Das kann ich ebenso gut«, sagte Wolfe-Simmer. »Wer lässt Nurim grüßen, Cern?«

»Das weiß ich eben nicht«, erklärte er verlegen. »Das heißt, es war eine alte Springerin, aber ich kenne ihren Namen nicht.«

»Eine alte Springerin?«, wiederholte der Fürst gedehnt. »Und sie nannte ihren Namen nicht.« Er lächelte plötzlich. »Eine Ahnung hätte ich schon. Es gibt eine Menge Gerüchte darüber, dass unser Chef sich hin und wieder als perfekter Verwandlungskünstler betätigt haben soll.«

Nogo nickte heftig, und Cern fragte verblüfft: »Euer Chef? Doch nicht etwa Kaiser Argyris?« Er schüttelte den Kopf. »In diesem Fall war er es sicher nicht, denn der Kaiser ist gut zwei Meter groß. Die Springerin war höchstens einsachtzig. Er kann sich schlecht um einen Kopf kürzer gemacht haben.«

Wolfe-Simmer winkte lässig ab. »Dann war er es eben nicht. Es sind ja auch nur Gerüchte.«

»Ich glaube fest an diese Gerüchte«, sagte Nogo.

Jost kratzte sich hinter dem Ohr. »Andererseits – woher sollte die

Springerin gewusst haben, wohin ich gehen wollte? Es stand mir bestimmt nicht auf der Stirn geschrieben.«

»Vielleicht kann Nurim uns sagen, wer die Frau war«, meinte Wolfe-Simmer. »Er muss sie kennen. Na, kommt erst einmal mit, Freunde! Nogo, lass bitte drei Bäder richten!«

»Hoffentlich sind die Wannen im Palast größer als die Versandbüchsen«, sagte Vljegah zweifelnd.

»Sie sind so groß, dass zwei Erwachsene darin baden könnten – gleichzeitig, meine ich.« Nogo eilte davon.

»Das bringt mich auf eine Idee!«, rief Vljegah. »Hallo, wohin laufen Sie so schnell, Fürst? Warten Sie doch auf uns!«

»Ist sie immer so?«, fragte Calvario.

»Hm«, machte der Liga-Kundschafter. »Beeilen wir uns lieber, sonst verpassen wir den Anschluss!«

34.

Die alte Springerin hatte ihr Ziel erreicht und schickte die Transportkapsel davon. Sie ging auf ein Türschott aus einer Terkonit-Ynkelonium-Legierung zu, das sich nur kurz öffnete, um sie hindurchzulassen. Ein energetisches Gleitband trug sie durch die anschließende lang gestreckte Halle.

Geschmeidig sprang die Alte am anderen Ende der Halle zurück auf festen Boden. Vor ihr öffnete sich das nächste Schott.

»Willkommen in der Biostation, Alte!«, rief eine krächzende Stimme.

»Nicht so vorlaut, Bluebird!«, herrschte sie den farbenprächtigen Papagei an, der auf seiner Schaukel eifrig hin und her trippelte. »Eines Tages rupfe ich dir die Federn aus!«

Sie ging an der Reihe der an den Schultern aufgehängten, völlig bekleideten Biomasken entlang. Vor der Maske, die den Freifahrerkaiser Anson Argyris darstellte, blieb sie stehen und nickte zu dem bärtigen Gesicht hinauf.

»Bald wird der Vario-500 wieder in dich fahren, Argyris«, sagte sie mit schmerzlich verzogenem Gesicht. »Nur nicht gleich. Vorher sind noch einige Dinge zu erledigen, für die sich deine Gestalt nicht eignet.«

Die einzige leere Halterung in der Deckenschienenführung schwebte heran. Die Springerin stellte sich so, dass die Spezialklammern sie an den Schultern packen konnten.

Als das geschehen war, öffneten sich mit schnalzendem Geräusch Kleidung und Rumpf der Alten. Ein eiförmiges Gebilde wurde sichtbar, es drängte das schlagende Herz und die sich aufblähenden und wieder zusammensinkenden Lungenflügel beiseite und schwebte ins Freie.

»Vario – Narrio!«, kreischte Bluebird.

Aus der Decke schnellten Servoarme, während die Springerin-Maske an ihrer Halterung wie an einem Fleischerhaken davonglitt – sicher ein makabrer Anblick für zarte Gemüter. Die Servoarme reinigten den Vario-Roboter, der den Ortungskopf und die Gliedmaßen noch einmal ausfuhr. Außerdem überprüften die Arme die Struktur des Atronital-Compositum-Mantels auf Festigkeit und ergänzten die Vorräte an hochkatalysiertem Deuterium.

Nach dieser Prozedur zog der Vario-500 den Ortungskopf und die Gliedmaßen wieder ein und schwebte auf den geöffneten Rumpf der Lucy-Teacher-Maske zu. Die Maske war eine wohlproportionierte junge Frau. Sie trug eine schwarze, mit Goldstaub gepuderte Chruunlederhose, goldfarbene hochhackige Schuhe und eine halb transparente Seidenbluse.

Ein Greifer zog die transparente Folie von der Kokonmaske, das Robotei drängte sich in den Hohlraum des Rumpfes. Als es Ortungskopf und Teleskopglieder ausfuhr, wurde das Nervensystem der Maske sensibilisiert. Dadurch schloss sich die Rumpföffnung, während bestimmte Reizkontakte des Vario-Roboters den Eigenkreislauf der Biomaske anregten. Die Ver- und Entsorgungsschläuche fielen von der Maske ab.

Ein Zittern ging durch den Körper von Lucy Teacher, als sich die Lungen erstmals wieder mit Luft füllten. In die eben noch glasig starren Augen trat Leben.

Die Halterung transportierte Lucy zu einem Podest und löste die Schulterklammern. Der Körper schwankte leicht, wurde aber von unsichtbaren Stützfeldern gehalten, bis die Tastimpulse verborgener Instrumente die Lucy-Vario-Kombination durchgecheckt und alles für in Ordnung befunden hatten.

Als die Stützfelder erloschen, stieg Lucy vom Podest und bewegte sich seltsam stelzend und hüftschwingend an den anderen Masken vorbei auf die Schleuse zu.

»Schöne Lucy, schlimme Lucy!«, kreischte der Papagei.

Vor dem Schleusenschott blieb sie stehen und drehte sich um.

»Schlimmer Bluebird! Als Springerin hätte ich mich wohler gefühlt, aber das ging nicht mehr, da die Maske sich zu sehr exponiert hat.«

»Sabotage, Sabotage!«, schrie Bluebird und lachte schrill.

»Das schon eher«, sagte Lucy zu sich selbst und betrat die Schleuse.

Außerhalb der Biostation rief sie mit einem Kodeimpuls des positronischen Gehirnsektors eine Transportkapsel herbei. Die Kapsel glitt lautlos heran, während sich vor der Mündung des röhrenförmigen Schachtes wieder das grünlich flimmernde Energiefeld aufbaute.

Der Vario-Roboter sandte einen weiteren Impuls aus. Die Kapsel öffnete sich, bis Lucy Teacher in der Sitzvertiefung Platz genommen hatte. Dann setzte sie sich nach den erhaltenen Anweisungen in Bewegung und tauchte in das grünlich flimmernde Energiefeld vor der Schachtmündung ein. Es gab nur diesen indirekten Weg von und zur Biostation.

In mehrmaligem Wechsel zwischen Transmittersprüngen und normalmaterieller Fortbewegung jagte die Transportkapsel durch das subplanetarische Reich von Anson Argyris.

Die Fürsten Nurim Dagorew und Jürgo Wolfe-Simmer sowie Cern Jost, Vljegah und Eloim Calvario sahen mit ausdruckslosen Mienen zu, wie ein Trupp von hundert Orbitern den Kaiserlichen Palast durchsuchte.

Die Invasoren ließen nichts aus. Sie nahmen sogar die Bilder von den Wänden und suchten unter den schweren Teppichen nach Falltüren.

»Ich musste Nogo einsperren, sonst hätte er sich mit den Orbitern angelegt«, flüsterte Jürgo Wolfe-Simmer.

»Und wenn die Kerle ihn finden?«, meinte Vljegah.

»Diesen Palast haben schon Laren und Überschwere umgekrempelt, ohne auf eine der Geheimkammern zu stoßen. Geschweige denn, dass sie die hiesigen Zugänge zum Reich des Kaisers entdeckt hätten.«

»Es gibt dieses subplanetarische Reich also wirklich?«, fragte Jost. »Ich habe zwar viel darüber gehört, war mir aber nie sicher, ob es sich nur um Erfindungen handelte. Die Laren haben nichts davon geahnt?«

»Sie haben sogar einiges darüber gewusst – und einige weniger wichtige Zugänge gefunden«, sagte Wolfe-Simmer. »Nach hohen Verlusten beim Versuch, in das subplanetare Reich einzudringen, gaben sie auf. Sie verbreiteten die Lüge, es gäbe dieses Reich nur in der Propaganda einiger Unbelehrbarer, die sich noch gegen die Segnungen der Konzilsherrschaft sträubten.«

»Fantastisch!«, rief Vljegah. »Aber warum sind nicht alle Bewohner und Gäste Olymps vor den Orbitern dorthin geflohen?«

»Pst!«, flüsterte Nurim Dagorew. »Die Orbiter haben große Ohren. Nur wenige Olympier und ihre Freunde dürfen etwas über das verborgene Reich wissen. Sonst hätten wir nach dem Ende der Konzilsherrschaft sofort eine Touristenattraktion daraus machen können.«

Vljegah kicherte, verstummte aber, als eine Tobbon-Type kam.

»Wo ist der Garbeschianer, der sich Kaiser Anson Argyris nennt und als Statthalter über diesen Planeten herrschen soll?«

»Anson Argyris ist Kaiser der Freihändler von Boscyks Stern«, entgegnete Fürst Dagorew. »Es zeugt von Schwachsinn, wenn Sie sich einbilden, wir wären Garbeschianer. Erklären Sie uns lieber, warum Sie uns Garbeschianer nennen!«

»Weil ihr Garbeschianer seid.«

»Aha!«, machte Wolfe-Simmer höhnisch. »Warum wissen wir dann nichts davon?«

»Eine entsprechende psychische Konditionierung beeinflusst euch«, erklärte der Orbiter. »Wo befindet sich Anson Argyris?«

»Das wüssten wir selber gern«, sagte Dagorew. »Er ist verschwunden. Warum suchen Sie ihn?«

»Weil wir ihn auffordern wollen, die hochwertige mobile Positronik, die unsere Maßnahmen zur Ruhigstellung der Planetenausbeutung sabotiert, abschalten zu lassen.«

»Ruhigstellung der Planetenausbeutung ...«, wiederholte Jost. »Was soll das heißen?«

»Die Garbeschianer müssen daran gehindert werden, diesen Planeten weiter unrechtmäßig auszubeuten. Deshalb haben wir alle Rechen- und Speicherzentralen des Planeten stillgelegt, ohne sie ist eine Ausbeutung unmöglich. Leider gibt es auf Olymp eine hochwertige Positronik, die in ein Transportmittel installiert sein muss, denn sie hat bereits an verschiedenen Stellen des Planeten unsere Stilllegungsmaßnahmen rückgängig gemacht.«

»Aber was hat Kaiser Argyris damit zu tun?«, rief Dagorew.

»Er ist verantwortlich für alles, was auf Olymp geschieht, also auch für die Sabotageakte der mobilen Positronik. Er muss sie beenden, oder er wird dafür bestraft.«

»Wir werden es ihm ausrichten, falls wir ihn sehen sollten«, versprach Wolfe-Simmer. »Und nun verraten Sie uns endlich, warum Sie uns für Garbeschianer halten!«

»Weil wir euch nach dem Empfang des Signals vorgefunden haben«, antwortete die Tobbon-Type. »Es wäre besser gewesen, ihr hättet mit euren Horden niemals diese Galaxis überschwemmt – dann brauchten wir euch nicht zu vertreiben.« Der Mann wandte sich um und ging.

»Vertreiben?«, entfuhr es dem Kundschafter. »Soll das bedeuten, dass die Orbiter euch Freihändler von Olymp vertreiben wollen?«

»Es scheint so«, antwortete Fürst Dagorew erbittert. »Aber das werden wir niemals zulassen.« Er senkte seine Stimme. »Sobald die Orbiter den Palast verlassen haben, gehe ich auf die Suche nach dem Kaiser. Ich kenne einen der im Palast verborgenen Zugänge zu seinem subplanetarischen Reich.«

»Er wird abgesichert sein«, meinte Wolfe-Simmer.

»Er ist abgesichert«, erwiderte Dagorew. »Aber ich bin schon einmal ein Stück weit eingedrungen und habe die ersten sechs Fallensysteme ungeschoren passiert. Bis dahin komme ich also sicherlich – und von dort aus muss ich mich behutsam weitertasten.«

»Was den Laren nicht gelang, wird dir ebenso wenig gelingen, Nurim«, sagte Jost.

»Die Laren hatten nicht die gleiche Mentalität wie Kaiser Argyris. Aber ich bin ebenfalls ein Freifahrer und denke und fühle in den gleichen Bahnen wie er.«

»Du bist ein Held!«, sagte Vljegah strahlend. »Nurim, ich werde dich ebenfalls heiraten!«

»Mich – und wen noch?«, fragte Dagorew trocken.

»Fürst Wolfe-Simmer – und vielleicht auch Cern«, antwortete die Chaioanerin. Ihr gefallt mir alle.«

»Das freut mich«, sagte Nurim Dagorew. »Aber ich rate dir, noch etwas zu warten. Möglicherweise findest du Gefallen an den Orbitern – und sie würden vergessen, dass sie uns von Olymp vertreiben wollen.«

»Du Schuft!« Vljegah blickte sich suchend um, eilte zu einem Säulenstumpf und nahm die darauf stehende schwere Tonvase herunter.

»Nein!«, rief Dagorew. »Wieder hinstellen!«

»Schuft!«, schrie Vljegah und warf die Vase. Das kostbare Geschoss traf den Fürsten nicht und zerschellte auf dem Boden.

Aber etwas anderes traf den Fürsten weitaus mehr, als die Vase es vermocht hätte.

Die Oberfläche des Säulenstumpfes blinkte plötzlich in kurzen Intervallen – und der Sockel eines Reiterstandbilds in der Mitte der Vorhalle drehte sich langsam nach links.

Nurim Dagorew wurde bleich. Er stürmte los, sprang auf den Säulenstumpf und setzte sich auf die blinkende Fläche. Irgendwo klickte etwas, dann drehte sich der Sockel wieder in die Ausgangsposition zurück.

Mit angehaltenem Atem wartete Dagorew darauf, dass der Spalt, der sich soeben geöffnet hatte, wieder verdeckt wurde – und ob die in der Halle anwesenden fünf Orbiter etwas von dem Vorgang bemerkt hatten. Doch die Doppelgänger waren mit der Untersuchung und dem Abschalten der Vorhallenpositronik beschäftigt und hatten nur einmal kurz herübergeschaut, als die Vase am Boden zerschellte.

»Da habe ich beinahe etwas angerichtet«, flüsterte Vljegah, während sie neben den auf dem Säulenstumpf hockenden Fürsten trat.

»Es handelt sich zwar nur um einen falschen Zugang, der nach fünfhundert Metern blind endet, aber hätten die Orbiter ihn entdeckt, wären sie vielleicht auf den Gedanken gekommen, nach echten Zugängen in die Unterwelt zu suchen. Besorgen Sie etwas Schweres, das wir auf den Säulenstumpf stellen können!«

»Eine andere Vase?« Die Chaioanerin musterte die zahlreich vorhandenen Vasen und Krüge. »Ich fass keine mehr an. Womöglich lege ich den echten Zugang bloß.«

»Du hast eine schlechte Meinung von der Fantasie unseres Kaisers«, erwiderte Fürst Dagorew. »Nimm irgendeine Vase!«

Vljegah gehorchte. Augenblicke später konnte der Fürst endlich seinen auffälligen Sitzplatz verlassen.

Die Hundertschaft der Orbiter zog ab, nachdem alle wichtigen Positroniken im Palast desaktiviert waren.

»Endlich!« Vljegah seufzte erleichtert. »Brechen wir sofort auf, Nurim?«

»Was heißt ›wir‹?«, fragte Dagorew.

»Es heißt, dass ich mitkomme, wenn du ...«

»Pst!«, flüsterte der Fürst. »Die Orbiter haben bestimmt überall Mikrospione versteckt. Erst wenn wir sie gefunden und beseitigt haben, dürfen wir wieder offen reden.«

Pyon »Kaktus« Arzachena stocherte mit einem Stück Draht im Kopf seiner qualmenden Tabakspfeife herum. Sein schmales, braunhäutiges und außerordentlich faltiges Gesicht war zu einem verschmitzten Lächeln verzogen.

»Selbstverständlich bin ich mit von der Partie, wenn es darum geht, etwas für Olymp zu tun, Tiff. Ich verdanke den Freihändlern sehr viel, vor allem aber Anson Argyris.«

»Das Gleiche gilt für mich«, warf der zweite Besucher in Tifflors Arbeitsraum ein.

Der Erste Terraner wandte den Kopf und musterte Hotrenor-Taak. Manchmal musste er sich fragen, ob er nur träumte, dass aus dem Anführer der larischen Invasionstruppen ein aufrichtiger Freund der Menschheit und wertvoller Helfer der GAVÖK geworden war.

»Ich freue mich, dass Sie sich zur Verfügung stellen, Hotrenor-Taak. Aber ich bitte darum, auch das große Risiko zu sehen, das Sie mit einem Flug nach Olymp eingehen würden.«

»Risiken lassen sich nie ganz vermeiden – es sei denn, wir würden überhaupt nichts tun. Wir müssen wissen, was auf Olymp vorgeht und warum die Orbiter auf der Welt der Freifahrer gelandet sind.«

»Richtig«, pflichtete Pyon Arzachena dem Laren bei. »Wir werden sofort mit der HOBBY-BAZAAR starten.«

»Nicht mit Ihrem Schiff, Pyon«, erwiderte Julian Tifflor.

»Warum nicht, Tiff? Es ist ein gutes Schiff, und ich kenne mich blendend mit ihm aus.«

»Das bestreitet niemand.«

»Aber wie ich Tiff kenne, wird er bereits ein Schiff für den Einsatz präpariert haben – mit all den kleinen Wunderdingen, die Geheimdienste parat halten«, warf Hotrenor-Taak ein.

»Sie kennen sich in dieser Materie noch besser aus als ich, Taak«, sagte Tifflor. »Ja, so ist es. Deshalb ist die HOBBY-BAZAAR für diese Mission ungeeignet, Pyon.«

Arzachena fuhr sich mit den Fingern durch die stachligen Haarborsten, die ihm den Spitznamen eingebracht hatten.

»Wenn es so ist, sage ich nichts dagegen, Freunde. Was ist es für ein Schiff?«

»Ein Hundert-Meter-Kugelraumer der GAVÖK, die VARAULT VENCHKE«, antwortete Tifflor. »Kommandant ist Raumkapitän Oscar ›Pig‹ Rizzo.«

»Ein vielversprechender Spitzname.« Arzachena paffte graue stinkende Wolken in die Luft.

Julian Tifflor wedelte mit den Händen vor seinem Gesicht. Er hustete.

»Rauchen Sie bloß nicht in der Nähe von Orbitern dieses Kraut, Kaktus!«, sagte er warnend. »Die Doppelgänger würden das für einen Giftgasangriff halten und zum Gegenangriff übergehen. Ist das überhaupt Tabak?«

»Selbstverständlich, Tiff.« Arzachena grinste. »In den Hydroponiktanks der HOBBY-BAZAAR selbst gezogen. Zugegeben, der Samen stammt von mutierten Tabakabkömmlingen, aber mir schmeckt das Kraut.«

»Wie sollen wir vorgehen?«, fragte Hotrenor-Taak.

»Ich schreibe Ihnen nichts vor. Die endgültige Entscheidung lässt sich sowieso erst vor Ort treffen.«

Arzachena nahm die Pfeife aus dem Mund.

»›Vor Ort‹ ist eine gute Bezeichnung, Tiff. Sie erinnert mich an meine Zeit als Prospektor.« Er seufzte. »Wenn ich daran denke, wie ich meinen Jahrtausendfund auf Hertschos gemacht habe ...!«

»Wo du beinahe ums Leben gekommen wärst, weil deine Ausrüstung museumsreif und voller Defekte war – und das auf einer luftlosen Eiswelt!«, rief der Lare. »Aber halten wir keine langen Reden, sondern brechen wir auf. Wo steht die VARAULT VENCHKE, Tiff?«

»Raumhafen von Terrania, Sektor für GAVÖK-Schiffe«, antwortete der Erste Terraner. »Ich wünsche Ihnen beiden viel Glück und gesunde Heimkehr.«

Pyon Arzachena klopfte seine Pfeife auf der Tischplatte aus, dann stand er auf.

Julian Tifflor blickte dem Laren und dem Prospektor nach, bis das

Schott sich hinter ihnen geschlossen hatte. Dann erst fiel sein Blick auf das Aschenhäufchen auf dem kleinen Marmortisch. Er seufzte.

»Hoffentlich bleibt von den beiden mehr zurück als das«, sagte er besorgt.

Am Morgen des 30. Juni 3587 – terranische Standardzeit – ging ein Wolkenbruch über Trade City nieder und setzte vorübergehend die Straßen unter Wasser. Da die Invasoren alle wichtigen Systeme sowie die robotischen Hilfsdienste stillgelegt hatten, konnte das Wasser nicht abgepumpt werden und ergoss sich an manchen Stellen in die Subetagen der Häuser, wo es zu Kurzschlüssen kam.

Die Kommandotrupps der Orbiter in der Stadt unternahmen nichts. Sie brachten sich lediglich vor den Fluten in Sicherheit.

Zarcher gab daraufhin Anweisung, dass die Ausgangssperre auf die Zeit von zwanzig Uhr bis sieben Uhr beschränkt werden sollte, damit die Garbeschianer von Trade City in der Lage waren, sich mit Kleinigkeiten des persönlichen Bedarfs zu versorgen. Beim Entschluss zu dieser Erleichterung spielte auch die Überlegung mit, dass sich das Verhalten der Garbeschianer erheblich besser untersuchen ließ, wenn sie sich einigermaßen frei bewegen konnten.

Als dem Kommandeur wenig später gemeldet wurde, dass die Robotfeuerwehren von Trade City ausgerückt waren und das Wasser aus den Subetagen pumpten, obwohl die betreffenden Steuerpositroniken noch desaktiviert waren, ordnete er eine gründliche Untersuchung des Vorfalls an. Er vermutete sofort, dass die geheimnisvolle mobile Positronik damit zu tun hatte.

Die mit der Untersuchung beauftragten Kommandos stellten tatsächlich fest, dass die Robotwehren beziehungsweise ihre Eigenpositroniken durch kodierte Impulsgruppen aktiviert worden waren, die von einer nicht genau zu lokalisierenden Position unter der Planetenoberfläche gesendet worden waren.

Zarcher schickte Kampfkommandos mit Robotmaulwürfen los. Die Maulwürfe bohrten sich mithilfe von Feldfräsen durch das Gestein der Planetenkruste und suchten die Gegend ab, aus der die Impulsgruppen mit großer Wahrscheinlichkeit gesendet worden waren.

Sie fanden unter anderem einen alten Tiefbunker, der mit dem weitverzweigten ersten und größtenteils nicht mehr benutzten Kanalisationsnetz von Trade City verbunden war. Von dort aus hätten die Impulsgruppen gesendet werden können – und zwar nur von einer sehr hochwertigen Positronik.

Aber von der betreffenden Positronik gab es weit und breit keine Spur. Offensichtlich befand sie sich in einem Geheimversteck und hielt sich für die nächsten Gegenmaßnahmen bereit.

Zarcher sah darin die Bestätigung seiner ersten Vermutung über die Ruhe und Gelassenheit, mit der die Garbeschianer von Olymp auf die Invasion reagierten. Es war eine überhaupt nicht für die Wildheit der Garbeschianer typische Reaktion – und Zarcher hatte sofort einen Bluff dahinter vermutet. Die Garbeschianer wollten den Orbitern einreden, sie seien keine Garbeschianer. Deshalb beherrschten sie sich mit beinahe unglaublicher Willenskraft.

Solange die mobile Positronik den Garbeschianern immer wieder half, die Folgen der Strafexpedition der Orbiter in erträglichen Grenzen zu halten, mochte es ihnen gelingen, ihre Wildheit zu zügeln. Darum musste die mobile Positronik gefasst und unschädlich gemacht werden.

Wenn die Lage für die Garbeschianer auf Olymp dann schwieriger wurde, würde ihre Wildheit durchbrechen und sie zu aggressiven Akten verleiten. Dann erhielten die Orbiter endlich einen sichtbaren Anlass, scharf durchzugreifen.

Ziemlich gelassen verfolgte der Vario-Roboter aus dem Körper Lucy Teachers heraus die Jagd der Orbiter-Kommandos nach einer mobilen Positronik. Er war sogar den ersten Kommandotrupps begegnet. Aber die Orbiter suchten nach einer mobilen Positronik. Wahrscheinlich vermuteten sie diese in einem größeren Fahrzeug und von Garbeschianern begleitet. Sie konnten nicht wissen, dass sich die Positronik im Körper einer schönen Frau verbarg.

Langsam ging Lucy zwischen den mehreren Gleitern hindurch, mit denen die Orbiter gelandet waren. Die Invasoren musterten sie nur mehr oder weniger gelangweilt. Eigentlich benahmen sie sich nicht wie Soldaten, die eine fremde Stadt erobert hatten.

Neben drei Orbitern – einer Simudden-, einer Axe- und einer Hemmings-Type – blieb Lucy stehen. Sie steckte sich eine Narkozigarette an und blies dem Akonen-Doppelgänger den Rauch ins Gesicht.

»Was ist eigentlich mit euch los?« Sie himmelte den falschen Simudden geradezu an. »Habt ihr Fruchtsaft statt Blut in euren Adern, oder seid ihr völlig verdreht?«

Der Simudden-Typ wedelte mit der Hand den Rauch vor seinem Gesicht weg. »Kein Orbiter wird sich mit Garbeschianern einlassen, egal ob männlich oder weiblich«, sagte er. »Ihr Garbeschianer seid für eure Heimtücke bekannt.«

»Dass ich nicht lache!«, erwiderte Lucy. »An mir ist noch niemand gestorben, im Gegenteil. Aber ich bin ja auch kein Garbeschianer, sondern eine Olympierin. Kapiert?«

»Du bist psychisch so konditioniert, dass du gar nicht weißt, dass du ein Garbeschianer bist«, erklärte die Hemmings-Type.

»Warum hilfst du mir dann nicht, Dickerchen? Erklär mir, was du unter einem Garbeschianer verstehst!«

»Ein Garbeschianer ist ein Angehöriger der Horden von Garbesch«, sagte der falsche Hemmings. »Die Horden von Garbesch überfielen vor langer Zeit zum ersten Mal diese Galaxis und richteten furchtbares Unheil an. Sie wurden geschlagen und vertrieben. Da sie nicht vernichtet wurden, rechnete man mit ihrer späteren Rückkehr und schuf ein noch stärkeres Machtpotenzial, um sie beim nächsten Angriff entscheidend schlagen zu können.

Dieses Machtpotenzial wurde aktiviert, als das Signal verkündete, dass die Horden von Garbesch erneut in diese Galaxis eingefallen sind.«

»Pattkhor!«, rief die Simudden-Type. »Dieser Garbeschianer lacht dich insgeheim aus, weil du über Dinge redest, die ihm viel besser bekannt sind.«

»Ich lache niemanden aus, Orbiter«, widersprach Lucy. »Bitte erzähle weiter!«

Pattkhor schüttelte den Kopf. »Verschwinde, Garbeschianer!«, herrschte er Lucy an. »Dronkmar hat sicher recht. Du lachst mich nur aus, weil ich so gutmütig bin, dir die Geschichte eures Volkes zu erzählen.«

»Aber nein!«, rief Lucy Teacher.

Pattkhor zog seinen Paralysator. »Verschwinde! Ich lasse mich nicht zum Narren halten! Ihr Garbeschianer seid alle hinterlistig und gemein!«

Lucy bedachte die Hemmings-Type mit einem Schimpfwort und ging weiter.

»Der Palast ist sauber, Fürst Dagorew«, erklärte Nogo. »Wir haben dreiundsiebzig Mikrospione entdeckt.«

»Danke«, erwiderte Nurim Dagorew und wandte sich wieder an seine Gäste. »Wenn ihr bereit seid, können wir aufbrechen, Freunde.«

Gemeinsam betraten sie einen Antigravschacht. In der untersten Subetage lagen Flugaggregate für sie bereit. Nachdem sie die Aggregate umgeschnallt und aktiviert hatten, löste sich der Schachtboden auf.

»Eine perfekte Materieprojektion«, flüsterte Fürst Dagorew.

»Unheimlich«, sagte Vljegah.

Etwa hundert Meter tiefer erreichten sie eine Halle, in der sich nur die Statue eines Freifahrers befand. Sie stand auf einem Marmorpodest.

»Lovely Boscyk!«, rief Eloim Calvario überrascht aus.

»Er war der erste Kaiser der Freifahrer«, bestätigte Dagorew ehrfürchtig. Der Fürst wandte sich der Statue zu und redete auf sie ein. Jost hatte den Eindruck, dass es sich bei der Sprache um Altterranisch handelte.

Lovely Boscyks Denkmal antwortete. Nach einem kurzen Dialog schwenkte das Podest zur Seite und gab den Zugang zu einer Wendeltreppe frei.

»Ein falsches Wort von mir, und wir lebten nicht mehr«, sagte Dagorew. Er sprang auf die oberste Treppenstufe. »In Kürze schwenkt der Sockel zurück. Beeilt euch!«

Nacheinander hasteten sie hinter dem Fürsten die Treppe hinab.

Eine unheimliche, bedrückend anmutende Umgebung empfing sie. Ohne Dagorews Hinweise wären sie blind in manche Falle hineingestürmt.

Nach einer Weile standen sie einer in eine bizarre Rüstung gekleideten Gestalt gegenüber. Die Figur hob ein blitzendes Langschwert. Der Fürst lächelte, als er auf den Ritter zuging.

»Achtung!«, rief er über die Schulter zurück. »Sobald das Schwert mich berührt, werde ich von einem Transmitterfeld weiterbefördert. Denkt bitte nicht, mir würde etwas zustoßen.«

Urplötzlich fuhr das Schwert herab, um Fürst Dagorew den Schädel zu spalten. Vljegah schrie leise auf.

Aber das Schwert berührte den Freihändler nicht einmal. Die Luft flimmerte um Nurim Dagorew – und im selben Sekundenbruchteil verschwand er.

»Wahrhaft teuflisch!«, sagte Cern Jost erschüttert. »Nur wer bereit ist, sich den Schädel spalten zu lassen, überlebt.«

Mit sichtlich gemischten Gefühlen ging er selbst auf den Ritter zu, der die Waffe schon wieder in die Höhe gerissen hatte. Er schloss unwillkürlich die Augen, als das Schwert auf ihn herabsauste – und spürte im nächsten Moment einen ziehenden Schmerz.

Als er die Lider wieder aufschlug, befand er sich in einem Spiegelsaal.

»Hier kannst du dich frei bewegen, Cern«, sagte Fürst Dagorew. »Das ist der einzige Raum, der keine Falle enthält.«

Der Liga-Kundschafter atmete erleichtert auf, als Vljegah ebenfalls materialisierte und kurz darauf auch Calvario.

Lucy Teacher näherte sich gerade dem Landefeld eines Raumhafens, als der Vario-500 ein Signal auffing. Vier Unbefugte waren vom Palast aus in die Sicherheitszone seines subplanetarischen Reiches eingedrungen.

Der Roboter zweifelte nicht daran, dass es sich um Freifahrer aus dem Kreis seiner Mitarbeiter handelte. Er wusste, dass Fürst Nurim Dagorew schon vor Längerem einen Geheimzugang entdeckt hatte. Beunruhigend war jedoch, dass die Eindringlinge energetische Aktivitäten auslösen konnten, die unter Umständen den Ortungsgeräten der Keilschiffe nicht verborgen bleiben würden.

Der Vario sah zwei Möglichkeiten, das zu verhindern. Die eine war, umgehend in sein subplanetarisches Reich zurückzukehren. Die andere Möglichkeit konnte durch wirkungsvolle Maßnahmen gegen die Desaktivierung der positronischen Systeme von Trade City die Orbiter so verwirren, dass sie selbst hohe energetische Aktivitäten entwickelten, die alles andere überdeckten.

Der Vario-Roboter entschied sich für die zweite Möglichkeit.

35.

Die Treffner-Type namens Quysader rief das Flaggschiff der Flotte BAL. Während der Orbiter darauf wartete, dass sich Kommandeur Zarcher meldete, musterte er sehr zufrieden die Kontrollwand der Kommunalen Entsorgungszentrale von Trade City. Alles war dunkel.

Endlich stand die Funkverbindung. »Was hast du mir zu melden, Quysader?«, fragte der Flottenkommandeur.

»Das Entsorgungszentrum ist lahmgelegt. Die Pumpsysteme der Abwasserbeseitigung und die automatischen Kläranlagen stehen still.«

»Der Gestank wird die Garbeschianer hoffentlich so entnerven, dass ihre ungezügelte Wildheit wieder durchbricht. Ich halte mich mit dem Gros der Flotte bereit, um jeden Widerstand zu brechen. Sorge dafür, dass das Entsorgungszentrum von einer ausreichenden Anzahl Robotern bewacht wird!«, befahl Zarcher und unterbrach die Verbindung.

Quysader nickte den anderen Orbitern zu. »Das war sehr gute Arbeit.«

»Wir werden auch am nächsten Schwerpunkt fehlerfrei arbeiten«, erwiderte Santörn, eine Schatten-Type. Sie wischte sich eine Strähne ihres pechschwarzen Haares aus dem Gesicht. Im Unterschied zum Original trug sie ihr Haar schulterlang.

Quysader lächelte – und dann gefror sein Lächeln geradezu. Alle Kontrollen und Überwachungsskalen zeigten an, dass die Entsorgungssysteme von Trade City fehlerlos arbeiteten.

»Das gibt es nicht!« Gorfain, eine Brak-Type, raufte sich das grün gefärbte Haar. »Quysader, besser als wir hätte niemand die Anlage lahmlegen können!«

»Ihr habt versagt!«, rief Quysader.

»Ausgeschlossen. Die mobile Positronik muss wieder eingegriffen haben.«

»Das sind Ausreden!« Quysader reagierte unbeherrscht. »Sorgt dafür, dass die Anlage abgeschaltet bleibt. Sofort!«

Sie waren Positronik-Spezialisten. Nur knapp eine halbe Stunde brauchten sie, um sicher zu sein, dass keine ihrer vielen Manipulationen regeneriert worden war. Trotzdem arbeitete die Anlage wieder.

»Uns sind die Hände gebunden«, stellte Santörn abschließend fest.

»Wir können die Aktivitäten der Anlage nur dann verhindern, wenn wir sie zerstören.«

»Es ist nicht unsere Schuld, Quysader. Verantwortlich sind die Suchkommandos, denen es nicht gelingt, die mobile Positronik unschädlich zu machen.«

Quysader schwieg dazu. Er stellte abermals eine Funkverbindung zum Flaggschiff her.

»Die mobile Positronik hat unsere Arbeit sabotiert«, meldete er dem Kommandeur. »Trotz Entfernung aller Aktivierungsschaltkreise arbeitet das Entsorgungssystem wieder.«

»Diese mobile Positronik kann nicht überall zugleich sein«, erwiderte Zarcher erregt. »Dennoch haben sich inzwischen achtzehn angeblich fehlerfrei abgeschaltete Systeme in Trade City wieder eingeschaltet. Quysader, ich habe dir unsere drei besten Spezialisten zugeteilt. Wenn nicht einmal sie in der Lage wären, die Sabotage einer mobilen Positronik zunichtezumachen, müsste ich unsere Taktik für gescheitert erklären. So werden wir es nie schaffen, die Garbeschianer zu provozieren.«

»Die Leute sind nicht dazu in der Lage, Zarcher«, erklärte Quysader. »Es sei denn, wir würden die Entsorgungszentrale zerstören.«

»Das wäre die allerletzte Möglichkeit. Ich schrecke davor zurück, weil wir die technischen Anlagen Olymps für die vertriebenen Eigentümer dieses Planeten erhalten müssen. Falls sie noch leben, werden sie nach der Vertreibung der Garbeschianer zurückkehren.«

»Welche Anweisungen hast du?«, fragte Quysader.

»Du bleibst mit deinen Spezialisten und den Robotern vor Ort. Verhindert, dass Garbeschianer eventuell mit Ersatz für die Aktivierungs-Schaltkreise eindringen, sobald die mobile Positronik unschädlich gemacht ist.«

»Selbstverständlich«, erwiderte Quysader. »Wie willst du diese mobile Positronik unschädlich machen?«

»Wenn die Gewalt versagt, muss eine List ersonnen werden«, sagte der Kommandeur.

Das Schott der Arrestzelle öffnete sich. Die sieben Flibustier wichen etwas zurück, als sie im Schiffskorridor drei der gefürchteten Kegelroboter sahen.

Ein Orbiter des Axe-Typs blieb unter dem Schott stehen. Er war zweifellos intelligenter als der echte Axe und besaß gepflegte Umgangsformen.

»Hallo!«, rief er. »Archetral schickt mich. Ich soll mich nach eurem Befinden erkundigen.«

»Interessiert sich der Kommandant neuerdings dafür?«, fragte Kayna Schatten. »Kann er sich nicht denken, dass freiheitsliebende Intelligenzen unter der Gefangenschaft leiden?«

»Ich heiße Wyssel«, erklärte die Axe-Type. »Selbstverständlich weiß der Kommandant, dass eure Lage bemitleidenswert ist. Deshalb lässt er mitteilen, dass euch ab sofort einige Erleichterungen gewährt werden. Einmal am Tag dürft ihr euch drei Stunden ungehindert in der mittleren Schiffssektion bewegen. Der Bereich wird selbstverständlich während dieser Zeit abgesperrt und bewacht sein. Außerdem erhaltet ihr täglich eine Ration solcher Lebensmittel, die von den auf Olymp hausenden Garbeschianern bevorzugt werden.«

»Was ist mit Alkohol?«, murmelte Josto ten Hemmings.

Aus einer Tasche seiner Montur brachte Wyssel eine Halbliterflasche mit braunem Etikett zum Vorschein. »Dieser Syntho-Whisky enthält dreiundvierzig Prozent Alkohol, Garbeschianer.«

»Nein«, ächzte ten Hemmings. »Das ist nicht wahr! Oder doch?« Zögernd schob er sich nach vorn. Dann riss er dem Orbiter die Flasche förmlich aus der Hand. Er war fast zu aufgeregt, um den Schraubverschluss zu öffnen. Als er es doch geschafft hatte, nahm er gierig einen tiefen Schluck.

Als er die Flasche mit einem Schnaufer absetzte, glänzten seine Augen vor Freude.

»Du bist ein Engel, Axe!«, ächzte er. »Und dein Kommandant ist auch ein Engel.«

»Bekommen wir keinen Whisky?«, erkundigte sich Pearl Simudden.

»Ihr auch?«, fragte Wyssel verwundert. »Wir dachten, nur ten Hemmings wäre Alkoholiker!«

»Wir sind keine Alkoholiker!«, rief Treffner empört. »Wir sind Gegner des Alkohols. Deshalb vernichten wir ihn, wo wir ihn erwischen.«

Brush Tobbon lachte dröhnend. »Du hast es gehört, Affenbruder. Also, was ist? Bringst du uns auch ein paar Flaschen?«

»Ich denke schon, dass sich das bewerkstelligen lässt«, antwortete die Axe-Type. »Ganz sicher sogar. Soll das sofort sein, oder hast es Zeit bis morgen?«

»Diese Freundlichkeit!«, sagte Simudden kopfschüttelnd. »Mir scheint, die Orbiter haben plötzlich eine tiefe Zuneigung zu uns entwickelt. Was ist bloß los mit euch, Wyssel? Hoffentlich keine ansteckende Krankheit.«

»Der Kommandant möchte nicht, dass einer von euch während der Gefangenschaft an Bord ein psychisches Trauma entwickelt.«

»Nächstenliebe pur, wie?«, höhnte der Akone.

»Ist doch egal, oder?«, warf der echte Axe verdrossen ein. »Ich will jedenfalls auch meinen Whisky!«

»Ich werde sehen, was sich machen lässt«, erklärte Wyssel und zog sich zurück.

»Diese Fürsorge stinkt geradezu nach einem fetten Köder«, sagte Simudden zornig, als die Flibustier wieder allein waren. »Jede Wette, dass die Orbiter uns für irgendwelche Machenschaften einspannen wollen. Was hältst du davon, Kayna?«

Kayna Schatten wiegte den Kopf.

»Es sieht ganz danach aus, Panika. Aber es könnte ebenso sein, dass Zarcher sich darauf besonnen hat, dass er für unsere körperliche und geistige Gesundheit verantwortlich ist.«

»Ich denke, dass keine finstere Absicht dahintersteckt«, sagte Treffner. »Das beweist doch wohl die Tatsache, dass der Roboter nur für Josto Whisky mitgebracht hat.«

Simudden schüttelte den Kopf. »Das beweist gar nichts. Archetral ist zweifellos ein heller Kopf und wird, wenn er uns hereinlegen will, alles so arrangieren, dass die offensichtlichen Tatsachen dagegen sprechen.«

»Panika denkt wieder um drei Ecken herum.« Brush lachte trocken. »Er kann den ehemaligen Geheimdienstchef nicht verleugnen. Nehmen wir doch den Whisky, wie er kommt. Wir haben ja sonst nichts.«

Als hätte er damit ein Stichwort gegeben, öffnete sich das Schott erneut. Wyssel lächelte den Flibustiern entgegen. An ihm vorbei schwebte ein Rundumkämpfer und setzte eine Kiste mitten in der Arrestzelle ab.

»Zehn Flaschen Syntho-Whisky«, sagte Wyssel. »Sobald wir auf Olymp gelandet sind, werdet ihr auch mit euren bevorzugten Lebensmitteln versorgt.«

Augenblicke später war der Spuk schon wieder vorbei. Brush Tobbon öffnete die Kiste, indem er den Deckel mit seinen Pranken packte und einfach zerfetzte.

»Zehn Flaschen Whisky!« Er warf jedem seiner fünf Gefährten eine Flasche zu. »Für mich natürlich zwei«, stellte er fest. »Und Josto kriegt auch noch eine, weil er sich nicht längst schon besoffen hat.«

Kayna Schatten nahm bereits einen vorsichtigen Schluck. »Das Zeug ist warm und schmeckt muffig.« Sie schüttelte sich.

Treffner trank ebenfalls nur wenig.

»Der muffige Nachgeschmack kommt davon, dass der Whisky aus Hefekulturen gebrannt wurde, die auf vorgereinigten Abwässern leben«, stellte er fest. »Es wäre besser, wenn wir ihn kühlen könnten.«

Axe hatte den Mund voll Whisky. Er spie in hohem Bogen aus. »Auf Abwässern?«, keuchte er. »Pfui Teufel! Das Zeug kann trinken, wer will.«

»Sei nicht so empfindlich, Affe!«, rief Tobbon freundlich und nahm selbst einen tiefen Schluck. »Das ist der normale biologische Kreislauf.«

»Das ist ein Thema, wie geschaffen für echte Männer?«, höhnte Kayna Schatten. »Darüber vergesst ihr nur das Wichtigste.«

»Was denn?« Brush Tobbon blickte die Plophoserin fragend an.

Simudden lächelte in sich hinein.

»Du weißt, wovon ich rede, nicht wahr, Panika?«, fragte Kayna.

Der Akone nickte. »Es ist mir auch aufgefallen, dass die SIRKON-BAL wohl in Kürze auf Olymp landen wird, nicht wahr? Aber mir gefallen deine daraus folgenden Spekulationen nicht, Kayna.«

»So ist das«, machte die Frau. »Dir gefallen meine Spekulationen nicht, obwohl ich sie noch gar nicht ausgesprochen habe.«

»Ich kenne dich doch.«

»Du denkst an Flucht, nicht wahr?« Tobbon rülpste.

»Erraten, Brush«, erwiderte Kayna Schatten ernst. »Wir werden auf Olymp landen – und wir werden uns im Mittelsektor des Schiffes frei bewegen können. Ich sage euch, wenn es uns nicht gelingt, diese Gelegenheit zu nutzen, brauchen wir uns nicht mehr Flibustier zu nennen.«

Simudden klatschte dezent. »Déjà vu!«, rief er. »Genau dieselben Gedanken hattet ihr, bevor wir in die Falle von Xirdell geflogen sind.«

Pearl Simudden musterte das große Panoramaholo, das eine Wand des Aufenthaltsraums einnahm. Der Raum gehörte noch zu der Auslaufsektion, wie Treffner den Bereich der SIRKON-BAL nannte, in dem sich die Flibustier drei Stunden lang die Füße vertreten durften.

Sehnsüchtig blickte der Pirat auf die vielen Sterne. Er fragte sich, wie lange er es als Gefangener aushalten konnte, ohne allmählich den Verstand zu verlieren.

»Jetzt mit der JACK LONDON zwischen den Sternen kreuzen, wie, Panika?«, sagte Kayna Schatten neben ihm.

Der Akone wandte den Kopf und musterte die Planerin. Sie wirkte so unschuldsvoll wie immer.

»Ich bin mir nicht im Klaren darüber, ob ich jemals wieder auf die JACK LONDON gehen würde«, erwiderte er. »Im Grunde genommen möchte ich meine Piratenvergangenheit begraben.«

»Das kannst du nicht. Oder meinst du, einer von uns hätte jemals eine Chance, wieder einem friedlichen Beruf nachzugehen?«

»Kaum, Kayna. Dazu müssten wir uns in die Gesellschaft eingliedern. Aber diese Gesellschaft will uns nicht haben, es sei denn als Gefangene auf einem Strafplaneten oder als psychisch Umgeformte mit neuer Persönlichkeit. Freiwillig würde ich das nicht auf mich nehmen.«

»Wir haben schon darüber nachgedacht ...«

Simudden fuhr sich mit beiden Händen übers Gesicht. Er wirkte angespannt. »Das ist nicht vergleichbar, Kayna«, sagte er verhalten. »Als Retter unserer Galaxis könnten wir Nachsicht beanspruchen.«

»Wir hätten sogar ein moralisches Anrecht darauf!«, sagte die Frau trotzig.

»Spinnt ihr wieder philosophisches Garn?« Unerträglich laut dröhnte Tobbons Stimme hinter den beiden. »Lass dich von diesem akonischen Schwarzseher nicht weichklopfen, Kayna!«

»Keineswegs!«, gab Kayna Schatten zurück. »Aber ich lasse mir von dir ebenso wenig Vorschriften machen, Brush. Kapiert?«

»Ist ja schon gut«, erwiderte der Epsaler beruhigend. »Statt die Sterne anzustarren, solltest du dir Gedanken über unsere Flucht machen.«

»Ich habe mir die Ausgänge der Mittelsektion vorgenommen. Sie werden nicht von Rundumkämpfern, sondern nur von Orbitern bewacht.«

»... die wahrscheinlich ebenfalls Roboter sind«, erinnerte der Akone.

»Pah!«, machte Tobbon. »Sie sind nichts gegen die Kegelroboter. Ich zerquetsche jeden Orbiter, wenn er nicht gerade mein Ebenbild ist.«

»Wenn wir tatsächlich auf Olymp landen, sollte sich auch eine Gelegenheit zur Flucht ergeben«, fuhr Kayna fort. »Da die Orbiter uns die Monturen gelassen haben, gibt es äußerlich keine Unterschiede zwischen ihnen und uns. Wenn wir uns etwas anders herrichten, könnten wir uns wenigstens eine Zeit lang wieder unter die Orbiter mischen, ohne als Originale erkannt zu werden.«

»Was du nicht sagst«, murrte Tobbon. »Alles schon da gewesen.«

»Einer von uns müsste allein ausbrechen«, fuhr Kayna unbeeindruckt fort. »Einer, dessen Ebenbild einen Ausgang bewacht. Der Kerl wird überwältigt und in unsere Zelle gesperrt. Das Original nimmt seinen Platz vor dem Ausgang ein und lässt sich nach dem Ende der Wachzeit ablösen beziehungsweise kehrt an seinen normalen Arbeitsplatz zurück. Er muss bis zum Beginn unserer nächsten Auslaufzeit unauffällig bleiben. Dann sorgt er für Verwirrung – und wir anderen verschwinden auf Nimmerwiedersehen.«

Simudden seufzte. »Der Austausch-Orbiter müsste einen Tag lang mit Orbitern zusammenarbeiten, denen seine Eigenheiten vertraut sind. Die Wahrscheinlichkeit, dass er sich verraten würde, ist zu groß.«

»Das Risiko müssen wir einkalkulieren«, erklärte Kayna Schatten.

»Was für ein Risiko?«, fragte Markon Treffner. Der Ara hatte soeben den Aufenthaltsraum betreten und ging zu dem Kommunikationsgerät, das eine gewisse Ähnlichkeit mit einem Interkom hatte.

»Was hast du vor, Markon?«, rief Tobbon.

»Ich habe durch ein Schott gehört, dass etwas über die Bordsprechanlage durchgesagt wird«, erklärte der Mediziner. »Vielleicht können wir es hier ebenfalls empfangen.«

Schon nach seinen ersten Schaltungen erklang eine markante Stimme.

»... eben deshalb auf Olymp landen«, hörten die Flibustier.

»Das ist der Kommandant, wenn ich mich nicht irre«, sagte Treffner.

»Ruhe!«, fauchte Tobbon.

»... Ziel der Widerstandsbewegung der Garbeschianer von Olymp scheint eindeutig zu sein, unsere Maßnahmen zu sabotieren. Dann sind die Garbeschianer allgemein nicht genügend Druck ausgesetzt und laufen deshalb nicht Gefahr, ihre Maske fallen zu lassen«, fuhr Archetral fort. »Da die Gruppe über eine besonders hochwertige mobile Positronik verfügt, konnte sie einige Erfolge erzielen. Die Besatzung der SIRKON-BAL bildet sofort nach der Landung eine Einsatzgruppe, die unter meiner Führung schwerpunktmäßig die Suche nach der mobilen Positronik vorantreiben wird. Viertausend Orbiter werden ausschließlich dafür eingesetzt, uns mit Spezialgerät zu unterstützen. Ende der Durchsage.«

Brush Tobbon lachte triumphierend. »Das wird immer besser! Nach der Landung sind vielleicht nur noch ein paar Orbiter im Schiff. Mit denen werden wir fertig.«

»Wir blasen sie einfach um«, erklärte Simudden. »Und dann nehmen wir selbstverständlich Verbindung zu der Widerstandsgruppe auf.«

Brush Tobbon schien den Hohn des Akonen nicht zu bemerken. Er nickte eifrig.

»Ganz klar, dass wir die Führung der Widerstandsgruppe an uns reißen. Wir Flibustier werden eine richtige Guerillatruppe aus ihnen machen. Vor allem werden wir der LFT einen Bericht über die Stahlwelten im galaktischen Zentrum zukommen lassen.«

»Du bist wirklich ein Hellseher, Brush«, sagte Pearl Simudden gequält. »Alles so verdammt einfach.«

Die SIRKON-BAL hatte sich gerade aus ihrem Orbit über Olymp gelöst, da wurde sie von einem der außerhalb des Systems patrouillierenden Erkunder angerufen.

Archetral nahm das Gespräch an. In der Bildübertragung des Hyperfunks erschien das Konterfei einer Schatten-Type.

»Mecheler, Erkunder BETRUP-BAL. Kommandeur Zarcher hat mich an dich verwiesen. Du sollst dich um die Angelegenheit kümmern und sie möglichst mit der anderen Sache verbinden.«

»Welche Angelegenheit meinst du?«, fragte Archetral erstaunt.

»Der Anflug eines unbekannten Raumschiffs. Kugelförmig, Durchmesser hundert Meter Garbeschianermaß, Triebwerksposition im äquatorialen Ringwulst. Das Schiff kam kurz vor dem System in den Normalraum zurück und hält seitdem konstant Kurs auf Olymp. Was sollen wir unternehmen?«

Archetral war also aufgefordert, diese Angelegenheit mit der anderen Sache zu verbinden – und mit der anderen Sache war zweifellos die Inszenierung einer Flucht der sieben Gefangenen gemeint. Und deren erwartete Suche nach der mobilen Positronik. Aber wie ließ sich beides verbinden?

»Das fremde Schiff bleibt unbehelligt!«, befahl Archetral. »Für unsere anderen Einheiten werde ich das noch bekannt geben, Mecheler. Sollte das Schiff tatsächlich auf Olymp landen, obwohl es bald unsere Restflotte über Olymp sehen wird, dann gehe ich mit der SIRKON-BAL daneben nieder. Aber das braucht dich nicht mehr zu interessieren.«

»In Ordnung, Archetral. Ich lasse das fremde Schiff passieren. Übrigens hat es uns inzwischen in der Ortung. Trotzdem keine Kurskorrektur.«

»Das kann uns nur recht sein«, gab Archetral zurück. »Ende!«

Er sorgte dafür, dass die übrigen Einheiten der Flotte BAL angewiesen wurden, das fremde Raumschiff nicht zu behindern und auch nicht gegen seine Landung auf dem Planeten Olymp einzuschreiten.

»Das müssen an die zehntausend Raumschiffe sein!«, schimpfte der Kommandant der VARAULT VENCHKE. »Die umkreisen Olymp wie ein Schwarm Fliegen einen Dunghaufen.«

Pyon Arzachena kicherte. Der alte Prospektor kauerte in seinem Kontursessel und kaute genüsslich an einem großen Stück Kautabak.

Hotrenor-Taak verzog indigniert sein Gesicht.

»Sie können wirklich sehr anschaulich schildern, Kapitän«, sagte er sarkastisch.

Oscar Rizzo grinste. »Das habe ich von meinem Vater geerbt. ›Mein Junge, du musst so reden, dass die Leute sich von allem ein deutliches Bild machen können‹, sagte er immer.«

»Keilförmiges Raumschiff in der Tasterortung!«, melde ein Ortungstechniker. »Länge einhundertundzehn Meter. Wir werden ebenfalls angemessen!«

»Kurs beibehalten, O'Neal!«, befahl Rizzo.

»Jawohl, zum Teufel!«, gab O'Neal zurück.

Hotrenor-Taak lächelte. »So ist's recht, Kapitän. Lassen Sie sich nicht beirren, es sei denn, die Keilschiffe stoppen unser Schiff gewaltsam.«

Er wandte sich an Arzachena. »Du solltest mich jetzt in die Arrestzelle sperren, Pyon. Als Opfer von euch Garbeschianern darf ich nicht frei im Schiff herumlaufen.«

Der alte Prospektor spie braune Tabakbrühe in einen Kaffeebecher, dann erhob er sich seufzend.

»Also vorwärts, Taak! Ein paar Stunden wirst du es hoffentlich in der Arrestzelle aushalten.«

Pyon Arzachena kam sehr schnell in die Zentrale zurück. »Wie hat das Keilschiff reagiert?«, erkundigte er sich.

»Keine Reaktion!«, antwortete Rizzo säuerlich. »Als gäbe es uns überhaupt nicht.«

»Olymp wird immerhin von ungefähr zehntausend weiteren und teils erheblich größeren Keilschiffen belagert«, wandte der Ortungstechniker ein. »Wir haben sie klar angemessen.«

»Nur zehntausend«, erwiderte Rizzo. »Dann haben sich ungefähr siebentausend Keilschiffe auf dem Planeten niedergelassen wie Fliegen auf einem Haufen ...«

»Immer diese Fliegen!«, fiel Arzachena dem Kommandanten ins Wort. »Wie wäre es zur Abwechslung mit einigen anderen Tieren?«

Zehn Minuten später vollführte die VARAULT VENCHKE ein kurzes Linearmanöver. Sie kehrte erst sehr dicht vor Olymp in den Normalraum zurück. An einem einzelnen kleinen Keilschiff vorbei stieß sie in die Atmosphäre des Planeten vor und setzte zur Landung an.

»Das Kugelraumschiff will tatsächlich auf dem Planeten landen«, sagte Archetral. »Wenn sich Garbeschianer an Bord befinden, müssen sie den Verstand verloren haben.«

Er gab Anweisungen, die Gefangenen in die Gemeinschaftszelle zurückzubringen, und ließ die SIRKON-BAL dem Kugelraumschiff folgen.

»Es funkt den Kontrollturm von Raumhafen fünf an, Kommandant«, meldete gleich darauf die Funkzentrale. »Die Besatzung scheint völlig arglos zu sein. Sie ersucht um Landeerlaubnis.«

»Das zeugt nicht gerade von hoher Intelligenz«, erwiderte Archetral. »Gib an die Besatzung des Kontrollturms durch, sie soll dem Schiff Landeerlaubnis erteilen! Aber niemand darf sich in der Bildübertragung sehen lassen. Vielleicht gelingt uns tatsächlich ein bedeutsamer Fang.«

Eine Viertelstunde später setzte die SIRKON-BAL knapp hundert Meter neben dem Kugelraumschiff auf. Archetral ordnete an, dass mehrere Landungstrupps seines Schiffes ausschleusen und das Kugelraumschiff besetzen sollten.

Es gab keinerlei Widerstand. Als der Leiter des Enterkommandos schon kurze Zeit später den Vollzug meldete, verließ Archetral ebenfalls die SIRKON-BAL, um die Gefangenen noch auf ihrem eigenen Schiff zu verhören.

Zwei Garbeschianer waren die führenden Personen auf dem Kugelraumer. Der eine war mittelgroß und dick, der andere noch ein Stück größer und eher dürr, kurzes Stachelhaar überzog seinen eiförmigen Schädel.

»Wer von euch Garbeschianern ist der Schiffsführer?«, fragte Archetral.

»Ich«, antwortete Oscar Rizzo. »Ich protestiere energisch gegen die kriegerische Besetzung meines Schiffes und die ebenso unrechtmäßige Gefangennahme der Besatzung. Das ist eine ganz große Sauerei ...«

»Schweig!«, fuhr Archetral den Gefangenen an und wandte sich an Pyon Arzachena. »Welche Funktion erfüllst du an Bord, Garbeschianer?«

Der dürre alte Mann spie ätzenden Tabaksaft aus. Dazu grinste er überheblich.

»Ich bin Leiter des Transports und damit weisungsberechtigt dem Kapitän gegenüber. Wenn mich meine alten Augen nicht im Stich gelassen haben, bist du ein Flibustier namens Pearl Simudden, der verkrachte Geheimdienstchef von Akon und Schurke, Mörder und Räuber.«

»Ich bin kein Flibustier, sondern ein Orbiter!«, stellte Archetral klar.

»Aha«, machte Arzachena. »Wen umkreist du, wenn ich fragen darf? Oder hat der Name nichts mit deiner Funktion zu tun?«

»Der Spott wird dir noch vergehen, Arzachena«, erwiderte Archetral. »Woher kommt ihr?«

»Aus der Dunkelwolke Provcon-Faust.«

»Stimmt das?« Archetral wandte sich an den Leiter einer Gruppe, die damit beschäftigt war, das Logbuch und die Flugdaten zu prüfen.

»Es lässt sich nicht mehr feststellen«, antwortete der Orbiter. »Die Garbeschianer haben alle Daten gelöscht.«

»Selbstverständlich«, erklärte Arzachena. »Das ist Vorschrift bei einem Überfall. Was sucht ihr Gesindel eigentlich auf Olymp? Ich hielt die vielen Raumschiffe für die neue Flotte des Kaisers.«

»Besitzt der Statthalter von Olymp eine so riesige Armada?«, fragte Archetral alarmiert.

Arzachena zuckte die Achseln. »Was weiß ich? Es hätte ja sein können. Wir wissen leider nicht viel über Olymp und über die Streitkräfte des Kaisers, denn wir sind zum ersten Mal hier.«

»So«, sagte Archetral. »Du bist der Leiter des Transports. Was für ein Transport, Garbeschianer?«

»Ich bin nicht berechtigt, Unbefugten Auskünfte zu erteilen«, erklärte Arzachena.

»Wir finden die Wahrheit auch ohne deine Mitwirkung heraus«, gab Archetral zurück. »Durchsucht das Schiff!«, befahl er seinen Leuten.

Wenig später schleppten mehrere Orbiter den an Händen und Füßen gefesselten Laren in die Zentrale.

»Er war in einer Arrestzelle eingesperrt«, berichtete einer von ihnen.

Archetral bedachte Arzachena mit einem halb nachdenklichen, halb schadenfrohen Blick. Danach erst wandte er sich an den Laren. »Wer bist du?«

»Wer bist du?«, fragte Hotrenor-Taak mürrisch zurück. »Ich gebe keinem Garbeschianer Auskünfte.«

Die Orbiter in der Zentrale hielten den Atem an. Sogar Archetral brauchte einige Sekunden, um die Sprache wiederzufinden.

»Ich bin kein Garbeschianer«, erklärte er heftig. »Ich kämpfe gegen die Horden von Garbesch.«

»Ich auch«, sagte der Lare. »Ich heiße ...«

»Nicht weiter!« In einer unmissverständlichen Geste riss Archetral die Hand hoch. »Du bist so wichtig für uns Orbiter, dass ich dich nicht anhören darf, solange der Kommandeur der Flotte BAL nicht anwesend ist. Sage also kein Wort mehr, bevor Zarcher hier ist! Ich lasse ihn sofort benachrichtigen.«

36.

Pearl Simudden stand in der offenen Bodenschleuse und schaute zu dem nur etwa hundert Meter entfernt stehenden Kugelraumschiff hinüber. VARAULT VENCHKE, stand in riesigen Lettern auf dem Rumpf – und der kleinere Zusatz: GAVÖK.

Ihn schwindelte, dass er die Freiheit so nahe vor sich sah, aber er beherrschte sich. Seine Aufgabe war, etwas vorzubereiten, was die Besatzung der SIRKON-BAL im entscheidenden Moment so ablenkte, dass sie alle sieben ungehindert fliehen konnten.

Beinahe wäre der Austausch mit der Simudden-Type namens Korfatell gescheitert, denn die Gefangenen hatten ihre Auslaufzeit knapp eine Stunde zu früh abbrechen müssen. Nur wenige Minuten zuvor war Korfatell von Tobbon überwältigt, gefesselt und geknebelt und in der Toilette der Arrestzelle versteckt worden.

Simudden selbst hatte sich gerade wie sein Ebenbild zurechtgemacht, indem er sein Haar gescheitelt und stärker gekraust hatte, als Kayna Schatten mit der alarmierenden Nachricht gekommen war, die Orbiter wollten die Gefangenen frühzeitig in die Arrestzelle zurückbringen.

Natürlich würden sich die übrigen Wachen wundern, wenn einer von ihnen sich nicht daran beteiligte. Deshalb war Pearl Simudden nach draußen gehastet und hatte Tobbon lautstark beschimpft und beschuldigt, Widerstand versucht zu haben. Dadurch war es dem Flibustier allerdings nicht mehr möglich gewesen, sein Ebenbild zu verhören und aus ihm herauszubekommen, in welcher Schiffssektion er arbeitete und welche Funktion er erfüllte. Glücklicherweise hatte sich die Gefahr, dass er sich deswegen verriet, mit der Ladung auf Olymp wieder verringert. Der größte Teil der Besatzung hatte die VARAULT VENCHKE gestürmt.

Eigentlich hätte Simudden unverzüglich seine Sabotageaktion vorbereiten sollen. Doch er hatte der Versuchung nicht widerstanden, wenigstens für einige Minuten die Luft der Freiheit einzuatmen.

Er trat einen Schritt zurück, als sich ein gigantischer Schatten über die SIRKON-BAL und die VARAULT VENCHKE senkte. Gut einen halben Kilometer entfernt landete ein gewaltiges Keilraumschiff. Der Akone schätzte es auf mindestens tausendfünfhundert Meter Länge.

Der Koloss hatte kaum aufgesetzt, da wurde ein Gleiter ausgeschleust. Die schwere Maschine raste auf die VARAULT VENCHKE zu und verschwand in einem Hangar oberhalb des Ringwulstes.

»Da muss den Burschen etwas Besonderes in die Hände gefallen sein!«, überlegte Simudden laut. Nicht weniger intensiv dachte er darüber nach, warum das GAVÖK-Schiff offensichtlich freiwillig auf Olymp gelandet war. Die Besatzung musste die Orbiter-Flotte doch geortet und daraus ihre Schlüsse gezogen haben.

Er fand keine Antwort auf seine Fragen und kehrte endlich ins Schiff zurück. Während er sich dem Maschinensektor näherte, legte er sich seinen Sabotageplan zurecht.

Normalerweise hätte Simudden dafür gesorgt, dass im entscheidenden Moment eine Explosion wichtige Maschinen zerstörte und dass es dabei zudem möglichst viele Orbiter erwischte. Aber die Erleichterungen, die Archetral ihnen zugebilligt hatte, waren für ihn Anlass für verstärktes Misstrauen.

Er argwöhnte, dass die Orbiter ihnen die Flucht ermöglichen wollten. Die abgehörte Durchsage hatte womöglich nur dazu gedient, die Gefangenen auf eine Widerstandsgruppe aufmerksam zu machen. Die Flibustier sollten geradezu verleitet werden, den Kontakt zu dieser Widerstandsgruppe aufzunehmen.

Wenn das für die Orbiter einen Sinn haben sollte, würden sie die geflohenen Flibustier permanent überwachen. Um sie schlicht und einfach in exakt dem Moment wieder einzufangen, in dem sie mit der bewussten Widerstandsgruppe zusammentrafen.

Pearl Simudden hielt die Orbiter keineswegs für so nachsichtig, dass sie den Flibustiern einen Anschlag mit zahlreichen Toten durchgehen ließen, auch wenn die Toten nur robotische Ebenbilder waren. Die Strafe würde hart ausfallen – er verstand darunter ein Todesurteil.

Daran war er keinesfalls interessiert. In der Mentalität jedes Flibustiers, die auch Simudden noch nicht völlig abgestreift hatte, lag es, wenigstens mit einem Knalleffekt zu sterben, wenn er schon nicht siegen konnte.

Pearl Simudden begnügte sich also damit, die Schwerkraftgeneratoren so zu manipulieren, dass sie nicht mehr auf Schaltbefehle der übergeordneten Zentralerechner ansprachen, sondern auf die Impulse von Transmitteraggregaten, die auf einen Nulltransport geschaltet waren. Die entsprechenden Manipulationen nahm er anschließend am Bordtransmitter der SIRKON-BAL vor. Das war nicht schwierig für ihn als erfahrenen Hyperphysiker mit dem Spezialgebiet Transmittertechnik.

Als er den Maschinensektor verließ, war er sicher, dass alles nach seinen Vorstellungen ablaufen würde. Er war so in Gedanken versunken, dass er in der Simudden-Type, die ihm auf dem Korridor begegnete, erst im letzten Moment Archetral erkannte, den Kommandanten der SIR-KON-BAL.

Archetral ging an ihm vorbei, ohne irgendwie zu reagieren.

Gerade wollte Simudden in den Antigravlift steigen, da wurde ihm erst richtig bewusst, wie aufschlussreich es sein konnte, Archetral nachzuspionieren. Er kehrte um – und sah, dass auch der Kommandant umgekehrt war. Archetral öffnete soeben das Schott zum Maschinensektor und huschte hindurch.

Der Akone lächelte kalt. Am liebsten wäre er seinem Ebenbild gefolgt und hätte sich davon überzeugt, ob Archetral im Maschinensektor nach Vorbereitungen für einen Sabotageakt suchte. Aber das wäre zu einfach gewesen.

Nein, Simudden entschied sich, den Spieß umzudrehen und das Spiel der Orbiter auf seine Weise mitzuspielen. Er war sicher, dass er dabei um einige Nummern besser sein konnte als die Ebenbilder.

Er wartete, bis Archetral den Maschinensektor wieder verließ. Dann kehrte er noch einmal zurück, um zu prüfen, ob der Kommandant seine Vorbereitungen zunichtegemacht hatte.

Er fand alles so vor, wie er es hinterlassen hatte, konnte allerdings auch nicht erkennen, ob Archetral nach Manipulationen gesucht hatte. Wenn ja, dann war der Orbiter nicht weniger sorgfältig vorgegangen als Simudden ebenfalls.

»Noch ein Markon Treffner!«, rief Arzachena, als die Treffner-Type namens Zarcher die Hauptzentrale des GAVÖK-Schiffes betrat. »Jetzt haben wir gleich dreimal denselben Piraten an Bord!«

»Schweig!«, fuhr Archetral ihn an. »Sonst muss ich dich gewaltsam entfernen lassen!«

Zarcher blieb dicht vor dem Laren stehen und musterte ihn genau.

»Du hast behauptet, gegen die Horden von Garbesch zu kämpfen. Warum?«

»Weil sie mein Volk von seinem Ursprungsplaneten vertrieben haben. Wir müssen seitdem auf einer unwirtlichen Welt ein hartes Dasein fristen«, erklärte Hotrenor-Taak. »Ich bin der Anführer einer Befreiungsbewegung. Wir haben die Vertreibung der Garbeschianer von unserer Ursprungswelt als Ziel.«

»Die Garbeschianer haben dich gefangen genommen, um dich zu ihrem Hauptquartier auf dem Planeten Olymp zu bringen?«, fragte Zarcher weiter.

»Nicht die Garbeschianer«, antwortete der Lare. »Die Leute auf diesem Schiff sind Terraner und Mitglieder anderer, der GAVÖK angehörender Völker der Milchstraße. Sie haben mich allerdings entführt, denn sie wollen mit mir über eine Beteiligung an einem Geheimprojekt meines Volkes verhandeln.«

Zarcher lächelte verständnisvoll.

»Man hat dich betrogen, mein Freund. Die Leute auf diesem Schiff sind zweifelsfrei Garbeschianer. Sie täuschen dich, um dir Informationen über euer Geheimprojekt zu entlocken.«

»Wir sind keine Garbeschianer!«, zeterte Arzachena.

Archetral gab zwei anderen Orbitern einen Wink. Sie fesselten und knebelten den alten Prospektor.

Zarcher deutete auf den Laren. »Befreit ihn von seinen Fesseln! Und erzähle du mir, wie du heißt und woher du kommst!«

Während drei Orbiter ihn seiner Fesseln entledigten, redete der Lare.

»Mein Name ist Hotrenor-Taak. Ich gehöre zu einer alteingesessenen Zivilisation dieser Galaxis. Meine Heimat befindet sich in der Dunkelwolke Provcon-Faust. Wir wurden vor langer Zeit von den Garbeschianern überfallen.«

»Das betrifft alle alteingesessenen Zivilisationen dieser Galaxis«, erwiderte Zarcher. »Anscheinend hat das Signal uns mit sehr großer Verspätung erreicht, sonst hätten wir die Vertreibung verhindern können.«

Hotrenor-Taak rieb sich die Handgelenke. »Was werdet ihr Orbiter nunmehr unternehmen?«

»Wir erfüllen unsere Pflicht«, antwortete Zarcher. »Den Planeten Olymp, der die zentrale Rolle bei dem Aufbau der galaktischen Infrastruktur der Eroberer spielte, haben wir schon eingenommen. Hier können wir die Entschlussfähigkeit und die Kampfkraft der Garbeschianer am besten erkunden.

Danach werden wir alle andere Zentralwelten der Garbeschianer besetzen und damit ihre Schlagkraft lähmen. Anschließend stellen wir ihnen das Ultimatum – wir fordern sie auf, diese Galaxis ein für alle Mal zu verlassen.«

Hotrenor-Taak erschrak. Das waren Fakten, die bei der LFT und der GAVÖK noch nicht bekannt waren. Niemand ahnte das wirkliche Ausmaß der Bedrohung.

Hotrenor-Taak versuchte, was Zarcher erklärt hatte, aus der distanzierten Rolle des Zuschauers heraus zu sehen. Er war schließlich weder Terraner noch Lemurer-Abkömmling. Es gelang ihm nicht, den nötigen

Abstand zu wahren. Zu lange arbeitete er schon mit den Terranern zusammen und identifizierte sich weitgehend mit ihnen. Er schaffte es schon nicht mehr, der auf sie zukommenden Tragödie gleichgültig gegenüberzustehen.

Wenigstens hatte er sich so weit unter Kontrolle, dass die Orbiter seine wahren Gefühle nicht erkennen konnten.

»Was geschieht, wenn die Garbeschianer der Aufforderung nicht folgen?«, fragte er beklommen.

»Wir wollen sie nicht unbedingt vernichten«, antwortete Zarcher. »Aber falls sie das Ultimatum verstreichen lassen, werden wir sie gewaltsam vertreiben.«

»Sie werden sich zur Wehr setzen.« Hotrenor-Taak dachte daran, welchen verbissenen Widerstand die Menschen der Konzilsherrschaft entgegengesetzt hatten. Immer neue Nadelstiche hatten sie ausgeführt und sich nie geschlagen gegeben – bis zum bitteren Ende der Konzilsflotte.

Nein, nicht von den Menschen, sondern von ihren Energieproblemen waren die Laren besiegt worden. Allerdings wäre das Energieproblem niemals aufgetreten, wenn die Menschheit sich in das Schicksal von Besiegten gefügt hätte.

Jetzt lagen die Dinge jedoch anders. Die Sturheit der Terraner würde die Orbiter keineswegs zur Aufgabe veranlassen.

Die Menschheit der Milchstraße würde untergehen – es sei denn, jemand konnte den Orbitern ihren Irrtum rechtzeitig klarmachen.

»Na endlich!«, grollte Brush Tobbon, als das Schott der Gemeinschaftszelle aufglitt. Im nächsten Moment fluchte er unbeherrscht. Die Axe-Type Wyssel stand auf der anderen Seite.

»Zeit für die freie Bewegung!«, verkündete der Orbiter. »Ich wollte euch mitteilen, dass ihr am Ende dieser drei Stunden Lebensmittelrationen von Olymp bekommt. Leider wird das die erste und letzte Zuteilung sein, denn wir starten bald wieder.«

»Schon so bald?«, fasste Tobbon nach.

Wyssel lächelte. »Ein paar Stunden werden schon noch vergehen, bis wir den Planeten verlassen. Wo befindet sich übrigens der Garbeschianer Simudden?«

»Flibustier – nicht Garbeschianer.« Kayna Schatten war es längst leid, das ständig zu wiederholen, dennoch tat sie es. »Pearl ist auf der Toilette«, sagte sie schnell, bevor Tobbon etwas Dummes von sich geben konnte. »Er wird sich beeilen, uns zu folgen.«

»Dann ist es gut«, erwiderte Wyssel und ging.

Die sechs Flibustier verließen ihre Arrestzelle, postierten sich in der Nähe des für den Ausbruch gewählten Schottes und warteten. Nach einer Weile fühlten sie sich schwerer werden.

»Er hat die Schwerkrafterzeugung aktiviert«, sagte Tobbon, dem die erhöhte Schwerkraft nichts ausmachte. Er ging zu Körn Brak und nahm den Mathematiker auf die Arme. »Damit du dir nicht die alten Knochen brichst, Dezibel.«

»Danke!« Brak hatte schon Mühe, sich zu artikulieren. Mindestens drei Gravos herrschten bereits – und die Schwerkraft stieg weiter an.

Alle Flibustier außer dem Epsaler legten sich flach auf den Boden. So ließ sich die erhöhte Schwerkraft leichter ertragen. Bei ungefähr zehn Gravos ging auch Tobbon leicht in die Knie. Brak hatte das Bewusstsein schon verloren.

»Panika übertreibt wieder!«, ächzte der Epsaler.

In der nächsten Sekunde setzte die Schwerkraft aus. Tobbon hielt den Mathematiker nur noch mit einer Hand fest und stieß sich sanft ab. Er schwebte zum nächsten Schott hinüber und öffnete es. Der bewaffnete Orbiter, der das Schott bewachen sollte, eine Hemmings-Type, schwebte bewusstlos dicht unter der Decke.

»Vorwärts!«, rief Tobbon seinen Gefährten zu und ergriff die unter dem Wachtposten schwebende Waffe.

Als sie die Bodenschleuse erreichten, setzte die normale Schwerkraft wieder ein.

»Hoffentlich kommt Pearl rechtzeitig.« Der Epsaler blickte auf das Landefeld hinaus. »Da steht sogar ein Kugelraumer der GAVÖK. Schade, dass in der Nähe so viele Keilraumschiffe stehen.«

Ein elliptischer Gleiter näherte sich vom GAVÖK-Raumschiff her. Die Maschine stoppte vor dem offenen Schott. Simudden saß hinter den Kontrollen. »Beeilt euch gefälligst!«, rief der Akone.

Brush Tobbon war der Erste, der sich in den Gleiter zwängte. Er ließ den Mathematiker achtlos auf eine Sitzbank fallen. Hinter ihm kamen die anderen.

Simudden startete, kaum dass der Letzte im Gleiter war. Er raste zwischen den Keilschiffen entlang auf mehrere Lagerhallen zu.

Ein greller Energieschuss zuckte knapp neben dem Gleiter vorbei. Weiter vorn riss die Hochenergie den Bodenbelag auf und hinterließ eine glühende Spur.

Simudden riss die schwere Maschine herum. Nur um Haaresbreite entging sie einem zweiten Energieschuss.

Lodernde Strahlbahnen fauchten zwischen die Lagerhallen. Eines der Gebäude stand sofort hell in Flammen. Tosend starteten zwei kleine Keilraumschiffe, und ihre Geschütze feuerten nun auf den Gleiter.

»Gibt es keinen Tunnel?«, drängte Tobbon.

»Doch!«, gab Simudden zurück. »Aber dort sind eben mindestens fünf Landeboote niedergegangen.«

»Wir kommen niemals über deckungsloses Gelände bis nach Trade City«, sagte Kayna Schatten. »Wieso haben die Orbiter unsere Flucht überhaupt so schnell bemerkt?«

»Das brauchten sie gar nicht«, erwiderte Simudden geheimnisvoll. »Haltet euch fest! Es wird haarig.«

Er steuerte den Gleiter gut einen Kilometer an der nächsten Mündung eines Verkehrstunnels vorbei. Die Verbindungen zwischen den Raumhäfen und der Stadt verliefen alle tief unter der Oberfläche.

Erst zwei Kilometer hinter der Tunnelmündung zwang der Akone den Gleiter in eine extrem belastende enge Linkskurve, tauchte unter einer Phalanx verfolgender Maschinen hinweg und raste schneller werdend auf die Tunnelmündung zu.

Nur Augenblicke später jagte Simudden den Gleiter in den Tunnel und verzögerte mit vollem Gegenschub.

»Für die nächsten zehn Minuten sind wir sicher«, erklärte er. »Kein Verfolger kann in dem Tunnel noch schneller fliegen. Es kommt nur darauf an, dass die Gegner in zehn Minuten nicht alle Tunnelmündungen von Trade City besetzen können – und dass wir dort herauskommen, wo keine Orbiter warten.«

»Verdammt, ja!«, schnaufte Tobbon. »Wir wussten, dass es kein Spaziergang wird. Aber du musst doch einen Fehler gemacht haben, sonst wäre die Flucht nicht so schnell entdeckt worden, Panika.«

Der Akone schüttelte den Kopf. »Die Flucht ist der Fehler, Brush. Ich habe herausgefunden, dass die Orbiter uns zur Flucht verleitet haben, weil sie annehmen, wir würden sie zu der Widerstandsgruppe auf Olymp führen..Deshalb habe ich auch keinen Gleiter aus der SIRKONBAL genommen, denn die wurden bestimmt alle präpariert, sondern einen aus dem GAVÖK-Schlachtschiff.«

»Einfach so, wie?«, warf Kayna Schatten ein.

»Einfach war es nicht; das kann ich euch flüstern«, erwiderte Simudden. »Nur zu schaffen, weil die Orbiter nicht mit einem solchen Coup rechneten.«

Der Vario-500 war sofort in sein subplanetarisches Reich zurückgekehrt, als eine seiner Beobachtungsstationen die Flucht einer Gruppe Unbekannter aus einem der Keilschiffe registriert hatte.

Er hatte keine Zeit verloren und sich in eine der an der Peripherie befindlichen Zentralen seiner Unterwelt begeben, um die Geflohenen unter Beobachtung zu bekommen, bevor sie in Trade City untertauchten oder gar von den Orbitern wieder eingefangen wurden.

An den Bewegungen der zahlreichen Gleiter der Invasoren erkannte er, dass die Flüchtlinge sich noch in einem der Verkehrstunnel befanden, die den Raumhafen der Metropole verbanden. Sie mussten unwahrscheinliches Glück gehabt haben, dass es ihnen überhaupt gelungen war, in einen Tunnel einzufliegen.

Es war dieser Umstand, der den Vario dazu bewog, die Flucht der Unbekannten kritisch zu überdenken.

An und für sich erschien es schon wenig wahrscheinlich, dass überhaupt jemand von einem Keilschiff fliehen konnte, es sei denn, er gehörte zu den Orbitern und hatte sich vor seiner Flucht nicht verdächtig gemacht. Meuterer, Deserteure und Überläufer gab es in jeder Armee, warum also nicht auch in der Armada der Orbiter? Es erschien also ratsam, Verbindung mit diesen Personen aufzunehmen. Allerdings unter Beachtung aller nur denkbaren Vorsichtsmaßnahmen. Die Wahrscheinlichkeit, dass die Invasoren ihm mit der Flucht einiger Orbiter eine Falle stellen wollten, war sehr groß.

Der Vario-500 beschloss, sich vor der Kontaktaufnahme nicht nur gegen unliebsame Überraschungen durch die Geflohenen abzusichern, sondern auch eventuelle Verfolger und Beobachter der Flüchtlinge irrezuführen.

37.

»Hier sollten wir vorerst sicher sein.« Pearl Simudden nahm die Triebwerksleistung zurück, bis der Gleiter auf dem Tunnelboden aufsetzte.

Vor der Landung der Invasoren waren in stetem Fluss Güter aller Art auf den gegenläufigen Transportbändern befördert worden. Das Netz der Transporttunnel unter der Stadt, ihren tief reichenden Subetagen und Bahnröhren war weitverzweigt wie das Adernnetz eines Lebewesens. Entsprechend schwierig war es, ohne die alles kontrollierenden und steuernden Positroniken jemanden zu finden, der sich darin verbarg – und die positronische Überwachung war von den Invasoren unterbrochen worden.

Markon Treffner saß neben dem Mathematiker und untersuchte den alten Mann, so gut es eben ging.

»Du wirst noch nicht sterben, Dezibel«, sagte er. »Es sei denn, die Orbiter hetzen uns tagelang weiter. Aber das würde sogar ich nicht durchhalten.« Der Ara schaute zu den anderen auf. »Wie sollen wir nun eigentlich Kontakt mit der Widerstandsgruppe aufnehmen?«

»Kayna?«, fragte Tobbon.

»Wir müssen abwarten«, erwiderte die Planerin der Flibustier. »Entweder hat die Gruppe in Trade City Verbindungsleute, dann erfährt sie früher oder später, in welche Richtung wir uns gewandt haben, und nimmt ihrerseits Kontakt mit uns auf – oder es gelingt uns, einen ihrer Verbindungsleute aufzuspüren und zu veranlassen, zwischen uns und ihnen zu vermitteln.«

»Wir werden ihn veranlassen, uns zu der Widerstandsgruppe zu führen!« Brush Tobbon betrachtete bedeutungsvoll seine schwieligen Pranken. »Mit höflichen Faxen geben wir uns gar nicht erst ab.«

»Das wäre die beste Methode, es mit den Untergrundkämpfern von Trade City für alle Zeiten zu verderben«, erklärte Simudden. »Dann würden wir von zwei Gegnern gehetzt und könnten uns gleich selbst erschießen.«

»Ach was«, begehrte Tobbon auf. »Du mit deiner Humanitätsduse-lei ...«

»Pearl hat recht, Brush!«, fuhr Kayna Schatten dem Epsaler ins Wort. »Außerdem wollen wir nicht nur unsere Freiheit bewahren, sondern dazu beitragen, dass die Pläne der Orbiter scheitern. Noch sind wir vermutlich die einzigen Menschen, die über die Zentrumswelten der Orbiter informiert sind – und genau dort muss der Hebel zur Aufklärung dieses Missverständnisses angesetzt werden. Hast du das immer noch nicht begriffen, Brush?«

»Akzeptiert, Kayna!«, stieß der Epsaler unwirsch hervor. »Ich werde mich zurückhalten. Aber wenn dieser Besserwisser ...«, er blickte grimmig auf Simudden, »... keinen Erfolg hat, dann gehe ich mit meiner harten Methode vor.«

Axe nickte. »Dann zeigen wir, was wir können«, triumphierte er.

Pearl Simudden reagierte nicht darauf. Systematisch suchte er inzwischen die Funkfrequenzen ab.

»Das ist eigenartig!«, bemerkte er nach einer Weile.

»Was meinst du, Panika?«, wollte der Ara wissen.

»Die Orbiter senden selbstverständlich nur hochwertig verschlüsselte Sprüche, die wir ohne Hilfsmittel niemals dekodieren können. Aber an der Konzentrationsdichte der Sender lässt sich mit der Zeit eine Art Übersichtskarte über die Positionen der Verfolger erarbeiten. Das habe ich getan, wenn auch nur im Kopf, und das Ergebnis ist mehr als verwunderlich. Danach sieht es so aus, als konzentrierten sich die Verfolger in einem Stadtteil von Trade City, der sehr weit von unserer Position entfernt ist.«

»Na also, bestens!«, rief ten Hemmings.

»Irgendwann ersäufe ich dich in einem Schnapsfass!«, schimpfte Tobbon. »Denkst du überhaupt nicht mehr nach? Weißt du, was Pearl gesagt hat?«

»Dass wir hier sicher sind!«, antwortete ten Hemmings. »Ist das nichts?«

»Das ist nicht alles und nicht einmal das Wichtigste. Viel wichtiger erscheint mir, dass die Verfolger möglicherweise von der Widerstandsgruppe an der Nase herumgeführt werden. Das heißt, die Untergrundkämpfer täuschen den Orbitern vor, sie wären wir.«

»Hä?«, machte Axe.

Simudden winkte bloß ab.

»Ich vermute, dass es so ist«, sagte er zu Tobbon. »Die Untergrundkämpfer haben die Orbiter mit einem Täuschungsmanöver von unserer Spur abgebracht.«

»Das bedeutet zugleich, dass sie Kontakt mit uns suchen werden. Andernfalls würden sie sich diese Mühe nicht machen«, warf Kayna Schatten ein.

Der Akone nickte. »Wir müssen also nur warten«, sagte er zuversichtlich.

Der Vario-500 stellte zufrieden fest, dass der erste Teil seines Planes aufgegangen war. Durch Störmanöver war es ihm gelungen, für kurze Zeit die Ortungsgeräte der Invasoren lahmzulegen.

In dieser Zeitspanne ließen sich die Flüchtigen, ohne es zu bemerken, auf komplizierten Wegen bis in einen Transporttunnel locken – und in dem Augenblick, in dem die Verfolger wegen des Ausfalls ihrer Ortungsgeräte die Spur verloren, hatte der Vario die Projektion eines Gleiters sowie die Projektionen von sieben Insassen erzeugt und in Richtung der unbewohnten Altstadt von Trade City fliehen lassen.

Da die Orbiter keinen anderen flüchtigen Gleiter sahen, verfolgten sie die Projektion. Bis ihre Ortungen wieder arbeiteten, hatten sie sich so weit von den echten Flüchtlingen entfernt, dass sie sie nicht mehr erfassen konnten.

Bevor sie merkten, dass sie hinter Projektionen her waren, mussten die Geflohenen in das subplanetarische Labyrinth gebracht werden. Dort würden sie für die Invasoren unerreichbar sein.

Allerdings trat etwas ein, mit dem der Vario zu diesem Zeitpunkt noch nicht gerechnet hatte. Drei Orbiter entdeckten bei der Suche nach der mobilen Positronik einen der Geheimzugänge in die Unterwelt.

Der Vario-Roboter überlegte, ob er die Orbiter in ihr Verderben laufen lassen sollte. Gleichzeitig erinnerte er sich an die Gespräche zwischen seinen Vertrauten und Julian Tifflor, über die er selbstverständlich informiert war. Der Erste Terraner hatte berichtet, dass die Untersuchungen der auf Terra inhaftierten Orbiter einwandfrei ergeben hatten, dass es sich um organische Lebewesen handelte und keinesfalls um Androiden.

Der Vario entschied, die drei Orbiter von seinen Sicherheitssystemen einfangen zu lassen und sie in der Biostation zu untersuchen. Womöglich konnte er herausfinden, wie sie entstanden waren und über welche Besonderheiten sie verfügten.

Die Geflohenen durften sich in dieser Zeit nicht selbst überlassen bleiben. Deshalb aktivierte der Vario-Roboter eine neue Projektion, die in der Lage war, die Geflohenen in eine Sektion der Unterwelt zu locken, in der sie nicht ernsthaft gefährdet wurden, aber auch nicht aus eigener Kraft entkommen konnten.

»Achtung!«, flüsterte Kayna Schatten. »Folgt meinem Blick, aber unauffällig und leise!«

Die übrigen Flibustier drehten sich langsam, ohne ein Geräusch zu verursachen. Ein Lichtschein näherte sich dem Transporttunnel, in dem die Flibustier in ihrem Gleiter warteten.

»Konstante Höhe«, flüsterte Simudden. »Keine Schwankungen. Also ist es kein Fußgänger, sondern ein Fahrzeug, das sich nähert.«

Brush Tobbon stieß den Akonen und Kayna an. *Postiert euch links und rechts der Einmündung des Nebentunnels!,* bedeutete seine Geste.

In Situationen wie dieser unterlief dem Anführer der Piraten kein Fehler. Er wusste genau, dass er durch sein großes Gewicht erheblich öfter Geräusche verursachen konnte als seine Gefährten. Deshalb unterdrückte er den Ehrgeiz, unmittelbar dabei zu sein, wenn das, was sich da näherte, identifiziert und eventuell ergriffen wurde. Er drückte sogar dem Akonen seine Beutewaffe in die Hand; nicht, weil ihm Pearl lieber gewesen wäre als Kayna, sondern weil er aus Erfahrung wusste, dass Simudden als Kämpfer um eine Klasse besser war als die Planerin.

Nachdem die beiden Flibustier lautlos in der Finsternis verschwunden waren, blieb den anderen Piraten nur noch abzuwarten.

Zwei Scheinwerferkegel stachen aus dem Nebentunnel heraus und erhellten die gegenüberliegende Wand des Transporttunnels sowie die auf den Gleitbändern stehenden Kleincontainer. Leise summend schwebte etwas, das einem Kontursessel ähnelte, aus der Einmündung des Nebentunnels.

In dem Augenblick, in dem Markon Treffner die Scheinwerfer des Gleiters einschaltete und Brush Tobbon das Triebwerk hochfuhr, wurde das Summen lauter. Der Schwebesessel schwankte, drehte auf der Stelle und raste in den Nebentunnel zurück.

Sekunden später hielt Tobbon den Gleiter vor der Einmündung des Nebentunnels an und ließ eine Serie wüster Verwünschungen vom Stapel. Der Nebentunnel war zu eng, um den Gleiter aufzunehmen.

»Warum hast du nicht geschossen, Panika?«, fragte der Epsaler heftig.

»Es war ein Schwebesessel für Körperbehinderte«, erwiderte Simudden. »In ihm saß eine junge Frau oder das, was vermutlich ein schwerer Unfall von ihr übrig gelassen hatte.«

»Ach nein!«, stöhnte der Epsaler. »Simudden als Beschützer der Jungfrauen, wie?«

»Du hättest an meiner Stelle auch nicht geschossen, Brush«, sagte der Akone. »Nur ein Tier wäre zu so etwas fähig.«

Tobbons stechender Blick heftete sich auf Kayna Schatten. Auch sie schüttelte den Kopf.

»Nein, du hättest nicht geschossen, Brush«, erklärte Kayna mit Bestimmtheit.

»Ihr haltet mich also für edel und human?«, fragte der Epsaler, aber das klang nicht einmal spöttisch. »Was nun, Pearl?«

»Wir folgen der Frau«, erwiderte der Akone. »Ich bin sicher, dass sie irgendwo in der sagenhaften Unterwelt Olymps wohnt und dass ihr Ausflug in die Außenwelt eine unerlaubte Extratour war.«

»Die verwunschene Prinzessin aus dem Märchen, die von ihrem strengen Oheim in der Unterwelt festgehalten wird«, höhnte ten Hemmings.

»Spinner!«, herrschte Tobbon den Rothaarigen an.

»Vielleicht ist das gar nicht so abwegig«, bemerkte Simudden. »Wir alle haben von den Gerüchten über das Labyrinth gehört, in das Argyris sich ab und zu zurückziehen soll. Wenn das auch nur teilweise stimmt, warum sollte die junge Frau nicht bei ihm leben?«

»Ist sie sehr hübsch, die Puppe?«, fragte Axe grinsend.

Brush Tobbon sprang aus dem Gleiter. »Wir folgen ihr!«, bestimmte er, obwohl genau das schon Simudden festgestellt hatte. Zweifellos wollte er unterstreichen, wer das Sagen hatte.

»Lasst mich zurück!«, jammerte Körn Brak. »Ich wäre nur Ballast für euch.«

»Du trägst ihn!«, befahl Tobbon dem Faktotum Axe, dann verteilte er die Handlampen aus dem Gleiter, nahm dem Akonen die Waffe wieder ab und stürmte allen voran in den Nebentunnel.

Nach einer halben Stunde blieb der Epsaler endlich stehen und wartete, bis alle ihn eingeholt hatten. Er zeigte auf eine kreisrunde Öffnung im Boden.

»Sieht aus wie ein Liftschacht, hat aber kein Antigravfeld. Mit einem Schwebesessel ist man auch nicht darauf angewiesen. Aber wir haben nichts dergleichen. Ich warte auf einen brauchbaren Vorschlag.«

»Wie tief ist der Schacht?«, fragte Kayna Schatten.

»Nur etwa fünfzehn Meter«, antwortete der Epsaler ironisch.

»Vielversprechend«, sagte Simudden.

»Denke ich auch.« Tobbon grinste breit. »Vor allem, was Knochenbrüche angeht.«

»So meinte ich es nicht«, erklärte der Akone. »Wenn es uns leichtfiele, der Unbekannten zu folgen, könnte es sich um eine Falle handeln. Aber so ...« Er wandte sich an ten Hemmings. »Du hast doch bestimmt den Gleiter nach Alkohol durchsucht. Bist du wenigstens auf ein Seil gestoßen?«

Der Waffen-Ingenieur kratzte sich sein verwahrlostes Haar. »Eh, tatsächlich! Unter dem linken hinteren Sitz liegt eine Rolle Nylonschnur, mindestens fünfzig Meter lang.«

»Hol sie her, aber schnell!«, fuhr Tobbon den Hochenergiewaffen-Ingenieur an. »Wenn du schon die Schnur gefunden hast, hättest du daran denken sollen, dass wir sie eventuell brauchen könnten!«

Eine Viertelstunde später hatte Tobbon die Schnur. Er knüpfte eine Schlinge hinein und schlang sie Kayna Schatten unter den Armen hindurch.

»Du wiegst am wenigsten, Kayna«, erklärte der Epsaler dabei. »Zwar ist Dezibel noch leichter, aber er kann nur mit Positroniken kämpfen.«

»Du musst dich bei mir nicht entschuldigen, Brush«, erwiderte Kayna stolz. »Jeder von uns weiß, dass ich mich vor keinem Kampf fürchte.«

Tobbon schob ihr seine Beutewaffe unter den Gürtel. »Viel Glück, Schatz!« Er wich lachend zurück, als die Planerin ihm das Gesicht zerkratzen wollte.

Anschließend band er sich das andere Ende der Schnur um die Hüfte. Außerdem wickelte er sich die Schnur so um ein Bein und einen Unterarm, dass er sie stets straff halten konnte.

Wortlos schwang sich Kayna Schatten in den Schacht. Mit einer Hand sorgte sie für ausreichend Abstand zur Wandung, in der anderen Hand hielt sie ihre Lampe, deren Lichtkegel nach unten zeigte.

Tobbon seilte sie zügig hinab. Er hielt ihr Gewicht mühelos.

»Gut!«, schallte es nach einer Weile herauf. »Ich sehe durch eine Öffnung auf die Oberfläche eines kleinen Sees. Das ist alles.«

Kayna löste das Seil, und Tobbon holte es schnell nach oben.

Nacheinander ließ er die übrigen Flibustier hinunter, dann beugte er sich weit nach vorn.

»Vorsicht!«, rief er nach unten. »Zur Seite mit euch!«

Der Sprung in die Tiefe war für ihn keineswegs ungefährlich, obwohl er als Epsaler an eine erheblich höhere Schwerkraft gewöhnt war. Kurz konzentrierte er sich auf sein Verhalten während des bevorstehenden Sprunges, dann stieß er sich ab.

Der Aufprall war einigermaßen erträglich, weil er federnd auf den Füßen aufkam und sich gedankenschnell über die Schulter abrollte. Dennoch war Tobbon fast eine Minute lang unfähig, wieder auf die Beine zu kommen.

»Hast du dir etwas gebrochen?«, fragte Simudden und beugte sich über den Epsaler.

»Kümmere dich um deine eigenen Knochen!«, stieß Tobbon gepresst hervor.

Er setzte sich auf, als es in der Nähe laut klatschte.

»Das war Josto!«, rief Brak. »Er wollte im See baden und ist ausgerutscht. Der See ist gar keiner, sondern eine spiegelglatte Glassitfläche.«

Tobbon lachte dröhnend – und presste sich im nächsten Moment die Hände an den Oberkörper.

»Tut es weh?«, fragte Kayna Schatten.

»Nur wenn ich lache!«, flüsterte der Epsaler.

»Ich habe etwas gefunden!«, rief ten Hemmings. »Eine Art Schwebekapsel!«

»Der Schwebesessel!«, sagte Brush Tobbon und stand auf.

»Vorsichtig bewegen!«, mahnte Treffner. »Ich vermute, dass dir beim Aufprall das Zwerchfell gerissen ist. Deshalb solltest du vorerst weder laut reden noch lachen.«

»Das gefällt dir, was?«, gab Tobbon bissig zurück. »Was kann man dagegen tun?«

»Operieren«, antwortete der Ara.

»Vielleicht wächst das Zwerchfell von selbst wieder zusammen«, erwiderte der Epsaler. »Ich habe keine Zeit, mich ins Bett zu legen.«

Mit den anderen Flibustiern ging Tobbon zu Josto ten Hemmings, der auf der spiegelnden Glassitfläche lag und zu einem großen Tor auf der gegenüberliegenden Seite spähte.

»Ich sehe nichts«, sagte Simudden.

Ten Hemmings stand vorsichtig auf. »Aber ich habe es deutlich gesehen. Es war eine offene Schwebekapsel.«

»Vielleicht der Schwebesessel mit der jungen Frau?«, fragte Simudden.

Der Rothaarige schüttelte den Kopf. »Nein, aber ich glaube, sie saß mit ihrem Sessel in der Kapsel. Genau konnte ich es nicht erkennen, weil die Kapsel nur knapp eine halbe Sekunde lang zu sehen war.«

»Wir werden hinterhergehen!«, sagte Brush Tobbon und setzte sich in Bewegung. Beinahe wäre er ausgerutscht, und auch die anderen Flibustier mussten wie auf Eiern balancieren, um auf der glatten Fläche nicht auszugleiten.

Kayna Schatten eilte zuerst durch das Tor – und blieb stehen. Als Simudden sie einholte, sah er, was die Planerin dazu veranlasst hatte.

In einem anscheinend natürlich entstandenen Felsdom zur Linken schwebten etwa dreißig kapselförmige Gebilde dicht über dem Boden. Sie waren offen, sodass darin jeweils zwei Sitze zu erkennen waren.

Kayna blickte nach rechts. Dort mündete ein kreisförmiger, etwa drei Meter durchmessender Stollen in den Felsdom.

»Die Kapsel, die Josto gesehen hat, ist also in den Stollen dort entschwebt«, stellte die Frau fest. »Wenn wir ebenfalls diese Schwebekapseln benutzen ...«

»Sie lassen sich nicht steuern«, sagte Brush Tobbon, der bereits das Innere der nächsten Kapsel untersuchte.

»Wahrscheinlich gibt es nur eine einzige Strecke, auf der sie in beide Richtungen verkehren«, erwiderte Kayna. »Das entsprechende Programm wird dann abgerufen, sobald ein Passagier einsteigt. Ich denke, wir können es riskieren. Immer zwei von uns klettern in eine Kapsel – bis auf dich, Brush. Du wirst Mühe haben, es allein zu schaffen.«

»Ich schaffe es schon«, sagte der Epsaler und zwängte sich in die nächstbeste Kapsel. »Diesmal übernehme ich die Spitze.«

»Nehmen wir die zweite, Panika?«, fragte Kayna Schatten. Der Akone nickte.

»Na endlich!«, sagte Brush Tobbon, nachdem es ihm gelungen war, sich in seine Schwebekapsel zu zwängen. Im nächsten Augenblick fuhr die Kapsel ruckfrei an und glitt auf die Stollenmündung zu.

»Da!« Axe zeigte auf das entstehende grünliche Flimmern.

»Steig aus, Brush!«, rief ten Hemmings warnend.

»Nein!«, gab Tobbon gedämpft zurück. »Ich will es wissen!«

Er hätte auch nicht mehr aussteigen können, denn seine Kapsel beschleunigte stark und tauchte nur Sekunden später in das grüne Leuchten ein.

Simudden lächelte. »Ein Transmittereffekt«, vermutete er. »Jetzt sind wir an der Reihe, Kayna! Ich bin neugierig darauf, was geschehen wird!«

Kaum saßen Kayna und der Akone in dem seltsamen Gefährt, da fuhr es auch schon an, beschleunigte und tauchte in das grüne Flimmern ein – zugleich spürten beide Passagiere den typischen ziehenden Schmerz der Rematerialisation.

Die Kapsel schwebte in einen gläsernen Dom ein, der durch zahllose senkrechte und waagerechte gläserne Wände unterteilt war. Auch der unterste Boden bestand aus einer dünnen Schicht Glasscheiben.

Tobbons Gefährt hatte bereits angehalten. Der Epsaler stand auf den Glasscherben und sah sich verwundert um.

»Endstation!«, sagte Simudden und sprang mit einem Satz aus der Kapsel. Es knirschte vernehmlich, als er mit den Stiefeln in den Glasscherben landete.

Kayna Schatten folgte ihm. Sie lehnte die zur Hilfe ausgestreckten Hände des Akonen ab. Auch ihre Stiefel verursachten knirschende Geräusche. »Ein Glaspalast«, sagte sie ironisch. »Ob hier irgendwo die verkrüppelte Prinzessin wohnt? Also, für mich wäre das nichts.«

»Vielleicht müssen wir hier gar nicht leben, sondern sterben «, bemerkte Simudden schroff.

»Was hast du nun schon wieder einzuwenden, Panika?«, grollte Tobbon verächtlich.

»Einzig und allein, dass für unsere Kapseln hier Endstation war, für die Prinzessin aber nicht, denn sonst müsste sie hier irgendwo sein. Möglicherweise bedeutet das, dass sie uns in eine Falle gelockt hat.«

Nacheinander materialisierten die nächsten Schwebekapseln. Die Passagiere stiegen aus und schauten sich verwundert um.

»Durchsucht den Glaspalast!«, ordnete Tobbon an. »Stellt fest, welche Wege von hier aus weiterführen und ob sich diese komische Prinzessin in dem Bau versteckt!«

Als die Flibustier nach ungefähr einer halben Stunde zu ihrem Ausgangspunkt zurückkehrten, waren die Schwebekapseln verschwunden. Auch die Glassplitter waren nicht mehr da. Stattdessen stand ein langer Tisch auf dem Boden. Eine weiße Decke war über ihm ausgebreitet – und darauf standen Schüsseln mit einfachen Nahrungsmitteln, Flaschen mit Bier und klaren Schnäpsen sowie die dazugehörigen Teller, Gläser und Bestecke.

»Was soll das wieder bedeuten?«, polterte Tobbon. »Es gibt in diesem Palast weder Ein- noch Ausgänge, damit sind wir praktisch Gefangene – aber jemand deckt für uns den Tisch, als wären wir seine Gäste!«

»Vielleicht sollen wir vergiften werden.« Markon Treffner beugte sich über den Tisch und roch an einer Schüssel.

»Möchte jemand den Vorkoster spielen?«, fragte Kayna Schatten.

Axe grunzte. »Eigentlich ist es mir egal, ob ich verhungere oder an Gift sterbe. Darf ich?«

»Nur zu!«, sagte Tobbon.

Das Faktotum setzte sich auf einen der Stühle, schaufelte sich einen Teller voll und aß mit sichtlichem Appetit.

»Ich würde dennoch warten«, sagte Pearl Simudden. »An tödliches Gift denke ich dabei zwar nicht, aber eher an Betäubungsmittel.«

38.

»Was ist das?«, rief Zarcher, der von der Zentrale seines Flaggschiffs aus die Verfolgung der flüchtigen Garbeschianer beobachtet hatte.

Soeben waren die sieben mit ihrem Gleiter im Zugang des halb verfallenen Sportstadions der Altstadt von Trade City gelandet. Die Verfolger hatten sie wenige Minuten zuvor weisungsgemäß aus den Augen verloren. Das war das eine, alles wie erwartet. Das andere war, dass die winzigen fliegenden Beobachtungssonden, die den Garbeschianern gleich darauf gefolgt waren, den Zugang des Stadions leer zeigten.

»Das ist mir rätselhaft«, sagte die Brak-Type Ganmon, der die Steuerung der Mikrosonden oblag. »Es gibt keine Verstecke im Zugangsbereich.«

Der Kommandeur der BAL-Flotte reagierte sofort. »Das Stadion umstellen und systematisch durchsuchen!«, ordnete Zarcher an.

Er blickte zu Hotrenor-Taak, der vorübergehend als Gast auf dem Flaggschiff weilte. Allerdings hatte der Lare keine große Bewegungsfreiheit. Er durfte sich nur in einer begrenzten Sektion des Schiffes bewegen und wurde von vier Orbitern begleitet.

»Hast du eine Ahnung, ob die Gleiter auf dem Schiff der Garbeschianer, mit dem du nach Olymp gekommen bist, mit Deflektor-Projektoren ausgerüstet sind?«

»Ich weiß es nicht, Zarcher«, antwortete Hotrenor-Taak. »Ich hatte keine Gelegenheit, die Gleiter zu untersuchen.«

Zarcher schaltete die Internkommunikation ein und befahl einigen Orbitern, ins GAVÖK-Schiff zu gehen und die Gleiter nach vorhandenen Deflektorschirmen zu untersuchen.

Danach verfolgte er in mehreren Holosequenzen die Durchsuchung des alten Stadions. Ungefähr zweitausend Orbiter waren daran beteiligt. Sie waren mit auf Plattformen montierten Ortungsgeräten und Hohlraumdetektoren sowie anderem Gerät ausgerüstet.

Bald stellte sich heraus, dass von dem bewussten Zugang keine Geheimgänge ausgingen, durch die die Garbeschianer hätten entkommen können – ganz zu schweigen davon, dass sie dann den Gleiter hätten zurücklassen müssen.

Von Bord des GAVÖK-Schiffes meldete sich der Anführer der Gruppe, die mit der Untersuchung der Gleiter betraut war.

»Es gibt keine Deflektorfeld-Projektoren oder andere Vorrichtungen, mit denen sich die Fahrzeuge unsichtbar machen lassen«, berichtete der Mann.

Hotrenor-Taak lächelte in sich hinein.

Der Lare hegte einen Verdacht. Er kannte Anson Argyris gut und hatte seine Erfahrungen mit der exzentrischen Mentalität des Freihändlerkaisers gesammelt. Er hielt es deshalb für möglich, dass Argyris die List der Orbiter durchschaut und gerade so lange mitgespielt hatte, bis es ihm gelungen war, die echten Flibustier – und dass es die Originale waren, wusste er von Zarcher – in der Unterwelt Olymps einzufangen. Als ihm das gelungen war, hatte er die Projektionen, mit denen er die Orbiter getäuscht hatte, einfach abgeschaltet, weshalb die Verfolger ins Leere liefen.

Als Zarcher völlig ratlos war, meldete sich ein Orbiter – eine Simudden-Type namens Karfry – und berichtete, er hätte auf den Aufzeichnungen, die von den Ortungen und optischen Sichtungen während der Flucht der Garbeschianer gemacht worden waren, Anzeichen dafür entdeckt, dass die Garbeschianer von einem bestimmten Zeitpunkt an keine Lebewesen mehr gewesen wären.

»Was waren sie dann?«, fragte der Flottenkommandeur.

»Vermutlich Projektionen«, antwortete Karfry. »Fast perfekte Projektionen, sonst wäre der Austausch eher bemerkt worden.«

»Unglaublich!«, schimpfte Zarcher. »Die Garbeschianer, die uns durch ihre Flucht zu der Widerstandsgruppe und damit zu der mobilen Positronik führen sollten, sind nun tatsächlich entkommen. Wie sollen wir die mobile Positronik finden?«

»Ganz davon abgesehen, dass sie nun tatsächlich Kontakt mit der Widerstandsgruppe aufnehmen und ihr Wissen über die Zentralwelten weitergeben werden«, sagte Karfry.

»Das kommt noch hinzu«, erwiderte der Kommandeur. »Danke für die Hilfe, Karfry.«

»Was wirst du jetzt unternehmen, Zarcher?«, fragte Hotrenor-Taak.

Der Orbiter strich sich über die Stirn. »Ich werde mir schon etwas einfallen lassen, Hotrenor-Taak. Notfalls schrecke ich auch vor harten Maßnahmen nicht zurück.«

»Er bewegt sich!«, rief Kayna Schatten.

»Wer bewegt sich?«, fragte Brush Tobbon und schluckte den letzten Bissen seiner Mahlzeit hinunter. Inzwischen hatten alle sieben Flibustier den Speisen und Getränken zugesprochen.

»Der Glaspalast!«, antwortete die Planerin. »Spürt ihr die Erschütterungen nicht?«

»Doch«, sagte Pearl Simudden. »Ich sehe auch, dass der Palast durch eine Fortsetzung der großen Höhle schwebt, in der er zuerst gestanden hat. Die Reflexionen lassen es nur schwer erkennen, aber wenn man genau hinschaut ...«

»Jetzt sehe ich es auch«, sagte Kayna.

»Ich kann nichts dergleichen erkennen«, widersprach Tobbon. »Aber wenn du es sagst, Kayna, wird es schon stimmen. Nur, was soll das alles?«

»Ist doch egal – oder nicht?« Axe legte die Füße auf den Tisch und gähnte herzhaft. »Uns geht es gut, das genügt.«

»Es genügt eben nicht!«, herrschte Tobbon das Faktotum an. »Aufstehen! Wir halten uns bereit, so bald wie möglich aus dem Glaspalast auszubrechen und Gefangene zu machen, falls sich Untergrundkämpfer blicken lassen!«

»Das wäre voreilig«, mahnte Simudden.

»Jetzt halten wir an«, stellte Kayna fest. »Der Glaspalast scheint in einer Höhle zu stehen. Ich sehe außerdem kreisrunde helle Flecken.«

»Das müssen Ausgänge sein!« Tobbon sprang auf und stieß Axe an. »Vorwärts! Zeigen wir diesen Heimlichtuern, was Flibustier können!«

»Das ist nicht nötig«, sagte eine volltönende Stimme.

Die Flibustier fuhren herum und sahen einen alten Mann mit kurz geschnittenem weißem Haar, schmalem faltigem Gesicht und einem deutlichen Buckel. Der Alte trug ein kragenloses schmutzig weißes Hemd, darüber eine mit Knöpfen verschlossene, mehrfach geflickte blaue Leinenjacke, blaue Leinenhosen und schwarze Lederstiefel. Er stand leicht vorgebeugt da und stützte sich auf einen Knotenstock.

Trotz seines verkrüppelten und etwas schäbigen Aussehens strahlten seine Augen eine Autorität aus, die nicht einmal die hartgesottenen Flibustier anzweifelten.

»Wer bist du?«, fragte Brush Tobbon.

»Nenne mich einfach Kustos Rainbow«, antwortete der Alte. »Ihr wollt Kontakt mit einer Widerstandsgruppe aufnehmen? Ich bin der Verbindungsmann dieser Gruppe.«

»Woher weißt du, was wir wollen?«, fragte Kayna Schatten.

»Ihr seid aus einem eurer Schiffe geflohen, konntet die Verfolger abschütteln und habt euch in einem Transporttunnel verkrochen«, erklärte der Alte. »Als ihr meine Tochter gesehen habt, seid ihr ihr gefolgt und habt nicht gezögert, die Transportkapseln zu benutzen. Und das, obwohl die erste Kapsel in ein Transmitterfeld schwebte und ihr euch denken konntet, dass der Transport eine längere Strecke überbrücken würde. Daraus lässt sich leicht auf eure Absichten und Hoffnungen schließen.«

»Deine Tochter?«, rief Pearl Simudden. »Dieses engelsgleiche Gesicht ...«

»Und meine bucklige Gestalt, ich weiß«, sagte Kustos Rainbow. »Aber ein Buckel vererbt sich nicht. Was versprecht ihr euch von einem Kontakt mit mir?«

Die Flibustier verständigten sich mit Blicken, dann erklärte Kayna Schatten: »Wir müssen mit jemandem von eurer Widerstandsgruppe sprechen, der weiß, wie die sieben letzten Flibustier aussehen.«

»Das weiß ich auch«, sagte der Alte. »Sie sehen aus wie ihr Orbiter.«

»Aber wir sind keine Orbiter, sondern die Originale!«, rief Kayna erregt.

Kustos Rainbow lächelte nachsichtig. »Genau das hatte ich von euch Orbitern zu hören erwartet. Der Kommandeur eurer Flotte ist über unsere Aktivitäten beunruhigt. Was lag da näher, als eine Gruppe Orbiter fliehen zu lassen – und zwar mit solchem Theaterdonner, dass es der Widerstandsgruppe nicht entgehen konnte. Und natürlich mit dem Ziel, dass die Orbiter Kontakt zu der gesuchten Widerstandsgruppe herstellen, woraufhin die anderen Orbiter nur zuzugreifen brauchen, um die Untergrundkämpfer zu fassen und als Störfaktor auszuschalten.«

»Wären wir, was du denkst, Alter, dann hätten wir dich längst überwältigt und gezwungen, uns das Versteck deiner Genossen zu verraten!«, sagte Tobbon.

»Ich habe meine Sicherheitsvorkehrungen getroffen, damit euch das nicht gelingt.«

»Ich wusste, dass man uns nicht vertrauen würde«, stellte Simudden fest. »Tatsächlich haben die Orbiter uns die Flucht nur deshalb ermöglicht, damit wir den Köder spielen. Aber wir können beweisen, dass wir keine Ebenbilder, sondern die echten letzten Flibustier sind. Es muss sich doch nachprüfen lassen, dass wir aus Fleisch und Blut bestehen!«

»Sicher«, erwiderte Rainbow ironisch. »Genauso, wie es sich bei allen Orbitern nachprüfen lässt. So legt ihr mich nicht herein! Allein auf Terra sind genug Exemplare von euch untersucht worden. Ich kenne die Untersuchungsergebnisse. Danach sind alle sogenannten Orbiter echte organische Lebewesen. Sie weisen sogar eine genetische Verwandtschaft mit den echten Flibustiern auf, sind aber psychisch nicht identisch mit ihnen.«

»Aber ... das ist ja ungeheuerlich!« Kayna schüttelte sich. »Dann wären alle diese Nachbildungen Menschen wie wir! Oder handelt es sich um Androiden?«

Kustos Rainbow musterte die Planerin der Flibustier jetzt aufmerksam, dann schüttelte er den Kopf. »Es sind echte Menschen, wenn auch keine identischen Doppelgänger der echten Flibustier.«

»Wir sind also praktisch unübertroffen!«, triumphierte Axe.

»Er begreift wieder einmal gar nichts«, sagte Treffner. »Wenn alle Orbiter Menschen aus Fleisch und Blut sind wie wir, wie wollen wir dann jemals beweisen, dass wir die Originale sind? Und wenn wir es nicht beweisen können, wird auch niemand unsere Informationen über die Zentrumswelten für wahr halten.«

»Einen Augenblick!«, bat Simudden. »Kustos sagte, dass die auf Terra untersuchten Orbiter nicht psychisch identisch mit uns wären. Das kann man aber nur feststellen, wenn man über unsere Psychogramme verfügt. Also ist es möglich, uns mithilfe dieser Psychogramme zu identifizieren.«

»Es kann keine Psychogramme von uns geben, Panika«, entgegnete der Ara. »Wir waren seit dem Anfang unserer Flibustier-Laufbahn niemals inhaftiert. Man könnte bestenfalls aus unserem Verhalten bei Aktionen, soweit es dafür Zeugen gab, rekonstruktiv-theoretische Psychogramme entwickeln. Die wären aber wiederum nicht identisch mit den Psychogrammen, die man uns abnehmen kann, hätten also keine Beweiskraft.«

»So ist es«, sagte Kustos Rainbow.

»Unsere Diskussion könnte dir gezeigt haben, dass wir die Originale sind, Alter«, erklärte Kayna.

»Ich denke, das weiß er selbst«, sagte Simudden. »Aber er steht vor einem Dilemma. Auch unsere Doppelgänger könnten diese Diskussion führen, wenn sie sich vorher abgesprochen hätten.«

»So ist es, mein Sohn«, sagte der Alte resignierend. »Ich wollte, ich könnte euch glauben, aber ich darf es nicht. Immerhin könntet ihr mir berichten, was ihr über die Orbiter wisst – und über die Zentrumswelten, von denen ihr gesprochen habt.«

»Immer noch keine Nachricht von Hotrenor-Taak?«, fragte Julian Tifflor den Leiter der Hyperfunkzentrale.

»Nichts, Mister Tifflor«, antwortete Mark Sadesch.

»Hattest du ein Wunder erwartet, Tiff?«, fragte Adams, der während der letzten Tage wie Tifflor nahezu ständig in Imperium-Alpha gewesen war. »Selbst wenn die Orbiter dem alten Laren sein Märchen abkaufen, werden sie ihn nicht an ein Hyperfunkgerät heranlassen.«

Tifflor zuckte die Achseln.

»Auch in den Instituten ist bislang niemand weitergekommen, Tiff«, sagte Adams. »Mit so vagen Hinweisen wie ›Horden von Garbesch‹ und ›Armadan von Harpoon‹ oder ›Planet der gespaltenen Sonne‹ lässt sich herzlich wenig anfangen, wenn in den Geschichtsspeichern nichts dergleichen enthalten ist.«

»Ich weiß«, erwiderte Tifflor. »Wenn die Bedrohung durch die Orbiterflotten nicht auf Olymp so schrecklich real wäre, würde ich das ganze Gerede für die Ausgeburt einer krankhaften Fantasie oder für eigenmächtig ausgelegte alte Mythen halten. ›Armadan von Harpoon‹ klingt direkt romantisch, nicht wahr?«

»Und ›Horden von Garbesch‹ ziemlich bedrohlich«, konterte Adams. »Immer wenn ich diesen Begriff denke, sehe ich vor meinem geistigen Auge gewaltige Heerscharen gepanzerter Reiter von barbarischem Aussehen über eine weite Ebene stampfen – und vor ihnen am Horizont ragt eine für unsere Begriffe technisch-futuristische Stadt in den Himmel, das Ziel der Horden, von dessen Plünderung sie sich ungeheuren Reichtum versprechen.«

Tifflor schüttelte den Kopf.

»Ich weiß, dass diese Horden von Garbesch, sollte es sie wirklich geben, nichts mit dieser epischen Vorstellung gemeinsam haben werden«, fuhr Adams fort. »Sie werden mit einer riesigen Raumflotte kommen.« Er wischte sich den Schweiß von der Stirn. »Es dürfte ein Glück für die Zivilisationen der Milchstraße sein, dass sie nicht über sie hergefallen sind – und es ist schon tragisch, dass diese Orbiter deshalb uns für Garbeschianer halten.«

»Was wird geschehen, wenn wir nicht beweisen können, dass wir mit diesen Garbeschianern nichts zu tun haben?«, fragte Tifflor leise. »Wenn ich nur wüsste, was sich zurzeit auf Olymp abspielt! Es ist beinahe zum Verzweifeln. Wir sollten doch mehrere Fernortungsschiffe zum System von Boscyks Stern schicken.«

»Ich rate dir, damit zu warten, Tiff«, sagte Homer G. Adams. »Wir dürfen nicht ins Blaue hinein handeln, sonst fühlen sich die Orbiter erst provoziert – und was dann geschähe, wage ich mir nicht vorzustellen.«

»Du hast recht, Homer«, erwiderte Tifflor. »Trotzdem sehe ich nicht ganz so schwarz wie du. Erinnere dich an die Anfangszeit des Solaren Imperiums! Wir Terraner hatten ein kleines Beiboot und ein im Wega-System erbeutetes Großraumschiff der Arkoniden – und die Mächtigen in der Milchstraße, die uns den Aufstieg neideten und in uns spätere Konkurrenten sahen, verfügten über Tausende von Großkampfschiffen. Sind wir etwa in Grund und Boden gestampft worden? Nein, wir haben unsere technische und militärische Unterlegenheit durch List und manchmal auch Tollkühnheit wettgemacht und wurden mit der Zeit selbst zur stärksten Macht innerhalb der Milchstraße.«

»Das weiß ich alles«, sagte Adams. »So vergesslich bin ich nicht. Aber diesmal stehen wir einer völlig anderen Bedrohung gegenüber, Tiff. Und die Menschen sind müde und können nicht noch einmal den Weg gehen, den wir einst gingen.«

Der Erste Terraner nickte und setzte sich.

Eine Weile blickte er geistesabwesend über die Kontrollpulte und Holoschirme, dann sagte er: »Wir werden das Problem lösen, wenn wir mehr Informationen bekommen, Homer.«

»Sie sind wie vom Boden verschluckt«, sagte Zarcher und meinte damit die sieben Garbeschianer. »Vielleicht verhält es sich sogar wirklich so. Es muss auf Olymp ein Hauptquartier geben, in das sich die Widerstandsgruppe mit ihrer mobilen Positronik immer wieder zurückzieht.«

»Dann hättet ihr es gefunden«, warf Hotrenor-Taak ein. Er war besorgt, weil Zarcher der Wahrheit näher kam. Selbstverständlich zweifelte der Lare nicht einen Augenblick daran, dass Anson Argyris hinter der Widerstandsgruppe steckte.

»Nicht, wenn es sich tief unter den subplanetarischen Ver- und Entsorgungseinrichtungen von Trade City befindet«, widersprach der Orbiter. »Nahe unter der Oberfläche haben wir alles durchsucht. Übrigens sind dabei drei unserer Leute verschwunden und nach einigen Stunden überraschend wieder aufgetaucht. Sie konnten sich an nichts erinnern, was während der Zeit ihres Verschwindens geschehen ist. Das spricht dafür, dass in größerer Tiefe ein Zufluchtsort der Widerständler existiert – und wenn das stimmt, dann muss es geheime und getarnte Zugänge geben. Wir werden sie finden.«

»Das denke ich auch«, sagte Hotrenor-Taak. Er erinnerte sich gut, wie viele larische Raumsoldaten bei dem Versuch, Anson Argyris in seinem subplanetarischen Labyrinth aufzustöbern, ihr Leben verloren hatten. Das Versteck musste perfekt abgesichert sein. Er gönnte es den Orbitern, dass sie sich in den Fallensystemen ebenfalls blutige Nasen holten.

»Leider haben wir nicht die Zeit, um wochenlang im Boden des

Planeten zu wühlen«, erklärte Zarcher. »Aber das müssen wir auch nicht tun. Es gibt eine elegantere Möglichkeit.«

Der Kommandeur befahl dem Funktechniker in der Zentrale, Hyper- und Normalfunk zu aktivieren und dafür zu sorgen, dass alles, was er zu sagen hatte, über sämtliche Frequenzen gesendet wurde. Überall auf Olymp sollte seine Nachricht empfangen werden.

»Hier spricht Zarcher, Kommandeur der Orbiterflotte BAL, die das System von Boscyks Stern kontrolliert und den Planeten Olymp besetzt hält.

Ich wende mich an alle Garbeschianer auf Olymp, besonders aber in der Stadt, die ihr Trade City nennt. Es steht fest, dass in Trade City eine Gruppe fanatischer Aufsässiger existiert, die sich zum Ziel gesetzt hat, unsere Vorbereitungen für die Befreiung Olymps zu sabotieren. Diese Gruppe verfügt über eine mobile Positronik, mit der sie Schaltungen manipuliert oder desaktivierte Steuer- und Regelungsanlagen reaktiviert.

Wir Orbiter können diese Aktionen nicht länger hinnehmen. Deshalb fordere ich ultimativ, dass die Aufsässigen ihre mobile Positronik innerhalb von zwei Tagen – in der Zeit dieses Planeten gerechnet – herausgeben. Andernfalls werden alle technischen Einrichtungen auf Olymp von uns zerstört.«

Zarcher gab ein Zeichen, damit die Sender wieder abgeschaltet wurden. Er wandte sich an Hotrenor-Taak.

»Das ist die einzige Sprache, die diese Garbeschianer verstehen.«

Der Lare war entsetzt. Wenn Zarcher seine Drohung wahr machte, würde das für Olymp eine Katastrophe bedeuten, den Rückfall in die Steinzeit sozusagen.

Aber die Millionen, die in Trade City wohnten, konnten unter Steinzeitbedingungen nicht überleben. Dafür waren sie zu viele.

»Und wenn diese Leute, die auf Olymp leben, wirklich keine Garbeschianer sind, sondern, wie sie immer wieder behaupten, die rechtmäßigen Besitzer des Planeten?«, fragte Hotrenor-Taak den Orbiter.

»Sie sind Garbeschianer!«, erwiderte Zarcher in einem Tonfall, der keinen Widerspruch duldete, und verließ die Zentrale.

Der Lare überlegte verzweifelt, wie er das Schlimmste verhindern konnte. Er kannte die Freihändler und ihren Stolz, der bei Anson Argyris besonders stark ausgeprägt war. Deshalb zweifelte er daran, dass der Kaiser klein beigeben würde.

Nervös ging er auf und ab. Er grübelte darüber nach, wie er unbemerkt mit Anson Argyris Verbindung aufnehmen könnte, um ihn wenigstens zur Einstellung der Sabotageaktionen zu bewegen, wenn schon nicht zur Herausgabe der Positronik.

Und er fragte sich, wie er das bewerkstelligen sollte, da er auf Schritt und Tritt von Orbitern bewacht wurde ...

»Nun ist alles verloren«, sagte Körn Brak. Im Glaspalast war den Flibustiern und Kustos Rainbow Zarchers Botschaft keineswegs vorenthalten worden. Ein riesiges holografisches Bild und die Tonübermittlung hatten jede noch so schwache Nuance erkennen lassen.

»Die Orbiter haben alles in der Hand«, erklärte Pearl Simudden. »Wenn sie ihre Drohung wahr machen, wird der größte Teil der Einwohner von Trade City verhungern.«

»Wir Freihändler und Erben Lovely Boscyks werden niemals vor Invasoren auf dem Bauch kriechen!«, rief Kustos Rainbow.

Brush Tobbon zuckte die Achseln.

»Das ist eigentlich nicht unser Problem, Alter. Wir haben dir alles berichtet, was wir über die Orbiter und ihre Stahlwelten im galaktischen Zentrum wissen. Was das Ultimatum der Orbiter angeht, so habe ich wirklich keine Ahnung, wie wir dir helfen könnten. Wir sind selbst Gejagte – jeder hat es auf uns abgesehen.«

Rainbows Gesicht wurde nachdenklich. »Wer jagt euch denn noch?«

Kayna Schatten seufzte. »Wie oft müssen wir dir noch erklären, dass wir die letzten Flibustier sind – und zwar die echten. Wir werden von der GAVÖK und der Liga Freier Terraner verfolgt. Dass du uns nicht glauben willst, ändert nichts daran, dass wir die Originale sind.«

»Vielleicht glaube ich euch jetzt«, erklärte der Alte. »Oder ich gebe euch die Gelegenheit, mir zu beweisen, dass ihr die echten Flibustier seid. Allerdings finde ich es abscheulich, was die echten Flibustier verbrochen haben.«

»Erwarte von uns nicht, dass wir uns für früher entschuldigen, Kustos«, sagte Pearl Simudden. »Ohne das Erscheinen der Orbiter und ohne dass wir erfahren hätten, was die Orbiter vorhaben, wären wir heute noch die Piraten, denen ein Menschenleben wenig bedeutet.«

»Heute denkt ihr anders darüber?«

»Wir haben die Erinnerung an unser wildes Leben verdrängt und wissen nicht, wie wir darüber denken sollen – außer, dass wir damals keine andere Möglichkeit sahen, als so zu handeln, wie wir handelten. Vielleicht erkennen wir eines Tages, welches unsere wahren unbewussten Motive waren.«

Simudden schüttelte den Kopf.

»Aber was rede ich mit dir darüber, Kustos. Versuche wenigstens, den Anführern eurer Widerstandsgruppe klarzumachen, dass sie die Forderung der Orbiter erfüllen müssen!«

Der alte Mann lächelte.

»Es ist immer wieder eine Art Offenbarung, wenn man erkennt, wie tief Menschlichkeit und Hilfsbereitschaft selbst in der Seele eines Räubers und Mörders verankert sind. Ich habe das schon bei mehreren Menschen erlebt, besonders stark aber bei einem Laren, bei Hotrenor-Taak.«

»Du kennst den ehemaligen Verkünder der Hetosonen, diesen arroganten Kerl, der für so lange Zeit die Galaxis in Not und Elend stürzte?«, rief Kayna Schatten empört.

»Er ist mein Freund«, sagte Rainbow schlicht. »Ebenso wie Julian Tifflor, Perry Rhodan und viele andere meine Freunde sind.«

»Du bist kein unbedeutender Freihändler«, stellte Pearl Simudden leidenschaftslos fest. »Wärst du körperlich größer, würde ich denken, du wärst Anson Argyris in einer perfekten Verkleidung.«

»Ich bin Anson Argyris!«, erwiderte der alte Mann. Sein Gesicht wirkte plötzlich sehr ernst. »Ich weiß auch nicht, warum ich euch das offenbare. Vielleicht eine Ahnung, hervorgerufen durch die kombinierten Funktionen von Positronik und Bioplasma, die aus winzigen Anzeichen gewisse Voraussagen für die Zukunft machen können.«

»Positronik und Bioplasma!«, rief Kayna Schatten. Ihre Augen verrieten, dass sie die Wahrheit bereits erraten hatte, sie aber noch nicht glauben konnte. »Argyris ist ...«

Der alte Mann lächelte wehmütig, dann zog er seine Jacke aus, streifte das Hemd ab – und plötzlich klaffte auf Brust und Bauch ein Spalt. Im Fleisch wurden pulsierende Adern sichtbar; der Spalt weitete sich. Zwischen den Lungenflügeln drängte ein eiförmiger metallener Gegenstand hervor, aber nur zur Hälfte, dann glitt er wieder zurück. Der Körper schloss sich. Kustos Rainbow zog sich wieder an.

»Du bist ein Roboter – und Anson Argyris ist nur eine von zahlreichen lebenden Masken, über die du verfügst«, sagte Pearl Simudden überwältigt. »Aber du bist ein Roboter, der wie ein Mensch fühlen kann.«

»... und der sich im Grunde stets mit der Person Anson Argyris identifiziert«, erklärte der Vario-Roboter. »Nun kennt ihr mein Geheimnis.«

»Das ist irre!«, stieß Brush Tobbon hervor. »Dann bist du diese mobile Positronik, die den Orbitern zu schaffen gemacht hat?«

Der alte Mann nickte.

»Er wird uns töten!«, schrie Kayna plötzlich. »Mit diesem Wissen um sein größtes Geheimnis kann er uns bestimmt nicht herumlaufen lassen!«

Tobbon hob seine Beutewaffe und zielte auf den alten Mann. »Warum musstest du dich uns offenbaren?«, herrschte er Argyris an.

»Weil ich eure Hilfe brauche«, erklärte der Vario-Roboter gelassen. »Ihr sollt den Orbitern eine Nachricht von mir überbringen.«

»Das kann nicht dein Ernst sein, Argyris«, erwiderte Brush Tobbon. »Wir werden nicht freiwillig in die Gefangenschaft zurückgehen.«

»Ich bitte euch darum«, sagte der Robot-Kaiser. »Und ihr werdet meine Bitte nicht abschlagen, denn ihr wollt mithelfen, die Menschheit vor der Zerstörung ihrer Existenzgrundlage zu bewahren.«

»Was ist das?«, rief Kayna Schatten. Sie hielt einen Unterarm schützend vor ihre Augen. »Dieses Blinken überall im Glaspalast macht mich nervös. Argyris, soll das Mechanohypnose sein?«

»Ihr werdet zurückgehen, meine Botschaft überbringen und mein Geheimnis wahren!«, sagte der Vario-500 monoton.

»Aber wenn wir es verraten?«, erwiderte Pearl Simudden undeutlich.

»Ihr werdet mein Geheimnis wahren!«

Nach einigen Minuten erklärte der Roboter: »Die Botschaft, die ihr den Orbitern überbringen sollt, heißt: *Die Terraner sind keine Garbeschianer – und ihr Orbiter werdet mit eurem Ultimatum keinen Erfolg haben.*«

»Die Terraner sind keine Garbeschianer – und ihr Orbiter werdet mit eurem Ultimatum keinen Erfolg haben«, wiederholte Brush Tobbon.

»Wir opfern unsere Freiheit im Dienst für eine gute Sache und für den Fortbestand der Menschheit und aller anderen galaktischen Zivilisationen«, sagte Pearl Simudden.

Axe schnäuzte sich zwischen den Fingern hindurch. »Praktisch sind wir Helden!«, erklärte er.

»Ich verlasse euch jetzt«, sagte Anson Argyris. »Meine Tochter wird euch zurück zu eurem Gleiter bringen. Von dort aus kennt ihr den Weg an die Oberfläche selbst. Bis bald!«

Halb benommen blickte Simudden dem alten gebeugten Mann nach, der um einige gläserne Wände bog, dabei immer verschwommener erschien und nach einiger Zeit nicht mehr zu sehen war.

Der Akone wusste nicht, wie lange er auf die Stelle gestarrt hatte, an der der alte Mann zuletzt zu sehen gewesen war, als eine sanfte Stimme sagte: »Folgt mir, bitte!«

Er sah auf – und erblickte die junge Frau in ihrem Schwebesessel.

»Kommt!«, sagte Pearl Simudden zu den Gefährten. Seine Stimme klang belegt.

Die sieben Flibustier blickten dem Schwebesessel nach, mit dem die rätselhafte Frau in den Nebentunnel des Transportsystems und höchstwahrscheinlich auch in die Unterwelt von Olymp zurückkehrte.

Als sie verschwunden war, räusperte sich Pearl Simudden mehrmals.

»Ich begreife allmählich, dass wir früher gar nicht in der Lage waren zu verstehen, wie komplex die Organisation einer Gesellschaft aussieht, die von vielen Zivilisationen einer Galaxis getragen wird«, sagte er. »Anson Argyris hat mir die Augen in der Hinsicht ein wenig weiter geöffnet.«

»Argyris ist doch nur ein Roboter«, nörgelte Axe. »Ein Metallei mit einer Positronik und einem Klecks Gallerte.«

»Was du einen Klecks Gallerte nennst, ist das eigentlich Wichtige an Anson Argyris«, sagte Kayna Schatten. »Es ist das, was ein äußerlich robotisches Ding denken und fühlen lässt wie ein Mensch.«

Pearl Simudden schwang sich in den GAVÖK-Gleiter. »Unsere Pflicht ist es, uns den Orbitern zu stellen und ihnen die Botschaft des Kaisers zu überbringen«, stellte er mit Nachdruck fest.

»Warum?«, maulte Axe. »Wir könnten uns doch einfach irgendwo verstecken.«

Brush Tobbon holte zu einer Ohrfeige aus, ließ aber die Hand wieder sinken, ohne dass er zuschlug. »Du weißt, warum!«, schnaubte der Epsaler. »Weil wir Flibustier eine Ehre haben – und weil wir Argyris versprochen haben, uns den Orbitern zu stellen. Wir können gar nicht anders, als freiwillig zurückzugehen.«

»Außerdem bin ich fest davon überzeugt, dass Anson Argyris uns nicht zu den Orbitern geschickt hätte, wenn er uns nicht bald wieder zur Freiheit verhelfen könnte«, sagte Pearl Simudden.

Brush Tobbon nickte und forderte den Rest seiner Gruppe zum Einsteigen auf.

Simudden übernahm wieder die Steuerung. Ungehindert brachte er den Gleiter wieder an die Oberfläche.

Als der schwere Gleiter aus der Tiefgarage schwebte und die Flibustier die beiden vor der Ausfahrt stationierten Kampfschweber der Orbiter sahen, zogen sie unwillkürlich die Köpfe ein. Aber die Besatzungen der Kampfschweber beachteten sie überhaupt nicht.

»Anscheinend wurde die Jagd auf uns abgeblasen«, vermutete Kayna Schatten.

»Die Orbiter rechnen bestimmt nicht damit, dass wir den sicheren Unterschlupf verlassen, um uns zu stellen«, sagte Treffner.

»Wir sollten uns die reumütige Rückkehr gut honorieren lassen«, verlangte Josto ten Hemmings.

Simudden steuerte den Gleiter durch die Straßen von Trade City. Zahlreiche Einwohner waren zu sehen. Zivile Gleiter verkehrten wieder, aber sie beförderten keine Personen, sondern Güter des täglichen Bedarfs. Anscheinend hatten die Orbiter dieses Zugeständnis gemacht. Sie mussten eingesehen haben, dass eine Großstadt wie Trade City ihre Einwohner nur dann versorgen konnte, wenn ausreichend Fahrzeuge zur Verfügung standen.

»Hoffentlich hat Anson Argyris noch einen Trumpf im Ärmel«, sagte Kayna. »Seine Nachricht an die Orbiter kann die Invasoren höchstens für ein paar Tage hinhalten. Dann werden sie es sich nicht länger gefallen lassen, dass die mobile Positronik ihre Maßnahmen sabotiert.«

»Ich bin fest davon überzeugt, dass Argyris einen guten Trumpf im Ärmel hat«, meinte Simudden lächelnd. »Wer so optimistisch ist wie er, muss jede Menge gute Gründe dafür haben.«

Er lenkte den Gleiter in die Mündung eines Fernverkehrstunnels. Ungefähr eine Stunde später schwebte das Fahrzeug in Raumhafennähe.

Es war heller Tag. Die Flibustier sahen rund fünfzig Keilschiffe unterschiedlicher Größe vor sich. Sie sahen außerdem, dass im Hintergrund des Raumhafens zwei Schiffe von der Piste der zum Hafen gehörenden Werft abhoben.

»Das Wetter ist viel zu schön, um sich in eine öde Zelle sperren zu lassen«, schimpfte Markon Treffner.

Niemand erwiderte etwas darauf. Eigentlich stimmten sie dem Ara zu. Aber sie wussten auch, dass sie ihren vorgezeichneten Weg gehen mussten, wenn sie ihr Gesicht nicht verlieren wollten – und das war fast alles, was ihnen nach ihrer Vergangenheit noch ein gewisses Maß an Selbstachtung gab.

Nichts rührte sich bei den Keilschiffen, auch nicht bei dem GAVÖK-Schiff, aus dem Simudden den Gleiter entwendet hatte. Der Akone steuerte das Fahrzeug bis vor eine Hangarschleuse der VARAULT VENCHKE und hielt es dort in der Schwebe.

Kayna Schatten rief die Zentrale des GAVÖK-Schiffes über Standardfrequenz. Auf dem Holoschirm erschien das Gesicht einer Tobbon-Type.

»Ja?«

»Wir wollen den Gleiter zurückgeben, den wir uns für einen kleinen Ausflug geliehen hatten«, sagte Kayna gelangweilt.

»Den was ...?«, stotterte der Orbiter. »Hier hat niemand einen Gleiter geliehen. Oh ...«

»Genau!«, sagte die Planerin.

Auf dem GAVÖK-Schiff heulte der Alarm. Sekunden später fielen die Sirenen der SIRKON-BAL ein. Die Bodenschleusen beider Raumer wurden geöffnet. Hunderte Orbiter stürmten heraus, zugleich verließen etwa zwanzig Gleiter die SIRKON-BAL.

»Das ist doch ein überaus herzlicher Empfang«, kommentierte Pearl Simudden ironisch. »Zu sehen, dass alle sich über unsere Rückkehr freuen, tut richtig gut.«

Kaiser Anson Argyris empfand freudige Erregung, als er, der Vario-Roboter, nach langer Zeit wieder in die Kokonmaske schlüpfte, die ihm geistig am nächsten stand und mit der allein er sich hundertprozentig identifizierte – in die Maske des Freihändlerkaisers.

Kaum hatte sich der eiförmige Körper zwischen die Organe der Maske gezwängt, da fuhr er schon Ortungskopf und Teleskopglieder aus. Die Rumpföffnung schloss sich, der Eigenkreislauf der Biomaske wurde aktiviert. Nacheinander fielen die Versorgungsschläuche ab.

Anson Argyris erschauerte, als seine Lungen sich mit Luft füllten. In die eben noch matten Augen trat Leben. Dann transportierte die Deckenhalterung den Kaiser zum Prüfpodest, wo er durchgecheckt und freigegeben wurde.

Anson Argyris stieg von dem Podest und stellte sich vor einen Feldspiegel. Lächelnd musterte er die Wiedergabe des zwei Meter großen, breitschultrigen Mannes mit dem derb geschnittenen Gesicht und dem schwarzen gekräuselten Bart, der bis zum Brustbein reichte und von dort aus zu zwei Zöpfen geflochten war. Die Zopfenden waren unter den großen Howalgonium-Epauletten festgeklemmt.

Seine Kleidung bestand aus einer dunkelroten Seidenhose, zu der er hüfthohe weiche Lederstiefel trug; im linken Stiefel steckte ein Desintegratormesser. Über einem bunt bestickten Oberhemd trug Argyris die lose fallende dunkelrote Jacke, die auf der Brust von vier goldenen Schnüren zusammengehalten wurde.

Der breite Ledergürtel enthielt das Halfter für den Kombilader und, als sicher wichtigsten Bestandteil, die runde, zwanzig Zentimeter durchmessende goldfarbene Schnalle, in der sich ein siganesischer Mikrogenerator zur Erzeugung des Individualschutzschirms befand. Die Eigenstrahlung des Mikrogenerators überlagerte die schwachen Emissionen der Energiestation des Vario-Roboters.

»Wir sind wieder komplett«, sagte Anson Argyris mit tiefer, klangvoller Stimme. »Wir müssen standesgemäß aussehen, wenn wir den Orbitern mit Nachdruck entgegentreten wollen.«

Das Schicksal der Milchstraße und ihrer Völker stand auf dem Spiel.

Anson Argyris lächelte, obwohl dem Vario-500 nicht nach Lächeln zumute war.

ENDE

Perry Rhodan-Buch 112

DIE ENERGIEJÄGER

erscheint im Oktober 2010

Nachwort

Der vorliegende Roman ist ein Buch der Schicksale. So richtig bewusst geworden ist mir das allerdings erst, als ich mit der Bearbeitung schon nahezu fertig war.

Da ist zum einen Boyt Margor, der Gäa-Mutant, von dem wir nun erfahren haben, dass seine Bestimmung eigentlich schon lange Zeit vor seiner Geburt feststand. Margor, der scheinbar unaufhaltsam nach Macht strebt und dem jedes Mittel recht ist, um seinen Herrschaftsanspruch auszudehnen und zu zementieren, ist im Grunde ein Gefangener seines Schicksals. Umso erstaunlicher der Wandel, dass er tatsächlich sein Menschsein aufgibt und einer großen kosmischen Aufgabe folgt. Hier findet er die Erfüllung, nach der er sich unbewusst stets gesehnt, die er fälschlicherweise aber mit unumschränkter Macht gleichgesetzt hat.

Was es mit dem Margor-Schwall auf sich hat, werden wir noch erfahren.

Der arkonidische Wissenschaftler Kihnmynden hingegen ist möglicherweise ein verkanntes Genie. Beweisen nicht allein seine Experimente mit der Tierwelt des Planeten Durgen, wozu er in der Lage gewesen wäre? Und seine Hypothese vom Rad der Zeit, dass sich alles irgendwann wiederholt – ist sie wirklich so neu? Kihnmynden teilt das Schicksal mancher großen Persönlichkeit: Er war schlicht zur falschen Zeit am falschen Ort.

Seine Geschichte zeigt auch auf, wie starr Denkschemata sein können, wie schnell sich Verbohrtheit und Ignoranz in den Köpfen festsetzen und zur Katastrophe auswachsen.

Dieser Roman, finde ich, war im Jahr 1979, als er erstmals erschien, brandaktuell und ist es auch heute noch.

Bleibt zuletzt nicht das Schicksal einzelner, sondern die Zukunft vieler galaktischer Völker: Ob Akonen, Aras, Arkoniden, Terraner – es scheint ein gewaltiges Missverständnis zu sein, das letztlich über Leben und Tod entscheiden wird. Selbst gute Absichten bewirken eben nicht immer Gutes, vor allem dann, wenn sie mit einer gehörigen Portion Ignoranz einhergehen. Es bleibt abzuwarten, was sich daraus entwickelt.

Die in diesem Buch enthaltenen Originalromane sind: *Reigen der*

Paratender (927) von Hans Kneifel; *Das Rätsel von Lakikrath* (939), *Geburt einer Dunkelwolke* (940), *Pakt der Paratender* (941) und *Der Margor-Schwall* (942) jeweils von Ernst Vlcek; *Beherrscher der Tiere* (949) von Marianne Sydow sowie *Testfall Olymp* (950) und *Ultimatum der Orbiter* (951) beide von H. G. Ewers.

Ich wünsche Ihnen gute und spannende Unterhaltung mit diesem und den folgenden PERRY-RHODAN-Büchern.

Hubert Haensel

Zeittafel

1971/84 Perry Rhodan erreicht mit der STARDUST den Mond und trifft auf die Arkoniden Thora und Crest. Mithilfe der arkonidischen Technik gelingen die Einigung der Menschheit und der Aufbruch in die Galaxis. Geistwesen ES gewährt Rhodan und seinen engsten Wegbegleitern die relative Unsterblichkeit. (HC 1–7)

2040 Das Solare Imperium entsteht und stellt einen galaktischen Wirtschafts- und Machtfaktor ersten Ranges dar. In den folgenden Jahrhunderten folgen Bedrohungen durch die Posbis sowie galaktische Großmächte wie Akonen und Blues. (HC 7–20)

2400/06 Entdeckung der Transmitterstraße nach Andromeda; Abwehr von Invasionsversuchen von dort und Befreiung der Völker vom Terrorregime der Meister der Insel. (HC 21–32)

2435/37 Der Riesenroboter OLD MAN und die Zweitkonditionierten bedrohen die Galaxis. Nach Rhodans Odyssee durch M 87 gelingt der Sieg über die Erste Schwingungsmacht. (HC 33–44)

2909 Während der Second-Genesis-Krise kommen fast alle Mutanten ums Leben. (HC 45)

3430/38 Das Solare Imperium droht in einem Bruderkrieg vernichtet zu werden. Bei Zeitreisen lernt Perry Rhodan die Cappins kennen. Expedition zur Galaxis Gruelfin, um eine Pedo-Invasion der Milchstraße zu verhindern. (HC 45–54)

3441/43 Die MARCO POLO kehrt in die Milchstraße zurück und findet die Intelligenzen der Galaxis verdummt vor. Der Schwarm dringt in die Galaxis ein. Gleichzeitig wird das heimliche Imperium der Cynos aktiv, die am Ende den Schwarm wieder übernehmen und mit ihm die Milchstraße verlassen. (HC 55–63)

3444 Die bei der Second-Genesis-Krise gestorbenen Mutanten kehren als Bewusstseinsinhalte zurück. Im Planetoiden Wabe 1000 finden sie schließlich ein dauerhaftes Asyl. (HC 64–67)

3456 Perry Rhodan gelangt im Zuge eines gescheiterten Experiments in ein paralleles Universum und muss gegen sein negatives Spiegelbild kämpfen. Nach seiner Rückkehr bricht in der Galaxis die PAD-Seuche aus. (HC 68–69)

3457/58 Perry Rhodans Gehirn wird in die Galaxis Naupaum verschlagen. Auf der Suche nach der heimatlichen Galaxis gewinnt er neue Freunde. Schließlich gelingt ihm mithilfe der PTG-Anlagen auf dem Planeten Payntec die Rückkehr. (HC 70–73)

3458/60 Die technisch überlegenen Laren treten auf den Plan und ernennen Perry Rhodan gegen seinen Willen zum Ersten Hetran der Milchstraße. Rhodan organisiert den Widerstand, muss aber schließlich Erde und Mond durch einen Sonnentransmitter schicken, um sie in Sicherheit zu bringen. Doch sie rematerialisieren nicht am vorgesehenen Ort, sondern weit entfernt von der Milchstraße im »Mahlstrom der Sterne«. Den Terranern gelingt es nur unter großen Schwierigkeiten, sich in dieser fremden Region des Universums zu behaupten. (HC 74–80)

3540 Auf der Erde greift die Aphilie um sich, die Unfähigkeit des Menschen, Gefühle zu empfinden. Perry Rhodan, die Mutanten und andere gesund Gebliebene beginnen an Bord der SOL eine Reise ins Ungewisse – sie suchen den Weg zurück in die Milchstraße. (HC 81)

3578 In Balayndagar wird die SOL von den Keloskern festgehalten, einem Volk des Konzils der Sieben. Um der Vernichtung der Kleingalaxis zu entgehen, bleibt der SOL nur der Sturz in ein gewaltiges Black Hole. (HC 82–84)

3580 Die Laren herrschen in der Milchstraße, die freien Menschen haben sich in die Dunkelwolke Provcon-Faust zurückgezogen. Neue Hoffnung keimt auf, als der Verkünder des Sonnenboten die Freiheit verspricht. Lordadmiral Atlan sucht die Unterstützung alter Freunde, die Galaktische-Völkerwürde-Koalition (GAVÖK) wird gegründet. (HC 82, 84, 85)

Auf der Erde im Mahlstrom zeichnet sich eine verhängnisvolle Entwicklung ab. (HC 83)

3581 Die SOL erreicht die Dimensionsblase der Zgmahkonen und begegnet den Spezialisten der Nacht. Um die Rückkehr zu ermöglichen, dringt ein Stoßtrupp in die Galaxis der Laren vor und holt das Beraghskolth an Bord. (HC 84, 85) Nur knapp entgeht die SOL der Vernichtung; die Entstehung des Konzils wird geklärt. (HC 86) Monate nach der SOL-Zelle-2 erreicht Perry Rhodan mit der SOL die Milchstraße und wird mit einer falschen MARCO POLO und dem Wirken eines Doppelgängers konfrontiert. Die Befreiung vom Konzil wird vorangetrieben. (HC 87, 88)

Im Mahlstrom halten der geheimnisvolle Plan der Vollendung und die PILLE die Menschen im Griff. Die Erde stürzt in den »Schlund«. (HC 86)

3582 Alaska Saedelaere gelangt durch einen Zeitbrunnen auf die entvölkerte Erde (HC 88) und gründet mit einigen wenigen Überlebenden der Katastrophe die TERRA-PATROUILLE. (HC 91)

Die SOL fliegt aus der Milchstraße zurück in den Mahlstrom der Sterne (HC 89) und erreicht die Heimatgalaxis der Feyerdaler, Dh'morvon. Über die Superintelligenz Kaiserin von Therm eröffnet sich eine Möglichkeit, die Spur der verschwundenen Erde wiederzufinden. (HC 90, 91)

Die Inkarnation CLERMAC erscheint auf der Heimatwelt der Menschen, und das Wirken der Kleinen Majestät zwingt die TERRA-PATROUILLE, die Erde zu verlassen. (HC 93)

3583 Die SOL erreicht das MODUL und wird mit dem COMP und dem Volk der Choolks konfrontiert. (HC 92) Hilfeleistung für die Kaiserin von Therm und der Kampf um die Erde. (HC 94)

In der Milchstraße machen die Laren Jagd auf Zellaktivatoren. (HC 93) Das Konzept Kershyll Vanne erscheint. (HC 95)

3584 In der Auseinandersetzung mit BARDIOCS Inkarnationen (HC 96) wird Perry Rhodan zum Gefangenen der vierten Inkarnation BULLOC. EDEN II, die neue Heimat der Konzepte, entsteht. (HC 98)

3585 Die Invasionsflotte der Laren verlässt die Milchstraße. (HC 97) Erde und Mond kehren aus der fernen Galaxis Ganuhr an ihren angestammten Platz im Solsystem zurück. (HC 99) Perry Rhodan und die Superintelligenz BARDIOC: Das ist große kosmische Geschichte. (HC 100)

3586/87 Die BASIS erreicht das Sporenschiff PAN-THAU-RA. Um eine Bedrohung für die Milchstraße abzuwenden, sucht Perry Rhodan die Kosmischen Burgen der Mächtigen. Die Loower okkupieren das Solsystem, mit Orbitern und Weltraumbeben erwachsen neue Gefahrenherde. (HC 101–110)

Transportkreuzer

Dieser Schiffstyp wurde nach der Larenkrise entwickelt. Ausschlaggebend war der Mangel an Raumschiffen, insbesondere an Frachtkapazität. Aus Kostengründen und um schnell größere Stückzahlen zu ermöglichen, wurden bei der Konstruktion ästhetische Gesichtspunkte außer Acht gelassen. Diese Bauweise erlaubte zudem entsprechend dem jeweiligen Verwendungszweck alternative Aufbauvarianten.
Die Länge des Transportkreuzers beträgt rund 500 Meter; Breite und Höhe sind je nach Einsatzbereich variabel. Stammbesatzung zwischen zehn und dreißig Personen.

Technische Daten:

1. Reservekraftwerk
2. Deuteriumtanks für 1.
3. Hangar für Fluggleiter
4. Mannschaftsunterkünfte, Krankenstation
5. Lebenserhaltungssysteme
6. Flüssigkeitstanks
7. Landebein (fünf)
8. Observatorium und Beobachtungsstand
9. Lastenantigrav
10. Transportrampe
11. Schnelles Verbindungsschiff
12. Energieversorgung für 13.
13. Seitliches Steuertriebwerk
14. Generator für Paratron-Schutzschirm
15. Antigravtriebwerk
16. Reaktor und Speicherbänke
17. Hauptkraftwerk, Umformer- und Speicherbänke
18. Brennstofftanks
19. Schleuse für Reparaturkommandos
20. Energiefeldleitungen
21. Düsen der Hauptimpulstriebwerke
22. Impulstriebwerke (acht)
23. Linearkonverter
24. Energieversorgung für Überlichtflug
25. Gefahrgut-Spezialcontainer
26. Ortungsantennen
27. Laderäume
28. Kühlmitteltanks und Kühlaggregate